赵剑平生态小说中短篇集

赵剑平 著

光明日报出版社

图书在版编目(CIP)数据

赵剑平生态小说中短篇集 / 赵剑平著. --北京：光明日报出版社，2018.11

ISBN 978-7-5194-3908-8

Ⅰ. ①赵… Ⅱ. ①赵… Ⅲ. ①中篇小说—小说集—中国—当代②短篇小说—小说集—中国—当代 Ⅳ. ①I247.7

中国版本图书馆CIP数据核字（2018）第014627号

赵剑平生态小说中短篇集

ZHAOJIANPING SHENGTAIXIAOSHUO ZHONGDUANPIANJI

著　　者：赵剑平

责任编辑：谢　香　李　倩　　　　责任校对：傅泉泽
封面设计：典文传媒　　　　　　　责任印制：曹　净

出版发行：光明日报出版社
地　　址：北京市西城区永安路106号，100050
电　　话：010-67078248（咨询），010-63131930（邮购）
传　　真：010-67078227，67078255
网　　址：http://book.gmw.cn
E － mail：renqing339@126.com
法律顾问：北京德恒律师事务所龚柳方律师

印　　刷：北京汇瑞嘉合文化发展有限公司
装　　订：北京汇瑞嘉合文化发展有限公司
本书如有破损、缺页、装订错误，请与本社联系调换，电话：010-67019571

开　　本：170mm×240mm
字　　数：355千字　　　　印　　张：23.75
版　　次：2018年11月第1版　　印　　次：2018年11月第1次印刷
书　　号：ISBN 978-7-5194-3908-8

定　　价：72.00元

目录

contents

目录

contents

獭　祭

高原山地的河流，水量不大，但有一种汹涌的阵势。老荒和满水划着五板船，带着只水毛子（即水獭），贴着河岸，望着水花，慢慢顺流而下。遇上滩险浪急的地方，两个人只好起水，抬了船牵了毛子走陆路。小船野水的，打鱼子们游荡惯了，一双光脚板踩在稳稳实实的地上，反倒有些恍惚，有些轻飘。

第三天的傍晚，太阳在一抹青黛的山脊后面落下去，黑乎乎的大网在天地间拉开来，他们到达了那个叫作大石堡的地方。

“我要在这里下个套子。”

老荒冷冷说着，船头往水边一拨，就稳稳地泊住。叮叮当当的，他往岸上扔下一个熏黑的铜盆，又扔下两瓣马蹄形的钢嘴铁牙。

满水打了个寒战。对着船尾一团褐亮褐亮的东西，他仿佛自言自语似的道：

“不是说这河上早就没有毛子的……你还安套子？”

“这个……不一定……反正不养饭，兴许运气来了，还会碰上一只呢！”

老荒说着，就跳下船头，摇晃着宽阔的背影走了。

河滩窄狭，缀着斑斑点点黑死干枯的苔藓。对面是一座高崖，半浸在水中，随着水光的波动，河面也变幻着奇奇怪怪的山影。有块灰色的巨石，从河心鼓突起来，波涛拍击，在那两旁裂开，发出一种痛苦的喘息。

锈黑的刀光一划，笃然一声砍在船头。一条鲜活的细鳞瞬间便断作两段。两半鱼肉还在蹦跳，于是刀光晃动，又一声刀响，劈作了四半。终于剁碎到指头大小的肉丁，装进了木瓢里。一阵砰砰的响声，刀柄敲磕瓢底儿，随后往船头一掼，满水才跳下船去。但走不远，打鱼子又回身来站定，脸上露出困惑的神情，望着那充满血腥气味的船头。

小船微微地晃动，那只毛子颈上拖根细绳儿，应一种号令似的，从船尾走来。在昏暗的天光下面，它已然是个精灵，一身褐亮褐亮的毛衣滚动着，宽阔的蹼收束起来，立竖短小的耳朵，无声无息地舔食船头木瓢里的鱼丁。

哔哔剥剥一阵爆响，河滩上红亮一簇。老荒从水边捡来渣浪柴，燃起了一堆火。燃旺的燎子上，架着熏黑的铜盆，铜盆里满满的水，水中煮着条条鲜活流动的白甲和赤尾。那鱼经菜油喂过，肚里的脏物屙洗得干干净净。一盆水渐渐热滚，水中鱼渐渐挣扎，越来越惨烈，直到吐尽丝丝缕缕雾浊，眦目翻白的，不再弹动跳跃。

相去老荒不远，两柄桡片插立在沙碛中，仿佛门道似的兀立着。打鱼子的桡片，没有乱扔乱放的。从这片门道望去，那块灰色的巨石仿佛一座堡垒，使整个河床阴森袭人。一只无名的黑鸟，寂寞地停在石堡上，倏然喳喳两声叫，无可名状地惊惶起来，箭镞一样消失在黑暗的山影里。

这个三月的初夜摇曳一下，又落入一种冷浸的岑寂中了。

满水感到一种透骨的寒凉，两腿闪闪地蹲缩下去，两手交叉抱着两只胳膊，眼睛怔怔望着船头的毛子，心中竟如雾一样的迷茫。

在乌江河口那边，为了和人争塘子，老荒把桡片都打断了。结果，法院判了老荒三年徒刑。临到上路，这个在风浪里钻来钻去大半辈子的汉子，对女人，对两个还未成人的娃儿，竟然没有一句软心柔肠的话。但是，他对那条船，对那只拴在船上的毛子，却痛惜地望着，落下两行辛酸的泪。那毛子很灵性，仿佛感到临头的灾难似的，扁扁脑袋甩动着，叽叽呜呜呻吟不止，颈项犟直起来，绷紧绳头，不安地腾来跃去……

老荒咋会没有牵挂呢。水流哪里，船走哪里，人到哪里，朝朝暮暮相厮守，平常日子想来平常，一旦离去，却又叫人心慌气落，感到难以割舍了。那只毛子呢，从人手中买来的时候，一条腿被铁套夹伤不说，而且还是一只毛子。毛子原是娇气的东西，何况受伤的毛子。那时候，老荒天天夜黑捉鱼往大队王支书家中跑，王家有个儿子在云南参军，都说那里的三七是真货，打鱼子便心心念念要邮买这药。支书讲究信用，药粉很快到手，老荒用这种灵药调制成鱼肉丸子，总归把那宝贝毛儿的伤腿医治好了。教牛教马的艰难，可是教生毛子则要非同寻常的耐性。毛子是坚守黑暗的，你必须弄它到亮处，在光明的抚摸下，它似乎已经习惯。这时候，你要走近去，想法接触，想法亲密，直到它抖动着灵巧的身体，龇着尖利的牙齿，轻易就把你咬几口。你流着血，忍着疼，依然宽怀大度，一如既往，那么，它方才相信你并无害心，方才消除设防，渐渐和你熟稔起来。至于怎样咬鱼，咬什么鱼，如何效劳，那就全靠主人驯化的功夫。生毛子是一块铜，熟毛子则是一块金啊！老荒这辈子娶女人，养娃儿，仿佛都是自然天成的事情，唯独教这毛子，叫他老老实实地泼洒了很多心血。眼下，毛子正是放河开咬，黄金时代啊！哪里料到修千年的道，就被他几桡片打掉了。他抓着干烧的胸膛，脯了上鼓起道道血印，已经走出老远，还犟着颈项回头冲女人叫："当家的……我的毛子啊！"

老荒是这样的老荒。到这个节骨眼上，女人无论如何坐不住家了。娘家兄弟是个包工头头，很有一副腰缠万贯的气派，老荒去服刑不几天，舅子便把姐和两个外侄接走了。可怜那只毛子，只认一个老荒，只认一船，死也不肯跟人走。舅子去牵了两次，两次都没有能够走近，那毛子如虎似的，喷啸呼呼的恶气，闪电一样蹦起，咬了舅子手上两个洞。看看无奈，女人心一横连船带毛子的，开价一千块，就要就地卖了。四处飘游的人，都讲究个恩义情谊，即使潦倒，断然不在乎几个钱上。何况毛子，对孤独寂寞的打鱼子来说，从来就是朋友。一条船上有一只毛子，分配时就必然抵一个人的股份。放河开咬的毛子要卖，的确是个丢脸的事情。

可是除此而外，女人还有别的什么路可走呢！村人们站在河岸上，一阵感慨，一阵唏嘘，最终还是认真讨论起来。那条五板船不过三四成新，值不到多少，那只毛子是只女毛，比起男毛也要逊一筹。可这只毛子的教招，大家都是看真切的，一点不虚妄。如今出卖，实是万不得已的事情。满水下了狠心，长五间的瓦房拆成小二间的木屋，就连船带毛子买下了。

熟毛子易主后，又变成生毛子。满水从前只是放水老鸹，隔了一层，便很谨慎。他包起盘缠，特地去遵义探访老荒，想摸透那毛子的性情，以免驯养花了乱了。听说船和毛子变故，老荒号丧似的哭翻了监狱，管理人员出来制止，他才打住声气。退后想想，满水能够大老远跑来了解毛子，说明那东西并不冤枉，还是找到了主。于是，老荒把毛子的事情不论巨细大小，都毫无保留地告诉满水。

顺着老荒的套路，满水和毛子很快熟悉了。根据从前的教招，满水依然把喂毛子的食子分着大中小数等，严格遵照按劳取酬原则，咬大鱼多吃，咬小鱼少吃，不咬鱼呢，爬上船来，船沿一晃，又把毛子荡了下来。天长日久的，那毛子就尤其勤快，尤其精明。塘子里没鱼，它就赶洞子。洞子太小钻不进去呢，它便掉过身子，伸一根有力的尾巴到洞子里霍霍地搅，直到把鱼赶出来。但如果鱼小，它又不咬，一斤以上的，它衔着尾巴就拖上来了。二十来斤的大鱼，它拖不动，就先咬断翅子和鳍，咬断尾巴，大鱼游起来格外沉重，很快筋疲力尽，就乖乖地让毛子抱出水面。

就是这样一只毛子，如今却蜕变了，堕落了。按照一般水毛子放河开咬的年龄，它还远远不是衰老的时候啊。它能够吃，能够钻水，也不像是病萎的样子，况且，已经贴上血本，买红参来喂过了。

事情不可思议，可又是那样确凿无误。

看着船里那突然陌生起来的毛子，满水感到了一种凄惶，感到了一种铭心刻骨的痛楚。那一阵，满水放咬水老鸹，如果那只大鸟在水面扑来扑去而不沉底咬鱼，即是凶兆，打鱼子必定起网收船了。现在，这只毛子反常，钻水，却不咬鱼。主人不给食子，它便啃船沿上的木头。稍稍走近，便又如生毛子似的惊惶，凶狠地向人发起进攻。也是一种不祥之兆啊！这趟出来，如果不是老荒邀约，愿使当家本领压阵，满水恐怕是很难下水走船了。

月亮在高崖的那面升了起来，天空是靛蓝的一片。巨大的山影张着阴郁的翼子，扑在河谷上。河谷里，一切都透着一种窒息的沉静。河心里，那方灰色的石头闪着幽微的光辉。

老荒大开大合磨动腮帮，不一阵工夫，连刺带肉嚼烂两碗鱼，便吞胀了肚皮。他捏住半角衣襟，抹抹嘴，看一眼满水，就站起来，离开已经熄灭的火堆，似有所思地从两柄桡片的中间穿过，往水边湿漉漉的沙碛带走去了。

一阵晚风，带着春天的丝丝缕缕气息，从河流的下游吹来。河谷上空抖动一下，就有两片浓云布了上来，隔着窄窄的一线天宇，开始了仿佛是永恒的跳荡，恍如那里也有条河流，河流中也有波浪和漩涡。

“套子安了……不要去水边……”

沓沓的脚步声沉重地响着，老荒转了回来，仿佛是对冷寂荒凉的河滩说着，口吻里含一种杀气。随后，他那宽阔的身影一蜷，笃地团坐在地上。默默地愣一阵，仿佛不堪忍负这夜的压迫似的，他又沉重地倒了下去。满水站了起来，往船泊那边走去。他来到船头，听见船尾那边传来的呼呼的啸声，便收住脚步，悲愁而又几分安然地吁了口气。他走回来，在老荒另一头躺下去，默契地把脚伸到老荒衣裳下面，也把自己的衣裳伸开盖住老荒半截身子。凭着一种感觉，满水知道老荒并没有睡着，仿佛总在谛听和窥视什么似的，他一颗心又紧束起来……

乌江河口那电站建成以后，高耸的拦河大坝，就把水毛子的来路截断了。那东西不过丈余，嗅到人汗气味，听不见浪的喧声，就必定折回水中。水毛子是越来越少，可老荒放置的铁套却越来越宽，捕杀却越来越残酷了。开初，老荒劳改回来，是入股在满水的船上。原先那条五板船已经破散落底，满水换了条新五板船。但毛子还是那只毛子，老主子和新主子便伙同一起使唤。老荒打鱼，在乌江大河都有名声，船划的是扁筷子水，网撒的是簸箕圆，也狠，老鸹追网拦的，鱼急疯逃命，从网上飞过，他也要挥桡片执桨横扫。不过，他现在上满水的船，大家心里都很明白，老荒是还恋着那只毛子。贴上血本教养出来，轮到放河开咬，却由人家受用，那心里总是不甘的。但这终不过是一种情味，要生歹心夺回那东西，又还不至于。

老荒哪里知道，那毛子忘性大，根本不认他了。两个多月的工夫，老荒费尽周折，却还挨不到边。而且，那毛子察觉什么似的，仿佛有意躲老荒气老荒。满水不在船上，它就不钻水；钻水上船来，满水不在船上，它也就掉头跳下船去。它认人不认船，已经变得相当的成熟了。老荒心胸落到条缝隙里，那毛子仿佛把人也变成一只毛子，便细细末末都见真起来。一气之下，老荒心中骂着那忘情忘恩的东西，就离开了满水的船。自立门户，要重新制家当，花钱费事不说，河头的鱼不似从前那样的多，而人的精力也不似从前那样的旺了。最后，老荒制起几副铁套，就在沿河水边捕杀毛子。河中无鱼，打鱼子大都改行从事别的，水毛子已经不是那么金贵。但毛子毛皮是好东西，绒厚，又水浸不湿，做皮衣做大衣领子高级不过了。毛子的肝也是一味珍贵的中药，治几种疾病，相当灵验。价钱也可观，有人急需，还可以浮涨，竟比卖生毛子卖全毛子可人心意。

和打鱼一样，老荒捕捉起毛子来也发狠发狂。他有一把鱼叉，切去中间两根笺，便剩下两道边笺，成为 U 字形一支枪。扛着这支破枪，头上盘着根青帕，腰间束着根藤条，掖着个酒瓶，活似那茹毛饮血的生番。村里乡人见到都惧怕几分，更不敢多嘴照闲，听由他把这条河上的水毛子捕尽杀绝。河边水畔，他每每得手，要是那水毛子没被套死，他就用那支 U 字形的破枪，叉住水毛子的颈项摁在浅水滩上，将那东西活活憋死。他手不颤心不慌，剥下皮，割下肝，吊在枪头上，摇摇摆摆地走路。一具毛子的躯壳，就血淋淋扔在河滩上，河水流过，都带着一股腥气一股血气，人喝了要打呕，畜生喝了也要害瘟症。直到一具躯壳腐烂，剩着一堆白骨，大水来冲走，浪涛来洗刷，那血腥的气味才会渐渐消失。不过一年工夫，那在这条河上来来去去的打鱼子们，就再也看不见水毛子的踪迹了。套不到毛子，老荒颓唐苦闷极了，天天从事那剐皮掏肝的勾当，人心早已冰冷铁硬，触动不起一点热情来干别的事情。终于有一天，老荒站在一条破船船头，用一种不知是胜利还是失败的口吻向村人嚷叫着，说这条河上的毛子绝种了。随后，他竟泪眼婆娑的，也不知是激动还是悲哀，就把那支破叉改造的 U 字形的枪奋力掷了出去，那投枪在空中划出半道弧线，就远远地刺进一塘深水里。接着，他疯疯傻傻地跑回家中，喝得烂醉，便抱了捆毛子皮子在地上打滚……

身下的沙碛，顶着脊背酸疼，满水屈过腿，往后挪了挪，索性坐了起来。不知什么时候，天道上两块云阵撤开，又透着一片漠漠的靛蓝。月亮已经跨过河谷，斜斜地落在对面高崖腹壁，浅烟淡雾，如冰凉的梦一般。夜已经很深了。

王乡长说得不错，这条河上的鱼是越来越稀少了。出发三天来，高高矮矮几铺网，不过混了两个人的伙食，养了一张毛子的嘴巴。这种日子，满水是看绝看黑，已经懒心淡肠了。他不过三十出头的人，正是年轻力壮的时候，总还要奔条大路走几程。可是，连船带毛子的，整整一千块的家当，大半头房子的代价啊，不是轻易就能够下决心的事情。

用乌江河口那座电站输送过来的电，乡里办起了个电石厂。主管乡长就是村的王支书提拔上去的，熟人说话便宜三分，满水找到王乡长，就想进那电石厂当个工人。乡长到底和满水是喝同一股龙洞的水长大，豪豪爽爽地把这个乡亲请下了馆子。

“家乡的人找到，有哪样说头？哪个喊我当这个乡长哟！”拍着胸脯，既干脆又硬朗，“事情包在我身上……来，干酒。”

白吃白喝的，还要安排进厂，仿佛理亏了一大截子，满水开始不自在起来。

“我们那条河上……这两年你看见还有水毛子么”王乡长有些醉意了，“我那老爹前几天犯心脏病……想找副毛子肝……妈的……到处都找不到。”

满水犹疑了一下，便摇着头：

“前两年，老荒太狠，就套杀绝了。乌江那边进不来，让电站大坝挡了。”

“老荒……妈的尽干缺德事情，他的那老大还想进厂子呢。哼！来，干酒。”

搁下杯子，王乡长至交似的拍拍满水的肩膀：

“你回去，想哪阵儿来就来，反正河头的鱼越来越少了，你还紧搞网要毛子的，没有出息。”

满水的脸倏地绯红了。

回来以后，满水几个夜晚没有睡安稳。那只毛子就关在屋隅。它不时躁动地叽叽呜呜着，令主子更加感到一种烦乱。

已经好久没有下河了。是从什么时候起，这只毛子开始变态反常呢？成了现在这般样子已经没有多大用处。但是人对毛子有恩，毛子对人有义，风雨河上浪中，相依相傍的，已经结下深厚的情分。要毁它取一服药肝，那是无论如何也下不去手的。思来想去，仿佛无路可走似的，他便去找老荒，看看这只毛子到底咋了，还有救没有救，真正无解药了，要进厂子，心一横，反正从此不再做打鱼子，就借刽子的手取了那药肝。

老荒来了，远远地用棍儿草儿向那东西撩逗半天，沉想默思半天，便问打鱼子：

“它跑过？”

满水凝神一阵，便想起了去年冬天在大石堡发生的事情。

那天，毛子咬了十多斤重一条鲢鱼，这是许久以来不曾有过的了。可是毛子吃过大颗食子，跳下船头钻下水底，却长久不见起来了。望着半浸水中的高崖和兀立河心的灰色的巨石，满水开始着慌了。河边水畔的，潜流日夜冲刷，腐蚀坚硬的山岩，挖出个个水下暗洞，掏出片片河底干滩。这种地势，人难以发现，水毛子则清清楚楚，那里既安全又方便，常常是水毛子栖息藏身之地。满水拿根空的竹竿，找着那些缝隙，燃起红辣椒，便盲目地往里吹烟。这种方法，凑巧找到位置，对准方向，毛子喘不过气，便会被烟赶出洞来。可是这回，满水搜遍所有缝隙，一张脸膛鼓吹得发红发紫，那毛子却连个影子也不见。绝望了，他便老实地坐在船头，将一把喂食的木瓢翻扣，拿着网上的锡坠儿木鱼儿似的敲起来，乓乓的声音顽强地响着，呼唤那毛子出来吃食子。毛子颈项有一道麻绳箍儿，能够咬鱼却不能够整条地吞吃鱼，如果饥饿，它便会循着乓乓的声音出来享受现成的食子。可是这回，满水敲烂两把木瓢，呼唤了两天两夜，那东西依然杳无踪迹。一直到第四天上，看看太阳已经偏西，满水怨愤地把两把破瓢砸向半浸水中的高崖，从沙碛里拔起桡片，满腹惆怅和悲苦，划动船返水归家了。这时候，那只失踪的毛子，才奇迹一般地从船尾翻了上来，用胆怯而忧郁的目光望着满水。打鱼子一愣，便惊喜若狂地扑去，险些踩翻船来。他既爱又恨地搂抱着那只精怪，精怪尖利的牙齿在他的手上咬破两个洞，他也木木的，竟毫无知觉。

听满水诉说着，老荒眼睛里透着几丝凶险，一阵摇头，一阵点头，却又一声不吭。但不过两天工夫，他抖着老打鱼子的派头，就兴致勃勃地跑来邀约满水下河。那番情形，分明包藏着一种祸心，一种蹊跷，却又叫满水猜不着摸不透……

黎明时分，听着一种风风火火的奔突，一种钢铁的撕咬和碰撞，满水和老荒几乎同时跳了起来。懵懵懂懂的，最后的鼾声还在回响着，老荒从沙碛里拔起一柄桡片，就向水边湿漉漉的沙碛带跑去。满水猛地一惊，醒悟过来似的，拔起剩下的一柄桡片，紧追上了老荒。借着暗淡的天光，满水看见一只肥大的毛子在离船头不远的沙碛上剧烈地挣扎，一会儿蜷曲，一会儿伸弹，并伴着急促的致命的喘息，与其说是哀号，不如说是抱憾。不用说，那是一只雄壮的男毛，女毛是绝不会有这种身坯和这种力度的。老荒眼快手准，第一桡片挥去，就把那东西拍倒在河滩上，带着铁套翻滚半转儿。随后，他那桡片压住那毛子的扁头扁脑，嘴上发着一种揪心的快活的呻吟，狠命一使力，桡片嘎嘎响着，那雄壮的男毛粗大的尾巴甩动两下，扑地打在河滩上，就不再弹动了。老荒收起桡片，杵在沙碛上，长长松了口气，感到一种胜利后的愉快的倦意。

"老荒！你是码准……这大石堡……还有毛子的不是？"

满水的声音带着微微的震颤，仿佛一场噩梦刚刚醒来，还有惊悸和凄惶。

"你这个笨人，"老荒看也不看满水，只望着河心在晨曦中渐渐明亮起来的大石堡，只望着眼前这片被他征服的世界，"你那只女毛是怀胎了，大石堡的这只男毛，我敢说这是这条河上的最后一只毛子，就是你那只女毛的老公，不会错的……你哟！满水！你还嫩呢。"

满水紧紧抓住桡片，克制着没有失手打出去。在发白的天光中，他的脸颊涨成了紫红色，心底里感到一种被人捉弄的羞辱，感到一种沦丧的颓唐和苍凉，一种无地自容的愧恨。老荒已经俯身下去，轧轧掰开两半弧形的钢嘴铁牙，取出沉甸甸的男毛的尸体。薄明的朝霞和清爽的河风中，刽子手和无辜，人和毛子，仿佛融合为一。那东西在老荒手上托着，褐亮褐亮的毛衣，正推着一层一层闪闪的亮线，不像残酷的杀戮，倒像一种悲壮的仪式，透着神圣和庄严。一滴一滴红血，从那东西的嘴角流出，顺着老荒的指缝，落到河滩上，点染着黑烂干枯的苔藓。老荒抄起短刀，准备把这桩血腥的事情像从前那样继续下去。

可是，就在这一刹那间，那只女毛从船头腾了起来，它摇滚着沉重的身子，竟若闪电般的迅疾，一下就扑住老荒的手腕。老荒猝不及防，惨烈地叫了一声，便重重地跌倒在河滩上，那只男毛的尸体和那把短刀，也丢落到一旁。面对这只抖足野气的孕毛，老荒捂着血淋淋的手腕，就去抓桡片。可是满水一双大脚踩在桡片上面，正用震怒的目光盯着他。老荒胆怯了，在这个遥远的河谷里，老打鱼子感到了一种从未有过的孤独和凄凉。半浸水中的高崖是一堵回音壁，清冷的河面是一面镜子，他怕听见自己的声音，怕看见自己的影子。那只挣断绳头的女毛，耸着一身褐亮褐亮的毛，鼓着两只血红的眼睛，作前弓后箭之状，和新老两个主子对峙一阵，便轻悄地衔住那只男毛，拖到浅水里。那只男毛仿佛很轻，也很柔软，缓缓向深水中划去。水面上泛起丝丝缕缕血红，随浪淡开散去。两个男人怔怔地看着，被一种古老而又新奇的东西镇住，整个身心在无边的肃穆和无限的永恒中起落、沉浮。

突然一声惨痛的嚎叫，仿佛胀破整个河谷似的，满水将一柄桡片往起一挥，将老荒重重打倒在河滩上。接着，桡片一扔，他发疯一样地扑过去，和老荒扭成一团，开始在河滩上翻滚起来。衣裳抓破了，撕碎了，剥光了，精赤的身上青一块紫一片，直到两张乌黑的嘴巴螃蟹似的吐着脏污的白沫，筋疲力尽，再也打不起来，滚不起来，四只手一松，两个男人才有如两团烂肉一样，无遮无掩摊晒在河滩上。

时光漫漫，仿佛过去了整整一个世纪。老荒蜷缩躯干，两手抓着胸膛，挖起道道血紫，那里像有一团火炙烤一样，使他感到阵阵烧心的疼痛。喔哦——喔哦——他喊号子般地叫唤着，就抽抽噎噎起来：

“我不过……为一服药肝儿……有哪样办法……喔哦……喔哦……娃儿……我的老大……喔哦……就是一副毛子肝儿……”

太阳升起来了，和昨天是一样的明亮。河谷轻轻一震就满满地接住了那鲜丽的早霞。靠着船头水边的沙碛带上，十来条大小不等的鱼一溜摆着，毛子吃鱼的习惯就是一条一条排开，有如祭祀似的，从容地来享用。几条细鳞鱼还未死去，无力地弹着红浅的尾巴，阳光射上去，跳着针刃一样的锋芒……

满水闭上眼睛，感到一种坚韧的痛楚。“我的毛子——”他这样在心底里呼喊，不是一种遗憾，也不是一种沮丧。不知过去好一阵，当打鱼子再次睁开眼睛的时候，他看见这样一幅悲壮奇丽的景象：

半浸水中的高崖燃烧了起来，兀立河心的灰色的巨石燃烧起来，那只女毛背驮着那只仿佛睡熟了似的男毛，从大石堡的那面爬了上来，像一团黑红的火焰，高高地蹿上天空，面对河滩，面对船，面对人，面对铁套和椀片，面对一溜儿还未来得及享用的祭鱼，她斜斜地站了起来，长长的躯体，仿佛连接住云天，叽叽呜呜的呻唤，仿佛细细绵绵的诉说。不过瞬间工夫，她便沉重地倒了下去，那只男毛从她的背上翻落下来，并排着躺在她的身边。大石堡上，也就燃烧起两团火焰来了。

第一匹骡子

黔无驴，有好事者船载以入……

——柳宗元·黔之驴

一

这是匹儿骡，浑身毛色黑得发亮。

它旁边不远的地方，牧放着一群土马。好几次，它想走近去。可是，它刚刚抽动躯干，那些土马便敏感地撅起屁股，嘶嘶的，喑哑地叫着，跳到一边去了。它于是顿住蹄子，抬平头颅，似乎有些迷惘地望着。在早晨浓重的雾气里，那些矮小邋遢的土马，一匹匹低垂头，啃着眼睛下面那一份浅草茎，畏畏缩缩而又透着几分安闲。最后，它转过了身去，依旧又寻着那些又短又黄的草茎，孤零零地寻着……

深秋季节，荒僻的山坝已经水冷草枯。它闷闷地啃着、嚼着，头颅尽力低下去，显得十分执拗。这块炎土早被那群土马牧放过了，即使咬破一根断草，腮沿上也沾满潮湿的泥土。可那茅草爷爷仍把它往里赶，仿佛不是来放牧，而是特意来寻这份荒凉、冷落。

渐渐地，这匹黑毛骡子距离那些土马远了。在它的后面，老主人紧紧跟着，像盯着一个学走路的娃儿，担心它摔倒跌倒。倏地，它感到眼前一亮，地上出现了一汪积水，正清楚地映照着它的脸。一愣，这畜生仿佛是得到了天启神示。它不再忧郁地垂着头颅，啃那份微不足道的草茎。它打过躯干，两蹄腾空，昂首一团团湿雾，被搅得在四周打起旋来……

看那畜生亢奋的样子，老人那像风干的橘皮的脸骤地缩了缩，便摇晃着干瘦的身体走了上来。他拿着一把很细密的芦苇刷，在那畜生脊背上轻轻地拂扫。濡湿的毛衣慢慢变得干爽，闪动着温暖的黑亮的光泽。他拉过了它的头颅，把一张马脸拥在了怀中。两只皴裂的手，便不自觉地在它的胸脖子上摩挲着，心里陡地一片发热。

每天早晨，天刚发白，茅草爷爷就摸索着起了床。从槽栏里把那黑骡子牵出来，得可得可一直走到院坝。那一阵，淡淡的雾气在旷野温柔地掀动，狗不咬鸡不叫，山坝上岑寂无声。院坝尽头竖着一架吊杠，H形的，青棡木头做成，透着坚韧和硬实的力量。老人和骡子走到那跟前，都感到一种莫可名状的兴奋……

这片窄狭的山坝上，终于烟笼雾罩。无论多么雄壮的马，也不能放开劲蹄来驰骋。它们只有猥琐地低垂头颅，一遍遍地咬破那些凋败的草茎。日久天长，代代相袭，它们变得身架矮小、性情压抑，几乎丧尽了马的剽悍。自从有了这匹黑毛骡子，茅草爷爷就做起了一副吊杠。晨醒晚睡，将它的头颅拉得高高的，固定在半空里。将它那宽阔的胸膛鼓突挺拔，筋腱强壮坚韧，助长那些土马绝不可能有的威武和剽悍……

扑扑地，那畜生搏动几瓣劲蹄，开始不安地铲着。吊杠下面的土皮，被凿开一道道黯淡的泥沟。猛然间，这骡子青鬃一挺，赳然昂首空中。昂——昂——对着清晨还有些朦胧的山村放肆地叫起来。那些懒卧在槽栏里的土马，听着这陌生高亢的叫声，莫名地感觉到了一种惶恐。响过几下模糊的哈欠，它们就嘶嘶吼叫开了，抗议那该死的骡子搅醒它们的梦……整个村寨就这样苏醒和喧闹了。茅草爷爷开始抓紧绳扣，渐渐收束着。随着杠架轻微地晃动，那骡子的头颅渐渐抬高。突然一阵急促的鼻息，响亮的叫声终于喑哑下去。它两只黑亮的眼睛浑圆地鼓着，又痛苦又自信地望着灰色的天空。在那颈脖下面，一大块肌腱颤抖着拉开了，绷紧了，仿佛还有一把铁撑子，在胸腔里刚劲地张着……

一阵沉重的脚步声，橐橐地响着，从村寨那边来了。不大工夫，一张瘦长的马脸，从浓雾里影影绰绰透出来，凑近了老人和骡子。

这个人是山坝上有名的马匠。年纪轻轻就脱了两颗门牙，说话嘶嘶响着尾音，大家喊他叫缺缺。缺缺先是在县城运输社赶马车。那一年闹饥荒，没有生意，马也养不住，就一人分得两匹马回家。这些年来，他就靠繁殖马儿赚钱。山坝上人家养的马，几乎都是他那里的种。一年一度，从黄淮平原上有马贩子来，他也有几匹三岁马儿卖出去……在这阴冷凄凉的早晨，黑毛骡子似乎对那张马脸有一种亲切的感觉。它把头颅从茅草爷爷怀中抽出来，向着马匠殷勤地晃了两晃。“老汉！你的财运来了，”缺缺没有理会那骡子，“一岁骡子三岁马，你这畜生正是管钱的时候。安徽那边来了骡马贩子，快回去交涉吧！”马匠说完，就从那骡子身旁走过，消逝在浓雾里，找他那些土马去了。茅草爷爷木然地站在那里，心中感到一种莫名的震颤……那畜生又把头颅伸到怀里来了。

二

事情是从去年春上开始的。

那个傍晚，太阳从山那边照过来，在一片黛色的天空斜斜地留下一束懒洋洋的红光。这时候，从山坝那条青石路上，传来一阵得可得可的蹄声，夹杂着叮当的铃声，很悦耳，也很有节奏。不久，一个满脸胡茬的人，赶着一头怪模怪样的畜生来了。那畜生很高大，长着兔子耳朵，牛尾巴，眼圈是花的，画眉眼，嘴唇发白，颈脖上还拴一只锃亮的铜铃，脑门心扎一朵鲜红的纸花，简直得意极了。一进村寨，那老板就吆喝起来：

“一骡敌三马哟！要想养骡，牵上马儿快来找驴……”先前在一家屋檐下面发着怔的几个婆娘，嘻的一下就笑开了。那嫩皮薄脸的，便颤声颤气直往屋里逃，藏到壁缝窗眼的后面瞅了。“人比畜同，天地相生，阴阳配对，生儿抱崽，大伦大理……”那公驴老板涎着脸子，仿佛不把人心叫开花就不罢休，长腔大调地吆喝着。

男人们都被吸引到屋檐下面了，既好奇又木然地簇拥在那里，听着，看着，而且分着一半心思，向着那边屋檐下面抱屈双臂斜倚在架磨上的缺缺。在这一隅偏僻乡曲，一个人只要在城头干过了事情，就让人觉得佩服。何况马儿配鞍的事情，缺缺从来就是很有办法的。

缺缺呢，他虽没有见过驴子，也没有见过骡子，可驴子配马的事情，他是听说了的，也懂得一骡顶三马的道理。只是那怪物来得突然，又气盛得很，似乎把他逼得有些萎缩。但稍稍合算，他就向大公驴走去，响着嘶嘶的尾音，直接地把那满脸胡茬的老板招呼进屋了。

第二天，就在缺缺的院坝，按着配鞍的规矩，人们提着鸡蛋带着钱，把槽栏里发情的母马牵了来。一鞍十蛋。当场就打破来滋补那公驴。老板的报酬是辛苦费，一鞍五块钱。如果怀上了身，还要付欢喜钱，一胎十块钱。那些躁动不安的母马，让主人抓着鼻绳，列队排满院坝。大大小小的男人顶着臭烘烘的腥膻气，在那公驴的周围拥着，也像感到了一种冲动。妇人在后面，踮着脚跟，眼睛鼓鼓地望着中间，心里也有些怪异的感觉。那怪模怪样的畜生不客气，一天就配了三十来鞍。几匹瘦骨伶仃的母马，被弄得趴在地上呻吟不止。山坝上那些雄心勃勃的男人，直惊讶得张着嘴巴说不上一句话来……

从那以后，人们就开始做起了骡子梦。那些矮小邋遢的土马，在人们心目中，陡地就一落千丈了。大多数配过的马上了身，肚囊一天一天地膨胀起来。那满脸胡茬的人，在一天早晨也来收了欢喜钱，赶着那怪模怪样的畜生回了北方。随着上孕的牝马肚囊越绷越大，几乎要把那矮小的身坯压坍塌。那混沌之中的骡儿，在人们稚拙狂热的想象里，一会儿像传说中的麒麟，能腾会飞；一会儿又像一团金子，闪闪发光……

秋天的一个早晨，缺缺家的一只母马开始了那种亘古常新的痛苦。沙哑的嘶鸣颤抖着，在那些发黑的杉皮屋盖上打滚。人们纷纷地拥到缺缺的院坝上，都想一睹为快，看看那非驴非马的畜生，到底是一件哪样宝。就是那矮小邋遢的土马，如今要生出一匹稀奇金贵的骡子，像是看魔术师小钱变大钱的把戏，叫人既惊奇又嫉羡不已……这种情形一直持续到晌午过后。那匹可怜的母马呜咽似的哼着，渐渐地力尽气衰，但那要命的骡儿，却在尻上才探出一个血糊糊的头颅……

倏地，又一匹悲惨的牝马的叫声，从另一个角落瑟瑟缩缩传来了。院坝上失望的人们，又带着惶惶的希望循声赶去。但是，他们依旧只见着一个血糊糊的头颅……那绝望的嘶鸣，仿佛惊动了混沌中的骡儿，都急急地裂变着，要冲出母体来。更多的牝马叫了起来，凄凉恐怖的声音，在山坝的上空掀起阵阵悲风。仿佛天降大难，村寨里一切生灵都搅得发了疯，人无目的地空忙，狗狂吠着奔窜，猪嗷嗷撞着圈板，牛哞哞闯进庄稼地……

好久好久，人们从梦魇中醒来，诅咒着那个满脸胡茬的人，诅咒着那头兔子耳朵牛尾巴的畜生。他们挖出一个大坑，把一匹匹死骡儿扔进去埋葬了。又挖出几个小坑，把几匹失血过多倒下的牝马埋葬了。回过来，他们就用怀疑和责备的目光看待马匠了。缺缺当然感到委屈。满腹疑窦地去城里跑了几趟，他才搞清楚驴种很多。那来山坝上配鞍的畜生，大约是关中驴，最有体魄的驴种。难怪那矮小邋遢的土马生不下来。他从此不再轻举妄动，更加珍惜那一群矮小邋遢的土马了。

在这场灾难中，全村寨只有茅草爷爷才得了一匹骡儿。他的牝马没有悲剧的嘶鸣，呻吟着屙出了那宝物。接着，它便血流如注，倒下去再没有翻起来……

三

槽栏里弥散着干草的温香，让人长久恋着走不开。山坝沉沉，裹在了寂静的夜帏里。乡下人晚来不做事情，一朵豆子样的灯亮就着一蓬烟子火。熏烤得发昏，就倒床睡了。茅草爷爷把骡子脊背上的蓑衣拉盖好，干瘪的嘴唇跳颤着，有一种和这畜生说话的欲望。那骡子也像是有一种默契，将软和的鼻头贴上老人干枯的手，喷着一股股热气……

“爹哟！我们是哪样人家！养得起公爷马，养得起耍骡……”

那贩子已经对黑骡出到一千二百块钱的大价，可是茅草爷爷却高矮不就。为这件事情，一向孝顺的根儿和他动了气。但老人一声也不吭，显得无理可讲又独横独断。当年，他婆娘抛下他跑到别处找了男人，他也是这样闷声闷气的，只在一房亲戚那里抱了根儿来做伴。积谷防饥，养儿防老。他没有这个念头，但求里里外外能够闹热一下眼睛。那么，对儿子尚且无心依托，哪里又想靠着畜生发财活命。况且，就是根儿身上那一望可怜巴巴的寄托，不知从什么时候起，竟也渐渐向着那骡子身上转移……所有这些，根儿不能够理会，老人也就憋在心里了。

翌日清晨，安徽来的那个马贩子上路了。他赶着一群矮小邋遢的土马，还一步三回头，直往院坝上正吊膘风的黑骡瞅着。那畜生高昂着头颅，望着那些被卖去耕地的土马走远，倏地腾起两蹄，突突地打着响鼻，露出一种受宠的神情，仿佛是胜利了，应该得意一回。

但夏天到来的时候，这匹高山骡子，却变得桀骜不驯起来了。

那个早晨，雾和往日一样显得浓重，在山坝上低低地徘徊着。倏然间，那畜生抛开衰老的主人，在一块火草地上兜着圈子，斜斜地跑了起来。那些雾像一股一股灰色的浪头，在它的周围掀动，扑击，牵制和包裹着。它一次一次地冲撞、奔突，似乎要摆脱这层层浊气，得到明朗和清爽。那些浓重的雾，却一点也不放松，紧密地在它面前筑起来，筑起来，从各个角度蔓上了它那强壮的躯干，死缠着它那强劲的四蹄。最后，它感到透不过气，而终于停了下来。它垂着头颅，不饮一露不食一草，只是原地上顿着蹄，仿佛苦闷焦躁到了极点。等到衰老的主人气喘吁吁追上来，它才稍稍显得安稳。

“你是想找死不是……”

老人在心里骂道，却把一张马脸又拥在了怀里。

从此以后，老人就把缰绳抓到手上，再不放松一刻了。但是，那黑色骡子并没有作罢。雾气稍稍散开一些，它望着那一匹匹矮小邋遢的土马，低头垂脑啃着眼睛下面那一份浅草茎，它就会不胜悲哀地甩动头颅，企图脱缰而去。每到这种时候，茅草爷爷横下心把缰绳绕在手臂，眼睛一闭死命顿着。不过，等那畜生气焰平复，老人又会乞求饶恕般地在心里语语着：

“不是我不放了你呀！这坝子上坑坑坎坎，雾罩瓮瓮看不真，摔烂了骨架，瘸蹄拐爪的，你咋办呀！”

那畜生怔怔望着老人，黑亮亮的眼睛里闪动着悲哀的微光……

晚阳落在远处的山峰，仿佛经受着严酷的磨砺，渐渐地缺下去，散射出一片温和宁静的红光，在衰败的山坝上跳荡。根儿掮着一担草，从山坝的尽头走来。年轻人走到老人和骡子跟前，把草担一放，又要折回身去掮“耗子搬家”，那远处还有一担草在搁着等他。这时，那骡子犟过绳子，长长的头颅往那草担凑了过去。

“闪开！畜生，”根儿把手中的扁担一晃，“这草是打给牛的……活路不做，又要贪便宜食，投错了胎……”

那骡子没有躲避，但也不再往前凑。它仿佛是听懂了年轻主人的话，又惭愧又伤心地垂下头颅，呜咽似的打着响鼻……

“你不要欺……欺它说不成话……”

老茅草干橘皮似的脸跳了跳，眯缝着眼睛望着根儿，讷讷地说。

根儿正是火烧火燎的年纪，且为那黑毛骡子没有卖给骡马贩子的事情，又和老人憋着一口气。一听这话，他硬起双脚，俯身把那草担拧在一起，双肩突举，一担草便驮在那骡子背上。然后，他风一般转过身，去掮那另一担草，脚步在山坝气急地橐橐响着……

那骡马先是一惊，跳两步，但是接着，它就像是做起一个愉快的梦，发出一种欣悦的呓语般的叽叽响，便踩着轻捷的步子，奔向山坝上那条青石路……

老茅草没有省悟过来，手中的缰绳不自觉地松脱出去。他怔怔地站在那里，望着那骡子悠然摆着一根短尾巴，得可得可响着蹄往村寨走。他简直不敢相信自己的眼睛……哦，哦，他很快就追了上去，惬意地拍了一掌那畜生圆圆的屁股。

“原来是这样！”他的心里释然地说着，“你这畜生！良种良种，原来是耍不成……怨我，怨我……哪里是耍骡呢！唉……”

他想起他那一阵的情形来了。家屋对面一重茅草坡，被他挖翻一遍，又挖翻一遍。锄柄挖破了，掌心上打起茧，身上的血却还在突突地跳，冲掸着两只硬鼓鼓的臂膀直发痒，他还想挖一气。那土里长着甜津津的茅草根，是乡娃子乡妹子喜欢的。大家给他看牛，他就在那里挖，村寨里大人们说他心眼笨。他不听，觉得有了力气没地方使，浑身就不自在。再说，那草根是由他来分配，他就悄悄地多拿一些给春桃。后来，那乡妹子居然给他做了婆娘……

从此以后，那骡子安静多了。老茅草把缰绳拴得短短的，不再约束，由它自在地在山坝牧。挨过白天，那畜生便撇下老人，乘着一抹傍晚的红霞，得可得可踏响青石路，欢喜地去山坝的尽头驮草……

可是，过了一些时候，它开始整天显得闷闷的。啃一会儿那浅草茎，又抬起头颅，望着那些矮小邋遢的土马发愣。偶尔地转向老主人，它那黑亮的眼睛里，则透着迷惘和乞怜的目光。对驮草，它仿佛是生腻了，走上那青石路也不是那么轻松欣悦，显得无可奈何……细心的老茅草全觉察了。

但在这片窄狭的山坝上，生活本身就显得那么枯燥和单调，哪里又有常新的丰富的内容，吸引那血气方刚的生命。老茅草感到一筹莫展。那畜生又会干出什么冒冒失失的事情呢？他惴惴不安地等待着。而这一回，他失望了。那骡子半点越轨形迹也没有，整天垂着头颅，仿佛认命地啃着眼睛下面那一份浅草茎。要是那些土马能够容纳它，简直一眼很难把它从它们中间分别出来了。不知怎么一来，这反倒使老茅草感到心中憋闷，甚至有些透不过气。

四

那年初秋，一条毛坯公路从区镇修到了乡街。上头编排着次序，让各村寨轮流出几匹马去拖轧路机。这固然不能算美差，但讲明是有待遇的。让那些畜生闲着，一天不过就是吃草，当然还是轧路要强得多。

早晨，已经天光大开，缺缺把一块麻布铺在马背当坐鞍，就骑了上去，俨然一副骑士派头。随着一阵嘈杂的蹄声，人和马走上了那条青石路，意气洋洋地消逝在山坝的尽头。

太阳刚刚西斜，缺缺就牵着他的马回来了。他没有了坐骑，而且五匹马少了两匹马。他哭丧着一张脸，对拥在周围的男人女人，响着嘶嘶的尾音，说那石头磙子简直就像座山，居然把他的马压趴了两匹，歇在乡街回不来……

他正这样叫苦连天，忽然觉得有一只手在身后执拗地扯着他的衣裾。转过身去，他便和茅草爷爷干橘皮似的脸凑在了一起。

“你……把那匹骡子……”老人舌根打不动似的，低声哑气地嗫嚅着，“搞去试试……说不准……真啃得动那家伙呢！”

如果换一个人，缺缺就绝不会答应。即使让自己的马一匹匹地累死，他也不会输这口气。但偏偏是老茅草来逞这个强，把那匹骡子去顶那些土马，这就是另外一回事情了。为那兔子耳朵牛尾巴的畜生带来的那场灾难，他被搞得声名扫地，几乎叫人指穿脊骨。倘若这骡子真顶上马，拽动那庞然大物，那么，他马匠当初挽留那满脸胡茬的人和那头大公驴，就并不为大过……

“把那畜生搞去，看它拖得动拖不动……我们那些……温驯可怜的牝马啊，就是为骡子死的……这鬼东西，到底啥本领通天入地，我们当初也是看你缺缺的……”

旁边好几个人，别具用心地帮着腔。

“一骡敌三马呢！是铁还是泥巴，抽它到石头磙子下……就晓得啰！”

发展到这一步，简直是美满至极。缺缺决定亲自办理这件事情。成功，他是高明的。失败呢，他也为人们出气解恨了。

当天晚上，缺缺就把那黑毛骡子牵到乡街上去了。

翌日，从早到晚，人们的魂儿仿佛被那畜生带出山坝，做起事情来无半点心思，又都很焦灼，不时地从槽栏旁，从田垄头，向那条通往乡街上的青石路张望着。

这正是一个赶场的日子，褊仄的乡街满满当当。人们熙攘着，乱纷纷，热烘烘，交涉各自的生意，会见各自的熟人，喝各自的酒……突然，那挂在皂荚树上的大喇叭响起了罗乡长的熟悉的嗓音：

“喂！喂！赶场的人都听到。请到马路上去……那里有一个节目，是一匹黑毛骡子……黑毛骡子正在拖轧路机……千万不要看花眼睛说那是马哟！骡子是我乡的新鲜事物……看了回来，听到，喂！我们已经找到材料，有关骡子的习性等问题，要给大家同志们做一个宣传……”

毛坯公路的两旁，是收获过了的坡上，上面密匝匝地站满了人。当缺缺把那黑毛骡子牵到那巨大的石头磙子前面，红着脸向人们行过弯腰礼，然后上枷的时候，满坡的人都嘘了起来，以为这比看戏还精彩。但接着人们就噤住了，眼睛怔怔地望着那畜生，仿佛要拽动的不是石头磙子，而是他们每个人的魂魄。那畜生腿脚并不粗壮，可已经拗在了地上，像钢钎一样不可动摇。见它躯干前倾，浑身里收缩着似团铁。那石头磙子颤抖一下，仍大模大样稳在原地。但只是一瞬间的僵持，听得两边辕杠嚓嚓发响，那如座山般的石头磙子就动了起来……顿时，两面坡轰起了一片欢叫声。人们拥下马路来，忘记了赶场，就在那轧路机后面，背着背夹的，提着提篼的，疯疯癫癫跟着一大串……

就这么一回，那兔子耳朵牛尾巴的畜生给山坝上人们带来的创伤，仿佛就得到平复，于是恨也解气也消。当然，缺缺的见识和渊博，又重新得到了人们承认，觉得他仍不愧是山坝上最优秀的马匠。缺缺在乡街上没有回来，据说是乡长请他做客了。

人们开始痛定思痛起来了。

"这事情的当初……咋怪到缺缺身上去呢？人家老茅草那匹马就生下骡子来了。人穷怪屋基，瓦漏怪桷子稀……怪来怪去，怪我们自家的马不中用……"

"要是这黑毛骡子也卡死在那屁股上，没有了证明，真还要一辈子……冤枉那驴，冤枉那满脸胡子的老板呢！"

五

黑骡从乡街上回来的时候，人们拥到茅草爷爷院坝上，像是迎接一个凯旋的勇士。它颈脖上挂一根鲜艳布带，那是乡长亲自为它披的红，显得很耀眼。身架高耸着，也似乎长出一大截，让人惊讶不已。那高昂的头颅，隆突强健的胸肌，具有超然的雄风，使人感到震慑。那几瓣带着铁掌的蹄子，冷酷地透着一种神秘的力量。

如果这畜生不再有别的非分想望，仅仅以它神奇的力量偶尔做一手奉献，而后就像那些矮小邋遢的土马，终年俯首帖耳地和那份浅草茎交道，那么，它简直算得一尊不朽的雕像，天长地久地屹立山坝，屹立在人们的心目中……但事情不是这样。

那一天，山坝上灰暗的雾幛撤开了，暖洋洋的阳光落下来，潮润的地气如丝如缕地蒸腾。远山近水，以及那些浅草茎，都蒙着一层迷离惝恍的光景……那骡子慵倦地举着头颅，懒懒望一眼它那衰老的主人，就转向了那群牧草的土马。

它们中间隔着一爿空地，草尖上针刃般地闪着光辉。在一片晴烟里，那些土马显得温柔而美丽。那骡子看得发起呆来……倏地，它赳然打起头颅，腾空两蹄，却又并不跃出去。两只矗长的耳朵笔竖着，仿佛在聆听着什么，是春风的歌唱，还是来自天际的召唤？它开始感觉到了一种热烘烘的滋味，既难受又有些甜丝丝的。在它那强壮的体内，一股原始的美妙的潮流开始涌动着。它感到眼睛迷乱，一层层彩色的光环在前面交替抛掷着，弄得它醉了似的，便有些踉跄地往那群土马走来……

不知是由于嫉恨还是嫌恶，那些土马跳到了一边去。可是，当那骡子带着一种功臣似的居高临下追下去的时候，它那激荡的生命，使一匹土马终于停留下来了。

那是一匹牝马，生得玲珑精悍，而且是耀眼的白色。那骡子惊讶地打住蹄，而后缓缓靠近那白马，把那凌厉的雄风，化作一点点温情……

"啊，啊，畜比人同，畜比人同……"

那衰老的主人喃喃嗫嚅着，在那里发愣。仿佛这一片惹人的风光也使他晕眩了。

自那骡子从乡街披红回来后，老茅草就感到了一种束手缚脚。以往，他虽然也把那骡子当伴儿，但毕竟一个是畜生，一个是主人。现在呢，那畜生是山坝的骄傲，又得到上面表彰，弄得老茅草反倒仿佛仆人似的，在那畜生一旁随侍着。就是早晚吊膘风，他都怕将它勒疼……

"你老人家……是咋安的心！"

一种嘶嘶的尾音，愤愤地把他唤了回来。缺缺牵着那还有些躁动不安的骡子，站在了老人跟前。

"这骡子跑去裹我的那些马，你没有望见不是？我那些马都是喂起圆马儿的……"

老茅草浑身震颤一下，木然地点了点头，从缺缺手里接过了缰绳。那马匠走出几步去，又回过头来叮嘱着：

"这骡子的喂养，乡长是说过话的，你要多精心，不要喂到后来，又叫人嫌弃它，败了名声，又负了上面领导一片心意……"

老茅草站在那里，一直望着马匠走远。他那皱巴巴的脸一抖，才落下两颗浊泪来。胸怀里暖暖乎乎，那畜生仿佛知罪似的，把长长的头颅又伸了过来。老人把手抹一把面颊，会意地去抚着它那矗长的耳朵，讷讷道：

"往后……不要糊涂了，啊……"

但就在这一阵，听得嘶的一声长啸，那匹漂亮的白马，已经离开那群矮小邋遢的土马，竟奔着强壮剽悍的骡子来了。它在几步远的地方打住蹄，发出一种呻吟似的叽叽的颤声，做着一副痛苦乞怜的神情望着老人。老茅草扭过了头去，一瓣衰弱的心仿佛在流血，感到一种颤颤的钻心的疼。可是，那骡子已不再克制，一团旺盛的火焰在胸膛里燎炙，满腔涨血突突地撞击着脉管，使得它犟着头颅，有些疯狂地向那匹漂亮的白马奔着……

“啊啊……你不能，骡啊……你不能，那些人……是要圆马儿找钱……你……你不要胡来……你不能圆种生育，是……天的安排……”

那老茅草呜咽似的嘟哝着，把那畜生的缰绳半死不活地勒在手中。但是，不知他是感到力尽气衰呢，还是心底里动了怜悯情。他渐渐地松开手，一根麻绳就从掌心滑脱出去。

“骡啊，去……去高兴高兴……你喜欢那白马就去，我不为难你……”

他梦呓似的言语着，就缓缓地瘫倒下去。

那渐渐地木钝的脑子里，一个昏暗隐秘的角落倏地亮了起来。那里尖风呼啸，雪片漫天飞舞。一截长满绿苔的石棱下面，女人愁苦一张脸，呆呆地坐在送子娘娘跟前。忽然，男人走了进去，抓起那冷酷的偶像扔得远远的。“你走，春桃！我……我无能……做个人都做不起，你去找个有本事的……”男人抓着头发，对着灰蒙混沌的天空吼着……

太阳还很明亮。草茎上的露已经晒干。土里散发着热烘烘的湿润的气息。恍恍惚惚地，一张长长的马脸，在他头顶一片天空上摇晃着，响着嘶嘶的尾音咆哮着——

“难怪你总惯着那畜生！原来……你们是一样货……一匹下霉种的老骡子……”

仿佛传说中依靠一道谜语作法的魔鬼，谜底戳破，法力也就消失了。现在，老茅草的谜底也被戳破了。他整个身体又干枯又空荡，轻飘飘地直往下坠……

傍晚，那匹黑毛骡子在山坝上昂昂地悲啸着。于是，人们才循声发现了老茅草。他那一阵已经僵了。仿佛他早就应当是这个样子，没有人觉得一点诧异。下葬的那天，那因为怀不上孕便离开茅草的女人，也来哭了一场。

六

黑毛骡子由年轻的主人照料了。

根儿忙着田土里的活路。媳妇做着家中细碎事情，也挪不开半步。不可能像以往茅草爷爷那样来牧，根儿就把那骡子往山坝一赶，像放土马一样，天近晚才去寻回来。

那畜生最初很难受，见着那匹白马也躲避到一旁。它在那些火土里孤独地踯躅，仿佛不厌其烦地温习着和那老人在这山坝相处的一切情景，不时凄然地叫唤两声……但最后，它还是忍受不住寂寞，又跑向那群矮小邋遢的土马，去找那匹白马。

马匠缺缺很快就找上了门。

“根儿！你是晓得的，骡子只能做空事情……我的白马正是发情的时候，可它缠上它了，弄得别的公马都不敢走近去……”豁齿里响着嘶嘶的尾音，“你得想一个办法，要不它今天白马，明天又黑马……会弄得众人嫌弃的。当然，如今要把它卖出去，显然不恰当，它已经很出名了。那么，是不是把它关起来冷落一阵……”

那晚，根儿两口子核计半夜。最后，确定把那畜生牵到媳妇娘家去寄养起来。那里没有一匹马，不会搞得天怒人怨，也不用打草饲养，合在那些温驯的牛里赶上山就行了。

哪料到那畜生性子犟。在那陌生愚钝的牛群里不几天，它就在一个多雾的早晨，翻出山沟跑到山坝上来了。那匹漂亮的白马，正郁郁地夹在那一群土马里。透过浓重的雾气，它似乎嗅到那骡子独特的气味，远远就迎了上去，仿佛要向那骡子一吐忠贞的情怀。可是，那骡子却显得无动于衷，老茅草去世，年轻主人的贬谪……仿佛把一颗炽热的心已经浇冷。它只是极有分寸地舔了舔它那白色的毛……

黑毛骡子的这种行径很快就被发现了。但它再不肯离开山坝，见着人走近来，它就警惕地跑开了。根儿两口子在窄狭的山坝追逐着，淌汗，摔跟斗，一直到太阳西斜，才气喘吁吁地把缰绳抓在手中……

“这样不是办法，根儿！”缺缺一个心眼挂着繁殖马的事情，“我那匹白马已经配过鞍子,有了马崽儿……那畜生还会跑回来胡搞的,那不就毁了……”

根儿斜睨一眼马匠,气就冲了起来:

“它各自要跑来,我又不能把它的蹄子拴起来……”

缺缺咽了一口气,忧心忡忡地走了。根儿两口子无奈,又把那畜生送回到山沟里了。

但这以后,它还是不断跑到山坝来。那匹漂亮的白马也还是一往情深地迎着它……

一个烟笼雾罩的日子,它又离开那一群牛,踏着灰暗的雾气来到了山坝。在那一群矮小邋遢的土马中,它奇怪地看不见那匹漂亮的白马了。它清楚自己不是朝着它来的,仿佛不过憋得难受,跑到山坝上来散散步、透透气。然而,一旦不见那匹白马的影子,它又禁不住惆怅。就在这时,它听见那匹白马熟悉的嘶鸣了。它知道它嗅到了它的气味,在呼喊着它,于是就循声找去。它终于看见那漂亮的影子,还有一张昏暗的马脸,诡谲地向它摇晃。它收住了四蹄,心中感到不解,而又隐隐地生着一缕希望。就是这个人,一次次把它从山坝上捉去,使它一次次又回到阴暗沉闷的山沟。可是现在,他笑得那么亲切,嘶嘶的尾音,又那么和善地召唤着。它犹疑着,不知是进还是退,是逃跑还是迎着他奔过去。但当那张马脸转过去,拉牵着白马要走的时候,它便什么也不再顾虑了。仿佛怕错过什么似的,它放开四蹄追了上去……

倏然间,它那奔突的躯干猛一震,蹄下一块绿得耀眼的草地动了起来。它来不及跳开,那高大的身体訇地就往下坠去,带着一缕温暖的希望跌下深渊……

昂——昂——山坝上响起了凄绝的啸叫。声音战栗着,痛苦地从浓雾里透过,传到村寨里来了。根儿尖起耳朵听着,渐渐地眼前一片昏暗……

“骡子啊!”

他在山坝上叫着,狂奔着,最后才在一道消坑里发现那畜生。村寨里的男人们都赶来了。大家抢急织成一个大篾网兜,把它从深沟里吊了起来。它浑身血糊糊的,一只前脚和一只后脚跌断了。它古怪地呻吟着,既不像骡也不似马。它弓屈着身体，头颅仍旧高扬，仿佛一只巨大的袋鼠，尚存的两只脚一蹦一跳就直往村寨走。那一阵，没有人咋呼一声。大家默默地跟在后面看着这畜生作最后的表演。那情形，虽没有当初在马路上拽石头磙子精彩，但却更深刻地叩击着人心。它走过老茅草的坟堆旁，走过院坝那吊膘风的杠架，一直走进那熟悉的空荡荡的槽栏……

“我的骡子啊！”

年轻的主人哇哇地叫唤着，痛悔地哭起来。

乡街上来了一个兽医，拿着那骡子两只断蹄晃了晃，水也不喝一口便走了。从此，黑毛骡子就留在了山坝，但再也不能跨出槽栏一步了。它的头颅始终高扬着，一前一后两只蹄子硬铮铮挺在地上。和从前一样，就是瞌睡也仍是站着的。但它吃得极少，料槽里时常剩得满满，仿佛它只是闻闻气味……

村寨里已经有话传开了。说那天雾太浓厚，那骡子骚劲大，心血来潮地直顾扑那匹白马，就失蹄跌进了沟里。黑毛骡子说不出一句话来，心中憋得难受。它多么渴望年轻主人能够看出它的委屈，能够懂得它的心思，就像那坟头的茅草爷爷那样……

这骡子很快就消瘦得像一架风车。但那头颅依旧高扬，一副硬扎的筋骨也依旧耸立；一前一后两只铁铮铮的蹄，也依旧像两颗实在的铆钉，稳稳铆在地上……那年轻主人不忍再看它那模样，企图寻找一个爽快的办法，来解脱它的痛苦。

根儿先是去民兵连长那里借枪。听说用一粒子弹也要向上申请，他于是写了申请书到乡街上。可是，那骡子是拽轧路机的功臣，没有哪一个人愿意提供武器。

最后，他简直急疯了。从乡街上回来，他就在红炉里烧起一根铁扦子。按照从一个古老的龙门阵中得来的办法，等到那铁扦子烧得通红，他就拿在手中。当他握着这根燃烧的长长的铁扦凑近去时，那骡子发出了一种喑哑的嘶嘶声。年轻人一愣，就见在那根红扦映照下，那骡子眼睛晶亮。他伸手一抹，掌心里濡湿了一片。但是，他无心理会无法理会了。长长的火扦扎了进去，从那蠢长的耳朵眼子里扎了进去。一缕青烟，一股焦煳的气味冲起来,那骡子带着火扦一声不吭地倒了下去。根儿看着骡子一双死瞪着天空的眼睛,惊骇地愣了一阵,而后突然怪叫着逃开了去……

这一天,那匹漂亮的白马生下了一匹漂亮的马儿。耳朵长长的,很有些像骡子。

杀死了非同寻常的畜生,且又手段残忍。第二天,根儿就被叫到乡街上去了。在那里做了两篇检查,心甘情愿认罚以后,他就串联起一个人往北面走了。据说,他想寻一头恰当的驴种来圆骡。如今,很多人都想要骡子,觉得矮小邋遢的土马没有出路……

黑毛骡子就埋在老茅草坟堆旁,仿佛那老人仍旧牧放着它。

响水溪烟雨

秋天刚刚开始，我就动身去响水溪。响水溪是在两个省的交界地上，那里的烤烟常常被外省收购了去，上级决定在那里设一个临时收购点。在岔路口那儿下了汽车，我就沿着一条伸向山中的小马路走去。小马路是新修的，没有填八字石，微雨洒过，便很泥泞。路上有两道车辙，不知道那车是怎么开进山中去的。

走了一个多钟头，我才绕上山顶。脚下有一条小河，河对岸有几片黑簇簇的屋群，四十来户人家。那房盖不像青瓦，也不像茅草，苍烟从斜边逸出来。小河这边有一辆吉普车，不大谐和地停在水边……那就是响水溪了。

我一溜一滑，不过十来分钟，就抄小路下到了山脚。这时候，我才看清楚，那房盖是用杉树皮铺成的。在那辆吉普车的旁边，有两个人站在那里，一个是干部，一个是农民。那干部抽着一根烟，一只脚搭在吉普车前面的横挡上，显得很有耐性。那农民背向我，腰胯那儿搂着一个娃儿。听见响动，他转过头和我笑了笑。他不过三十多岁的样子，穿一件布纽子的对襟汗褡，嘴里咬一根竹管烟杆，目光中有一种锐气。他没有向我走来，那里有什么事情离不开他似的。倏地，水里冒起了一个湿漉漉的脑袋，一张疤脸向着岸上……我注意到，那个搂着娃儿的农民，他腾出了一只手，从暗处向河里那疤脸打一个手势，于是那疤脸便踩着水，浮上岸来。吉普车轰轰打着火，原来那里面也有一个人。那干部拉开车门钻进去，吉普车便啃着泥泞的路面开走了。这时候，那农民将腰胯下的娃儿一举，那娃儿便稳稳地骑上他的颈脖，打起“马马肩”，向我走过来。“他们干啥呢？”我不解地问。“找宝物。”他神秘地笑笑，便招呼我过跳磴，那样子是不肯和人多说话的。

这个农民叫杨金谷。可是响水溪人没有叫名字的习惯，他们只叫绰号，或者小名，诸如疤子、二狗、老幺，他们叫杨金谷“省长”。你和他们熟了，他们会带着骄傲的口吻和你说：“我们这里有一位省长呢。”杨金谷原来是响水溪的民兵排长。平时哪一个肚皮疼，喜欢问他要一点药。那是什么药，他不讲，只是吃下去很见效。有一回羊儿山界地上发现了一具尸体。两天以后，来了一辆吉普车，把他押进城去了。原来民兵排长的子弹不对头，而那尸体，恰恰是死于枪弹。在堂上，他供认拆散子弹，把药掏出来给人治肚皮疼了。废了的弹头呢，他乱扔，被他两岁的瓢儿要不见了。冤冤枉枉蹲了一个多月监狱，真正的凶手在外省抓到，他才被放回来。当然，民兵排长的职务也被解除了。但是响水溪吃过他的“药”的人都很感激他，觉得他是为他们受的委屈。无形中，他在响水溪便显出了威望。不过，响水溪人叫他“省长”，还不是这个缘故。在山外，他原来是没有什么交往的。不是队长，不是会计、保管，响水溪有外差轮不上他。没有事情，乡里和区里赶场，他也懒得去。近年来，交换都做上家门口，他更孤陋寡闻。然而，命运安排他在城里蹲了一个多月监狱。他在里面结识了一个人，是外贸站的，因为打架才抓了进去。那人出狱以后，特地赶百里多路到响水溪，给一笔加工盐渍笋的买卖，让他发财。响水溪两岸遍是水竹，春二三月新笋破土，男男女女三两锄做完那点庄稼，就背着背夹钻进林子采笋。采来笋子交到他手中，他又雇这些人加工。需要的盐和胶桶，由外贸站从城里运来；笋子加工入桶，又由外贸站运去。他这个季节性的笋厂，使得响水溪人家每年每户要多进好几百块钱。在响水溪，人们对于一个省的概念，比对于一个县的概念，要清醒得多。“笋”和“省”同音，他们就把“笋厂厂长”简化为“省长”。比较之下，那不怎么管事的队干部，在响水溪人的心目中，似乎完全淡漠了。时间久了，甚至山外来人在响水溪联络什么事情，也居然找到他头上。当然，找到他头上，还有另外的原因……

我住的是生产队的仓房，那里四面空空，除了住宿，还可以贮存烟叶。饭在人家里吃，也不是派饭，第一天在“省长”家吃，第二天“省长”的邻居二狗就登门来喊……一家挨着一家，这种秩序完全是默契的。初来乍到，一切都还要准备。夜里，我打着电筒去“省长”家，想托他找一个帮手。“省长”家在响水溪头，我就贴着河边走去。

天气有些闷热，月亮害羞似的藏在一层薄云后面，响水溪晃着模糊的夜光……我正走着，突然在我的电筒光圈边缘，一截古树桩子上，跳起一道黑色的影子，扑地落入水中，惊得响水溪直摇荡。我疑心有人跳水了，可转念一想，那又不像人。我感到阵阵发紧，踉踉跄跄赶到“省长”家，把这遭遇和他说了。话没有完，“省长”和他女人娃儿都笑了起来。

“是娃娃鱼……”他那四岁的娃儿瓢儿说。

“瓢儿，走开！你去睡……”“省长”向瓢儿瞪了一眼，把话截开了。

瓢儿没有动，不安的眼光睃着我。

“你……像是怕我晓得了娃娃鱼？”我随口问。

“哪里哟！”“省长”苦笑了笑，摇了摇头，便什么也不说了。

屋子里陡地变得沉闷。我坐不下去，将委托他找人的事情直接地说了。他很快显得轻松了。

“你还是看得起人，刚才那事情，不要记恨我。”他怀着一种愧疚说，“我们响水溪就出娃娃鱼，同是一条河，流出响水溪就没得了。要不呀，谁会看得起我们山旮旯。你看，昨天都还有小车子来呢！那些人想吃娃娃鱼得很。城里的人下乡，总生着法子往我们响水溪跑，来了就要我们捉娃娃鱼款待……”

我这才明白，“省长”刚才是忧虑我也要想吃娃娃鱼。

“这娃娃鱼发现才没有几年。最初，我们笨得很，只要山外来的人，我们都满足吃一回。高级的人物来城里了，也时常派车来捉，车就停在山外岔路口那儿，人走路进山……那一阵没有马路，马路是后来才修的……那一阵就只有我会捉娃娃鱼，疤子会捉是我后来教他的。捉一条娃娃鱼，队上给我记二十个工分。那些人得了娃娃鱼，丢下两句好听的话给队长，便转身赶路，他们怕娃娃鱼死了不新鲜，其实是不会死的……我呢，他们连白都懒得搭一句。后来我就假装捉不到，在水里做样子哄他们，我宁肯不要那二十个工分。队长晓得我在搞鬼，等到要娃娃鱼的人空手走了，他就和我干起来。我也火爆着顶他：‘娃娃鱼捉干净，鬼老二看得起——你这个卵队长！’

他后来就不管这个事情了。上面来人问他要娃娃鱼,他就喊来找我。我呢,也不敢得罪他们,但要白吃娃娃鱼也不行。我在河里摸一阵,就上岸歇一阵,和他们拉话,说这地方有条路通进来就好了,也不过那么十来里路,别的不说,要赶急弄条娃娃鱼多方便……他们晓得不给好处就吃不到娃娃鱼了,修一条路也的确对他们有利,不久就划了两万块钱,我们响水溪的人就挖了这条马路……有了马路我们才拉进来煤炭搞了烤烟……但车子不过河我们还是不方便,跳磴是不好走的,我们愿意筹款修一座桥,不过要国家补助一点才行……马路上也需要铺石子,我们想借交通局一台碎石机用用……等到这些事情搞停当,老子……哪个的账也不买,反正政府有保护娃娃鱼的文儿。昨天那小车子,妈的我就要糊弄他一回……"

"有话好生说,咋妈妈娘娘的了。""省长"女人在一旁岔进来劝阻。

他于是闷声不吭,把那气憋在心中了。我不知道该和他说什么话,心里也感到一种沉重。默默地坐了一会,我就告辞了。"省长"送到门口,才轻松地说:

"天气热,娃娃鱼要爬上干滩歇凉,有的还要上树呢……你说不定还会听到娃娃鱼叫,叫起来像娃儿哭……都不用害怕。"

我发现这个将娃娃鱼送屠的能手,对他的猎物有一种特殊的感情。

没想到几天以后,那个绰号叫疤子的,给我送来了一条娃娃鱼。那一阵我坐在灯下对账,听见有人怯生生地敲门,我拉开木闩,看见疤子站在门口。"我给你捉了一条娃娃鱼来……以往的人来响水溪,都是要尝一尝的……"他说着,把一个篾篼子往门槛里一放,便转身走了。这篾篼子是用破斗笠拆缝的,黑亮的娃娃鱼就干躺在里面。我掂了掂,有十来斤重。它的脑袋扁圆,整个身形像一条鲢鱼,又像一只巨大的蝌蚪。它的脚很短,又弯曲着,几乎看不见,嘴巴特别宽,眼睛却细小、浑浊,仿佛正流泪……它一动不动。

"它是不是死了?听说娃娃鱼要用红火灰烫死才好……"

我心里掠过一丝尝鲜的念头。但是我很快就清醒了。这条娃娃鱼就是龙肉,我也要忍口不吃……

我提起篾篼子,决定把它放回水里。娃娃鱼是两栖动物,不会就这样死去的。出门没有几步，我就迎面碰上急匆匆赶来的"省长"。见我手里还提着娃娃鱼，他便安稳下来了。

"不是我想吃娃娃鱼啊！"我玩笑着，"这是你的徒弟送来的……"

"既送来……你就尝尝吧！"他勉强地说着，"主要是……这河里娃娃鱼越来越少……"

我当然听懂了他的话，径直往河边走去。

"晌午的时候，有人给我说，疤子在河边上转悠，问是不是你又要吃娃娃鱼了。"他跟在我的后边走着，"刚才，我去疤子屋里，疤子心虚，我两句话就把他诈出来，他原来是想你收他烤烟，给他抬高等级……"

走到河滩上，我把娃娃鱼放下来，撕破了斗笠篼子。夜空朗然无云，月光幽美地洒下来。娃娃鱼蜷过尾部探扫一下，确信牢笼已经解除，它便打直腿脚，支起大半个身体，慢慢爬出篾网，循着响水溪哗哗流动的水声，愈爬愈快，很快就在月亮的清辉中消逝在响水溪头……

第二天晌午时候，"省长"的娃儿瓢儿守在秤旁，等到收了账，就拉起我到他家吃饭。先前供饭的次序，就这样破坏了。"省长"在檐下一个草墩上坐着，依旧穿着那件布纽子的对襟汗褡。见我来了，他就起身去屋里。不一阵，他拿出一把叶子烟，送在我的手里，"这是鸡雾烟，好抽。"他说着，又从哪里搜出一根泥巴斗的烟杆递给我。我其实不会抽烟，掐断叶子，却不滚裹子，只是将那软烟皮在手心揉搓。"省长"从腰包里摸出一枚灰旧的大扣子，给了瓢儿。瓢儿拿着大扣子，在院坝里拧着旋转，仿佛做着世界上最高级的游戏。

"你来响水溪，我……还没有请你吃过饭。""省长"咬着一根青竹管的烟杆，说。

我感到奇怪，先前那种依次序的供饭，居然不属于人情交往。我意识到，我和"省长"的关系，又大大进一步了。

正说着，他的女人在屋里咳了一声。于是，"省长"便请我入席。除了一钵狗肉，那桌子上的菜，完全和上次供饭的菜一样。狗肉做得不好，腥味还没有去。有一碗柏香熏烤的腊肉，我倒是喜欢吃的。我不喝酒，但也抿了一口，那是"省长"自己酿的苞谷酒。他的女人在灶膛那儿吃饭，但是，他的娃儿瓢儿却和我们同桌坐。

“省长！二狗……”正吃着饭，疤子气喘吁吁跑来说，“他们在羊儿山砍树，被外省的抓住了……”

“省长”愣了愣，“我去和他们交涉……”他放下碗筷，“吃顿饭……都吃不清静。”他兀自说着，就走进了里屋。不一阵，他穿着一件深灰色的中山服走出来，一面系着领上的扣子。那衣裳是崭新的涤卡料子，透着一种庄重的色泽。走出门去，他又用几根手指抹顺蓬乱的头发，那么自信、沉稳，仿佛真代表着一省，去羊儿山界地进行高级谈判……我怀着一种观望心理，等候在那里。

傍晚的时候，“省长”领着二狗几个人回来了。他去里屋换下那件中山服，穿着那件布纽子的对襟汗褡出来，“搞得饭都吃不清静……”他莫名地晃着脑袋，重又坐上了饭桌子……

“省长！还看你不出呢。”我跷着拇指说着，想听听他在羊儿山界地上的会晤。

“这算哪样哟！”一旁的疤子接过话，“乡里区里没得办法的事情，我们省长只几句话就把它拿下来了……”

我更加觉得惊奇，转过身去听疤子的了。

生产队长德贵有一盒棺木，在冬天里卖给了响水溪下游柳阳坪一户人家。钱交清了，棺木在德贵牛圈顶上，只等一个日子来抬走。那一天，德贵带领全家老少上山铲火灰去了，恰好柳阳坪来了人，见主人不在，就各自从圈顶上把棺木搬下来抬走了。殊不知那圈里一头母牛是窝了崽的，当天夜里就流血不止。德贵连晚请来兽医，花了几十块钱，大牛虽然保住了，可是眼看就要活蹦乱跳的牛崽却死了。就为这事，德贵倔着性子，咬定是柳阳坪的人抬棺木惊动了胎神，去抓起那主人家到乡里、上区里评理，要求赔偿。生产队长是发展入了党的。两级政府一个口吻：“你枉做一个共产党人，是信鬼神，还是信马克思主义……”可是他不服，犟着牛头还要上诉，于是他找到“省长”替他谋划。“省长”懒心淡肠摇着头：“你往天都在家的嘛！为啥独于那天全家人都去山上铲火灰了呢？真是有点巧呢，这不是交了霉运该背时么！不过，失财免灾，若不是这只牛崽做了替身……”就是这几句话，在德贵那黑暗的灵魂里照亮一盏灯,他服帖了……

“省长”吃完了饭,女人来把碗筷撤了下去。

“来……打两盘牌,”“省长”望着我说,“晚上冷清清的,鬼都打得死人,不打牌熬不过……”

他的话没有完,桌子上便响起二狗哗哗哗洗牌的声音。那牌是长方形的,他们叫它“大贰”,已经搓得黑腻。这种牌我不会打,四岁的瓢儿就补了那个缺位,正儿八经摸起牌来。我吃惊地看着,“省长”在一旁带着一种骄傲说:

“我们响水溪,不学打牌,媳妇都不好找,人家会说:妈的,那娃儿笨得很,连牌都不会打……”

我只好笑笑。

“省长”的眼睛又透出那种锐气,热切地说:

“我给你谈个媳妇,怎么样?人是不错哟!就在这山那边,外省的姑娘……”

我感到有些不悦,摇着头切断了他的话。

桌子上的“大贰”在砸得嗒嗒地响,情势渐渐激烈起来。我站起来要走。“你一边看也行嘛!”“省长”拉住了我。“瓢儿!让开……”他说着就顶了儿子的位置。瓢儿在他的后边,明睛亮眼看着“省长”手中的牌……

我走了,省长和他的牌友们根本不知道我走了。晚月没有升起,只有稀疏的几颗星嵌在天空,照着黑乎乎的响水溪……

“省长”开始请了我以后,就再没有哪一家按次序供饭了。每天吃饭的时候,我的账还没有结束,就有三几户人家等在那里,往往弄得我不知走哪一处好。可是,无论走哪一处,“省长”总是作陪客被请去同桌。他让瓢儿骑着他的颈脖,打“马马肩”翩翩走来。席上,那瓢儿像大人一样的占着一个位子。主人家略有疏忽,“省长”就会一旁说:“我们瓢儿的呢!我就要培养他的烟酒。他不会,我往后老了动不得,去问哪个要烟抽要酒喝啊!”有一回瓢儿吃醉了,在“马马肩”上抱着“省长”的脑袋直摇晃。“省长”还说,“醉一回,这酒量就大一回。”我感到无法忍受:“你会把他搞成酒疯子的。”他不在乎,却说:“哪个喝酒不醉一回呀!”我无心反驳,只想尽快离开他。请饭和供饭的菜差不多一个样，而且这一家和那一家都惊人地相似，胃口也倒腻了。吃过晚饭，他们照例是要打一阵的，我就在这个时候悄悄离开……

得到人的信任和亲近，应该是很好的事情。可是，自响水溪人把供饭改成请饭，我却没有得到一刻安宁。当然，我也知道这种情绪是有些夸大。响水溪就仿佛是一个牢牢的方格子，即使娃娃鱼也不能逾越响水溪而生存。这里人的气魄和胆量是平平的，生活也是平平的，纵然打牌，他们也不红眼拼，不过是随便消遣……

两间仓房装得满满，响水溪上下几个队的脚烟叶也交售得差不多了。然而，老天不作美，淅淅沥沥下起绵绵阴雨。小马路上泥泞不堪，那一天来要娃娃鱼的吉普车也被拦在了岔路口上，人徒步进山。大车更进不来，起运的烤烟耽搁下来了。浓重的雾岚，在响水溪头低低徘徊，随手抓过一把，也仿佛可以捏出水似的。仓房里的烟叶在回潮，并很快出现了霉斑。我望着迷蒙的烟雨，心急如火，又一筹莫展，再有三两天运不出去，这七万多块钱的烟叶就要全部扔掉。七万多块钱，对于我们目前承包撑持着的供销单位，那损失是无法估计的……

最后，我找到"省长"。他那时候正在他的牌桌子上。"你咋不早说呢！"他从那昏暗的灯光后面瞪着我，仿佛怀疑我，到底是不是他们响水溪的朋友……

"你看，你自家客气……"

他放下手中的"大贰"，从牌桌子后面站起来，拍了一下他身旁的疤子，简短地说：

"疤子给你打伴，打亮搞进城，明天把车子搞来……"

"小马路上进不来……"我疑疑惑惑说。

"这里的事情你不管。我自有安排。"他打了一个手势。

我和疤子连夜赶路了。我感到奇怪，我竟然不明不白听了他的调度，而且觉得事情还很有希望。后来才知道，我和疤子往城里走，"省长"那里就喊了一些人，把两仓房烟叶连夜翻了一遍。生产队长德贵不知怎么怠慢了一下，就让他搞得很难堪："不要以为是人家东西，不关我们事情，这其实是我们血汗，只要有眼珠子，就不忍心它烂掉……"他近乎跋扈了。

次日下午，我弄了两辆卡车来。赶了一夜路，我感到疲累，很想打一个盹。可是那眼睛总合不上，心里牵挂着那块烂泥路，不知怎么开进去……

还没有到岔路口，我就远远看见了“省长”。他带着几十个青壮男人，从响水溪走出山来，等候在那里了。绵长的雨丝，淋湿了他们的头发，脸上和胸前也有斑斑湿痕。但是，这一个个铁铮铮的汉子，仍然显得很有精神。我顿时感到一种力量，振奋了起来。司机把着排挡，也有了信心。汉子们一人背一领蓑衣，手中抱两捆干谷草，有的提着一把锄头……这是一支优秀的防滑队伍，即使翻越大冰阪，恐怕也不成问题。汽车本身有防滑链，上坡的时候，轮子便轻松地翻出了陷坑。下坡的时候，刹把控制不住，闹了几回惊险，汉子们丢谷草，铺蓑衣，塞石头，掀起阵阵声势，车子也就平平安安滑到了响水溪边。

把两仓房的烟叶打成捆，装上车，灰蒙蒙的天光更加昏暗了。汽车轰隆隆叫着，离开了迷蒙的响水溪头。和来的时候一样，“省长”前前后后咋呼，两拨人拥着两辆车，摇晃在烟雨漫漫的小马路上。汽车载重，打滑减轻了。又有刚才的经验，车上车下都很沉着，慢慢上坡，慢慢下坡……到岔路口大公路上，天完全黑了。

几十把草秆点燃起来，把这岔路口照得红彤彤的。在这凄风苦雨的秋天的夜晚，让人感到明亮和温暖。这一阵，我握着“省长”的手，心里只有一片感激……

“‘省长’！你可以进城去，干一点……别的事情……”

我望着他说，而说过之后，我又有些后悔。

“车厢里有一块腊肉，”“省长”好像没听见我的话，“你这个人啥都不爱好，烟不抽，酒不喝，牌不打，也不想媳妇……我女人说，你就爱吃腊肉……”

“你还是常常去城里走动走动……”我望着他发尖上凝结的雨珠，固执地又怂恿他。

他应酬似的点了点头，发尖上的水珠在红光中摆动着，没有吭声。

我使劲地摇了摇他的手，便上车了。汽车打开车灯，轰隆隆响着，离开了岔路口。

我回过头去，看见小马路上，那几十把草秆已经散开，迷茫的烟雨里，成一根红蛇摇晃着伸向山中，愈来愈模糊……我的眼睛有些湿润了。

啊，响水溪烟雨，烟雨响水溪！

大　树

一

菊英在杨柳溪淘白果。一根木杵戳得竹篮里的白果跳来跳去，呼啦啦发响。远远地，她看见麦阳和小冬哥从白石山下来了。早晨，麦阳背一篓脱瓤的白果去乡公所卖，菊英就叮嘱过，让他打转回来要等着小冬哥一齐下山。小冬哥读书的学校在白石山上，来去是一条陡峭逼仄的山路，春天里，顺福就是从那条路滚下岩摔死的。

父子俩终于下了白石山，到了白果坪，走近她身边了。

“杉料的棺木又涨了，一盒要值五六百块。”麦阳一见面就对菊英说。

“你又打那根杉树的主意了？”菊英手弯里挽着灿亮的一篮白果，斜睨一眼男人，“爹不会让你砍的，那是他的命根子……”

“一根老杉树了，留起有啥用哟！”麦阳心里落下了一片阴影，“割成棺木卖，至少要卖两千块钱……爹是老发昏了。”

屋里，一盏铁皮灯壶挂在烟熏的木壁上面，蝌蚪形的灯火摇曳着，照亮了一张皱巴巴的脸。老爹蜷缩在一只秧草椅上，手里抓着一根又粗又长的铜头烟杆，像抓着一根权杖。

“崽哟！你把你秋木伯的事情搞忘了。”

厚重的痰音仿佛是从有雾的山谷透出来的。坐在门槛那里的麦阳打了一个冷战。他侧过头，一眼望见月色下冷峻的白石山，心里感觉到一片茫然和悲哀。

秋木伯那根水杉，就是两个大汉子也合抱不过来呢。那年白石山下来几个人组织炼铁，一眼就看中这根大树，想锯倒它，挖空树心做风箱桶子。快马锯锉磨得锋亮，两个棒汉子拉开架势却找不到锯口下手。秋木伯抱着那开裂的树身，浑浊的泪水和着晶亮的杉油默默地流。“把我也一齐锯死算了。”他哀求着，要和他的水杉死活一起。没办法，人们只好用拼板打那种方形的风箱……

田土下户以后，一年的活路三两个月就可以做利落。秋木伯的两个儿子闲着没有事情，就盘算把那老杉拉成薄板，扛上街赚大钱。这时候，秋木伯眼珠子都老黄了。他也想割一盒棺木，自己百年归天的时候用。两个武气赳赳的儿子，拿起快马锯就把大树锯倒了。剔尽丫杈，裁出树身，剐去开裂的皮子，暗褐色的杉料斜斜地躺在坡土上，仿佛一个沉睡的巨人。在截成上马架的解料时，强劲锐利的锯牙突然滞在树心里啃不动了。两弟兄过分自信那匹快马锯，觉得再坚硬的杉疙瘩也不能阻挡它的锯路。他们使劲一拉，树心里铮地响了一下，大锯便断成了两截。两弟兄又拿来一匹崭新的大锯，换一个地方又截下去。大锯咕噜咕噜叫着，把木料咬成锯粉，从弧形的锯口奔泻出来。倏地，快马锯颤抖一下，又整齐地断作两截……秋木伯呆坐在家里，已经动弹不得，听两个儿子说完这桩事情，顿时就喑哑地哭起来了。“报应呵，报应来了……”他悲哀地嗫嚅着，心里充满了绝望。两个儿子恼怒了，一人执一柄板斧，就扑上去劈那神秘的巨树。两个壮汉光着脊背，黑亮亮的像上了一层釉子，斧起斧落，那抛甩的臂膀一鼓一鼓，仿佛跳动着两只大耗子。从太阳当顶劈到太阳落山，只劈出了一颗颗六七寸长的铁钉。铁钉包着一层黑锈，仿佛附着一个精灵，一个经久而不可摧折的精灵。原来这树心里满是密密的铁钉……弟兄俩心里顿时缩得紧紧的，感到了一种莫名的恐惧。他们把铁钉拿回到老秋木那里：“爹呀，撞鬼了哎！”秋木伯没有想到厮守了几辈人的水杉，那样漂亮的一根树，居然是废树。那时候，他瞪着苍黄的眼珠子，直勾勾望着那黑色的铁钉，怆然地叫着：“祖宗的报应呵，报应……”便断气了。

……夜晚的空气抖动了一下，呜呱呜呱地，从白石山脚传来一只狐狸的叫声，叫得人心里阵阵发怵……麦阳面对老爹坐着。

昏黄的灯影下面，那一张皱巴巴的脸皮透着幽微的光，仿佛薄薄地镀了一层金，和手中的那权杖似的铜头烟杆相映照。年轻人吁叹一声，把砍树的念头收起了。

二

那一天，白石山下来两个人，一直走到那根水杉下面。两双手牵开一量树身，“啧啧……”两个人毫不掩饰地慨叹着，便和麦阳交涉起生意来。他们是包干买尽。一根树，齐着胸膛，拇指和食指抻开为一卡，每一卡给五十块钱。麦阳量了一下，整整二十卡，按照这个价，合一千一百块钱。麦阳心里涌起阵阵热浪，甜甜地颤悠着。

“等我和我爹合算合算……”

太阳从白石山顶升起，照耀着宁静的乡隅。水田明晃晃的，长颈鹤在悠闲地梳理羽毛。坡上浮着薄薄的雾岚，嫩黄的草尖正懵懂地冒出土来。那棵巨树仿佛和白石山一样高，阴影拖得很远很远，杉针在阳光下闪耀着青光。小冬哥的学校是不上早课的。他蹲在公公的膝下，用一块燃着的木屑点那铜头烟斗。看上去，他比那烟杆高不了多少。老爹吸两口，松垮的喉结抽动两下，浓烟就吐向空中。他把烟杆递给了小冬哥。小冬哥学着公公的样子，抿嘴吸一口，便咳咳地呛着，泪花在眼眶里打转，脸子也涨红了。

“不会抽烟，还算什么男子汉……”

老爹咧开空落落的嘴，静静地笑着。

不一会，麦阳从地里回来了。他把大锄倒钩上屋椽，在阶沿口刮净鞋底的泥，便在老爹旁边坐下去，掏出一根纸烟就着老爹铜头烟斗接上火。远望着白石山，他自言自语似的说：

“千年古树也是要倒的。爹，既然有人把那根水杉包干买尽，你就不要顾惜了。”

老爹从嘴上拿开黄澄澄的烟杆，闷声闷气地说：

“那是一根钉树，老祖辈是留来配风水的，不得用……”

“包干买尽，卡量了就成交。有钉无钉在树心里，哪个管得了那么多。”

老爹有些愠怒地斜睨儿子一眼，抬起头来，对着蓝天下面的白石山，木然地讷讷着："不能害人，又败了风水，你是晓得你秋木伯那根树的……还是不要去动的好……"

"秋木伯那根树是钉树，"年轻人愣了一下，迷惘地说，"我们那根树咋一定就是钉树呢？"

老爹摇了摇头，目光定定地望着白石山。那儿光秃秃的，甚至连供给一棵小树生长的养分也没有了。山上只有纵横的石缝，像一根根筋骨，支撑在那里；又像无数眉眼，俯瞰着下面的田土，和田土上的一草一木……好多年以来，它就是这样，似乎一直没有变化。

"那根树是钉树，和你秋木伯那根树一样……是钉树……"

老爹嗫嚅着瘪进去的嘴唇，沉闷飘忽的痰音仿佛就是从白石山的岩缝里传来——

我和你秋木伯是同一祖根。这两根水杉就是从起祖手里传下来的。听我们公公那辈人说，起祖和起祖婆是从四川跑上来的。他们从白石山下来那一阵，这里没有一户人烟，到处是豺狗。他们搭起棚子就住下来，开出荒地种下粮食……听说起祖长得很壮，满过五十寿，还一顿吃过一升米。他把一个小牛儿抱在怀里洗蹄子，也不会费力。起祖的算计也精，老祖们都是赶不上他的……到百年归天，他把家业分得妥妥当当了，就剩下起祖在烧荒的时候留出来的一大一小两根水杉没有分……起祖把老祖和大老祖喊了拢去，他下面只有两房……大老祖就是你秋木伯的老祖……听我们公公那辈人说，大老祖那人有点贪，心眼也不大正……起祖睡在床上，看了两弟兄半天，才喊大老祖先占一根，说剩下的一根算是老祖的……大老祖想占那大的一根树，又怕老祖，他就做出谦让的样子，叫老祖先占。大老祖把老祖的德行摸透了，晓得他不会占大的那一根树……果然，老祖不说一句多话就高高兴兴占了那根小树……谁都不明白，起祖为啥要在百年归天的时候才分那两根树。……所有家业，都是他一句话就分定的，没有半点折腾，哪个敢不服从……人们就觉得那两根水杉有名堂嘛！哪晓得他在树心钉了那么多铁钉，压根不是啥家业，是专门配风水的，是完全归属土地的树，是整个白果坪的树……不要去动它，麦阳！听爹的话，是不会错的……

巨树的影子在缩短，太阳已经升得很高了。白石山岩还在它自己的阴影中，肃穆、冷峻地兀立着。但白果坪的水田映着它的面容，却是温润而和蔼的，像个慈祥的老人。小冬哥刚刚吃着饭，田埂那边一个娃儿稚气地吆喝一声“喔啃”，他就拿着菊英妈捏的饭团子，背着书包读书去了。这一阵，一队七大八细娃儿正走在白石山盘曲的小径上，清脆的笑声和歌声，掺和野气的骂声，组成一支和谐的交响曲，紧贴蓝天传响。老爹和麦阳默默地目送着他们，心里在为子孙祷祝，祈求冥冥中神灵的庇佑……

白果坪四十来户人家，其实是应该单独建一间学校的，即便是“扶侍班”也好。白果坪和白石山，一个在岩下一个在岩上，同属一个大村，相去不远，道路却崎岖艰险。但是乡里只在白石山顶办一间小学，让白果坪的娃儿翻上岩去读书。秋天里绵阴雨，冬天里刮凌风，在山岩羊肠小径上走路便如走钢丝。逢这时候，大人们就不敢让娃儿上学了。白石山学校的老师往往说白果坪的学生笨，其实好多课程是这条山路给耽搁了。白果坪的人们向乡里反映，可是没有得到解决。直到去年春天里，上三年级的顺福从岩上滚下来摔死了，乡里才答应研究。但是到现在都快一年了，要拖到哪一天呢？

从那以后，又有几个人从白石山上下来做这根大树的生意。但是，麦阳都把他们打发走了。那个随着大树留下来的拓祖分树的传说，把他镇住了。他脑子里时常浮着两只圆睁的眼睛，使他感觉到一种冷峻、阴沉的目光在逼视着自己……但是，他又被对大树的一种神秘感撩拨得难受。每天，他从地头回来，站在那棵水杉下面，看着层层叠叠的杉针，他就想锯倒它，想撕开那暗褐色的、开裂的树皮，裁短、锯开……不为赚钱，就为看看那树心、那年轮的深处究竟有没有铁钉……

老爹看出儿子并没有死心。有一天，他居然拄着那根铜头烟杆，一个人摸到了大树下面。他怀着一种悲哀的激情，在那鼓突出地面的树根上蜷曲而坐，等那在地头做活路的儿子回来。他一动不动，就像一截树根。麦阳一直走到面前，才突然发现了老爹。

“爹！”儿子很吃惊，“你咋到这里来了？”

老人用浑浊的目光瞪儿子一眼，垂下头去，痛苦地嗫嚅着嘴唇：

“只要我在，我就不愿看着你做蠢事……”

他从树根子上撑起来，用那铜头烟杆咔咔地敲着开裂的树皮：

“你心里还想着扳倒它，当我看不出来！崽哟，你去所有房份长辈中问问，后来的子孙，有哪一个敢冒犯起祖！他老人家算定的事情，你就不要想推翻。你秋木伯那一根树不就是见证？崽哟！只要我在，我就不会放任你做这桩笨事……”

又厚又重的痰音，在大树的浓荫里震荡着。麦阳心里感到阵阵发紧，就像面对一个幽灵。他拖起干枯的老爹，逃也似的回到家里。

三

杉针在金风中簌簌地飘落，长颈鹤直腿飞过收获过的水田，秋天早早地来到了白石山。

“小冬哥滚下岩来了……”

一队读书娃儿在白石山岩脚惊恐、长声地叫着。

这时候，老爹正在阶沿石上，咔咔地磕着铜头烟斗里的灰烬。他怔怔地听着，褶皱的脸上蒙着一层死灰。接着，他像是要站起似的挣扎了两下，便跌下石坎，摔倒在院坝里。

麦阳抱着小冬哥走过水田，走过杨柳溪……他望望高高的白石山，望望古老的大杉树，泪珠子一串串跌落下来。强毅精明的祖先呵！你驱逐豺狼，开拓荒野，创造出白果坪这个美丽的村庄；你甚至能预见未来，料到你的后代有人想要损毁你的业绩，于是将惩罚铸进长青的树里。可是你就不曾预见，你的子子孙孙，他们多么想摆脱愚昧；你就不曾运用你的强毅和精明，为他们留下一把开启智慧之门的金钥匙……如神一般万能的起祖呵，你是这样伟大又这样渺小！

小冬哥的右腿骨被摔成粉碎性骨折。麦阳把他背到遥远的城市医院，在那里做了截肢手术。小冬哥从此再也不能攀上白石山去上学了。每当溪头田畔喔嗬喔嗬地响着读书娃儿相邀的叫声，他就坐在门槛上，眼眶里汪着清亮的泪水，看着他们笑着唱着走上白石山，羡慕得真想放声痛哭！

“冬哥，幺儿！来，来，妈给你烧白果……”

这时候，菊英就在屋子里拿出一把白果，从柴灶里刨一铲红红的“子母灰”，倒在灶膛前，一颗颗地焖进去。她讵着儿子，心里也是酸酸的，那流不完的泪在眼眶里打转。冬哥拄着爹爹为他做的三角杖，懂事地翻进门槛，一跳一跳地来到妈妈跟前。妈妈搂过儿子，拥在怀里，用母亲的爱温暖着他。白果在火灰里哔剥地爆出一颗，妈妈便拈在手里，剥一颗，然后喂进小冬哥的嘴里。

“妈妈，学校的老师说过，四脚蛇的尾巴断了，也能长出来。”小冬哥突然说。

菊英怔怔地看着儿子。“我的脚也会生出来吗？”小冬哥问。

菊英咬着嘴唇点了点头。

“啥时候才生出一只新脚呀？我都好久没上学了……”

菊英终于忍不住，紧搂着儿子痛哭起来。

老爹从阶沿摔下院坝以后，便倒床了。恍恍惚惚地，他熬到麦阳背着小冬哥从遥远的城市做手术回来。那天夜里，深秋的寒风拍打着那棵大树，发出一种深沉而执着的啸声。老爹仿佛发现什么似的，半靠在床头倾听了半天。然后，他把儿子喊到跟前，响着浑浊的痰音说：

“把我……埋在那根大树脚……那根大树脚……”

他咽下了最后一口气。

麦阳知道老爹还惦着那棵水杉。他无意违拗，接连的打击已使得他心灰意懒。按照老爹的愿望，他把他埋在那棵神秘的大树下面。

“你就守着这根大树，让它跟你做伴吧！”他在心里对那新垒的坟堆痛苦地说着，跪下去磕了一个响头。

风一吹，大树发出悲哀的叹息，那变得金黄金黄的杉针撒满了坟头，仿佛为老爹盖了一层温暖的被子……

整整一个冬天，麦阳再没有到坟上去。他自己也不清楚到底为啥。是恐惧，还是故意回避？但是，他健壮的体内奔涌着的血液和那颗跳跃、搏动的心，却又使他难以安宁：那棵水杉，那棵祖祖辈辈死守着的大树，到底有没有暗钉？是真的和秋木伯的那棵大树一样在年轮的深处嵌满了铁钉呢，还是包藏着别的什么？这个渴盼解谜的念头折磨着他，在夜半，在清晨，在傍晚……

四

三月里一天，麦阳上坡做活路去了。菊英拿着捣衣棒下杨柳溪洗衣裳。小冬哥坐在门槛上，望着对面的白石山岩，唱一支妈妈在早晨教给他的歌——

摇摇钥匙带，系系长，巴三巴四去望娘。娘又远，路又长，哪个沟沟不哭一场

……

这时候，有两个人站在那棵神秘的大树下面。他们四只手认真地合抱过了，又伸开拇指和食指，齐胸量了一圈。然后，他们循着小冬哥凄清的歌声走来了。这两个人是从白石山上来的吗？小冬哥怔怔地打量着。吃过早饭，他就一直坐在门槛望着白石山，可是没有看见有人下来。

"小娃儿！你们那根大树卖了吗？"其中一个人问。

小冬哥迷惘地摇摇头。

"你想读书吗？"另一个人看一眼小冬哥问。

小冬哥眼睛一红，晶莹的泪花就滚了出来。随着时日流逝，他已经知道自己不可能像蜥蜴那样长出一条新腿来了。

"我们要在这里修一间学校……"小冬哥抹去脸上的泪水，挤眨着眼睛看着两个大人。他辨出来人没有欺骗他的意思，便抓起三角杖，一颠一簸地向杨柳溪跑去。在溪岸上，他一跤跌了下去，三角杖弹得远远的。他来不及

站起来，又抠着绿茵茵的岸草往前爬……他终于看见了在溪头捣衣裳的妈妈，不顾一切地叫起来：

“要修学校了，妈妈！要修学校了，妈妈！”

月亮从白石山顶冉冉升起，弯弯的，像人的眼睛。麦阳坐在屋檐下面，眯起一双眼，望着对面半明半暗的白石山岩。栏圈里的牛发出安谧的反刍的声音。他心里感到一种从未有过的平定和清明，就仿佛微波不兴的湖。菊英煮好一锅猪食，在一旁陪着他坐了一会，就回屋睡了。周围静极了，没有鸡啼和狗吠。他听见一种急促的咚咚的声音，是他自己的心在跳动。渐渐地，他感觉到体内有些异样，仿佛有什么东西正在那里翻转、交替……夜岚在溪头田畔升起来，迷离地在清丽的空中滔动。他一支接一支抽着烟，白石山在对面愈来愈模糊。女人和娃儿已经睡得很沉，呼噜呼噜的鼾声从屋里传来。他寂无声息地坐在那里，仿佛是等待着什么似的。倏地，他将手中的烟蒂弹了出去，空中划过一道红色的弧线，烟蒂落在院坝里了。天上弯弯的月，一直睁着明亮的眼睛看着他……

第二天早晨，他在那棵大树脚老爹的坟堆前燃起三炷香，响响地磕三个头，说：

“爹！你是喜欢你的孙孙的。你也晓得你的孙孙想读书。现在，我们家门口要修学校了。我要锯倒这根大树。我不卖一分钱，不图发财，我是送给学校修房子做桌子板凳。不管树心里有没有暗钉，我不做亏心事，也就不用后悔。锯倒一根大树，我栽十棵小树在这里配风水，在这里陪伴你……”

他长长地吁了一口气，真正在那棵大树下面站直了腰。接着，他找来了一个壮汉搭帮手。两个人呼呼地拉起了快马锯。太阳落山时候，那棵大杉树在满天血光中带着愉快的啸声倒下了。它几百年的光阴站着一动不动，仿佛很疲乏，早就渴望休息了……

剔尽丫杈，裁出树身，剐去开裂的皮子，暗褐色的杉料斜斜地躺在坡土上，仿佛一个巨人在那里沉睡。这时候，麦阳想到了秋木伯的那棵大树，心里咚咚地跳得厉害。但是他没有畏缩，又找来四个壮汉和两匹快马锯，急切地截成上马架的解料……

从解成木板，拉成木方，到修起房子，做成桌子板凳，奇怪得很，一直顺利,没有碰上什么暗钉,甚至连一块坚硬的杉疙瘩也没有。

事情过去了很久。一天夜里,麦阳梦见了一个陌生的老人,那老人笑眯眯的,远远地望着他。

他醒来想了半天:这是不是那强毅精明的起祖呢?

鼠　患

一

岩豆老爹的庄稼在夜晚被袭击了。媳妇早晨从地里割猪草回来，惊惊惶惶地告诉老爹：腰土那一片苞谷地，高高的苞谷秆上挂着的棒子，被什么东西撕破了穗头，原是如珍珠般的苞谷粒，被啃得糟乱不堪。一大块土地，几乎没有一棵幸免。

老岩豆差不多到了花甲之年，还从来没有碰上过这种事情。他蹲在地头，网布血丝的眼睛迷茫地望着。说是偷窃么，却不整个地掰下一个苞谷棒子。恣意糟蹋么，土里又未留形迹，甚至干焦的苞谷叶片也没有折断。这敌人是从空中来的，是从另外一个世界来的……是人是兽，是鬼是妖……一向沉稳自信的老岩豆不禁乱了心神。

儿子木生不在。不是农忙季节，不是家头有个三灾八难媳妇捎信去，他是不回来的。他宁肯在城头那个背街的康乐球台旁边，守着那些人一竿子一竿子将日月敲圆打扁也不回来。老岩豆从来不指望儿子为他分难解忧。这大半辈子的生活经历，使得他在木子坡这一个村落，把所有事情应付自如了。他就像山岩缝中一颗岩豆，不要人扶弄支助，能够自己生长。他哺养儿子不是为自己，是为祖宗八代把一脉香火延续下去，给门面上增光添彩。

墙上有一根老式猎枪。蜘蛛网封闭了枪眼，整个枪身落满了尘埃。老岩豆把它取在手中掂量着，仍旧觉得是当年分量。他捅空枪管，擦拭枪身，把猎枪打磨得亮锃锃地背在肩上。收拾起一根三节电池的电筒，提一张缝制密实的短蓑衣，走出门，到了院坝那儿，他粗声哑嗓“喔——哦”悠长地叫一声。一条黄狗仿佛阳光般的一闪，便警觉地跃到他眼前来。这是老岩豆的看家狗。因为那一身明亮金黄的毛，儿子木生给取了个好听的名字——阳光犬。

老岩头向着腰土那一片苞谷地出发了。

太阳沉落到地里，余晖在半空中闪亮。没有吹风，傍晚的山野透着宁静和成熟的气息。老岩豆敞着衣衫，干瘦坚硬的胸膛袒露着，望着半坡，脚步悠悠地蹬。经过火炮铺，火炮匠王二拐闲坐在阶沿的暗影里和他搭话：“又想起来过枪瘾么？岩豆伯！我就晓得你这辈子非把这根老枪把成两半截才肯歇手。”木子坡人还记着他那猎手的经历。

“打斑鸠。”他在喉咙里说着，不愿让人知道他要去腰土那里守夜，保护他的成熟的庄稼。他不愿让人知道他的灾难，让人同情他。

走过打米坊，再上两台土就是老岩豆的苞谷地。他见一个人在前面的路上摇晃着，头戴一顶破草帽，肩挎一只细篾篓，柳腰弯弯的，像一个孤魂野鬼那样阴沉。老岩豆一眼认出是岗那边过来抓蛇的刁老七，人们都叫他蛇魔。老岩豆一辈子就信服这个人。他的老伴是上前年让五步蛇咬死的。一次偶然的机会，他去岗那边亲戚家吃生期酒，席上就认识了这个蛇魔。他于是就邀请蛇魔过岗这边来抓蛇。蛇魔是以蛇为生的人，再毒辣的蛇也难逃过他之手。只要到蛇出洞的季节，青竹标、野鸡顶、五步蛇、乌梢蛇、菜花蛇……三两天他总要活鲜鲜地背篓进城里外贸公司交售。两年多来，他一直在这一带转悠，早晨翻过岗这边来，夜晚就翻回岗那边去。要是在往常，老岩豆总要追上蛇魔，送这个钩子脸的人几张上好的鸡尾烟叶。但是现在他没有这种心境。他沉浸在一种神秘的紧张之中。他带着阳光犬很快踅进了苞谷林子，觉得在这夜将至的时辰碰上蛇魔不是好兆头。

月亮升起来了。岗下的房屋和岗上的庄稼，都被笼罩在一层冷峻的白光之中。借着一堵土埂壁立的阴影，老岩豆蜷曲着蹲坐在蓑衣上，那条漂亮的看家狗就卧在他一旁。为防枪药回潮，他把火枪眼子护在狗肚皮下面。老人手中拿着两张叶子烟，但是没有抽，他只将鼻子凑近烟叶子，嗅那燥烈的香气。狗的耳朵寂静地张开，眼睛闪着蓝幽的光。老人和狗对着这一片苞谷林子，一动不动地守候着，月亮也仿佛在天上凝固了。但一切又都显得很敏感，似乎正屏声敛息地谛听和思忖……

窸窸窣窣地，叶片古怪地切割着最初的晚风。狗的耳朵竖直起来，蓝幽的目光转向陌生的晚风吹来的方向。老人心里抖动了一下。几根干硬的指节蠕动着拉起钢铁的啄火，二指头沉着地粘在了扳机上。风似乎愈来愈紧，干枯的苞谷叶子唰唰地交杂碰擦，仿佛被惊扰了，又憔悴又揪心地骚响着。这一阵怪风响过之后，像一阵污浊的潮头击打在顽石之上，老人和狗的眼里溅开了无数龌龊的黑点子。狗颈项上的毛无声地耸立起来，等着主人的命令扑上去厮杀。但是老岩豆一只手压在狗脊上，毫无动静。借着游移在苞谷叶片上冷峻的月光，老人网血的眼睛瞪着，他看见跟前不远的一排苞谷秆上，一根苞谷秆有一只山鼠，正猴精地上攀。最后，山鼠停留在半腰苞谷棒子上。接着，那锯齿般噬啮的声音又钝然又纷乱地响起……

老岩豆看着这又丑恶又严峻的景象，一腔老血停止了流动。那遭山鼠啃咬的仿佛不是苞谷棒子，而是他的心瓣。他怔怔地蹲坐在阴影中，傻眼地看着这一切。他想，就是往日里又丑陋又卑微的鼠类，如此浩荡地开进他的庄稼地，来抢夺他的劳动果实。那令人恶心的尾巴，长长地吊在苞谷棒子下面，在老人网血的眼中带着挑衅意味地摆动着。老岩豆震怒了。他巴不能扑上去，捉住这些黑暗的怪物，把它们放在石头上砸成肉泥。但是他没有这样做。他从狗肚皮下面抽出了枪管，沉着地抬起来，对准就近一窝苞谷秆上的两只山鼠，狠命地扣动了扳机。轰隆！一声巨响，阳光犬腾跳出去，无数只山鼠从苞谷棒子上跌落下来。整个土地灾难性地抖缩着，痛苦地呻吟着。阳光犬汪汪地吠叫着，疯狂地扑来扑去，咬死一只又扑向一只。老岩豆丢下了猎枪，手抓缝制密实的短蓑衣，古怪地嗷嗷着，见污浊的黑点子就扑打，就砍。一些硕大的山鼠被打蒙了，追赶急了，便掉头来向老人和狗进攻。月亮冷峻地照耀着，庄稼地里有血有泪有呻吟，也有死亡和生存……

饥饿的鼠群终于化作一股暗潮退走了。

狗咬耗子劳而无功。阳光犬似乎不这样认为。它在苞谷林中蹿着，检点战果般的既得意又警惕地呲呲叫着。老岩豆累得喘不过气。但他没有歇下去。他拄着猎枪顽强地站在土埂上。他那干瘦坚硬的胸膛下面翻卷着一个个火热的浪头。就像一个勇士献身战场那样，他也心甘情愿献身土地和庄稼。

岗下村落有狗吠有鸡鸣，还有漠漠的烟气在弥漫。他又如先前一样蹲坐在地头，决心把这一片庄稼守护下去。这以后，每隔一些时候，他就朝夜空放一枪。枪声在苍穹回响，警告着一切丑类。

二

早晨的太阳散布在岗上。他眯起涩红的眼睛，一摇一晃走下坡来。打米坊的机器开动了。轰隆轰隆的叫声中散发出一种成熟的香气，在这六月的早晨格外具有一种吸引力。蛇魔已经翻过岗来，挎着蛇篓，正柳腰弯弯地走在前面路上。王二拐手执一把木锤，在阶沿上磕磕地紧着火炮泥头。见老岩豆走下来，他就抬起脸子招呼："是啥野物啊？岩豆伯！你一晚都打得轰轰轰地响。"王二拐很警醒，把夜里的情形听得很真切。

老岩豆转过脸苦笑了笑，走出去很远，才落下来一句话："有一头野猪。"他不敢吐露实情。这一辈子打过豺狗，驱赶过野猪，到现在却猎起山鼠来。他心里不是滋味。

"咋会有野猪！好多年都不见了。"火炮匠似乎不相信，在那里兀自说着，"林子都铲光了，野猪哪里藏身呢？"

回到家里，阳光犬一蹿，就在大磨架下面蜷伏下来。一晚折腾，狗也累倒了。老岩豆也感到疲乏，但是他没有躺倒。他在屋檐下一个有靠背的秧草墩上坐着，裹一杆鸡尾烟，半觉半睡地吸着。阳光照耀着他，显得格外温馨和恬静。

"爹！"媳妇忧心地站在他跟前，"是不是带信叫木生回来一趟？"

"叫回来做哪样？"老岩豆眼睛眯成一条缝，沉闷地晃着头，"你去把那块苞谷摘回来算了。"

媳妇酸酸地走到一边去，背起背篓上坡了。

当初木生进城，还是老岩豆支使去的。老岩豆觉得一个人应当多有几套本事。他年轻那一阵就又做庄稼又打山。现在一切都发生了变化。狩猎没有途径，而城市却为庄稼人打开了门路。他岩豆已经老了，就像一个不能够移植的树脑壳，只有就着这老田老土滋养。但是儿子年轻，移栽也好，嫁接也好，总可以长得青枝绿叶。做庄稼不行，就做生意；做生意不行，就当合同工也能够生活。一条路断绝，二路三路总是通畅的。但是正是木生到了城里后，老岩豆又觉得和儿子隔着一层了。木生在城里摆一个台子让人打康乐球也能赚钱，他就感到不安，觉得这不是正经本事，早晚会夭折的。可是儿子听不进老爹的意见，认为不触犯国法，找到钱就是能人。发生今年春上药鼠那桩事情以后，老岩豆甚至就有些后悔了。他觉得把木生放进城是一个失败，好端端的儿子变成了文不文武不武的废人。

腰土是一块宁静肥沃的土地。在生产队保管室的地坝上拈阄，儿子木生获得耕种它的权利，直高兴得叫了一声“阿弥陀佛”。但是去年冬天有人在那附近建起一个打米坊。粮食的香气把那一坡一岗的山鼠都吸引过来了。春播，老岩豆把土地整得又细又匀，媳妇接着一锄一窝精心精意下了种。但是几天后那苗架总有好些漏窝稀窝，不补种不行。老岩豆那天挑着粪进到地里，看见打米坊的小黑猫和一只硕大的山鼠正扭打成一团。他这才发现种子是让山鼠从土中翻起吞噬了。老岩豆在那种子里拌进“敌敌畏”，才总算没有误了一季庄稼。

三月里一天，老岩豆在田里犁耙。媳妇背着吃奶的娃儿上腰土薅苞谷苗。奶娃在背带里睡熟了。媳妇就解下来，把奶娃安顿在桐梓树下睡着。在那里一窝苗还没有薅满头，奶娃的哭声便惊乍乍地响起了。媳妇赶过来，就看见一只肥滚的山鼠从襁褓上跳下来，一团球似的蹿不见了。奶娃的鼻子渗着血珠，被山鼠咬伤。那鼻尖上还散发着浓郁的奶香气。媳妇心疼，就托人捎信给木生，叫他从城里开红汞水回来。这捎信的人把话带长了，说奶娃的鼻子差不多叫山鼠咬去半个，气得穿着西装在康乐球桌上混日子的木生脸发青，去贩子那里购了一大包鼠药，连夜就赶了回来。

到家里一看，情形不是像捎信人说的那样严重，木生的气消了一半。但是他还是把那些毒药神不知鬼不觉地布满屋前屋后、坡上坡下，有心要灭绝愈来愈猖狂的鼠类。这一带人下鼠药总是悄悄的，以为鼠精灵，听见声张就不会食毒饵。第二天早晨，打米坊的院坝上就躺了满满一坝鼠尸。打米坊主人提一只鸳篼执一把火钳，又痛快又恶心地收了三鸳篼，埋葬在地里肥土。那一天全村人仿佛过灭鼠节，拿着篾篼火钳到处搜鼠类的尸体，生怕天热臭在哪角落里害人。木生也在那一天格外受到人们敬重。他披敞西装，结着领带，神气十足。大家都叫他“木经理”。木生也趁此吹那鼠药的厉害，吹打康乐球的乐趣，吹搞生意如何讨价还价，甚至吹城外垭口上赌“人人马”的诀窍……城市之光一时间照得人眼花缭乱、心向神往。

但是第三天早晨，首先是木生媳妇发现自家的大黄猫僵死在灶口前了。猫是庄稼人的心爱之物，老岩豆正怄得吞咽不下，倏地突突两声响，一只死猫不知从哪里扔来，摆在院坝。老岩豆一下觉得了事情的严重性，怔怔地看着木生。一会，又是突突突几声响，一只死猫又被扔到院坝里来，跟着还有一只死鸡。鼠食剩余的药饵同时危及了家畜家禽……老岩豆由忧虑转气愤，意识到儿子药鼠的壮举已经不可挽回地铸成祸端。木生丧魂落魄地愣在灶膛，眼睁睁望着经风见雨的老爹。老岩豆向他走过去，网血的眼睛瞪着，心里既嫌恶又怜惜。脚一跺，老人怆然地吼道：

“快……快给我滚……”

木生于是狼狈地回城头康乐球台上去。

木子坡整个村子的猫种从此断绝。

鼠却在顽强地繁衍。没有了猫，治鼠总该有一个方子。无形中大家效法起木生来，赶场上街都要去光顾一回鼠药贩子。事情已经形成恶性循环，村子里边猫也甭想喂了。而且久而久之，那一代代快速更新的鼠辈，又具备了一种抗药能力，中毒以后，歪歪倒倒不一阵，却又恢复常态了。

终于在老岩豆腰土里，发现了山鼠结群抢食苞谷的可怕景象。而且，整个木子坡的人家都不同程度地遭到了鼠害。

三

八月收尽谷子，老岩豆挖破田埂放好水，就进城找儿子木生。清晨出发，早饭时候就到了。小城几条街，他转不久就找到了木生的康乐球台。老人把儿子硬拽到了一旁，闷沉沉地说：“你要争气的话，就是借钱，也该一家买一个猫儿回去赔人……惹出祸事，你有地方轻松，不想想……你媳妇，还有我这张老脸，总要见人，我们是没处躲的……庄稼人三件宝：牛、狗、猫，叫你给毁了，让人想起来就烧心……”

老人抱怨着，网血的眼睛湿润润的。

“我早就想过了。一下买几十只猫回去赔人，”木生满腹苦衷，哭丧着脸，“可哪里去买呀！乡下今年到处闹鼠灾，猫俏得很，不等弄上街就有人要走了。城里猫多，可那是人家宠物，也没有人肯卖。听说省城那里倒有猫市，只是路程太远……”

儿子的心和老爹的心是一样在忧虑着。他能把他逼到哪里呢。

“反正……耗子是要上天了……你看着办吧！”

老岩豆说过后就失望地回到了乡下。

殊不知没有几天，木生却用口袋蒙着半大的两只猫回来了。他说是朋友帮忙，花大价钱从熟人那里分来的。老岩豆抓住猫颈吊提着，看过腿儿的曲直，暗暗地撇了撇嘴巴，又掰起屁股来斟酌，断定是一公一母两只猫。事情虽未尽如人愿，却也给他带来很大希望。为防止死鼠祸连，他特地做了一个栏圈，把两只猫关起来喂养。他想望它们圆种，繁殖。猫三狗四，要不两年就能够让全村人都喂上猫崽……自从这屋里有猫咪的叫声，灵怪得很，往常那窸窸窣窣的鼠窃之声就渐渐地消失了。

这让老岩豆更觉有了振兴猫族的信心。

他喂养得很精细。猫要吃腥，他就去田里找泥鳅黄鳝，烘干粉碎，拌进米饭里。有一天听说岗那边摔死一条牛，他特地翻过岗去把牛肝提了来。实在没有凑手的腥味，他甚至不惜用鸡蛋调饲。那猫大抵从未受到如此高级待遇，不多久便养得一身肥肉。

一天傍晚，木生又从城里用麻袋装回来了四只猫。三只母猫一只公猫。这叫老岩豆感到兴奋。他依旧做了栏圈关起来，让它们养尊处优待着，做那传宗接代的事情。接接连连地，木生从城里搞回来了十几只猫。现在，对于在木子坡振兴猫族的事情，老岩豆已经可以说成竹在胸了。

他觉得木生还算一个有骨气的汉子，没有给他丢脸。当初他对儿子摆康乐球台有偏见，但现在他似乎也理解他了。他感到儿子并没有白白地进城，总算混出了一个人样……

十月小阳春，天光浩荡。老岩豆种完麦子，就坐在阶沿上切碎牛肝，为那十几只宝贝猫拌食料。不一会，火炮匠王二拐进城回来。他一瘸一拐很快到了老岩豆门前小路上，打住脚步，便惊乍乍地说：

“岩豆伯哟！你还在这里安安闲闲的……快去看看你家木生吧！不晓得犯了啥事情，公安局的人把他从台子上叫走了。”

老岩豆不相信自己的耳朵，懵懂地抬头望着路上骑马桩站姿的火炮匠，又听他确凿地说了一遍。

老岩豆连夜赶路进城了。

第二天早晨，他在拘留所里见到木生。火炮匠说得不错，木生就像一个无事人一样，见了老爹还发笑。

“就是那十几只猫的事情。城里没有耗子，喂了不过耍耍。我们那里耗子成了灾害，把猫搞去应应急，虽不光明，总还算派了用场。猫本来就是咬耗子的，当玩物总不是正经事情。只是……事情发了，猫就成了赃物……也就是十几只猫，又不是偷钱偷米，还了猫，充其量关我几天，伤不了一根汗毛……”

老岩豆又后悔又气恼。当初要不是他进城逼迫木生，或许儿子就不会到偷猫圆种这步田地。辛辛苦苦喂养到现在，眼盼着来年抱春猫除鼠患，却尽成赃物，要还归原主。而且向众乡邻许诺的春猫崽，也就成为一句空话，这叫他凛凛然大半辈子的脸面没处放。

“爹！你不要焦愁，”木生瞅着老人，慢声慢气玩笑似的，“不偷已经偷了，龌龊名声已经背上身……我索性还在这里蹲两个月，等到春上下过猫崽，你才把大猫拿来退赃，我再出来也不迟……木子坡没有猫不行……”

老岩豆网血的眼睛瞪着木生，干枯的手指紧紧攥起来，想打他两拳头。

“一个人廉耻都不要哪！”

他悲愤地吼着，便撇下儿子回来了。

他呆呆地站在种猫栏圈前。那十几只滚肥饱胀的种猫，一点不理解老岩豆的心，只淡漠地看着老人。倏地，这个希望被粉碎的老人抓住栏圈，噼啪一扯，栅门垮了下来。种猫长长的胡须抖动一下，耸耸下巴，随即懒懒地支起笨沉的身体，转过去卧倒，将圆圆的屁股对着老人。老岩豆心里仿佛无数根毛毛虫爬挠。他顺手操起一根棍子戳赶着。种猫在栏圈里挤挤攘攘打着转，却并不肯走出囚门。老岩豆奇怪地抓一只种猫放在地上。种猫摇晃了一下肥厚的躯体，就又平卧下来，趴着耳瑟缩着。老岩豆心里一阵震颤醒悟过来，长久的圈养，这些猫已经变得又贪馋又懒惰，失去了猫的伶俐和机敏，甚至忘记了自己抓咬鼠类的本能……

老岩豆悲酸地滴下两颗浊泪。他找来几条麻袋，把十几只愚笨的种猫装进去，第二天就运进城退赃了。

四

六月里吹过几阵热风，麦穗就沉甸甸透着香气。老岩豆站在土垄头，捏一枝麦穗在掌中搓得吱吱响，干裂的嘴唇凑近掌心一吹，壳皮儿飞去，一粒粒灿亮饱实的麦子躺在手中。老人褶皱的脸挂起满意的微笑。

“蛇魔。”

老岩豆在心底叫了一声，那个柳腰弯弯的人，又从小路往这边走来。他阴阴地迎了过去，拦在蛇魔的道上。蛇魔往上掀起草帽，诧生地望着老岩豆。

“来……来一杆烟吧，”老岩豆递上一张鸡尾叶子，打一下顿，“你回……回岗那边去吧，我们这里的蛇已叫你抓绝种了。”

既央求又生硬的口吻，叫蛇魔感到突然，也莫名地感到一种威胁。他眯起眼睛，寒浸浸的目光端看着老岩豆，嗫嚅着：

“你忘了……你的老伴是叫五步蛇咬死的。”他阴郁地晃了晃钩子脸，“就在昨天，我都还盯到一条路子，五步蛇的……说不准哪一天有人就会碰上……”

蛇魔说完，就要迈过老岩豆往前赶。

老岩豆突然响着粗哑的喉咙，歇斯底里般地叫起来：

“你还要让我们做庄稼不！”

蛇魔听见了，回过头惊疑地望着老人。

“山耗子眼下正和我们争抢粮食啦！”老人愤愤地说着，“蛇吃山耗子凶得很……眼下夜里鬼冬哥也没有了，猫也喂不起，下药也药不住，你总得要留下一个对头，来制伏山耗子啊……”

蛇魔没有听进去，拉一把破草帽遮住脸，又往前走了。一条毒蛇要值好几块，他是不愿意随便舍弃的。

老岩豆坐在土埂上，网血的眼睛望着那个柳腰弯弯的影子发愣。

麦子已经是成熟的时候了，还有三五天太阳，就能够乒乒乓乓地上挞斗脱粒。老岩豆掮着火枪唤着阳光犬，在土垄上转悠。他想，苞谷秆粗壮，山耗子能够攀上去糟蹋苞谷棒子。但是麦子秆呢，纤细光滑，山鼠要攀上去就不是容易的事情了。老岩豆满脸褶皱舒展开来，真感到丰收在望了。

但是一夜工夫，灿黄的麦浪出现了秃斑，就像流畅的金属的光彩遭到锈蚀。麦林成片成片倒伏在地里。老岩豆站在土垄头看着，心里布满了阴云。他小心地拨开麦墙，走进厚密的麦林。站在倒伏的麦子地块上，他惊骇地发现每窝倒伏的麦秆脚下，都有一撮撮灰黑脏污的毛。"山耗子！"他绝望地叫了起来。他从褐色的土中捧起一抔麦壳儿，心疼得老泪横流。

傍晚，老岩豆带着阳光犬进了麦林里。一弯明月冷冷地挂在天空。炙晒了一天的土地凉了下来。晚霞开始凝结。老岩豆翕动着鼻子，吸着潮润清香的空气。夜很安谧，充满了迷人的魅力。他蜷曲着蹲坐在麦地里，感到干瘦坚硬的胸膛下面涌动着一股从未有过的潮流，既高昂又悲壮。丑恶的山耗子！看看谁是这土地、这庄稼的主人吧！他在心底挑战般地思忖着，把枪柄攥得更紧。他的枪管里装着铁沙散弹，能够大面积地杀伤猎物。阳光犬卧在老岩豆身旁，蓝幽的目光监视着前面的麦林。自从发生死鼠祸连猫族的事情以后，阳光犬便代行着猫的职分，尽心尽力地为主人效劳。它捕捉山鼠并不敏捷，但通常是能够威慑和驱逐群鼠的。

肥大的山鼠滚似的遽然出现在老岩豆眼前。三只一群五只一伙。有两只一尺多长的山鼠，首先就在老人和狗的眼皮底下，将它们那至少有一公斤的身体攀紧麦子秆，硬把一窝麦子压伏下去，这才向前啃啮麦穗。这么大摇大摆，一点也不担忧，仿佛这里就是它们的王国，这里就是它们的世界……

轰隆——火枪沉闷地吼了一声。散弹飞迸出去。五六只山鼠在寂寞的月影中一滚，蹬了蹬腿便一动不动。七八只山鼠受了伤，吱叽吱叽叫着，拼命地窜进密立着的麦林。阳光犬跃了出去，勇猛地吠着追击。但是厚密低矮的麦林束缚着它庞大的身躯。它在麦林里扑来扑去，压塌了麦墙，却一只山鼠也没有捉住。老岩豆挥砍缝制密板的短蓑衣，在倒伏的地块上扑打着。山鼠窜进密立的麦林。弯腰，又糟蹋了麦子，他感到心疼。站起，麦穗挡住了视线，他又扑打不着。

山鼠似乎察觉了老人和狗的短处，顽强地在厚密的麦林掩护下抢噬麦穗。不一阵，在老人和狗的周围又有大量的麦子倒伏下去。老岩豆暴怒了。他像一头疯狂的狮子，再无心顾及庄稼，挥动着缝制密板的短蓑衣，猫着腰看见龌龊的黑点子就砸。他在前面疾风暴雨般地扑腾过去，身后的麦子就沙沙响着倒下一排。麦芒刺伤了他的眼睛，划破了他的脸。他感到喘不过气来，手脚再无力弹动。可鼠害仍继续泛滥，锈斑在扩大，美丽的麦穗正迅速地在金属似的平面上消逝……

老人的眼珠子血瓦瓦地瞪着。猛然，一个和丑恶的鼠群同归于尽的念头壮烈地闪过他的脑际。

老岩豆的心像石头一样冰硬。他不再怜惜那几粒遭山鼠劫噬剩下的麦子，他决心要消灭这一群山鼠，就消灭在这块麦地上。

阳光犬退出了麦林，正不甘失败地沿着麦地边上奔跑狂吠，企图寻找新的突破口进攻鼠群。没有吹风，沉甸甸的麦穗一摇也不摇晃。月色下，麦地中央黑块还在扩大，隐隐地传来麦子倒伏的呻吟似的沙沙之声。老岩豆一狠心，几乎干枯的指头一挺，从地里拔起一窝麦秆……

他抖索着划燃火柴，抖索着把这火苗凑近庄稼。一抱麦秆在他手中烧了起来。他便发疯似的沿着麦地边上跑起来，一边跑着，一边把火种往干燥的麦墙上扔。整个庄稼地燃烧起了一个火围子。麦粒毕毕剥剥爆响。浓烟裹着大火冲上晴朗的夜空，给冷峻的天幕添了一层壮丽的色彩……老岩豆浑身无力地坐了下去，眼睛汪着两包浊泪，模糊地映着燃烧的庄稼。

这是一层严密的火网，火网后面是一层红红的灰烬。火网逐渐地收缩拢来。透过黑红的火光，老岩豆看见无数只丑恶的山鼠在惊恐地跳跃，仓皇地奔窜。受害的庄稼吐出复仇的火焰，正紧紧地逼近一群丑类。

庞大的鼠群被渐渐压向中央腹地……

老岩豆感到了一种揪心的痛快。一九六〇年大饥荒的时候，他珍藏的半升救命苞谷被老鼠偷噬，他就支撑着饿得歪歪倒倒的身体，用一条麻袋把一群鼠类罩在箩筐中。然后，他就用滚烫的开水从麻袋上淋了下去。他现在还记得，那一回共消灭了二十三只老鼠。这一回是用火烧，亲眼看见鼠类灭亡的情景。三百只、四百只，不，也许还有更多的鼠类将在烈焰中灭亡……

天亮了。太阳慈爱地抚摸着这片烧焦的土地。老岩豆像一座雕像坐在土埂上。一夜凉露，他身上的衣裳濡湿了。在脸上深深浅浅的褶皱里，填满了庄稼燃烧飘飞的灰烬，形如播种后的地沟，似乎新苗就要从那里面长出。他的腋下还夹着那根火枪，狗还紧贴地卧在他身旁。他眼睛蒙着一层湿雾，怆然地向着坡脚的村落……

终于有什么声音把他惊动了。他敏感而沉缓地抓起了火枪。黑洞洞的枪口游移着，饥饿地找寻着目标。

原来蛇魔刁老七正从岗那边过来。仍是头戴一顶破草帽，手挎蛇篓，柳腰弯弯地走在小路上……

轰隆！一声巨响。蛇魔头上的破草帽飞了。他抬起头，看见老岩豆端着枪站在高处土埂上，正凛然威厉地瞪着他。蛇魔那张钩子脸顿时色如灰土。他一语不发地转了过去，柳腰弯弯地往回走了。

老岩豆就像一尊土地神站在那里，目送他离开了脚下的这片土地。

祖婆的仓房

那是一幢杉木的仓房。

祖婆坐在仓房前面的晒坝上，脚下一面晒筐，里头摊开一些红的青的衣物。那是老衣老鞋，还能够持针拈线的时候，祖婆就做下了这些东西。几十年过去，祖婆没有死，可是关锁在箱箱柜柜里的老衣老鞋却发霉发臭了。所以碰到天气晴好，祖婆都要翻出这些东西来晾晒。

十月小阳春天气，太阳便金子般地显着珍贵。祖婆揭下头上青黑的帕盘，稳稳挂在僵硬的膝盖上。帕是生朝满期上小的们送的，老人就尽量地缠在头上，新的旧的，东一段西一截地，绾结在一起，不解不散，终究凝结成铁实冰冷的帕盘。阳光明亮地照耀，祖婆满头白发银光闪闪，仿佛顶个美妙的环似的迷人。老人半截身子脱光着，粗粝而松弛的表皮，斜斜地拉满褶皱，有如一面黄土坡遭大雨冲刷之后的景象。两只黑亮而瘪瘦的奶房，如两个干枯走形的葫芦，长飘飘地吊下来，随风吹微微地晃荡。上下眼皮沉重地眯挤着，透露一丝浑浊的苍黄。沟壑纵横的脸子静静挂着一层笑意，那样幸福，却又那样凶险和贪婪。人从旁边走过，仿佛觉着那光光身子所有毛孔都大张嘴巴，蚂蟥吃血般地吞着阳光，几乎可以听见那种吱吱的吸吮的声音……

祖婆是去年做的百岁寿酒。那阵，一把秧草椅子安放在香案前，她就在上面坐着，眼睛眯缝，脸色平静淡泊，接受十二个儿子三十六个孙子一百〇一个曾孙子三叩首九磕头。小的们成两路纵队排列，老有拖长胡子的，小有亮胯的，依次来到堂前拜寿。

“一叩首——两叩首——三叩首——”

听着司仪嘶嘶哑哑悠悠晃晃喊着，透过黄光光的烛火，我们一边打跪作揖，就一边抬头来看那纹丝不动的老寿星，想到她那瘪瘦干枯的身子居然浓缩着一个世纪，竟生出如梦如幻的感觉来。

百岁寿酒做过不久，县科委派来个采访的，要想从祖婆那里得点“长寿秘诀”之类的东西。大半天光景，老人坐在门槛上想着，不想辜负县科委对她的期望。最后，祖婆那苍黄的眼珠子望住来人，就有些发寒发战地说出两个字来：

“吃饭。”

那年腊月尾，祖婆跟锅的顺福家的副业款子没有交齐。依照队上规定，队长火生和会计塌鼻便不称粮给顺福家的。望着生锈发黑的锅子，顺福愁苦脸子愣怔半天，上天无路入地无门，就对门槛那里坐着的祖婆道：

“要拿嘴巴来缝起了。”

这样，祖婆从门槛上站起，她那阵只有八十多岁的年纪，走起路来不用杵路棍，不声不响的，就往队上仓房那边走去……

这么多年来，祖婆无论跟哪个儿子哪个孙子哪个曾孙子的，都和小的们达成了一种默契。平常日子，老人坐在门槛上，或者坐在晒坝上，看看鸡晒晒太阳的，好像和周围世界无关的样子。只要饭熟开舀，有个土碗有双竹筷递到手中，祖婆的日子便是既安宁又富足的。当然，祖婆并不总是这样，关隘上来，她就是一张王牌，仿佛那样凝神静坐的，吸吮了太阳无穷无尽的能量，就为往后做成一两件事情。小的们知道这张王牌的妙用，紧要关头打出去，定能消灭劫难化险为夷。祖婆也似乎非常清楚自己王牌的使命，只要小的们几声哀叫，她就会毫不犹豫地出马相救。

祖婆不是正路来人，这是全黑溪沟人人都清楚的。但野道上又有多深浅，大家却也是颟顸糊涂的。民国元年，祖公这个追山的汉子陷进赌坑。怀揣毒兽的“三步倒”，他就闯入庙屋场赌窝，准备输光血本之后饮鸩自杀。但是命运之神光顾，猎人不仅扳回老本，而且还从输红眼睛的赌徒手中赢来了祖婆。那阵，祖婆年轻貌美，输家按身体重量老秤半斤盐巴一斤折价押宝。做个“庄家双开”，祖公虎背熊腰挺硬，宽肩阔膀打着祖婆的“马马肩”，就来到黑溪沟。祖婆像是从天上降落一样，没人知道她是哪的姑娘嫁过哪的客，也没人知道她是哪样品性哪样操持。祖婆口风死紧，连对祖公也不泄露丝毫。只是偶尔某个夜晚，明月当空照着，夏风清爽地弄着，祖婆在晒坝上逗娃儿，就不由自主似的哼起一首歌谣——

> 摇摇黄金棍，闪悠悠，担挑白米下泸州。有钱买个花大姐，无钱买个蛮丫头。蛮丫头，会打牌，半夜三更不回来。鸡一叫，狗一咬，蛮丫头，回来了。

人们因此有些猜测。有说她开过窑子的，有说她做过土匪压寨夫人的……而最终却无法证实。猜测越多，祖婆身上那层神秘色彩就越浓重，使得从她年轻的时候起，人们对她便有种莫名的畏惧……

此外，对一个女人来说，生十二个儿子养十二个儿子，竟都长成汉子，这就又是很不平凡的。生活之路漫漫长长，生命虽无休无止地颠簸着，耗费着，却也在艰难中饱受滋养，显出辉煌灿烂。事情无论巨细，天天有发生，日日有消亡。虽逝犹斯，就如钢如铁地积聚，也透着分量，也透着力量，那样令人惊讶，那样令人敬畏。

那一阵，队长火生和会计塌鼻正是报秤拨珠子忙着，忽地一只皱皮干瘦的小手，哆哆嗦嗦伸到跟前，并且压住了算盘。顿时，两颗数日跳来跳去的心激灵地颤了颤，就阴郁地直往下沉。

“我那些娃娃崽崽……过去那阵都拖上坎来……你们现今还想饿死人不成？”

这样说着，祖婆就蜷过身子，翻上装有地楼的仓房门槛，睡倒在那堆苞谷上。黄金般耀眼的籽粒，灿烂地托举着祖婆，既是那样生动迷人，又是那样辛酸、那样艰难……

祖婆躺在仓房头，不愤怒，也不悲哀，就像死一样地一动不动。唯其如此，事情便使人感到紧迫、感到紧切。不一阵工夫，队长火生走到狗子跟前，底气虚落地说：

"去……去叫你爹……拿口袋来称粮……"

狗子仿佛早知道这个结果似的,不等话完音落,就翻动双光脚板跑了。

是田和土都放到一家一户做的时候,那幢方正如块豆腐干似的杉木的仓房,全黑溪沟人几十年来一直当作圣地神往的地方,大家思想和行动的中心,一下受到冷落而寂寞了。既然集体用不着,就折价卖给私人。那阵,只有顺福搞副业手头攒点钱,他把仓房买下了。

祖婆是今年春上搬到仓房住的。

那时候,顺福家的新房子没有落下基脚,大小子十八九岁的人不到婚龄上就要急急地娶媳妇过门来。那姑娘是邻村的,虽有媒人从中牵线搭桥,但和大小子同一山梁放牛割草,日久天长的,两个人就爱恋浓稠。不等规矩烧香拿蜡看定婚期,那姑娘便有了孕了。老屋或是弟兄或是夫妻共住,一个萝卜一个坑的,挪不出丁点缝隙来。

"反正开始热和……我走,空间屋来办事情……我在这里坐门槛挡了路,人来客去的不方便……"

祖婆和犯难发愁的当家人顺福说着,就收拾起那些红的青的老衣老鞋,卷起那张祖公留下的扁担花纹的皮子。仓房隔老屋不过数百步,祖婆当天一颤一颤走来了。

但是,顺福买下仓房的时候,却没料想也买下了一群一群的鼠。那些孽障长期地吞吃公粮,既滚圆肥壮,又骄横恣肆。开初,顺福无妨。囤子里的苞谷棒子不过两晚,浅层如珠似玉的籽粒就被啃去,唯剩白生生的核儿。夜里关进只猫去,岂料早晨开仓来看,那猫竟是遍体鳞伤地躺在楼板上,鼓两只悲悯的眼睛,诉说着寡不敌众的委屈。这时候,顺福才梦醒似的明悟过来。集体多有储粮,鼠噬不过毫末,分散到各人名下的,终不过斤谷两米,便都懒心经管。鼠本胆小,而长久的恣意妄为,也就鼠胆包天。包天鼠胆融入鼠血,繁衍遗传,整个鼠群于是无法无天起来。顺福看过一些灭鼠书,又打起精神,顽强地和鼠斗。堵断,而寸厚的装板,一夜间就啃个窟窿,如此数番往复,整个仓房竟然千疮百孔。毒杀,灭亡两批,不过几天光景,那鼠就具备抗药性似的,糊涂一阵,又猖狂如初。纵然有鼠不能解毒,也远离仓房才死,邻里猫狗捡便宜吃了,便平地闹出些不愉快的事情。何况鼠是越来越精明、灵醒，对那杂物异味的，渐渐不肯轻易下口……

那是个夜晚，忙过一天春工的人们刚刚洗脚躺下。就着豆儿似的灯火，男人嚅动厚实的嘴唇木木地咂“倒床烟”，女人亮开肥胀的奶子塞给细娃，也就懵懂地瞌睡。天地之间既无月光照耀，也无星光闪烁，只有春天馥郁的夜气静静流荡，只有黑溪沟温暖的春水潺潺流淌……

轰隆——整个山洼跳动一下，整个村庄惊醒过来。解放几十年来，黑溪沟还没听见过有枪响。尤其夜深人静的，这就更加令人感到凄惶。人们光脚亮膀的，支起灯打起火，流水牵线地往枪声传来的方向仓房那边拥去……

人们来到仓房，就见幽幽的灯亮中，祖婆坐倒在地上，怀头搂一根长长的老枪，静静指向囤子下面几只血淋淋的死鼠……

“点点儿火药……点点儿铁沙子……”

祖婆比起瘦小的指头，喑哑地喃喃着。

那一瞬间，人们翕动迟钝的鼻头嗅着弥漫在空中的火药味儿，似乎看见那红红的杀射火球中，一道金赤的光环闪闪，祖公掮枪猎虎的勃勃英姿便透亮出来。一个是打虎的，一个是猎鼠的，这就令人有些玩味。并且，祖婆早先的来历，原本有些神秘，满过百岁突然玩枪杀生，这就又令人生出很多惊心动魄的猜测。但祖婆毕竟摔倒，毕竟禁不住枪后坐力一击，事情又依旧显得有些可笑……

祖婆在仓房头躺着。那跤跌下去，摔得腰酸背疼，这样躺着已经好些天了。几个巨大的囤子在几步远的地方矗立着，仿佛一脉山几座山峰，人就在山峰脚横倒来歇着。那根黑黑的老枪，是祖公留下的，如今枪膛空空地立在床头。身子底下垫的那张虎皮，也是祖公留下的。虎皮的毛都快磨损完了，只隐隐地闪跳着些光亮。无冬无夏，祖婆都用这皮子铺着，倒觉得可心适意……

“好可惜的太阳哟！”

日影爬过檐沟漫过门槛，仓房里透着个明亮的方框，一角挂住囤子，一角扣住一只瘦骨嶙峋的手。祖婆在那方框太阳中舞动根根透明指头，又抓又捞的，徒劳地搅动晶亮的浮尘静静飞旋。但即便是这样，祖婆也似乎感到一种满足，无声而又开心地笑了。

方框太阳摇晃一下，是小孙子送饭来了。一只篮子轻轻在床头放下，揭开盖子亮出两只土碗一双竹筷，狗子就走出仓房捡蛋去了。祖婆萎缩的鼻子翕动两下，嗅嗅太阳光芒，慢慢吞吞翻起身来。老人折叠地靠着床头，仿佛一团烂棉絮似的，不惊不讶地享用这一顿午饭。

“鸡窝里头……空的……”

狗子小眼睛小手翻遍根根干草，连一只蛋影也没见到，就在仓楼脚下吼道。

祖婆听着，莫名地打了个冷噤。这几天来，那些母鸡轮番地唱，仿佛下个金元宝似的。结果却是窝草里头空空荡荡，竟然没有一个蛋。难道几只两脚畜生看她年老了，不能动弹了，都在唱谎蛋欺骗她、戏弄她？老人感到一种从未有过的沮丧……

祖婆觉得在床上躺的时间太久了，应该起来了。

天空里白亮白亮的铺些云絮，太阳在中间陷着，晦红的如团卵黄，明不起来，也暗不下去。祖婆离开仓房门槛，腰佝偻如叠，仔细从仓楼脚下滚出个草墩，推到晒坝上，静静地坐了。两只苍黄的眼珠子浊水里浮着似的晃荡晃荡，便在沉重的眼皮后面露出丝缝来，定定地窥着仓楼脚下。

那里，阴气森森地流走。有只黢黑的母鸡咕咕哼叫，莫名地躁动，莫名地不安，一阵挲翅挺腿的，就跳进那破烂篾篼。听得满窝干草轻轻喧响，人心也止水微澜般地酥痒，想见那黑鸡是趴在窝里了。

日影斜斜的、淡淡的，在檐下雨沟中摇曳着，有窸窸窣窣的响……

鸡们没有撒谎欺戏老人。

心尖一阵悠凉，吞下块溶冰似的，那年祖公猎虎，祖婆也没有这么凄惶过。松垂的眼皮挣扎着抬起，苍黄的眼珠鼓亮着，祖婆终于看见那偷蛋贼了。一条碗口粗细的蟒蛇，从仓房那面一块麦地里爬出来，爬进了仓楼脚下。刹那之间，黑暗的地楼闪烁着七色五彩，花蟒扭动着满身斑斓，时而蜿蜒，时而起伏，好比神奇地舞蹈的虹，渐渐接近那破烂篾篼……

窸窸窣窣……日影在檐沟里摇曳着，那蟒行至鸡窝跟前。只见它抬起半截身子，两颗金豆银豆似的眼睛射出两线寒光，红红的芯子急遽地吹卷，倏地三角叉弹弹，椭圆脑袋晃晃，白绿的颈项即刻鼓突两个疙瘩，又高耸高耸身子，两个疙瘩就鼓鼓突突往尾身滑落着。随后，响起一阵声音，透着些沉重滞缓，那蟒带股杀气，就爬出仓楼脚下去。祖婆苍黄眼睛鼓亮着，眨也不眨地，就又惊又奇地怔住。半天明悟过来，老人凑近那些破烂篾篼，仿佛不相信昏花老眼似的探手到窝草里头捞过一把。但寻得些阴风绕指，她就拿起一根杵路棍子，憋上两口气来，脚步悠晃悠晃追蟒去。

祖婆三只脚颤颤地划动，顺蟒爬过的拖路，不一阵来到山根坡脚。天上太阳在云头陷得更深似的，平地生出几分阴冷。听得窸窸窣窣贴地摩擦的声音，便见那斑斓蟒前头缓缓爬行。老人停住，脸红亮亮的，喉咙里头走着毛毛虫似的奇痒难受，就咻咻地发吁发喘。蟒蛇迟钝，依旧拖着沉重的身子蜿蜒爬去。透过五彩光晕，肚腹下面两个疙瘩隐约鼓弄，撑胀一身白皙的皮子滚荡。祖婆吐过两口急气，便三只脚继续缀跟那蟒。行不几步，那斑斓蟒爬进一条石巷，就倦累似的歇住。祖婆鼓亮苍黄的眼睛，正觉着好生诧异，便见那灿烂蟒身弓屈起来，俨如一弯彩虹，倏地炫耀地舞了舞，尾身高高地一撅，就挺硬如一根棒似的吧嗒地弹在石巷里。霎时，蟒腹中两个疙瘩漾漾，就磕碎地消散了一个疙瘩。美丽的彩虹于是重新架起，尾子再又棒似的弹下，隐约听得壳破蛋碎的咔嚓声响，最后一个疙瘩瘪落下去。接着，那蟒爬出窄狭的石巷，拖曳股股阴雨，飞梭如箭地在山根里消失了。

那蟒进哪个洞，钻哪个孔，地上全无拖路走向。老人糊涂了。

祖婆抬起头来，眯缝苍黄的眼睛向着太阳。面对浑圆光亮的奇物，老人似乎动了恻隐。

是几个孙孙担粪往山根坡脚去淋苞谷的时候，在石巷里发现了那大蟒那彩虹。蟒已经摔死，白皙的肚皮稀烂，腹头还有白生生的石头，形似椭圆的鸡蛋……

“祖婆！你过的桥比我们走的路多……你说，大蛇做哪样要吃石头……”

孙孙拖着死蟒走过晒坝那边大路，就和老人家半玩笑半认真地说道。

祖婆转过头来，苍黄的眼睛无限悲悯地看着那五彩蟒。她那青黑的帕盘依旧揭下来，静静挂在膝盖上，干枯脑袋顶着头耀眼的白发，醉了晕了似的低俯下去……

“她又不是科学家……”

年轻人不知深浅地讪笑着，就拖着那蟒舞着那彩虹往村头走，准备剐下那皮绷几把胡琴。

祖婆没有半点惊讶，也没有半点怨艾。从昨天起，她在黑溪沟滩头捡来那鸡蛋一样的卵石放进鸡窝，看着那蟒囫囵地吞下去，老人就知道会是这样的。几十年来，祖婆小心地照护着那些鸡族，由鸡到蛋，由蛋到鸡，从来没有鹰叼黄鼠狼咬过的事情发生，而那花蟒竟然得逞了，竟然接连几天偷吃了鸡窝里的鸡蛋……

可是，在祖婆生命的夕光中，这似乎还不是结尾，还有些事情是放心不下的。

那天夜晚，月亮白晃晃的，从狭窄的气眼里透进仓楼，浑圆而清幽的几点。祖婆从床头挪到仓楼地板上，一动不动地躺着，像是死一样的。那阵，黑乎乎毛茸茸的鼠群走水牵线的，从仓楼脚下爬上来。那些孽障感觉不到人的呼吸，也感觉不到人的体温，就在祖婆身上舞蹈。懵懵懂懂的，祖婆逮只肥大的鼠开心地玩。鼠吱吱叽叽地叫唤，才醒悟撞上了一个活人。透过点点月光，祖婆看见鼠牙又小又白，咬破了她那粗糙干巴的手背。她感觉木木地疼，那寡淡的老血就渗出来，就顺几根瘦指冷冷地流着……

但是，她没有饶恕它，也没有怜悯它，依旧狠玩了一阵，才释放了那大鼠……

每来一群鼠，祖婆都要逮一只来玩，并在那孽畜屁眼中塞进一粒大豆……

没能回到铺上，祖婆就在地板上睡着了。香喷喷的鼾声响着，老人干枯的脸子就挂起又幽默又残酷的笑来。她看见那大豆在屁眼中膨胀着，丑陋的孽畜既屙不出也吐不出，阻漏积气，气急攻心，心火伤神，那鼠终于憋疯发狂，嘶嘶咆哮，拼命追咬洞穴的同类，于是山洼整个鼠世界大乱……

正是祖婆做着这个痛快的梦的时候，人们在坡脚山根看见鼠群厮杀，人们在黑溪沟头看见鼠群过河，人们在粪池旁边看见鼠跳粪自杀……

那样惊心动魄，却又那样不可思议。

好梦醒来，仓房真的清静了。

傍晚的时候，狗子送来晚饭，见祖婆不动碗筷，小心碰碰，老人就向狗子倒来。狗子扶扶祖婆，又冷又硬，这才惊吓地发现祖婆已经死了。

没人悲哀，也没人流泪。人生迈过世纪，沟死沟埋，路死路埋，都仿佛是一种幸福的事情。直到出殡那天，小的们依规矩，才指定女人们制造气氛，咿咿呜呜地跟着棺送葬。这样，道士先生挥刀舞剑叱咤风云开路，子子孙孙白帕子黄帕子的后面跟着，就木木地往坟地里走去……

那几十年来年年都要阳光照射几回的老衣老鞋，终于穿在了祖婆身上。虽然发黄发旧，可是不霉不臭，清清爽爽的便装似的，仿佛祖婆不是要和大家永诀，而是随常的小憩小睡片刻。一张板亮的虎皮，无论春夏秋冬，祖婆没离，就转移到棺床，依旧给她垫背铺身。一根老枪，祖婆满过百岁突然用来杀生，并再不肯撒手，早有缘分似的，也随她搁进棺木。但清棺时，道士先生说金克木，影响子子孙孙成才，那枪便又取出……

气氛本来一直不是那么忧伤，也不是那么沉重。但是，就在盖棺掩土的那一瞬间，不知哪个角落发生崩溃，几百白头黄发的，竟都齐刷刷地跪下，整个场景陡地变得那样庄严，那样肃穆，使人连呼吸都莫名地急促起来……

正当先生半抔泥土撒向混沌世界，撒向棺盖，那时候，有人抬起头来，就看见祖婆光光半截身子半空忽悠，长飘飘两只奶房吊下来，在小的们头上晃荡……

那意思仿佛还要叫人抿上奶嘴哺上半口乳汁。

灰　楼

一

夜黑不是太浓。

陆长彬摇晃着大块身体，一直恍惚下去。都走得无影无踪，杨炳全才迈出庙门。两根脚不大听使唤，踉跄两下，才撑住一挂子肉。他回过头去，往庙堂上黢黑的牛王看一眼，疑心牛王菩萨恶作剧从后头杵他一角似的，接着才深一脚浅一脚地在通向家屋去的小路上恍惚起来。

“做一件笨事情。”

他在心里这么咕哝着，便重重地击一掌脑门，觉得是真正地失了体统了。

还昨天，二榜刚刚公布，那时候，他“杨炳全”三个字像天上星星掉下来，那样突然，而且那样亮晶晶地闪跳在大红纸上，一下就和陆长彬形成了差额。很快，乡党委书记老何带信来，把他传到乡上，装烟倒茶地热络着，就说：

“这几年委屈你了。”

“经受你们考验嘞嘛！”他苦笑一下，有些酸酸地应着，“反正都成老油条了。”

“能上能下嘛！”老何认真起来，“反过来呢，你不当支书，经过这几年，大家重新识别，认为你还是一块金子，这回又把你抬举起来竞选人民代表，就坏事变好事哪！”

“我其实也没有多长一个子耳朵出来，”他感到闷乎乎的，“只是想到……是一个党员。”

“这就不容易，”老何沉吟着，“这就不容易。”

便沉默起来。

喝两口水，抽两口烟。终于仿佛憋不住了，杨炳全站起来，掂着话头说着：

“找我来……是不是有事情？”

“哦！你看把正事给忘记，”书记拍着脑门，好像真有这么回事情，“差点把正事给忘记……”

杨炳全脸上掠过一丝不易觉察的笑。书记还是从前的书记：遇上棘手的事情，他总那么沉着，一直等到你向他提起来，于是才又继续下去。结果呢，事情成了，对他则显得很轻易；不成呢，于他又似乎是不得已的。可麻烦呢，却永远是你自己寻找的。

“你和陆长彬搞差额的事情……”

杨炳全重新坐下去，静静地听起来。

“当然啰，这是民意嘛！”

杨炳全木木地点着头。

“我们当初提升陆长彬，主要考虑他是我们水泥厂厂长，一个乡嘛，有个厂子不容易，而且他毕竟有贡献，比如你们官村电灯……”

他又开始给你制造一种气氛，把你笼罩起来，仿佛面对一个抽鸦片上瘾的人，只要释放一点气味，就叫人恍恍惚惚地跟去……

“当然，当然，人不是十全十美的，作为一个农民企业家嘛，难免有这样那样的毛病……”

他眼前一缕一缕烟气缭绕，仿佛一条一条大青虫，正弯腰屈背地挺进……

“问题是……在官村那个地方……你们两个都是人物，当然，这只是个人的看法，不代表组织，你和陆长彬未必要脸青面黑地来争不成！”

“我是一个党员……”

“这就对，就应该有点姿态……”

“我赢不过陆长彬，就给党丢脸……”

“这个……”书记似乎没有想到这一层，“我的意思是……你找陆长彬谈谈，两个协调协调，千把人的村子，还分哪样山头？是他上，还是你上，不必搞得那样深沉，总还要考虑在群众中的影响……”

“我不想和他噜苏，”停一停，杨炳全又低声细气地补一句，“你晓得我以前整过他爹站挞斗，那是政策要过路……现在大家一般高矮……”

“你琢磨琢磨吧，谈比不谈好呢，”书记显得恳切起来，“就不讲禅让吧，大家沟通沟通，达成谅解，心平气和地坐在台上让群众选择也好嘛！”

杨炳全不吭气。

“你说是不是呢？”

何书记眨巴眼睛等着。他隐约地感觉到，眼前这个人，已经不是几年前的那个村支书了。

“应该说‘是’。”好半天，乡党委书记自己回答说，“你说是不是呢？”

杨炳全无可奈何地点点头。

但没有料到结果会这样……

本来呢，杨炳全从乡上回到村里，傍晚，他坐在阶沿上，抽着叶子烟，看着坝子那边漫起来的夜雾，看着夜雾中透出来的那幢黑魆魆的水泥楼房，它像一只巨大的鹰，一直把它的羽翼张开来，在坝子上留下它那沉重的阴影，那时候，他便完全放弃和陆长彬接触的念头了。可是，今天早晨，他们在门前马路上，那个转弯的地方，却突然相遇。陆长彬像是刚从厂里回家，熬了通宵，正疲乏地走来。不知怎么的，他居然就约了他。而且，他用“谈判”这样一个有分量的词儿，显得很认真很严肃的样子。而陆长彬呢，眨着两只充血的眼睛，愣一阵，也居然答应下来……

却最后是谈僵了。

二

陆长彬在推门的瞬间，听见咴咴两声啸叫，接着腿肚绕几丝冷气，就看见黑狼醒着两只耳朵瞪着两只眼睛蹲在楼口那儿。这畜生每次都是这样的，总在喉咙里咕咻，虽不像发起进攻，却也像发出一种警告。好在陆长彬已经习惯，并不感到害怕。可阴沉而凶险的啸叫，却总把他一下就带进一片阴影……

现在，陆长彬往前走去。他感觉自己正穿过两堵墙，或者两道门，走进一间屋子里。他听着杯盘碗盏响着，便看见一张清瘦的脸转过来。一对幽怨的目光落在他身上，就像两只臭虫爬搔，搅得他烦躁不安，又自己对自己那样厌恶。“我们的厂……”他说不下去。女人一切都明白，软软地坐在地上，号啕起来。“你当我死了埋了吧！”不知什么时候，一只虫子像飞机螺旋桨的叶片那样坚韧地叫着，钻进耳朵里，把整个脑袋都轰起来，叫人恐怖而苦痛万分。他像一根木头一样愣一阵，啪地扇自己一个响亮的耳光，便逃开去。

那以后，陆长彬多半时间住在厂子里。

三

这天夜晚是非常不凑巧。

杨炳全站在两条田埂的交叉口。那里有一根电桩，牵连着区乡两头的路线。他把一爿耳轮贴着那杉木杆子，听着那又神秘又悦耳的啸声，眼前忽而一片骤雨狂风，忽而一片山青水绿……

正感到津津有味，陆长彬却来了。

两个人都被吓一大跳。张眉惶眼一阵，这才开始接腔答话。

“闯鬼了，”陆长彬说，“你领了邮电局的钱专门撑电线杆子来了。”

“屋里闷沉沉的，出来新鲜新鲜空气，”杨炳全不示弱，“哪晓得会遇到夜游神。”

接着，两冤家嘿嘿干笑几声，便走开各人的路。陆长彬看不出有一点犹疑，就沿着一条田埂走下去。杨炳全心颤颤地一跳，知道陆长彬走的那田埂是唯独通向村长陈发元家的。这样想着，他便取“V”拐田埂的另一端回家了。但他没有睡觉去，却裹一杆叶子烟，坐在阶沿那儿，慢慢地吧嗒起来。

四下里很静，也很亮堂。厂子那边的机器大约已经歇息，电跑到这边来，夜因此显得美丽。投产那会儿，杨炳全去看过，那颚式压碎机和球磨机吼起来，把一座山都要咽下去一样。而事实上，那两个家伙正吞吃着那山坡，早晚有一天会把这里的一切都吞吃完……

杨炳全觉得心底里有一汪水泛起来，把他轻轻地托举着，正向一片高地推进着……

它是在灰楼那儿。那儿从来好像就是红红火火的，开始斗地主分财产，后来办食堂舀大锅饭吃，再后来开会看电影，一直在那儿举行。这叫姓陆的那个人看准了，或许那个人请阴阳先生看准了。折价变卖那会儿，大家叽叽喳喳吵着，都看死那仓房那烘棚儿多瓦片儿多柱头，可他却看上那地方，那是发迹的地方啊！区别往往就在这里，你的眼睛能不能把一件东西看成几件东西，就决定你能不能成事情。这不是吗，人家都畏畏缩缩的，他却下狠钱买到手了。结果呢，他在那儿盖起灰楼，像一座山中间高两端矮，像一个人两边肩膀抬一颗头，像一只鸟振动两扇翅膀……

这时候，大家似乎才看出一点眉目，尤其是杨炳全，简直是一下就敏悟过来了。

站在任何一个角落里都能够看见灰楼，或者说都能够感觉灰楼的存在。那个用水泥粘起来的怪物，它居然比那片高地还要高，也比那片高地还要巍峨。那时候，杨炳全只是把那儿当作全村人集体活动的地方，开会学文件什么的，站在高地上，声也高，气也昂，又显赫，又威风，便掌握着整个官村。即便是电影队下来演出，银幕挂在坝子上，他站在放映机前扳着麦克风发完话，也习惯回到高地那儿，兀自点燃一杆叶子烟，贴地坐在一块石头或者别的什么物件上，从银幕后头去看那画画那场景。看银幕的反面，那人物活动起来全是左撇子。如果接连放几晚电影，杨炳全使起右手来也感到别扭……

可现在，那个人不但把仓房拆了，把烘棚拆了，而且把那片高地也铲平了。一幢三层灰楼，一个怪物，就在那儿站起来，矗立在人们眼睛皮下，那威仪，那气势，直叫人感到恓惶，仿佛那家伙不是建筑在地上，而是建筑在人的心上。会不开了，文件也不学习了。但整个官村并不因此失去统领而散淡，相反地，一种从来没有过的统领，既无形又伸手可触，那样潇洒从容，那样刻骨铭心，却把整个官村给抓住了。更何况呢，一年半载的，村长陈发元兴致来了，要把大家集中一回。那工夫，他爬到灰楼顶层上，粗声莽气地往四下里一喊。不知是因为灰楼前面的确存在一个坝子呢，还是由于习惯的缘故，人们自然拥到那儿去。高地没有了，而二层楼的阳台正能够代替高地的作用。村长站在上头，一根白布帕子裹一颗脑袋，明晃晃地探出护栏来，唾沫星儿乱纷纷飞着，气派地讲水泥厂招收工人的事情，或者烤烟的事情，或者肥料的事情……

哪一家鸡叫一声，接接连连的，全村的鸡都凑热闹似的叫起来。杨炳全抬头看看天空，一弯月亮刚刚离开黑黑的山脊，两角银尖刚刚戳进黑黑的穹窿，便暗暗觉得有些好笑。官村虽然有电灯，可遇枯水季节，那边管电的把电断在水泥厂里，就不再送过来。等到紧张缓解过去，人们便通宵达旦地把泡子亮着，又像是出气，又像是日子寂寞而有意地弄得热烈一些。况且，电到乡村里三分贱，是依灯泡座位收费，不是照千瓦小时计价，既安装起来，就可以亮下去。但这样忽然黑如深渊，又忽然亮如白昼，却扰乱鸡打鸣报时，仿佛这夜与昼并没有什么标准，只要喜欢叫便叫……

又一杆叶子烟燃完，一撮灰烬红火一闪，便掉在地上砸散了，熄灭了，而田埂那边依旧清清静静。那个人去村长陈发元家都好一阵了，却还没有往回走。不知怎么的，杨炳全总觉得有些恓惶，仿佛“V”拐田埂那边藏妖藏怪，随时都可能蹦出来兴风作浪。但同时，他又感到有一种力量正在体内逐渐地滋长，来抗拒那一切，包括颚式压碎机和球磨机，包括灰楼……

夜深了。

杨炳全回到屋里。他从床头高高的搁架上取下一件笨沉笨沉的东西，仔细地擦拭着，很无聊，也很用心。那是一台已经淘汰的“三用机”。当初，杨炳全当大队支部书记，就是通过这东西喊话。那时候，一家一户一个纸喇叭，虽然听起来沙声沙气，但能够一呼百应。后来，活路分散到各家各户安排去，纸喇叭不再显得那么重要，而且梅雨季节里，那纸片便潮湿，那簧片便锈损，很多人家的纸喇叭都变成哑巴。不知哪一天，也不知哪一个人开头，人们都认为那胶皮的电线又好看又牢实，便拿那东西扣鱼眼做球鞋带，或者穿草鞋的边绳。很快，这个呼叫网络就消失得无影无踪。而一台“三用机”呢，长久没有用，也成了哑巴了，废弃了。后来，集体财物折价变卖，也许是感情的原因，或许还有别的什么原因，杨炳全就把它买过手来。

“哭的日子还在后头哪！”

冥冥中有张脸悠一下，便有个声音响起来。

杨炳全先是一惊，接着转过头去找着，但屋里除他自己的影子在地上晃动外，却再也找不出另一个人来。“哭的日子还在后头哪！”女人在隔壁屋里唠叨闺女，“老娘过的桥比你走的路还长……”他禁不住笑了。

四

低矮的楼篾上，一盏电灯泡子蒙满一层烟黑，既看不清从何处牵引而来，又弄不明白系挂在哪里。偶尔几丝风，从牛肋巴木条窗外吹进来，于是那灯泡晃悠，走动活泛的光辉，照得那倒吊在半空里的一缕一缕阳尘也油亮油亮的。

这下面，有两个人对着一张方桌，就一碗炒豆，正慢慢喝起酒来。“那个人的心……”陈发元稳沉地呷一口酒，“我早就是摸到的……只不过懒得说……”“你做村长的要做出个公道来……”陆长彬脸色铁青着，“我水泥厂哪一点亏待官村人！嗯！是人都是有眼睛的……”“人心隔肚皮哟！”陈发元说，“我这个村长做起来都觉得淡泊……”“厂里招工优先考虑官村的，安装电线也想到把官村的一起安装上，今年过年还一家一家送红包……”陆长彬端着酒杯晃着，“良心都喂狗吃了不成……”“想开通一些，”陈发元捏住瓶颈儿，缓缓地往杯子里倒酒，“我有时候就装憨包，管你搞哪样名堂哟！”“我已经够憨包了！”陆长彬一下把酒杯掼在桌上，“哪怕是一堆屎，我从前都忍了吃了，可做人总要抖擞一回，不能总叫人踩倒过日子……”

“哪样不抖擞哟！现今的事情，哪个踩倒哪个哟！”陈发元两支筷子撮几颗炒豆，打摆子一样抖动着，“那个人……他就是选到县的省的，又敢把你怎样……”

“不敢怎样，当然不敢怎样……”陆长彬有些醉意了，“我只证明一下我是对的……我是不该受罚的……在官村，在乡上，在区上，我都比他强……”

“我这个村长，哪个人要干他都可以拿去干。”陈发元嘴里嘎嘣着，“我不如偷工夫多做几烘棚烟……”

“我不想当官……”陆长彬眼睛直直的，望死一杯酒，整个人正慢慢地往里溶化着，“你不晓得我的心……”

“我这辈子还要怎样！一年三百六十天，没有哪一天离过酒！”村长咧开阔大的嘴巴，露两排错错落落的齿门，得意地响一串酒嗝，“从十六岁起，我就没有离过酒，现今都是五十八岁的人……”

陆长彬愣怔着不再吭声，正有滋有味地听进去似的。

“加之逢年过节走亲串户的，平均下来一天里两斤酒是要喝的，”又一杯酒咕嘟下去，呷一阵啧啧声，“说老实话，而今累计下来呢，我已经干掉了八万斤包谷子了。”

村长拇指和食指开成一个八字，“哪个人有这样的福气！”顿一顿，又唠叨起来，“过日子嘛，总要思前想后的……有时候不怕窝囊，就怕不会想，会想了，吃苦瓜像嚼糖梗一样……”

陆长彬仿佛看见一块一块石头在磨斗里跳跃，轰轰隆隆跌进磨道，粉身碎骨出来，躺在传输带上，又被带进另一副钢嘴铁牙，去接受更残酷的撕咬。直到一幢高楼耸立起来，这些石头才会获得新生。他真想把自己也研磨成粉尘，然后在另一个时候另一个地方，又把自己重新塑造过。

“醉没有醉？”

村长陈发元看陆长彬发愣发怔的，晃着他肩膀咋呼着。

“醉了，”陆长彬抬起头，醒着地应着，“没有醉。”

陆长彬从村长陈发元家里出来，心头冷灰灰的。走过“V”拐田埂，他下意识地掉过眼睛去，便见到那一头杨炳全已经熄灯。他心里有什么东西动了一下，随即打住脚步，直愣愣地盯住那儿。整个村子寂静而又明亮，只有那房子黑乎乎的，仿佛一块长满苔藓的巨石。而正是这样，他才感到有些不安，似乎那里有一双眼睛，正滴溜溜地转动着，像钻头一样，要透进人心里去。他站在那儿，冥冥地和那眼睛对峙一阵，才离开“V”拐田埂，往灰楼走去。

好不容易挨到灰楼跟前，正要推开门，却忽然怔住了。借着阳台廊道上射下来的灯光，他发现两位门神披甲执钺的秦军胡帅被两位硬胳膊硬腿的机器人取代了。这到底是自己干的还是别人干的，他已经想不起来了。不，他根本不认识这两个家伙，它们既不像他的颚式压碎机，也不像他的球磨机，而不管它们从火星来，还是从遥远的银河系来，都只能是两个地地道道的怪物。他一下产生一种陌生的感觉，仿佛误入一片禁区。而面对无数险恶，他怆然地叫了一声，便退却了，逃遁了。背着灰楼，他走到马路上。他在那里来回溜达着，望着他的灰楼。灰楼在这时候望去更像一个梦。最后，他才迟迟疑疑地往水泥厂那边走去……

那张三人沙发今晚又成了他的归宿。

五

其实，说起事情的蹊跷来，杨炳全自己也是颟顸的。他已经是五十多岁的人了，要干呢，自然可以干下去；要不干呢，撒手歇息也是应该的。可人家把他提到红榜上来，人和人相比，就是输脑袋，也不输耳朵。况且，这里边有村民们的信赖呢。

于是不得不认真。

这一大早，杨炳全就出门了。他原来想顺着那些弯那些岗，一家挨一家，家家都坐一下，即便只是喝口茶抽口烟，鸡毛蒜皮地呱嗒呱嗒，也可以和大家热络热络。可走到水井弯罗永书家，一只大黄狗站在阶沿上汪汪地一咬，他不知怎的一来，就装作过路人，径直走过去了。那会儿，罗永书的女人从屋里出来，扯着沙哑的嗓子眼，“咦——杨支书！好久不见你过这边来，走拢门口都不进屋啊！”这样招呼道。“娃儿昨天放羊子，”他支吾着，“放丢一头羊子，我早一点上坡去清回来。”虽然扯谎，却真的一样，他再没有半点心思去村民们家屋里坐一下，就那么懒洋洋地往坡顶上爬去……

闲时不烧香，急时抱佛脚，这还真有些不是滋味。不，杨炳全哪会是这种人呢？这些年来，他尽管不当村的支书，可树老根深，有些事情一时半会的，还真离不开他呢。比如说那年伏旱天气，秧田撕开黑乎乎的口子，像蛇一样盘来盘去，缠死一蔸一蔸青苗。几台汽油泵安在后山洞嘟嘟地响着，从阴河里往上抽水。一点计划油，只不几天工夫就用完了。那会儿，晴天里太阳不减一点热威，田头干硬的土块上，一盆水泼下去，一阵吱吱的呻吟，便剩下一爿湿印儿。有人急出毛病来，竟从裤裆里撸出一截脏东西，直嗒嗒地往油箱里灌黄尿，妄想把那机器响起来。但结果呢，还是杨炳全抱着两只红公鸡进城去，找到石油公司经理，那经理的儿子从前在官村插队锻炼，是经杨炳全盖章推荐读大学的，这才搞来几百斤汽油救急。仿佛是因为这个缘故，杨炳全想解脱也解脱不了，大家有事无事的，总爱往他那儿凑。而这一来，殿堂的菩萨不灵，陈发元他们反倒显得怕眼怕洞的。那是去年春上，黄沙岗牛牛两兄弟在街上看电影和一帮娃儿争座位，结果被剐去衣裳，赶出场口，鼻青眼肿地跑回来。乡里乡亲的，看见自家的子弟受这等欺辱，都愤愤不平，纷纷要求村长出面办交涉去。而陈发元呢，却愁苦一张脸，"忍得一日之气，"说着，"免得百日之忧。"这样，大家只有转向杨炳全。那时候，杨炳全集合起全村一百多条汉子来，"我们官村人还要不要上街赶场啊？"这样问。一百多条汉子异口同声地，"要！""我们官村人不是把脸壳给人家撕去夹在胯下走的人！""我们要把脸壳夺回来！"这样，一百多条汉子向街上开去。而那一帮"恶少"，平日里都是豪强霸占的，在街坊上不得一点人心，刚听到风声，知道不是对手，便悄悄溜掉了。但跑得了和尚跑不了庙，这只有苦了家长出来赔人情、说好话。并且，派出所的人出来招呼，声高气昂地保证把肇事头目抓来法办。于是，杨炳全带着一百多条汉子，才有脸有面地撤了回来。那以后，官村人上街赶场什么的，人家都会另眼看待。

而事实上呢，杨炳全这么多年呼风唤雨过来，早已经成精成怪，即便不当支书，却还是有人支书前支书后的恭维。这样，一半是不习惯，一半也是不服气。拿看报纸来说吧，集体那一份看不成了，他索性自己花钱订一份。而一张报纸一个人看了，便拿去包面条擦屁股什么的，又有些舍不得。于是弄两根木条，夹在家屋山墙那儿，供大家看，好像他还当官村支书，正统率大家一样。但支书的职位确实是被下了，而且很多的事情也确实是插不上手了。却忽然间，他发现那破破烂烂的牛王庙需要修葺一下，便出东家进西家集起资来。而大家热心热肠的，也仍然像从前一样听他张罗。事情进展顺利，牛王庙很快焕然一新，他终于又无所事事起来。那时候，他一根烟杆吧嗒着，两只手在背上反抄着，就在门前马路上踱来踱去。一阵轰轰隆隆的声音响着，一辆吉普车或者别的什么车转出弯来。他听着，看着，立刻精神抖擞地凑近去，并低头直往那挡风玻璃后面瞅着。而无论是相识的，还是不相识的，他也都要笑笑，又熟稔又温厚的，并抬起一只手来，又像叫停又像作别地挥一挥。那情形，看上去既显得无聊，而也挺耐人寻味。况且，偶尔也会有一辆车停住，从车窗里探出半颗脑袋来和他扯上几句，这看起来又似乎几多深沉。

杨炳全爬上坡顶，太阳鼓荡金翅，已飞升到竹竿子高。好多年不到这坡顶来了。他扯开两爿衣襟，抹抹汗湿的脸膛，两只眼睛又饿又渴地眨动着，便透过一片一片浓稠的阳光，顺着山坡的脊梁往下落。他先看见灰楼，它在晨晖映照下流光溢彩，显得美丽而安详。他从来没有这样居高临下地打量过灰楼，也从来没有想到它会有如此动人的时刻。灰楼在这一瞬间已不是那么咄咄逼人，它仿佛完全翻转过来，不像一只阴郁的大鸟，或者一只强力的鹰，而像一副躺在旷野上的十字架，一副辉煌的十字架。

杨炳全紧紧目光，在灰楼对面找见自己那一爿屋瓦。它畏缩在山坡脚下，和黑乎乎的土地浑成一色，如果没有那一缕袅袅升腾的烟，他是不可能发现它的。仿佛由于烟的启示，杨炳全顺着山湾，一家挨一家的，竟然找了大半个官村。他翕动着鼻翼，拼命地吸吮早晨的山风带来的那一股烟，那一股藏在烟中柴火燃烧过后的辛辣的香气。霎间工夫，他像吸食大量的兴奋剂一样，胸膛里热流激荡，眼前迷离惝恍。山坡脚下那一弯人家，那大半个官村，虽然黯淡，却密实地毗连起来，一下变成一张大弓，正拉得满满的，对准旷野上那只孤零零的鸟，只是绷紧的弦上没有箭杆……

杨炳全转过身去，朝着另一面山坡。他眼睛阴郁地眯缝着，并很快蹲下腿去，整个身体有力地缩成一团，便冥冥中和某种东西对峙起来。山谷里，几爿灰暗的屋瓦，像几块烧荒的火土，那么沉闷地挽在一起；一根深褐色的烟囱，像一截古老的石笋峰，静静戳在天空中，正吐着最后几缕死气。两团灰蒙蒙的雾滞留在山坡脚下，颤抖着，挣扎着，却长久不散去。半坡上，封林的苞谷在那里跳一道坎似的，朝上一片阳光，朝下一片阴晦。突然，杨炳全眼前一亮，一下从地上跳起来，唰唰地拨着苞谷叶子。他往山下跑去，没跑出去几步，感觉到脚下有些晃悠，越往下，这种晃悠越明显，仿佛要翻滚起来似的，直到听见一阵轰隆轰隆声，他才在半坡上停住。这时候，整座山坡害痨病一样痛苦地咳嗽着，不停地抽搐，不停地吼叫。杨炳全愣怔片刻，张眉惶眼地看看四周，这才明白自己正站在那道坎上。他伸出手去，往阴晦的苞谷叶子上一抹，心里一片冷凉，就沾满一手黑灰。那一瞬间，脑海里浮起来几张苍白的面孔，那是官村几个在水泥厂做工的子弟，他们今年春上害一种叫矽肺的怪病，被陆长彬送进县城医院去……

“庄稼都得了矽肺了！”

杨炳全这样叫了一声，便抓起一把土，奋力向山坡脚下两团灰蒙蒙的雾扔去。他知道那两个钢铁的怪物就藏在那中间，它们阴险而又残酷地吞噬了人的生命，吞噬了庄稼的生命，制造了这一切悲惨……

最后，杨炳全回到山坡顶上。望着脚下的灰楼，望着脚下的大半个官村，他咬一咬牙，狠狠地嘎嘣道：

“看我做一根箭杆杀死你！”

便快步走下山坡去。

六

会场是乡党委书记老何亲自来主持。

灰楼前面的坝子上黑压压地站满了选民。根据人们的提议，主席台设在阳台上既看不清楚又逗人嫌疑，事情做到这步田地，就应该做出一副硬实的样子来。结果呢，四张八仙桌拼在坝子上，便临时当作主席台。大家先是把何书记推上去坐在中间，然后是把陆长彬和杨炳全推上去分别坐在两边。而台上刚刚坐定，台下便响起一片掌声来，这叫主持人和候选人都莫名的感觉有些脸红。

现在，何书记从衣包里掏出一个红本子，拿在手上哗哗地翻动着。仿佛是一种习惯，又仿佛是接到某种指令，场子里立刻安静下来。接着，主持人手摸着跟前一只茶缸子，弄到嘴边吹一吹呷一口，再吹一吹呷一口，便清亮清亮喉咙，有条有款地读起来：

“依照中华人民共和国选举法之规定，结合本村实际情况，特制定本选举办法……”

那时候，天高云淡，日丽风清，山野一下变得广阔而空灵。何书记不紧不慢地读着，既行云走马一样潇洒自如，又谶语一样充满一种神秘的力量。

杨炳全双手扣在二郎腿上，嘴里咬一根烟杆，懒洋洋地吧嗒着，眼睛眯缝着，一副满不在乎的样子。可他心里却灵醒得很，两爿耳轮支棱着，生怕漏掉一个小词儿。但是，他多年不开会，更不要说坐主席台。渐渐地，那份精力无形中产生一股拧劲似的，人越要集中，它越要分散。听半天，却像常言说的：这只耳朵进，那只耳朵出。那工夫，杨炳全跟前就有一张蛮实的脸笑眯眯地晃悠着，睁眼见，闭眼也见，想抹也抹不去。那人是土台子的大头猫。最近，他女人害一种傻里傻气的怪病，人们都说闯了鬼了。今天早晨，杨炳全在背弯坟地里碰到他泼水饭，便劝他把女人送城里医去。只平平淡淡几句话，却叫大头猫眼睛圈儿红红的，"是对的，是错的，你总有一个态度。"他抓住他一只手，"现今的领导，哪个管你歹哟！一个事情，不说盐咸，也不说醋酸，整得人就像坡上敞放的牛……"就这样，刚刚开始开会，大头猫就挤到前面，就那么笑眯眯地望着他，望得他心里热乎乎的……

分发选票了。乡党委书记老何这时候站起来，走到了主席台前边，一只手弯弯地叉在腰胯上，一派大将风度地咋呼着村民组长们清点人数。陆长彬从开会到现在一直端坐着。水泥厂今天放假，工人们都来参加选举。他们在主席台前簇拥着，占去坝子一个角，这叫厂长看了心里感到很踏实。"昨天又签准了两百吨五百号水泥，值四万多块哪！"陆长彬盘想着，"货款一到手，这个月就给大家发一笔奖金……"而突然地，他眼皮跳跳，有一身绿衣裳一下切进视线里来。仿佛是下意识的，他脸上掠过一丝阴影，便直直地盯住那绿衣裳，看他走下马路，穿过一片转青的秧田，往灰楼这边奔过来。

绿色表示杨炳全，黄色表示陆长彬。

何书记高高地擎着一张选票，正扯着嗓子向大家解说着：

"你赞成绿色杨炳全，就把黄色陆长彬撕下来；你赞成黄色陆长彬，就把绿色杨炳全撕下来；你弃权，谁也不赞成，就两种颜色都保留……"

这工夫，陆长彬跳下主席台，分开人群，急匆匆地往外挤去。他的感觉没有欺骗他。他在会场外边截住那绿衣裳，很快把一封快件拿在手上。就像通常人们收到一封信那样，首先关心这信打哪里寄来，而陆长彬不知是怎的瞅见底边那几个字眼的。那一瞬间，他只听见一颗心重重地一跳，把一股冷血举到头顶，压向四肢，整个身体顿然飘忽起来。他好不容易控制住自己，一颤一颤拿起笔，在回单上签收，又苦笑一下，送走绿衣裳。然后瘫软地蹲下去，心慌气短地拆开封皮，掏出一张薄薄的纸片，一张法院的传票……

现在监票人、总监票人投票。

陆长彬已经回到主席台上。他依然一动不动地端坐着，只是脸显得苍白一些，但因此一来，也显着一种钢铁的冷凝和强毅……

现在选民投票。

村长陈发元和几个村民组长拉直一根长长的绳子。人们挤着搡着，走到主席台跟前，把选票投进票箱，便站在绳子的另一边……

"电影公司诉你厂水泥不达标号而导致新建电影院大梁断裂一案，本庭决定于本月三十一日（阳历）开庭审理……"

陆长彬拿着选票，抢在杨炳全前面，先一步向那红红的票箱走去。他越走近，越感到那票箱红得耀眼，及至走到跟前，便觉得如架在火上烤炙一样地难受。他抖缩着，连投几次都没有把选票投进票箱。站在旁边的乡党委书记老何诧异地哼哼鼻子，他才发寒发颤似的醒悟过来，双手把住选票从投票孔塞进去。然后，他回到主席台上，依然那么一动不动地坐着。但突然间，他啪的一巴掌拍在腿上，痛苦地摆动摆动脑袋，接着跳下主席台，小跑进灰楼去。只有少数几个人感到有些异样，更多的人则毫无觉察，他们依然流水牵线地从绳子的一边走到绳子的另一边……

陆长彬恍惚中投了自己的弃权票。

太阳偏西的时候，选票统计完毕，村长陈发元有些幸灾乐祸地笑着，把选举结果递到主席台上。主持人看着报告单，发愣发怔半天，才迟迟疑疑地宣布：

"杨炳全和陆长彬均未过半。"

乡党委书记老何陷入了深深的困惑，这到底是制定的选举办法不周详呢，还是在哪一个环节上出了问题？

白　羊

天擦黑那阵，雨山爷摇摇晃晃打转回家。耐不住通身酒热醺炙，他散开纽子，飞着两片衣襟，亮着一道油渍渍的胸沟，在晚风中，在山路上，走起来更显得　飘　飘。

月亮爬上山冈，拢座在雨山爷半坡上的家屋。走过院坝，那赶山狗亲昵地呦呦着，摇头摆尾迎上来，"走开，乌棒。"他咕哝一句，然后有哪样东西在心坎上轻轻地一顿，稍一愣，便转身往羊圈那边走去。还远远的，他就感觉那样东西在心坎上翻滚着，正轮过尖锐的角来，戳一下心坎，又戳一下心坎……

原先整整齐齐的黑羊群里，竟然钻出一头白羊来！

"羊儿！到底哪样哪？"

雨山爷斜靠圈栏，哑声哑气吼喊着，便慢慢往地上滑坐下去。

很快，一个嫩小伙子带着满身蒿草气味，阴黢黢地来到老人跟前。

"公啊！山蚊虫凶得很，我正烧苦蒿熏赶哪！"羊儿说着，便要扶起老人来，"赶场又喝酒哪！"

雨山爷甩脱羊儿两只手，兀自站起来，借栏圈顶盖筛下来的几点光辉，颤颤地指着那一团白花花的影子：

"哪来的白羊子？"

羊儿翻进栏圈里，一声不响踩起一股一股臊气来，抓死两只弯弯角，把白羊拖到院坝上。

"太阳落山，它混在黑羊子里，赶也赶不走，一点数，少一头黑羊子。"羊儿弯下腰去，抱住白羊两肋，往起掂一掂，便推到老人跟前，"它不轻，当是那头黑羊子变出来的。”

雨山爷听着，心里控不住有些恓惶起来。

夜空里，灿烂的星辰退隐到一边去。月亮弯弯，勾住深邃的天幕，把一片清冷的光辉抛洒。那羊站在院坝上，不动，也不叫，如果不是映在地上一片影子，简直让人疑心那不过是一团雾，或者一个梦。

“这回出事情哪！真不该赶场去。”雨山爷叹息着，从乡场上带来的那一点酒意已消逝得无影无踪。而夜要深下去，凉寒正渐渐侵上衣衫来。他离开院坝，拖着长长的阴影，慢慢回到屋里去。羊儿愣一阵，抓住两只弯弯角，又把白羊拖回到圈栏里去。

蒿草那又苦涩又清凉的气味还弥散着，山蚊虫都被赶到屋外，只在檐沟里在粪池边无力地嗡嗡着。今夜晚和昨夜晚原来都一样，那么轻容易地就睡下去，那么轻容易地就近天明……

一头羊被夹在胯下，一只手捏死羊的腮帮，并且高高地抬起来，把一块脖子肉紧紧地绷着，一直咬在嘴上的牛耳尖刀抓在手上，往羊跳动的颈窝扎进去，扎烂棉絮一样的，直到血从牛耳尖刀的血槽里冲出来染红牛耳尖刀的刀柄，那血淋淋的尖刀才退出来。而强劲的腿胯松开，羊便喷着一股浓血霍霍地冲出去，流尽最后的血，便倒在阶沿上，只鼓着两只充血的眼睛瞪着天空……

“羊儿！哪个杀跑羊哪？……”

雨山爷从床上翻起来，愣磕磕地喊叫着。

羊儿在院坝上劈柴，听见声音，恓恓惶惶地跑进来。

“公啊！这山坡上只有我们一家人，还会有哪个杀跑羊啊！”羊儿抿嘴笑着，“是做梦。”

雨山爷笑笑，便穿衣裳起来，背一领蓑衣裙，往羊圈走去。赶山狗乌棒从磨架底下钻出来，跟在老人后头往羊圈走去。

那一阵，太阳刚长满实，正抡圆胳臂跑圆腿地往山坡上扑来；它在沟脚摔一个跟斗，然后爬起来，带着满身山黄泥，又习习生风地往山坡上扑来。雨山爷打开羊圈，羊拥挤着，抖动满身黑乌乌的毛皮，水一样地往外流。阳光扑到羊群里，绾一个一个黑亮的疙瘩，那么抛来抛去，撞得那些羊直咩咩地叫唤。雨山爷站在圈栏边，看着，听着，咧开嘴巴静静地笑着，像站在一群儿子孙子跟前，亲这个不是，亲那个不是，只有那么静静地笑着……

白羊！

那幸福的笑一下凝滞，很快又结起一层霜来。

那乌棒知道主人的心思一样，阴险地吠叫一声，冲到白羊跟前，便要攻上去。那白羊退两步，犟直两只角，就和赶山狗对峙起来。雨山爷心里怏怏的，赶起黑羊群来，径直往草山上去。赶山狗乌棒和白羊僵持一阵，终于疲倦似的解散开来，一前一后地跟在老人和整个羊群后头，走走停停地往草山去。

这样，雨山爷眼前又摇荡一片纯粹的黑色，在太阳照耀下闪动油亮的光泽，滚滚滔滔地向前涌去。刹那工夫，雨山爷容光焕发，神采飞扬，沉浸在一种古老而又鲜亮的氛围中，那流动的黑色，仿佛打通他那僵硬的关节，伸到他那最隐秘的地方，牵引着他走向自然走向高远走向辉煌……

雨山爷差不多都要忘记那头白羊了。

是在儿子那里。那一阵，雨山爷弯腰抓起一把土来，向儿子那里扔去。泥土沙沙响着，落在青葱的坟头上。多少年过去，雨山爷来来去去，总要这样和儿子打一个招呼。而这时候，赶山狗乌棒和白羊赶上来。纯粹的黑色里杂一点白色，就像黑亮的眸子里一点白内障。雨山爷抓住两只弯弯角，蹲在地上，和那白羊面对面地喃喃着——

> 你从哪里来就回哪里去吧！我不喜欢白羊子。我这辈子从来没有养过一头白羊子。你不信你可以到处打听去，这山前山后人家，就连街上那些人家，都晓得半坡的雨山爷养得有一群黑羊子，黑得没有一根杂毛。

老人忽然噤住。那白羊端平头，既不挣扎，也不叫唤，认真听进去似的，两只眼睛一眨不眨，又鼓圆又木钝地盯住前方。他发现那目光像在哪里见过一样，心头颤颤地缩着，两只手松开去。那白羊便扭过头去，后蹄一蹬，肚皮一收，跃动沉甸甸的身体，很快掺进黑羊群里……

这一天，雨山爷始终留心着那白羊。那白羊走到哪里，老人跟到哪里。“你就是精怪吧，也有一个现原形的时候。”雨山爷心想。可是，大半天过去,那白羊除毛色和那一群黑羊有区别外,吃草喝水拉屎拉尿都和那一群黑羊没有什么两样。后来,草弯那边有铃铛响起来。

天亮起来月黑头,
檐沟踩在脚里头,
抬头一看有个人咬狗,
搬起狗来打石头。

几个放牛郎吼着"颠倒歌",骑在牛背上,晃晃悠悠放过草山来。雨山爷拍拍脑门儿,一下开窍明白什么似的,三步并两步跑过去,沙声沙气地向那骑在牛背上的牧童问着:

"你们看没有看见一头黑羊子?"

"你们哪家是不是丢失一头白羊子?"

雨山爷疑心自家的羊和别人家的羊调换了。

放牛郎摇着乱蓬蓬的头,只顾唱那"颠倒歌"。

天亮起来月黑头,
牵起铧口扛起牛,
娃儿背起大人走,
滚下坡脚翻垭口。

雨山爷一点不泄气。羊子跟错群,这种事情从前也有过。而第二天,在草山草坡上,会各自还原归群的。但是,太阳落山的时候,雨山爷抓住头羊,吆喝着赶山狗,把羊群归拢来,那白羊却仍然夹在黑羊群里;一清点,那黑羊也仍然没有回来。

"黑羊子啊!"

雨山爷转动显得衰老的身子,怆然地喊一声。过山风吹过,把他那喑哑的嗓音送得远远的。山坡上的草浪起伏地推向远方,把一线残阳带到黄昏里。雨山爷一步三回头,开始赶着羊群下坡。

夜里，月色依然好。羊儿在屋头燃蒿草熏赶山蚊虫。雨山爷闷沉沉地坐在院坝上，一杆烟明明灭灭地烧下去，等到一撮红火抖在地上，便挨不过似的站起身来，往羊圈走去。老人抓住两只弯弯角，把那白羊拖到月亮坝来。那白羊站在月光下，不动，也不叫，像一团雾，像一个梦。

“你到底是要搞哪样名堂啊？”雨山爷低声细气说着，商量事情一样的，“你变回去吧！一头黑羊子，那才是你的本身啊！”

白羊尖尖的耳朵晃一晃，听进去似的。于是老人心动一动，莫名地生出一种怜悯来。他凑近白羊，展开有些僵硬的手指，抚摸那肚囊皮，理顺那胡子，那情味，就像对那刚生下来的黑油油的羊羔子……

第二天，雨山爷打开栏圈，正要赶羊群上山，有人到家里买羊来。

“雨山爷！一乡十八村都晓得你有一群漂亮的黑羊子。这回乡公所开会，大家都说来你这里牵一头羊去打牙祭。”

来人讨好地说着，眼睛直往羊群里睃。

“公啊！”羊儿在一边出主意，“把那白羊卖掉吧！”

来人抓出白羊来，前前后后捏几把，说道：

“行啊！白羊子黑羊子都一样吃味，我买白羊子，你成全清一色。”

那瞬间，雨山爷脸黑黑的听着，又看羊儿找绳套、抬秤，而那白羊两只眼睛瞪得圆圆的，死盯住这边，像乞求，像仇恨……

“这羊子……是人家的羊子……”雨山爷颤颤地说着，喉咙里响着痰音，“不能卖……人家的羊子……”

“难怪里头夹杂一头白羊子。”来人半信半疑的。

羊儿听话，抓一头黑羊，让来人牵去。

这一天，雨山爷没有赶羊子上草山。羊儿懂公的心思，带着赶山狗乌棒，替公赶羊子上草山。

“这白羊子来路弄不明白，是一块心病，卖也恓惶，不卖也恓惶。”

老人给羊儿吩咐过，揣上几个生红薯，便翻过山那边去。

“你们哪家是不是丢失一头白羊子？”

雨山爷挨家挨户问起来。

“哪家丢失羊子会自家跑来清问。”

人们都这样怪怨老人。

“你们看没有看见一头黑羊子？”

雨山爷接下去问道。

“这方圆几十里地，除雨山爷有一群漂亮的黑羊子，哪家有黑羊子啊！”

人们都这样抬举老人。

雨山爷笑一笑，算是报答人们的美意，又继续寻找下去。

黄昏，雨山爷走断草鞋鼻子，来到腰子石腰子伯家里。这腰子伯是大饥荒年代跑来的，没有人知道他姓哪样、名哪样，也没有人关心他来自何方，因为那块巨大的腰子石，人们便称他腰子伯。腰子伯从未娶过女人，但孤单单过日子，总很多苦滋味，于是便抱一个闺女养起来。哪知道姑娘十八岁出精怪，一天在山上割草扔下一个背篼一把刀，就从此消失得无影无踪……

那天，雨山爷依然像对别的人家那样，先问腰子伯是不是丢失一头白羊，后问腰子伯看没有看见一头黑羊子。而腰子伯就像当初人们询问他那养女的去向那样，只是冲雨山爷木木地摇头。雨山爷整好草鞋鼻子，喝过腰子伯的茶，向腰子伯要一束亮葵秆照路，要继续走下去。

“你回去吧！一头羊换一头羊，谁也不亏谁。”腰子伯声音有些异样地说着，“何必吃这份苦！”

雨山爷盯住腰子伯看半天，看得腰子伯把脸掉开去。

“我也说不明白，兴许是疯了，癫了。”

雨山爷说着，便抬脚赶路。

月亮没有升起来，而天地间也不是那么黑暗。雨山爷稳稳实实地划动脚步，心里感到一种莫名的兴奋。即使像河边的水碾那样一刻不停地转下去吧，也要把事情弄清楚。从那黑羊失踪到白羊出现以来，他还没有像现在这样来劲，像现在这样信心十足。老人似乎已经感到，那白羊那黑羊既不是精怪，也不是梦幻，而是像两块实实在在的石头一样，就在前面不远的地方等待着……

“雨山爷……你回来……”

刚刚翻上山垭，背后一个苍老的声音颤抖着喊叫起来。

是腰子伯。

两位老人终于站在一头黑羊跟前。

“这是我的羊子！”

雨山爷鼻子一酸,滚下两颗浑浊的泪来。

那黑羊抖抖黑亮的毛衣,转动两只充血的眼睛,有些无所适从地看着两位老人。

“你老人家大量不计较。”腰子伯喑哑地说着,“我那天擦黑那阵才上山去找羊子,找到山那边,就发现这头黑羊子。我想那头白羊子肯定被人家羊子裹下山去……我把这头黑羊子牵回来,想第二天再吆上山去换……哪晓得这头黑羊给我带来吉利……那天晚上,有人给我捎信来,说我姑娘在广东那边当工人……我喂那头白羊子,我姑娘跑,我喂这头黑羊子,我姑娘回来……我想这头黑羊子要让我交好运……我晓得这头黑羊子是你的……那天,我悄悄翻过山去,看见那头白羊子在你的黑羊群里,就打定主意调换……我把这头黑羊子藏起来喂,小心侍候它,还拿盐给它吃……你不信你可以问它……我没有想到你放一辈子的羊子,除一头一头羊子外,你还放着别的东西,真没有想到你还放着别的东西……”

雨山爷燃明亮葵秆,连夜赶回家来。

这天夜里,雨山爷睡得很沉,也很香。

早晨,老人懵懵懂懂地听见一阵咩咩的叫声,便披衣裳起来。他刚走到门口,便看见羊儿用绳子套那白羊两只角,正拼命地要把那白羊拉出黑羊群,而那白羊却犟硬颈子,斜撑前腿,坐低尾股,正死命地奔往黑羊群中。两股力量僵持着,羊儿累得气喘吁吁,羊子眼睛鼓得血红……

“我牵它去山那边把那头黑羊子换回来。”

看见老人出来,羊儿歇住手脚。

那阵,雨山爷笑笑,拿过羊儿手里的绳子,从白羊两只弯弯角上解下来,爱抚地理一理一路脊毛,轻轻地一拍,于是那白羊便欢欢地扎进黑羊群里……

“它也害怕孤单。”老人叹一口气,“我已经老了……这群羊子交给你了……放羊子的路上,你不要忘记给你爹撒把土,打个招呼,让他也不要感到太冷清……”

羊儿傻乎乎笑起来。

美丽的恐惧

一

午夜两点钟光景，仿佛一座城市都晃了晃，便传来一声闷响，接上一阵轰轰隆隆的坍塌——黄楼完了。

那些上一点年纪而又还能够在麻将桌上熬下去的人都清楚地意识到了这一点。

“和了。”这之间，有人呻吟似的咕哝着，便把一副牌倒下去。而大家一检视，那牌竟然还没有听。没有听的牌倒下来叫“诈和”，是要受罚的。但大家默了默，也居然理解似的让了过去。

黄楼可不是一幢普通的楼啊。

这座二十世纪五十年代的建筑，当年由于在檐翘上描了点红，在抹灰上刷了点漆，门窗变了变花样，装饰搞了搞墙裙，便被上面下来了解经济形势的一个调查组发现了。那时候，这座城市也和全国许多地方一样，饥饿正威胁着许多人的生命。那么，相形之下，黄楼显然奢侈了一点，于是，连市长也被撤职处分……

当然，老房子应该拆除，这是无可厚非的。白天里，居民委员会已打过招呼，说夜里就要对黄楼进行爆破，大家只管睡自己的觉，不要听风见雨的，抓住一点响动，便以为闹地震哪，或者打起仗来哪，自己画猫猫来吓自己。其实很保险，有科学家在现场指挥着呢，砖头瓦片都不会飞一块，一幢楼往中间一箍，就矮下去，四下里三几米的地方没有一点磕碰……

但事情好像不仅仅是一个安全问题。

人的第六感官啊，有时候还真神。

早晨，高原的太阳刚刚把这座城市唤醒，人们就走进现场，开始对废墟进行清理。一只巨大的机铲落在废墟上，隆隆地较了较劲，便啃进废墟深处，又隆隆地吼了吼，钢铁的手臂一颤，机铲便抱了满铲斗的断砖残瓦高高地举起来……

那一瞬间，明丽的阳光在废墟的上空缩了缩，放一股冷冷的杀气，便有一道彩虹荡荡悠悠掉下来……有人惊惧地叫了一声，仿佛一道斩令，把那么多机具隆隆的引擎声都给砍了。

工地上一片死寂。

人们凑近去，看清楚那是一条蟒。大蛇比碗口粗，一丈多长，黑红相间的环斑和黄的底子连成一片，已显着垂老年暮。而令人感到惊异的，是那头上似冠非冠似盖非盖地长着一块赘肉。它静静地躺在那儿，北斗七星一样弯曲着……

“它好像……”有人怯声怯语的，“还没有死……”

“看七寸那儿，”又有人指着，“心脏好像还有跳动……”

这一来，人群又涟漪一样的动荡着，往后退了退。但远远地愣一阵，那蟒依旧一动不动，于是迟迟疑疑的，人们又凑近去。一番折腾后，终于有人颤颤地说：

“这楼里……怎么会藏着这么一根怪模怪样的老蛇呢？”

这声音在废墟上空有一种莫名其妙的回荡。

人们听着，脸黑黑的站在那儿，不知所以，也不知所终。

二

黄楼里藏着一条蟒蛇。

这消息很快被人捅到了报社。

涂康一上班，记者部一位朋友就闯了进来，又神秘又兴奋地对他说：

“按理这不关你们群工部的事情。但你在黄楼住那么多年，说不定这根老蛇就在你的床脚，或者你的隔壁，一直陪伴着你呢。所以，这篇东西最好你亲自去写……”

涂康听着，背心那儿直悠着一股寒凉。

“这个……”他正了正眼镜，吁一口气，自言自语似的，“不大可能吧。”

“这是事实，老兄！”朋友说，“以前修的那些房子，结构是相当复杂的，哪一个夹层藏不住一条蛇呢。”

朋友走了。涂康坐在那里，好一阵愣，然后才无可奈何地抓起一个本子，也出门去。

大约因为顺道的缘故，涂康决定在半道上下车，拐进厂子去看看。厂子是涂康自己的。报社同人，大家嘴里不说心里有，差不多都兼着一份第二职业，经营着一份“小自留地”。

说是厂子，其实只有一间房子两个人，以及一些刀啊剪啊之类的原始工具。说实在话，像涂康这样小时候打弹弓都打不成，反拿着弹弓把自家鼻子给打伤的人，能够发明出“鼻虫”这种东西，并办一个厂子来生产，也真不简单。

涂康来到厂子，两个工人在磨石上哗哗地磨着什么，见他进来，便都放下活路，说已经有人来打过招呼，这一片“厕屎棚”要开发出来修高楼，厂子限期在十天内迁移。

涂康站在门口那儿愣一阵，又拿着“鼻虫”塞在鼻子里窸窸窣窣弄一阵，这才掏出一包烟卷来，给两个工人一人发一支，振作振作精神说：

“我们会搬出去的……但我们还会搬回来，那时候，可不是今天这个格局啰……不是修高楼吗？好，我就要它一层楼两层楼……可以说，我们的‘鼻虫’是跨世纪的产品，市场前景看好，这一点，你们也有所闻，仅仅我们单位就差不多一个人买了一个……眼下，我正着手两方面的工作，一方面向国家专利局申请专利，以防备他人侵权，这是很快就会批下来的……而另一方面，我要寻求投资。关于这一点，我可以给你们透露，已经有了一点谱……只要有了资金，‘鼻虫’就可以投入批量生产……”

涂康友好地拍拍两位工人的肩膀，便离开了厂子。一路上，他满脑子的“鼻虫”，这么一个优秀的东西应该有人接受才合乎情理。你想一想，用指甲挖鼻子，既容易弄伤毛细血管，又不文雅，可要有一个“鼻虫”，情形就大不一样了，连做人的档次也会高一格。现在做人不就是讲档次……

涂康来到黄楼废墟那儿。那时候，现场又动起工来，机声人声混在一起，已经一派忙碌景象。涂康站在工地边上，正有些纳闷，就有一个“安全帽”过来。他亮了亮记者证，“安全帽”于是很热情地递上一支烟来，点着火，便清了清嗓，开始介绍情况——

蛇嘛，是有那么一条蛇，样子倒有一些怪，可毕竟还是一条蛇。而且我们已经查明，这是有根有底的，几年前，公园的蛇笼里失踪过一条蟒，这儿离公园很近……

涂康听着，手里虽然拿着一个采访本，却一个字也没有往上记，眼睛越过废墟，望着凤凰山公园那边。

你要下午空，来我们这里深入生活，已经派人买乌骨鸡去，做龙凤汤吃……

涂康没有提出看那条蛇。不知怎么的，他还有点怕看见那条蛇。

涂康离开废墟，脑子里蛇还在游动着，“鼻虫”便爬了进去。他没有回报社，而是直接回到家去。隔着废墟不远的地方，有一幢灰白的楼。在阳光的照射下，那楼闪动着一种神秘的光彩。涂康知道，那光彩是粘在表面的那些细碎的石子形成的。也不知从哪时候开始，城市的建筑用这种粘石而不用抹灰。涂康家在顶楼上，要一直往上爬啊爬啊。老实说，这不过临时周转周转，黄楼那地方修起来，他还要搬回去。一辈子在这半天云里盘上盘下，他可不愿意。

涂康一进家门便窝到沙发上。沙发是黑色的，又尤其庞大。瘦小的涂康几乎要被沙发吞噬似的，显得很可怜，也透着一种惊险。他掏“鼻虫”打整打整鼻子，觉得轻松了许多，这才起身去厨房。窸窸窣窣一阵，泡了两袋方便面。趁着焖方便面的工夫，他拨通了妻子的电话，急迫而又细声细气地说起来：

“发发公司吗？我找发发公司公关部的周丽丽……是丽丽吗？我说我们原来住的黄楼还藏着一条蛇……你已经看哪，哦，我上班的时候怎么就没有注意到那里……这楼啊，引资金的事情，你给老总说过没有啊？厂子那边限十天内搬迁……合股也行，买断专利独家生产也行……”

涂康放下电话，感到一种莫名的鼓舞，又掏出“鼻虫”来瞅了瞅，这才心实实地吃着一大碗方便面。一个人的一生是很难预料的，涂康想，小时候要不去乡下外婆家玩弹弓把鼻子伤了，他或许还琢磨不出“鼻虫”这个宝贝，还真有点祸兮福所倚啊。为了“鼻虫”，他不得不让妻子停薪留职，从幼儿园到了“发发”。“发发”本来是一家有限公司，可它的业务却无论是贸易还是实业，都像螃蟹一样摆得很宽。涂康是通过一个“现款收购五倍子”的广告和“发发”的老总认识的。现在结交一个人其实也不难，一见面两个人就觉得挺投缘，并相互交换名片。接下去，“发发”方面就有一些“豆腐干”时常在报纸三版或四版登出来，实际上也是涂康帮忙为“发发”方面做的免费广告……

下午的光景过得很快。涂康去上班的路上顺道到厂子拿了一些“鼻虫”，分别送往几家药店。按照市场管理的规定，“鼻虫”只有一个“健”字批准文号，是不能上药店柜台的。可“鼻虫”好卖，利润也可观，所以偷偷摸摸的，老板们也愿意代销。涂康送完“鼻虫”，就走进报社大门，想到还有一篇关于蟒蛇的稿子，他便坐下来，认真地敛一敛气，把“鼻虫”从脑子里赶出去，趴在桌前写起来。大约画一些“怪蛇不怪”“破除迷信”之类的符号，他便拿去总编室交差。回到办公室，他看一看时间，离下班还早着呢，于是又坐下来，慢慢地拆着一堆信件。拆着，拆着，突然几个字跳在眼前——

当心小命

这是一封恐吓信。他一下站起来，拿着信就要找总编去。但还没有出门，他又收住脚步。这事儿敞出去，领导对他涂康会怎么想？他克制着又坐到桌前，接着拆那些信件。拆着，拆着，忽然间又几个字跳在眼前——

当心小命

这一回他没有冲动。他扶了扶架在鼻梁上的眼镜，仔细地比较两封信，都一样署名“叫花子”，也一样是打印的，可日期却不一样。于是，他嘴角往里一撇，很不屑地笑了笑。这种把戏，以为吓得了谁呢，不过想折腾一下，让人提心吊胆过日子罢了。但为了稳妥起见，他还是在笔记本上作了记录，某年某月某日收到匿名恐吓信一式两件。

按照上午和妻子在电话上约定的，涂康提前来到“亨得利”酒家。他在一位小姐引导下找到桌位坐下来，又喝着另一位小姐沏上来的茶，还嗑着另一位小姐端上来的瓜子，那两封恐吓信的事儿便无影无踪了。他正心宽宽地坐在那儿，眼前突然一亮，妻子和“发发”的那位老总双双走进来。那一瞬间，他心里被什么东西莫名地蜇了一下，才本能地站起来，迎着那两个人走过去。他握着“发发”那位老总的手，看着对方那有些荒凉的额头和有些松垂的眼袋，心里其实是很看不起的。只是他还要这个人投资项目呢，既然事情已经开头，就应该接着做下去。这样想着，他便把来前准备好的“大中华”香烟递上去，又格外殷勤地笑着把对方往里让着……

晚餐很轻松。酒过三巡后，大家没有打官司，也没有猜拳，都要求吃饭。这时候，上来一道“龙凤汤”，用蛇和鸡做成的，是这座城市的一绝。蛇是普通的蛇，没有什么特别的，而鸡却是这里的特产——乌骨鸡，这在别的地方很难找到。乌骨鸡不仅味道鲜美，而且也是很好的补药。就像北京的“涮羊肉”和成都的“麻婆豆腐”，这座城市所有的酒家都能够做“龙凤汤”，只是由于环境保护部门的干预，蛇不一定能够保证，这时候，那“龙”就用鳝鱼或者鳗鱼代替。“龙凤汤”，不，准确地说是乌骨鸡，几乎成为这座城市的象征。据说搞城市园林化那会儿，有人还搞了一个规划，想在这座城市最繁华的十字大街塑一只巨大的乌骨鸡。但这无疑遭到大多数人的反对，认为乌骨鸡毕竟是鸡，而不是凤凰。“发发”的老总喜欢这道菜，吃得有滋有味的，不一阵亮亮的额心便沁出来一粒一粒汗珠。可涂康不知怎么的，望着一盆“龙凤汤”，脑子里老扭动着一条怪模怪样的蟒蛇，一双筷子动了动，却什么也没有拈，只拿汤匙少少地尝了一点汤。

两个人大半天才谈到“鼻虫”的事情上来。老总拿“鼻虫”在鼻子里弄一弄，便忍不住背过身去，响响地打一个喷嚏，于是一边用纸巾在嘴巴上抹着，一边显得很愉快地说：“这玩意儿倒不错……只是嘛，我不太主张你们文化人办企业……你缺钱花，只要给我打个招呼……把我们‘发发’宣传好……”

“这个……不是钱不钱的问题……”涂康一下局促起来，“主要……是一个价值体现的问题……”

“哪样价值呢？”“发发”的老总手一挥，大大咧咧道，“发明‘小烟杆’的人有没有价值呢？有。”停顿一下，“但‘小烟杆’还不是被淘汰了。”

“你不能拿我的‘鼻虫’来和‘小烟杆’相比，‘鼻虫’是‘鼻虫’，‘小烟杆’是‘小烟杆’。”

涂康正一正眼镜，倔倔地应着。

这时候，周丽丽插了进来。女人本来在丈夫和老总之间坐着，往这边一掉脸，涂康看见一双柔情如水的眼睛，心气一下平静了许多。她往那边转过去，涂康看见一个后脑勺……

但“发发”的老总却缓和了。他隔着周丽丽伸过手来，显着大度地和涂康握两握，便有些慷慨起来，说：

“其实这也没有什么，真投资，也不过二三十万块钱……小菜一碟……小菜一碟……只是你要给一个回旋，我召集董事会研究研究……必要的时候，还要请专家们论证论证……大家感兴趣，搞一个‘鼻虫’集团也没有什么问题……”

事情柳暗花明的，又让涂康见着一些希望。但一时半会儿显然也不会有任何结果。涂康站起来，和“发发”的老总点一点头，说先走一步接女儿去，便离席往厅堂大门那边走去。周丽丽追上来，说再坐一会儿，她和他一道去。涂康听着，却莫名地晃一晃脑袋，什么也没有说，兀自撇下妻子走出去。他在“亨得利”门前要了一辆的士，到岳父岳母家接着女儿，又坐着那的士回到“亨得利”。那时候，城市华灯齐放，酒家在一片光晕中一阵幸福的震颤，便把“亨得利”三个闪闪发光的金字推到夜空中。涂康从汽车玻璃望出去，酒家那儿如一只巨大的熔炉一般彤红，“亨得利”的幌子下面，妻子和“发发”的老总站在那儿，也披一身红，仿佛从炉膛里化出来的铁水正渐渐地冷凝下去。这让涂康看了很美，也很残酷。

“‘发发’的老总好像特别看重你……”

一家人坐着车往回走，涂康有意无意这么说一句，悄悄地拿眼睛瞟了瞟妻子。

“你不是要我引资金生产‘鼻虫’……”

妻子抱着三岁的女儿随着汽车的晃动微微地晃动，早有着准备似的，把话软软地碰过来。

两个人不再说一句话。

直到黄楼废墟那儿下车，涂康把女儿接过来抱着，这时候，才仿佛一种需要，妻子挽住丈夫的胳膊，“那条蛇呢？”这么怯怯地问一句。“还不是做‘龙凤汤’吃到肚子里了。”涂康有些不耐烦地应着。“那么大的蛇，吃得吃不得哟？”妻子说，很疑惑一样的。涂康听着，打一个冷噤，便不再吭气。

两个人一前一后地开始爬着楼梯。妻子手中甩着一个蛇皮包儿，可可地响着高跟儿，不一会便跑到前面去。涂康抱着女儿，气喘吁吁地跟在后面。妻子上到顶楼，涂康还能够听见她拿钥匙开门的声音，接着拉动电灯开关的声音……

可等涂康走进家门，妻子已经脸青面黑地瘫在地上。涂康被电击似的哼哼，脑子里一片麻乱，把女儿一放，去扶起妻子来。妻子有气无力地抬了抬手，眼睛死白地翻了翻，嗫嚅地吐着一个字：

“蛇……蛇……蛇……”

顺着那手指的方向，涂康看见客厅中央的地板上盘着一条蛇……

他只觉得耳朵里呜呜地响，头发根儿都打立起来。

三

是报社总编喊着公安派出所的人来的。

“这是蓄意谋杀……”涂康在电话上这么又凄厉又感人地叫着，“我属于因公受害……”

作为领导的总编没有别的选择。

那时候，蛇被剁成几大截，现场被弄得血淋淋的。总编和警官进来，也被着实地吓了一跳。涂康拿着一块用作茶几台面的钢化玻璃板站在屋子中央，看上去很有一点造型的味儿。他当时找不到别的武器，就用这茶几台板把那长虫砍杀了。妻子周丽丽挨着丈夫在一把靠背的椅子上坐着，三岁的女儿在怀中睡着，睡梦中还不时地哼哼着。于是，周丽丽把女儿抱得更紧，也把丈夫更紧实地依偎着。

"这是一条无毒蛇。"警官看了看那断截的蛇头和蛇尾,便肯定地说,"而且是蛇中最温和的菜花蛇。"

总编听着,倒吸一口冷气。可涂康却倔倔的,死死地咬着字眼:"我白天已经收到两封署名'叫花子'的恐吓信……这可以说是精心策划的谋杀……'当心小命'……信就这么写的……"

"你当时应该向我报告……"总编说着,觉得事情确也有些严重。

"我以为……只是写写……只是吓唬吓唬……"涂康像一个做错事情的孩子一样嘟哝着。

"你平时得罪过什么人没有呢?"警官皱眉皱眼地问着,也感到事情复杂起来。

"写一点小文章……"涂康扶了扶眼镜,"有一点群众来信性质的……给版面补白……"

"揭露社会的阴暗面是记者的职责。"总编插进来,明显地带着一种义愤,"任何一个有良知的报人都会对社会丑恶现象进行抨击……"

"我不是说这个意思……"警官有些尴尬地笑了笑,"我是说舆论监督嘛,是完全必要的,国家也提倡,群众也欢迎……只是能不能更好地保护自己呢?保护自己也是为了更好地打击敌人,比如化名发表文章……"

"我认为作家可能这样,像鲁迅先生就有几十个化名。"总编说,慷当以慨的,"但作为一个新闻工作者,我不主张这样,又不是搞文学创作,况且,现在又不是鲁迅先生那个白色恐怖的年代……新闻的生命就是真实,真实的,也就是勇敢的,用不着藏头露尾神秘兮兮的。"

涂康听着,心里感到一阵热热的冲撞。他推一推依偎在身边的妻子。妻子抬起头来,看他很镇定,也很大义凛然的样子,便拢拢头发,也安静地坐在椅子上。涂康来到茶几那儿,把一块血糊糊的台板放上去,那坚硬的玻璃噔噔地响着,仿佛给人一种慰藉。

"也不过就是一条蛇……"

涂康低低地说着,又去打来水找来扫帚抹布的,开始清理这个血腥的场面。

"真如果有一个三长两短,"总编意犹未尽地发挥着,"可以说,作为一名新闻工作者，为真实献身就是为真理献身，而我们是绝对不会沉默的……”

“总编，事情到那一步，”警官提醒似的补充着，“我们还能够袖手旁观吗！”

这让涂康很受感动。“振作起来吧！”他鼓动着推一把妻子，“坐到沙发上去。”可是丽丽一动不动，只一双眼睛盯着黑乎乎的沙发脚下。涂康理解似的笑了笑，又弯下身子用拖把在沙发下面捅了捅。“振作起来吧！”这声音听起来像“让暴风雨来得更猛烈些吧”！涂康又鼓动着。妻子稍稍放松放松，战战兢兢的，也终于坐到沙发上去。

“可这毕竟是一条无毒蛇呀！”警官站在阳台那儿，眺望着城市的灯火，百思不得其解地自言自语着，“难道也只是吓唬吓唬……”

“今天这个日子很怪的啊！”总编靠在沙发那儿，也陷入一种困惑，“黄楼昨晚爆破，早晨清理废墟的时候，工人们就发现有一条怪模怪样的蟒蛇……”

“会不会是把哪一窝蛇惊动哪’”坐在总编身边的周丽丽这会儿也显着一些活气插进话来，“早上我看过那蛇，头上还长出冠子来……说不定那是蛇王……群龙无首，就都乱跑起来……”

“不，不，”涂康看妻子渐渐地恢复常态，一面感到鼓舞，一面又不得不执意地摇着头，“这是一幢九层楼房的顶层，蛇又不会飞，没有人的帮助上不来……”

警官正感到一筹莫展，听夫妻俩这么说着，又来了灵感似的，打一个招呼，便出门走下楼去。

这里，涂康收拾完一地血污，也在总编旁边的沙发上坐下去。

“那两封恐吓信是一条线索。”总编抚着涂康的肩膀，关切地说着，“你负责组织批评这方面的稿件，稿子见诸报端，人家自然恨你……那么你是不是注意了，这些批评的对象中有没有情绪比较偏激的……”

“你说为什么署名‘叫花子’呢？”涂康没有正面回答主编的问题，沉浸在一种思索中自问自答着，“‘叫花子’和一碗饭有关系，这是传统的对‘叫花子’的看法……我想这‘叫花子’的署名可不是仅仅为了隐蔽而取的化名，至少还包含着潜意识……”

总编听着，默默地点着头，目光信赖地望着涂康，鼓励他说下去。

“如果是这样……那么，大约半个月以前，我在一家面馆吃面，和老板发生过冲突……”

“什么原因呢？”

“面条里有一只死苍蝇……”

“怎么处理的呢？”

“我用群众来信的形式弄一条稿子，其实站的角度还比较高，说卫生城市的建设应该有一种全民参与的意识……稿子在周末版上发出来……”

“对，对，”总编有些激动地站起来，仿佛罪犯就在眼前，“说不定就是这个人搞的鬼……面馆老板……一个面馆老板……对，对，这是一条重大线索……”

这时候，警官从楼下回到屋里来。

“我仔细了解了门卫。”警官沮丧地说，“整个白天没有陌生人上楼来过。”

事情好像又走进死胡同里。

“这还是不大像一个案子啊。”警官揣摸着，“只有看下一步事态的发展……”

这么着，总编也无可奈何地叹息着，便和警官往外走。涂康也跟着送出来。在楼梯口那儿，总编回过头来对涂康说：

“这几天，你可以不去上班了，在家料理料理，休整休整，也陪一陪你爱人……”

警官听着，却打住脚步，回头插进来说：“我认为你还是照常上班，装作若无其事的样子，只是自己多留心……千万不要向人说这件事情，更不要向人说公安方面已经介入这件事情，以免打草惊……蛇……”

于是，两个人一前一后走下楼去。

这晚上，涂康和妻子一直折腾到半夜，怕屋里还隐藏着没有被发现的蛇，几乎把所有的家具都搬动了一遍。有一阵，周丽丽看见床脚一道曲曲折折的影子，吓得妈呀一声叫起来。涂康紧紧张张拿了一把铁锹往死里砸，而等到弄出来，竟然是一截纤维包装带子。好不容易上床，两个人也是木木的，心里挂着一条花花的带子，迷迷糊糊地睡过去。

快天亮的时候，妻子迷迷糊糊的，一巴掌扑在丈夫脸上。涂康惊醒过来，听着周丽丽嘟嘟哝哝梦呓着，却反复地叫着另外一个人的名字，那心里又多出一份冰凉来。他拉亮灯，恨恨地打量打量妻子，想着实地还她一巴掌。但不知怎么一来，他又改变主意，啪地拉下床头开关，在黑暗中合上眼皮。

第二天，涂康还是决定要上班去。周丽丽说，总编准许涂康在家的。可涂康正了正眼镜，有些阴阳怪气地说："人家对你好，你也要对得起人嘛！"就赌气似的走了。

但涂康多了一个心眼。他在楼下门卫室里躲着。他好几次钥匙忘记带在身上，就这样在门卫室里等周丽丽回来。门卫不见怪，还把夜里的事情和他叨着：

"我年轻那会儿在村里是民兵排长，公安那点规矩还能够不知道？……干哪一行都要有责任心，我整天坐在这里，一幢楼哪个人不认得？就连那些小保姆哪会儿哭哪会儿笑的，也逃不过我的眼睛……我可以担保没有主人家出来打招呼，任何一个陌生人都不可能上楼去……"

涂康什么也没有说，悄悄地看周丽丽抱着女儿下楼来，便从后面跟上去。涂康这么远远地吊着，一直到黄楼废墟那儿，看母女俩钻进早停在那里的一辆黑色轿车风一样消逝在车流中，才无可奈何地停下来。

那会儿，他蹲在地上，两只手无力地抓着一头蓬乱的头发，眼睛直直地瞪着地上一只黑色的蚂蚁。"你怎么了？"那蚂蚁走走停停的，仿佛被一只无形的手随心所欲地拨弄着，"你叫什么名字？是男？是女？是老？是少？家在何方？都有些什么亲戚和朋友？"他不知道是他在给蚂蚁说，还是蚂蚁在给他说。突然间，他发现那黑色的蚂蚁很像他的"鼻虫"。这发现让他很难受，仿佛有一种虚飘飘的东西正在身上某个地方膨胀着，又浑浊又潮湿地雾一样粘在敏感的神经上。他踩死了那只蚂蚁。

涂康这天没有去厂子。他想去也没有多大作用，无非又拿一些"鼻虫"往沿途的几个药店送一送，然后再收一点钱回来。他直接地来到报社，走进办公室，就把那两封署名“叫花子”的恐吓信找出来，似乎还想分析一点什么。愣愣地看半天，却最后不得不枯燥地摇着头，送到总编那边去。

总编对这事儿也很沮丧，愣愣地出一阵神，便把两封恐吓信扬一扬，拨通一个电话，和公安局那边办起交涉来……

涂康中午没有回家。他在报社对面的馆子里囫囵地吃一碗大排面，回到报社办公室，就一头倒在沙发上，一直睡到下午上班时间才起来。下午的光景，涂康处理完两封群众来信，又帮着会计算好稿酬，填写清楚汇款单，便到了下班时间。

按照和妻子往常的约定，他往岳父岳母家走去。自妻子应聘到“发发”公关部后，他和她就很少在一起吃饭。公关部的事情，大多是在酒桌子上做成的。妻子在外面吃饭，那是她的工作。可涂康却每天下午下班必须到岳父岳母那儿去，去那儿吃饭，然后和两位老人家坐一坐，等着妻子从酒家或者别的什么地方来，再带上已经在那里一天的女儿回家。

但今天周丽丽却比涂康先一步来了。她一脸淡妆，头发很简洁地束在脑后，不到三十岁的女人，就这么轻描淡写的，也显得风姿绰约。只是和往常比起来，她脸色白了一些，眼眶也大了一些。涂康心动了动，打量她一番，却什么也没有说。倒是周丽丽，知道涂康想什么似的，“我昨晚没有休息好，想早一点回家去，就向老总请了假。”兀自这么说着。涂康在喉咙里支吾一声，也点点头，便一家人坐下来吃饭。

还没有吃完饭，老岳母就念叨起那蛇的事情来。“这怎么得了哟！都说成龙上天，成蛇钻草，如今这蛇怎么爬到九层楼上了呢！我说啊，这几天你们都别回去哪，就住这里，真有哪个歹心歹意要害人，惹不起还躲不起么！等公安局的把坏人查出来千刀万剐了，你们那时候再回去也不迟……”老人家说着，还不时地抹着泪。

但涂康执意要回去。他把眼镜摘下来默默地擦拭着，很有一点慷慨赴难的味道。老岳父一直坐在旁边用涂康送给他的“鼻虫”收拾着鼻子，这会儿也理解涂康似的插进来，“男子汉大丈夫嘛！”他很豪气地说着，“一辈子在世上奔波为了什么？不就是一个家嘛！现在家有一点惧怕，就不管哪，当逃兵哪，这还像男子汉大丈夫么！所以，我支持你们回到自己的家去。”

最后，涂康把三岁的女儿留下来，便和妻子周丽丽坐一辆的士往家里去。

周丽丽似乎很疲倦，一上车就靠着涂康的肩膀想睡过去。涂康搡她一把，有些阴郁地笑一声，“你昨晚上做好梦。”他说，“能不能摆出来听听？”周丽丽听着，头从涂康肩膀那儿端起来，稍稍有些惊讶地望望丈夫，便把目光转向车窗外面，“不。”她盯着大街上明亮而杂乱的车流说，“噩梦。”

依旧是在黄楼废墟那儿下车，依旧是走一段路，然后在那幢灰白的楼下面开始往上爬……谁也不能说这种重复和昨天是相同的。

那时候，涂康走在前面，好像有意要把妻子落得远一点，直戳戳地跑到顶上。可他站在家门前，刚刚喘过气来，妻子也就跟上来。夫妻俩交换一下眼神，都有预感似的，涂康便把钥匙插进锁孔，慢慢地转动起来……

啪地拉线开关一响，起动器扭一扭红红的屁股，炽白的日光管一闪，便照得屋子里一片明亮——地板中央一条黑花的带子盘着。

涂康心里木木的，呼一口冷气，回头看妻子。妻子眼睛瞪得圆圆的，上下嘴唇紧紧地咬在一起，脸颊上已经湿漉漉的一片。虽然那黑花的带子没有打开来，让人看一个明明白白，但涂康从那三角形的脑袋上已经清楚地意识到，这是一条毒蛇。“天啊！”涂康那一瓣木木的心终于这么叫一声。

四

又是总编，又是警察，都急匆匆地赶来。“毒蛇来哪！毒蛇来哪！”涂康一腔哭哀哀的声调，已经被蛇咬一样的，就这么在电话上叫着。总编的家离涂康的家最近，又正好总编住的那楼下面有公安派出所。而且，总编从开始就关注着这件事情。总编不可能不来。还是那块用作茶几台板的钢化玻璃，涂康拿它当武器把那蛇砍杀了。

“我说是谋杀，你说无毒之蛇，还是最温和的蛇……”涂康手中还抓着那血糊糊的玻璃板，冲着警官，“现在好了，看一看吧，毒蛇来哪，毒蛇来哪……”

涂康说着，便用血腥的玻璃板把那三角形的蛇头往警官跟前送过去。

警官表示理解地看一眼涂康，然后掏出对讲机，拉长天线杆，调好频率，听着嘟嘟的信号，便呼叫起来，“洞洞钩！洞洞钩！”很严峻地说，“对二号目标实施监控。”

涂康听着，不解地望了望总编。总编走过来，拍拍他的肩膀，有些神秘地说：“已经采取行动。”

涂康仍然迷迷糊糊的，“你是说……”他呆呆地望着总编，“面馆的那个老板……”

总编郑重地给他点一点头。

这工夫，警官收拾了机器，也走过来，对还没有完全醒神的涂康说：“冷静一点，冷静一点，我们有我们的规矩，比如说在没有搜集到充分的证据前，对任何人都只能怀疑，而怀疑不等于事实，况且这个案子确实有它的特殊性……”

“一幢楼都没有哪一家闹过蛇，为什么独我们家闹蛇呢？”涂康显然冷静不下来，“这的确也是一条毒蛇嘛！”

“我知道这是什么蛇。”警官瞥一眼那三角形的蛇头，有些为涂康的一股拧劲儿恼火起来，“俗名岩豆斑，学名五步蛇，咬一口是要死人的……”

“关键问题不在于它是什么蛇，”总编插进来，入木三分地点拨着，“关键问题在于它是怎么来的。”

“这还用说，哪家没有几个窟窿哟！”紧挨着涂康的周丽丽这会儿也抹着泪痕插进来，“从阳台上，从下水道里，从风窗、厕所……”

“你们怎么不把阳台封一下呢？”警官说，“装一道铝合金窗屏要安全得多……”

“我不想在这里长期住，”涂康说，“就懒得收拾……”

无从说，也无话说，就都望着地上几段破碎的蛇头、蛇身、蛇尾，迷茫地怔在那里。

涂康找来水找来扫帚抹布的，又准备对这血腥的场面进行清理。

这工夫，警官突然眼睛一亮，“慢着！”他拦着涂康，又有新的发现似的，“你砍杀这条蛇的时候，它的表情……不，也就是说，它没有进攻你吗？”

涂康愣了愣，说，“你以为是一条死蛇不是？”说着，又顿了顿，“倒也是，好像并不凶狠，它七寸那儿被斩断了，才拼命地挣扎起来……”

“既然这幢楼有门卫守着，陌生人不可能上来，”警官沉思地在屋里踱着，很有些大侦探波洛的派头，“那么，这蛇就可能是从楼下爬上来的。从一楼爬到九楼，很艰难的事情，所以它连进攻你的力量都没有……只是，它为什么会冲这屋子来呢？楼下好几处阳台也是敞开的。这简直不可思议呀！这一来，只有一种可能，罪犯住在这幢楼里，至少是通过住在这楼里的人把蛇带进来，然后再从楼顶那儿把蛇扔到阳台上……”

“这楼里……”涂康一脸青黑，本能似的抗拒着，“我可没有得罪什么人……”

“罪犯可能就在你身边……”警官说着，目光坚定地盯着涂康。

“你吓唬人……”涂康有些恐慌地说着，“我们这楼里的人家差不多……都从黄楼那边搬来……是有身份的体面人物……起这种狼心狗肺不大可能……”

警官听着，嘴角上挂一丝很有深意的笑。他接着把总编喊到一边，两个人背过身去嘀咕嘀咕着。隐隐约约地，涂康尖着耳朵抓着几个字眼，大约是说他们夫妻关系的。刹那间，涂康一下明白过来，原来警官已经怀疑到了他们家庭成员。仿佛一种反作用力的驱动，涂康一股血气冲起来，把周丽丽拉到身边，涨红着脸，冲警官气呼呼地说：

“你推理居然推到我们夫妻身上了。告诉你吧，我们可是患难夫妻。我们不会自己弄蛇到自己家里来吓自己。现在的夫妻……那种同床异梦的夫妻……是有的，可我们还有好多事情干哪。老实说，如果不为我们共同的‘鼻虫’，‘鼻虫’要扩大生产规模……”

“‘鼻虫’？”警官迷迷瞪瞪的，问站在身边的总编，“哪样‘鼻虫’？”

“‘鼻虫’。”总编说，“一种保健鼻子的保健用品。”

“你如果破不了这个案子，就早些回去吧！别最后案子破不了，我们夫妻都被你推理推散了！”

“涂康！人家不是这个意思。”总编口吻有些严厉地制止道，“应该允许警官了解一切。”

“各种各样的情况……我们都要估计充分……”警官不紧不慢地说

着，"真金不怕火炼……怀疑和事实……是有很大距离的……我说过这案子有它的特殊性，比如用蛇这种动物来进行伤害，这在我们这座城市比较罕见……"

"你这种推理方法也太可怕……"涂康说。

"我不是故弄玄虚，"警官很慎重地说，"如果可能，你这几天最好躲一下……以恐吓信为线索，我们排了排队，对怀疑目标都进行了监控……可实在地说，我始终有一个感觉，罪犯就在你们身边……"

"这一幢楼三个单元，不过五六十户人家。"涂康有些嘲弄地说，"你怎么不查一查呢？"

"我会调查的，只是……这期间，"警官说着，也带着一点反讽味儿，"你们要好自为之，一天二十四小时，我会随叫随到……既然立案，就一定会弄个水落石出……时间早晚而已，时间早晚而已。"

事情显然又僵在那里。

警官和总编走了。总编临走的时候，紧紧地攒攒涂康的手，又实实地拍拍涂康的肩膀，什么话也没有说，仿佛一切尽在不言中，格外给人一种很近很亲的感觉。涂康苦笑一笑，算把他们送出门去。

回过头来，涂康望着妻子，有些怪怪地笑着，就闪闪烁烁地说：

"刚才我跟警官说我们是患难夫妻……"

周丽丽怔怔地望着丈夫，脸颊上莫名地泛一片红晕。

"你说，"涂康依旧怪怪的，"我们是不是患难夫妻呢？……为一个'鼻虫'，你从幼儿园到'发发'那边，结果我们都经受煎熬……灵魂的煎熬……"

周丽丽鼻子里"嗯"一声，也似有所悟地点一点头。

涂康于是收拾一地血腥。

"无外乎一条蛇嘛！古书里有把蛇叫长虫的，把老虎叫大虫的，其实都是凶残毒辣的东西，却都成了渺小的'虫'。"涂康说着，"这真的算不了什么。"他还莫名地有一种满足，像老师上完课后收拾教案教具一样地收拾着五步蛇那残碎的尸体……

折腾着把那些家具又搬动一遍后，夫妻俩稍稍安稳地躺上床去，这时候，涂康才圈起两只手枕着后脑勺，眼望着天花板，沉重地叹出一口气来。

周丽丽这晚显得特别温柔。恐惧会让人麻木，但周丽丽的温柔显然不是因为对恐惧的麻木，倒像有着一种信念一样的东西在那里生长起来，这让涂康多少感到有些意外，觉得陌生而又遥远，是恋爱那会儿，是蜜月那会儿，都一样地渺茫……

“我没有看见你这样过……”

周丽丽悄声悄语说着，小猫一样在丈夫胸膛上娇嗔地拱动着。

涂康心里一股热流涌动起来，也响应似的抱着妻子，并急促地压逼上去。但一阵较劲，又静静地躺着，涂康却陷入一种更加虚空的迷茫中。他看着枕着他的手已经睡着的妻子，想着妻子或许正做一个梦，便有些后怕地打一个冷噤……

早晨起来，涂康打电话向总编请假。周丽丽躺在床上，惬意地打一个哈欠，然后告诉丈夫一个电话号码，让他也替她向“发发”的老总请假。涂康迟迟疑疑的，号码还没有完全拨过去，便把话筒扣死了。周丽丽瞪着眼睛，有些惑然地望着丈夫。涂康摇着头踱到床前，又阴郁又认真地对妻子说：“不，你还是去上班，那个‘鼻虫’的事情不能半途而废……‘发发’的老总不是要开一个董事会研究么？”

周丽丽愣一愣，也就下床来，对着镜子梳妆梳妆，便蹬着一双高跟皮鞋，可可地下楼上班去。

涂康在家里坐一会，略略地理一理思路，便来到楼下门卫室。“不能坐以待毙，要主动出击。”他想，“警官的推理虽然过分一点，但不能说一点道理都没有。”老门卫坐在门前，正悠悠地吸着一杆叶子烟。涂康和他笑笑，挨着在那旁边蹲下去。涂康还没有开口，老门卫就知道他要说什么似的兀自叨着：

“我也不知道这一幢楼到底咋哪，大家不都是好好的么……公安的夜里又来了，我哪里晓得那么仔细呢，又不是管户口的，哪家根底哪个晓得哟……要说记一记貌相，是不是这楼里住的人，我可不含糊……陌生人是混不进去的……”

涂康听着，给老门卫递上一支烟去。老门卫也不客气，接着烟瞅瞅那标牌，便熟稔地担在耳轮上。

“我想问一下……”涂康手往楼顶那儿指一指，细细悄悄地说，“当然，如果你知道，就是那几家邻居的情况……”

老门卫抬着头眨巴眨巴眼睛，又低着头嗞叭嗞叭烟杆，才晃晃悠悠地说：

“你那对门吧，那家人已经搬走十几天了，你看那窗帘都没有了。”

“我还一点没有察觉呢！”涂康惊异地自言自语着。

“那边那个单元，也就是你隔壁的那一家呢，他们家有一个瘸子，我就想瘸子住到九层楼上，那真够难的……”老门卫说着又嗞叭两口烟，吐出丝丝缕缕来，在褶皱的眉额上绕缠着，“你楼下那一家人呢，原先有老两口，那男的一年四季都戴着帽子，进进出出的，总是拎着一只黑提包，我当民兵排长那会儿，就会抓他的特务……不知为什么，那女的后来就不住这里哪，据说到外省去跟闺女过日子哪……那男的是一个大学的教授，家里请一个小保姆，只是那小保姆好像也不快活……”

“你最近发现这家人有没有什么特别的地方？”涂康有些急不可耐地追下去。

“有啊，就是有情况呢！”老门卫说，“那男的大约十天前去北京开会哪，临出门还嘱咐我多给他留神留神点儿……只是那小保姆，我都有好几天没有见哪……”

涂康尖尖的耳朵萎下去，感到很失望，也很沮丧。

涂康溜达着来到大街上。天空是一片铅灰，太阳被一块白亮的云紧紧地捂着，没有风，只有车流在黑的柏油路上沉重地来去。涂康又忧郁又躁烦地走了好几家药店，才买到纪德胜蛇药。这是最被动、也是最可靠的办法，他想，准备好这一切，就可以在家里待着，只要罪犯敢又一次作案，保证当场抓获。他揣着那些救命的药袋儿，决定在采取行动前，趄到厂子里去看看。

已经是正午光景，两个工人还一个人守着一块磨石磨着“鼻虫”。涂康很感动。肚子那儿咕咕地叫着，他于是得到提示似的，便请两个工人下馆子吃饭。

“等到我们‘鼻虫’发达了,我们一定上星级酒店……”涂康找着台阶说着,带着两个工人走进一家小酒馆里。店堂里三五张桌子,已经有两张桌子被人占着。三个人随便拣一个空位子坐下来。桌椅碗筷也还干净,只是地方显得紧一点,厨房那一块被客人看得清清楚楚的。炒菜的油烟漫出来,也有些呛人。涂康拿着菜单要了几个菜,便喝着茶等在那里。这工夫,他无意地眼睛往厨房那边一瞟,就看见一种花花的扭动。蛇!他一惊,很快凑近去。一只毛乎乎的手拿着那长虫的七寸,一只毛乎乎的手抓着一只亮铿铿的钉,猛地一戳,将那蛇头扎在墙上,又一把快刀怎么地在那颈项上一晃起出一道口来,几根钢钩铁爪般的指头一抓,听着“嘶”的一声长长的叫唤,那长虫一身花衣服从头到尾被剐一个精光,接着开膛破肚……

看着那长虫血红赤裸的扭动,涂康感到一种揪心的快意。“这一条值多少钱?”他带着一种狠气这么问着。毛乎乎的手听着,“几十块,又不是毒蛇。”一只眼睛瞟一瞟,“越毒的蛇越值钱,有上千块的。”他也这么狠气地应着。“世界上哪一种蛇是最毒的呢?”涂康来灵感似的追一句。“再怎么毒的蛇也毒不过人。”毛乎乎的手答非所问地一句碰过来。但涂康似乎更满意这种答案。他回到桌子前,要了一瓶酒,就着刚刚切上来的卤牛肉,和两个工人很有兴致地饮起来。“对‘鼻虫’要有信心,这是一个立场问题……创业之初嘛,总艰难一点,大元帅贺龙也两把菜刀闹革命嘛!”涂康从酒馆出来,已经有一些醉意,只是一股劲儿地说着“鼻虫”的事情。

“你们作为创业者,和我一起打天下,我是不会忘记你们的,有功之臣嘛……面包会有的,一切都会有的……哪一天‘鼻虫’打入国际市场,我一定要重奖你们……”

两个工人听着,又惶恐又感激地笑一笑,就要送他回家。他推开两个工人的搀扶,居然也很稳实地走起来。“我去等着那条蛇……”他说着,就跨上一辆开到跟前的中巴车。

两个工人听着,相互地望一眼,也终于迷迷糊糊地就回到厂子去。

涂康在爬楼梯的时候,才觉得自己有点儿晃悠。他好不容易上到九层顶楼,抖抖索索地打开门,条件反射地扫一眼地板中央,便重重地陷进黑色的沙发里。但他还没有忘记给妻子拨一个电话。听着电话那一端那熟悉而又温柔甜美的声音回过来，他便留下最后的遗言似的悲壮地叫起来：

“我已经回到家中坚守阵地哪。我决定等候那条毒蛇。我会撕碎那条闯入我家中的毒蛇。人在阵地在。我涂康在家在。你夜里回来要有一个人陪你回来。我要有什么三长两短，你累一点把娃儿拉扯成人。‘鼻虫’的事情找不到资金发展就把专利卖哪。我不欠任何人的债，但我留给你们的财产也就只有‘鼻虫’了，看见‘鼻虫’就是看见我。”

电话那一端响着妻子伤心的哭泣。

涂康放下听筒，如释重负地叹一口气。然后，他努力地睁着沉重的眼皮，支棱着软奄奄的耳轮，寂静而又警惕地等待着。不一会儿，他眼前开始出现幻觉。意识到就要睡过去，他狠狠地在腿上掐一把，并很快站起来，在客厅里慢慢地踱着。有一瞬间，他确乎听见一点什么哪，醒豁地轮一轮眼睛，就一下拉开门来，望着通向楼顶的梯横冲上去。

他在楼顶上怔住了。大约两块篮球场见方的顶盖在午后的天光下，只是寂寞地用黑色的柏油划着数不清的格子。那些格子的路线正好是预制板的衔接，他一下就明白那是防止渗漏的。除此而外，别的什么也没有了。仿佛不相信自己的眼睛，也仿佛一种心理的要求，他开始大声地喊着：

“出来！你这个刽子手！我已经看见你哪！我一个报社的小职员，老天有眼，从来没有做过什么亏心事，你居然用这种手段来害我！”

他站在那儿，一只手挓挲开五指高高地举向天空，好像从那儿对上苍真的有一种触摸，又祈祷又控诉地喊叫着：

“出来！我已经看见你哪！你这个坏蛋！作为一名新闻工作者，我除了我的‘鼻虫’手续差一点，也偷一点税，我的本职工作我问心无愧。我就是要揭露阴暗面，我就是要伸张正义！你有胆量就出来，到这光天化日之下来！”

他突然噤住。不知不觉地，他已经站在楼顶的边缘，再往前走一步，就会掉下去。城市在脚下无限地展开着，高的楼，矮的屋，波峰浪谷般地往前推动着，倏地横一条街，又峡谷般地切出一个断层来。五花八门的汽车蚁群一样奔流着，到立交桥那儿跌进一个巨大的漩涡似的，就转着转着，很快消逝得无影无踪……

“你这个刽子手！出来！我已经看见你哪！”他对着脚下的城市这么喊着，又攥着拳头冲着脚下又诱人又凶险的城市挥动着，只是渐渐地都显得孱弱无力。背后响着脚步声，他回转身来，便看见老门卫脸青面黑地站在楼口。

那工夫，他一惊，接着冷冷地一笑，就端着一派格斗架势走过去。“老狐狸！”他咬牙切齿地说，“你终于出现啦！”

“你才会开玩笑呢！”老门卫眯缝着眼睛，憨憨地笑着，“我在楼下看见你站在楼顶边上，又晓得你是喝酒的，吓得我哟！”

“你不是那个拿蛇害我的人？”涂康迷迷瞪瞪地问道。“蛇？你咋晓得我会拿蛇呢？”老门卫依旧迟钝地笑着，“那都是乡下的事情，拿着一条蛇，可以卖几十块，为这事儿，政府还罚我的款……”

涂康苦笑了笑，跟着老门卫走下楼顶，回到屋里。

“喝酒过量，要多休息，不要到那些危险的地方去。”老门卫把涂康安顿在沙发上坐下，这么说着，就带上门，走下楼去。

涂康果然听话，静静地陷在沙发里。只是却不过酒力，他再怎么支撑，也一边抵抗，一边退却，很快就打起呼噜来……

有人上楼，有人开门，涂康迷迷糊糊地意识到，就一下站起来。啪地，日光灯管闪一闪，便照得屋里一片明亮。是妻子，妻子后面是“发发”的那位老总。那瞬间，涂康正一正架在鼻梁上的眼镜，笑一笑，对妻子说，“你看，只要我在家，”也像对“发发”的那位老总说，“那个家伙就不敢来啦！”

“老总知道我们家闹蛇，”周丽丽脸上泛着淡淡的红云，又调和又解释着，“就很关心……坚持要送一送……”涂康笑一笑，又扶一扶眼镜架子，就和老总点一点头，递上一支烟去。

但在客人就要在那黑色的沙发上坐下去的时候，大家都怔住了。

一条乌梢蛇，和皮沙发一样的黑色，就在“发发”的老总要坐下去的屁股下面，微微地扭动着；又一条乌梢蛇则在旁边黑亮亮地盘着；还有一条乌梢蛇也躺在另一张沙发上和那黑色混淆在一起……

“发发”的老总惊恐地跳到一边，筛糠一样地抖动着，就慌慌地逃出门去。周丽丽没有逃，毕竟经历过似的，一惊，一愣，便一下扑到丈夫怀里，压抑地哭起来。

涂康抱着妻子那圆圆的抽动的肩膀，看着沙发上油亮亮的精怪，想着自己刚才就在那旁边睡着，便浑身禁不住阵阵地发紧，仿佛喘不过气来……

五

是老门卫收拾的局面。

涂康操着家伙，投鼠忌器地看着一套皮沙发，怎么也下不去手。情急生智，他想到老门卫，便叫妻子跑下楼去。也很快，老门卫一脸亢奋，拿着一条麻布袋子跑上楼来。那会儿，那些长虫中了魔似的，被老门卫掐在手中一动也不动，很轻易地都归在袋子里。

“这是两百多块钱呢，老天爷舔你的肥，给你送财来了。”老门卫说着，把一只口袋直往涂康跟前荡着。涂康缩着手，又感激又后怕地说：“送你……你抓的……”

“我不可以要……”老门卫眯缝眼睛神秘地说，“你应该要……”涂康苦涩地摇着头，还是不肯收那袋子。

“你如果觉得我给你抓蛇帮你的忙，”老门卫说，“就听我的……”

涂康还是糊涂着，不肯碰一下那袋子。“打一个比方吧，”老门卫狠一狠劲儿，“这楼里哪家人丢失东西，我拾到，这是要还人家的，因为我照看这楼，我一个月的工资还要依靠大家出呢。可你就不同，这东西是出现在你家里，还把你们一家人吓得……”

“慢着……你说这蛇不是哪个人拿来害人的……”“发发”的老总不知哪时候又回到屋里来，这会儿插进话去。

“哪个做这种缺德事情哟！”老门卫斜一眼“发发”的老总，“这种乌梢蛇不咬人的……”

“昨天是一条毒蛇……”涂康木木地说。

“哦……”老门卫低着头沉吟着，“昨天，前天，那公安局的是不是为这蛇的事情……”涂康点了点头。

“唉……”老门卫长长地叹一口气，“早说给我听，这案子早破了……所以说群众的力量啊，我在乡下当民兵排长……”

“你知道是哪一家的？”一直在旁边仔细听着的周丽丽急切地断过话去问着。

老门卫点一点头，“八九不离十吧！”又畏缩着，“我不敢肯定……不乱说……”

“差一点出人命呢！”周丽丽哀求着，“你说出来听听……”

“我不是不说……我还要在这里看门……”老门卫嘟嘟哝哝的，意识到已经陷入一场难以摆脱的纠纷中，迟疑半天，才慢吞吞地打开那只装着蛇的麻布口袋……

“不要拿出来……”“发发”的老总忙战战兢兢地制止道。

“怕就不拿出来了。”老门卫说着，收紧袋子，却依旧是畏畏缩缩的，“我就说蛇，不牵涉哪家哪户啊，我还要给大家看门呢……这蛇的脚呢，是很特别的，它像倒钩一样，其实就是肚皮上的那些‘甲’……蛇进洞里，你抓着它的尾巴把尾巴拉扯断了也拉扯不出来，就因为那些‘甲’打开都斜斜地抓在了地上……现在呢，墙外面都用这种细碎的粘石，蛇很容易爬上来，要在一块光滑的玻璃上，它就爬不动……只是蛇的这种脚的缘故，它能够抓着粘石爬上墙来，可要爬下墙去，那些‘甲’就不起作用……横着爬也不行，斜着爬也够艰难的……”

几个人似有所悟地点着头。这时候，听到一阵急促的脚步声，就有一个人跑上楼来。不约而同地，大家的目光都转过去，也正迎接着那人跌跌撞撞地闯进来。是住在楼下的教授，大热天都捂着一顶帽子，风尘仆仆的，出远差回来，刚刚走进家门，就一脸哭丧地跑上来……

“我可什么也没有说啊！”老门卫眯缝眼睛笑一笑，就和大家告辞，“我还要看门……出了事情，我可担当不起……”老门卫没有要那麻布口袋，那些精怪还在袋子里躺着。那麻袋被撂在地板上，还以为装着什么陈谷子烂芝麻呢。

“哪个看见我的蛇没有啊？”教授哭哀哀地望着大家，这么石破天惊地问着。

大家听着，仿佛不相信自己的耳朵似的，都一下怔住了。

“是不是……”涂康梦呓一般地问道，“你的小狗儿小猫儿跑不见了？”

“蛇，是我的蛇跑不见哪。”教授急了，“我去北京开会，家里的保姆不负责任，她家里带信说她爹死了，就给我留一张条子回了乡下。我的蛇没有人喂，挨不住饿，就上你这儿来找一点吃的……”

这工夫，众人总算都回过神来。周丽丽一听，就要蹦过去，要把人撕了吃了似的。涂康死死地抓着她的手，总算控制下来。“怎么就一定是上我这儿呢？”涂康这会儿却不知怎么的，反而显得很平静。他瞥一眼地上的麻布口袋，紧着反问一句。

“蛇嘛，”教授肯定地说，“我在学校是教生物课的，它那点走路的本领，在这种墙上只能竖着上，不可能去别的地方……”

“你养那么多蛇干哪样呢？”涂康依然不动声色地盯着对方问着。

“不瞒大家说，”教授压低了声音，“我上课有时候用一下……主要的还是我搞一个第二职业，在外头开了一个蛇餐馆……我那些蛇配乌骨鸡做‘龙凤汤’，要卖一千多块钱……”

“都被砍杀了。”涂康倔倔地戳着。教授先一愣，接着眼睛一眨，就滚落两滴浊泪，喃喃地说：“你要赔偿我……”

“你差一点闹出人命来……”一直站在旁边看着的“发发”的老总愤愤不平地插进来。那会儿，涂康听着，涨红一张脸，振聋发聩的力量一样的，终于拨动那一片扣得紧紧的弹簧。但他却首先奇怪地瞅一瞅“发发”的老总，仿佛要给对方醒示一点什么，接着才不顾一切地向教授冲过去……

啪的一个巴掌，他把那本来是蛇餐馆老板的教授帽子给打掉了。蛇餐馆老板秃着头，忙着去抓帽子。这之间，涂康不知怎么地把眼镜给弄掉了，只是瞎摸摸地和对方抓在一起。教授直到重新戴了帽子，才腾出手来和涂康扭打着……

“蛇敢进老子家门，老子就让它不得好死。”涂康一边抓扯着，一边脏乎乎地吼着，“你差点害得老子妻离子散，看老子饶不饶你……”

“发发”的老总一旁听着，竟莫名地脸也青面也黑，小学生一样地愣在那儿。

两个人从屋里抓扯到屋外，都没有什么高招，就那么推来搡去地搅着。突然，涂康一脚踏空，摔下楼梯，蛇餐馆老板也跟着翻转，两个人就在梯坎上抱作一团往下滚……

“我的蛇在那袋子里……你想赖……”

教授哼哼叽叽的，回到自己家里。

涂康却流着鼻血，脑袋也昏昏沉沉的，当天夜里就住进医院里。

周丽丽陪着涂康，两口子在医院里睡了一觉。早晨起来，涂康感觉很好，而报社总编和朋友们这会儿听着风声来探望，他又感到一种鼓舞，于是跳下地来，就要回家去。

但这工夫，警官有些阴郁地走了进来。

“有一点麻烦啊！”警官说着，不得不公事公办似的，“你的案子破了，可和你的案子有关系的另一个案子又出来了，这种案中案麻烦啊！”

大家都怔住了。

“还是蛇的事情。”警官慢吞吞地说着，“有人报案，是拨的110报警号码，说你拾了他的蛇不归还……”

“你以为拾了一只狗儿一只猫儿么？”

“可事实上，这也是我们感到棘手的，那些蛇并没有伤你，这又和狗儿猫儿来串串门儿，来耍一耍有什么区别呢……”

“那种恐怖带来的精神损失……”

“我们法律好像还没有这一条……蛇和狗狗猫猫都一样是动物，而且也有人把蛇当宠物……”

“他实际上是开蛇餐馆的老板，这应该受到处罚……”

“可他上课的学校证明他是上生物课用的……”

“你知道我把它们砍杀了。”

“问题就在这里，”警官说，“他要求赔偿，尤其那条贵重的五步蛇，还是一条母蛇，就要下蛇蛋，蛇蛋还会产小蛇，小蛇也会长大……”

整个病房的人都忍不住笑了起来。

警官自己也终于忍不住笑了起来。

从医院里出来，涂康就和大家分手，挽着妻子往家走。路上，周丽丽很温柔也很激情地对丈夫说，她已经辞去“发发”那边的职务，准备回到幼儿园去，认真地过一种平常而清静的生活。涂康本来也想给妻子说一说“鼻虫”的事情的，觉得“鼻虫”改造一下，也许更完美。但听周丽丽这么说，他终于什么也没有说，只是笑一笑，把妻子挽得更紧……

“你知道吗，我其实并不讨厌那些蛇……”

“我也是……”

他们说着，就穿街而过。汽车嘎的一声刹下来，立刻堵一长串。他们穿街而过，什么也没有听见，什么也没有看见……

经过黄楼废墟那儿，涂康才想到自己前两天写的那条关于蟒蛇的消息，好像没有见报。

“不发出来也好。”涂康想，“这世界少一点稀奇古怪，多一点平常事、平常人，还要实在一些。”

大　鱼

一

韩六奶刚刚蹲下去，迷迷糊糊听见有人敲门，心就散了。这几天眼皮老跳，她总觉得不大对劲。又迷迷糊糊听见蛮女开了门，把人让进屋里，她就再也蹲不住了，忙提了裤子，尖尖脚一跛一跛从卫生间出来。可她来到客厅，客厅里却没有别的什么人，还是只有蛮女，只有儿子韩西河从村里找来伺候她的那个胖姑娘。

只是靠门边多了一只鼓鼓囊囊的编织袋。

“村里李老板，听说韩总不在，没有进屋，放下东西就走了。”

蛮女坐在沙发那儿，一边嗑着瓜子，一边木木地说。

“根支书的儿子李承志……”老人喃喃着，口吻里有一种刻骨铭心的东西。

蛮女还是尖尖手指拈着一颗一颗瓜子嗑着，并没有感觉老人有什么异样。

“哪样东西啊？蛮女！”韩六奶说着，突然就抬起一只干枯的手来，颤颤地指着那鼓鼓囊囊的编织袋，“我眼睛花，你看是不是在动啊？”

蛮女从沙发上站起来，往那鼓鼓囊囊的编织袋走过去。“过年啦！还会有哪样东西！”她一边走一边说着，“除了吃的喝的，还会有哪样东西！”

蛮女还没有走到门边，冥冥中，那编织袋晃了晃，就倒在了地上。一股浊重的腥气在屋子里一搅，一条金甲大鲤鱼从袋子里滑了出来。在客厅花岗岩的地板上，大鱼尾巴只一拍，整个身子就无声地向前滑起来。一直滑到客厅中央，滑到韩六奶那双粽子脚跟前，大鱼才停了下来。

“哎呀！”蛮女从来没有看见过这么大的鱼，吃惊地叫了起来。

韩六奶却愣在那里，仿佛什么东西塌了下来，她拼着那干枯的身子在那里扛着，只要一走神、一散劲，那东西就会啪的砸下来，把她眼前的一切砸得粉碎。

明亮的灯光下，大鱼静静地躺着，一身金甲，闪着一层神秘的彩晕，朝上的一只眼睛圆圆地瞪着，嘴巴大大地张着，格外透着一种焦渴、一种死灭。

“天啦！”韩六奶在喉咙里一声呻唤，整个身子晃了晃，一下就坐在了地上。

蛮女昏头昏脑，抱一把金甲大鲤鱼，觉得有些不对头，这才腾出手来把老人抱到了沙发上。韩六奶在沙发上躺着。蛮女一只手在她胸前来回抹着。抹了半天，老人眼睛一睁，居然醒了过来。

“快打电话……”韩六奶气喘吁吁地说，“有人要害我们……”

二

韩西河在宾馆开了一个套房，跟几个弟兄玩麻将正玩在兴头上，蛮女的电话就打来了。看看提包，十沓印着伟人头像的现金只剩一沓了，他便向下家歪过头去，凑着耳朵道：“黄哥！我家头有一点事，要先走一步。”

“大名鼎鼎的韩总咋婆婆妈妈啦！”黄哥瞥了一眼韩西河，“不想扳一扳？”

“我们这几个人，”韩西河道，“过去点过来点有哪样关系！九‘方’钱，权当跟各位拜年啦！”

“九‘方’？你是不是谎报打伤案哟！”上家看一眼韩西河，插进来道。

韩西河听着，把一沓钱拿在手上一抖，指着大钞票上红红的头像道：“他老人家亲眼看见，我要有半句假话，我是四条腿的王八，在各位弟兄面前爬起走。”

几个人听着都笑了起来。

“行啦！你去吧，韩总！”下家黄哥笑眯眯地说，“我们也要收摊了，玩得太晚了，人受不了，明天早晨我还要开一个会呢。”

“大会还是小会？听报告，那么大的会场，多一个人少一个人无所谓嘛！”

“你说得轻巧，明天的会是本人主持召开的招投标会。”

韩西河笑着跟大家抱了抱拳，便从堂子上退了出来。他坐上一直等在那里的车，风一样往家里赶。

韩西河一脚踏进门，闻着一股浊重的腥气，看着还躺在地上的金甲大鲤鱼，内心深处也感到了一种震动。

“李长根想害我们呀！”韩六奶已经缓过劲来，跟儿子数着，“恁大一条鱼，不是精，就是怪，新年大节的，他儿子李承志把这种鱼送上门来，安哪样心！”

韩西河没有吭。他蹲在地上，派着拇指和食指把鱼从头到尾量了量，又拍拍宽厚肥大的鱼肚皮，这才自言自语道：

“这两爷子从哪里弄来这么大的鲤鱼……我还没有见过这么大的鲤鱼……”

“听老一辈人说，村里长塘有这种鱼。”蛮女在边上不知深浅地冒了一句。

“长塘的这种鱼成精成怪呀！”韩六奶听着，又牵丝网线地数了起来，“那年，李长根他爹李定根……李承志他爷爷，差我们两挑谷子的田租，临近年关了，他在长塘弄了一条大鲤鱼，送到我们家，想抵租谷，世人都说鱼大成精成怪，你爹偏不信，心一软就应了下来……”

“母！”韩西河站起来，望一眼老人家道，“你不要提这些陈谷子烂芝麻的事情好不好？”

“我怕你忘了。”韩六奶说着，两只凹下去的眼球转着，阴郁而又充满期待地望着韩西河。

韩西河没有吭。这个有关家族兴衰存亡的故事他怎么会忘了呢。那时候，韩西河还在娘肚子里。三十来岁的韩六爷，在郎州城上过新学，不信精不信怪，吩咐灶上把鱼切成段切成块，一天熬一锅鱼汤，要韩六奶喝下去。

浓浓的鱼腥气在整个韩家大院里弥散着，韩六奶闻着就想吐，更不要说喝鱼汤。韩六奶到现在都不明白那鱼为什么会那么腥。可韩六爷说，越是腥的东西就越有营养。韩六奶闭着眼睛，一天两大碗鱼汤，常常喝下去就翻肠倒肚吐出来，也还是要喝，喝得死去活来。韩六奶喝鱼汤喝迷糊了，眼睛呆呆地看着空中，仿佛透过浊重的鱼腥气看见了层层死气。“爹呀！妈呀！要出人命呀！”她就这样叫。从腊月喝鱼汤喝到正月，那一条鱼才在韩六奶喊爹喊妈的叫声中变成了一堆骨骸。鱼汤喝完了，鱼腥气也散了，韩西河在娘的肚子里开始动了起来。贴着韩六奶的肚皮，韩六爷听见了胎动，感觉到了活蹦乱跳的儿子。不几天，刘邓大军挺进大西南，解放郎州，土改工作队进驻长塘村。韩六爷在一天夜里被觉醒的佃农们从床上抓到台上。斗争会开到半夜，李长根他爹李定根就从韩家大院里挖出来两条枪。第二天，区长亲自赶到长塘村主持公审。韩六爷想贴着韩六奶的肚皮，再听一听儿子的胎动。区长没有答应。太阳下山那工夫，韩六爷被推到河滩上枪毙了。韩六奶没有掉一滴眼泪，人们觉得她喝鱼汤喝寒了心。谷子灌浆，韩六奶果然生下来一个儿子。人们又觉得上过新学的韩六爷还真有一点深奥，隔着一层肚皮，他居然知道韩六奶跟他怀了一个儿子。韩六奶的记忆中，韩家的倒霉，实际上就是从那条鱼开始的。从儿子懂事起，她就把这个大鱼的故事不断地摆给儿子听，认定正是这条成精成怪的金甲大鲤鱼导致了韩家的衰落……

死寂的空气一阵颤动，屋子里一下响起来一支“西班牙斗牛士”舞曲。韩西河一怔，便从腰间把电话掏出来，看看来电显示，这才放到耳朵上。他鼻子里嗯了半天，这才跟电话那头道：

“谢谢啦！承志！也请转告你爹，这么稀奇的东西，他还记着我。”

韩西河口吻镇定，近于冷酷，话刚落音就把电话挂了。

“你还谢！”韩六奶听着，不依不饶地跟了上来，“这两爷子明明不安好心。”

“母啊！你这么大年纪了，少操一点心行不行？”韩西河说。

“你说这个李长根，他当他的支书，他儿子李承志又是村里建工队的老板，”韩六奶固执地说着，“我们都离开长塘了，他两爷子还要追进城来害我们……”

“不就是一条鲤鱼嘛！哪有那么大的能耐！”韩西河说，“你老人家气量大一点行不行！”

“土改那年……”韩六奶还在喉咙里嘟哝着。

“你不要说土改那年，那算哪样事儿！没有那条鱼，长塘就不解放哪！土改就不搞哪！”韩西河说，“那叫改朝换代，大势所趋。”

“那……”韩六奶望着地上的鱼，带着一种后怕，“你说这鱼咋办？”

“你要不喜欢，我就弄走。”韩西河望着老人道，“人家这是拿来孝敬你的，没有想到把你吓成这样……”

“还要找一个先生来做一做法事，”韩六奶说，“清洁清洁家屋。”

韩西河点着头应着。

三

金河集团坐落在郎州外环路上。

李承志开着车沿着围墙转了一大圈，才找到大门。也难怪，李承志他们去年送树上来的时候，这里还没有围墙呢。两个保安扎着武装带守在门口。李承志一眼看出是村里的两个年轻人，只是一时想不起来名字。两个年轻人大约也认出他来，只一挥手，一排不锈钢的栅栏便往两边缩着。可这节骨眼上，车却死火了。李承志打着马达，却怎么也发动不起来。两个保安很看头势，跑到车屁股上推起来。李承志额上都急出汗来，这才扶着方向盘把车开进院里。大楼前面一溜停着十几辆轿车。李承志一看最差的都是桑塔纳。他心里一嘀咕，方向盘一打，北京吉普转一个弯，孤零零地停到了围墙边上。下车来，李承志看两个年轻人推得脸红筋胀的，拿出烟来一人散了一支，便带着一种莫名的栖惶，往大楼那边走去。

但穿过院坝的时候，他停下来看了看那棵古树。古树有多老？三百年？五百年？还是一千年？李承志琢磨着，它应该跟长塘村的历史一样悠久。长塘村最老的韩六奶，即便八十岁，在它眼中，也不过一个黄毛丫头。甚至它是一棵什么树，长塘村人也并不确凿的知道。它叶子小，稀疏地挂在枝头，却绿得像上了油一样的，终年不落。它不开花，也不结果。它一动不动地站在长塘村，仿佛被冻在了长塘村的时空里。它姿态美丽而又奇崛，从树干到树枝，能看见根根血脉根根筋。因为大地与天空的争夺，欲望与现实的冲撞，还产生一些赘根，出现不少扭曲和鼓突。李承志印象中，整个长塘镇都只长塘村有这么一棵树，它因此成了长塘村的风水树，一种长塘村的象征。

可人们没有想到韩西河盯上了古树。

大前年，韩西河出资改造从镇上到村里的公路，垒路基、砌边沟，路面加宽、硬化，花了二十来万。前年，他又花了二十来万在河上架了一座桥，把公路延伸到了一家一户。那阵，谁也没有看出韩西河的心思，都觉得遇上了菩萨，要过快活日子了。直到去年，韩西河跟村里提出来要那棵古树，他想把它搬到郎州市他金河集团的院坝上，支书李长根和村长钱贵才弄明白，原来韩西河修路架桥的，是要把古树运到城头呀。两个当家人都像鱼咬了钩一样，不想就范，却又逃不了。而且韩西河话说得很好听，现在农村都开放了，要搞城市化了，他韩西河闯天下，也代表长塘村，应该有一个形象，金河集团做大了，吃骨头喝汤的，不但长塘村沾光，甚至整个长塘镇也沾光，人口增长这么快，长塘村现有的土地，已经很难养活现有的人口，今后长塘村要往郎州发展，争取在郎州建一个长塘新村，农村包围城市，最后要夺取城市。

韩西河这一说，大家还有一点相信。韩西河上世纪末还是长塘村建工队队长，拖着一帮泥水匠，无头苍蝇一样到处找工程，常常吃了上顿没下顿，日子过得比现在李承志还凄惶。而突然一天，他把公章往支书李长根跟村长钱贵跟前一推，跑到郎州自己成立了一个金河建筑公司。短短几年工夫，他就发展到现在赫赫有名的金河集团。前不久，郎州一家小报搞郎州财富排行榜，韩西河居然名列第三。这简直是一个奇迹，让所有长塘的人都目瞪口呆。几个上了年纪的人甚至很幼稚地认为当年李长根他爹太粗疏，只从大院里抄出来两条枪，而漏过去了窖在床脚的一缸金子。韩西河发了，却没有忘记长塘村。每一年，李承志接手的建工队，包括后来村长钱贵搞的路桥建设工程队，都能够从金河集团拿到一两个工程。架桥修路钻山洞，哪怕转几道手，三包或者四包，长塘村两个建筑队几百号人总算饿不着。甚至杂工，金河集团都有一个不成文的规定，同等条件下长塘村优先。而长塘村这种低级的杂工很少，就扩大到同等条件下长塘镇优先。韩西河这一点事情，在五万多人口的长塘镇还真产生了影响，很长一段时间，民间都流传一句口头禅：找活路，上金河。

“根支书！根支书！……”

李承志愣在树脚，这时候就有人站在二楼走廊上叫起来。他诧异地扭过头看了看那边院墙大门，那里并没有人进来。整个院坝空荡荡的，只有他跟那棵树，那些车。他回过头来，愣一愣神，便明悟过来。李承志从身条到样貌都长得像他爹，隔上丈二八尺的，时常被人看走眼。这之间，尤其镇上的孟书记，他眼睛差，总把他们两爷子混淆。

这个人正是孟书记。这阵，他已经从二楼下到一楼，走到了院坝上。

“我还以为是根支书来了。”孟书记总算看清楚了，一边走一边说着，“他怎么没有来呢？我还有事情要找他呢！”

“他昨天一大早就回长塘了。”李承志说。

“韩总不是说请了你们两爷子嘛！”孟书记说，“大家在一起过一个热闹年。”

“家里猪还没有杀呢。”李承志说，“来一个代表就行了。”

“年关来了，大家都忙啊！”孟书记说着，就招呼起来，“站在这里做哪样啊？我们进屋吧！”

“我看这棵树是不是栽活了！”李承志说，“他们去年费力从长塘搬上来，要栽死了，那才冤枉哟！”

“活啦！树叶都没有掉一个。”孟书记说，“韩西河这几年运气好啊！我看他是要风得风要雨得雨。”

孟书记在前，李承志在后，两个人脚跟脚往楼里走着。李承志禁不住又望了一眼古树，心里有一种酸酸的滋味。

古树搬迁，韩西河没有出面，只派了两台挖掘机和一台大卡车到长塘村。大卡车是敞口的，整个厢体由液压撑杆顶着，可升，也可降。开始作业，只有几个村干站在那里，一脸散淡，很无奈的样子。不一阵，来了一些半桩桩娃儿蹲在那里，却也木头木脑的。两台挖掘机配合着，不到一个时辰，便将两三个人才抱得过来的古树连根带土举了起来。大卡车屁股一低，车厢一矮，古树坐了上去。几个村干这工夫都爬上了车，帮忙韩西河的人捆索绑绳固定树干。汽车发动，长塘村几个当家人一脸栖惶，腿脚发软，都待在车上不下来了。古树掘出来后，空出来一个巨大的坑。这工夫，树坑周围婆娘儿女一下聚起来好几百人。车起步，这些人便跟在屁股后面走着。车走得慢，这些人也走得慢。车加一加油，这些人便一路小跑。还没有出村，几百人滚雪球一样越滚越大，差不多滚了千把人。一直走到村口，哪里叫一声“树啊！”瞬间，婆娘儿女的便“树啊树啊”地叫起来。千把人号丧一样叫着，格外使人心头发毛。上桥过河，李承志从家里赶来，身子一跃，抓住车门爬了上去。汽车上了公路，速度加快，这才把这些人撂在河那岸。但走出去老远，却还能够听见那凄切的喊叫：“树啊！树啊！”车上的人听着，都忍不住落泪。几个村干跟李承志像嫁姑娘的送亲客一样把古树送到金河集团，看着古树细细慢慢地栽下去，一拨人这才长吁短叹地往回走。韩西河很感动，派了两台三棱吉普，一直把他们送到长塘村家中。

二楼的小餐厅里一共摆了四张桌子。每一张桌子由两块巨大的麻将嵌成，分别为“春”“夏”“秋”“冬”。四张桌子都有一块共同的麻将，那就是“发”。两块麻将深深的刻沟里，“发”都抹一层金粉，“春”“夏”“秋”“冬”各抹一层银粉。一块透明的玻璃往上一罩，枝形吊灯的灯光静静地一照，一桌子都淌金流银。李承志跟着孟书记进到四季发财厅里，一看那阵势，心里就有些抖。他看孟书记在“春”那儿坐下去，便有一种自卑，拣冷飕飕的“冬”坐了下去。这工夫，两扇弹簧门轻轻一开，又有一拨客人走了进来。一位穿旗袍的小姐走到跟前，凑着李承志耳朵，细声细气道：“先生！请你这边坐。”

李承志脸一红，便站了起来。但一只手却不知从哪里伸出来，轻轻地压在他肩上。李承志转过头去，原来是主人家韩西河。

“你今天也是主人，就坐在这里。”韩西河说着，就在旁边坐了下去。

“韩总！”酒瓶子还没有开，李承志就有些失态，“我可不知道你这里的规矩……我觉得天寒地冻的冬天谁都不会喜欢，我这个小包工头，只配坐在这里，没有想到这……居然是主桌……”

“这是我们金河集团特有的企业文化。”穿旗袍的小姐在一旁解释着，

“哪一个季节宴请客人，主人家就坐在哪一桌。”

“那……我不能坐这一桌……”李承志说着，又一次站了起来。

这时候，韩西河一只手拉着李承志，一只手端着杯子站了起来。李承志仓促中，也只好端起杯子来。

“各位朋友！我们今天在这里过年。”韩西河大声说着，“开席前，我特地要说明，今天的年饭是我跟我们长塘村建工队的李承志队长共同请的，因为今天这道主菜是他提供的。”

话音未落，“春”“夏”“秋”“冬”四张桌子都响开了热烈的掌声。

“这是一条三十多斤重的金甲大鲤鱼。”韩西河接上说，“我是从来没有看见过这样的大鲤鱼，可以说，这是一条奇鱼。”

座上又一阵热烈的掌声。掌声中，两个小伙子抬着鱼走了进来。鱼躺在一只巨大的茶盘上。从冰柜里取出来的时候，厨上特地用热水去霜，把鱼抹了一遍。橘黄色的灯光下，鱼片片鳞甲透着一种鲜亮。这么走一圈，大家看一看，摸一摸，啧啧称叹，鱼接着又被抬了出去，送到了厨房案板上。

“各位朋友！过去的一年，我们金河集团托大家的福，取得了可喜的成绩。”韩西河口吻一转，“但是，新的一年对金河集团才是一个挑战和考验。西部大开发，从郎州到重庆的高速公路即将动工，预计投资一百五十个亿，我们金河集团要力争在这个项目上拿几个标段，做出我们应有的贡献。”

李承志琢磨韩西河在郎州投标，那中标就像女人来月经，如果见不了红，那就不正常了。表面看是金河集团有这个实力，天南地北的建筑企业，不管哪一级，要挂哪一家就可以挂哪一家。而暗地里，金河集团的当家人韩西河还是有一包药。没有这包药，即便你砌过八达岭长城，修过南京长江大桥，你也是没有一点用的傻大个。比如做标书，不管按哪一年的定额，你做得再科学，而总的造价都要等到韩西河来定，常常最后一分钟，韩西河的电话或者信息才会跟到现场，你只要把这个要命的数子往上一填，就有八九分把握入围。因为这种种神妙，韩西河在行业中有“标王”的美称……

“锅里有，那碗里才有呀！今天在座各位，除我们长塘镇的几位领导，大多是我们金河集团的合作伙伴……”

李承志嘴角撇了一下，便一副认同的样子不断地点着头。韩西河拿到项目后，通常会很快分解，一层一层往下包。三包四包到了像长塘村建工队这一层，实际上只有一点人工费。李承志心不甘，却也无奈，你不上，有工队上，从村里拔脚出来，吃啊穿啊，都是一种消费，只要有活路做，总可以混日子。所以好啊歹啊，大家还要感谢韩西河，说到底，他给你找了工作，他给你发了工资。

“我们长塘村建工队的李承志队长一番苦心啊！他在这时候跟我们提供了这么一条金甲大鲤鱼，就是希望我们金河集团在新的一年来一个‘鲤鱼跳龙门’，有一个大的发展。”韩西河把杯子高举起来，一字一顿道，“我也借李承志队长这个意思，请大家端起杯子来，祝大家发大财，也来一个‘鲤鱼跳龙门’。”

“为‘鲤鱼跳龙门’干杯！”

大家一片欢呼。接上一抽杯子，一仰脖子，一饮而尽。

酒过三巡。凉菜吃得差不多了，一桌一盆豆腐鱼热气腾腾地端了上来。一人一双筷子一张嘴，一边夹鱼块往嘴里塞着，一边你一句我一句说着：不错！好味道！韩西河兴致很高，筷子在空中划拉着，跟一桌客人炫耀道：

“做这种鱼啊，很讲究。做不好啊，那个腥啊，不要说吃，恐怕把大家熏都熏走啦！不瞒各位，今天在厨房掌勺的师傅，是我从郎州宾馆临时抓来的国家特级厨师，我们郎州就这一位，中央领导到我们郎州来，一般都是他主厨。”

“难怪！难怪！”

大家点着头附和着，又一双筷子往盆里戳着。

这时候，李承志才看见钱贵在“秋”那一桌坐着。前几年，钱贵心里不平衡。李长根当支书二十多年了，还将军不下马。韩西河辞职后，李承志又接了建工队。钱贵觉得这个村长当起来没有抓拿，便自己搞了一个工程队。他那个工程队，跟李承志的建工队差不多，都从韩西河手上找活路。不知怎的一来，李承志心上又罩了一层阴影。

韩西河仿佛看出李承志的心思，端着一杯酒对李承志道："这杯酒，你要替你爹喝了，他不来，我感到很遗憾。"

李承志接过酒，一仰脖子喝了下去。接上又给杯子斟满酒，双手举杯，送到韩西河跟前道："这杯酒，我跟我爹敬韩总，祝你新的一年事业更上一层楼。同时，还希望韩总继续关照我们建工队。"

韩西河接过酒，脖子上鼓一个包，也一口吞了下去。"你这个话啊！"韩西河放下杯子，眼睛往"秋"那一桌一瞟，晃晃悠悠道，"钱贵跟我也这么说啊！"

"你毕竟从长塘村建工队走出来嘛！"李承志有一点急了，"他那个工程队怎么可以跟我们比呢！"

"长塘村的建筑啊！政府还想搞产业化。"韩西河说，"也就这么两支队伍，手板手背都是肉啊！"

李承志还想说什么，韩西河却站起来，上别的桌子敬酒去了。李承志琢磨着上"春"那一桌敬一杯镇上孟书记的酒，一看孟书记不在位子上，人不知上哪里去了，正有些疑惑，孟书记跟钱贵却端着酒杯来到了跟前。

"今天这顿年饭吃得好啊！"孟书记说，"首先要感谢你这条鱼。"

"这都是我爹的功劳。"李承志脸上挂红，已经有一点醉意，"他老人家寻了好几天，放了一炮，得了这么一条鱼……"

"当年移山造田，他老人家就是爆破能手，真正排山倒海的角色。"钱贵说，"收拾一条鱼，不过娃儿放一个爆竹。"

"这不都是为我们建工队。"李承志说，"韩总对长塘村建工队一直很关照，过年了，我们也没有别的表示，就想到跟他弄一点长塘的鱼，河鱼嘛，也算一种稀奇，没有想到得了这么一条鱼。"

"看得出来，韩总今天很高兴。"钱贵说着，口吻里有一种莫名的酸，"你明年活路做不完，不要忘了我钱贵。我们可是一屋两头坐的弟兄伙啊！"

"钱村长！你不要拿我开涮。"李承志说着，也带了刺头，"你当初拉队伍，韩总不跟你打保本，我看你也虚火嘛！"

"多一把伞多遮一个人。"钱贵有一点沉不住气了，"我这个村长，还不是跟你爹当支书一样，为长塘村的人着想，多有一块牌，好找活路嘛！"

“大家都不要说那么多话好不好？”

孟书记这时候插进来招呼着。他一只酒杯跟钱贵碰碰，又跟李承志碰碰，接上往喉咙里一泼，嘴唇都不湿，一杯酒就咕嘟下去了。

李承志跟钱贵端着酒没有动，还你望我我望你较着劲。

韩西河转一圈转回来，看看钱贵，看看李承志，察觉情形不对，便举着一杯酒，晃晃悠悠道：

“你们两个人啊！是不是又跟我们父母官增加麻烦哪？”

“那倒不是。”孟书记道，“扯出来都是村长支书的，应该有这个觉悟……”

“同行多嫉妒啊！”韩西河说，“我不希望看见你们两个人扯皮，大家都是长塘村的人，家和万事兴嘛！来，喝一杯‘团结酒’。”

李承志跟钱贵迟迟疑疑的，却都把杯子举起来，跟韩西河碰了碰，接上杯底朝天，一口吞了杯中酒。

“还是韩总面子大呀！”孟书记陪了一杯，感慨地说。

“今后呀，孟书记！”韩西河说着，竟板起一张脸来，“这两个包工头野得很，你要招呼不住，跟我说一声，我可把丑话说在前头，说得好，大家搭伙求财，说得不好，我韩西河也有脾气，哪个的账我都不会买……”

钱贵跟李承志听着，都感到一种莫名的凄惶。

四

李承志那阵还不算醉，记起他爹交代他的事情，就到金河集团的厨房，硬把那条金甲大鲤鱼的鳞甲一片一片从垃圾桶里找了出来。服务员找了一条编织袋。大约还是那送鱼的编织袋。他把那些钱币一般闪光的鳞甲收拾在编织袋里，提着就上了车。北京吉普歇了半天，仿佛缓过气来，居然一打火就发动了。他深一脚浅一脚地踩着油门，一台车像抽疯一样跑着，总算回到家里。他摸索着开了门，上厕所撒一泡尿，打开龙头洗一把脸，感觉清醒一些，便来到房里，想找女人的麻烦。女人躺在床上，听见门响，便迷迷糊糊道：

“喜娃子！你又下河了是不是？看不淹死你！你看你看，一身衣服都湿啦！”

李承志一听就知道女人又说梦话了。他脱去裤子，上到床上，一掀被头，就压在女人身上。女人懵里懵懂的，屁股一甩，就把他摔下马来。他借着一股酒劲，又一扑，却发现女人一身捂得严严实实的，皮带换了裤腰带，居然系了一个死结。他叹一口气，兴致一下就散了。女人却被搅醒过来，吧嗒地拉亮了灯，恨恨望一眼男人，也禁不住长长地叹了一口气。

“我取我的东西，你拴得死死的做哪样？”李承志埋怨道。

“我就是跟你当保管员，你也得跟我打一个招呼啊！”女人气呼呼地说，“你把我弄到这里来，租房子住，人生地不熟的，你又很少落屋，万一摸进来一个歹人，我也要留一手啊！”

李承志听着，有一点感动，便搂住了女人。

“我想喜娃子了。”女人说。

“喜娃子跟他爷爷他奶奶在一起，有哪样不放心啊！”李承志说，“抓紧把你肚皮头这个娃儿生下来，我们就回去啦！”

“抓紧？”女人抬起头来看着男人，“你总不能伸手进去把他掏出来吧！”

李承志被咽住了，大半天愣在那里，只觉得一种莫名的慌。

一胎安，二胎刮，三胎扎，这是政策啊！镇上几个头头今天集中在金河集团，说不定已经开了会。他们这两年把一些重要的会议动不动拉到金河集团开，像人事变动啊，像计划生育突击啊，大家电话一关，神不知，鬼不觉，一经决定，回到镇上，就只管下文件，只管集合队伍采取行动，一点不拖泥带水。但李承志今天还是从孟书记的口吻中觉察出来啦。无缘无故，他找支书做哪样呢？长塘村的计划生育啊，年年拖全镇后腿。李承志跟钱贵一人一支队伍，都硬邦邦的男人，一年三百六十五天，大多陷在工地上。慢说男男女女做了事情有副产品，而工地只管工程，别的都很松散，要一儿半女的，这工夫也趁亮过河，春种秋收，三年五载，只要不回家，村里没有一点办法。可新年大节，有老有小的，一家人还是要奔一个团圆。正月因此成了搞计划生育的黄金时间。而这几年，镇上根据长塘村的情况，也琢磨出来一套“擒贼先擒王”的办法。去年，村长钱贵的婆娘躲在郎州出租屋二胎生了一个儿子，哪一个人放水，结果镇上来人弄了回去，不但罚了款，连输卵管也给扎了。钱贵心生怨恨，总觉得是李承志搞名堂。两个人从前在韩西河跟前争来斗去的，现在又多了一层纠葛。镇上这一次行动，说不定就会针对他李承志。他李承志虽不是村干，但是建工队队长，建工队算一个流动的村庄，几百号人都看着他呢。何况李承志上头还有他爹村支书李长根，这又是一层影响。平心而论，他李承志在儿女这个事情上并不贪。头胎有一个喜娃子，二胎有一个喜娃子，两个儿子并起来长，到后来哪怕有一个成气候，他也就满足了。

"你身上有一股气味……"

女人在怀里耸耸圆圆的肩膀，迟迟疑疑地说着。

"有哪样气味？"男人张着嘴巴哈了一口气，"酒啊！"

"像鱼腥臭……"女人说，"我闻了想吐。"

李承志听着，笑了笑道："你那个鼻子比狗鼻子还管用啊！"

"哪来的鱼腥臭啊？"女人紧问道。

"金河集团今天过年，搞了一个'鲤鱼跳龙门'。"李承志道，"大家吃了鱼，我就把鳞甲拿了回来。"

"你拿鳞甲做哪样？"女人两只眼睛盯住男人道。

"我爹要。"李承志说，"谁知道他拿鳞甲做哪样？"

"他是不是脑筋有问题哪？"女人说，"喜娃子丢跟他，我就是不放心。"

"你搞清楚，"李承志瞪一眼女人，"他老人家现在还是长塘村的支书，管几千人，还管不过来一个喜娃子！"

"他管韩西河吗？"女人也不示弱，"我看韩西河不是支书，也不是村长，管的可不比他少。"

"婆娘家眼浅皮薄……早晚一天，我也会像韩西河那样有钱……"

李承志梦呓般地说着。

女人吃惊地看一眼男人，便抓住床头拉线啪嗒地关上灯，贴上男人睡过去。

李承志两只眼睛大大睁着，那目光在黑暗中钻了两个洞，格外透着一种诱惑，叫他往里钻，钻进去，逃出去，奔一片莫名其妙的光明。

李承志迷迷糊糊睡过去，又迷迷糊糊醒过来，已经是第二天中午。城市被一层灰蒙蒙的烟雾笼罩着。太阳在云那边仿佛浸在污水中，发出一片混浊的白光。他吸吸呼呼吃了一碗面条，跟女人吱一声，便摸着衣包里一个存折本走上街头。还是韩西河打招呼，李承志前两天才从三包老板那里把工程款结算出来。大家都忙着办过年盘子，三下五除二，几百个人一分，存折本上一百多万块钱，只剩下他李承志一万多块钱。他在银行门前秋千一样荡来荡去，最后一咬牙走到柜台上，一根筷子挑四个鸡蛋取了一万块钱。一沓钱红红的像火。他用一张报纸一裹，把钱塞到提包里，这才踏实一些。从银行出来，走在大街上，他一下觉得天也高来地也远，昂首而阔步，竟格外有一种豪迈。

天擦黑那阵，他开着北京吉普，按照事先打听到的地址，来到金太阳花园小区，停在十六号楼下。他掏手机拨了一个电话。一个女人的声音在电话那头不耐烦地跟他说人还没有回来。他静静地待在车里，两只眼睛不时往十六号楼通道上瞟着。发动机完全冷了，寒气从脚底透上来，他禁不住有点哆嗦。身体冻木了，他安静下来，想到了那个种金子的故事。金子种在地里，这是人的荒唐。而事实上，金子是可以种的。只是它不像植物那样有生命，水分啊，营养啊，阳光啊，都必不可少。它甚至需要干燥，需要空虚，需要黑暗，这些生命拒绝的东西。但只要找到合适的地方种金子，金子那种物理的膨胀却比任何生命的成长都令人称奇和叫绝。不然，金河集团的成功，也就成了不可思议的事情……

李承志眼睛突然一亮，目标在十六号楼的通道上出现了。他打开车门，拖着僵硬的腿，一瘸一拐地跟了上去。两个人一前一后上一层楼，又上一层楼，又上一层楼。目标开门进到屋里的瞬间，李承志也挤了进去。

“你是……”目标用探询的目光问道。

“我是长塘村建工队队长李承志，村支书李长根是我爹。”李承志说，“我来跟黄局长拜一个年。”

“哦……长塘村！我前些年跟工作队在那里待过。”

黄局长说着，就把李承志让进屋里。

两个人在沙发上坐下来。一个女人从里屋走出来，跟李承志沏一杯水，又悄无声息地回到里屋去。

“根支书……他还好吧？”黄局长跷着二郎腿，望着李承志道。

“身体倒还行……”李承志说，“他最近在长塘放了一炮，还下河捞了一条三十多斤重的金甲大鲤鱼……”

“三十多斤重的金甲大鲤鱼……”黄局长若有所思道，“稀奇啊！”

“我爹说，长塘还有一条金甲大鲤鱼。”李承志说，“我们哪时候跟你弄来。”

“那河里的鱼，它也是野东西啊！”黄局长玩笑道，“你说起来好轻松，像养在你家缸里一样有把握。”

“我爹有办法。”李承志说，“保准能跟你弄到手。”

“你不要跟我弄来。”黄局长两只手挡着，“那么大的鲤鱼，都成精成怪啦！”

“黄局长也信这种事情哪？”李承志将信将疑道。

“民间都这么说嘛。”黄局长说，“我常在乡下跑，这些东西还知道一点。”

“现在不这样看了。”李承志说，“金河集团昨天还拿这金甲大鲤鱼做了‘鲤鱼跳龙门’……”

“我不喜欢吃鱼。”黄局长说，“我从来就不喜欢吃鱼。”

李承志看火候差不多了，便拉开提包，把一沓钱拿出来放在茶几上。

“你这是哪样意思？”黄局长变脸变色道。

“我们建工队的一点心意……今后望黄局长能够关照关照……”李承志说着，把一沓钱往黄局长跟前推过去。

“你这样不好。”黄局长望着李承志道，“你有哪样事情你尽管说，我能帮忙的，只要是原则范围，我都会尽量帮忙……”

“听说郎州到重庆的高速公路要动工……”李承志说，“我们想修……”

黄局长听着笑了起来，接上摇了摇头道：

“我告诉你，小兄弟！你们村的钱村长也找过我……你们那种工程队，算哪一级资质啊！报名都报不上，又怎样投标啊！”

“他们中标的，转来转去，最后都包跟我们做……”李承志说。

“这就好啊！”黄局长说，“说明你们有实力嘛！”

“我们只有一点工资，利润都被人家截走啦！”李承志说，“不说做一包，做二包三包都行，只要能够赚一点人工费，有一点积累，遇上要垫资的工程，我们也可以揽……”

“你不懂啊！”黄局长说，“二包三包的，我们不管啊！人家承建方拿一个项目也不容易，先报名，经过严格的资质审查，然后组织力量做标书，参加投标，方方面面的人坐在台上，硬斗硬啊！入围后，专家小组打分，搞综合评定，最后招标委员会成员又无记名投票，这才确定中标单位，整个过程都是公开的，真正过五关斩六将，我们凭哪样管人家承建方啊！”

李承志听着，嘴巴张了张，却一句话也说不出来。

黄局长接上把一沓钱跟李承志推了过来。

李承志耳根子火辣辣的，巴不能地上有一个洞钻进去。

“我能够理解你，也能够原谅你。”黄局长语重心长道，“你们一年到头，找一点钱不容易。你把钱拿回去，好好孝敬你爹你妈。不要看你爹当支书，上头一年开他的钱还不敌我一个月的工资呢！”

李承志听着，心头莫名地一热，竟落下两颗泪来。

黄局长大约也受到感染，换了一种口吻道：

“我也没有别的意思，我跟工作队在长塘那阵，还到你家吃过饭呢。回去后，跟我代问根支书好。”

李承志把一沓钱放回到提包里，艰难地站了起来。

黄局长起身送李承志。走到门口，看李承志失魂落魄的样子，黄局长拍了拍他的肩膀道：

“金河集团的老总韩西河不是你们长塘村的么！我找机会跟他说说，乡里乡亲的嘛，他对你们应该关照关照……”

李承志听着，一只脚已经跨到门外，又转过身跟黄局长鞠了一躬，这才栖栖惶惶下楼来，开上车木木地往回走着。

夜已经很深。大街上看不见一个行人。只偶尔有一辆的士，亮着猩红的顶灯，漫无目的地转着，找寻那不知在何处的乘车人。

五

李长根那支书从他爹李定根手上接班。大家那阵叫李定根“根支书”。大家这阵也叫李长根“根支书”。人是两辈人，而符号上却没有什么不同。二十多年来，他那支书虽然当起来磕磕绊绊，但还没有人对他真正形成过威胁。

这天早晨，李长根终于感觉不妙了。

还一大早，李长根跟他老伴就起来打地灶、安地锅，烧一大锅水，准备杀过年猪。三岁的喜娃子凑热闹，跟着爷爷蹲在灶孔前，拿一截柴棍往火里戳着。杀猪匠来了。他背篼一放，从刀夹里拿出一把杀猪刀来。他刀在手上一晃，几个帮忙的年轻人，抓的抓猪耳朵，揪的揪猪尾巴，把一头猪摁在杀猪凳上。杀猪匠左手把住猪嘴巴，绷紧喉头，右手执杀猪刀一戳，喉头颤动着，呼噜呼噜吞着一把刀，只剩下几寸刀把子露在外头。杀猪匠抓住刀把子一顿，缓缓抽出刀来。瞬间，一股红血喷涌而出，一下扑在血盆里。猪划着四蹄，眼睛翻白，望着一片灰蒙蒙的天空，渐渐地停止抽动。这工夫，大家松了手，缓一口气，准备把一头死猪拖到锅边烫皮去毛。谁也没有料到，那死猪居然活了过来，一下蹦到地上，歪歪倒倒往前冲。先前在灶口上的喜娃子，哪时候摸到了地锅边。一大锅水霍霍地扑腾着，冲起来团团白蘼蘼的雾气。那猪迷头迷脑，却不偏不倚往喜娃子冲过去。大家看着，却都傻了。就在那猪撞上喜娃子的瞬间，李长根醒了过来，只见他一伸手，抓住那猪一只蹄子一推，那猪便贴着喜娃子，一下滚到了开水锅里。但满出来的开水，还是泼到了喜娃子一只脚上，烫得他直叫唤……

杀猪匠一脸死白，腿一软，一下就跪了下去。

“天啊！”杀猪匠像猪挨刀一样叫着，“讨债来啦！”

大家脸青面黑地听着，看着杀猪匠摘下皮围，在盆里洗过手，行头也不要，便一身轻松地走了。

“干满啦！”杀猪匠一路走一路叫着，“不干啦！”

喜娃子一只脚又红又肿。李长根找了好几家，找到一个懒婆娘家，才找到还没有倒掉的夜壶。喜娃子一只脚浸在一壶冷尿里，这才没有叫唤。

李长根叫人把猪从地锅里拽出来。猪在滚到锅里的时候实际上已经死了。大家用杀猪匠留下来的行头把一头猪收拾得干干净净。吃刨锅肉喝刨锅汤的时候，李长根含着一口雄黄酒，喷遍房前屋后。喷到大门口，镇上孟书记走了进来。

“你做哪样法事？”孟书记说，“我已经听说了，一头猪杀不死算哪样！动物么，不死就要动。你不要疑神疑鬼，自己画猫猫吓自己。”

“除一除晦气……”李长根难堪地说，“这种事情……咋叫我摊上了呢！”

“谁叫你是支书呢？”孟书记玩笑道，“支书带头嘛！”

“这种倒霉事情……”李长根说，“没有哪个人想带头。”

两个人说着话，这就坐上桌子。刨锅肉香，刨锅汤鲜。孟书记两杯酒下肚，抹一抹嘴巴道：

“我们这些人啊！官不官，民不民，有些倒霉事情，还真要我们带头。”

李长根听着，一杯酒端起来，稳稳地抿一口，笑吟吟道：

“腊月尾，正月头，孟书记到我长塘来，一定有哪样事情。”

“你儿子儿媳妇回来了吗？”孟书记说，“我前天在金河集团还跟他喝过一杯酒，都腊月二十八了，工程上也放了，还不回来跟老人家团圆！”

“郎州到长塘也就五六十里路，”李长根说，“年三十慢吞吞往回赶，也赶得上年夜饭。”

“儿媳妇回来，你带她去指导站搞一回妇检。”孟书记漫不经心道，“免得人家说空话。”

“孟书记！你开我的玩笑。”李长根说，“哪有老人公带儿媳妇去搞妇检的！你水平高，你是不是带儿媳妇搞过妇检哪？”

“我们不要开玩笑啦！”孟书记闪闪烁烁道，“我们这一回在金河集团开了一个会，你年纪也差不多了，也应该考虑一下接班人了，李承志各方面条件都不错，不要因为生娃儿的事情影响到进步……”

“我们已经有两辈人当支书。”李长根沉郁地说，“很满足啦！”

“也是组织上信任嘛！”孟书记说。

“管哪样用呢？”李长根道，“能扛能背的人都进城了，家里剩一些老弱病残，我这个支书也只有招呼老弱病残……”

“外出打工那一块，”孟书记说，“你还要管呢！”

“不是还有村长钱贵么！”李长根说，“我一没有工程队，二也跑不动了，不像钱村长，人不但年轻，还有自己的工程队。”

“你不是还有李承志嘛！”

“现在的年轻人都有自己的想法，我作不了他们的主。”

李长根说着，就转过脸来，背着孟书记，跟一边抱着喜娃子的老伴递了一个眼神。老伴愣一愣神，便一声不吭地抱着喜娃子溜了出去。

两个人吃着，喝着，也说着。一个妇人突然从门外走进来，一下跪在根支书跟前，眼泪汪汪道：

“根支书！我姑娘在家头庚书都跟人家开过了，开年就要出阁的人，男方三天两头来人问她的下落，我咋跟人家说啊！又大过年的，我一家人也要团圆啊！”

“我叫你找村长。”李长根躁烦地说，“她帮钱贵那个工程队煮饭嘛！”

“钱村长说她早就离开他那里。”妇人哭哭啼啼说着，“一个大活人，不可能一点信都没有……”

“你们是不是跟她包办婚姻？”孟书记迷头迷脑插进来，“她躲到哪里去藏起来哪？”

李长根脸上掠过一丝不易觉察的笑，跟妇人道：“这是镇上孟书记，你有哪样情况，就跟他反映。”

妇人听着，又扑通地跟孟书记磕一个头，抹一把眼泪道：“孟书记！你可要跟我做主。”

“这种事情，你叫我跟你作哪样主？”孟书记道，“你姑娘真正失踪了，你就只有报案。”

“我这就跟孟书记报案……”妇人说。

“我不管案子。”孟书记说，“你要跟公安派出所报案。”

这时候，李长根一只脚藏在桌子下面踢了踢孟书记。

孟书记看一眼李长根，敏悟地收住话头，闭上嘴巴。

“你的情况，孟书记已经知道了。”李长根接上跟妇人说，“你回去吧，我们这里还要谈公事呢！”

妇人听话地站起来，拍拍膝盖上的灰尘，走出门去。

这里，孟书记盯住李长根道：“你神神秘秘的，跟我玩哪样花样？”

“你要我说真话？还是说假话？”李长根认真地说。

“当然是真话……”孟书记说着，心头莫名地有一种虚。

“那姑娘去了哪里？”李长根多少有一点疑惑地说，“你真是一点不知道？”

“人家姑娘的事情！”孟书记说，“我为哪样一定要知道？”

“这桩事情，我也很棘手。”李长根说，“我实话告诉你吧！她被韩西河包了。”

“‘包二奶’！”孟书记吃惊地叫了起来。

“恐怕不是‘二奶’，”李长根不慌不忙道，“‘三奶’‘四奶’都有可能啊！”

“这怎么可能呢！”孟书记仿佛不相信自己的耳朵。

“我知道你们跟韩西河的关系。”李长根说，“我也不好说啊！”

“我可是一个讲原则的人。”孟书记说。

“你可以问钱贵，他可能更清楚一点。”李长根说，“听说姑娘肚皮大了，韩老板送她一大套房子，就藏在郎州市里……”

“你说话可要负责任哟！”孟书记说。

“我可没有说哪样话。”李长根道，“我跟你介绍情况，还好心没有好报啊！你不了解情况，叫人家上公安派出所报案，你作为镇上的书记，金河集团今年给你们买车，明年给你们送电脑，你未必还下得了手！”

“这个韩西河！”孟书记说，“他都是五十多岁的人了。”

“有钱不怕胡子深嘛！”李长根说，“无钱不怕小伙青嘛！”

“说归说，”孟书记换一种口吻道，“这种事情，只要两相情愿，还真找不出哪一条来对付，上上下下拿到都没有办法，更何况韩西河这样的老板，上风上水，大家只有睁一只眼闭一只眼啦！”

李长根点了点头，便夹一块肥肉往孟书记碗里送着。

孟书记吃着菜，喝着酒，却再也没有一句话。

下桌子，孟书记还是闷声闷气的。孟书记要走。李长根也不留客。两个人一起走到大门口，李长根这才对孟书记道：

“刚才的事情，你就当没有发生过……”

孟书记叹一口气，无可奈何地摇一摇头：

“你是不是要我说：我就当今天没有来过。”

李长根笑吟吟道：“孟书记不愧为我们镇一把手……”

“我也想少管一点事情。”孟书记说，“但那个女人找她姑娘的事情，你要跟我摆平，韩西河好啊歹啊，也算我长塘的骄傲，更何况上头对韩西河也很信任，撇开他金河集团董事长的身份，从政治上说，他还是我们郎州市政协常委，也算一个领导嘛！”

“请组织上放心。”李长根说，“只要我李长根在长塘村当一天支书，我就会按照上级意图，把工作做好……”

看着孟书记走远，李长根一张脸渐渐阴了下来。

“欺负到我头上。”他在心里道，“没门儿！”

李长根送孟书记回来，老伴也抱着喜娃子回到家来。

“事情已经摆平啦！”

李长根跟老伴说着，就把喜娃子接过来，搂在怀中，慢慢往河边走去。

冬天的长塘瘦了许多。河水清亮而又沉静。太阳照在河面上，冷冷地跳着一层光。李长根顺着干枯的河岸走到长塘下游，站在那里看了看，又回到长塘上游，找一个地方坐了下来。多少年啊，他几乎养成了一种习惯，哪怕有一点闲空，都要在长塘边上走一走。喜娃子脚被烫了，跑不起来，坐在地上玩着枯黄的草棵。他掏一根烟卷点着，深深地吸一口，青青的烟缕在喉咙那儿转一个弯，又被他吐出来，在冬天的阳光下软绵绵地向上爬着。

旁边不远的一块高地上，孤零零地矗着一个坟头。那是李长根他爹李定根的坟头。“找一个看得住他的地势。”这是老根支书落气那阵跟儿子说的最后一句话。他明白这个“他”指的是韩六爷。韩六爷被打在河滩，也被埋在河滩。坟头地势低，又傍长塘。三年五载，洪水泛滥，坟头就被淹在水里。李长根跟老人家找的地势隔着一条河，正对着韩六爷的坟头，居高临下，视野开阔，把对岸河滩上韩六爷的坟头看得死死的。如果两个人真要在阴曹地府较量起来，老根支书凭气势就会先赢一头。李长根明白老人家这种凄惶。那韩六爷的坟头哪怕被水淹了又淹，不但没有少一块土坷垃，反而越来越结实，越来越庞大。韩六爷是哪样变的呢？老根支书那阵就琢磨，韩六爷被打脑壳后又会变成哪样呢？这坟头在水里不见消，只见长，没有精，也有怪啊。李长根清楚老人家心里的累和苦。老根支书那阵年轻气盛，不想欠人家的账。一把篆在水里沉了三天三夜，居然逮了一条金甲大鲤鱼。他想也没有想就把这条鱼拿去抵韩六爷的两挑租谷。韩六爷想也没有想，也就把这条鱼收了下来。老根支书后来想，这或许就是一个人的死相。金甲大鲤鱼成精成怪，韩六爷倒霉啦。但真正把韩六爷送上杀场的，还是那两条枪。"把他看紧一点。"这是区长那阵给老根支书的任务。他明白这个"他"指的是韩六爷。他熬更守夜，终于从韩家大院把那两条要命的枪挖了出来。但韩六爷被打在河滩上那阵，他却感到一种从未有过的沉重。也许从那时候起，他就意识到那种你死我活的冤仇其实并不是一个结果，而是一个过程，一个又累又苦的过程。

这个过程延续到李长根跟韩西河，情况一下变得复杂起来。镇上拦河筑坝，村里移山造田，老根支书总忘不了派韩西河的工。所有被派工的人成分一般都有问题。他们既没有工钱，也没有工分，甚至一天两顿饭，也要自己从家里带去，这叫改造。韩西河很眼窍，改造到后来，居然把泥水匠那一套活路学到了家。有了手艺，东家砌砌灶，西家抹抹墙，韩西河都有求必应。跟人家户做活路不比派工，是要管饭的。韩西河不仅吃饱了肚皮，还混了人缘。等到韩六奶那顶地主婆的帽子一摘，韩西河就一身轻松，提着砖刀灰刀走出长塘去。搞包产到户，大家在地里打桩拉绳，忙得不亦乐乎，韩西河也没有回来。两年看不见韩西河，老根支书眼睛又红又肿。每一回从韩西河那地头走过，看见韩六奶一对粽子脚顽强地走来走去，在那里播种、锄草，老根支书就有一种凄惶。那个夏天，老根支书终于撑不住了，他把班交给了儿子李长根。又过了一个夏天，韩西河回来了。但韩西河并不是回来种地的，他对土地没有一点兴趣。他要搞一个施工队，自己当包工头。韩西河一家挨一家把人都组织起来了，这才找村里要名字。李长根跟钱贵没有经历过这种事情，只想到韩西河一个人不务正业不要紧，这么多人不务正业，土地撂荒了，人不人，庄稼不庄稼，这个支书这个村长还有哪样干头！但上上下下都在搞劳动力转移，他们想拦也拦不住。想一想韩西河的建筑队好歹还挂了一个长塘村，万一有哪样差错，也还可以管一管，他们便把名字给了韩西河。他们做梦都不会想到，一个烂疙疤，却像魔术一样发了一个大桠杷，韩西河居然借助长塘村建工队这块跳板，一下做到了郎州市，红了半边天。当年，长塘村大多数的人家都是他爹的佃户。而今，大到长塘镇，那么多人又跟他打工。此一时，彼一时，情形并没有大的改观。李长根不仅感到一种困惑，甚至还有一种绝望。

但那条金甲大鲤鱼却燃起了李长根的希望。炸弹丢到水里之前，他没有看见鱼群的影子。长塘很深，深不见底。冬天的鱼沉在水底，他想看也看不见。他喜欢碰运气。炸鱼其实还要碰运气。有时候，明明看见一群鱼，炸弹扔到水里重了一点，哪怕两指长的导火绳，鱼儿受了惊，一下就逃散了，结果什么也炸不着，只炸得一河浑水。而有时候，河水清清亮亮，看不见一条鱼，但附近一块巨大的石头，石头底下被水淘空了，藏了不少鱼，有经验的人在这种地方扔炸弹，鱼比人同，在屋里待烦了，跑出来看稀奇，结果被炸翻在水面上，难看死了。李长根那阵望着绿幽幽的水，导火绳留三指长，一炮一扔。炸弹闷在水里，瓮声瓮气一震，一股浑水直往上冲。黄黄的水花翻了半天，却一条鱼也没有漂上来。他正要离开，却看见靠近对岸的河面上，浮上来一块白。他心一紧，很快意识到那是一条大鱼。衣裳裤子往下一剐，他想也没有想，就跳进冰冷的河水。别看他五十多岁的人，身手还像年轻人一样矫健，只三几下，便游到那鱼跟前。他两手一合，殊不知那鱼还没有死，尾巴一弹，又滑出去，一下沉到了水底。他身体一收，跟着一头扎进水里。岸边的水很浅，那鱼躺在水底，巨大的腮壳痛苦地翕合着。他几个指头插进腮帮，借助水的浮力，一下把那鱼托上岸来。这工夫，他看清楚这是一条金甲大鲤鱼，一下就愣在那里了。他冻得嘴唇青紫，上下牙咯咯咯地磕着，一边却感到一种从来没有过的兴奋……

“这是天意吗？”他穿上衣裳裤子，望着那垂死的鱼，这么问自己，“老韩家是不是又有灾星哪？”

隐隐约约中，他仿佛穿越时空隧道，站在五十多年前的长塘河边。他像他爹老根支书那样，收拾起金甲大鲤鱼，往郎州城找韩西河去。

他没有想到韩西河拿这条金甲大鲤鱼搞了一个“鲤鱼跳龙门”，杂七杂八请了那么多人去吃鱼。他心虚，不敢去。韩西河到底是糊涂，不知道大鲤鱼成精成怪？还是知道了，有意识要化解，给他一个难堪？他琢磨不透。但这条金甲大鲤鱼的出现，尤其这时候出现，他总觉得冥冥中有一种安排。河这岸是老根支书的坟头。河那岸是韩六爷的坟头。两个冤家是不是斗起来哪？是老根支书占了上风，还是韩六爷占了上风？这条金甲大鲤鱼给了他们一个重新较量的机会。而他李长根只是一件导具，一个背景，一种说明，他要给整个故事一个存在的理由。老实说，他不是角色。那种被安排在一个故事里载沉载浮的角色，他也担当不起。如果还有人说他是角色，那不过是一种历史的误会。

河上起了风。长塘掀着一层一层波澜，发出一种如泣如诉的喧响。李长根抱着喜娃子往回走。老伴那阵正满心欢喜地打开儿子从郎州带回来的包裹。李承志没有回来，包裹是托人带回来的。包裹打开了，眼前是一包金光闪烁的鱼的鳞甲。老伴一头雾水地愣在那里。李长根脸上却写满了一种激情，激情中还透着一种梦幻般的色彩。

六

没有做哪样法事，这个年其实也过得清静。只是韩六奶总梦见韩六爷，睡不香。年一过，一鸡二犬三猪四羊五牛六马七人八谷九豆十棉花，一直到正月十五上灯上亮，韩六奶接上就追着儿子找端公来家里做法事。妖啊怪啊，韩西河并没有往心里去。一条三十来斤的鱼，又能掀多大的浪呢。但这是老人家一块心病，韩西河只好打电话跟长塘镇孟书记。孟书记坐着桑塔纳转了半天，才从一个偏僻的山村找了一个端公来。

城里人家做法事很简单。客厅设坛，没有神龛，只好象征地把神位安在朝门一堵墙上。找不到八仙桌，也只好把行头摆在一张圆桌或者茶几上。端公手舞宝剑，口中念念有词，眼睛时闭时睁，又烧钱纸又打卦，场合上顿然有了一种神秘气氛。那念词似咒非咒，含糊不清。那两瓣卦打在地上，阴啊阳啊，仿佛并不要紧。又烧几张纸钱，念词忽地走高，开始出现花腔。接上那卦片在手中一合，又哗啦打在地上。无论阴卦，还是阳卦，好像多一点响动，不至于太寂寞。

那阵，韩西河没有想到会有一个小插曲。端公远天远地赶来，喝城里的水，吃城里的饭，不适应，肚子闹腾起来。他一会焦眉愁脸，一会龇牙咧嘴，那唱念咿呀哇啦也没有头绪，没有铿锵。整个身子不自然地扭了扭，他就屏声敛息地愣在那儿。大家正觉得诧异，琢磨又有哪样新花样，却突然那道法高超的老先生一声长叹，又开始唱念起来——

端公是神又是人，
人不人来神不神，
法事开坛不敢停，
要停必定有原因。

那声腔还在空中逗留着，他就一卦打出去，不管阴，也不管阳，转过身来——

待吾神转回仙山，
屙一泡神屎哟！

这么迫不及待地一声唱念，便一头钻到卫生间里。韩西河一愣，便很快明悟过来，忍不住发出一阵笑声。韩六奶耳朵差一点，还认为端公到卫生间跟她驱妖逐魔去。看韩西河笑，她老人家还瞪眼睛……

韩西河没有等到端公做完法事，就跟老人家打一个招呼，溜了出来。一直停在门前的车仿佛有一种灵性，看见主人来，一扇门就无声地开了。韩西河一屁股坐上去，头也不抬，便道："金银新村。"

汽车发动起来，却没有动。他看一眼司机，在城市模糊的夜光中，司机整个面影上了水泥一样有一种凝固。他一愣，便明悟过来，"人都走了，我还去那里做哪样？"自嘲地笑一笑，他这才接上道，"上天安花园去吧！"

汽车开了出去。两束雪亮的灯光在前面照着。四个轱辘紧紧忙忙穿街走巷。不一会，韩西河来到了城市的另一头。汽车在路边停住。韩西河推开车门，一股凛冽的夜寒扑面而来。他跺跺有些僵冷的脚，往一片楼群走去，很快消失在楼群阴郁的暗影里。汽车在一方斑马带上一动不动，也一声不吭，在冷冷的路灯光照射下，有如一头被冻僵的怪兽。

不到一个时辰，韩西河走了出来。汽车灵性地打开车门。他一屁股坐上去，头也不抬，冷冷地说道："回。"

汽车低低地轰鸣着，驶上外环路，往金河集团大院开过去。韩西河掏一颗烟卷叼在嘴上，红红地点着，又扔给司机一颗烟卷，他这才深深地吸一口，缓缓地往外吐着烟气。黑暗中多了几分缠绕。显然，韩西河对司机的这种默契感到很满意。事实上，自从金河集团的大楼修起来后，他就很少回过家。没有金河集团，他简直不知道"家"会是什么样子。除了孤儿寡母的光景，他实在想象不出来"家"还会是别的什么样子。金河集团给了他"家"的感觉。一个家有没有温馨、和睦，对韩西河来说，这并不大要紧，要紧的是尊严。金河集团给了他这种感觉，这种至尊至上的感觉。换一句话说，只要有金河集团，他并不在乎有没有"家"。司机对他这种感觉能够理解，并且达成一种默契，这使他感到很满意。

"开春后，你把王家姑娘跟我送到北京。"韩西河说，"买一套房子，把她和娃儿安顿下来。"

"嗯。"司机在鼻子里应着。

"跟上海跟广州的一样，也跟她在银行办一张卡，存一笔钱。"韩西河说，"还找一个保姆，最好说普通话，年轻一点的，有一点文化的，既可以陪一陪大人，又可以教一教娃儿。"

"嗯。"司机应着，稍一愣，又补一句，"都送走了，你身边连闹眼睛的都不留一个……"

"我已经习惯了，无所谓的，四海为家嘛。"韩西河若有所思道，"儿娃子，留在身边不会有哪样出息。"顿了一下，又接上说，"我想我也算对得起他们……我当年吃的那种苦头，他们尝都不用尝……自己的天下，还要靠自己打拼，北京上海广州这些城市都是政治经济文化中心，就看他们各人的造化啦。"

“你太强大了。”司机暗暗地说，“这些娃儿今后要超过你太难。”

“但愿老子偷牛儿偷马，”韩西河带着几分得意道，“都比我强啊！”

金河集团的电动栅栏仿佛嗅着主人的气息，汽车还没有抵拢，就徐徐地撕开一道口子等在那里。四只轱辘又野又疯的，跟着两道雪亮的光柱，直戳戳辗进了大院。韩西河从车上下来，站在古树脚下，深深地吸一口气，这才走上楼去。

冬天的太阳裹着厚厚的云，刚刚露一块白，韩西河就从床上翻了起来。夜雾已经消散，大院里空旷而又安静。他沿着围墙跑了几圈，出一点毛汗，便站在古树脚下，又做一遍广播体操。出了一通汗水，他才回到房间，冲了冲澡，接上清清爽爽来到餐厅。他刚喝完加钙牛奶，一碗榨菜肉丝面又端了上来。他一边吃着面条，一边捋着袖子看了看表，很从容，也很镇定。直到吃完早餐，回到房间，他才拿起手机来，亢奋而又仔细地输入一串信息，接上输入第一个电话号码，把信息发了出去。手机彩屏显示“成功发射”，他调整一下信息，又输入第二个电话号码，把调整的信息发了出去。他这样边修改边发射，一共发了十来条信息，这才停下来。他反扣着手枕着后脑勺，眼睛望着天花板，斜靠在床头，仿佛经历长久的较量，正疲惫而焦灼地等待着最后的裁决。

韩西河没有想到会这么难熬。往常竞标，成败得失，他虽然做起来很认真，却从来没有像现在这样紧张过。而这一次竞标，他在半年前就着手，先后组织了省市十多家有资质的企业，甚至还有两家是获了“鲁班奖”的。按韩西河调侃的说法，这叫“大会战”。而实质上却是“围标”。能够“围标”，一要有高额的报名费，二要有广泛可靠的关系，这其实也是一种能力。显然，围标的成功率是相当大的，可以说十拿九稳。但标王韩西河到关口上了，却还是不放心。这也难怪，一个项目二十来个标段，其中有一半桥梁和隧道，金洞银桥啊，韩西河只要得到五分之一的标段，有一两个洞和一两座桥，就有两个多亿的工程量，产生的利润差不多是一个金河集团现有的资产啊。

时间在一分一秒过去。韩西河半卧在床头一动不动，耳朵却警醒地竖着，搜寻着哪怕一丝空气的颤动。两只床头柜，一边放着两只手机，一边摆着一只座机，都悄无声息地躺在耳朵边上。门前的走道，窗外的天空，听不见脚步响，也听不见鸟叫，整个世界一片死寂。早晨八点钟上班，中午十二点钟下班，四个小时光景，韩西河仿佛经历一个世纪那样漫长而又遥远。他从困惑开始，渐渐地感到一种绝望。是不是出了什么意外？他琢磨着，整个人都差不多要崩溃了。而这工夫，手机跟座机接接连连响了起来——

"中啦！"

他一个打挺从床头坐了起来，反反复复地听着这个又熟悉又陌生的字眼，就跑出房间，冲到厨房，跟几个工人大声叫道：

"鲤鱼跳龙门啦！鲤鱼跳龙门啦！好生弄几条鲤鱼来，做一道大菜，安排在四季发财厅，大家高兴高兴。"

七

长塘还有一条金甲大鲤鱼，一条公的金甲大鲤鱼。

那年，李长根他爹在长塘逮了那条金甲大鲤鱼后，没有几天，钱贵他爷爷背谷子上碾坊，又在河坝上捡了一条金甲大鲤鱼。鱼已经死了，只是天寒地冻的，还没有臭。那鱼往背篼里一装，大半个身子露在外头，一个红红的尾巴，仿佛一把带血的金叉，愤怒地刺向天空。钱贵他爷爷背着鱼回来，一进村口，上一点年纪的人都叹息，骂李定根造孽，把一对鱼鸳鸯给拆散了，逮了公鱼，气得母鱼蹦到河坝上寻了死。李定根听着，心头虚飘飘的，没有吭声气。他后来做了支书，跟很多有见识的人打交道，把这事情说跟人家听，人家也不信，只说两条鱼成双成对地长，才能长成金甲大鲤鱼，一条孤鱼是长不成金甲大鲤鱼的。而鱼，不管哪样鱼，会从水里跳到岸上殉情而死，大家都没有听说过。

李长根对这桩发生在老一辈人身上的事情一直半信半疑。几十年过去，长塘再也没有出现过金甲大鲤鱼。这桩得不到进一步证实的事情最终只是一种猜测。到后来，当事人死了，烟缕一样散了，这桩事情终于像一个传说，虚幻而又缥缈起来。但一炮炸翻那条金甲大鲤鱼后，李长根觉得这一切又成了一种可能。它像黑洞一样紧紧地吸引着他，并把他一步一步拖了进去。

李长根那天早晨从儿子出租屋出来，走在街上，还头昏脑涨地想着那条鱼。忽地一段花斑斑的带子一晃，一只蛇头吐着信子戳到了跟前，他脸青面黑的，一只手本能地一挡，这才看清楚是一条玩具蛇。

“过年啦，买一条回去诓孙子。”一个女人在边上招揽着生意。

他拿过那东西来，却是一些细小的竹节串的，竹节打眼穿钉，上下相连，执一端，一串竹节就簌簌地扭动，再装上头，抹一抹，画一画，便活灵活现一条蛇。李长根掏着钱，正想跟喜娃子买一条玩具蛇，却眼前突然一亮，看见旁边地摊上摆着一条玩具鱼，又改了主意。玩具鱼是塑胶材料做的，肚皮上有一个眼，灌进氢气去，飘在空中，摇摇摆摆，还真像那条刚刚送出去的鱼。付过钱，卖家把一根系着鱼的线头一递，他绾在手上，像一个老小孩，看着那鱼在头上晃悠，莫名地有一种兴奋。他转过身去，准备到客车站赶班车回长塘。这工夫，有人在旁边颤悠悠地叫一声根支书。他心里咯噔一下，却没有回头。人山人海的郎州，谁认识他这个长塘村的支书呢？犹疑间，旁边有人又老秋秋地叫一声根支书。他听得真真切切，回过头去，这才看见一位老人站在跟前。老人一头银发，虽瘦小，却很精神，正冲着他笑着。李长根一愣，就热乎乎地叫一声老区长。两个人两只手一下抓在一起使劲地晃着。

“我还以为耳朵炸呢！我这些年进城，人家不叫‘背篼’，就叫‘棒棒’。”李长根嘟嘟哝哝着，心头一种酸，眼眶里一片湿，“叫‘同志哥’也行啊！没有人叫，就叫‘背篼’‘棒棒’，今天你老人家抬举我，还叫一声‘根支书’。”

“我在长塘当区长那阵你还是毛毛娃儿。”老区长说，“你爹是我一手培养起来的，你接你爹的班当支书后，我也带过工作组到长塘村蹲点，帮你把‘社教’搞得红红火火的。”

“我爹健在的时候经常念你。”李长根说。

“他走在我前面哪？”老区长说着，嗓子眼一下有些暗哑，“你们两爷子，一个老根支书是我们的土改根子，一个小根支书也是我们运动的骨干。”

李长根鼻子一酸，两串老泪把不住就流了出来。

“他走啦！我也该去见马克思啦！”老区长指指浮在空中的玩具鱼，沉郁地说，“我看你买这种玩意儿，就知道你也抱孙子啦！我也该去见马克思啦！”

“我看你老人家还硬朗，”李长根说，“百岁不老。”

“我都休息好多年了。”老区长说，“没有事情做，活着有哪样意思！”

李长根听着，心头怪怪的有一种感觉，好像老区长是在诅咒他李长根。他支支吾吾的，便跟老区长分手，带着飘来飘去的鱼，往客车站赶班车去。

李长根没有想到跟喜娃子过年买的玩具鱼，到头来自己却迷了进去。他那阵上车回家，一路上磕磕碰碰，等到下车，一条气鼓气胀的塑料鱼瘪了。走气的塑料鱼飘不起来，他又舍不得放气，觉得那也是钱，便把一条蔫巴屁臭的玩具鱼斜抱在胯上。老伴站在大门口，隔着几竿子远看见他那样子，就迷头迷脑咋呼道：

“又把鱼抱回来哪？韩西河是不是嫌腥臭不领这个情……”

李长根听着，心头就开始嘀咕。走到老伴跟前，他又正脸正色道：

“你真以为这是那条金甲大鲤鱼？”

“像死啦！”老伴一惊一乍地说。

李长根点着头，两只眼睛露着少有的光亮。进到屋里，他把塑料鱼小心翼翼地往八仙桌上一放，那鱼肚皮一压一收，一条鱼又活灵活现地鼓了起来。他接上转过身来，看一眼老伴，神秘地笑一笑，又转过身去，看一眼那浮在八仙桌上的鱼，这才喃喃道：

“是鱼的眼睛亮，还是人的眼睛亮？”

老伴张眉愣眼听着，摇着头躲到一边去。

这时候，喜娃子从外头回来，一眼看见八仙桌上的塑料鱼，就跟爷爷吵着要玩。殊不知，李长根眼睛一鼓，冲着喜娃子恶声恶气道：

“这不能玩！”

喜娃子一撇嘴，跑到一边找奶奶去。老伴抱着孙子走过来，伸手就要抓八仙桌上的塑料鱼，却被李长根一只手一横给挡了回来。

“你这不是跟喜娃子买回来过年玩的吗？”老伴气咻咻地说。

“我有用场。”李长根说，“玩破了，就派不上用场啦！”

“你这不是娃儿的玩具吗？”老伴说，“还要派哪样用场？”

"你哪样见识啊！"李长根说,"娃儿玩具大人就不能玩一玩！"

"你看你这个当爷爷的,都快六十岁的人了,还跟孙子争玩具！"老伴说,"真是老来还小啦！"

"长塘还有一条金甲大鲤鱼。"李长根说,"我要用这玩意儿把它引出来。"

老伴听着,这才多少摸到了一点边儿。

大年初一不出门。大年初二走亲串户,老伴提着糖包包,拧着酒瓶瓶,带着喜娃子出门拜年。李长根在家里待不住,就到长塘河边上坟。他来到他爹坟前,点亮三支烛,燃上三炷香,烧过纸钱,噼里啪啦放一团火炮。他接上跪在坟前,叫一声拜年了,一连跟他爹磕了三个响头。

往回走那工夫,他绕到河对岸,来到韩六爷坟前。韩西河进城后,一年半载,逢着节气,才回长塘来看一看他爹的坟头。刚过年,韩西河显然还没有来过,四下里也还干干净净的,只是冬凌的缘故,坟头上的草已经干枯。刚刚上坟还剩一些香和烛。他蹲在地上,划一根火柴,点亮一支烛。烛光晃晃悠悠,噗的被一股风吹灭了。他换一下位置,用身子挡着从河上吹来的风,又划一根火柴,点亮一支烛。可烛火还没有抬头,又噗的被一股风吹灭了。他心一紧,头皮就有些发麻。

"你被镇压那阵我还是毛毛娃儿,我爹现在也已经死了,你儿孙辈发展得好,都搬进了郎州城了,这大过年的,我看你孤孤单单,来跟你拜一个年,你不领情,还要结子孙仇是不是？"

他这么嘀咕着,又划一根火柴,点亮一支烛。也怪,烛火摇了摇,居然伸直了腰。他接上把香分成三炷,就着烛火点燃,一一插在坟前。烛光闪闪,香火悠悠,他长吁一口气,顿然感觉一种从未有过的轻松。只是站起身来,一眼看见河对岸高地上他爹的坟头,他才有一种莫名的怯惧。

"爹！你不要跟我计较,我这个支书当得太累啦！"

他在心里这么说着,就有些仓皇地离开韩六爷那坟头。

顺着河岸,李长根从上游转到下游,又从下游回到上游。可长塘还是那样又深沉又寂静,连一条小白鱼的的影子也看不见。

从长塘回来,他就把那条金甲大鲤鱼的鳞甲找了出来,从小到大,从尾到头，一片扣一片，仔细而又一刻不停地往那玩具鱼上面粘。

老伴跟喜娃子走亲串户回来，看那一桌子金甲银鳞，直叫腥臭，骂骂咧咧地躲到一边去。可喜娃子却一下凑上去，明睛鼓眼地望着那些闪光的鳞甲，跟爷爷一片又一片往外选，格外觉得一种乐趣。

一直到元宵节，李长根才把那些鳞甲全部粘到玩具鱼上。吃过元宵，他又鼓着腮帮子跟玩具鱼灌一点气。堵住气眼，一条肥硕的金甲大鲤鱼就活灵活现地浮在八仙桌上。喜娃子守在边上，仿佛那真是一条鱼，馋得舌头直舔嘴皮。李长根点一颗烟卷吧嗒着，静静地看着自己的杰作。

八

往年，韩西河早不早就从郎州回到长塘来上坟。开初，他轻车简从，来去阴阴悄悄。韩六爷毕竟被人民政府打脑壳，也没有哪样光彩。韩西河从郎州来，插几炷香，烧几沓纸钱，也不进村，就又回郎州去。常常人都走了，人们看见韩六爷坟前的香灰，才知道他已经来过。可后来，韩西河做到了金河集团，真正财大气粗，回来的动静也就大了起来。他通常开三四辆车，带十几个人，来到河滩上，香烛纸钱一大筐，烧得烟雾腾腾，火炮放上一两个钟头，吓得长塘的鱼潜在深水里一动不动。上完坟，一拨人要在村里吃饭。李承志的建工队，或者村长钱贵的工程队，杀一头羊，吃得热乎乎的，韩西河才带着人马往回走。有时候，因为韩西河吃一家不吃一家的，亲啊，疏啊，李承志跟钱贵两个人还要怄气，牵涉两支队伍，全村人都不高兴。

可今年，元宵节都过了，韩西河却还没有回来上坟。李长根冥冥中多了几分忐忑。正月尾上，韩西河总算回来了。十几辆车，几十号人，还有镇上书记镇长的陪同，浩浩荡荡开进村来。一时间，仿佛哪里突然来了一拨洪水，整个长塘村都被淹了，而全村的人也被卷了进去。村长钱贵出门几天，这工夫也跟着韩西河跑了回来。而过年都没有回家的李承志，这工夫也跟着韩西河回到了长塘。两个人跑前跑后忙着，像韩西河的两个保镖，这叫李长根瞅着心里不是滋味。他一扭头回到家里，看着那披挂一身鳞甲的玩具鱼生一阵闷气，便叫老伴去把儿子叫回来。殊不知老伴刚转身，李承志一蹦就蹦进大门来，冲着李长根叫道：

"爹！韩总回来了，你不过去打一个照面！"

"行客拜坐客。"李长根瞥一眼儿子，拿腔拿调道，"我不能乱了规矩。他要见我他可以来嘛！"

李承志听着，喉咙那里卡了一根刺，一下就哑了。

这工夫，听见门前朗声朗气叫一声根支书，韩西河跟着声音就一脚迈进屋来。

李长根一愣神，忙栖栖惶惶地迎上去。

"哎呀呀！韩老板啊！你脚步千贵啊！我还正要出门去看你呀！"他两只手握住韩西河的手直摇晃道。

两个人隔着桌子坐下来。跟韩西河来的人把几瓶酒往桌子上一放，李长根瞅着一张脸就有些僵。

"大过年的，不好空起两巴掌来看你。"韩西河说，"只好遮一遮手。"

"这怎么好意思！"李长根说，"叫你韩老板破费了。"

"跟你那条金甲大鲤鱼比起来，"韩西河说，"不成敬意啊！"

"一条鱼……"李长根不自然地笑道，"也就一条鱼，应该的，你对长塘建工队关照……我们有条件，还应该好好感谢你。"

"韩总这回给了我们一个'二包'。"李承志在旁边插了进来，"这回到重庆的高速公路招标，韩总又弄了好多个标段。"

"我一个金河集团就是三头六臂也做不过来呀！总要包跟人家做嘛！"韩西河说，"包跟人家也是包，包跟你们也是包，我好歹也是从长塘村出去的，这点家乡观念还有。"

"我这里跟韩老板贺喜啦！"李长根双手合十跟韩西河作一个揖，很有几分感动，"我也代表长塘村感谢韩老板啦！"

韩西河挥一挥手道："认真说起来，要说感谢，你那条金甲大鲤鱼年前跟我来一个'鲤鱼跳龙门'，今年一开年，金河集团大吉大利，就一个'开门红'，金甲大鲤鱼跟我带来了财运，我还要感谢你呢！"

李长根听着，诚惶诚恐道："你要喜欢，我还跟你弄一条……"

"你可要说话算话。"韩西河拍一巴掌桌子，大大咧咧道，"你要再跟我弄一条金甲大鲤鱼，我再来一个'鲤鱼跳龙门'，我说话算话，再跟长塘建工队操作一个‘二包’。”

说着，大家都高兴地笑了起来。

“我这一次回来晚了，不是我不孝。”韩西河接上口吻一转，“一来是被投标的事情拖住了，二来是我母亲要迁我爹的坟，我不同意，我觉得我爹哪怕遭凶死，他那个地方还不错，我母亲跟我闹，这就把时间给耽搁了。”

李长根听着，脑子里轰的就一片空白。

“她老人家说我爹跟她托梦，我爹说游不动了，他在水里游了几十年，现在老了，游不动了。”

“我爹的坟也在河对面。”

李长根木木地说着，好像韩六爷的坟迁了，他爹的坟也要跟着迁。

韩西河听着，愣了半天，还是没有回过味来。

“迁吧！”李长根咬一咬牙，稳住阵脚道，“你准备迁哪里？”

“还会迁哪里！”韩西河说，“我请阴阳先生看了一块地，他一个农民，哪怕他是地主，地主也是农民，从前置那么多土地，他喜欢土地，我就把他埋在长塘这块土地上，我母也是农民，进城这么多年了，还是农民，她都是八十多岁的人了，这两年只要一生病，就怕死在郎州，就想回长塘村，迁了我爹的坟，她今后好跟我爹埋在一起。”

“韩老板！你看我能够帮你哪样忙。”李长根恳切地说，“你只管吩咐。”

“根支书啊！我哪敢打搅你哟！”韩西河说，“我听说了，你今年还到我爹的坟头烧了香、亮了烛，我从内心感谢你啊！”

“老一辈人的事情我管不了。”李长根说，“到了我这一辈人，你说当年那些跑到台湾去的反动派，今天回来了，到处受欢迎，韩六爷如果活着，当初纵然千刀万剐，这几十年过去，还不是成了好人……”

“根支书啊！我一点没有要跟我爹翻案的意思。”韩西河断过话去，“你只要迁坟那阵到场，跟我凑一个人势，我就感到荣幸得很。”

“你的事情，我怎的都会站拢去。”李长根说，“再说，你两位老人家的坟地选在长塘村，也是对我们的一种信任，我们也会照管好坟地，你就放心好啦！”

“县官不如现管啦！有你这个态度，我还有哪样不放心哟！”

韩西河说着就站了起来。李长根看韩西河要走，知道留也留不住，便跟着站起来，准备送客人。殊不知韩西河一转身，一眼瞅见八仙桌上那条披挂鳞甲的玩具鱼，先吃一惊，接上就跟主人家道：

"想不到你这里还供着一个宝贝，哪时候又逮一条金甲大鲤鱼，拿出来做一个'鲤鱼跳龙门'，大家尝一尝鲜。"

"这是一条玩具鱼。"李长根说，"喜娃子的玩具鱼。"

韩西河听着，走过去摸了摸，这才梦游一样地喃喃道："还真像一条金甲大鲤鱼……"

"真有一条金甲大鲤鱼，"李长根说，"我怎的都要留你下来喝两杯酒，只是这种鱼做不好就很腥……"

"这中间有窍门。"韩西河说，"我听我母亲说当年吃你爹抵我爹租谷的那条金甲大鲤鱼那才叫腥，那也是鱼没有做好，鱼做好了，是不会腥的。"

"看来你还是一个美食家。"李长根说。

"这种大鲤鱼背上有两根筋，必须抽掉，鱼才不会腥。"韩西河道，"但这两根筋拿来泡酒，又是一味好药。"

"想不到一条鱼还有这么多名堂。"李长根说。

"我们说好了，你的鱼，我的厨师，还是在金河集团，做一道'鲤鱼跳龙门'的大菜，你吃了就知道啦！"

韩西河丢下话来，就走出门去。

李长根这一天恍恍惚惚的。傍晚，他坐在桌子上吃饭，把一只饭碗掉在地上摔碎了。老伴看他一眼，一半玩笑一半埋怨地说他还不如喜娃子。他听着，心头阴了一下，却一句话也没有说。晚饭后，他望着那条玩具鱼，突然有一种奇怪的感觉，那些大片小片的鳞甲，简直就像一个人的指甲，大指甲，小指甲，都深深地挖进那肥厚的鱼肉里。他发一阵呆，就脚也不洗，躺到床上睡了。夜里，他梦见自己变成了一只水獭，正翻腾在水里，追着一条金甲大鲤鱼。等把这条鱼叼在嘴上时，他一看，原来是韩六爷。他被这个梦吓醒了。躺在被子里想了想，他觉得这个梦跟韩西河跟他说的韩六奶的那个梦，有一个共同的地方，那就是韩六爷是一条鱼，一条孤独而又衰老的鱼。

早晨，他被一种牵连不绝的噼啪声震醒过来。他穿上衣服，站在大门前，这才看见李承志跟钱贵一人提一串鞭炮在村里转悠。他打着手势，把李承志叫到跟前。李承志仿佛知道他要说什么，不等他开口，就说先生看的时候太早了，他跟钱贵只好用这种方式招呼一下大家。果然，鞭炮一停，长塘村就醒了过来。人们走出家门，成群结队地往河边涌去。李长根想到昨天跟韩西河的交涉，洗一把脸，也紧赶慢赶地来到河边。

一块巨大的黑布像地毯一样覆盖在长塘河边的沙滩上。黑色的河滩上站满了人。不知从哪里来的两拨锣鼓，咚锵咚锵地打得人心紧。看不见祭障，但站拢去的人几乎头上都包了一块白布。那叫孝帕，是丧家跟送葬的亲戚上的。有一些人没有戴孝帕，只在臂上佩了黑黑的手孝。李长根一看，原来是镇上和县上的几个领导。还有几个人李长根不认识，他琢磨他们是从郎州来的，大约也是吃国家饭的人。李长根看见桥头马路边上有一辆白色的面包车，屁股冲着河滩，开一个大窟窿，有两个人正在那里发福利一样发孝帕和手孝。从村里出来的人走过那里，都要一块孝帕，不要白不要。尤其女人，她们对布头天生有一种兴趣，孝帕比手孝大块，纳双鞋垫理条裤腰什么的，用起来又实惠又方便。李长根看全村的人都戴了孝帕，不好意思，也到车屁股上要一块包在头上。

韩六爷的坟头已经打开，一具棺木已经从坟坑里起出来摆在河滩上。坟头靠近河边，棺木水渍渍的，已经开始腐烂。一拨人扯着一匹白布，往棺木上一层一层地缠着。李长根走到跟前，绳子杠子一下站到他边上。等缠完棺木，李长根就指挥跟棺木捆绳子上杠子。在一阵鞭炮声中，八个棒劳力顶着杠头，地动山摇地叫一声“起”，沉重的棺木便悬空起来。一个道士带着他的两个徒弟舞着一把剑在前面开路。李长根觉得那年长的一个徒弟面熟，仔细一看，原来是那杀猪匠。一个月前，那杀猪匠没有把猪杀死，便丢下杀猪刀，又学起道士来。韩西河端着灵牌走在棺木前头。上年纪的韩六奶腿脚不利落，坐一乘滑竿在棺木后头跟着。整个队伍一溜白，仿佛一河泡沫缓缓向前流动。李长根在八抬棺木上路那阵一抬头看见他爹的坟头，心头莫名地有一种凄惶。队伍转一个弯，他看不见他爹的坟头了，心头又生出来一种悲哀。

新的坟地在长塘村后面的山坡上。上坡那阵，水渍渍的棺木像一坨铁，直往抬杠下头滑，压得后面的人直叫唤，眼看八抬棺木要撂在地上。落棺，还是掉棺，那谐音一听就是丧家大忌。真有棺木掉落到地上的，那丧家要把棺木就地埋葬，才能够图一个吉利。李长根那阵一急，往高处一站，手一挥，大喊一声："年轻人跟我顶上来！"声音还在山谷里回荡，一拨小伙子就从队伍里冲出来，挺着腰杆把抬杠换到了肩上。一口气抬到坟地，小伙子个个人人都变脸变色，喘吁吁而汗涔涔。坟坑已经打好。棺木往坟坑里一放，一块黑布当空一抖，遮住一片天光。打开棺盖，韩六爷躺在里头，已经是一具骷髅。韩六奶老眼昏花看着韩六爷，瘪一张小嘴喃喃道：

"我还记得那个腥啊，一条金甲大鲤鱼啊，要了你的命啊，两条看家的枪啊，你看不到今天啊……"

韩西河端着灵牌，看了他爹一眼，却没有一句话，就木木地跪了下去。李承志跟钱贵两边搀着韩西河。韩西河一跪，两个人也跟着跪。李承志跟钱贵边上大多是建工队跟工程队的，看老板跪下去，也跟着跪下去。后面的人不知就里，看前面的人刷刷地往下跪，也跟着往下跪。一个长塘村，男男女女，大人细娃，跪了一面坡。李长根一下懵了，张皇着找镇上县上的几位领导。哪里找去？人一跪在地上，看不见脸，也分不出高矮，都一个样子。"天啊！"他大叫一声，卵子被劁了一样的，踉跄两步，也跪在地上。

盖棺了。埋土了。人们陆陆续续从地上站了起来。李长根拍拍膝盖上两块泥，泥粘在裤管上一动不动。他又用手搓，却越搓泥色越重。原来跪在了一块死黄泥上。带着跪的痕迹，他慢慢地往坡脚走。这时候，他发现从韩六爷的坟地看出去，整个村子尽收眼底。他愣在那里，感到了一种莫名的悲怆，两行老泪禁不住簌簌地往下流。

回到家里，他把喜娃子抱起来往八仙桌上一坐，咚的就跪了下去。

"乖孙啊！你要好好长，不要像我，也不要像你爹……"

他喃喃着，拜菩萨一样一连跟喜娃子磕了三个响头。老伴看不过去，就骂他疯头疯脑的。他痴痴地笑了笑，也不还嘴，就倒在了床上。老伴觉得不大对头，手贴到他额头上一摸，火石一样烫，这才知道他生了病了。

九

山里桐籽花开,李长根才从床上站起来。

病这些日子,他躺在床上,翻来覆去想,总算把事情想了一个透,决定再也不干这个支书了。两脚一着地,他就跑到镇上找孟书记。殊不知刚进镇公所大门,孟书记就看见他了。还远远的,孟书记就高声道:

"根支书!你消息还灵通啊!韩老板的钱上午到账,你下午就来了。"

李长根听着,愣了半天,这才张眉惶眼地问:"哪样钱啊?"

"金河集团拿了十万块钱跟你们长塘村修学校……"

孟书记说着,就把李长根让进屋里。

李长根傻乎乎地坐在沙发上喝了两杯白开水。说来也怪,他那辞职的念头就被两杯白开水溶化了。孟书记问他有哪样事情,他憋半天,这才说天气好了,上街来赶一赶场。结果他屁也没有放一个,就又往回走。

晌午光景,李长根又回到长塘。但他没有进村,而是顺着河岸,爬上高地,来到他爹坟头上。他站在坟前,看着青石的墓碑,不禁苦笑了笑。他接上转过身去,看着那一河长塘水,看着长塘河滩上那一蓬火棘,还有那巨大的坟坑。那坟坑在太阳光下透着一种阴郁,仿佛韩六爷的魂还在那里飘荡。没有风,那火棘被嵌在镜子里一样一动不动。经历漫长而寒凝的冬天,长塘水仿佛被滤了一遍,格外有一种明净。

"你看着,我要把那条鱼找出来,我要把那条鱼弄到手……"

李长根像跟自己说着,又像跟他那躺在坟头里的爹说着,就走下高地,走出已经显露春意的河岸,往村子里走去。

不到一个时辰,李长根又回到长塘河边。他从家里出来那阵,一只手抱着那沾满鳞甲的玩具鱼,一只手拿着炸药雷管。喜娃子在大门口玩,看爷爷抱走了玩具鱼,也闹着跟了来。李长根牵着喜娃子,从上游转到下游,又从下游转到上游,最后在一个洄水湾里停下来。这里水不算太深,却也不算太浅,刚好能看清楚水底。李长根坐在河岸上,用一只玻璃瓶装上炸药,再把雷管安放在炸药里。他没有采用火雷管,而采用电雷管,这样更能够控制爆炸时间。他接上引出导线来,用粘糊糊的死黄泥封住瓶口,这就做成了炸弹。他看着自己亲手制造的炸弹，那原始而又陌生的冲动胀满每一根血管，一团火在胸膛里燃烧起来。当年的爆破能手复活了。他脱掉衣服，一条短裤遮羞，拿着炸弹下到水里。初春的河水寒凉浸骨。他打一个哆嗦，一下潜到水底。他用几块石头把炸弹遮掩起来，又贴着河床把导线引到岸上。最后，他从喜娃子那里把那条作为诱饵的玩具鱼诓了过来，又潜回到水里。他把玩具鱼固定在炸弹旁边，回到岸上来。这一切，他做起来那样熟练，又那样有条不紊。透过偏西的阳光，他看见水底那条玩具鱼在水波中悠悠荡荡，一身鳞甲贼亮贼亮，格外有一种诱惑。他那冻得青紫的脸上透着生硬的笑容，又一次为自己设计的这个局感到满意。他穿好衣服，小心地把导线连接到控制手柄两极上，便搂着喜娃子坐在河岸上，静静地等待着，等待着那条神秘的金甲大鲤鱼出现……

河面恢复了往常的宁静。他看见几条赤尾子游过来，在那条玩具鱼边上游来游去。接上又来了几条白甲，远远地看了看那条玩具鱼，也游到跟前嬉玩着。而不一会，赤尾子跟白甲都游走了，留下那玩具鱼孤零零地晃动着。他觉得小鱼跟大鱼熟悉，才跟大鱼在一起游玩，这说明他的推测没有错，长塘的确还有大鱼。而几十斤重的鱼，像长塘这样的淡水河，只有金甲大鲤鱼。他眼睛一眨也不眨地盯着水中，仿佛那金甲大鲤鱼随时都有可能游过来。倏地，一道黑色的影子从下游划了过来。他神经绷得紧紧的，把喜娃子往地上一放，一下就把控制手柄抱在怀里。就在他抓住手柄要引爆炸弹那工夫，那黑影突然蹦到了岸上。他一惊，抬起头来，看见一只大鸟缓缓从天空飞过，这才知道受了骗。

太阳照在河岸上，也照在他身上。他浑身暖洋洋的，有一种无法抗拒的舒适。他开始打起瞌睡来。朦胧中，他看见那条金甲大鲤鱼从长塘深处游了出来。一河长塘水哗哗啦啦，翻起一片白色的浪花。大鱼腾空而起，有如一弯虹霓。大鱼往水里一扎，红色的尾巴刀剑一样刺向天空。大鱼摇头晃脑，长长的嘴须跟蒲扇一样的鳍来回鼓荡，掀起一片苍茫的雾。大鱼翩翩然一抡身子，那甲片在阳光中一晃，散落一河金银财宝。大鱼一鼓眼睛，目光如炬，看破漫长的黑夜。大鱼翅子一收，沉在水底一动不动，就像一个千年的梦。

不知过去多久，他醒了过来。太阳悬在西山口上，经历一天艰难的穿越，染一脸的血。倏然间，一道黑红的光亮一闪，他看见它了。那大鱼就在他眼皮底下，跟那玩具鱼在一起，时而一张嘴戳一戳那玩具鱼的屁股，时而一丫尾扫一扫那玩具鱼的脑袋。他看傻了。那玩具鱼似有所动，贴着河床不停地晃荡。那金甲大鲤鱼来了劲头，又转到玩具鱼的侧边，摆动肥厚的躯干，身子贴身子地蹭了蹭。它感觉到了它真实的金甲银鳞，那一身它再熟悉不过的衣裳，一下高兴得在它跟前跳起它喜欢的摇摆舞。他呆呆地看着，不知不觉掉下两行泪来。喜娃子一边看着，用一只小手跟爷爷擦着眼泪。那玩具鱼欣赏着它的舞蹈，一颗脑袋有节奏地晃动着。不一会，那金甲大鲤鱼大约跳累了。但它没有停止它的爱，而是张开美丽的嘴唇轻轻地衔住了它的嘴唇。那玩具鱼仿佛被吻得喘不过气，眼睛又鼓又亮，开始剧烈地扭动身子，拍打尾巴……

忽然，他惊愕地张大了嘴巴，差一点叫了起来。他看见那玩具鱼挣断了绳子，半截绳头拖在肚脐上，像一条还拖着脐带的新生的鱼，跟着金甲大鲤鱼游了起来。就在那金甲大鲤鱼带着它复活的伴侣向河塘深处游去的时候，李长根一激灵醒了过来，几乎一种本能的反应，他眼睛一闭，手一抖，一下合上了电闸。印象中，他听见轰的一声爆炸，一根水柱高高地立了起来。可他睁开眼睛，却看见一河长塘水还是那样平静，而那一对鱼鸳鸯也还是不慌不忙地往长塘深处游着。他一下懵了。这些东西都是移山造田那阵留下来的。年深月久，是炸药失效？还是雷管受潮？或者接触不良？他简直来不及细想。那新生的大鱼还没有完全恢复过来，游得很慢。而另一条大鱼不得不游一游，又停一停，等着那复活的大鱼赶上来，一起游向长塘深处。这一瞬间，他噌地站起来，衣裳一剐，一个猛子就扎到了水里。他想那大鱼肚脐上还拖着半截绳头，他不能让它逃跑了，只要抓住了它，另一条大鱼还会回来……

但他已经没有机会了。只听见轰的一声巨响，他整个身体被抬向了空中，接上又重重地跌到了水里。随着长塘河不断向上翻腾的水花，他像一条被炸翻的大鱼，静静地漂在水面上……

“爷爷！爷爷！”喜娃子在岸上叫着。

他再也听不见孙子的喊叫了。

傍晚，有人从镇上赶场回来，走过长塘，看见喜娃子手上拿着一个控制手柄，站在岸上哭着，这才知道根支书出了事情。

李承志从城头赶了回来。他请一个阴阳先生在村前村后转了两天。最后，他竟出人意料地把他爹葬在了长塘河滩上。韩六爷的坟迁上山后，留在河滩上的那个坟坑，成了李长根的葬身之地。

这一来，一老一小两个根支书彼此相望，总算守在了一起。

白　果

一

三个人从那幢小土屋里走出来，都木木地挂着一张脸子。阿崽断后。哐哐当当地拉过两扇破门，黑锈的锁棍往下一卡，两个黑乎乎的只剩下半截身子的门神龇牙咧嘴地跳了跳，两对怒目就和阿崽的目光撞个正着。阿崽心里猛地一紧，又黑又粗的脸子布上来几丝阴气，就有些仓皇地上路了。

走过那根弯腰驼背的老树脚，老牛毛晃动着个蔫巴屁臭的脑袋，环绕长满坠根的树干兜圈走着，一副痴痴呆呆疯疯傻傻的样子。看到这情景，彩虹走上去小心地截住老人，小嘴凑近那又薄又高的耳朵，仔仔细细嘀咕了一阵，老牛毛愣了愣，终于梦醒了似的，又跟定姑娘，继续在山路上摇晃起来。

顺着坡势往下走，渐渐有了雾。随着几双脚杆前前后后在划动，灰气就裹来绞去，似乎要想把人绊倒。等到落下沟底，人便在那雾气中浮游，一瞬工夫那眉眼间就缀满了小露珠。听得哗哗啦啦水响，老小三个人已经站在了溪头。踩着几方跳凳，彩虹三跳两跳跨过溪水。回头朝阿崽点点头，她就柔声细气地冲着老牛毛喊：

“爹——你过来，阿崽扶你过来。”

老牛毛挤眨眼睛，看看溪那岸的彩虹，晃动晃动脑袋，转来看看身旁的阿崽，就如梦如幻地嘟哝起来：“去……这是去哪的呀……淘白果么……这就是地方……你屋的娘……她就在这淘白果……”

“爹！”彩虹顿顿，仿佛把个囫囵东西拼命往下吞咽，憋红了一张脸子，“进城……进城跟你看医生……”

“医生……”

“医生跟你抠背。”彩虹做起笑脸，诓哄娃娃崽崽似的，“跟你吹眼睛头的沙沙，跟你剪指甲壳壳……”

这阵工夫，阿崽已经脱鞋站在水中。虽是六月天，但太阳还没有出来，山泉清冽，却也冷浸骨子。想到这阵珠江三角洲那边已经承受太阳光照，那里的人们已经短衫轻衣准备迎接一天热威，阿崽就觉得心烦气躁，仿佛一冷一热真在胸膛里搅混起来。几乎是半牵半拽的，阿崽急急地搀扶着老人，就在露水石上走跳起来。老牛毛迟迟疑疑的，终于也过水去。

东边那头，太阳红出一丝细线，阴冷的山地披上几分晴和，开始变得明亮起来。老牛毛这阵一点也不疯癫，那些要命的错乱的神经，在这朝阳初升的时候显得安静而又平稳。悠悠地上坡，太阳就在岗上垭口活脱脱地举了起来。浓雾渐渐隐去，被光芒赶回到山阴里石缝中了。远山近水一色天光，浩荡无边而又温暖照人。惝恍之中，老小三个人已经站在了山垭上。扯起衣襟揩揩微汗，吁喘着缓过几口急气，回头望去，来路都踩在了脚下，山高水长是那样渺小……

这一瞬间，事情变化是那样突然，老牛毛痛苦的一声号叫，滞钝的面颊几下扯动，那目光就在空中直勾勾地凝固了。等到阿崽和彩虹明白过来，却已经晚了。那一阵，老牛毛呜喔呜喔吼啸着，有如一头受伤的野猪那样，顺着刚刚走过的山路，独自疯狂地往回奔跑着……

是对门坡上小土屋前的那根老树，那根弯腰驼背的白果，那根在太阳底下拥红放光的老白果树，是它在牛毛啊牛毛啊地呼喊……

这个老精灵听见了。

二

横山斜岗，连着重重坡道道谷，落满了厚厚一层太阳。石板坡的那边，淌金流银的，仿佛大块金属一样辉煌照眼。一阵叮叮当当的锤钎声断断续续响过，就有一团火光在坡上闪烁地跳跃着……

轰隆——随着一声炮响,大片碎石高高地炸蹦起来,纷纷扬扬落到了半坡小土屋上。小土屋盖顶的杉皮迟钝地哼了哼,刹那工夫,便打开一洞透风透亮的天窗来。

"烂眼儿!你眼睛老实生虫啊!"彩虹从房里惊吓地跳了起来,站在老树底下,往坡上咋呼着,"是炸石头还是炸房子啊!你那炮眼就不能朝一边开……"

"你这个妹儿……吵个哪样哟!"烂眼儿嘿嘿地笑着,就懒懒地走下坡来,"我是修房子,修房子就要开石头……打烂房子打不烂人嘛,我来看看就是哕!"

那阵是正午的光景,没有虫鸣鸟唱,山野里静静悄悄的。烂眼儿摸摸索索,半天才落到白果树脚。阿崽坐在鼓突劲实的树根上,斜靠着开丝裂缝的树干,仿佛背负不动老树而被压趴下去似的,沮丧地咬着根烟卷。老牛毛又在屋头嚷叫起来,彩虹叹了口气,无可奈何地抽身去了。这些天来,老癫子傻乎乎地诉说着女人的投梦。女人是前年去世的,可在老癫子的记忆中,那仿佛不过是前天的事情。那梦是关于一只铜顶针的,老牛毛于是翻箱倒柜找了起来,并且苛求姑娘也要帮他去找……

"你是炸药炮还是火药炮……"

阿崽用浓重的客家方音咬着官话,对来到跟前的烂眼儿说着,便扔过去一根烟卷。这一瞬间,他感到一种莫名的别扭。但话题既然是随口提起的,而说着说着走了调,就显得有些无关紧要了。

"黄果树……好烟!好烟!"

烂眼儿接着烟卷,竖立在眼前看仔细,却并不燃烧,小心地在耳朵上夹住了。

"个体户的。"阿崽一点也不在乎烂眼儿的怠慢,仿佛直想换个话题,"都三块钱一包的'黑市'……不过我们那边买不到……"

"炸药炮。"烂眼儿蹲着脚凑近前来,很有兴味地提起刚才的话题,"现今哪个还放火药炮!火药炮只行炸表皮,声音炸耳朵,石头满天飞,却不来石方……"

阿崽对爆破一点也不陌生。深圳度假村动工兴建那阵,他还去开过石料。现在,他很后悔提起这个话题了。他把烟头在地上杵灭,弹向阳光中。

“你真是……鸭子死了嘴壳子还硬……房子都遭你打烂了……”

阿崽并不是有心要计较下去,完全是为了说话才说话的。

“房子么,撕块杉树皮补起就是……”

烂眼儿屁股巴地坐倒,那样子不像是下来理道房子,倒像是另有所图。

“你老兄还在乎这个不成!哪个不知哪个不晓,你们‘老广’出来——”他把衣包拍了拍,“鼓鼓饱饱的,脚杆都要比我们腰杆粗……再说,那牛毛老倌这阵恍惚过去,你们把他接到那边,这泥巴房子哪个会要?单家独户的,鬼都打得死人,年把光景,怕墙子都要生草……”

阿崽从衣包里掏出一根烟卷叼住,火机吧嗒地响了响,一股红火高高冲起,他猛地偏偏脑袋,揿细火机气门儿,才颤颤燃明了烟卷。狠狠抽过两口,吐出烟去,丝丝网网的,把跟前烂眼儿一张脸子拉变形了。他这才又想起似的,抠出一根烟卷递了过去。烂眼儿双手接住,莫名其妙地点了点头,就又将烟卷小心地在另一扇耳朵上夹死了。

“倒是这棵树……”烂眼儿红红的眼睛往上觑了觑,“还值几个小钱儿……也说不准是空了心的……我们昨天议的那个价钱,你合算合算,要觉得不亏,就卖我算了。”

阿崽明明灭灭地抽着烟卷,不声不响的,吞一阵吐一阵,目光直直地停在空中,神思却已经游移到别处去了。

“果木籽实不在家屋团转,在我们这里是不值钱的。光是放牛娃儿……就叫你招呼不过来……不等季节黄熟,那些龟儿就跟你抛撒干净了。”

阿崽有些烦躁了。为个疯疯癫癫的老牛毛这样耽搁下去,撂起那边车间的事情不管,今年的承包任务或许就要落空。事情虽在来磨盘岗之前委托过别人,但责任却是在自己身上。想到这些,他心里真的感到不是滋味起来。

“还有酸枣狗子,也是糟蹋白果的大王,夜里爬上树去,糟蹋到天亮,就剩下一堆瓤瓤壳壳的在树脚……那畜生又是一副好肚囊皮,吃得再多的白果,还是生白果,还是连着白果芯的,毒性大得很,它也不会闹死,人就不行……”

“毒……毒……毒……”

阿崽喃喃着，随声附和似的，那一瓣心子却仍旧焦虑着老牛毛。如果不是那封署名全体磨盘岗村民的电报，他是不会放弃车间和彩虹一起来的。“磨盘岗全体村民”，这就来味来劲了。两个人既然成了夫妻，一个人的事情就是两个人的事情。阿崽当然不能袖手旁观。为了这件事情，来磨盘岗的路上，阿崽在县城找到劳务输出公司，他们玩具厂有几十名工人就是这家公司介绍过去的，还特地去公安局打过了招呼……

“喂！我说这半天，”烂眼儿似乎感觉出来对方脸神有些异样，“你闷声不出气的，就是屁也不放一个来听听……”

阿崽愣愣眼睛，转过神，把心思收到了跟前来。

“你肯出……好多钱来？”

“二十块，”烂眼儿说，“你是不可能把这棵树也搬到那边去的，卖几个钱算几个钱儿……”

“白送你好了。”

阿崽戳过一句去，有些厌恶地抹下脸来。不管做哪件生意，那种不顾商品价值而利用对方弱点一味满足贪欲的人，是交易中最忌讳的孱头。当然，他知道烂眼儿是不会懂得互惠互利的。眼下的情绪，其实也是受老牛毛事情的打搅，心境好点，那么或许就不会是这样……

烂眼儿怔怔地站了一阵，不甘心这样算了，但一时又难以找到启口的话头，他就只好离开树脚，往白晃晃亮光光的石板坡上走去。出去不远，他从耳朵背上拿下那两根儿“黄果树”烟卷，掂在手中，高一脚低一步地飘着，仍旧一副赚足赚发的样子……

三

老牛毛躲在墙拐那儿，脑袋发麻木发疼，直往死黄色的泥巴墙子上戳着。那情景，仿佛恨不能生出两只尖硬的犄角来，从那儿打洞钻进去。那边粪池坎上，德彪和几个莽粗的汉子已经放倒了老牛毛的女人。他们压的压腿摁的摁胳膊，提着个臭屎罐子，直往狂犬病患者嘴里灌粪汤……

“牛毛！我好歹是你屋的妇人哟！”女人在汉子们手中挣扎着，嗓音嘶哑地哭叫着，“你是牛鸡巴做的还是曲蟮鸡巴做的……他们糟践我你不来帮我……”

老牛毛认命地蜷缩下去，瑟瑟发寒发颤。他捂着耳朵抱着脑袋，仿佛不是女人而是自己害了“狗牙疯”病似的，显得那样惧怕声音惧怕阳光……

烂眼儿家的那条破狗会咬老牛毛的女人，这是磨盘岗的人们没有想到的。老牛毛去年秋收从村头搬家下来，到今年春上油菜开花的时候，才不过两三个月工夫，那挨刀的畜生就瞎了眼睛认不得人了。

人们还清清楚楚记得，六月的那个晚上，整夜是雷轰火闪的阵势，叫人点着灯通宵里不敢睡觉。到天明时分，那天才像是遭击穿击破一样地下起雨来。接着，在一片乱哄哄的呼噪声中，人们感到脚跟那儿发麻发颤地悠晃，只看见村头老牛毛家屋的那根老白果树一团树盖抖了抖，四下里黑黑的风头子便抱起白亮的雨水打转儿翻滚儿。刹那工夫，老树矮落了大半截，活活遭哪样精怪吞噬一样，从村头囫囵个儿地消失了。老牛毛的女人和姑娘，就在这骇异的景象中，杀猪似的嚎着，披头散发地逃奔了过来。那阵，有吃熊心豹子胆的汉子，振作神气斗着风雨追赶过去，便见那倾斜的山体神奇地剥离开来，巨大的层岩带着半爿土坡和土坡上面的老树，正缓缓地仿佛疲倦地向坡脚滑去。就在渐渐地移动的层岩的屁股，一面宽宽敞敞的石板坡，生娃产崽似的脱胎了出来，还带着大山体魄的热力。老牛毛精赤条条，在石板坡上跟斗扑爬地跳着跑着，他一面顶风冒雨追着滑动的层岩，一面嘶声嘶气地大喊大叫着：

“我的树啊……我的树啊……”

那回变故过去以后，村头几家土屋墙子都震垮倒塌了。可是，老牛毛的白果树却奇迹般地挺立着，只是随着流动的层岩卡在山腰。老牛毛有种微妙的感觉，好像那根白果是死到临头又被他喊回来一样。隐隐约约的，老牛毛觉得自己和那老白果树的缘分远远没有了结。那从曾祖辈上起就代代相传的老业，注定每年里还要结下满树的果实，替老牛毛挣钱买灯油称盐巴养家活口。也就是这根祖传的白果，像年年岁岁给先人带来乐趣带来希望那样，也注定还要成为老牛毛家生活的重大内容，继续敷衍出许多故事来，和那些神的人的老的新的凝聚一起，裹进老树深深的年轮……

德彪却不大识趣。作为一村之长，他希望臣民们房前屋后地聚族而居。那样，他只要站在台阶跟前一声吆喝，磨盘岗人就能够四方响应，像小鸡趋附鸡婆一样很快集合起来。都半夜油干灯草尽了，他还在苦口婆心地劝说老牛毛。老牛毛木木的，一声不吭地听着，仿佛是动心了服从了的样子。但等到第二天早晨，村长还在做梦，老牛毛就搬到半坡老树旁边，单家独户地盘算起日子来了。那阵，德彪气得眼睛发黑，急急匆匆跑下坡去，在屙屎棚似的屋头找到老牛毛，这才得到了一句话：

"我不敢走开这树。"

德彪听着，悲悲酸酸地甩着一颗脑袋，终于认输地撒了手了……

"臭啊……臭啊……"

腌臜的肉体摊胳臂摊腿摆开个"大"字，仿佛被钉在地上似的，伴随阵阵恐惧的抽搐，就发出呓语般的喑哑的呻吟。几个汉子敞着衣襟，也像是累困的样子，汗淋淋地走到墙拐那儿。老牛毛站起身来，扯动扯动愁苦的脸子，十分想拿出句感激的话来。可嘴巴咧了半天，却没有吐出半个字。德彪不耐烦地挥挥手，粗声莽气地说：

"这是救治你的妇人……你倒抄起手来做菩萨，叫我们当凶神……跟你说，牛毛老哥，这'狗牙疯'又叫狂犬症，是城头的医生都拿到没得办法的病……要想活命，就得这个整法，明天还得要整……我们都不怕臭，你还怕挨边儿不成……"

几个汉子翻卷袖子，倒提指爪，几对黑粗的肘子摆甩着，连老牛毛家的洗手水也没有用，就迈着懒大步往坡上走了。

蓝灰灰的天空仿佛一口安放歪斜的大铝锅，扣落在四周山冈。太阳在锅中煮着，蒸汽散开来，虚飘飘的，禁不住有些晃悠。白果老树千万把小扇不摇不晃，山野里也无风无浪的。有蝉在树盖的深处歇着，死呀死呀诅咒地叫唱，虽不中听，却打破了沉闷。

狂犬病人臭肉蠕动着，渐渐从地上跪起，对着旋转的山冈，对着旋转的白果老树，她两手掌心扑地，支撑着半截弯曲的身体，垂下头颅，开始奉献五脏六腑。她像个蛤蟆那样的，腹腔一鼓一瘪，咕噜咕噜一阵怪叫，随着两只滞死的眼睛鱼眼似的鼓突起来，污秽的吐物从口里从鼻里喷泻了出来……

“呕好……要呕才呕得干净那疯狗恶毒……”

老牛毛心里幽幽地亮了亮，就在门槛上坐了下去。仿佛是要驱赶那飘来的恶臭，他燃起杆烟，也雾气沉沉地喷吐起来。

姑娘从屋后笕管上接来了一木盆水，晃晃荡荡地端到娘的背后，她用块破破烂烂的抹布，擦洗着那满身秽物。十八岁上的彩虹，知世故，懂人情，一面颤颤地擦洗，一面默默地落泪。那眼泪是冰凉的，珠玉似的滴到娘的颈窝里。颈窝那儿还白皙，也温暖。顿时，狂犬病人就惊跳起来。转过一颗乱蓬蓬污糟糟的脑袋，看见那盆光亮的水，狂犬病患者眼睛直直地瞪了瞪，喉头那儿阵阵痉挛，气憋发急的一声嘶哑短促的吼叫，把满满一盆水踢翻了，便疯狂地抱住姑娘来撕咬着……

山地的上空浮动一层紫气，猪肝色的太阳在遥远的天际流落下去。几点黑鸟，扑扑地展着翅子，擦着小土屋，擦着老树，惶惶地飞过坡脚，飞过溪头，投向黑沉沉的林子。夜雾开始升起，从那些肚脐似的缝中、洞中，绵绵地覆盖山冈，覆盖坡地……

“老牛毛……”女人嘶哑的声音凄惨地颤抖着，从小土屋里传来，似乎要把那杉皮顶盖那老树伞冠掀翻似的，“你救救我……我不要活……我是人不是狗……不吃屎……狗才吃屎……你整死我……老夫老妻的……你就整死我……老牛毛啊……我是人不是狗……你就成全了我……”

坡顶村头那边点点灯火亮了，老树底下一豆烟火灭了。空气抖了抖，有风微微吹动，抚慰地摩挲着老树，摩挲着小土屋。树叶忧郁地振动，哪只蟋蟀也受到拨弄似的，叽叽叽地唱起哀伤的夜歌。天幕上几颗星排挂起来，嘲弄般地眏着眼睛，月亮噔地在黑黑的山脊上跳起，照着这个模糊狭窄的世界，整个山地就被苍白的光辉扭歪了、倾斜了……

“白果芯……白果芯……”

就在老树的深处，那些鼓突饱胀的地根坠根的后面，有个精灵怂恿地哼哼着，渐渐贴上耳朵，尖尖细细，虫子一样地钻进心里。只是半升白果，圆圆的月亮从东头升起，他就开始剥着，一直剥到月影西斜。老牛毛脑子里昏昏沉沉的，离开了那堆白果壳，离开了那堆白果肉，走回了小土屋。两扇破门吱吱嘎嘎地响了响，两位门神执刀操戟就站到了黑夜里来。屋里灯苗不停地跳动着，却总也抬不起头。昏昏暗暗的幻影中，狂犬病人仰躺在墙角那儿一条又宽又长的踏凳上。她这阵静静悄悄的，仿佛灵醒了，仿佛通窍了。但除了一只挣脱的手外，她浑身上下仍旧被捆着缚着。一根黑色的绳子，把那团臭肉和那板凳连死了。

老牛毛木木地走近，他像梦游症患者一样，将手中攒得汗湿的白果芯塞到女人手里。接着，他没有停留片刻，仍旧幽灵一样地拉开屋门出去，逃避地躲到一旁了。

四

那老精灵是睡着了。几道斜照的光气，从土屋尖墙那洞牛肋巴木条小窗透进来，落在竹笆上，切出两块又热又亮的楼面。青篾席的上面，竖躺着两具充满活力和灵性的躯体。狭小的空间里，燥热的空气抖了抖，安安稳稳的楼篱就吱吱嘎嘎地呻吟起来……

"不……不要……"

一只手迟疑却也有效地抑制住了另一只手。稍稍僵持，那种狂躁不安的欲望挫伤似的萎了萎，便又试探地抬升了起来。那只手仿佛不再犹豫，而是使上劲来，重又向年轻女人探过去。

"不……不行……左下腹部有些隐疼……我的事情我清楚……"女的喘息着，迟疑的抑制渐渐变得坚决起来，"我可不想……不想现在就拿个娃儿抱起……"

那刚劲的手腕松弛下来，无可奈何地缩了回去。随后，两颗脑袋并排挨着，仰望着咫尺以外那炸丝裂缝的松皮顶盖。仿佛跌进了一张挣不开撕不烂的罗网，两颗心都冷灰灰的，感到了一种悲苦莫名的困窘……

突然一声炸响，沉重的土屋跳了跳，两个人一下从青篾席上弹坐了起来。背着身踩着脑袋的，小两口子滑梯似的蹬着梯木跑下楼。

"打倒了……那酸枣狗子遭我打倒了……"

老牛毛不知是在哪时候睡醒了。这阵，他坐在门槛那儿，哆哆嗦嗦地端着一根火杆子。火杆子已经生锈发黑，枪眼那儿正缭绕地冒着青烟儿。地坝那边那根老树还在震颤中，几张摇落的扇叶慢慢飘坠着。火药沙子把苍老的树干扑下一片黑晕……

“偷吃白果的酸枣狗子……遭我打倒了……”

老牛毛眼睛痴痴地望着半空，口中木木地喃喃道。

阿崽走到背后，不声不响地拿过了那根老枪。老牛毛愣磕磕的，两只粗糙变形的手依旧端举着，仿佛那根老枪还在那里。藏起老枪，姑娘和女婿把老爹扶到墙角铺头躺倒。老牛毛冲着头上黑黑的阳尘念叨一阵，就又睡过去了。

小两口子再没有回到楼笆上去。那些干枯的竹子，动一动就惊呼滥叫，难说老牛毛刚才不是被那楼笆的吱嘎声惊醒的。提个小小巧巧的机器，小夫妻双双来到老树底下。那阵，太阳明亮而不刺眼，风缓缓地从坡上吹来，一种单调枯燥的锤钎声，断断续续地从石板坡传来，是烂眼儿在那儿开石头准备造房子……

“磁带过了沙头角中英街那边才二块五一盒。”阿崽说着，揿揿跳键，将一盒磁带塞进机器，“我们这边的价钱要贵一倍多。”

“也要看地方，同样的货色，挨邻的店，那价钱都有不一样的。”彩虹压下放音键，“我这盒磁带，也才二块五一盒，是在珍州等车那阵从地摊上买来的，只是不是原声磁带，但歌还可以，听听 B 面，这面我还没听过……”

“一盒破带子，走过两转，就要把磁头磨坏……”

阿崽还想说，但被一阵情切切的唏嘘伴着热腾腾的叮咚声响无情地打断了。

告诉你我等了很久喔，你何时跟我走？告诉你我最后的要求，我要抓住你的双手，你这就跟我走……

接着是一阵杂音，陡地又响了起来。

来哆来咪来——咪来哆啦嗦——

是哀乐……

小两口子脑袋一下电击似的炸麻，就同时伸过手去，吧嗒地跳起放音键扭死音量开关。老树脚下一阵沉默，二人被这突如其来的曲调镇住，愣眉愣眼对望着，生出一种莫名的恐惧。像是怕惊动了什么似的，彩虹阴黢黢地站起来，穿过不知何时停满了云影的地坝走进了小土屋。她想看看老牛毛，想看看他那睡着的样子。阿崽随手拿起那张花花绿绿的目录，愣怔地看看，就揉作一个纸团儿，愤怒地扔了出去。从珠江三角洲上出发那阵，他们想到两天一夜的火车，想到黑灯瞎火的磨盘岗，就带上了这台袖珍录音机，用来打发旅途的倦怠，排遣山村的寂寞，却不料半路上买盒磁带是这样晦气。如果这阵是在珠江三角洲上，是在那爿生产玩具的厂子里，人们会认为是冲犯了财喜，就要烧炷香斟杯酒敬敬菩萨。在阿崽的乡下，几乎家家户户都有一隅供着一个雕像，一个主人心目中的庇护神灵……

倏地呼哧呼哧一阵喘息，两只弯弯的犄角就抵近跟前。烂眼儿抓着泥糊糊的牵绳，怀头斜抱着一个小洋囡囡，有些局促地站在了牛屁股的后面。难怪那叮叮当当的锤钎声已经好半天没有听到了。阿崽挂着黝黑粗粝的脸子，惑然地看看那牛，又看看那人，又看看那小洋囡囡……

"你不认得这牛……"烂眼儿翻了翻红红的眼睛，"这是老牛毛的牛……老牛毛刚刚瘫倒那些天里，德彪村长看这牛饿得可怜……就叫放牛娃儿牵走……追上草坡打敞放……哪晓得这畜生今天跑下坡来，就吃了我家的秧子……"

阿崽心动了动，就打量起那牛来。这是一头水牛，宽蹄大膀的，看上去很有些力气，只是尾巴断掉一截，就显得萎缩和邋遢了。但浅浅的毛皮下面，却隐藏着厚实的肉头，如果是在广州市场上，冲着这点膘格，也就可以发笔小财……

"你看这个事情……"烂眼儿凑到牛脑壳前，"我们农村人口……就靠这点粮食吃饭……比不得你们开厂子的老板，腰杆有黄桶粗，破损个斗谷斗米的当是拔根毫毛……"

"你是要赔偿来的……"阿崽没有丝毫闪避，"开个数目，人情入理的，我们赔偿秧子就是……"

事情仿佛有些出乎意料，烂眼儿好一阵工夫没有吭声。他丢下牵绳，摩挲着那对牛角，好像是斟酌合算，又好像是别有用心。突然，那张汗渍渍的脸子扯了扯，他就在阿崽旁边鼓突出地面来的树根上坐了下去。

“说起几蔸秧子要人赔嘛，这倒是有点格外了。”烂眼儿说着，转过调门热乎起来，“不说老牛毛我们老早是挨到坐家的人……就冲这头牛……这畜生早先尾巴没有遭缠丝虫咬断那阵……还跟我屋的母牛配过种……我倒真有点喜欢……你们如果要卖的话，搬家也够他妈的麻烦人的……那么就卖给我烂眼儿好了……”

“这边牛价钱，”阿崽转过脸来，沉吟地打问道，“是个哪样行情？”

“都要看牛，牛强了价就硬，糟牛是不值钱的……当然，各人的眼光不同，就拿这头水牯来说……冲那条断尾巴，人家就不会打上价钱，牛没有尾巴赶不走蚊子，就逗瘟症，我就不怕……糟牛也有糟牛的用场……”

“既是糟牛，”阿崽有些警觉起来，“还能用……哪样用场？”

“哪样用场……”烂眼儿脸上不易觉察地掠过一丝慌乱，“蒙块黑布踩泥巴烧砖瓦……一塘子泥巴，半天工夫就踩得糟烂……烧窑出来的砖瓦细得可以蹭脸……”

阿崽默默地低着头，总感到烂眼儿那张汗渍渍的脸子后面有种捉摸不定的东西。

“我们明天再说吧……让我想想……”

好一阵，他才勉强地说道。

烂眼儿从树根上站了起来，把先前手中的小洋囡囡留在地上，怪模怪样地抓挠着耳朵：

“这个玩意儿，是彩虹妹儿送我家小女的，都十好几岁的姑娘，哪是要这个的人……再说心要花了收不回来了，就城不城乡不乡的……还是彩虹各人留到……”

烂眼儿走了。在刚刚倾斜的阳光底下，他的身影慢慢地往坡顶村头移去。

等到彩虹安顿了老牛毛从屋里走出来，看到歪倒在树下的玩具囡囡，心头感到阵阵憋闷。这是她亲手缝制的。临回磨盘岗的前一天里，她不知怎么想到了那些从小就在一起打猪草锥鞋垫的伙伴，便决定带几个玩具囡囡回来送给她们。可是，她没有想到事情会是这样的。她觉得受到了一种嘲弄，一种轻贱……

哞——阿崽撩逗那糟牛忽地长叫一声，发愣发怔的彩虹大吃了一惊。

五

狂犬病人拿了半把白果芯往嘴里送着。生臭的白果芯在口里一磨，就化作一股浆汁。一颗糟乱的脑袋扭动着，白果芯浆汁便从抽搐发硬的喉头呛了下去。

那阵工夫，老牛毛阴黢黢地蜷缩在老树脚下，僵木地绷着一张脸子。好像抵挡不了寒冷，好像知道半空里有块石头就要劈头砸下来，他是那样虚弱，那样惶乱。老牛毛的确是糊涂了。他没有想到姑娘睡在楼笆上，叫狂犬病人撕咬过后，彩虹肩上鼓起块块血肿，她就一直在那儿睡着。这阵，那两只稚弱的眼睛正恐怖地睁大，透过楼笆的缝隙，泪水模糊地看着那白果芯，看着那痉挛的喉头，看着那滞钝发直的目光……

磨盘岗人们都知道老祖三婆偷男人的事情。放牛娃儿知道，打猪草的精怪姑娘知道。彩虹也不例外。老祖三婆没有生人，所以这个耻辱的故事能够辈辈代代流传下来。当然，这个故事的存在，远远不是由于它的逗乐的因素，而是因为家族的威严。事实上，漫漫长长的冬天里，人们坐在暖烘烘的火台上唠叨这个故事的时候，口吻里就只有对老祖先人的敬颂，而没有对老祖三婆的同情。老祖三婆不过是个衬托，如果没有老祖公，那么她的偷情的故事似乎也不大可能流传。家族的故事虽然经久不衰，可老祖三婆的死法却是不明不白的。隔近房份的德彪他们传说是老祖三婆有了私情后，自家觉得无脸见人，便悬梁自缢了。但远房那边的老牛毛，他们则认定是老祖公发现了那私情，就威逼老祖三婆吞咽了白果芯。真真假假的，已经无法考证，也没有人愿意考证。但对那白果芯的毒性，磨盘岗人们则是坚信不疑的。从放牛娃儿到莽粗的汉子，从羊角辫儿的小丫头到絮絮叨叨的婆娘，烧白果炒白果的，总要剥破肥厚的白果肉，仔细剔去葵花米大小的白果芯，这才敢丢心落肠地吞下肚去……

是在第二天，德彪和几个汉子走下坡来，准备再灌粪汤医治"狗牙疯"时，老牛毛的女人才咽气了。狂犬病患者眼睛鼓胀，死瞪阳尘吊吊的楼笆，仿佛有好多诉说不尽的委屈。老牛毛感到心虚气落，不敢走近跟前。那双恐怖的眼睛，最后还是村长德彪上去合拢的。直到盖棺埋土那一瞬间，老牛毛才双膝打跪，哇的一声长叫哭出声音来。那一阵，磨盘岗人们都感到有些惊异，可是万万没有想到老牛毛和患"狗牙疯"的女人的死因还有哪样联系……

只有姑娘彩虹心头明白老爹的哭声意味着什么。但是狂犬病患者痛苦绝望的情景，那白果芯，那痉挛的喉头，那滞钝发直的目光，就像一块一块阴暗的病灶，无情地压迫着她，使得她发堵、发闷。她想摆脱，却又衰竭得连喊一声和叫一声的力量也没有。天长日久，那顽劣的病灶仿佛在姑娘的体内生根成熟似的，开始了温和而又残酷的折磨。生命的润泽渐渐干枯，青春的热情渐渐消退。她感到了一种从未有过的虚弱，仿佛轻易地就会被人掐死、捏死。四下是深渊般的黑暗，她痛苦，她嫌恶，她孤独，就要支撑不住了，就要倒下去了……

那时节还没有打霜。七月的夜晚，牛肋巴木条小窗罩着一层塑料膜，月光模模糊糊地闪耀，淡泊而又清冷。身子没有翻动一下，青篾席底下的楼笆没有吱嘎，姑娘愣愣地睁着眼睛，就想到打霜的事情了。老牛毛没有睡。他在楼笆下哪个角落里抽叶子烟。缕缕刺鼻的气味，从竹子缝隙间透过。姑娘感到喉咙那儿痒痒的，咳嗽两声，很快又习惯似的沉默起来……

吧嗒……吧嗒……滋滋味味的启动，仿佛永不厌倦的机器的响声，伴着一豆孱弱的红火，一明一暗地晃悠。打霜的早晨常常是要放晴。热要雨，冷要晴。有只红蜻蜓歇住在枯萎的瓜藤上，无力地翕动着透明的薄翼，还想最后飞翔起来。树上那个"寄生包儿"，像块黑黑的牛屎，悬空地粘在树干一侧。她和那些放牛娃儿捡来枯枝，燃起篝火，烧得"寄生包儿"煳臭，放进嘴里却喷香。好几个早晨，她寻找那牛屎一样的东西，甚至猪草背篼空空的也忘记了。黑暗中有生灵在运动着，轻手轻爪的，生怕弄出声音，冥冥地正向目标走近去。她哪样东西也没有得到，只有银霜浸红的枫树叶子飒飒响落，连嫩青的麦苗都冷死枯黄，又丧气，又灰心……

有道直直的光芒在牛肋巴木条小窗那边晃了晃,接着就是轰隆一声震响。朽烂的杉皮顶盖尘埃还未落定,牛毛老爹倒提一根冒烟的火铳,把个血淋淋的酸枣狗子笃地就扔进屋里来了。姑娘如梦如幻地看着那只倒霉的畜生,它在刚刚拨亮起来的黄光里抽搐,鼓着两只雾浊的眼睛,绝望地盯着烟熏的楼笆,盯着楼笆上面那对同样是迷茫的眼睛。年年是这样的,白果嫩肉刚刚满壳,那畜生便成双成对地从林子里跑出来,爬上老树偷吃。几个夜晚过去,满树白果就会被糟蹋得寥落无几。可是,老牛毛并不会睡死,听得那酸枣狗子喳喳地啃噬白果的声音,他端着填上铁弹的老枪,拿着刚刚新换电池的电筒,悄悄来到了树下。那阵工夫,电筒忽然又明又亮地打开,直射那酸枣狗子。而那畜生居然一动不动,或蹲在树杈蜷缩着,或尾巴缠紧树枝垂吊着,就等那要命的铁弹穿进肥厚柔软的身体……

眼前这个撕去毛皮的畜生,凝血僵硬的躯体翻滚着,把姑娘的梦搅得腥膻扑鼻。她仿佛是被呛住噎住似的醒了过来。接着,她听见一阵呜呜的啸声,在小土屋外面很远的地方叫着。她一下子就想到从牛毛老爹枪口下逃脱的那只酸枣狗子。这呜呜的啸声是那只幸运的畜生在呼唤这只倒霉的畜生。呜呜的啸声孤独而又高亢。姑娘睡不着,老牛毛也醒了。门扇沉闷地吱嘎两声,老精灵端枪出去了。可是不大工夫,他又痛苦地踅了回来。他这辈子只有猎白果老树上的酸枣狗子,还从来没有追过山,何况这样月色昏惨的夜晚。自从女人不在后,老牛毛就没有觉得哪个月夜是爽心的。他所以要消灭那啸声,只是想清静。

呜——呜——时远,时近,时天上,时地下……

她翻过身去,终于改变黑暗中一动不动的姿势,带着轻微的疼麻的感觉,就有些揪心地想到那咆哮的畜生也许是只雄性的酸枣狗子。她很想走下楼笆,去证实那只死的酸枣狗子是雌性的。可是这个念头一下又打消了。她肯定远处那只是雄性的。只有雄性酸枣狗子的啸声才是肆无忌惮的,没有什么东西能够制止或改变这种咆哮。呜——呜——遥远而坚韧,激情而哀怨。她莫名地有些不安,某种陌生的燥热在身体的一个角落里升腾,一种刚刚产生的稠状的东西,仿佛把它的生命的原汁浮突地挺起来,强烈地顶着和撑着，弄得一颗虚弱的心颤抖不已。她突然感到周围的一切是那样奇怪，不明白眼前为什么黑黑的，不明白这具躯体为什么躺在楼笆上，不明白那畜生为什么叫牛毛老爹血淋淋地剥皮脱壳……只有那自由精灵雄性酸枣狗子的呼叫，鼓着两只耳朵轰轰隆隆地响。

秋天的时候，彩虹在坡脚溪头淘白果。娘不在了，淘白果的事情就落到她头上了。她那双叫白果皮瓤的毒浆腐蚀破裂的手，拿着根毛毛糙糙的木棍，杵得一篮白果干干净净白白生生。那阵，站在溪那岸的醉胡子，在白果出来的季节都要来一回的货郎，他要姑娘的白果，还要姑娘的人。收白果的把挑子撂倒一边，就将姑娘喊到林子里。干燥的松毛垫在身子下面，两人合做了一个好梦。正是这梦的引导和逼迫，她用醉胡子泪流泗涕掏出的两百块钱在城头医院做过手术，就报名参加了县上组织的劳务输出队伍，跑到珠江三角洲那边去了。

六

阿崽再也挨不过了。清早起来，山林上空乳白色的雾气还没有散开，坡脚岗上还是懵懵懂懂的，他就火烧火燎地赶到乡场，给珠江三角洲那边厂子发过延假的电报，就在卫生院里买了几片安眠药赶回磨盘岗了。

老癫子糊涂，可对那根白果是清醒的。出门上坡不过山垭，他看见那老树就要往回奔跑。阿崽思前想后的，就将几片安眠药碾成粉末，诓着病人白糖一样地吞了。真是无毒不丈夫。不到一刻工夫，老牛毛坐在白果老树脚下，蔫巴屁臭的脑袋活摇活甩，就昏昏睡了过去。这样，阿崽和彩虹小两口子捆起一把躺椅，从岗上雇来两个莽粗的汉子，就抬着老牛毛既紧张又兴奋地上路了。

阿崽拉过两扇破门，卡下生锈发黑的锁棍。他那黝黑粗粝的脸子铁冷，就听着老牛毛昏睡的鼾声，紧跟着抬杠在后面走了。

天气阴阴晴晴的，太阳被遮在云层的那边，有光无芒地燃烧。苞谷正是挂包结籽，片绿中孕着点红点黄，山风吹过，逸展的叶片就轻飘飘地鸣唱。半明半暗的空中，偶尔飞过一只鸟影，腹下抓根草茎，有些急迫地赶去筑那隐秘的巢穴……

"站到……彩虹……站到……"

几个人正小心翼翼往坡脚溪头走着,猛听一阵气喘吁吁的喝叫。回过头去,他们看见村长德彪带着伙人追赶了上来。担架抬靠在路边恓恓惶惶地停下,众人就气焰腾腾地逼到跟前。阿崽莫名其妙地愣了愣,就往站在田埂上高人半截的德彪走去。

"我不找你。"村长方头大脸晃了晃,得理不饶人的口吻,"我找我们磨盘岗的姑娘。"

"你是说彩虹?"阿崽黑粗的脸子扯动了一下,"我是她男人,按国家法规……"他有些犹豫,似乎斟酌着词句的深浅,"我是她的法定保护人……"

"好……这就好哇!"德彪凌厉地说,"你还跟我说起这个来了……我们随便走到哪的,茶钱我来开,看哪家姑娘是把个老爹扔弃不管,自家跑走就嫁人的……害得牛毛老哥病了疯了,不是我发现得早,灌几碗老酸汤,他命都要除脱……我就不信共产党的天下要向到你们……"

"我们这是送他去城头医院……"彩虹凑到阿崽身边站着,涨红脸子说道,"又不是送他上杀场……"

"未必然你还要说这是尽孝心不成!"

德彪的口吻里夹着嘲弄。

"他是我爹。"

"大路不平旁人铲……你以为我这个村长是吃素念经的不是……"

"我们是送他去医病的……"

"病医好呢?"德彪双手叉腰,审判似的,"病医不好呢?"

"医得好医不好我们都要接爹走,跟我们到广东那边去……"

阿崽有些愠怒了。

"要是他不愿和你们去呢?"

"爹……爹他会的……"

"老牛毛跟我说过他死也要死在磨盘岗。黄土都埋到颈子了,哪还要想离乡背井的……"

"这是我们自己的家务事情,不要外人干涉。"

"想用麻药麻昏死就这样抬走……"德彪愤怒地指天戳地着,"国有国法，家族中也有家族中规矩……人医得好医不好都跟我抬回来……要他自家心意选择……国家还兴不准虐待老人呢，叫你们这样打整还行……”

矮矮瘦瘦的阿崽往前遄了两步，又叫彩虹死死拖了回来。他脸神青乌乌的，闷头闷脑一阵，终于认命地向德彪叫道：

“我们抬回来就是……抬回来交跟你们就是……”

“你不要火气。”德彪鼓了鼓牛卵子似的眼睛，“老牛毛乐愿跟你们去，我们还省得包袱拖累人……只是我要警告你们，不要用药麻，要他自家走出我们磨盘岗山垭……”

他又鼓圆了眼睛盯住了彩虹。

“我不认你这个侄女，你把我们磨盘岗人的脸都丢尽了……但老牛毛是我族中哥子……只要我是这里的村长，就不准……你以为你出去洋气几天，回来就要欺负我们农村人哪……”

德彪说着，伸手到后腰上抓拿一把，就倒提个玩具囡囡在手上，往彩虹一撂扔了过去。那洋囡囡摔到地上叽叽地跳了跳，就在彩虹脚下躺倒了。随后，德彪举起只手有力地一挥，就像扯起一面胜利的风帆，带上磨盘岗村人，大步上坡走了。

这时彩虹眼睛泪水花儿转，忽地跺了跺脚，捡起那玩具囡囡，奋力扔了出去。那洋囡囡半空里翻两个筋斗，就倒栽葱地落进一片刚刚蔫须的苞谷土里。

“哪个叫我们……是这个老癫子的姑娘是这个老癫子的女婿……”

阿崽声音有些异样地哼了哼，又黑又粗的脸子木木地向着彩虹，像是怨詈，像是解脱。随后，他就督促着两个汉子抬起昏睡的老牛毛来，又紧紧迫迫地赶路了。

涉过溪头，爬上山垭。那阵，太阳已经偏西。完全是一种下意识的，阿崽回头看看来路。那一瞬间，他心底深处震了震，疲惫的目光悠悠晃晃，被一种神秘的力量牵引着，盯住了那根成精成怪的白果。那对面坡上小土屋旁的老树闪光发亮着，镶金镶银似的，是那样辉煌，那样迷人……他不敢正眼看着。他不敢长久看着，有些心虚胆怯地走了。

七

太阳仿佛害了瘟病似的，好久不曾露出圆圆的脸盘。连天阴雨，淋淋沥沥落个不停。小土屋顶盖杉皮浸饱了水分，散发出潮湿霉烂的气味。苦雨欺上山墙，犁刻出斑驳的沟沟槽槽。腐败的杉皮兜不住水，滴答滴答落在地上，屋子中央溅出个坑洼来。

老牛毛翻倒一根条凳，腰杆上捆一把V字形的骑棍，理着一缕一缕新谷草打着草鞋。新谷草又细刷又清新，横咬在嘴巴上，仿佛受用得很，银丝般的口水从嘴角上往下坠落。他身后熏黑的土壁上钉着根竹签，挂着一摞打好的草鞋，十分耀眼。

哞——牛栏里的水牯叫唤了。

老牛毛愣愣地听了一阵，就想起哪样事情似的搁下活路站起身来。他没拿个蓑衣斗笠作遮掩，顶着斜风扫来的牛毛细雨，贴墙根走到牛栏边上。天水已经漫过牛栏，泡散黑黑的牛屎堆，化作半池浊淖，漾起草茎沤烂变质的腥膻气。水牯四脚打杵一样地插进粪汤，仿佛冷水田头的石堡，一动也不动。几只萎缩的蚊蝇歇在稀毛灰白的脊背上，懒懒的探一根血针刺进坚韧的牛皮。牛尾巴舞了舞，却打不起来，对那几只小孽障，大有无可奈何的意思。老牛毛是前两天才发现这条缠丝虫的，但已经很晚了，牛尾巴只剩半根筋了。那吸血鬼春上犁田那阵就粘在那里，藏进牛毛里，浑成黑灰色道的，一直没有被人发现。只有牛知道，它感到又痒又疼，可是喊不出声来，就失去了保护神一样的尾巴。畜生眼睛网满血丝，鼓鼓的望着主人，夹杂着一种怨恨，渴望着哪样……

老牛毛返身进屋，不一阵提来那摞新草鞋。水牯是两天没有喂草了。老牛毛拿不出来，干草青草眼前老牛毛都拿不出来。他痴痴呆呆的，把摞新谷草草鞋往冷气灰灰的牛鼻子跟前凑着：

"你把我的这个吃了——"他木木地说着，"这个吃了……雨住了，就牵你上放牛山去……那里有好草……"

饥饿的畜生扑扑响鼻，欢呼似的，白惨惨的毛舌头滞钝地一扫，就带过一只草鞋斜填进大嘴，泡沫挂满腮帮地嚼起来。不到半天工夫，那摞像太阳一样灿亮的草鞋就消失了。

天气放晴了,德彪提串瓶子上街赶场,回村时就给老牛毛捎来了一张汇款单子。那阵,老牛毛滚个晒筐在地坝上,伸脚展腿地躺在里头瞌睡。要命的连绵阴雨,搞得人对太阳是那样贪好。德彪从坡脚溪头上来,手里攥着那张绿格儿绿字儿的单子。走到白果树脚,把那串塞着苞谷核儿的煤油瓶子在地上放好,他屁股一低坐在鼓突的地根上,就像是知道晒筐里头的老牛毛根本没睡着,看也不看那边一眼:

"牛毛……你来……有事情和你说……"

老牛毛从晒筐里翻起身来,提了提松松垮垮的裤腰,有些佝偻地走了过来。

"你把这个……我跟你盖个章……"村长把汇款单子杵到老牛毛眼睛底下,"拿上街去变成钱……"

老牛毛揉了揉眼睛,木讷地嗫嚅着:

"是政府……发给我的救济款?"

"哪得救济款啰!政府一大钵稀饭现今都没有吹冷……"村长眼睛白了白,短粗的指头戳到汇款单子上几个蓝黑的字迹,"你那个挨刀女有出息啰!这是她寄给你的……"

"你说彩虹……"

老牛毛木钝的脸子扯了扯,心中掠过一道光芒,但很快却又流星似的逝去了。他听得出德彪那种讥诮的口吻,再笨再憨的人也能够听得出。姑娘失踪没有几天,赶场的人们从街上听到,说是醉胡子的婆娘在城头医院里找他们磨盘岗一个打胎的姑娘吵架。不用好繁杂的推理,抓到脚脚便剩下爪爪,这个贱货除了老牛毛的姑娘,还会是哪个呢。事情一经传开,磨盘岗人顿时觉得做人都失了分量了,仿佛比那回岩层剥离山体移动还要令人惊骇。德彪是个顾惜体面的人,每场上街都要捎上几个瓶子替他的臣民们开后门打煤油,总要和街上那些掌握机关的人照面。彩虹的事情发生,他心灰意冷的,竟跑到乡公所要辞了村长职务。

乡长费口舌劝慰道:

"姑娘失足……这是不能回避的事实嘛……但她后来参加了劳务输

出，跑到海洋边边去了，说明她不是团脚板儿……现在搞开放搞活，这个又是有前途的事情……总要一分为二才是唯物的态度嘛……”

德彪听了半天政治课，这才打消了辞职的念头。往回走到半坡白果树脚的时候，老牛毛又在那里等着。他神情凄凄苦苦的，像个罪人那样见人就磕头似的说道：

“我是孤人……我没得这个女……我的女……她死了……”

村长听着，眼睛发涩，怨气也顿然消去大半……

可是现在，姑娘却给老爹寄钱回来了。

不知是因为磨盘岗人从未有能够收到一张汇款单子的殊荣而感到分量沉重呢，还是因为心里有愧当着村长的面而难为情呢，或者是因为诅咒而惭愧不安呢，总之老牛毛捧着那张绿格儿绿字儿的纸片，就像捧着一块火炭似的，感到一种烧灼的战栗……

老牛毛的呆立、怵然，倒使村长德彪觉得，事情既然是这样，心胸也就可以天高地阔地包容一切了。

“牛毛老哥！看你愣起这个傻样儿……”德彪从地根上站起来，怪然地打破了沉默，“这钱……我看这钱用得。钱上又没有写字说是哪个的钱，你就当是她还你的债。生养都是要贴血本的，未必轻易就长成个人……都说‘无不是的父母’嘛……过去的事情少想，成虫钻草成龙上天由不得人愿，只要她晓得还债……”

“她哪里得钱寄跟我用……”

老牛毛梦呓似的喃喃着，卷过汇款单子捏在手心里，就又倦又累地坐倒在地根上。德彪站着，两手叉在腰杆，突然生出些微疑虑，莫名地打量着老牛毛。

“现在的姑娘哪——”

他唉声叹气地提起地上的那些满满当当的煤油瓶子，像是又悟出点什么，便有些幸灾乐祸地说：

“听说了么？牛毛老哥！街上何家剃头摊子上给人洗脑壳的那个姑娘，前两天喝敌敌畏死了。”

老牛毛不自觉地打了个寒噤，一张绿格儿绿字儿的纸片，也从松松的掌中飘落下来……

“你要上街换钱，要从那绿颜色的门面进去才成……”

老牛毛听着声音抬起煞白的脸子来，似乎还想说点哪样，可德彪已经走出老远了。

那天夜里，老牛毛早早地上铺躺倒了。他没有像往常那样在白果老树底下坐上半宿，才哈欠连天地回屋睡下。孤灯寡人，耐不住半点风寒。夜气从牛肋巴木条小窗透进，一豆灯火摇曳，一颗心悠凉。冥冥之中，那双眼睛开始出现在上方，鼓胀的，充血的，流星一样地闪烁和旋转。他本能地侧过身来，逃避那双绝望的眼睛。然而流星变过方位，又在屋中坑洼处舞动。他试图闭上眼睛，可是上下眼皮刚刚合上，就有种奇异的呼啸声在耳边响起。他打消躲闪的念头，听天由命地挺直腰杆，准备承受那恐惧的精灵将要施加的一切。他那半睡半醒的心深处，老响起那个咒语般的声音：

“白果芯……白果芯……”

声音反复不已，并沉重地凝结起来，有如一颗葵米似的在心里堵着和梗着……

下弦月亮升起，岗上坡脚朦胧如梦。老牛毛抱着个脑袋坐在老树脚下，石头疙瘩似的，没有鼾声，没有呓语，甚至呼吸也似乎停止。然而天刚亮明，他却又颤颤巍巍地站立起来。生过一回，死过一回，他现在又活转过来了。

那天，好几拨人从村头下坡来见识那张汇款单子，老牛毛就絮絮叨叨地谈起夜里做梦的事情，说是那害“狗牙疯”病去世的女人如今在阎王爷那里锥鞋，昨晚回来找只铜顶针，翻箱倒柜的，听到鸡叫就风一样地逃跑了。大家于是挤眉弄眼起来，装作一本正经的样子逗道：

“你婆娘早就是阎王爷点中的人，这才支使烂眼儿家的那条破狗来追索她去……”

老牛毛愣怔一阵，仿佛觉察了那层讪笑的意思，就阴阴地不再吱声了。

不知哪样缘故，那年秋天，一年一度都要侵扰几回的酸枣狗子没有来。就像串乡货郎醉胡子再也不敢到磨盘岗收购白果一样，那些成精成怪的畜生也远离白果老树了。那几天，老牛毛搂着装填了弹药的火铳彻夜守候，一副稳猎的样子。最后，他不得不把那杆枪药射到天空，不然就要回潮了。

“你们来……你们这些酸枣狗子来呀……我不打你们了……”

他扣动扳机，子弹拖着红红的尾巴飞向发白的天空，似乎浸血的心也跟着飞出去了，浑身空空荡荡的，感到一种从未有过的虚脱，一种从未有过的孤独。突然，他顿悟过来，那些小小的酸枣狗子并不一定需要这根白果，倒是他已离不开那些精怪的畜生了，就像离不开这根白果一样。列祖列宗可以作证，从有这根白果树以来，老牛毛家的辈辈代代就和酸枣狗子连在一起了。那孽畜年年光顾，年年朝贺，年年几声枪响，年年几只酸枣狗子倒在树下，血祭老树，血浸老树，使得老树根须强劲地冲出地面，枝繁叶茂，硕果累累。这样生生死死，相因相承，纠葛交杂，已经不可割舍……

所有和那老白果有关的东西，似乎都离不开了。

深秋的一天，太阳很好。老牛毛坐在院坝那儿，脱得半截身子光光的，仔仔细细地看了半天虱子。随后，他穿起衣裳，舒舒服服的，移到老树脚下。他眯细眼睛，靠着老树干，仿佛倾听那白果年轮深处传导上来的呼声。接着，他抓起半升白果痴痴地剥着，连芯带肉的，就往嘴里抛送……

傍晚，村长德彪从街上赶场回来，见到老树脚下没有老牛毛，连喊几声无人答应，去推开门，这才发现屋头漏雨击打出的坑洼里，老牛毛已经昏迷不醒。半升白果只剩一堆白果碎壳，脚下蹬出一槽一槽泥土，他似乎想爬出那个坑洼，可是没有能够爬出……

这才想到灌老酸汤解毒，这才想到拍发电报，以磨盘岗全体村民的名义通知珠江三角洲那边的彩虹……

八

阿崽单独一个人回来了。医生说，老牛毛的病属于老年性痴呆症，稍稍几天不会好转，只有依靠慢慢地调理。这样一来，非把老牛毛接走不可了。小两口子嘀咕到半夜，就决定彩虹留在城头稳住老牛毛，而阿崽则提前回到磨盘岗，先料理诸多家事，以免疯疯癫癫的老牛毛回去碍手碍脚。再说，要叫老牛毛顺顺当当离开那小土屋，离开那白果老树，却并不是一件容易事情……

是正午的时候，还价两百块钱，烂眼儿就把那头糟牛牵走了。断尾巴水牯预感到哪样凶险似的，犟着牛头不肯上坡。烂眼儿则莫名地兴奋着，急躁地抓起鼻线，死拉活扯的。牛鼓着充血的眼睛，痛苦地哞哞叫，也只好跟去了。

阿崽在老树底下目送着，斜吊的眼睛里透着迷惘。看着那人和牛对抗的情形，他心头有种难言的滋味，好像叫贼头鼠脑的烂眼儿敲去了一把。他相信预兆，动物的感觉常常是真实的。他那个渔村的渔民从前出海，常常不看天气而看鸡看狗，天气是晴好一时，鸡狗则管三朝……

烂眼儿是大早下坡来的。那阵，听说阿崽的烟抽完了，就又跑上坡去拿了半把叶子烟来，显得特别殷勤。阿崽抽惯烟卷，忽地抽起叶子烟来，觉得有些暴烈。一杆烟化作灰烬，心头火烧火燎的，眼睛发黑发花，就像在白光耀眼的海滩面对那些渔民扔弃的发烂发臭的毒鱼，感到难受极了。他靠坐在树根上。烂眼儿眏着红红的眼睛，扯天扯地瞎聊半天，才摸着石头过河地说：

"听说你们那边好找钱。"

阿崽白白眼睛点点头。

"我有个姑娘也想送去找个活路，就像彩虹那样的。"红红的眼睛定了。

阿崽愣愣，打量了烂眼儿一阵，又点了点头。

"只是……我们有话说清楚，我那个姑娘要回来，她在家头已经是放了人户的，不能在那边嫁人家……"

阿崽黝黑粗粝的脸子扯了扯，干硬地笑了两声，冷冷地摇晃着脑袋：

"屁话……管天管地还管这个……"

烂眼儿伸长的脖子蔫蔫地缩回去了，尴尬地愣了愣，红红的眼睛往天上翻了翻，又谈起那根老白果树。

"我炸翻也不会卖……你想白送你……"

阿崽说着，漾起个发臭发酸的烟嗝，上下唇挤作个鱼嘴儿，往地上吐出两口糨糊似的秽物。

"你是醉烟了。"

烂眼儿嘟哝一句，全然没把那话当真听了。

最后，烂眼儿只是把那头糟牛牵走，依旧一副赚足赚发的样子……

天空是蓝瓦瓦的，像珠江三角洲的天空那样。宽阔的石板坡反光镜似的闪烁，氤氲着巨大的光团。横山斜岗懒洋洋憨疾疾的，挡不住一股一股热流窜来窜去。地上没有鸡飞狗跳，空中没有鸟影，愈往上愈是空空荡荡。四季分明的夏天，绿色的气味似乎憋足了劲头腻人、晕人。太阳西斜，但距离天际还遥远，一时半会儿不会沉落……

轰隆——忽地响起一声沉闷厚重的吼震，整个山地晃了晃，那根白果老树舞蹈似的跳了跳，漫天的金扇银扇在阳光中纷纷飘坠，带着呼呼的绝望的啸声，拔起粗壮的地下根须，白果树缓缓地向坡脚倒去，仿佛是天盖倾斜，仿佛是山地歪倒，而白果老树却是不动的……

等到那树犹如一个老人似的睡在地上，平静地跷起脚丫一样的根须，既狰狞又古怪，散发出阵阵浓烈刺鼻的硝药味儿时，磨盘岗人心头咯噔一声，就像是喝过二两酒闯进一个陌生世界，莫名的兴奋，莫名的惶惑……从岗上流水牵线地往半坡拥来。几条黑的黄的狗，飞着一根尾巴，一路汪汪吠叫，凑热闹一样地在头里跑着……

但是，等到站在翻倒的树干跟前，面对树根拔地剩下的坑窝，人们却三人一堆五人一伙地发愣发怔起来，狗们也似乎嗅到了一点什么，绕着那新鲜的坑窝，绕着那翻梢的老树，夹死一根尾巴，直呜呜地呻唤……

没有树荫，太阳直直地照射，肥沃的坑窝，盘错的根须，都镶金嵌银地享受着浩荡的光辉。阿崽在地坝那边小土屋檐下蹲着，双手环抱在胸前，像个肇事者一样地瞅着人群，目光警惕而又有些畏缩。经历巨大的震动之后，小土屋泥墙绽开两道裂缝，顶盖几块腐烂的杉皮垮落下来，那被烂眼儿放炮打烂的天空又扩大了几分……

"你这个……是搞的哪样名堂！"

一直蹲在树坑边上发呆的德彪，忽然醒豁似的，呼地就蹿到了阿崽跟前。那一霎工夫，阿崽以为要打架，也噌地站直腰来，拉开了架势。

但是，事情仿佛并不存在是非之争，并不存在高下之分……德彪很快又弹了回去。

“炸呀！你做哪样不把这幢房子也炸了！”他在地坝那里吼着，悲怆地仰着头，向着天空，向着渐渐血红的太阳，“这幢房子不也是你岳丈老牛毛的……通通炸了吧！”

烂眼儿从树冠那边走了过来。他两只手一边抓着一把老树叶子，姗姗地向阿崽逼近。站在檐下的阿崽，忽地感到一种怯弱，腿闪了闪，就又萎缩地蹲了下去，显得可怜巴巴的。烂眼儿来到跟前，怔了怔，倏地，他高举双手，散开掌心，片片滋润的鲜亮的扇叶在斜照中优美地翻飞着落了下来……

“你是疯了。”烂眼儿咕哝着，“你不卖……你还要把它炸了……”红红的眼睛眨了眨，落下两颗冷凉的泪水，他就失魂落魄地回到人群中去了。

“你以为这棵树是老牛毛的你就可以乱整不是……”德彪还在那里咆哮，“不！不！连老牛毛都是我们磨盘岗的……”那嘶哑的声音，不像是从他喉咙里喊出来的，倒像是从炸开的坑窝里飘出来的。

“只要磨盘岗在，这棵白果就是磨盘岗的……我们磨盘岗不会死，从来没有听说这些山坡这些土地会死……这棵树永远是我们磨盘岗的……”

不知是什么时候，人人在德彪周围集结起来，男的，女的，老的，少的，地坝上人头攒动，那阵势，仿佛村长一声令下，阿崽就会被撕成碎片，被活活地吞噬……

“我是炸树……”

阿崽在檐下挨不过似的站起身来。虽然心虚胆怯，但还是维持着镇定。他扫了扫人群，缓慢地说着：

“我不会砍斧头……再说……用斧头砍太慢……树粗大……也难砍倒……这个事情有冒犯了乡亲们的地方，还请……树不炸也已经炸了……只得请大家原谅了……”

那一阵，人群竟是出乎意料地沉默。连几条呜呜呻唤的狗也不出声了。那一张一张脸子表情麻木，既不怒也不忧。而不大工夫，仿佛弄不明白却又无从下口发难似的，整个人群开始尴尬地浮动起来。有唉声叹气的，有不知所措的，也有愤愤不平的，但终于都悻悻地散开……

“就这样算了……未必事情就这样算了……”

德彪走在最后，一路还愤愤然地唠叨着。

阿崽怔怔地看着离去的人们。仿佛做梦似的，他不大相信事情就这样了结了。但是，这场古古怪怪的波动的确是过去了，就像不能理解人们齐齐整整地往炸翻的白果老树聚集一样，这个瘦小黝黑粗粝的“老广”同样对于这种平淡的结局感到是那样不可思议……

“这棵树料至少可以做两副棺木，刚才要是当众拍卖出去，或许还能挣下些钱……”

看着那翻倒的白果老树，阿崽心头暗暗想道，就自嘲地笑了。

九

老牛毛由彩虹陪着回来了。

那阵，太阳刚坠入西土，远处的山冈近处的田土，无数黑暗的点子跳荡起来，横组竖接，连成一张大网，四方八面拉开来。随着最后一缕天光消逝，这张大网很快又由那些衍生出来的黑点填满空眼，化作密麻扎实无懈可击的板块。老牛毛从坡脚溪头上来，走过往日的白果老树脚下，他似乎怔了怔，就又接着往坡上走……

“爹！已经到家了，你还到哪的……”

彩虹把老牛毛牵过地坝，拽进了小土屋里。

“我的白果……我要回家……”

老牛毛沙声沙气喃喃着，烦躁不安地走来走去，想夺门跑出屋来。那情形，就像一头野性未驯的兽被关入笼子那样，不知深浅地蹦跶着。

“爹！”彩虹凑近那又薄又亮的耳朵，“这就是你的家，你的小土屋……白果树倒了，白果树已经炸倒了……”

那里说着，这里阿崽就点亮一束干燥的葵秆，向彩虹晃了晃脑袋。于是，小两口打开门扇，事实上老牛毛惴惴地来到那根翻倒的白果树跟前了。

在红红的火亮中，老白果通体泛着一层彩釉似的光晕。看着那枝叶，看着那根须那坑窝，这一瞬间，老牛毛木寡的脸子扯了扯，阿崽手中的火把就炸起几点飞星，惶惶地扑向黑夜。小两口敛声屏息地盯住那老精灵，仿佛一瓣心子放到火把上燃明烧焦了。

"这……这不是我的白果……"

老牛毛终于叫道。声音不大，却透着一种歇斯底里。沉闷的夜气抖抖，就吹起一阵风来，拂动那些半卷的扇叶窸窣作响，像是申诉着满腹委屈。

"我的白果……"老牛毛出神地望着深渊一样的夜空，自信地喃喃着，"我的白果不会倒……从岗上搬到半坡都没有倒……"

彩虹和阿崽对望一眼，就又凑近癫子的耳朵，一字一顿地说道：

"爹的白果是站着的。明天，我们就走，我们回家，家头有爹的白果。今天，我们在这里歇住，天黑了，看不见路了……"

老牛毛喔喔地点着头，乖乖地跟着彩虹回到小土屋里了。

老癫子睡不着，眼睛木然地瞪着，陷入一种痛苦的期待中。阿崽和彩虹不敢大意，但又顶不住瞌睡，就轮流守候在床边。油灯是彩虹上小学用过的墨水瓶儿制成的，没有火口，没有灯罩，静静的火亮像颗坐立的瓜米。四壁墙子是熏黑的，光亮落照上去，立刻就被吞噬，反射不出任何影子。楼笆上边大概是阿崽翻身，弄出吱吱嘎嘎的响声来，无意却似有意地拨动着这夜的神经……

葵米似的白果芯，痉挛的喉头，滞钝发直的目光……患狂犬病的母亲吞噬白果芯的那幕场景，从瓜米似的灯影中推出，在楼笆缝隙里在墙角木床上进行。那根宽宽长长的踏凳已被老牛毛劈来烧火了。但位置没有变，木床还在墙角，在狂犬病人躺过的踏凳原来的地方。彩虹抓起那松弛冷凉的手，不是塞给他白果芯，而是用力克制来自内心深处的那种战栗，竭力想摆脱眼前正在进行的那幕幻影。可是，那老癫子触电似的抖了抖，就恐怖地抽回手去。彩虹再也平静不下来，她拈起颗针拨大灯火，屋子亮堂多了，也显得暖和多了。光明和温暖似乎给人带来了信心和希望，彩虹端来大盆热水，就跟老牛毛洗起脚来。哗哗啦啦的水响，给这沉闷的角落平添了几分生气，人心也轻松多了。而后，她再抓起那松弛冷凉的手，老癫子就安静了，而且两只迟钝的眸子还转了转，向姑娘瞟了瞟。凭着一种真切的感应，彩虹看到有一道门在打开来，在他们父女之间打开来……

"爹！娘不是吃白果芯死的。"彩虹一改几天来那种诓哄的口吻，变得坚定而又认真，"白果芯毒不死人，我问过医生的，村里的人都是听传说，你想想你没有亲眼看见哪里就一定是真的。娘是害狂犬病死的,狂犬病的晚期病人大医院都医不好。村长他们灌粪……只是折磨娘……娘就不想活了……”

老癞子听着,浑浊的眼睛里滚出两颗冰凉的泪水。在昏暗的灯影里,两颗泪水显得格外晶莹透亮……

翌日清晨,村长德彪带着几个人下坡来了。公道永远需要有人主持,世风也才会日见长进。众目睽睽之下,老牛毛自己走出小土屋,走过土坝……经过那根翻倒的白果老树的时候,朝阳的光辉落在那些半卷的扇叶上,闪动着块块亮斑,精灵似的诱人驻足。老牛毛怔住了。空气沉重地顿了顿,彩虹就从旁边轻言细语提醒道:

“爹的白果是站立着的。”

于是,老牛毛就像中了魔咒似的,一直往坡脚走去。彩虹有些眷恋地回过头来,望那杉皮盖顶的小土屋,望那明亮的地坝,望那翻倒的白果老树……老牛毛居然凶凶地催促着:

“赶路喔——”

村长德彪听着,心头感到一种莫名的悲酸。他知道他癫了痴了,能谅解他,可这一去也许就再也不能相见……

“牛毛老哥!你是磨盘岗人哪!不要忘了先人祖宗!不要忘了弟兄叔侄……”

老牛毛没有停下来,甚至没有回头望一眼。他摇晃着单薄的脊背,急急匆匆地下坡,走去找那站立的白果,那永不翻倒的白果……

“你要是过不来就回磨盘岗啊……那边热……我们这边凉快……”

村长德彪哭了。

磨盘岗人哭了。

只有烂眼儿,他从后面追去,在溪头赶上老小仨人。从腰包里掏出一团硬邦邦黑乎乎的东西,他就拿着往阿崽眼前凑着,万分诡秘道:

“牛黄。开价两千块钱卖你。拿到那边可以赚对半。”

阿崽黑粗的脸子跳跳,就醒过神来了。

“原来你买牛去就取得这个。”

"嘿嘿……"烂眼儿狡黠地眨着红红的眼睛,"都说糟牛就有这个,是城头货郎醉胡子悄悄告诉我的……"

"你从哪个地方取的?"

"牛肚子里头。"

阿崽笑了笑,摆了摆手,再不说一句话,就把烂眼儿冷丢在溪头,去追那已经走远的老牛毛和彩虹。

直到山垭那儿,阿崽才气喘吁吁赶上父女二人。眺望对门坡上,少去白果老树倒更加敞亮。小土屋灼灼闪光,但少掉了那份神奇和辉煌。村长德彪他们还站在地坝上,阿崽感觉得到他们的张望……

是的,德彪村长说得好,磨盘岗是不会死的,这些山坡这些土地是不会死的……阿崽这样想着,就催促着大家赶路。

他们准备乘坐夜晚零点那趟过境车,直达珠江三角洲。

巨 人

一

夜里一场骤风狂雨，将一根耸入云天的大杉树摧打折断，倒卧在了西头垭口下面的路上。村长德高觉得不是好兆头。不久以前，县上一个行家来一眼桥村，那人佩着一副金丝镜子，站在桥头桥尾桥上桥下，翻来覆去地，考察得一眼桥仿佛赵州桥似的，既古老又神奇，既美观又实惠。接着，一篇文章就在报纸上载了出来。一时间，那独拱石桥变得身价百倍。从省城从县城，不断地有人走进东头山口，来到桥上，感慨吟诵，留影题字，发思古之幽情。桥是古桥，那么道是古道，村落也成了古村古寨，山为名山，水变圣水，滚雪球般地直把一眼桥村滚得处处风光。眼下，上面正在计议凿通一条公路，将个一眼桥村开辟成一片游览区呢。

可是，这一棵树却不偏不斜梗横在西边路上。虽不是东边大路，而一脉畅通，塞其一端，便停滞和枯死了。德高不敢怠慢，很快集合起了全村青壮汉子，个个手执砍斧，雄赳赳地开赴西头垭口下，拉开严整的阵容，开始了砍伐。乒乒乓乓地，连续而有力的砍斧从日出响到日落，锋利的斧刃发烫了，卷口了，暗淡了。枝丫剔尽清除了，可粗大的树干却依旧大模大样地躺在路上。一群汉子累乏了，砍斧一松，屁股挨土就坐在了树干的两旁。

夕阳斜照下来，落在一块块油光黝黑的脊背上。夜风没有吹起，雀鸟也未归巢，四野里一片沉寂和温和。一个个散开坐在地下的汉子，就仿佛一团团褐色的石头，那样无声而又坚硬无比。

就在这一阵，咚，咚……一种凝重浑重的脚步声，节奏有力地从垭口那边传了过来。由远及近，响得越发分明。空气在微微地抖动，大地在微微地震颤。疲倦的汉子们攥紧砍斧，屏住呼吸，眼睛直直地瞪着垭口，仿佛随时准备跃起来扑上去，作一番殊死拼杀。倏地，天地间暗了下去，黑乎乎一堵墙从垭口上冒了出来，矗立着挡住了一缕余晖。汉子们定了定神，才看清那是一个奇大无比的巨型男人。汉子们一惊，猛地从地上跳了起来。但他们没有退缩，簇拥得铁铮铮的一堆，守在那横卧着的树干后面。那巨人仿佛也感觉到了敌意，就在垭口上打往了脚步。返照的回光，静静地把那巨人通体涂染了一层暖晕，有如一尊铸铜塑像。双方对峙着，一上一下，高高低低，俯仰之间。平地刮来一阵强劲的山风，打在光光的脊梁上，汉子们簇拥得更紧了。那巨人孤孤独独，却纹丝不动，连袄上的衣襟也不飘动一下……

只是瞬间工夫，听得啊哧一个喷嚏，空气湿润地旋转，点点唾沫星子仿佛溅到汉子们脸上。天光开出一条路，那巨人离开垭口，又脚步铿锵地往前走了。眼见着三两步就逼到跟前，村长德高想起了自己的职分似的，一跃上了树干，晃了晃手中的砍斧，高腔大调地喊道：

“你是妖是怪，还是人？”

那巨人愣了愣酒杯大的眼珠子，站停下来，冲着一群汉子，沉痛地说：

“我是人。”

德高感觉到一股热热的气浪扑来，身子下面有些轻飘，紧接着又问道：

“你从哪里来，又到哪里去？”

那巨型男人昂起箩篼一样的头颅，望着遥远的青灰色的天空，嗫嚅着黑洞洞的嘴巴说：

“我从平原来，顺着河走，又顺着山走，就到了这里。我不知道走了多久，也不知道还要走多久。我想找寻一个女人，安下一个家，生养一串孩子。可要到哪里才是头呢？”

到了这一阵，树干后面的汉子们才长抽一口气，相信站在跟前的庞然大物是地地道道的人了。汉子们用一种冷静的目光来打量，才发现那巨人不过十来尺躯干。黑黄的肤色，耳朵仿佛两块巴掌，头发蓬乱参差，刚刚让马啃过似的。衣裳穿着是粗糙的帆布,东一块西一块,粗粗的麻绳子长针长针地连缀着,脚上蹬着两块褐色的杉树皮,底下套着一副亮锃锃的铁脚马……

德高挥了挥手,一群汉子在树干的后面散在了两旁。那巨人又迈开步来,两只脚就像正负两极,整个躯干就像一台交流发电机,电流输入大地,贯到一眼桥汉子们身上。汉子们被吸住了,抓住了,呆呆地看着那巨人走近了。到得那树干跟前,那巨人不再往前跨越。他躬下壮如黄桶的腰去,端起一双杠子般的手臂,插入横躺地拦阻在路上的树干底部,酒杯似的眼睛猛一瞪,那帆布衣裳后面钢铁的棱角顶了起来,粗大的树干就缓缓地移动着,旋转着,归顺着。一眼桥的汉子们看得发愣,做梦似的,大张着嘴巴合不下来。等到清醒过来,眼前剩着几对深深的船形的脚窝,那巨人已走出去很远。村长德高猛然记起什么似的,一拍后脑勺,就顺着疏通了的道路紧追上去。直到村口,他才气喘吁吁地赶上了巨人,恳切地说道:

"你不是要找寻一个女人安家么!"

那巨人严峻的面颊上掠过一片温和的亮光,透着几分凄凉地说:

"起初,我想找寻一个和我一般高大的女人。世界都是成双成对的,有天就有地,有阳有就阴。我想既有我这样的男人,就有我这样的女人。可是现在,河那样长,山那样险,我走得累了走得腻了,感到了孤独,也感到了衰老,再也无心去找寻,只好凑合了。我要一个家,要一脉种子,要过安定生活。"

这样,那巨人就留住在一眼桥了。

二

村长德高有自己的盘算。那一眼桥村几百亩田土,多少个世纪以来,经历无数次滑坡崩崖,躺满了一团一团巨大的岩石,非巨人不能够排除。而且,有个高汉子大力士在村寨里,哪家立幢房搬石扛木什么的,那就简直方便得很。不过,德高的心计主要还不在这上面。作为即将开辟成游览区的一眼桥村,凭吊古迹固然是重要内容,但是倘若同时又能够猎奇,岂不更吸引游人?十来尺的躯干,腰壮如黄桶,篮球场的穆铁柱也远远不及,实为罕见之物。巨人不仅实用,而且具有欣赏价值,这就美哉了。

可是,要让巨人在一眼桥村长住,却不是桩轻松容易的事情。找寻一个配偶,德高心中是有了谱的。但不能说起面粉就是粑,婚姻嫁娶,还得一个过程。出于无奈,德高只好让巨人暂且住在自己家里了。

房子几大间,可睡屋都隔得格子一样的窄小,巨人进不去转不动,将就着宿在堂屋里。没有丈长的床,也难得承受那份重量,便在地上垫了几领大蓑衣,四条被子串缀一起,凑出一个地铺来了。尽管如此,一天夜里,那巨人一翻身一伸腿,居然将正壁祭祖的神龛蹬垮了。德高两口子睡得懵懵懂懂,还以为垮山崩岩,亮枝亮杆地跳起来,才知道是老先人的牌位让这个不速之客碰倒了,气得再也睡不安生。吃饭呢,那巨人不用筷子用缸钵,就像牵开口袋倒一样,十来斤米一甑饭,不一阵工夫就底朝天。望着一仓房米谷仿佛堆在消坑里似的直往下塞,德高心疼着,也更火燎燎地想脱身,把巨人推出去自立家门过日子。

一眼桥村长生大伯有个姑娘叫玉娥子。这玉娥子虽不及巨人,可也有六尺来的个头,而且,肉和骨架都打了横,长得既宽阔又肥实。就因为身坯,小伙子们见到就害怕得躲避着,已经三十出头,还没有嫁人。村长德高给巨人相中的媳妇,就是这个姑娘。

但德高是聪明人,他才不会直接地去做这个媒。一句话不周到,就封断了去路。趁着收过麦子挂了镰刀的工夫,德高让巨人去清除那些陷死在地里的岩石。巨人提着一柄大号铁锤一根大号钢钎走出村口,不用发布号召,全村男女老幼都闹闹哄哄地跟在后面,看西洋镜似的拥到了地头。虽是好奇,却也不敢凑近去,只远远地站着围观。那巨人依旧一身粗糙的帆布衣裳,穿着得有棱有角。听得一阵噗噗声响,他捋起了两只硬袖笼,露着一对仿佛上了釉彩似的肘子,就向那三四千斤一团石头走去。近了眼前,他抬起一只水桶粗大的腿,往那巨石上一搁,脚掌底下铁脚马哐当一声闷响,迸出几点火星。众人大气不出,仿佛那脚掌是踏在自己心子上了。猛地,那巨人腿弯拐打直来,整个大地益发抖动,那巨石就从泥土里拔出来翻仰了。他躬下腰身,那巨石便仿佛粘在那肘子上面似的,被平端了起来……

德高在一旁留意长生大伯,见他脸上的皱痕收束紧来,嘴上叼着的烟杆也掉在了地上，被惊骇得张眉惶眼的。他就走了过去，拾起烟杆递到长生大伯手上，显得漫不经意地说：

“北边的人，说是都长得大个大个的，啥子补天的女娲，射太阳的后羿，追太阳的夸父，还有那个盘古，也都是北方人……”

“这些人……我都听到说过，”长生大伯吐着一口烟子，有所思虑地说，“他……又叫哪样名字呢？”

“他叫十尺，”德高应着，加重了口气，“真正是个了不起的人！他想在我们这里安下家来，然后才回北方去办户口迁移……”

长生大伯不再作声气，只默默地点着头。

十尺巨人那里，正碰上一座小山似的岩石。他舞动铁锤舞动钢钎，一阵敲磕一阵打钻，片片火花飞迸，碎石块高高溅起，远远落下。众人直觉得眼睛灼烫，那碎石块也仿佛蹦上身来，便又往后倒退。瞬间工夫，小山似的岩石被解剖成了几大块，那十尺巨人又一块一块搬动起来……

德高揣摸着老长生不再惧怕，就将嘴巴凑到那耳朵上，细细悄悄地说：

“长生大伯！我看这人千年难逢，不如就让玉娥子配了他，招个上门女婿吧！”

老长生仿佛也正盘算这桩事情，听着村长的话，不置可否地晃了晃脑袋，喃喃地说道：

“好倒是好，就是那……身架长得太吓人。”

“这个……你就外行了，”德高紧接道，生怕一块红铁冷了似的，“如今，人家城头谈女婿，个头都要求在五尺四寸以上，从没有人傻得要求在几尺几寸以下，都只嫌矮不嫌高呢。何况，十尺这个人，不是那种山大无柴树大无丫，人家多高强，你都眼见真确，做得你半个儿子，你就会享福不尽……”

老长生听入了迷，不自觉地点了点头，便又一声不吭起来，仿佛不推辞，却又理应有一个思索的余地。

事情有了头绪。德高狠了狠心，去乡街上扯得三丈二尺布，替十尺巨人做了一身新衣裳，换下了那笨沉粗糙的帆布装。然后，他又包了几斤白糖，买了两瓶老酒，备好一篼篮礼品。巨人不理会似的愣了一阵，也只好幺指头挂着，晃悠晃悠就去拜望老长生。哪里料到长生家中虽养得一个高大宽阔的玉娥子，住屋却依旧低矮狭小。巨人到得那里，望着黑黑的门洞干急。有宽大的堂屋，可地方上的规矩是做女婿未过门便不能上堂屋的，巨人也只能干急。无处安身，也就只有在屋檐阶砌上坐了。感到乏味得很，看见一只麻雀飞进了檐口窝中，他便站起身来，掀着瓦片把那小鸟捉在手中玩耍。在他那巨掌的摩挲下，小鸟阵阵地颤抖着。他手一松，那鸟就飞上了天空。

长生大伯似乎很高兴，觉得十尺巨人不仅力大无穷，而且有孝心，一点也不莽憨。他就裹了一杆粗大的叶子烟，装在胳膊粗的吹火筒上，让巨人抽。巨人从未接触这种东西，抽得两口，便呛得哐哐咳嗽，冲出来几股气流，把在地坝上闲放的两只雄鸡吹上了天。一张大脸也憋得通红，把整个阶沿都映红了。最后，玉娥子从屋里提了两桶水出来。巨人咕咚咕咚喝个精光，觉得格外带一种甜味，就回到村长德高家来。

长生大伯终于答应了这门婚事。

三

对十尺巨人来说，一眼桥村没有哪一间房子能够容纳得下他。新郎新娘总不能住露天坝、睡地铺。他得自己造屋。

秋天，地头的苞谷刚刚收获。那秸秆留在地头，既无用又得费劳力去清除。巨人给各家各户打过招呼，就请铁匠铺铸了弓箭似的镰刀，用一根树干做了刀柄，挥舞着便在地头砍伐起来。所到之处，听得唰唰风声，灰黄的秸秆就一槽一槽地倒伏，仿佛一道浑浊的河水流动。

那一阵，太阳当顶照射，干燥的秸秆燃烧似的灼热。巨人汗水淋漓，湿了一身衣裳。他感到浑身不自在，就把好衣服脱下来。他原本那粗糙的帆布装，让村长德高拿去搭盖牛栏圈顶了。十尺巨人将那衣服一拧，哗哗啦啦水流如注，地头顿时就仿佛开了一条渠。他抖散那巨大布套，往一棵树抛去，就罩住那伞盖，摊晒开了。在阳光和秸秆堆中，他那油亮的脊背就像一重黄土坡，兀立在地头。那些角状的厚实的肌肉，就仿佛褐色的石头，在土坡上滚动和跳跃……

不等太阳落山，全村子苞谷地中的秸秆刈光伐尽，摞成了小山似的几大堆。十尺巨人一抱一堆举过头顶，有如一团黄云浮动，就运到了村口。然后，他从铁匠铺寻得一块生铁，拿在手上就掘起来。挖得的泥土，他放水搅湿，光着船一样的脚板践得柔软，就用来打砖。砖盒子不是二五八的，也不是三六九的，而是借用了人家一个窗盒子。只三两天工夫，一口巨大的窑子掘成，一批巨大的砖也打好了。他用那堆山塞海的苞谷秸秆架窑，就烧起砖来。他不睡觉不停息，昼夜坐在窑门，嘟着一张大嘴，呼呼地直往窑膛里鼓风。大地被那窑火烤得发烫，整个一眼桥村的人都喊气候热得反常。等到几天以后，所有的秸秆都被他送进窑门，化作了灰烬，他才直起身来，转向了一眼桥村的人们。那一阵，他两只眼睛就像两条流血的口子，一张大脸糊得厚厚一层烟墨，吓得娃儿直叫唤……

那砖烧得红的红、青的青，可也还成规矩。他没有请匠人，自己拿着铁锤钢钎，就去山上开凿了一些石板石条子，用来做门窗。那一天，他正砌着墙身，忽地跑来村长德高，说地头牛打架，劳驾他去拖一把。他赶到地头，那两头大水牯正拼得眼睛血红，人们急慌慌地喊着天。他两步跨近去，一只手抓住一根牛尾巴，就将两头鲁笨畜生分开了。房子山墙封了尖，他在哪里寻得一把生锈的铡刀，拿到山腰岩板上蹭得锋亮，便去林子里割了几十根钵盂粗细的树拖回来，剐净枝丫，就搭在塔身上面做了檩子，上盖树皮茅草……

房子建造好了，可女家嫁妆还没有做完。虽道嫁妆，其实就是一张床铺。老长生专门进山，挑选了固实经久的柏木青棡做床架床横床板，床脚则用了铁匠铺加工的铁撑子。床长一丈二尺，宽一丈二尺，四方四正犹如一个戏台子。垫单被盖，也就相应地要做得宽大，可找不到弹花匠找不到织工，便只好凑合地连接起来，既费料又费工了。婚期是确定在正月初七，一鸡二犬三猪四羊五牛六马七人八谷九豆十棉花，人过年的那一天，还早着呢。

看来，十尺巨人是在一眼桥村定居了。村长德高喜滋滋的，行文件做宣传忙乎开了。将一眼桥村改作巨人村的报告还没有批转，他又草拟了游览区公路建设拨款申请递交了上去。两桩事情，他想一下办成，从早到晚就在乡里区上来回地跑。可越是急迫，就越是拖沓。一天傍晚，他拿着密密麻麻地盖了十多个红戳的文件回来了。巨人坐在院坝一个石礅上，见他哭丧的样子，就问起根由来了。

“想修……一条路……”村长德高吞吞吐吐，不敢说开辟游览区，方便城里人来一眼桥猎奇看十尺巨人，“来回有个运输……唉……现在的事情，真是难得办啊……”

巨人皱了皱眉头，一掌拍得大腿山响，便轰轰隆隆地说：

“这点事情，你就交给我好了。我闲得没有滋味，正好报答你收留了我。”

他把修路看作是村长德高个人的事情。

“不行……问题复杂……要通过人家地界……”

“都是一个国，怕个卵鸡巴蛋。”巨人说着，强猛的热气打得德高有些晃悠，“你让铁匠铺做些硬扎工具。锹铲要桌子大，钢钎要树干粗，铁锤要像这石礅。”

寒风凛冽，地上覆盖着冰雪。人们蜷缩在屋子里，抱着一团火烤灼。十尺巨人走出那高耸庞大的房子，隔着院坝，远远地冲着德高的屋子喊道：

“石头冷硬了，冷得发脆了，我开工去了。”

他就提着那些蛮头蛮脑的家伙走出了村口。凿通一条公路，对一眼桥村来说是一桩大事情。众人虽无力斗硬，却都关心着。巨人前面走，后面就跟着一大串拖着手、激动得脸膛发红的人。到得一眼桥桥头，村长德高站在高处，想说两句吉利话作为开工典礼。但嘴巴还没有张开，巨人手中的钢钎铁锤就舞弄起来，火花石块四处迸开，伴着隐雷般的滚动。村长德高只好带着他热心的臣民退却，远远地观望。凸的打矮，凹的填平，松的夯固。一条宽阔、平坦、崭新的路，急遽地往东头山口伸延着……

凌风就像刀子似的打来，人们跳着脚，一口一口往手上哈着热气，挺熬不住，就回到家中火炉上去了。巨人孤孤独独，却不懂得退缩。脑顶积满霜花，眉眼凝着冰芽，他一直干到晌午才回村来。他的脚冻皴裂了，仿佛一个一个娃儿嘴巴张着。虎口也震破了，血珠子牵线地往外流出。他燃烧起一堆草，化作灰烬，热热地捂在了伤口上。几个女人忍心不过，就夜里为他缝制了一双密板的棕衣鞋，做了一双厚实的棉手套。他穿了鞋子，却嫌那手套妨碍活动，便没有要。

一个月夜，神不知鬼不觉，公路就穿过了邻村的地界。早晨起来，那里的人做梦似的发了半天愣，就找到一眼桥村村长家来了。德高被围困在人群中间，正不知如何开交，巨人来了。他手执桌面大的锨铲，往地上一插，就轰轰隆隆地说道：

“我挖的路。”

只这样一句话，一群人就蔫蔫地回去了。

几天工夫，一条宽阔、平坦、崭新的路，就修到区里接上了。德高心里莫名地发苦，一把将游览区公路建设拨款申请烧了。

四

县城里有个旅游开发公司，一眼桥村改巨人村的事情是在那里卡壳了。十尺巨人，不亲眼所见难以令人置信。村长德高跑了几趟，人家只当他是疯话，也不下来考察。德高想把巨人带进城去，又怕失了神秘感无猎奇价值。最后，他就委派了老长生进城，丈人说女婿会更真实可信。用女婿来为村庄命名，似乎也是一种自豪，老长生很高兴地找到旅游开发公司去了。

“我们那里真来一个巨人呢，”他恳恳切切地说着，“就要做我们家玉娥子的客呢。”

那接待的人瞥一眼老长生，漫不经意地反问道：

“那巨人是人还是妖？”

“这……当然是人……”老长生有些语塞，“人家是在平原那边有户口迁移的……”

“既是人，”那人话锋一转，“是人的命长，还是桥的命长……”

老长生明白了。巨人可观，却不持久，原来人家是作长远虑计。这样想着，他心里就莫名地郁积了一个疙瘩。巨人到底能够活得多久，这是个很揪心的问题。糊里糊涂把玉娥子推出去守寡，他老长生决不会甘愿。城里有一处亲戚，老长生就托他们问医生查资料，要把事情弄个水落石出。结果得知，巨人之所以成为巨人，就因为身患一种疾病：巨人症。

老长生既痛苦又庆幸，神情茫然地回到一眼桥村。一脚踏进家门，他就对老伴嘱咐道：“玉娥子和巨人的事情，不要再提谈了。”然后，他抱头睡倒在床上,仿佛害了一场大病。

“爹！我……”玉娥子满满地堵在门框里,眼中噙着泪说,“我……要嫁他……”

“你敢！”

老长生凶悍地吼着,翻一个身又睡了。

村长德高敏感到什么似的,心事满腹地跑来打探消息。老长生一见到他,翻身坐了起来,火气冲天就发作了。

“你跟我找的好女婿,是个……病人……”

“不过生得高大,”闷头一棍,村长被打得发蒙,嗫嚅地申辩着,“大气大力的……怎像有病的样子……”

“他是得了病,得了巨人症,”老长生认定地说道,“他才力气高强得骇人,别说抱石头挖马路,就是搬座山,他也能行……就是因了这种怪病……”

德高完全迷糊了,愣怔着不知道该从哪里开口。

“不管你咋说,我是不把姑娘往火里推的,这事情就算完了……”

老长生说着,便倒头蒙着被子又睡了。

到得这般地步,德高唯有连声后悔,不该让老长生进城,巨人村的事情没有搞成,巨人却遭到嫌弃了。除此而外,德高是一点办法也没有了。晚饭的时候,半轮寒月凄凄地挂在天空。他端着一碗饭咽不下去,看着十尺巨人转眼工夫装填口袋似的倒下几缸钵,才抖抖颤颤地说道:

“十尺啊！我看……那玉娥子配不过你呢……放开算了,我盘算着别处跟你找寻……”

巨人听到这里,浑身震动了一下,牙齿猛地一磕,缸钵落下了半边。随后,他站了起来,默默地出了堂屋,步履沉沉地往老长生家去了。

那一阵,老长生早听得咚咚的脚步声响,已坐在檐下等候着了。虽是巨人,却已经熟悉穿透,让人没有半点怯惧。那巨人刚刚走进院坝,老长生就又硬又冷地喝道:

“站住！十尺！我们已经不是亲戚,没有半点关系……”

十尺巨人没有停步,一直逼近眼前。老长生有些慌神,却也没有退缩,仰起一张脸孔，气壮地吼道：

“你想干哪样！婚姻自由是有法规的。讲开强不是！你跑得快是在地上，天上还有公安局的飞机呢！你要比气力，公安局也有炸弹大炮……”

巨人愣怔了一阵，仿佛真是被吓退似的，眼眶里包着两泓泪水，就一言不吐地转身走了。在愁惨的月色下面，他那堵墙似的背影越滚越浓……老长生心里也莫名地难受。

一连几天，十尺巨人把自己关在那幢高耸庞大的屋子里，苦闷得茶饭不思。一眼桥村的人们听说这高强无比的十尺巨人原来是患了巨人症，虽不大理解，却也满怀同情怜悯。见得巨人这个样子，人们就都去探看。进不了房门，还以为他死在了里面。直到又觉察出动静，才知道他还活着。于是，人们就在那外头高腔大调地安慰起来：

“十尺啊！你要想得开些。如今的世界都很发达，没有哪样病不服药医的……”

殊不知越是这样，巨人就越是难过了。

终于有一天，那两扇紧固的石门开了。巨人走了出来，站在一片忧郁的阳光下面。他依然那样高大，只是显得又宽又瘦。酒杯似的眼珠子落入眼眶，拳头大的鼻子塌陷下去，颧骨高高地顶起来，仿佛要将那一张又黑又黄的脸顶破……但更加强悍和精神了。

他弯弯腰伸伸臂，便踩着一双铁脚马往村长德高家去了。他从那牛栏圈顶上拿下那粗糙的帆布装套在身上，拾起院坝上一根长竹竿，一折一拧，便成一根纤绳捆在了腰间。他冲着站在檐口下面悲苦地发愣的德高点了点头，就出了东头村口。全村的人都知道他要走了，可没有出来拦阻，只是默无声响地目送着，目送着……

走过了一眼桥，巨人又在桥头打住身转过了头颅，仿佛最后望一眼这片曾经驻足过的村庄，那高耸庞大的房屋，深潭似的砖窑，纯净肥厚的土地，宽阔平坦的公路。倏地，他看见了玉娥子。她远远地站在一片树荫下面，正泪水盈盈地望着他。他心里一热，脸上就湿漉漉的一片。但他张开嘴巴拦住了，把那苦涩的泪水全吞下肚去了。

就像一个梦幻破灭了，他懊悔而又悲愤的一声叹息，山摇地动地一跺脚，轰轰隆隆，古老又神奇、美观又实惠的一眼桥被震垮了。轰轰隆隆的崩摧之声，仿佛一阵又急促又悲壮的送行的鼓点，巨人疾走如风，高昂着巨大的头颅，瞬间工夫便翻过了东头山口去……

人们屏住呼吸，目送着巨人那高大的身影从视野里消逝。一眼桥垮了，可是，居然听不见一声惋惜。人们心里被另一种东西挤得太满太拥塞……

村长德高久久不得安宁，再也无心游览区的事情了。最后，他请人凿得一块石碑，就竖在那断桥头：

“巨人去兮，不复归矣。”

冲嫂和半截男人们

一

高个儿，粗腰，健壮得像个铁铮铮的汉子，这就是冲嫂。

和洼地里的媳妇一样，冲嫂也是螺蟹沟的姑娘。秦家洼这个地方很怪，两条溪流，都明亮得可以叫女人们当镜子使。一坝水田，浸满了油，稍事耕作，米谷就堆满了仓房。可是，这里的男人们，却生来矮小、单薄，缺乏一种刚烈之气。从前，国民党的部队拉兵，也不要洼地里的人。听说，他们的祖先想弥补这个缺陷，在村口栽一根香椿来配风水，可结果只是多了一块树荫。螺蟹沟呢，又偏僻又穷。十来岁的娃儿还打光屁股。终年雾罩沉沉，锁得人都发了霉。不知从哪一辈人起，秦家洼的人娶媳妇盯上了螺蟹沟。螺蟹沟的人不傻，觉得洼地里是个金盆子，男人虽是弱了，可女人不就强得住！他们就甘愿把姑娘往这里嫁。

冲嫂还是姑娘，性子就很泼。几个姑娘在山上打草，翻了脸，她会把镰刀往树干上一粘，两手叉腰地说："有身子，大家去秦家洼比高矮。"她从小清楚自己的命运。但她根本不把秦家洼的男人放在眼里，认为那里是女人们的天下。她嫁到洼地不久。一天，从县城里来一些春游的人，在那两条溪流里嬉闹。她远远地站着，看得心里直痒。等到那些人走后，傍晚，她站在檐下，和椿树脚赌着钻胯的男人们说："兴他们来我们乡里春游，就不兴我们去他们城头春游？"男人们停止了摸牌，舔着指头，看了她好一阵，随后，就哄地笑起来。单个的，声音又干又细，一经联合，就显得声势赫然了。气得女人一跺脚，转身进了屋。在洼地，男人们是很少走出山口的，更不用说去县城。他们的矮小、单薄，养成了一种固守封闭的特质，一代一代传下来了。尽管洼地里的人都会说“高和矮各有各的好处”，尽管他们坐在树荫下面的时候，偶尔有一个高鼻子的人路过，他们也会议论人家“外国人”

……第二天，女人一点也不含糊，走出山口，就搭车进城去了。远游无处不销魂，她一直到第四天才回来。男人名叫水牛，女人称他水牛儿。在她的眼里，洼地里的男人都要矮一辈子。他是拿她没有一点办法的。但众人心里有杆秤，冲着那股横冲直撞的劲儿，就喊她是冲嫂。那根风水树就在冲嫂的地坝上，树干不粗大，但是树皮布满深深浅浅的沟缝，显出了它的古老。树丫伸展得长长的，叶子也很茂密，严实地遮着一面天空。浓郁的香气，随和风吹去，弥漫了整个洼地。

在这块宝地，人们有了事情，站在树荫里一声吆喊，四面八方的人就循着香气聚拢来了。秋天里收获，会计和保管背靠大树置一张八仙桌，就能够从容地把人们打发开。要搞批判斗争，也只消把一张挞斗反扣在暗影里，树干上贴几个字，便可以严肃地开场。即便是冬天，枝条上的叶子落光了，人们也愿意在那下面燃起一蓬火，顽强地干自己的事。后来，田和土都放到户，队上很少公干，也很少开会了。接着，就有了秦二公。他提着一把焊补过的水烟杆，来到那树荫里。他一面吐着干烘烘的烟子，一面就慢慢吞吞数《帝王传》。大家听着，很快就像被树上灌下来的香气熏昏了，开始懵懵懂懂地打瞌睡。只是几天工夫，数到崇祯帝在煤山上吊自尽，秦二公记不起来了，就枯巴巴再没有节目。但是，稍有闲缝，人们依然愿意聚集在树荫里。那情形，仿佛从来就是为了这块树荫，才集中起来开会、分配果实，而不是为了开会、分配果实，才集中在这块树荫里。二人划拳，四人打牌，人多了就扯乱谈。“那尿素哟，哪里屙得那样多的尿来熬！”……有的光脊骨，有的只穿一条小裤衩。不久，女人们就轻易地退出了树荫。剩下一地男人，荫凉里更枯燥了。而男人们不会动摇，饭前午后，总偷着闲往树下凑。仿佛是一种信仰，或者使命，不由得人推脱。

六月里，太阳很威猛。溪头的山柳树都蔫卷了叶。洼地里闷得没有一丝风。浓荫里，男人们坐得满满的。一个个盘起腿，懒懒地搭着话，很快就打起瞌睡来了。古椿岿然不动,矜持地把子孙们拥在怀里。四下里很静,只有混混沌沌的呼噜声,在阴影里流散。远看去,这一地半截男人,像是祷告那样虔敬。陡地,冲嫂从屋檐下面冲出来,往树荫里一站:

“快来看啰!我的地坝摆满夜壶了,有耳子的夜壶……”

拖长的声音,掺着一种莫名的愤懑,击碎了洼地里的平静。很久听不见有人在树荫下面发布号召了。女人们很快聚了起来,有怨的,有笑的,各自数落着自己的男人。说他们懒惰,阳光灿烂的,裹起来躲在阴处打牌钻胯。说他们无聊,青天白日的,魂儿像是遭鬼牵走……开始,男人们蒙头蒙脑的,看自己的女人使气,大约以为女人本该就是凶的,他们才不计较,都憨憨地笑着。那根树怪,这时候也将叶子摇得沙沙地响,温柔的,绵软的。女人们顶撞不起来,也无奈,便骂骂咧咧地走了。秦二公的女人早死了。他没有人数落,却气得将那小烟杆在地上一掼,焊补的地方又断作两半。他怨女人们搅了他的梦。

冲嫂算是消解了一口气。嫁洼地以来,她依然保留着野气和纯朴,就和当初在螺蟹沟做姑娘一样。男人无能,娶了她的身子,却娶不了她的性子。她整天里忙碌,拈轻拿重的有风有火的。但那屋前树荫里的男人们,却叫她受不了。做些俗事情,说些龌龊话,她不大在意。看着听着,有时候她心里还隐隐有几分快活。地坝上男人们笑,她在屋里也笑。可是,这样的情形很快就会过去。有人响起了哈欠,便传染似的引来了一片。男人们身体本来矮小,屈坐着就都成了半截。歪歪倒倒,瞌睡迷兮,恍如烧得瘪烂的陶罐出窑,胡乱地摆满地坝。冲嫂心里寂寞,又无半点消遣、安慰。那混沌的呼噜,像一根吸管,抽得她身体发空。她憋得慌,却又闪躲不开,仿佛面对一潭浊淖,只觉得绝望、恶心。渐渐地,她就蕴积了一腔怨愤……

哪里知道洼地的子孙们会是这样!

二

天道上明朗、宽阔。暖黄的月光直泻洼地。仿佛梦似的,洼地里溢满了温柔的光彩。一盏马灯,挂在树干上,拨弄得像鬼火,很神秘地亮着,树盖下面的地坝,黑簇簇的,拥满了洼地里的人。马灯下面一截鼓突地面的树根上，队长高踮脚宣布洼地里山林承包的事情。

做好田土，生活就有了保证。秦家洼稀稀落落几棵树，没有人太认真。要散会了，才突然间一阵骚动，冲嫂分着人走到中心里来了。

“今晚反正说山林的事情……我要问清楚，这根椿到底算不算是山林的？”

她来势不同寻常，叫人觉得要出点事情。

“既算是山林，就得有个明确。会是开起了头的，就把皮扯清楚。它到底……是不是水牛儿家的……”

她没有说完，人们就哄地笑了，以为这冲嫂是糊涂了。旁人都相信的事情，自己反倒起了疑心。

“不要笑，”昏影中，她把话顿了顿，“现今，真有人想占了这根树……”

“在你的地坝上，谈得容易哟！”队长像是听得开心，要逗那冲嫂，呵呵地说着。

“你有了断章，这就行。”她转着高大的身体，似乎要兜起一股风，把矮矮小小的队长吹去，“都清楚了啊！我要有丑话了。说我‘冲’也行，说我‘疯’也行……占着这根树的，就是你们这些……汉儿不来，可都算是男人算是丈夫！天天凑在一起摸牌钻胯，吹牛皮壳，厌烦了，就一地坝的打瞌睡，像泥菩萨一样……都是有骨头的东西，就不能伸伸展展支起那几两瘦肉……”

“做活路累趴了。”一个男人打断话，尖声尖气地说。

“活路！”冲嫂的目光在暗影里搜着，“哟！是黑猪儿……你还会说这种话。这洼地里的活路，粗的细的，哪家的妇人差了男人……”

“我是说……夜晚床上那活路……”

哄地，树上的叶子一阵瑟缩，人们就开心地笑起来。等到安静下去，一个苍老的声音又颤抖着说：

“水牛他媳妇！我看你是太苛刻人了。大家不就是歇歇凉……”

“二公！你出山口去看看，哪里歇凉是这个歇法……我看，是害了病。一地坝男人都傻呆呆坐起，不是害了病么……反正，我管不得那样多了。地坝是我的，树是我的，我要派用场。再牵丝网线的，像泥菩萨一样，盘在那里消磨,我就要泼水淋……”

借着这机会,冲嫂算是打了个招呼。那几天树荫下面很清爽,也很清静。男人水牛儿抗不过女人,也被逼上坡割草去了。冲嫂虽是天不怕地不怕的,可毕竟是女人。整个家族的子孙,叫她一番蛮话就唬得缩了回去。她开始有些不安起来,像是背了一种罪过。但她的这种心思显然是多余了。很快地,男人们又顽强地偷着闲,凑到树荫里来了。就像戒烟人,苦熬了几天,烟没有戒除,瘾却更大了。虽不过是一块树荫,但一代一代相袭至今,哪里就会轻易地抛弃呢!往常,他们或许只是一种习惯,就仿佛掏鼻孔挖耳朵。现在,他们则强烈地意识到了——就像张家的菩萨李家也烧得香,这块树荫公众也理当享用。他们离不开它。而它呢,也似乎只有和秦氏家族的后代紧紧连接起来,才能够显出它的意义。这根古老的香椿,冷落几天后,就这样变得神圣了。洼地的子孙们向往那里,仿佛不再是消遣、无聊,倒像是一种景仰、膜拜……

那冲嫂震慑了。这些洼地的子孙,尽管显得畸态、显得瘦弱了,但不是随便就会听人调理的。仿佛那块树荫,看上去阴柔、软和,而要想摆布,则是很艰难的了。她端着一盆刷锅水,长久地泼不出去。秦二公在阴凉里,呼呼噜噜抽过几口烟。那水烟杆是重又锡焊的。接着,他便不紧不慢地说:

“你哟!你好歹也算是秦家媳妇……”

冲嫂一盆水倒在了脚下。

三

秋天,米谷收进了仓房。冲嫂的肚子鼓了起来。一团肉嫩嫩的生命,在混沌中孕育,渐渐地成熟。嫁来洼地两年,对萝卜头儿似的水牛儿到底有好深功夫,她心中一直存着疑虑。现在,这个隐患摘除了,以往的焦躁和怨愤,似乎也得到了平复。她望着地坝上那些男人,心里安宁多了,也温柔多了。尽管一个个是那样弱小、委顿,也显出畸态,但是,他们能够播种,也能够收获。事情似乎有些不可思议,可他们已经一代一代流传下来,而且还要一代一代繁衍下去……

几声轻微的骚响,从树荫又飘落几片枯黄的叶儿。太阳已经不那么灼人，树荫渐渐地变得淡泊、稀疏。那个藏在枝叶里的鸦巢，这时候也黑乎乎地露了出来。它轻轻地抖动着，炫耀似的，仿佛那些凉荫是让它收去，形成一团沉重的晶体了。忧郁的羽翼掠过去，留下来几声鸹噪，在地坝上空凄凉地响着……

“水牛儿！那老鸹叫得人心烦躁，你给我撵走……”

冲嫂觉得这是一种不祥之兆，带喘地命令着男人。

那男人苦着脸，愣怔了一阵，倒提一把弯刀，就要上树去。秦二公正在树脚，阳光的斑点晃动着，照亮了他那干瘪的小脸。他斜睨了一眼水牛儿，便念念有词的，动着两片嘴唇。听不清说了些什么，那水牛儿就惶惶地站住了。冲嫂看得真切，将那大肚儿腆得高高的，又高腔大调地吼道：

“二公！树是我家树，地是我家地，掏个鸦雀窝，你也要管一手……水牛儿！跟我上。正该听的你不听，不该听的你要听……”

那瘦男人不敢怠慢，就手抠着开裂的树皮，蹬起腿，爬了上去，沿着一枝伸向屋盖上空的丫杈，颤巍巍向老鸹窝儿摸去。那些黑鸟，仿佛预感到了迫近的灾难，正起劲地扑着翅，在四周又悲哀又愤怒地吼着……啪嚓！一声裂响，那树丫托不住，突然折断了。水牛儿抱着鸦巢，在空中翻一个筋斗，倒跌在了屋盖上。

还好，除砸断了两匹椽子，水牛儿没伤一根筋骨。冲嫂架起长梯，他自己就爬了下来。可是刚着地，他就黑面青脸地瘫在阶沿，好一阵才缓过气。秦二公从树脚凑近来，看水牛儿好好的，只是骇走了魂儿。他像是不大明白，抬头望了望天，就说：

“居然没有摔到哪点，算你水牛儿洪福。全得是老祖爷的保佑，快去香盒上进一炷高香。以后要记住了，这也算是提醒一回……前人栽树，后人乘凉。你只管乘凉就是了，却要去伸脚动手的，即如是这些鸦雀，既到了树上筑窝，那么就算得这根树的客人……”

不幸中又很幸运。秦二公一一道来，听得冲嫂也不吱声气了。这根树，这些呱呱噪叫的黑鸟，一下间竟变得神气起来。

鸡叫半夜，冲嫂醒了。一只孤独的狐狸在很远的地方叫着，发出哨子般的、幽怨的声音。她感觉到微微的震颤，从体内很深的地方散开了。无形间，似乎有一根弦，把她与那孤独的狐狸连在一起。随着揪心的叫声，她感觉到一种陌生的疼痛。那根弦更加剧烈地弹动着，她开始呻吟了，并且蠕动着硕大的躯体，本能地抗拒着这种苦痛。不久，那根弦似乎拨得太急，嘣地断了。她陡地变得轻松，剧烈的疼痛奇异地消失了。她长长地吐着气，抹着额头豆大的汗珠。但很快地，平静的河湾又掀起风浪，震得她脑袋要爆炸似的。眼睛死一样地闭着，而她仿佛看见一块块冷峻的山石，正向她劈来，山崩了，垮坡了……

一直挨到早晨，那个混混沌沌的生命，才露出一双小脚。收生婆已经失去了主张，怔怔地愣在屋中央，不知如何是好。椿树下面，男男女女的，已经拥满了地坝。秦二公夹在人群里，听得那水牛儿哭泪哀哀，仿佛是被那情形惊骇了似的，一次次跑出来喊天，他也发了急。他挤到陔沿上面，拉过水牛儿，响着重浊的痰音说道：

“这生人的事情，本不该我老公公来过问的。可事情又有些怪，我不说破，就坑了你娃儿。你媳妇说话做事，向来是不恭不敬的，昨天又捣鸦雀窝折断树丫丫，必定是得罪了哪一位祖爷。你摔下来没有伤皮毛，她跟着生人就生不下来，只是干疼。说明罪孽在她，不在你。有罪就得受罚，人纵容，天是不纵容的……”

当时，冲嫂在屋里清清醒醒。听秦二公稳稳道着，她眼睛一黑，就昏了过去。

冲嫂醒来已经被缚在堂屋里一架长梯上了。洼地里的人不懂得耶稣，也不懂得十字架。他们也不会发明，甚至只是由于方便，在身边找一样坚固东西，比如树墩、柱子，将恶者捆上去就行了。冲嫂嘴唇咬出了血，圆睁着愤怒的眼睛，不顾一切地挣扎着，咆哮着：

“你们想整死人……”

身体下面已经汪了一地的血。一盆冷水照她腿胯泼过去，溅起了一片血光。她一阵瑟缩，整个身架便散了似的，直往一个深渊里坠去。但是，在她的意识里，却有一根非常坚韧的神经。它在支撑着她，不能死得这样便宜，要拼命，要搏斗。她豁出最后的体魄，很快开始了挣扎，狂风激浪般的，将一架长梯拖着跳了起来，但求活下去……倏地，她感到一阵轻松。隐约地感觉到生命温暖的光辉照过来,她就变得不省人事……

四

她不像从前那样冲撞了。一瓣心在哪个角落里睡着了,显得很沉静。但是,她那宽阔的脸庞上,却木然地留下了一道仇恨的阴影。三月的一天,她在屋檐下面歇着。那边,男人们懒懒地摸着牌,大片的阳光筛落下来,给那些半截身子染上一层神秘的亮斑。椿尖已经展绿,透着浓郁的香气。远处,轻盈的雀子上下翻飞,嘹亮的叫声像一支短笛……

她的眼睛倏然一亮,便见山口那边,走进了一行人来。很快,她仿佛变了一个人似的,打起身,莫名地又喜又急,等着他们走近。现在的城里人,稀奇古怪的,都有些猴着往乡下跑。前些天,还来两个南腔北调的人,由乡长陪着在这洼地转半天,又往螺蟹沟去了,说是"寻根"的……

这些人是来拍电影的。乡政府全班人马开进了山口。在树荫底下,他们召集洼地里的人开了会,要男男女女的穿戴着,荷锄去那溪头拍镜头。人们先是惊愕,后来就又欢欣又紧张,照要求向溪头走去。到了那里,见了那些挺胸叉腰的女演员,半截男人们就往后缩。其实,导演不过是要他们做一个背景。而且就是背景,也还有层次的差别。冲嫂被调到了顶前面,和几个略作装饰的乡干部在一起。经过一场灾难,她变得苗条和白皙了。往常,她不会虚情假意。现在做戏,也显出了自然、纯朴。那摄影的也像是动了心,总把她框在镜头里。过后,导演还热情地夸了她一番。她那瘦男人也在一旁感到了得意。

这件事情过去不久,冲嫂就又去城里春游了一趟。男人坐在树荫里议论着,不过多喊了她几声冲嫂,事情也就很平淡地过去了。但从那以后,冲嫂便显得很快活,每天里还要哼哟着,记前忘后地唱两句。她上过两年学,学得了一些字和歌。那场灾难带来的恐怖,在她心里像是消失了,说话做事,又透着了一股泼劲。可是洼地里没有人留意,没有人感到威胁,仿佛只要她是一个妇人就行了。至于哪样的妇人,动着哪样的心思,似乎完全不屑顾惜……

六月三伏天,树叶密刷不透一丝风,凉荫也像墨一样的浓重。男人们盘在树荫里，支撑着半截身躯，懒声懒气地聊着。“说是中国又和越南打起来了。”队长昨天去一趟乡政府，将山口外的新情况带了来。“打个哪样哟！依得我的，甩他龟儿……一颗原子弹。”一向学问深沉的会计说着，并打了一个哈欠。“那原子弹是鸡生的话，还差不多。”另一个人接了话。树荫里寂静下来，不再有人搭话了。洼地的子孙们，很快又进入了混沌境界。这时候，迟钝的水牛儿从屋檐下蹿出来，旋风般地走到会计旁边，挨傍着坐了。会计的眼睛一下跳开了，他从水牛儿手中接过一个“又”形的纸条儿。

“有人……追我妇人了。”

水牛儿的声音微微震颤着，很诡秘很激动的样子。冲嫂走菜园子去了，水牛儿找烟杆儿，就从女人的枕头下面翻得这件东西。他是初识字的水平，囫囵地认得脑壳发胀，心里又古怪又得意，便溜出来找会计斟酌。

“是乡上那个副乡长写的，来山口里拍过电影……”

地坝上的人们一下张开了眼睛，显出从未有过的敏感向着会计。会计抖了抖信纸，颈脖一摇一晃的，拖着声气念了起来：

“亲亲的冲嫂……”

“有人打我妇人的主意了。”水牛儿说着，不知是强调还是作一种解释。

“亲亲的冲嫂……”洼地的子孙们轰地笑了开来。在他们眼里，这简直比拍电影还有趣。

会计摆着手，招呼人们安静了，又接着往下念道：

“我真想死你了。你我的爱情，会像莲花白菜一样越裹越紧……”

轰地，男人们又禁不住笑起来。

“妈的！就是舔屁股，”水牛儿心里木木钝钝，而血却莫名地撞击着脑门，“我也不会叫妇人给他脱裤子……”

洼地的子孙们一个个东倒西歪，前仰后翻，笑得气也喘不上来了。不过一张折叠起来的纸片，竟使人们都要笑疯了。水牛儿愣怔着，似乎有些迷惑，但终于也跟着笑了起来，只是不那么开心。他哪里会想到有这番情形，一时得宠若惊，显得大喜过望似的……是的，他们似乎没有理由要珍惜女人。祖先留下来的金盆子，带给他们米谷、衣裳，也带给他们女人。在这个金盆子里，他们活着，也陷着；不患难，也不幸福地创造；无厌恶，亦绝无欢爱。或许，他们曾有过同情；而一旦女人娶进了洼地，他们自己反倒显出了可怜……

突然，一阵阵沉重的斧凿声，笃笃响着，压倒男人们疯似的笑声，震得大树也直摇晃。洼地的子孙们噤住了。转动着颈脖，他们看见冲嫂，眼睛里噙满泪，正愤怒地挥一柄斧头，砍着这根大树。仿佛不相信自己的眼睛，男人们愣怔怔的，拿不定是梦还是事实……

"疯了……她疯了……"

这些半截人儿很快就清醒了。但都不敢上前去，口中只有惊惶地喃喃着。眼看那横女人又砍下几斧，洼地的那队长才仿佛想起来自己的职责，扑近去拖住了她的手：

"冲嫂，你……你是疯了不是……"

"树是我的树，我想砍就砍……关你屁事情。"女人硬声冷气地说着，就抽着手，想把那矮小人儿掀开去。

"好端端的，你砍了它做哪样？"

"我要……做棺木头。"

听得那女人嘶声吼着，队长那轻飘的身体就抛出去老远。

"我倒要看看，砍了这根树，就死人不成！老娘反正是死了一回的，今天也不怕死……"

可是，她那高高举起的斧头，却颤巍巍砍不下去了。秦二公瑟缩着那干缩的身子，正死命地贴着树干，瘦枯枯的手指嵌进树皮的裂口……

她扭过身子去，像一只失去了狼崽儿的母狼，发疯似的嗷嗷嚎叫。她将手一扬，一柄斧头抛向远远的谷田，便趺趺撞撞跑开了。

第二天，正是太阳直晒着。洼地里男男女女都集合起来了。队长站在一截突出地面的树根上，高踮脚跟，响着沙哑的嗓门说道：

"这根树是祖上留下来的。从解放闹土改以来，我们秦家洼的人，一直在这荫凉里开会，搞分配，歇憩。它就是我们会场和娱乐场，也是我们……坐着睡觉的地方……现在，嗯……我们秦家洼的人离不开它了。我们决定，用两千斤出田谷，这是大家估的价钱，把这根树从水牛儿家折换回来，作为集体。地坝呢，我们就用那块'公余田'来折合，也作为集体。冲嫂要想得开，地坝还是在你家的门口，我们不会搬到哪里去，也搬不动的，实际上还归你使用。我们不过……说得穿透了，就是要那块树荫凉……”冲嫂其实不在场子上。最后，水牛儿毫不含糊地在字约上按了指印。事情就算是定板了。

五

夏天快要过去了。一个早晨，天色蒙蒙亮。秦二公觉得闷沉沉的，摸索着起床来，趿拉两只鞋，提着水烟杆，往村口那边走去。洼地里很静，连鸡也不叫了。这一辈子，他养成一个习惯，早晨起来必定去那大树下面抽几口烟。走着走着，天色越是明亮……突然，他在冲嫂屋前那块地坝边上怔住了。天空宽宽的，一片敞亮，那根古老的香椿，连着巨大的树盖，竖在了通山口的那条路上。他怕是人老眼花，定下神来。看得真切了，他才哇的一声怪叫，转身就跑。

“完了，完了……倒了，倒了……”

他发疯地喊着，鞋跑丢了，水烟杆也丢了。

洼地里开始流布着一种恐慌。人们匆匆地向村口聚集，仿佛落后一步走单了，那灾祸就赶了上来。除了冲嫂那一次留下的几处斧痕，那树身再找不出刀砍斧劈的迹象。树干被撕破一块，仿佛有一种神力无边的手，将它折断了。人们呆呆地站在那里，都被一种神秘的力量震慑住了。

“昨天夜晚……打了雷。”一个女音说着，想提醒大家。

“是真的打了雷？”会计小心翼翼探问着，“这根树说不定要怪雷……”

“雷……”人们有些迷惘了。

“看，这根树是空心的……”

忽然有人惊讶地说着。人群开始骚动，后面的人尽力往前凑。等低了头去，见得一个黑黑的窟窿，不知深浅地穿着那树干。那些男人们的心里，不知怎么的，竟莫名地感到一种难受的滋味，一个个垂头丧气，就惘惘地往家走散了。

洼地里的树荫消失了。可是，冲嫂屋前那块地坝还不得清静。从早到晚，那些畸态的男人们，失魂落魄的，总要来那里转几转。他们走得很轻，脚步也迈得细，头低垂着，仿佛是怕惊动了、错过了一种东西，要将它找回来……终于，他们绝望了。接着，这些半截人儿，竟然不知道自己应该做一些什么事情，变得苦闷又迷惘。后来，他们仿佛是耐不下去了，就盲目地乱窜，有些人就跑出了山口……

只有秦二公，他依然恋着那地方。大树倒了，那树桩是空心的。他就坐在那树桩里，露着半截干缩的身子，手中托着半截摔断的水烟杆，两眼发直，口中喃喃着："完了，完了……倒了，倒了……"直到太阳落山。他是疯了。一天傍晚，他在空心的树桩里，坐着就死了。

冲嫂呢，她在秋天和水牛儿离了婚，就嫁给了那个副乡长。两个人感情极好，就像那"又"形的情书里所比拟的那样……

两个贩牛人

那条叫狼河的河流仿佛也被太阳晒蔫，寂寞无声地躺在宽阔的河床上。河岸和河岸上的路是像河流一样绵长的褐色的沙碛。一个破旧的草帽和一张绿色的芭蕉叶子就在这沙碛上蠕动着，使得这白晃晃死沉沉的岸上有了一点生机。一头黑灰的水牛和一头黄牯在草帽和芭蕉叶子面前，恍如两团巨大的石头缓缓移动着。八只套着草鞋的牛蹄子，扑扑地踩在沙滩上，牵带着几粒透明的沙尘，算是这阳光世界的呼吸。

倏地芭蕉叶子跌落在沙碛上，露出一张焦躁不安的年轻的脸。他从肩上摘下草绿色的鼓胀的挂囊，把半旧的浅灰色衬衫脱在沙滩，穿着一条西式短裤就跳进河，全身痛痛快快浸泡在水里。炽亮的阳光在青年眼中失去了威风，灼烫的沙滩也变得温和。他抹一把脸上的水珠，心里泛起一丝好久以来未有过的快意。

“二狗！浅水里凉快凉快就行了，不要往深里去。”

粗声哑气的嗓音叫着。破旧的草帽摘在一只手中，黑黝黝一张脸转到了河流方向，脸上细密的褶皱里噙着白色的汗晶。

从家头出来的时候，老发成就和老炳奎说得很明白，让二狗跟着跑这一趟牛生意，不是想要发财。二狗高中毕业连考两年没有中榜，从县城回来整天眉不是眉眼不是眼，脾气怪得像一截古树桩子。老发成就把二狗托付给老炳奎，几百块钱但求保本，让高中生换个环境透个新鲜分分心散散神。老炳奎当时答应得很高兴，觉得做了人情还能够白赚钱。不过老炳奎觉得真正要紧的，还是他心中早盘算着的一桩事情有了指望。但是这个年轻人却不是那么安分。来时半路上宿斜阳坡老表那里，一只猫钻进年轻人的被窝里，他就光着半个身子起来把猫打得惊叫，吵得隔壁邻居睡不安稳。从河溪场上贩牛出来，他又去一个农家院子斩芭蕉叶子，惹得两只恶狗汪汪地追了好一程。现在，他又不脱裤子跳进深沉的狼河。老炳奎有几分忧虑，生怕小伙子或者经不住炎阳酷晒，或者经不住落榜打击，随便拿生命来践踏……

那叫二狗的青年上岸来了。他在沙滩上拿起被太阳灼萎缩的芭蕉叶子在水中一搅，便顶在头上，浑身水淋淋地赶前面的人和牛去。那搭在肩上的浅灰色衬衫，就随着青年的脚步懒懒地掀动，仿佛是一只在这褐色的沙碛里寻花访粉的疲惫的蝴蝶……人和牛归终呈着一种推石状，艰难地行进在绵长的沙碛里。

在河面上空，一只斑斓的水鸟顶着白亮的光辉，逆着河流方向寂寞地飞行。青年又显出了一些焦躁，举起手中的牛鞭棍把那黄牯抽一下。黄牯于是挣命般翻着四只套着草鞋的黑蹄，吭哧吭哧跑起来。

“二狗！二狗！要想吃牛肉不是？”

从草帽下面的阴影中传来大气粗声，强迫那个躁动的灵魂耐性地跟在牛屁股后面晃悠。

那张年轻的脸向草帽乜斜一眼，随即就忧郁着，像头顶那张滴着水的萎缩的芭蕉叶子。

在烦闷的夏日，任何一点小不快都会启动忧郁的记忆。回乡这么些日子，“二狗”这个当放牛娃那一阵叫的名字，又在无数张口中泛起，既陌生又紧贴地附随着他。他没有表示出一点反抗，因为称叫的人必定是熟稔的长辈和儿时的朋友。但是他在心里却很不是滋味，自从发蒙上学，爹就给取了个书名叫张富财。考上县城的高中以后，他自己意识到这个名字的俗气，也惧怕班上的同学讪笑，他于是悄悄地把那散发着铜钱味的“富财”改成了生气腾腾的“曙晨”。他那时候早对自己的未来有了一个描绘，觉得前景灿烂正如日之初升。经历这么多曲折，他没有想到几年以后“二狗”这个讨厌的名字又归附他来了。而眼下做着的行当，也和那遭鄙弃的散发着铜钱味的“富财”沾濡在一起。

多么具备嘲弄意味，他禁不住苦笑了笑。那一回，爹拿着一个信皮紧紧张张从乡下赶到县城学校。那信皮上“张富财”旁边贴着邮局的标签：“查无此人，退回。”他居乡处隅，不明白儿子倏然失踪的缘故，便死活缠着校长要人。等到精明的班主任从池塘边上把背书的张曙晨找来，“二狗！你要急死老子不是！”老发成转忧为怒，一下蹦了起来，拳头攒得紧紧要砸高中生。校长老师好歹把老爹劝回乡。但是他却为这桩事情沮丧了好多天。也从那以后，张曙晨就带着一种怨尤更加奋发，一个心眼要摆脱粗俗威厉的父亲，要摆脱畜生味和铜钱的“二狗”“富财”……

青年竭力克制住自己，蜗牛似的踩着褐色的沙碛推进。那只斑斓的水鸟早飞得无影无踪，狼河水面寥廓空远，只有阴沉的浪头在涌动。草帽下面哧地一亮逸出一缕青烟来。一支草烟无杆无斗就含在唇间抽起来。对于这种跟在牛屁股后面晃悠的生活，老炳奎是早已习惯。一件无袖的青布褂子套在他精瘦的身子上，一动也不动地下坠着。他双肩空无，挂着一串灿黄的牛草鞋和一个鼓胀的吊囊。显得狡黠的眼睛在阴影中似闭非闭，草烟也在暗影中似燃非燃。牛贩子仿佛进入了一种入定的境界，褶皱的脸上透着安然的略带神秘味儿的笑意……

这一切都是芭蕉叶子下面的高中生张曙晨不屑一顾的。

太阳向西斜斜地沉落。两个贩牛人吆赶着黑灰的水牛和黄牯走到了叫高石坎的河段。一列山石如刀削斧砍般地顺流矗立在河岸，对岸是阳光斜照的土岗，一条耀眼灼目的小径就在斜坡上蜿蜒。河床在这里陡地窄狭。阴沉的险流中耸出几个古老的石礅，上面搭着几块巨大的石板连接着两岸。一老一少在桥头生出了明显的分歧。

“二狗！回来过桥，顺着来路走。”

望着赶着黄牯走到高石坎下阴影中的年轻人，老炳奎说着。

“来时你不是说顺着这山壁走还要捷近些么？”

高中生回过头来，带着几分做作，诧异地反问。他实在厌恶对岸西晒炙热的阳光，想在这山荫里凉凉爽爽地赶路。他一听见招呼过桥，心里就暗暗地生出了一股斗劲。

“岂止是捷近，那路还要平顺得多呢。”

老炳奎欲擒故纵的样子，不紧不忙地顺着年轻人的话说下去。

“都说这高石坎上有山怪，”老炳奎眯着狡黠的眼睛，诡声诡势地说，“遇上刮风下雨，赶这条路的人连根骨头都找不到……”

高中生打了一个寒噤。但他毕竟接受过现代文明，随即就用一种通常对付愚昧的讪笑对牛贩子说：

“炳奎叔呀！骨头都找不到一根就是上天堂了。那山怪一定是天上的神仙，没有福气的人还遇不上呢。我说你今后贩牛就从这里走，说不准也会有一天进那南天门见玉皇大帝……”

高中生抡起牛鞭棍抽着黄牯又要往前走。从河溪场牛市上就憋着的那一股愁闷，这一会儿全化作一股斗劲来和老炳奎对抗了。

“况且这路又好走，何乐而不为呢？”

他不管炳奎是否能懂，文绉绉操着学生腔调，执拗地踏着高石坎下褐色的沙碛往前走。

“我的水牛都不怕赶路，你的黄牯还怕赶路么！”

这话对年轻气盛的高中生没有起任何作用。老炳奎似乎有些着忙，往山壁暗影中的年轻人紧赶几步，无可奈何地抛出了藏在心底的那张王牌。

“过河去我们今晚宿斜阳坡老表那里。牛可以进一顿好料子，”他说得很滑头耐咀嚼，“我们也可以好生歇息，喝一顿苞谷酒解累，再由春容姑娘好生做两碗油茶提精神……”

年轻人的脚步稍稍迟疑，又踩着褐色的沙碛向前赶。“哪里有草就放牧，哪里有水就安家。”仿佛事到当前，一切都不会去顾忌。

老炳奎往上掀起草帽的边沿，似乎还想望着那倔强的背影说点什么。但终于什么也没有说，只是悻悻地拉过庞大的水牛，沿着山壁走下去。他其实早就察觉到年轻人那一股对抗情绪，但这并不叫他难过。无论是一种责任还是一种由衷的欢喜，他都应当把他和着那头黄牯带回去和老发成清账。何况他还不是讨厌他呢。但恰恰因为这样，那从家中出发就指望着的事情落了空，他心中就感到很不是滋味。

斜阳坡表侄女春容，生一张端庄秀丽的脸子。今年二十挂零，会盘算有心计，挑花绣朵手也巧，坡前灶口拈得细拿得粗。媒人为姑娘说了好几处婆家，她都不肯嫁。老表于是拜托常来宿夜的老炳奎，觉得他在外边见多识广，请他替春容找一个称心的人。他觅啊觅啊没有着落，每回赶着牛宿斜阳坡，那姑娘两只水汪汪的眼睛盯着他仿佛问他要男人似的，弄得他浑身不自在。这一回恰逢老发成把回乡的儿子托他带出来散心，老炳奎那脑子就一下亮堂开来。老发成在村子里有培植天麻的绝技，一片土地让他盘弄得如金窝银窝。从家境花销来看无可挑拣。这个年轻人呢，没有白面书生的文雅，也没有赳赳武夫的英姿，但整个村子就他一个是上过县城高中的人，这在眼前也是很实惠的。老炳奎按照自己的一套，觉得男到二十所虑所忧的不过是一个女人。他于是很有信心地把高中生带到斜阳坡老表家，并在那里宿一夜，让春容姑娘做了两碗油茶吃。老炳奎在旁边观察细致，开初高中生说吃不成，"不好吃是不是？"姑娘温柔地一劝，他便端过碗喝药一般地把一碗黑酽酽的油茶喝了下去。把一只空碗还到姑娘手中的时候，他撞着了姑娘那一对水汪汪的眼睛，不禁愣了一阵，羞得姑娘端庄秀丽的脸子绯红。那一晚一老一少两个贩牛人同铺。老炳奎清楚高中生没有睡安稳，觉得小伙子是钟情了。翌日晨起赶路，春容姑娘站在门口又招呼他们打转的时候进屋呢。老炳奎为这事情正暗自得意，这小伙子却倏然像他那头黄牯一样的犟，执意不过河顺来路去宿斜阳坡了。

山崖就像老人的额头一样荒凉，呈着苍黄的颜色。它矗立着，把河岸罩在阴影中。破旧的草帽已经摘除。蔫枯的芭蕉叶子被抛向狼河，一个黑浪静静把它卷走了。高中生仰着头，仿佛向这刀削斧砍的高石坎膜拜，对它的荫庇无比感激。他发现山形不怪，只是岩壁陡峭，黄牯也无以立足。是隆起？还是断层？……他焦躁地回忆着自己那一点书本知识。但是造化并非是书本能够完全解释的。照老炳奎的说法，这一列低矮绵长的山石是一条睡着的巨龙的脊梁……

傍水边的沙碛长着一簇红刺果，随波涛的冲击微微地摇晃。青年人走过去摘下两枝。红刺果还没有到成熟季节，颜色青黄籽粒小。他向老炳奎递过去一枝。老炳奎心里虽遭到青年的挫损，但是在皮相上却依旧显得很安然。他无杆无斗地叼着那一裹烟叶子，小眼睛似闭非闭仿佛瞌睡蒙眬的样子。他把那一枝红刺果拿在手中，根本没有要尝一尝的意思。当作牛鞭棍赶了两下水牛屁股，他便自尊地把它扔在路上，略略地显示了一点报复的心理。

“有啥吃头，夹口咬舌的东西。”

青年却一粒粒摘了抛向口中，仿佛故意气老炳奎似的。他瞥一眼被老炳奎扔在地上的红刺果，在心底的某一处便觉得了一种胜利的快意。

“炳奎叔呀，据科学家鉴定，红刺果是高级营养品，咋这么不会享福……你不晓得你那一口烟，吸进多少尼古丁，天长日久就是慢性自杀，尤其是你这种草烟，据资料说明，百分之九十以上的肺癌患者都是烟鬼……”

老炳奎没有说话。他默默地把那一裹无杆无斗的烟叶子狠命地吸着，大团的烟雾从他那口中涌出。狭窄的岸显得很生硬。黄牯和水牛参差地踩着褐色的沙碛，发出寂寞单调的扑扑声响。

河床变得更加宽阔。对岸是逶迤的懒斜坡，在岩口坡岗的那一边，炊烟正发着亮袅娜地升起，连接着低矮的暗淡的云层，给这溽热的日子结尾以无限的柔情。

一种朴素地呈现着的浑厚完整的美，使得两个贩牛人沉浸，阴郁的心开始变得散淡。强烈的尘世味儿又顽强地唤起老炳奎那快要泯灭的念头。他试探地自言自语，其实是说给青年听，想不显山不露水地把那颗躁动而藏匿着的心挑出来看个究竟——

“要是过河去，我们这一阵到斜阳坡了，说不定正喝过两杯酒，美美吃着春容姑娘做的油茶……”

青年凝视着那一片漠漠的远烟，仿佛看到斜阳坡，看到那烧茶姑娘秀丽端庄的面影、汪如泉水的眼睛……但是，他却什么也没有说，赶几步凑近了在阴影中渐渐模糊的黄牯屁股，寂寂地沉思般地往前行进。

和恨相比起来，往往一个人更能隐蔽他的爱。那是在高中一年级第二学期，莺飞草长的三月，学校团委组织郊游。这样的活动，对于从小生长在农村的同学，并不觉得新奇。他出自服从和看热闹的热心，和大家一起来到一座山上。渐渐地他感到兴致索然，离群独处在一丛灌木后面。“张曙晨！”有一个响脆泼辣的女声在他身后不远的地方叫。他扭过头去，就看见明媚的阳光中有一只茶色眼镜，和茶色眼镜下略显鹰钩的鼻子向着他。

辛慰，班上一朵带刺的玫瑰，生得不算美丽，但是以她的“洋”气咄咄逼人。他心里感到一种莫名的寒战，不知是幸福还是怯惧。“你来，看这是漆树还是椿树。”原来辛慰正和同班两个女同学争执着。这在他当然是极轻易的事情。他走了过去，很快做出最有权威的裁决，并把这两种树枝叶上的特点作了详尽的叙述。结果辛慰胜利了，她那略显出鹰钩的鼻子欢呼似的翕动着。她摘下茶镜，火辣的目光带着一种明亮的柔情望了他一眼，这一瞥尽管在当时弄得他面颊绯红，但是在他单纯的心底却播下希望的种子。和所有进城上学的农民儿子大致一样，在城里同学尤其是女同学的面前，张曙晨也有一种自卑感。但是一旦有了明确的目标和强大的动力，这种自卑感就会变成发奋砥砺的动力。从那以后，张曙晨觉得自己在辛慰的心中有了一席位置。他珍惜并费尽心机来巩固这个位置，力图最终占据整个心地。他把自己的命运和辛慰自觉地连在一起，异常刻苦地学习，憧憬着考上一所名牌大学，从里到外脱胎换骨。到那时候，这朵带刺的玫瑰就会被他摘在手中。他就这样埋藏着爱奋斗了四年，每一回走进考场开卷以前，他脑子里总是浮着一只茶镜，和茶镜下面略显鹰钩的鼻子，既紧张又幸福。想到自己突破起分线一百分两百分，拿到令人羡慕的录取通知书，他就要向辛慰宣布心中的爱情，一点用不着低三下四的恳求就会如愿以偿。但是命运却有意捉弄他似的，连续三年，他总是差起分线那么三五分。开初，辛慰没有能够考上，依旧和他在一个班补习，这多少让他感到安宁，觉得事情还来得及。但是最后一年，辛慰却考上省城一间大学既高兴又匆忙地走了，甚至没有和他告别，就像自己精心培植的一颗珍珠突然不翼而飞，气得他简直想自杀，那心目中一幅蓝图也仿佛泼上了一瓶墨汁似的糊涂……

高中生已经看透老炳奎的心思。还是在来路上宿斜阳坡那晚，他就曾不由自主地把心靠近烧茶姑娘。但当那两只水汪汪的眼睛出现在他眼前的时候，在他灵魂深处，在他思想的另一个方面，就有一只茶色镜架在那里，仿佛在警策着他，左右着他，最终阻止他接受那清潭微波似的目光……

“换草鞋……秀才！换得草鞋了，你那头黄牯都有些走不稳了。”老炳奎闷沉沉地说着，岔断了他的心思。不知怎么一来，他不叫他“二狗”叫“秀才”了。

年轻人在草绿色挂囊里掏草鞋。老炳奎就抓住两头牛的鼻绳，转到近水河边。两头牛正渴得慌，直把那宽嘴大鼻沉进水里，抽得咕咕地发响。学着老炳奎的样子，青年稍稍显得迟缓地抓住牛蹄。“取蹄！”驯服的牛按口令单起一条腿。他替牛换好踏得破碎的牛草鞋后，便又晃悠着向前赶路。

太阳在对岸懒斜坡上收尽最后一缕光辉，淡淡的一轮月亮就紧接着升起。月亮渐高渐亮，竟黄光光如一个安谧的太阳。河床慢慢抬升起来，河浪喧响地跳跃着，镏金烫彩般的贴着狭岸，又活泼又压抑地往前流走。山壁下的阴影被照射着，让人觉得比白日里还要闷还要热……一个黑漆漆的石堡伫立在河岸，两个贩牛人便在这里歇宿下来。石堡没有顶盖，地上横七竖八地放着些条石，散乱地堆着一些干草。

“这里早些年打过仗火，”老炳奎在石板上把草铺开来，“太平了，赶夜路的人就常在这里歇脚……草是河那岸送过来的，收过谷子就划船送过一些草来。后来涨大水把船打跑了，就靠高石坎上的人家把草扎成个子推下来，从这山崖上推下来……”

青年没有搭话，他提着草绿色的挂袋走出石堡，在水边一块石头上坐下。两头牛在他身后不远黑乎乎蠕动着，吃那些生长在沙岸上的浅草。他打开挂袋，从里面拿出一包夹心饼干和一瓶啤酒。吃完早饭从河溪场出发，除喝几顿水吃几颗生涩的红刺果，再没有吃过任何东西，肚子饿得咕咕叫唤。这时候老炳奎也来到河边，他在吊囊里掏出一大苞谷糠，是用一张塑料布包着的，在岸边摊开来，从河里掬水濡湿。然后把庞大的水牛牵过来吃一半。牵开水牛，他又抓住黄牯的鼻绳，黄牯强着颈项不肯走近水边。他就捧着剩下的那一半苞谷糠喂到黄牯跟前……哼哧哼哧地，昏光淡影中发出牛的均匀而沉重的鼻息声。老炳奎隔着青年不远不近地坐着，那吊囊就敞置在脚边。青年知道那吊囊里装着的是馒头，河溪场饭店里麸面掺半的馒头，仅值六分钱一个。他把夹心饼干和啤酒向老炳奎推了过去。

“好东西我也吃过，”老炳奎喉咙里哽着一块馒头，响着模糊的嗓音，“只是……不大经饿，稍微吃一点……人就显得没有气力……”

但是他仍旧拿起瓶子来灌了一口。听得见喉咙里艰难的吞咽声，他把瓶子还给了青年，抹了抹嘴巴说：

"这味道像马尿。还是苞谷酒好……要过河,苞谷酒肯定喝个够……"

他不无遗憾地挪动两步,从黄亮的河浪里掬起水来,噜噜响着涮了涮嘴巴,就坐在那里一口馒头一口河水吞咽着。

青年想笑,但是一股莫名的悲酸冒出来把他抑制住了。半块夹心饼干在他有些僵直的舌根上慢慢溶化着,他对着发光的河流和沙岸边缘精瘦的老炳奎发愣发怔起来。

河岸土岗在漠漠的月色下,又摇曳又静穆地连绵着,愈遥远就显得愈深沉。在看不见的地方,不时地响一两声狗叫,仿佛是从地层下面传来似的闷沉和寂寞。冥冥中青年又看见那烧茶姑娘温柔贤惠的倩影,那泉水一般明洁动人的眼睛,仿佛就在岸那边星一样闪现着……

"现今好了,这日子有多舒服,"老炳奎坐在河岸一动不动,如河浪般的发出含混的呓语,"那几年出门跟牛屁股,腰里只是揣几个红苕洋芋……后来呢,是苞谷粑粑……现今有了馒头吃,软和细腻的,又香又甜,吃下去就生出力气来……"

青年陡地有一种强烈的挣扎的欲望,仿佛眼前的一切正透示了他的未来似的。老炳奎那昏暗影子在水中摇晃,似魔似妖一样叫他惧怕。月下川流对他顿生魅力。两只圆圆的茶色的镜片从心底浮起,又灼灼地逼视着他。那泼辣的脸子,又在某一个角落富有挑逗意味地向着他。他听见了一种咕咕声响,仿佛河流上空有一只巨大的夜鸟搏击翅膀,咕咕之声就是从那里传来。他颤动着嗓音,对沙岸边缘吃完馒头后又抽着无杆无斗的烟叶子的牛贩子说:

"炳奎叔!这一回,你晓不晓得我为啥情愿来吃这个苦头?"

老炳奎转过那一张被无数牛屁股消损磨蚀的干瘦脸子,"还不是听你爹的分派。"

"不是,我是想挣一笔钱……"

老炳奎心里沉重地一跳,昏暗中惶惶地望着青年。

"我还要回县城去补习,来年考大学……用自己的汗水钱读书,心里踏实,也晓得珍惜……所以这头黄牯赚的钱,还有你在河溪场上那一笔借账……"

“秀才！”老炳奎哑响着打断高中生，“生意的事情，我和你爹是有交涉的……”

他想堵住年轻人的嘴巴，从那里发出的声音直接威胁着他的利益。昨天在河溪场上买牛，他碰上了这头四膊四旋的水牛。水牛四膊有旋，就算是上乘，加之是一头母牛，便更是宝贝，价钱昂贵得叫人咋舌。他倾囊而出，也要差五十多块钱。他于是向高中生借了这笔差项，狠命买下了这头宝牛。后来轮到高中生选一头牛，钱却不够了，就连那头牛角指天戳地传说会带来家庭不和的水牯也买不起，最后只有买了这头粗角短尾黑蹄而且一铺毡的黄牯。就牛来说是一头漂亮的牛，只是黄牛，那价钱就要贱得多。那一阵老炳奎就察觉到高中生阴郁着脸和他生出一种对抗情绪。但是老炳奎没有在意，觉得生意场中高中生在他眼里是个毛头儿，何况一切亏盈是在老发成那里结算。他没有料到这个年轻人也有自己的一套盘算，在赚钱还是保本的事情上直接冲撞着他和老发成的协定……

“你和我爹的事情我不管……赶路晒太阳是我。一分劳力一分代价。这一趟生意赚多少钱就要给我多少钱才行，”青年变得苛刻而又固执，“你带着我来买牛是你的人情。但是我借钱给你买到一头水牛，而且我又受到影响，只买得起一头黄牯，这也就抵了你的人情债，各账各清……”

空气变得凝重和沉闷。爽月也仿佛被一团雾裹着似的浑浊朦胧。河流暗淡下来，只是枯燥地响着流走。远方的天际，无声地闪着一道白绿的光，隔不久又闪一道。黑黝黝的高石坎上，隐约地传来一种兽的叫声……

“我懒得和你这秀才爷说。回去有你爹做主，往常我带人跟牛屁股唱牛经，那是要开师傅钱的……”

老炳奎说着，就站起身把一截叶子烟蒂扔进河，有些生气地牵起那头水牛回到石堡里去。

青年在河岸愣坐着不动。天际那里白绿的闪光神秘地消失了，远山近水归到黑暗里去。气温渐渐地变得闷热难受。他站在河旁浅水里，郁郁地洗净脚，才拉起那头黄牯走近石堡躺倒。

厚重的墨云遮没了最后一缕月光。黑漆漆的岸紧衔着黑漆漆的河。迷迷糊糊地听着一种细切的、昆虫在空中流走的扑扑声，青年倦意深沉地睡过去了。相邻的那一块条石板上，草棵不时发出不安的声音……

半夜里，高中生隐约地感觉到有人把他一掀，跌下地惊醒了。他一下弹起来，望着石堡中央黑乎乎的影子要发作，当顶弯蛇般的电光一闪，震耳欲聋的炸雷切断了一切。借着白惨惨的闪电，他看见老炳奎褶皱的小脸扭曲着，正冲着他咆哮：

“我的秀才爷！你不想当水打棒就赶紧跟我走！山水发作前要走出高石坎……”

天地一亮，又一个惊雷砸下来，石堡仿佛摇晃了一下，老炳奎拖着水牛紧忙走了出去。高中生不敢怠慢，慌急地解开牛绳，找不到牛鞭棍，便往那牛屁股狠狠打一拳，也赶着黄牯出了石堡，紧追上去。

急雨迎接着两个贩牛人劈头盖脸垮下来，不容躲避和畏缩。黄牯跑到前面，但是那白晃晃的水帘很快使它发昏，迷茫地在狭岸上打转。高中生勒紧牛鼻绳，也张皇着跟着旋转，粗糙的棕绳套得几个指头断裂似的疼痛。等到水牛沓沓地赶上来前面走，黄牯才像有一个路标一样顺路走下去。两对犄角在狭岸上摇晃着，发出坚韧的黑亮的光，拱破雨网奔命……

狼河里躁急的浪头高高地跳起来，轰轰地叫嚣着。从崖上泻下的山水有如千万挂瀑布，隆隆地吼叫着。两个贩牛人和两头牛沿河岸艰难地前进。

河水渐渐地涨高，岸愈来愈窄……

黄牯忽然扬起头颅，哞——模糊苍凉地叫一声，便委顿地低头不前。它仿佛已经绝望，惊吓得不能走出狭岸，唯有认命地等待大浪把它卷走。青年仓促地弓背顶着牛屁股，要想使它赶上老炳奎和水牛。不防黄牯扬起蹄子，重重地把他打在水漫漫的沙岸上。一个河浪阴险地爬上岸，抓住他的腿企图把他拖下水去。刹那间，他那有些发蒙的脑子里却清晰地闪过了斜阳坡烧茶姑娘端庄秀丽的面庞、温柔似水的眼睛。强烈的求生欲望，使他把十个指头深深地抠进了沙岸，钢爪铁牙似的身躯和岸紧紧连在一起。浪头换气似的往河里收缩，趁这个空子他重新站了起来。蹄伤在腿肚上，肌肉一鼓一鼓地胀痛。十个指头剥伤了指甲，剜心似的折磨着他。这时候他有了一丝悔意，要是顺来路过河去，那么就不会发生眼前的一切了。那端庄秀丽的面庞和那温柔似水的眼睛，又顽强地在他脑子里浮现了出来……

但是当他抬眼看不见老炳奎和他的水牛，那一丝悔意就消失殆尽。这一会就有一朵带刺的玫瑰摇曳着，从另一个方向向他进攻，泼辣的脸子，略显鹰钩的鼻子，茶色的遮光镜……

“老炳奎这狗日的不管我了！”

心里一急，他就骂起来，毫无遮掩地显出了农民的儿子的粗野。他把拳头攥紧颤颤举向急雨中，似乎想把这一切都砸烂重新编排过。

“张曙晨！你不能毁灭在牛屁股后面……”

不知是他的声音还是别人的声音在他耳鼓里响着。听见这光辉的名字和这亲切有力的呼叫，他心里一阵震荡，又充满振作和自信。

借着炽亮的电光，他看见黄牯痛苦地单着一只蹄，上面的草鞋不知在哪里走失了。挂囊已被刚才的浪头抓走了。他没有一刻犹疑，从脚上掰下一只泡沫塑料鞋牢牢地系在牛蹄上。黄牯又扑扑地踩着水漫漫的沙岸往前赶。他咬紧牙齿，一瘸一瘸跟在后面，一根柴刺扎进脚心，他一个趔趄险些栽倒在沙岸上。他忍着剧痛拔出柴刺，又贴着狭岸往前奔，狠命逃脱死亡的厄运……

刮起了一阵狂风，雨簇如一支支斜射的箭，打得人生疼。飞溅的水点被抛上了天空，解散为一团团灰雾滚动着。整个狼河仿佛翻倒过来，天和地不分方位地扯在一起，变成了混沌迷蒙的水宫。呼吸都显得有些困难，只得背着风张大嘴喘吁……

“二狗！二狗！你遭山怪吞啦？二狗！你死没有死都得应我一声。”

隐约地传来牛贩子焦灼的诅咒般的呼唤。

高中生向前跳两步，在牛屁股上砸了一拳。黄牯挑起短粗尾巴跑了起来，瞬间就把他甩得远远。他咬紧牙齿一瘸一瘸地追着。很快，他看见老炳奎和他的水牛，但是人和牛都急急地退了回来。

“走不出去了，秀才！大水下来了。”

老炳奎的脸冷凝得像一块生铁，声音仿佛是从坟墓里飘出来的。

高中生绝望地望着烟浪滔滔的狼河。就在这上游，一种不甚清晰的重浊的哗哗声，正摧毁一切步步进逼下来。夜空里金剑在猛烈地舞动，仿佛要把巨大的天幕撕破。他那年轻的脸呈死灰色，禁不住流下两行悲哀的泪。

"只有过河了。"

老炳奎望着汹涌的河面低低地说。

黄色的浪头逞威地一个接一个摔上狭岸。生性怯水的黄牛惊惧地跳动着。那头庞大的水牛则显得很沉着,以哲人的从容面对波涛。

"二狗! 骑上它吧! 这头水牛乘一个人凫过河是不成问题的。"

老炳奎透过肆虐的风雨冲高中生叫着。高中生心里一热,便本能似的贴紧黄牯,牢牢地抓住那根牛鼻绳。

"那黄牯救不了你的命! 生死关头了,你还和我扯皮!"

高中生愣怔着。他非常清楚在这时候谁拥有水牛谁就拥有生命的保障。

"我已经活得差不多了,"牛贩子似乎看透高中生的心思,急切地说,"你还年轻,嫩得媳妇都没有挨碰过……"

"不……不……"

"你是进过大学堂的人,我们全村子就你一个。秀才! 听话。你想想我扔下你,回去咋有脸向你爹交账……"

巨大的洪峰已经涌到面前。老炳奎像一只猎豹蹦了过来,不由分说把高中生箍过来,拼尽力气举到水牛背上。

"秀才! 我活不成你就来这里跟我烧香……"

高中生囫囵地听了老炳奎半截话,那头四膊四旋的水牛就驮着他跃进了汹涌的河流。

洪峰扑下来了,一个带着泥腥味的大浪翻过他头顶,把他和水牛冲得斜斜的。他揪紧又长又密的牛毛,两腿死命地夹紧牛肚皮,狠命抬起头往刚刚离开的沙岸上瞥一眼。他看见那头黑蹄黄牯驮着精瘦的老炳奎,正贴着峭壁下狭窄的岸顺流狂奔。那凶险的洪水就在后面追赶着,要把那人畜卷进胸腹……炳奎叔啊! 一个更加沉重的浪头砸过来,压得他弯下身子,紧贴地拥住牛的两肋沉浮着。越过中流的时候,一个并不猛烈的浪头带着一截木头击中了他的头部。冥冥中,他感觉到一对温柔的眼睛和一双火辣的眼睛,在两个不同的角度望着他……

天亮了。在一段平斜的岸上,躺着高中生。他的两只手直直地伸举过头顶，两条腿大叉着，整个形状呈一个不很规则的“人”字。

太阳血红地升起来，悲壮地照晒着被洪水洗劫后的河岸。从河流的下游，吹来一股雨后的清风，和缓地抚摸着万物生灵。高中生苏醒过来了。他感觉到手心那里触摸到一样冰凉硬实的东西。他抓过来看是一只银亮的烟嘴儿。这种烟嘴儿，他在很小的时候看见慈祥的祖父使用过，现在很少有人用了，觉得太古旧太土气。他支撑着沉重的身体坐起来。迷茫的目光越过宽阔的河面，落在那一列绵长的兀立的水中的石壁，他想起了昨夜晚那惊心动魄的一幕。

“炳奎叔啊！”

他赤着足一瘸一拐地踏着岸，往下游去寻觅。他深信牛贩子还活着。他要送他一个银亮的烟嘴儿，叫他不再无杆无斗地抽那烟叶子。那头水牛就蹒跚着跟在他后面，依旧无声无息稳沉稳实的样子……

懒斜开阔泥沙混合的岸深深地印着几行条的和团的足迹。还有一个不很规则的“人”字，则凹刻在足迹顶端的地方。

雾　峡

那是山里人照护庄稼的一个草棚。眼下苞谷只是苗架，野猪和猴子都还没有出来，山野里宁静极了。几百里山路，两个人颠颠蹶蹶，简直就是奔命地逃到了这里。距离大公路只有不到一天的路程了。估摸着老豹爷不会追来，皮贩子便把桂香安顿在草棚里。他带了罗盘和干粮，重新踅回到莽莽山林中。那一路上还藏着许多上好的皮子。几天来，他带着桂香，什么都顾不过来。现在，他得把这些皮子带走。

在宽阔无边的森林的暗影里，他就像一个跳颤、滚动着的幽灵那样，感觉不到一点生机，只有深深的寂寞和忧郁笼罩着……

第三天，他翻上了七道岔和三重山。在一片透着阳光的斜坡上，他碰上了一个烧炭人。那人面颊苍白，眼睛木然地蒙了一层悲哀的微光，头发和烟尘绞在一起，打成了无数的纽结。那人不过三十来岁。那时候，他正用一柄宽阔的锄在窑上刨那些封火土，红土高高地在脚下堆起来，堆起来的红土盖没了他脚面，他仍旧刨着，做得很执着很机械……“你有……皮子吗？”皮贩子将一支有过滤嘴的香烟递过去。烧炭人把过滤嘴掐掉，就着皮贩子递过来的火，狠命地吸了一口。随着缓缓吐出的烟雾，他冷漠地摇了摇头，又躬下身子用宽阔的锄掘着炭窑。皮贩子轻轻地吐一口气，撇下烧炭人往前赶路了。天黑时分，他在林子里燃起一堆火，就着一泓幽泉吃过干粮，然后，他把将熄的火堆拆移到一旁，找来干枯的松枝和松毛铺在炙热的地上，暖暖地睡了一觉。

现在，只要半天工夫，就能够到达藏皮子的地方了。那一捆皮子，至少值五百块……早晨，他走在莽林阴郁的小径上，便这样快活地想着，不知不觉地加快了脚步……倏地，他感到脚下震颤了一下，一种钢铁奔突的力量便向他袭来。一眨眼，他来不及反应，也来不及跳开，只听戛然一声响，两半弧形的钢齿狠命地咬住了他的足掌。他骇惧地呻吟一声，就瘫软在地上。紧接着，几点红血从鞋洞里渗了出来……他踩中了捕兽的夹子。这时候，黑森森的林子里响起了沉重的脚步，伴着腐叶霉烂的气味，缓缓地移近了。不一阵，一个魁梧的阴暗的影子站在了皮贩子跟前——

“我的桂香……”两块厚重皴裂的口唇迟钝地扑动着，“还来……你把我的桂香还来。”

皮贩惶惶地抬起头，两只眼睛接住了他那沮丧的目光。他心里一片漆黑，垂着脑袋，好一阵才嗫嚅道：

“你的桂香……我不晓得。”

一只手捏住了皮贩子的颈项，稍一用力，他便离地悬空了。足掌上的钢齿更无羁无绊，咬得他钻心地疼，额头上沁满了豆串般的汗粒，终究禁不住哼哼哟哟起来……皮贩子被掼在了地上。两块巴掌阴郁地向那弧圈钢夹伸过去，紧扣凶险的钢齿，粗壮的模糊的指节慢慢隆起，手背血管仿佛通电似的亮，那两半要命的圈夹吱吱响着张开了……皮贩子血淋淋的足掌松脱了出来。

“还我的桂香！”

一声阴沉的啸叫。皮贩子仿佛嗅到了一股滚烫的腥膻之气，觉得自己落入了一只饿豹的血口。他战战兢兢地从地上撑起，悲哀地靠着一棵皮色暗褐的水杉。他看见除了野蛮和残忍外，那寒浸浸的目光里还包含着愚昧和迟钝。这正是他在串山收购皮子的时候，熟悉且希望发现的东西。他强打起精神，操着那种讲皮子交易的腔调说道：

“豹爷！我是有家口的人，要过日子，我才来这深山老林揽这份苦，哪有心思搞女人……何况你老豹爷的儿媳妇。”皮贩子在携着桂香离走的几天里，没有碰上一个人，他坚定地认为老豹爷不过是讹诈，“说真的吧，豹爷！我们交道虽不深，但是还长着，你有皮子，就赶紧拿出来看看，我还得赶路……哎哟，我的脚。你把我当啥人了！真是……我这脚得包一下……”

老豹爷那硕大的头莫名地晃了晃，黑腻的缠帕间斜戳着一根拇指粗的竹管，泛着青色，那情形仿佛是一只独角兽。他那撇向一边的嘴角颤抖一下，两半唇皮嚅动着，发出一种嘶嘶的啸叫：

“你们……外头的人，少管我们山里的事情。”

“你说到哪里了呢！豹爷。我自家的事情也还做不过来……”皮贩子心里战栗，佯笑地周旋着。

老豹爷不吭声了。他一只手阴沉地抬起来，抓紧身旁一棵青枫树，猛地一扭，听得一声煞响，水润白亮的一块树皮便抓在了那挠钩一般的掌中，那树竟奇怪地一动也不动。他并拢两掌摩搓那块硬铮铮的青枫树皮，随着嚓嚓的声音，一团碎木屑从掌心甩了出来……皮贩子看得呆了，腿脚软软地又要往下蹲。

“跟我走！”老豹爷咧着嘴说，话是从黄黄大牙里蹦出来的。

直到这一刻，皮贩子才真正感到了绝望。他再无一点敷衍编织的勇气，但出自本能，却从心底生出一种强烈的挣命的意识。他看见了老豹爷肩上挂的猎枪，黑乌乌的枪管指着天空，如夺在手中，或许可以保命……

“你咋老盯着我要，老豹爷！一个女人……”皮贩子嘟哝着，眼睛颇具意味地眨着，“你的儿子呢，我从来没有见过他……他是一直在山上转吧，兴许桂香……她是到他那里，找她男人去了……”

老豹爷面色铁青，紧绷的双颊微微打战……就在这时，皮贩子斜弹了起来，梗着颈项往老豹爷猛地撞了过去。但是，就像是撞在了一棵树腰上，老豹爷摇晃了一下，皮贩子那头颅便耷拉着栽倒在地上。他心灰意懒地坐了起来，用一种哀伤和惊异的目光看着老豹爷。这是一个啥人呢？皮贩子觉得即便是把枪夺在手中，要打死他似乎也不大可能……他从地上撑立起来，一瘸一瘸走在了这只独角兽的前面。

转过一片黯淡的腐烂的树木，那幢阴郁的杉皮木屋就坐落在山坞里，仿佛苍茫海上一片帆，那样孤单，那样飘摇如坠……皮贩子第一次向那里走去的时候，心里是满怀了希望的。就在那潮湿狭窄的屋子里，他从老豹爷手里得到了两张点花的皮子，用不着补整，所有的枪子儿都落在了那脑袋上。皮贩子喝过一碗浓浓的热茶，打点着准备上路。突然，他的眼睛一亮，便看见一张粗糙笨重的桌上有一个小泥塑,很稚拙、肥硕,绿色的衣裾,连头发也是绿色的……皮贩子诧异了。

“是我的女人……我捏的……”老豹爷古怪地笑了笑。

“黑的……头发应当是黑的才对,豹爷。”

“她在这山林待得久长,还为我养了个儿子,”老豹爷响着浊重的嗓音,“那头发叫这山林染绿了……后来,跑来一个人,是犯了案子的,我收留他住了几天,谁晓得他会把她带走了……”

皮贩子哑然地发一个寒噤,告别那阴郁的杉皮木屋走了……

挠钩般的手掌落在那肩上,往外一扳,皮贩子转过身,岔向了一条腐叶铺盖的小径;原来老豹爷并不是要去那山坞,去那杉皮木屋。不过十数步,阵阵冰凉的气浪迎面卷来,皮贩子陡地一瑟缩,那眉眼口鼻即让浓雾濡湿,凝结了亮亮的水珠。他甩了甩脑袋,低垂了去看,才知已站在一堵断崖上,崖有多高,雾太厚太浓,一眼穿不透底。他倒抽一口冷气。挠钩般的手掌又一扳,他倾侧了身子,于是才清楚那小径连接一丝崖缝,逼仄的道路隐现着,从脚下斜斜地往前延续,跌落……

两个人一扭一扭走下去,渐近崖底,雾愈稀薄,竟如丝如缕,景象也就愈明朗。终于下到崖底,仰头往天看,两座阴森森的山崖对峙,拖出一道幽深的峡谷。一层灰蒙蒙的雾幔,牢固地牵连在峡谷的上空。光焰无际的太阳,从谷底看去显得那样软弱,仿佛在不停地挣扎,但永远也摆脱不了混沌和蒙昧似的。那一块一块的烟雾,贴着崖壁,正匆忙飞腾,去增援那一层灰蒙蒙的雾幔。谷底是狭长的摇曳不定的乱石,大如挞谷斗,小如鹅卵,青灰色,不长草,显得很干净,可以看出山洪扫荡的遗痕。乱石之间,一泓浅溪寂寞地淌着,不知从哪里流来,又流向哪里……

“你真要把我弄死了,也会跑不了你老豹爷的。”皮贩子直直地望着跟前一块巨大的石磴,悲怆地说,“有人……我家里人晓得我来这里收皮子……我还有一个朋友,是佩短枪带兵的……”

肩背上倏地挨一击,沉重如砸一个秤锤似的,皮贩子踉跄了几步,扑倒在溪流里。他挣扎着坐起来,一脸一身湿漉漉,直觉着咽不过气。几根手指又捏住那颈项,鹰叼小鸡般地拖他到一块大石头下面。他感到两眼无数火星子飞迸，手脚已全不由主……转瞬工夫，一网青色的藤条，便把他浑身里捆得结结实实，死缚在那大石下面了。他的对面，那只独角怪兽蹲在那块巨大的石磴的阴影里，猎枪斜在左腿胯间，寒浸浸的目光往这面瞪着——

“把桂香……你把桂香……还给我……”黄黄的大牙紧咬着，嘶嘶的尾音里带了几分哀怜。

皮贩子萎垂脑袋，从胸腔里发出一声“唉——”便默无响动，仿佛睡了过去……

那天，他正寂寂地穿行在山径上，忽觉一阵枝摇叶晃，地上的光影急遽地变幻，一团黑乎乎的东西便从斜边滚出，落在了地上。“老豹爷！”皮贩子吃了一惊，随即就认了出来。那时候，老豹爷挡在道中，眯缝一双红红的醉眼，将一个托在掌中的竹筒递过来：

“喝，喝一口……高兴，高兴……”

皮贩子觉得事情蹊跷，愣怔地望着酒筒，低声矮气地向深处探试：

“老豹爷！你是……又剐了一张好皮子？看你高兴得……”

“没有皮子了，”老豹爷截住皮贩子的话，“全换媳妇……给我儿子换了一个媳妇……别以为我们深山老林娶不到女人，谁晓得也会有人送上门来……只用了五张皮子，一张獾皮，两张毛狗皮……你别以为怪……那家伙就是贩卖女人的，该他倒霉，踩上了我的夹子……五张皮子他还嫌少，我捏了他一把，他就不敢吭了，乖乖把女人留下……嘿嘿……”

他在喉咙里笑了笑，把托在掌上的酒筒塞到皮贩子手里……

皮贩子颈项还能够活动，渐渐，他端起头颅，有些昂然地和老豹爷对峙着。老豹爷呢，就像他身后那块巨大的石磴，依旧一动不动。时间在这幽深的峡谷郁郁流逝，一面的崖暗下去，一面的崖明起来了。老豹爷蠕动了一下，随即便夸夸地敲一块火石头，阴影里火星飞迸，照着那张粗糙的黑黢黢的面孔。不一阵，缠帕间拇指粗的竹管转到那嘴上，一缕烟雾从石磴下面升起，去增援那笼罩在峡谷上空的灰蒙蒙的雾幔……

听说老豹爷猎到一头金钱豹，皮贩子用一天工夫，又来到了那杉皮木屋。刚刚走进那苔藓斑驳的土坝，他便看见一个女人背了身子，执一柄捣衣棒，对那阶石坎上一团乱糟糟的衣物使气般地捣。这就是老豹爷五张皮子换来的女人。皮贩子走上前，招呼似的响一下喉咙，问道：

“老豹爷……他在家吗？”

女人不吭声，也不抬头，依旧使气般地捣着阶石坎上的衣物。黑腻的水飞子溅到了皮贩子的脸颊，他有些沉不住气了。

“你爹……他在不在家？”

“这里没有人，”女人抬起头，面庞上残留几线湿痕，眼睛直勾勾盯着皮贩子，口吻中满含着悲哀和仇恨，“这里……都是野兽。”

皮贩子愣站着，好半天才缓过神来：

“你这主人家咋了？我是……山外来的人，在天楼岭听说老豹爷杀到一头豹，就绕路来想看看皮子……”

女人怔怔地听了，脸上奇异地掠过一道光辉，便在围腰上揩净手，领了皮贩子进屋。那张美丽的花豹皮，绷撑在一面侧壁上。可皮贩子竟莫名地有些懒心淡肠了。他的目光落在那张粗糙笨重的桌上，急急地找寻那绿头发的女人小泥塑，但那里什么也没有。皮贩子心里感到一种莫名的战栗，他转过身子。美丽的花纹遮掩着皮子的另一面，那是血腥和脏污，让人嗅了见了就会恶心……

“老豹爷……他哪里去了？”

皮贩子还是准备成交一笔生意。

“他上山……喂豺狼虎豹了。”

声音仿佛是从地底下透上来的。皮贩子吃了一惊，转过身去，便见那女人跪在跟前。

“我叫桂香。今年才二十岁。”她在地上叩了头，泪花在眼眶里打转，话说得又悲戚又急切。“求求你带我逃走吧！我……我会做针线，有力气，愿当用人侍候你，也愿……你不嫌弃，做你的偏房也行……”

“这……这是咋回事情？”皮贩子慌得手脚无措。

“求求你了！求求你带我逃出这深山老林吧！”她又响响地叩了一个头，“老豹爷是禽兽，我……我怕死他了。我名是他儿媳妇，可他的儿子弱，斗不过他，他就把我男人支使上山了。这……这头豹子，他就……强占了我……我恨死他，就咒他死，咒豺狼虎豹撕他，哪晓得他又杀了一头豹……

我实在忍受不了了。求求你带我走,我不会忘记你的大恩大德……”

皮贩子听着,仿佛出于畏惧,或是嫌恶,怕沾惹上似的,拔脚就要往外走。可是已经晚了一步,女人扑上来,死死搂住了他双脚,一动也不能动了。

“你救救我吧,不这样,我只有死在你脚下了……你就行一个好,带我走出这老林……”

皮贩子冷凝着一张脸。唰地,他把那点花皮子从侧壁扯了下来,裹在肩上。趁老豹爷不在,他拉起桂香,颠颠蹶蹶地向山外奔命……

“还我的桂香!”

那青竹管斜戳在缠帕间,又仿佛一只独角怪兽似的阴沉地咆哮。那一直斜在腿胯间的猎枪,这时候也挟在了腋下,冲着那捆缚在大石头上的人慢慢抬起,可是那枪管冷酷地战栗着……

“老豹爷……”

皮贩子怯怯地叫了一声,脑子里掠过了一丝妥协的念头。可是,话到了嘴边,又让他压了回去。他最终没有勇气,把那刚刚救出的女人,重新推进丑恶肮脏的深渊。

“老豹爷!你乱杀人,”皮贩子合上眼,悲怆、怨恨地说,“我死了,也要变成鬼,搞得你不清静……”

訇地,铁弹摇曳着一根红红的尾子从皮贩子头上飞过去,浓烈的硝烟扑过来,呛得皮贩子喘不过气。他晃动晃动脑袋,莫名地觉得险些坐失时机,对着那不住颤抖的枪管,竟生出几分豪气,大声叫喊起来:

“老豹爷,你真是一头野兽,亏你还有脸问我要桂香!给你说,是我把她带走了。带走了我就不会还给你!她是人,哪能跟野兽在一起……还有你的儿子,你的儿子也被你糟蹋了!在山外,你这样的人是要一刀刀剐成肉丸的,没有天良,没有耻辱……唉!我简直是昏了,我跟一头野兽说这些有啥作用!开枪,你开枪打吧,野兽!黄天有眼,我是救人出苦海,死得值价……你这头野兽,奸近杀,你又杀人,造尽了大孽……”

巨大的石磴下面,黑洞洞的枪口指着那喘吁吁咆哮着的人,久久喷不出死亡的火焰。渐渐地,那乌亮的枪管慢慢地缩了回去,收拾起来了。那只独角怪兽从暗影里走出来，紧绷铁青的双颊，撇向一边的嘴角古怪地跳着。到了皮贩子跟前，他蹲下去，抓了一把泥沙，踅回巨大的石磴下，一松，泥沙便在石磴下堆成一个锥体。然后，他侧过身，顺了那丝崖缝往上走……

"老豹爷！"皮贩子凄绝地明白过来，嗷嗷号叫着，"老豹爷哇！你回来……回来，痛快点，你还有一点人性就痛快点，给我一枪……"

黑墩墩的影子在那断崖缝里摇晃，谷底那个人发出的声音，仿佛全然听不见似的。"老豹爷！你这野兽……野兽……呜……简直比豺狼虎豹还糟……勺子都捞不起……呜……"

陡地，他发一个冷噤，停住了那垂死的咆哮。在这幽深峡谷某一处，哪一丝崖缝，哪一洞岩腔，仿佛隐匿着一个人似的，随了声起声落，把他那歇斯底里的腔调嘲弄般地扩展、拖长。他知道这是回响，一个人的声音的影子。对一个绝望的灵魂，这响声是可怕的，他再不敢弄出声音来……他的手脚不久就开始发麻木，想活络活络，但那独角怪兽捆得太死，藤条有手指粗，坚韧胜棕绳，要弄断简直是妄想。他听说过硬气功，鲁莽地鼓劲，那藤条便嵌进肉里似的勒得他生疼。他合上眼睛，觉得太疲累。可是劳顿的眼睛倏地又张开，他听到了一种声音。咕咕咕，低沉，特别令人难受。喉咙那里一阵抽搐，酸涩的气流从胃里漾了起来。咕咕咕，这是从腹腔里发出的饥饿的声音，他清楚地感觉到了。从早晨到现在，他的肚子里没有进过任何东西。他那黯淡的目光跳过阴森的崖壁，透过峡谷上空灰蒙蒙的雾幔，幻想着一点食物，即便是一块红薯，正好掉进口里。这时，他听见一种强劲的搏动翅子的呼呼声，抬起头，便见一只鹰在不远的地方盘旋，锋利的钩子嘴阴沉地闪烁。鹰渐渐飞得低矮，似乎就要向他扑击。他鼻子一酸，跌落了一串泪水，原指望上苍恩赐食物，却来了一只催命的鹰。他震怒了，冲着那只暗褐色的天骄，瞋目龇牙咆哮道：

"滚开！你这只禽兽……我还没有死……你快点滚开！"

鹰一惊，斜斜地收住翅膀，停在半崖一块突出的岩石上。他无论如何也不能死在它的利爪下面。有好几次，他困乏得要合上眼睛，一想到那只饥饿的鹰在对面半崖监视着，等待着，立时就又振作起来，严阵以待。天近傍晚，那只岩鹰仿佛等不下去，又躁急地从崖上扑下来，翅子如席，咯咯地扇动，搅得清寂的峡谷紧风飕飕。它从他的头顶掠过，歇在那块巨大的石磴上，冷酷地直视着他。

“你这只禽兽……”他在不停地咆哮，并瞪着血红的眼睛，极力要显示出一种人的力量，以赶走这只大鸟，“岩鹰……你是真正的岩鹰就不打窝下食……你快滚开……滚开……我还没有死……”

鹰悻悻地飞起来了。它懒懒地刺破峡谷上空那一层雾幔后消逝了。巨大的石磴上那堆泥沙，在鹰腾起的一瞬，被那有力的翅子扫平……仿佛经过这一阵较量，所有的神经都疲惫不堪，那人昏昏沉沉地睡了过去。

不久，幽幽峡谷便沉浸在漆黑的夜帏里了。那对峙的高崖，那参差的乱石……其时都归顺统一，仿佛握手言和了。浅溪的某一处，一点点水激起一声声清响，如迢递的漏声，计数着黑暗的光阴……

半夜里，他醒来了。一阵隐隐的雷声，伴随隐隐的电光，在峡谷的上空沉沉滚动，由远及近，然后戛然而止，那情形仿佛正在积蓄着一种力量，要制造一种没顶之灾。他全身麻木，没有一丝力气作任何挣扎。倏地一块惨白的光洒了下来，峡谷两旁的高崖和谷底的乱石面目狰狞，滚滚雷声当顶炸响了。跟着，雨点如一簇簇箭似的射下来，整个峡谷在战栗，在痛苦地呻吟……他萎垂着脑袋，有一下没一下地哈着湿漉漉的空气，心早已麻木，仿佛认命似的等待着……风从峡谷的一头灌进来了，垂直的雨簇被吹得斜斜的，仿佛一张宽阔的白花花的帘在飘动。谷底狭窄，风愈来愈猛，整个峡谷就如一只巨大的风箱桶子，冥冥中有一种力量在拼命地鼓动。狂风左冲右突，咆哮着，数不清的雨簇成了一根根雨鞭，发疯地抽打峡谷里的一切……蒙眬中，那苟延残喘的人仿佛听见了震撼山崖的山洪奔突的轰隆轰隆之声，仿佛看见了汹涌滔天的黑色的浪头，正向他压过来……

黎明时分，浅浅山溪已像一条哗哗喧腾的小河。黑红的山水淹齐胸膛，从森林里冲来的枯枝败叶，在心口那里拥塞起来，他感到一种窒息的压迫。但是水势还在增大，高溅的浪花已经扑上面颊，颈项淹没了，下巴淹没了，他尽力地仰起头颅，本能地要求呼吸……天光大亮，一种隆隆声，有节奏地滚动着，从上游扑下来了。他咧嘴龇牙地嘶嘶怪啸，渐渐散开的瞳孔瞪着那渐渐逼近的高高卷起的浪头，那无情的翻滚的水阵……这时候，他那强烈的意识是想活下去，尽管受尽磨难，只要还有一口气，他就会挣扎到底。他那恐惧的眼睛里盈满了颤动的冷泪……倏地，从那丝断崖缝里，一个人耸动着身姿，滚似的冲了下来……皮贩子张了张口，想呼喊，可是喉咙里仿佛被什么卡住似的叫不出声音，一个黑黑的浪头很快盖没了他的头顶……

他醒过来的时候，已经是在峡谷高崖上了。骤雨过去，天空放晴了，谷底洪流的吼啸传上来，轻风软软吹拂，整个山林都仿佛在忧伤地颤动……一个面颊苍白、目光滞钝的人站在他跟前。皮贩子记起来了，这是那个烧炭人，在那片透着阳光的斜坡碰上的那个烧炭人，当时，他正用一柄宽阔的锄在窑上刨那些封火土，红土高高地在他脚下堆起来，堆起来的红土盖没了他的脚面，但是他仍旧刨着，做得很执着很机械……

烧炭人见他醒过来，古怪地笑了笑，便把那头发和烟尘绞在一起的脑袋转过来，望着远处葱郁的森林发怔……突然，从那座落着杉皮木屋的山坞里，传来了一声沉闷的枪响，烧炭人一下跳起来，瞥一眼那刚刚从山水里捞起的人，飞快地向山坞里跑去。皮贩子一惊，也从地上撑起，歪歪倒倒向那杉皮木屋跑去……

杉皮木屋里，一具杉木的棺停在中间地上。老豹爷躺在里面，黑脸膛上交错的褶皱犁刻更深，仍然透着粗野蛮荒之气。他的脚上蹬着一截绳套，绳子是系在枪扣上的，长长的枪管顶着那黑乌乌的咽喉，铁弹穿入了头颅。显然，他是自己钻进棺木的，自己毁灭自己，还准备自己埋葬自己……倏然间，皮贩子眼睛一亮，看见紧贴这具庞大的躯体，躺着一个小泥人，稚拙，肥硕，是女的，绿色的衣裾，但那头发却是黑色的了……

他们走出山坞，站在峡谷崖顶。回过头去，那座阴郁孤独的杉皮木屋，更显得凄冷。年轻的烧炭人把它抛弃了。一座房子失去人烟，不久就会坍塌，化作一堆黯淡的腐木……谷底山水的啸叫低沉下去了，两崖间那一层灰蒙蒙的雾幔拉开了一些，一团一团水雾在翻卷，激烈地涌动，仿佛要把整个峡谷挤破。一道鲜艳的阳光落下来，就像一根深进峡谷的巨大的金属棒。阳光不断渗透，水雾渐渐融洽，终于平静，满满荡荡一沟红雾……

“走吧！”皮贩子催促着年轻的烧炭人，“我们赶紧走吧！”

烧炭人莫名地晃了晃脑袋,滚下两颗泪水,便跟那掮着一捆皮子的背影走了……在莽莽山林的边缘,那叫桂香的女人正在一个草棚里等候着……

刳　船

呱……悠悠长长一声啸叫，照在船壳边的松明跳两跳，船头的青木船尾的竹拉长揉扁地曳摇，真真地在微波轻浪中泛舟似的，两只影子从阴冷的壁上弹回，即又压缩一样地凝作硬劲扎实的两团。

那只野狐终于离开洞口，执着地忽闪一双幽绿的眼睛，到茫茫山野别处寻觅去。

"两天工夫……两天工夫就能够放船……"

竹说着，口吻里掩饰不住几分窃喜，就直起腰来。一把白亮耀眼的圆凿在手中摆摆，悬空翻个跟头，使笃然扎在粗糙的船帮上。她捋捋额心几绺汗湿的头发，往红光恍惚的石壁走近两步，然后回过身来，面向已成雏形的木船坐下，仿佛疲惫的歇息，仿佛更加仔细地玩赏一件杰作。

下游峡口大坝已经砌成，哪天封门落闸，长塘回水三十四里地，火龙岗会被淹没，道路会被阻断，就要变成水村水寨。几天以前，乡里来火龙岗召集开会，给人们发放购粮证件。四十来户人家两百多号人，村长吴瘊子也不例外，既梦寐以求又喜出望外似的，拿着鲜红簇新的本本亲啊、亲啊，乐得脸嘴发青发紫的，竟喘不上来一口气。那工夫，竹一下就想到刳船的事情，而且轻脚轻手地便开始实施。除青木外，竹没对任何人泄露丝毫。火龙岗门前一条野火，从来滩险浪激，连只船影也都不曾见过。竹的见识，还是在街镇上念中学时从书本里得来的。这梦因此既神秘又脆弱，稍稍疏忽，似乎就会寡淡无味，就会化作泡沫而破灭……

松明摇晃摇晃，炸起数点飞星，带着一股撩人的香气，落到那扇古铜色的脊背上。青木本能地耸耸肩胛，却依旧一声不吭，弓一般地勾腰，犟牛一般地埋头，拿稳三寸开山，如痴如醉刳船。看那斧头摆动幅度，深一分忧过，浅一分又虑不足，那样认真仔细，那样谨慎小心。

“两天工夫……就可以放船……”

竹自言自语说着，就在跟前一堆要死不灭的火炭上添几块木屑，捅空透气，接着生动地抿抿嘴唇，吹出一股风来。火堆闪明闪明，升腾丝丝烟障，在洞中缭绕，瞬间呼地跳一团火焰，连人带船就都灿烂而又热烈。

老杉是生在岩头的。千年风雨过来，古树一派恢宏伟岸气势。生儿育女的事情，从来希图一个长福长寿。火龙岗人翻上火龙一样卧伏的黄沙岭，引来娃娃崽崽跪拜古树。树老通神，火龙岗人相信老杉能够显灵，保佑子孙发达富贵。如此辈辈代代，火龙岗人竟然没有一个不是老杉干儿干女的。但他们料不到老树虽通神却也心空，在一个雷雨大作的夜晚，老树禁不住摧折而轰然坍倒。火龙岗人凄怕一阵，也就认命似的遗忘了老杉曾经有过的辉煌。

“青木青木！我要你帮我件事情，”竹约火龙岗优秀的木匠说，“我要你帮我刳条船……料子是岩头雷打断的那根老杉……”

年轻人望着少女碧波清潭一样的眼睛，几乎是不由自主地点了点头。然后趁黑背起家什翻上黄沙岗。依照竹姑娘的，他截下大段空心树料，拖进山脚大岩腔，就暗暗刳起船来。

不是三板船，不是五板船。竹也好，青木也好，刳船的见识非常幼稚。他们想象船仿佛猪槽，正好利用空心树料，刳均匀船壳，刳平整船肚，就做成一条漂亮木船……

那只野狐已经走远。尖声尖气的夜风，把那精灵呱呱的啸叫扭曲变调，隐隐约约呻吟一般。岩腔堆火越来越旺，仿佛烧窑引发的炉膛。伴着笃笃的声音在木船和石洞间轻微而深沉地回响，一道冷酷的寒光从年轻木匠手中跳起，舞蹈一样地在岩腔四下里变幻，仿佛一个在浩瀚天地间执着地寻找着什么的幽灵。

“明天找藤子结成一根索索。”

竹望着燃烧的火堆，机械地添几块木屑，有些兴奋地说道。

“拴住船尾……你留在岗上慢慢放长索索，我坐在船头慢慢划……你慢慢放长我慢慢划，从黄沙岗划下河去，就像从天上降落的那样……我要‘船来啰船来啰’地喊，我要‘船来啰船来啰’地吼……”

红红的光焰映照着，竹的脸子也像一团火一样燃烧。

“对了！青木你还跟我刻两个字在船壳上，我要叫这只船……取个名字叫‘先锋号’……”

她突然停下话来，眼睛里闪耀两点活泼的火焰，随即又期冀似的沉默了。

那边船头，古铜色的汉子摇晃两行扇骨，臂膀三角肌像铁一样实在地鼓弄，在手中抓稳抓牢斧头，往深里刳，往薄里削，除呼哧呼哧均匀的喘息外，依旧是不声不响的。

“‘先锋号’起航啦！”

竹终于重新拾起自己的话头。喊一样的叫声里，藏着一种莫名的尴尬。

“听说大坝后天就要关闸……水堵起来淹到半山漫过岔河……我们火龙岗的街镇就同一个塘子，划船走水好方便……不翻山爬坡……”

她说着，目光照过红红的火堆，从穹隆的洞口顶上望出去，在黑乎乎的天幕上飘游。两只眼睛仿佛两只小船，相伴悄无声息地驶向远方。

“我要拿我这只船在河塘上搞运输，”竹自言自语起来，旁若无人似的，“河塘两岸好多户人家，赶场去赶场来的，总有好多东西装运，划船要比肩挑背驮省事省力。”

竹说着，一幅幅生动的情景渐渐展开在眼前，红晕的脸庞充满一种梦幻似的迷人的色彩，那样令人神往，那样令人振奋……

“开春的时候，城头街上的人好耍，想看这三十里河塘三十里峡谷的，必定坐我的船，不用抬脚动步……我要收钱，坐在船头上，一块钱一张票，先买票后上船……不，一块钱一张票便宜他们，要收三块钱一张票，三十里水路够远的……我们乡下人街镇赶场喝杯凉水还要一角呢……做出兴头，我还要搭梯登攀山崖，拿石灰刷幅大广告在岩上，‘三十里河塘三十里风光’，老远就能看见……挣了钱发了财，我就要在水边修幢宾馆卖饭和歇宿，供那些死图清静的人住……水边悠闲，没有打扰，空气新鲜，还可以钓鱼消遣，十天半月过来，凡人都会变成神仙……”

她完全沉浸了，陶醉了。

刳船的汉子躬着腰，低着头，依旧闷声不响。但也倦累似的，砍斧摆动已经不是那样均匀，斧声高一下低一下地摇曳。堆火渐渐暗淡，松明也燃到尽头，而船头两团铁一样实在的三角肌，却经久不衰地奔突着，鼓弄着……

呱……一双幽绿的眼睛在岩腔前闪闪，使人心寒心颤一阵紧缩……

是那只野狐不知哪个时候踅回来了。

第三天晌午，下游峡口大坝关闸。火龙岗人端着饭碗，细细嚼着刚从国家仓库购来的粮食，都拥簇在阶沿地坝前，看滩险浪激的水渐渐平缓，渐渐发绿发青，淹过田坝，淹上土坡……突然，黄沙岗上头山岩腾起一股红红的燎子。接着，不知哪里惊乍的一声呼叫。于是火龙岗人们撂下碗筷，跌爬跟斗往岗上奔跑。

追循烟焰，大家恓恓惶惶赶到岩腔，这就看见一件黑灰的东西在那里停着，正张开硕大的肚皮缭缭冒烟……

这时候，人群中走出竹姑娘。她眼睛里隐隐闪着泪光，咬了咬嘴唇，颤声颤气道：

“这是一只船……一只船……”

有人听着走近船头，禁不住伸手摸摸，就抓得一把炭灰。村长吴瘊子喘吁吁着，拨开众人走到灰船跟前，愣怔片刻，若有所思似的，便转身对大家说道：“不准许人碰这条船……人家看清楚……”他手往洞外岗下指指，声音有些摇晃。“水已经淹断我们的路……从今往后……船就是我们的脚……大家看这个船样……依葫芦画瓢……比照刳船……”

直到这时候，大家回头找火龙岗最优秀的木匠青木，才发现年轻汉子不见了。

竹咬着嘴唇，似乎明白了什么。

远树孤烟

北风其凉，雨雪其雱。惠而好我，携手同行。

——《诗经·北风》

一

还是在昨天，师傅川胡子就到五十里外的河溪场上去了。没有了酒精，他是一刻也熬不住的。临走时，"我要带回一个徒弟来，就这一个，以后再不收徒了。"他这样说着，显出一种薄薄的醉意，就把那件对襟的青布汗褐往身上套。随后，他习惯地捻捻下巴上那一撮蓝黑的胡子，便挎了那只桐油打光的葫芦，离开湖南洞厂棚，走出了天花坪大森林。

今天清早，两个徒弟从铺架上下来，各自照例地吞吐了一杆旱烟，便从坑棚里收拾起那些让湿木瓜熏炕得黑黄干燥的木瓢，依照不同规格，重叠，绞缠，捆扎，收装在两个唢呐背篼上，仿佛两朵淡紫色的花。两个徒弟运到森林边上的山阳溪分销店交售了。

现在，他们正急急地往回赶。

夏天的森林里，晚阳的光辉透过茂密的叶子落下来，还像针尖那样在林间小路闪烁，而黑影就在簇簇草丛中开始滚动，开始在伞盖般的树下聚集起来……二徒弟骆驼身子宽而薄，走起路来仿佛摇扇子似的。他手中拖着弯角背杵，那尾子上的金属钉不时磕在道旁的石头上，发出嘣脆的铿锵声。"你把你的背杵拿好，不要打草惊蛇。"走在骆驼后面的师兄大头猫低沉地说，并又掉隔远了一些。大头猫是一个硕脑粗腰、虎威威的汉子，黑黑的眉毛长长地敛集在他那眼眶上方,仿佛涂抹两道厚重的墨汁在那儿。在顶前摇晃着的那个影子,是大头猫从家中带来的打山狗黄宝。早先,师傅川胡子采山,确定来湖南洞搭厂。那时候,大头猫就贪心地盘算:湖南洞是有名的老林子,黄鹿黑驴之类的野物一定不少,一边操刀挖瓢,一边就可以捕猎……以往田土里的活路,不管挑一担犁一坝,大头猫一个人顶两个人,且不疲不累。这一来,他硬要队上为他记双工分,当然,除了让人好笑以外,他什么也不会比别人多得到。在和队长大闹了一场之后,他于是才思谋出来做副业,想着变换一个天地不致屈了他的精力,这就学上挖瓢了。日子久了,他在考虑本身的劳动力时,已经习惯把自己当作两个人来铺排。那么自然,他同样也习惯地想得到成倍的收获。等到带着挖刀啄斧跟师傅进山的时候,他就背起火杆子唤起黄宝,提几副钢夹包几枚洋油制过的炸弹……

太阳坠入了青绿的林子,黑雾即在密匝的树盖下面膨胀,但是在遥远的天空,还有紫红的光亮挣扎似的跳动……这时候,他们已临近厂棚,正经过神秘的湖南洞。传说这个洞一直通向那遥远的湖南,地方因此得名,但从来没有人验证过。凉浸浸的气流漫出了湖南洞口,抚摸上脸来,让人感到清爽惬意。黄宝似乎知道就要到达厂棚了,一颠一蹶地遥遥跑在主人的前面……倏然间它却尖厉地叫了起来,仿佛一把锋利的刀子抵近它的喉头,叫声里充满了绝望,给模糊下去的老林渲染了一层恐怖色彩。骆驼收住脚,本能地端平手中的弯角背杵,将那尾子上的金属钉向着前方,并尽力地透过几片黯淡的叶子,往空地那边的厂棚眺望。这之间,“闹鬼不成!”大头猫粗声莽气地嚷着,已疾步冲到了骆驼前面。“大头猫!”骆驼压低声音惊骇地叫着,一把扯住师兄的背襟,“你看!真正的……大头猫……”虎威威的汉子一怔,攥紧夹背杵的弯角木,收稳脚,顺着骆驼的手势定睛望去。他微微地打了一个冷噤,便警戒地退到了一棵大树的后面。在昏沉的夜岚掩蔽之下,就在那厂棚的门口,威武的扁担花在隐现着,一只猫子寂静地坐在那里,正仿佛沉着地等候扑击的时机……已经在这里搭厂好些日子了,除了几只野猪几只狐狸在附近嚎叫骚扰,他们还从未见过大头猫,而且是这般大模大样地把守在厂棚前。打山狗黄宝还在凄厉地叫着,而那只庞然大物依旧一动不动。骆驼和大头猫禁不住有些纳闷起来……倏地厂棚里闪起一点火星，一盏巴壁灯亮稳了。接下去，那扇还带着叶子的竹门拉开一条缝，一个陌生的人影从那里挤了出来，并打招呼似的伸了伸懒腰，慵困地打一个哈欠。大头猫从树后走了出来，既感到诧异又觉得愤然地闯了过去。骆驼则在那里迟疑着，以为那是不可思议的……走近来，大头猫才看清，那是一张用树枝绷撑起来的虎皮。他回过头，对着这个陌生人，感觉到一种受人捉弄的耻辱，恨不能抓他过来捏碎。可是他立刻感到产生这个念头同样也是一种耻辱，那不过是一个孩子，而且又那么瘦小，一张天真无邪的脸正照着他……

"我是……新来的，师傅的徒弟，"他因为怯惧而有些口吃，但声音清亮柔和，"师傅走累了，又多喝了酒，正睡得香喷喷的……我名字叫……冬哥……"

"嗬！这么点儿人，还哥呐！"骆驼什么时候也凑了上来。

"我的名字是叫冬哥嘛！"小师弟认真地重申着，"我们队上的人都这样喊。"

"好，就叫你小冬哥。"骆驼把肩上的喷呐背篼一放，后怕地往身旁的扁担花睃一眼，"嗯……好一个猫子，你这是啥意思？我看你还有点名堂呢！"

"师傅没有说你们要回来。"小冬哥被唬住了，着慌地解释，"他又睡着了……我睡不着，听见有豺狗叫……猫子是山中最凶的……"

骆驼终于忍不住在心里笑起来，闹这一场虚惊，全然因为这个新来的小师弟胆小。大头猫一生一世还没有惧怕过什么，一只假猫子弄得他出丑，心里有多不痛快，一张方脸仍旧阴沉着。

打山狗黄宝还余悸未消，躲在主人脚跟后面嘶嘶哼着，不敢走近那扁担花一步。这照例又是在猎人的脸上糊了黑。大头猫抬起腿来，踢一脚黄宝，便闪身推开竹门走进了厂棚。小冬哥站在那里有些发愣。骆驼却静静地笑着；同样一件事情，只要叫大头猫丢了底，他都会出人意外地幸灾乐祸的。不一会，大头猫叮叮当当提着两副钢夹出来了，也不看一眼骆驼和小冬哥，他兀自消逝在黑乎乎的林子里去了。每天晚上睡觉前，他就从挖瓢匠一下变成了猎人，独自摸到附近林子，根据白天里察看的脚迹，在野物出入的路口埋下钢夹,安上炸弹。早晨,他总是一个人先起来,去林子里把钢夹和炸弹起出,以防万一进山挖药拾鲜的人碰上了。这之后他才又从猎人变成挖瓢匠。可是他却不大如意,一只黄麂,或一只野兔,远远不及他那成倍地收获的理想。他很希望得到一头野猪;而有一次他追一头被炸伤的野猪没有得到,还险些送了性命。就是一只黑驴也好,而黑驴他也没有打到过。但是在这个挖瓢匠的厂棚里,没有人不承认他是猎人,而且是一个强悍的猎人。奇怪的是在这深山老林里,他付出双倍的劳动得不到双倍的收获却没有怨言。他显得很安分,就像一位哲人说过的那样:劳动是现实的,果实却需要等待……

整个森林仿佛抖动了一下,几根炽白的亮线穿过阴郁的树盖,刺在这一块逼仄的空地上,而且就要扎下去似的……

“月亮出来了。”小冬哥望着眼前几点凄凉的月光,轻缓地吐了一口气。

“你怕才十四五岁吧!”骆驼背着宽薄的身子,看也不看小冬哥,一只手在那绷撑的虎皮上抚弄,仿佛是对跳跃在指间的根根虎毛说话。

“嗯。”小冬哥在鼻子里哼一声,就走过来收拾那绷撑在树枝上的虎皮,显出一种对抗情绪。

“你不要站岗的啊?”骆驼逗趣说。

“你不怕,我也不怕。”小冬哥甩了一句,就抱着虎皮走进厂棚。

“小小年纪,就来这黑林子吃苦……”骆驼嗫嚅着,也跟着走进了厂棚。

“不准你可怜我。”小冬哥回头冲一句,就绕过立在地上的几根骑马桩,登上楼梯,钻到了铺架上,把虎皮铺开来。

骆驼爬上铺架,正要拉过自己的被头躺倒,却忽地觉得这铺位有些不对味。往日里,师傅川胡子睡中间,两个徒弟便躺在左右。现在新增加一个小师弟倚在骆驼旁边,而骆驼就变成中间了。

“来!我和你调换位置。”骆驼掀动小冬哥瘦小的身子,说。

“你是可怜我么?”小冬哥背着身子。

“不。”骆驼苦笑了笑。

“那么,”小冬哥转过来,抬起半个身子,“你要愿意,就把你的谷草分一点给我。”

这时候，骆驼才发现小冬哥铺上只有稀稀疏疏几根草。那张虎皮虽然温暖，可是却被楼笆竹顶得硬硬的。“你这是大王逃难哟！”骆驼感叹着，就把自己的席子推在一边，抓起谷草来就往小冬哥铺位上送。骆驼已经感觉到这个小师弟胆小之中还有一股倔劲，并从心底里有些喜欢他了。“这林子里的气候，夜晚来就像过冬……”他啰啰唆唆地关顾着，替小冬哥把谷草铺匀来。猛然间他在草里抓着了一根光滑的棍子，拿起来看是一根笛子。他正拿架拿势地凑到唇边，却被小冬哥一把抓了过去。小冬哥往旁边响着鼻鼾的师傅努努嘴，便泥鳅似的滑进了被窝里……

啊，多么温暖！

要是父亲还在，他是不会让小冬哥把这张虎皮带进山的。因为他说过，只有打虎的英雄才配享受虎皮的温暖。小冬哥既非武松，且又那么瘦骨嶙嶙。然而他在收拾这张虎皮的时候却什么也顾不过来了。父亲打虎的本领他没有继承，但这张虎皮他是不愿放过的。两个妹妹还小，虽托付在邻居好心伯那里，但工分却要靠他自家来挣。往日里在队上干活，不管他怎样拼力气，记工员都只能把他当作半劳力，舔着笔尖，在那薄薄本子上冬哥名下写一个似墨非墨似水非水的五分，因为他只有十四岁。要是他满了十六岁，那么不管他怎样不出力，记工员都会在那全劳力的一页上，为他打一个满十分。可是，要能够出去做副业呢，那么人们就会忘记他是半劳力，而只认得现钞了。当然，这笔钱的数目要达到一个全劳力缴纳的标准。街上是不准做生意的，学高明的手艺得开昂贵的师傅钱，于是邻居好心伯为他拜了挖瓢师傅川胡子。生活艰难，手艺也原始，但在这深山老林里，是没有谁来揪资本主义的。川胡子也发善心，竟一个师傅钱也没有要他的……

渐渐地，身子下面仿佛燃着一把火似的，小冬哥感到灼热难耐。他是第一次躺在这虎皮上，可是，这种感觉对小冬哥来说，是多么揪心，又多么熟悉啊。

那时候，小冬哥背着母亲去到赤脚医生家里。赤脚医生诊断为钩端螺旋体，打了一针药，便叫小冬哥赶快送母亲去公社医院。路途遥遥，小冬哥背着母亲拼命地跑。汗水浸透了衣衫，他全身像是泡在了一锅热汤里。然而他没有停步，拼死累活地驮着母亲往前赶。就在快要到公社医院的那一会，他感到背心里一阵灼烫，母亲最后的热血喷在了儿子身上……

小冬哥翻了起来。尽管瘦小，可他毕竟是年轻的生命。他把虎皮从身子下面抽了出来，而又不知道如何搁置。他细耳听了听外面的动静，风吹着森林正发出浑沉的啸叫，但这是一种纯粹的树木的呼吸，再也用不着在门口绷撑一个假猫子吓唬豺狗了。他把虎皮小心地叠起来，枕在脑袋下面，便滑进温暖的草棵中睡着了。

不一会，大头猫推门进来了。他似乎觉得自家钢夹炸弹那一番布置还满意，又照例地怀着希望兀自喃喃：

"老子……会搞到一头野猪的……"

睡在铺架上的骆驼翻了翻身子，也不知是听见了大头猫的话，还是正做一个梦，他呓语般地而又揶揄似的说：

"老兄，我……等着吃……野猪肉……"

大头猫狠狠瞪了骆驼一眼，便拿锄头在地上刨了一个坑，从角落里找出一根骑马桩栽下去。他这是为新来的小师弟栽的骑马桩。栽完以后，他又用手摇了摇，觉得夯实打紧了，才吱吱嘎嘎踩着楼梯上铺架，钻到被窝里睡倒……

大森林的夜晚比白天还要骚动。但挖瓢匠的厂棚是寂静了。

二

川胡子是四川东溪的人，年纪不过三十多岁。比起大头猫来，他差不多要年轻十岁，而和骆驼相比，他不过就是一个小哥哥；但在小冬哥那里，他就称得上叔子了。他在家乡的时候，是使用镖铲打锨盆，但那里木料缺乏，一年辛苦到了头，却还够不上那一笔副业款。他于是忍痛抛下妻室儿女，潜到了地处黔北的天花坪大森林。打锨盆和挖木瓢，不过姊妹手艺，他很快在这里站住了脚。每到年终，他就去分销店结账。然后就回到遥远的家乡，缴清副业款称来粮食阖家团聚。等到过了年，春二月间那一会，他就又告别年轻的妻子，回到湖南洞老林子。为此他很痛苦，而且伴随着一种莫名的不安，可他又无力自拔和解脱……

办好的山料用完了。川胡子腰间掖着那个桐油打光的葫芦，手捏一把啄斧，他在前面走，三个徒弟跟在后面。选中一棵料子，他就在那上面剁一斧，做一个印记，然后拿起葫芦，伸出舌头在那葫芦嘴上舔一下，接着又往前转。三个徒弟便根据那记号，抡起啄斧来采料。

那啄斧和一般的斧子不同。它比一般斧子要大，但在斧口那儿却很逼仄，而且整个形状如鹰喙般向内弯曲。最初学挖瓢的人，使用这种工具就得特别留心。它砍下去是成一根弧线，那着落点容易给人以错觉。小冬哥宽口斧使惯了，尽管骆驼不断地提醒他，而一下拿起啄斧来那脑子却不能转弯儿。稍微走神，那锋快的斧口就晃在了他脚上。麻绳的草鞋耳子劈断了，脚背上又划了一道口子。殷红的血从伤口流了出来。骆驼慌得不知如何是好。大头猫过来掀开骆驼，撒了一泡尿在伤口上，疼得小冬哥抱着树干直淌泪。这一招还真灵，很快疼也减了，血也止了。小冬哥挂着两颗晶亮的泪水，望两个师兄笑了笑，又提起啄斧来采料。也怪，那伤口仿佛是一只眼睛在暗中盯着似的，小冬哥砍起来也顺手了。

挖瓢的料子不是什么木质都可以的。柏香、楠木、水杉，做箱箱柜柜是好木质。可是挖瓢匠喜欢的是二月花，是香椿，是米木子，还有水冬瓜、华杉松……这些树料木质松脆，掏挖起来方便，而用它们挖成的瓢也很轻巧。有些木质看起来松软，挖起来也能赶快，然而钝刀口，打磨挖刀的工夫就误了挖瓢的工夫。所以采山料要好眼力，川胡子不放心徒弟，就自己亲手掌握。

砍倒树料，剔尽桠杈，裁去树梢，几个徒弟就往厂棚搬。大头猫和骆驼扛的是那些用来挖水瓢的粗料子，而把那些用作挖汤瓢粪瓢的细料子就留给小冬哥。他们扛着料子在林中绕来绕去。大头猫走在顶后面，不时地停住脚，察看那野物留下来的足迹，暗暗在心里安排了钢夹和炸弹的位置。骆驼和小冬哥走远了，他那大脑袋一甩换过肩来，三跳两跳就追了上去。

太阳当顶，山料采得差不多了。师徒四人便聚在厂棚里，三个石头抬一口锅，燃起一把木渣烧开水，便简简单单地稠熟一锅苞谷饭，就着一根干咸菜或是一勺酱辣椒，有滋有味地吃起来。饭后三个时辰不管事，于是碗一撂便到厂棚外来，不远不近地坐在那些丢扔的木墩上。但是大头猫要去林子转一圈，察看过野兽的足印，才在那里安静地坐下去。而小冬哥还不成习惯，要去把几个饭碗收拾干净也才到厂棚外来。这时候，他手里就握着那支笛子。

师傅川胡子略略地离开三个徒弟远一些。他怀中仍然抱着那个桐油打光的葫芦，那葫芦里是从河溪场上托熟人买来的酒精，旁边放着半土碗水。在买不到粮食酒的时候，用酒精调水当酒喝，这是他的发明。现在，他就紧攥着葫芦，把那乙醇吊成一根麻线往水里掺。然后他端起碗来抿一口，似乎还淡了一点，就又往里掺，而这回是一滴一滴地往碗中坠……大头猫和骆驼两个徒弟是抽叶子烟。他们靠得很近，似乎为了交流，可又不见一个人说话。骆驼习惯用青竹管当烟杆，他认为这样吸在口中的烟雾会多一种清香，那感觉简直赛似活神仙。而大头猫则根本不用任何烟杆，他只找一张宽一点的包皮，裹得紧紧凑凑，便塞在两片厚唇上夹着。然后，他又不知从哪里掏出一撮儿干苔藓和一块铁片儿、一块火石子，就那么梯夸梯夸地敲打。那时候乡街上买一盒火柴都是要走后门的。终于溅出火星引燃了干苔藓，他于是才把这火种抵在烟皮上。叶子烟得抽了，而他那一方脸也似乎被烧得暖烘烘的。一杆烟抽完，他那本不光洁的口唇就更其如烂棉花似的难看。而他自己也似乎不好受，便随处扯一张绿叶子沾在那口唇上面，从中感觉一点滋润和凉意。他是从不可惜烟蒂的，认为连一截烟锅巴也舍不得的人必定下贱。所以，在这一点上，他就公开表示出看不起骆驼。而骆驼这个人似乎心很宽，也让得事，就只是和他笑笑。就这样，各自仍旧保留了原来的吞吐方法。可是小冬哥来后不久，骆驼在这一杆烟上，却自觉自愿地来了一个改变。

如果父亲不是在移山造田的时候去追那头野猪，那么就不会掉进深坑里。如果家中有钱，且医院又近，并又遇上一个好医生，那么钩端螺旋体就不会夺去母亲的生命……如果没有那么多不幸的事情，小冬哥就不会中途退学，现在就是一个中学生坐在教室里读书，也就不会是挖瓢匠，而到这老林子来吹一支忧伤的曲……一片小小的空地，在这无际的大森林，有如湖泊中一个水涡。那直透下来的阳光，把这个绿色的水涡盛得满盈盈，那光辉便四溢出去，在树梢上滚动，在叶子上闪烁，空地和空地四周的林子，都成了绿亮亮的一片……小冬哥用舌尖舔了舔笛子上的竹蒙子，便轻轻地吹奏起来。小冬哥不会吹高山流水，也不会吹平湖秋月。他吹的是阳光，可是大森林里的一块阳光是清冷的啊。

"你吹一首别的吧！像以前街上人唱的《说打就打说干就干》。"大头猫听不来，躁烦地吐掉口中的烟锅巴，粗声莽气地说。

但小冬哥仿佛没有听见似的，直照着早先的调儿捂着眼儿，他那魂魄都随吹出来的气流飘飞出去了。

大头猫即起身转到林子里去了。

然而川胡子和骆驼却认真地听了进去。这是真正的人间的声音，那纯朴的尘世韵味正呼唤着他们。当然不可能应声响应，但却萦绕在心间，刺激他们提醒他们，一有可能，他们就要摆脱这原始的劳役般的生活，走出古老的林子，去追求人间的温暖和乐趣……

川胡子的脸呈猪肝色，他瘫软地靠在一截树桩上，为酒精醉，也为清冷的阳光般的笛声醉。骆驼口中衔着竹管烟杆，已经熄灭了，但他似乎忘记了一切，脸上挂着一种似笑非笑的表情，而他那略微显出狡黠的眼睛却分明是湿润了。

骆驼和师徒三个都不同。一个人吃饱，全家不饿，时至今日，他还是一个单身汉。他所在的生产队是有名的穷乡僻壤，年终决算的时候，一个劳动日还摊不上五分钱。论长相人品，他是不愁找不到一个姑娘的。可是人家只要上他那窝棚似的屋子去一趟，便就此躲得远远，生怕沾惹了似的。一个堂堂的庄稼汉，背负烈日啃着泥土干一天，还值不了五分钱。他感到震怒，并千方百计想摆脱那老田老土，那是冤枉他的血汗的老田老土……

如此简单明洁的声音，居然渗进了两个汉子最隐秘的地方，和他们那揪心的部分紧紧地吻在了一起……这叫小冬哥既惊奇又感动，一瞬之间又仿佛悟到了好些道理。他拿着笛子走了过去，默默地坐在两个汉子中间，莫名地等待，莫名地紧张……

渐渐地，骆驼拿掉了口中的竹管烟杆，他静静地笑着，把小师弟拉了过去坐在身旁：

"你这根管子，把我的心都吹化了。"

骆驼说着，就在小冬哥头上轻轻摸了一把。这一回小冬哥没有反抗，默默地接受了这种发自心灵的抚爱。

“到底是上过学堂的人……”骆驼嗫嚅着低头又装裹了一杆烟。

“来两口吧！”他把青竹管递给小冬哥，“在这老林子要学会抽烟才行，可以提气力，还可以帮助消饱胀……”

小冬哥接过来，吸了两口，那灰雾直往气管里钻，呛得他泪水哗哗直冒。

“你别急别急，慢慢地来嘛！”

骆驼叮嘱着，手轻柔地敲拍着小师弟瘦瘦的脊梁。小冬哥笑了笑，又衔紧了青竹管……

山料采齐以后，紧接着是下料，水瓢九寸，粪瓢一尺三……川胡子画墨线，三个徒弟便依着尺寸锯成坯子。然后是啄斧横砍顺劈，打成瓢模子。往下就要固定上骑马桩去，到了那里，又是啄斧砍成毛凼子。斧把靠在髀间，要动作细，举止轻，才不致砍成废料。这之后是使用圆凿，将毛凼子铲成二细料。那圆凿是划破凿口的中钢，而一般凿子只是一面偏钢，下力要讲究准确，才能够不糟蹋凿面。但是挖瓢匠的当家功夫，是在最后使用挖刀的工序上。那挖刀的形状是一个半宽半窄的环；一只手捏在窄环处，一只手便杠杆似的捏在刀把的尽头；而两肘是抵在左右髀上，整个身子都要因此倾斜。挖刀过细凼子，稍不恰当就会费力不讨好，且要损缺了刀刃。外面的最后功夫是出自削刀和刮把，以打光磨平为目的……

川胡子汗水淋漓，就把青布汗褟往下一挎，光着半个身子干起来。他喝酒的时候是个鬼，可做起活路来却是个汉子。这种蛮中有巧的活路，就是大头猫干起来也不如他。他那瓢凼子挖得均匀光洁，拿在手中既轻巧又实在。不一阵工夫，一把漂亮的水瓢就在他那马桩上完成，动作纯熟干净，举止敏捷利落，让小冬哥在一旁看傻了眼。倏地，小冬哥眼睛一晃，从师傅那黑红的胸膛看下去，就在师傅右髀间青紫色的死瘪那儿，黑茸茸地长着一撮毛，他感到诧异而又觉得好玩，站在那里有些发愣了。

“咋搞的，”骆驼在一旁看得仔细，走过来拿手肘拐了拐，“对那一撮毛感兴趣不是？”

小冬哥无邪地和骆驼笑了笑。

“这是水冬瓜，挖起来松泡，给你。”骆驼把手中的一个毛凼子给小冬哥，接着又怆然地说，“师傅是属猴的，能不长毛！在这深山老林待下来，以后我们都要长毛，满身是毛，人要变成猴子。”

骆驼爱怜地摸一把小冬哥的脑袋，留下两片木花在那脑袋上，便又回到自己的马桩上去。

整个厂棚是挖刀抠进湿木料的声音，谷谷谷的声音，既钝滞又黯淡。

太阳匆匆地从天空掠过去，黑夜又笼罩厂棚。一个扁扁的墨水瓶子，颈上套一根小铁丝，一个方孔的铜钱眼中穿过一根棉芯，这就做成了油灯。它贴紧悬空的铺架横梁，斜斜地挂着，一豆灯光摇摇晃晃，既照着上面铺架，又照着下面作坊。师徒四个分坐在四个毛坯料上，而骆驼和小冬哥几乎是紧傍着的。川胡子照例很阴沉地搂着那个桐油打光的葫芦，正点点滴滴地抽倒出酒精来稀释，一抿一咂地喝下去。大头猫已经布置了钢夹炸弹回来。他往日总是最后一个上铺架睡倒，这一阵似乎是碍于面子陪坐。他从棚壁上取下那火杆子，又不知从何处抠出一块布片，一刻不停地打磨着，仿佛火药和铁砂即刻就要上膛，去迎击一头凶蛮的野猪。自从有了小冬哥的笛声，骆驼似乎把大头猫搞忘了，更多的时候是和小冬哥挨傍在一起。但这会他不是要听笛子，才和小冬哥依偎得那样近，而是为了抽那一杆烟。

还是在中午歇憩的时候，他就预备了一根长长的青竹管。在骑马桩上的工夫，他就瞅空打眼接榫，做成了一根“六”字形的烟杆。裹一杆烟叶子装在嘴上，可以两个人同时在两端吸，这就不单单是为了提力气消饱胀了。小冬哥亦觉得有趣，便应了骆驼的要求靠在一起，师兄师弟你一口我一口，愈抽兴愈浓。

小冬哥本来就没多大瘾，山里的烟叶子本来就有相当的冲劲。三两杆烟后，他就有些昏昏然，漾着嗝直想吞清口水。

骆驼收了烟杆，也感到一种莫名的兴奋，总想和半醉的小冬哥拉话：

“我们姓骆的人家，是在骆宾王那一阵就搞糟的，他不仁义……听说是观世音菩萨念的咒语，从那后我们骆家的子孙总是不发达……你看现在朝中上下，有没有一个马各‘骆’？四维‘罗’倒是不少……老子我在这里还妇人都找不到……我历来以为观世音不公平，骆宾王不对，你就惩罚骆宾王好了，关他的子孙屁事，一人做事一人当，不搞冤枉……”

“你咋叫骆驼呢？那是一种……畜生……”小冬哥嘟嘟哝哝，昏沉沉便没大没小起来。

骆驼却不计较，反倒像是很有见地：

“啥名字不是一样，人和畜生有啥区别……爹妈给我的名字骆富有。那一年分配，三下五除二，我得五块多钱，人家就拿这名字来取笑。富有个球哇！我火了，就吼，老子叫骆驼。有些人还以为骆驼是神仙是圣人，便宜给我占了呢……骆驼就骆驼吧，这个词儿我也不晓得在哪里听来的，反正一个人的命不是名字来定的……”

小冬哥听着，身子坐不稳似的直摇晃。醉烟的感觉要比醉酒的感觉难受得多。他那眼睛上挂着两颗泪珠，想笑笑不起来，想哭又哭不出声。

这时候，骆驼站起来，爬上了铺架去。他在那里摸索了一阵，拿着一个小巧的“没奈何”下来了。

“我就喜欢和进过学堂门的人交道。”他把手卷成一个喇叭筒子，献殷勤似的在小冬哥耳旁说，“你教我学笛子，我帮你多挖几个瓢……”

小冬哥望着他，茫茫然点了点头。

骆驼把那小巧的“没奈何”举到小冬哥跟前，“这小玩意，我送给你吧！”他说，“是我花了两个晚上的工夫抠出来的……”

那“没奈何”的插棒在那木碗里活摇活甩地转，小冬哥怔怔地看着，那“没奈何”多么像一个巨大的钉螺啊！钉螺就是钩端螺旋体的罪魁祸首……

骆驼显然误解了小冬哥此时的心境。

“咋的？不明白这玩意是咋装进去的？”他摇着那根插棒，自问自答，“这没有啥稀奇，湿木料做成，硬敲进去，干了后它就收缩了，没啥稀奇……”

小冬哥想到的是钉螺，想到的是钩端螺旋体，想到的是母亲……他忽地怪吼了一声，一把抓过骆驼手中的“没奈何”奋力扔了出去。“没奈何”打到对面棚壁上，落下来滚到角落里了。

骆驼先是一怔，倏间便疯狂地抓着小冬哥的衣领，把他高高地提了起来……

“放开……放开他……”川胡子在一旁低沉而含混地命令道。

“你幺儿算个球……”骆驼把小冬哥掼在了地上。

“你拿烟把他搞醉了。”

大头猫走过来，把骆驼掀在一边，将小冬哥一把挟在腋下，弄上铺架去躺倒了。

这里骆驼也仿佛醒了一场梦，两只手抱着脑袋蹲在地上，唉声叹气抱怨自己的糊涂。

突然，从森林那边传来了炸弹爆炸的声音，像是蒙在水中一样的混浊沉闷，而整个厂棚都似乎战栗了一下。大头猫从棚壁上取下枪来，火匆匆跑了出去。不一会，他提着一只血淋淋的黄麂回来了。他把死黄麂往地上一扔，不惊不乍地说：

“打牙祭。”

三

天刚发白，大头猫赶早去林子起钢夹和炸弹。可是那里的钢夹已经不在了，只剩下两扣铁链在那儿。紧接着，他在地上找到了无数的野猪蹄印，从挣扎的痕迹判断，这头野猪至少在三百斤以上。他于是反身跑回厂棚，向睡梦中的师徒三人吼道：

“野猪把我的钢夹拖跑了！”

他唤了打山狗黄宝，提着火杆子就追进了大森林……

已经早饭时候了，大头猫还没有回来。

小冬哥蹲在坑棚里，正用湿木渣熏炕着一架木瓢。经过湿木渣熏炕的木瓢，使用起来才不炸丝。眼看着湿木渣吐过了燎子，小冬哥便把那燃明的火炭扒起来，煨着旁边一锅香喷喷的黄麂肉。他的脸糊得像花猫一样，只见两颗瞳仁在移动。

“咋还不见回来呀？”他都有些等不耐烦，探出那一张花脸，向厂棚那边的川胡子和骆驼问道。

厂棚那边没有回音。然而骆驼不一会就拍着身上的碎木屑走出来了。他在小冬哥旁边蹲了下去。

“我看他是遇到老变婆了。”骆驼诡声诡势地说，“那老变婆又凶又恶，她有一个姑娘乖得很，大头猫肯定遭迷住了……”

“人家是有媳妇的人。”小冬哥信以为真，“要是你的话，才要上老变婆的当，遭女子迷住。”

“乖乖！好，你没有生我的气。”骆驼抚摸着师弟的小脑袋，朗声叫了起来，“我那是逗你的，哪里有啥老变婆哟！”

“你别拿我当小孩耍。”谁知小冬哥跳在了一边，认真地和他说道。

骆驼搔着后脑勺，颇有些不自在。但他仍旧嬉笑着：

“说句实在话吧，论年纪，你该叫我骆驼叔，我没儿没女一定会喜欢你的……”

“不行！谁叫你是师傅的徒弟，我们是平班辈的。”

小冬哥这样说着的时候，又忍不住笑：

“你说你没儿没女，你咋不说你没有媳妇……”

骆驼的脸一下阴沉下去了。

小冬哥知道自己一时兴起，伤了骆驼的心。他默默地走了过去，蹲在骆驼旁边。不知怎么的，他此时多么希望骆驼抚摸一下他那小脑袋。

“小冬哥！我会娶上媳妇的……”骆驼嗫嚅着，果然一只手抚摸在他那小脑袋上。

但是小冬哥心里却更不是滋味。他想哭，想扑在骆驼胸膛上哭一场。

这时候，师傅川胡子似乎再也等不得了，在厂棚那边叫着开饭。

早饭的气氛照例是很沉闷的，大家心里都惦记着大头猫。小冬哥端起碗出来的时候无意之中就端了四只碗，于是就剩了一只空碗在旁边。川胡子呷一口酒，把酒碗向骆驼那边递过去。骆驼摆了摆手，又低着头扒碗里的苞谷饭。于是川胡子又把酒向小冬哥递过去。小冬哥本来是不喝酒的，却不知怎么的又把碗接在了手上，他小心地抿了一口，那酒既无香味又涩口，便忙把酒碗还了回去。没有谁说一句话，只听见筷子磕在碗上的声音。大家的筷子都在那只锅里搅，可是得一块可意的黄麂肉，都往那只空碗里放。一顿饭吃完，那只大土碗已盛满了熘粑的大块黄麂肉了。

这一回小冬哥也忘记收拾碗筷了。他看见骆驼兀自裹着一杆烟，夹起一个明火炭来点燃，便凑了过去：

“不给我抽一口么？”他说得那么乖巧，用这种口吻来乞求骆驼的饶恕。

骆驼向他静静地笑了笑，便又去壁隅里找来那根“六”字形烟杆，裹装好了烟叶子。师兄弟两个又和和气气并坐着，有滋有味地抽起来了。

你一口我一口地吞吐，突然小冬哥推开了烟杆嘴。

“咋了？又怕搞醉了不是？”骆驼关切地凑过去，“这回我负责你，只抽这一杆……”

“我在想，”小冬哥忧虑地说，“大师兄会不会……野猪凶得很……”

骆驼漫不经意地笑了笑：

“放心吧。他咋叫大头猫，你还不知道。你去问问师傅吧。”他向川胡子那面一瞟。

川胡子这会却捻着他下巴上那一撮蓝黑的胡子在默想着什么，全然没有理会骆驼这一边的事情。

“他原先在生产队拖过牛打架，两头眼睛都打红的牯牛遭他拖散了，那以后就得了这绰号。”骆驼有些悻悻然，极简单地向小冬哥补叙着，“你别担心野猪会伤他。我倒担心……他这个人，会追到昏天黑地，把啥都忘掉，那一身骨肉，不吃饭，会饿垮架的……”

这一天，川胡子和骆驼照旧挖瓢，小冬哥照旧在坑棚里架起湿木瓜熏炕木瓢。可是林子那边稍有风吹草动，几师徒都不约而同地转过脑袋去，希望看见大头猫从那树藤下面走出来。每时每刻，大家都在等待大头猫归来。在这深山老林里，只有四个人的小集体，突然少了一个人，即便知道这不过是一朝一夕的工夫，都会让人感到不安，而久久地牵挂着……

仿佛是水墨在纸上洇开去，夕阳归山，整个森林又被夜岚渗浸。过不久，空地边上那棵大水杉梢头，挂了一缕寂静的光华，月亮在另一边又冉冉升起。一阵晚风，送来了夜猫子瑟缩的叫声，还有山鸡的叫声也是颤抖的……终于厂棚，和厂棚前面的那一小片空地，都落在了淡泊的月华之中。

“不对。”川胡子推开酒葫芦，第一次为大徒弟的命运公开表示忧虑，“那一回追野猪是在天黑以前就赶回来的，这一回……多半是出一点事情了。”

师傅都这么说了，骆驼也感到事情确乎有些严重起来。然而就在这时候，在门口那儿一直坐着的小冬哥倏地站了起来。他看见苍白的空地上，大头猫一瘸一拐地走来了……

川胡子把灯芯捻大来，从铺架那儿把灯瓶挂到了矮处骑马桩上，地上显得明亮多了。大头猫搂着火杆子，歇在骆驼挪过来的一块瓢坯子上。那只打山狗黄宝，低垂脑袋躺在主人两米之外，既忠实又显出几分戒备地躺着。大头猫脸色蜡黄，那厚重的眉头更深地锁着。他那紫红的胸膛敞露，一块衣襟不知撕到何处去了。喘过一口气，他一只手缓缓地撸起裤管，把一只血糊肿胀的右腿肚露了出来，累乏似的说：

“我……遭蛇咬了。”

川胡子让小冬哥把灯瓶拿近，紧张地察看起来。那衣裳上失踪的一块衣襟，这会儿正死死地箍扎在腿弯下方，腿肚侧面一条两寸长的口子，点点血珠正往外渗……大头猫被蛇咬伤后，自己已进行过处理。

“毒还没有排干净。”川胡子向骆驼摊过去一只手，“拿把刀子来。”

骆驼顺手摸过身旁的牛耳尖刀递给师傅。于是，川胡子就着那两寸血口补了一刀，划成一个十字。大头猫看着那血肉模糊的十字伤口，大方脸像一块冰似的冷凝，仿佛那牛耳尖刀割的是别人的肉而不是他自家的肉。川胡子割开了血口，便站起去，阴沉沉地拿过了自己的葫芦，从那里含一口酒精，便抬起大头猫那肿胀的腿，一俯身便吮住那十字伤口，两边腮凹了进去，又凸了出来，鼓足气力地吮吸着，脸膛那儿都涨红了。这会儿，大头猫半个身子不易觉察地颤抖了一下，那褐色的眼睛里透着一种晶莹的清光。川胡子吐掉满口恶血，又含了一口酒精……

葫芦空了，而川胡子的力气也仿佛用尽似的，艰难地撑起来：

“浇盐巴水给他洗。”

他吩咐过骆驼，便摇摇晃晃拎着那只桐油打光的葫芦，爬上铺架睡倒了。

大头猫搂着那火杆子，眼睛闭阖，仿佛睡着了似的靠在骑马桩上。蝌蚪形的灯火摇曳着，映亮了他眼角上两颗闪亮的泪珠。骆驼为他洗净伤口，亮着一个火炭，走到厂棚外去捏了一把水蜡烛花，拿回来糊在大头猫伤口上。包扎妥当了，他又和小冬哥重新燃起火来，替大头猫弄饭开菜。

“老子跟着黄宝跑了一天冤枉。”大头猫在一旁半闭着眼睛，吐了一口长气，“连猪毛都没有看见一根。”

吃过饭以后，那元气似乎恢复了许多。大头猫又裹起一杆叶子烟，燧石取火，焦干的唇皮夹着深棕色的烟皮又吞吐起来。他的怀中仍旧搂着那根火杆子。他寂寂地吞烟吐雾，烟头的火亮与蝌蚪形的灯光照着那一直深锁不开的眉头，使人想到他又在谋划着什么事情。

“你们睡去。”他对两个师弟忧郁地说。

“你还想去安夹子炸弹不成？”骆驼小心翼翼地说。

“你们去睡。”他有些烦躁地重复一遍，几乎是命令口吻。

骆驼和小冬哥都感到一阵战栗，两个人对视一眼，便一先一后向铺架上爬去。

就在这时候，他们听见大头猫咕哝了一句：

“不是有用的狗。”

当骆驼和小冬哥回过头来，大头猫已经拉开了猎枪的啄火，并向一直躺在旁边的黄宝踢了一脚。骆驼和小冬哥都意识到将要发生的事情，可是已经来不及阻挡了。就在黄宝绝望地跳出门口的那一瞬间，红色的火舌从沉默的猎枪里吐了出来，厂棚上的草茎抖落着，打山狗黄宝在门外两步，摇晃着哼一声便倒下去了，惨白的月光照着它抽搐的躯体……

厂棚里是一阵令人窒息的沉闷。

好久好久，小冬哥喊了起来：

“我不吃你的狗肉……”

四

秋天来了。森林之外的田野该是一片多么金黄的世界，庄稼人一年来的希望就要见分晓，那是既叫人喜悦又叫人不安的，可不管怎么说，或多或少，收获是来到了。而森林里呢，树盖的叶子变得黯淡，听从一年一度的秋风刮下来，肥沃那黑色的泥土，而最后剩在枝头的是果实……湖南洞老林子的挖瓢匠也在盼望着收获，去山阳溪分销店结账，缴清队上的副业款，回家享受团聚的欢乐……

“我今年回去一定要找一个媳妇，这一回我是看准的，十拿九稳……”

骆驼一边从坑架上将湿木渣熏炕的木瓢收拾下来，一边就在那里自言自语着。

小冬哥蹲在地上，按照规格重叠那些黑黄表面显得潮润的木瓢，心里想着家中托付给好心伯的两个妹妹，感到一种莫名的冲动。川胡子在小冬哥的后面绞缠捆扎那一叠叠的木瓢，蓝黑的胡子旁边挂着静静的笑意，显然为要回到女人和儿子身旁有些按捺不住兴奋。大头猫在一个唢呐背篼上收装瓢把子，他那浓厚的眉头仍旧敛集着，而脸颊上则保留了一层红光。还有那一叠皮子，是他的另一方面的收获。他似乎在考虑：是下一回捎去交售呢，还是这一次就捆装了走……

张打铁，李打铁，
对门幺哥请我歇，
我说我不歇，
我要回去打毛铁，
毛铁打起三斤半，
娃儿在屋头饿得惊叫唤。

川胡子用一种极土气的调子，摇头晃脑地哼着，沉浸在自己创造的一种乍暖还凉的气氛之中。几个徒弟却仿佛是发现新大陆似的，一瞬间不自觉地停下手中的活路，惊奇地望着一向阴沉刻板的师傅。

“发啥子憨？”川胡子抬起头来，扫一眼几个徒弟，“你们别高兴早了，这一回背去交了，还有那一堆山料等着抠呢。回去是要回去，可还有几天……”

他说是人家高兴早了。这叫几个徒弟都在心里暗暗好笑。

翌日清晨，林子的树梢头刚绕着游丝一样的白光，师徒四人便提着弯角背杵，背着淡紫色花朵似的木瓢上路了。

这个季节里的林间小径，枯黄的叶子盖在上面，一眼看去那么干净利索。而叶子的下面是泥泞，阴险的泥泞是极易让人滑跤的。走不多远，师徒四人都歇了下来，从唢呐背篼的后面取下事先预备好的脚马，谨慎地套在鞋子的中央。这样走起来要稳实得多，而脚上变得沉重又要费力一些了。最先，是大头猫走在前面领梢，他一肩拖得长长的，叫后面的人喘不过气来。川胡子不得不把他换到后面押梢，而让骆驼在前面带头了。骆驼懂得一些巧妙，他的肩梢拖得不远，而歇的是短时间的"摸屁股背杵"。这样前进的速度并没有减慢，而让川胡子和小冬哥都能透过气来了。可大头猫却搞不来，他仍然依照自己安排精力的逻辑，掉队在后面，骆驼拖两肩或者三肩，他才跳一跳赶上来歇一次。"唉哟——"每一肩停下来，那背杵刚靠在唢呐背篼底下，下力人都要这么叫一声，以吐淤积的劳累，爽心清肺，同时也给这艰难的路程带来了生命的节奏，让人感到泥泞又少去一段，从中得到鼓舞而执着地前行……这种不仅仅是呻唤的叫声，给沉闷的林子带来了真正的白天，各种鸟儿抖着翅膀跳跃在枝头，嘹亮地鸣唱，呼朋引类，开阔地鸣唱开去，仿佛森林的阴影已经散去，正沐浴着一片浩荡的光明……

可见下力人还有一些朴实奇妙的创造。

终于登上了一个山垭，那时候，根据川胡子的提议，队伍在这里把背篼倚在石壁土坎上，松了肩膀来歇憩。就在垭口那儿，有一堆似坟非坟的泥土和石头。先是骆驼往上添一块石，接着川胡子又加了一团土，最后大头猫扯了一个草篼扔上去。小冬哥还在迷惑之中，看着骆驼迟疑不决。

"扔呀，随便扔一点啥。"骆驼指手画脚地催促小冬哥，"这是韩婆坟，你给她垒坟，她会给你增加脚力的……"

小冬哥添了一块石头又增了一块土。他实在感到疲累，希望从韩婆那里多得一些脚力。

骆驼领着肩梢又朝前走的时候，便断续地给小冬哥讲起故事来。

"从前有一个老木匠，他的木马是成了'精'的。那木马会飞，老木匠时常骑它四外去做活路。老木匠的妇人叫韩婆，长久关在屋头做家务，没有见过世面。她想出外去看看，也想试一试老木匠的木马。半夜里，韩婆趁木匠睡着了，就慌忙起来偷骑木马跑了。谁知这木马精让一个妇人家一骑，飞到一个垭口上就失了神力，再也不会飞了，韩婆就回不来了。不一阵，天大亮，韩婆没有穿衣裳，没有脸回去，就饿死冷死在垭口上了。从此要想赶路如飞的人，都要借助韩婆……”

小冬哥听着，不知不觉往前赶了几梢肩，可是故事萦绕在心里，他还要体味，渐渐地便忘记了疲累……那脚力似乎果然增加了一些。

懒懒的秋阳刚刚西偏，师徒四人到了山阳溪分销店。收购员和川胡子是混熟的，很快就点交了木瓢。记了账，开好收据，川胡子小心地把收据揣在怀中。正要领着几个徒弟赶回湖南洞老林子，收购员又想起什么似的叫起来：

“川胡子！来催书了。你婆娘想你呢。”

这样打趣着，把一封信交到了他手上。川胡子仿佛得了至宝，当即藏在怀中，直到在什么地方拆开来看的，几个徒弟都没有察觉。

回来的路上，川胡子惊惶不安，一反往常的规矩，要一个人走在后面。徒弟们回过头来关照他，那时候，他又勉强笑笑，装作无事人一样。大家都知道师傅在苦恼着什么，而三言两语又无法为他解脱，便似往常一般跟着川胡子沉默。师徒四人脚步匆匆，而那气氛却又是多么悒郁闷沉。

灰蒙的烟气沉重地停在林子的上空，稀疏的树盖闪着模糊的光泽，厂棚在浓雾中瑟缩，草茎被裹浸湿透，在一个地方经久凄凉地响着水珠下坠的滴答之声……

厂棚内，木渣燃烧的哔剥声不时炸响，火光跳跃，映照着黯淡的棚壁。小冬哥拿着那根笛子，寂寂地守在火边。师傅和两个师兄，都找最黑暗的角落坐着。他们让小冬哥生起火来驱寒，可自己对这红光又似乎感到一种莫名的惧怕。

川胡子在铺架下最里面小冬哥使用的马桩上靠着。他仍然怀搂着那只桐油打光的葫芦，但这一回不是抽着葫芦往碗中的水掺酒精，而是拿着碗往葫芦里的酒精中掺水。他把碗扣在地上，一只手捉住葫芦颈项，仰着突出的喉咙，灌一口，略一停，又灌一口，几步之外抱着膝盖的骆驼能清楚地听见那吞咽的咕嘟声。“师傅！你心中有事，就说出来吧！我们做徒弟的能替你分担就分担，不能替你分担还可以凑一张嘴……”骆驼哭丧着一张脸，在那里轻声细气地解劝着。

川胡子浑浊的目光斜了骆驼一眼，短促地吐两个字："屁事。"就又抽起葫芦，喉咙那里一鼓，咕嘟地响一声，又灌进一口稀释了的酒精。

"杨香打虎，你晓不晓得……"川胡子已经醉了，对着自己映在棚壁上的影子，"为儿为女，就是上虎山……要性命，你……也要去……"

大头猫坐在一块水瓢料子上，小冬哥那被拉长的阴影遮住了他半个脸。他那两块厚唇皮上夹着一杆裹得紧紧凑凑的叶子烟，可眼睛却一直盯着川胡子那儿。叶子烟点燃了，他猛力地抽两口，却又停住。不一会儿熄灭了，他又梯夸梯夸敲火石子……

当又一声咕嘟在那暗黑棚隅里隐隐传来，这时候，他真就像大头猫扑击似的，一下撑起敦实的身子抢过去，一把夺了师傅的酒精葫芦，接着又呼地转身拉开门，把那只葫芦翻了个底朝天，倒光了里面的酒精。最后，大头猫把那只空葫芦向铺架扔去，便瞪了一双血红的眼睛向着川胡子，做出一副打架的样子，站立在厂棚中间的地上。

川胡子摇摇晃晃站了起来，泪珠子牵线似的涌出眼眶。他咕哝了一句什么，便踉跄着向大头猫撞击。大头猫略一闪身，便将川胡子紧紧挟在腋下，然后抓举起来，高过头顶，跨上两步，把川胡子扔到了铺架上。

一阵阵吱吱嘎嘎的声音以后，川胡子似乎累乏似的，再也无力斗下去了。他翻过身子，脚上一双泥裹的破球鞋也不脱去，就在骆驼的铺位上睡过去了。这时候大头猫才轻松地吐一口气，回到原地方坐下了。骆驼为他裹一杆叶子烟，仿佛恭维英雄似的递过来。大头猫也不客气，塞在唇皮上夹紧，便磕响火石子，引燃干苔藓，点明烟皮，猛力地抽起来。

小冬哥的笛子响了起来，先是慢节奏的一拍一个眼子的颤抖，仿佛迷雾中溻湿翅膀的一只小鸟，那么柔弱，那么绵长，萦绕在火堆周围，久久不散开。后来，似乎是烤干松了，温暖了，柔长的笛音变得又脆又响，飞扬出去……

这一回大头猫没有反对，只是敛聚着眉头自顾吸烟，他这个人真到了没有事情可做的时候，就把吸烟当成一回事情。骆驼抱着膝盖蜷缩在那里，散淡的目光在火堆上空游移，仿佛小冬哥那竹管里吹出的不是声音，而是一种看得见摸得着的东西，他这就是在精心精意地捕捉……笛声轻扬着，飘出厂棚，和林子里的浓雾交织，渗浸了，吞噬了，成为一缕沉重的余响，这时候骆驼不自觉地站了起来，走近火堆，架起大把的木渣，把火焰燃得爆旺，似乎要把那笛声，那只溻湿羽翅的小鸟，烤得更干松更温暖，让她冲出浓雾，冲出森林，回到亲人身旁……

突然，小冬哥手中的笛子放了下来。他尖细耳朵，在空气中捕捉着什么。不一会儿，就在厂棚外的空地上，响起了一阵“咴咴”的叫声，短促而高亢，仿佛艰难地呼唤着什么……

“黑驴！这是黑驴！”骆驼眼睛放亮地叫了起来，“小冬哥的竹管把黑驴逗来了……”

小冬哥警戒地看着大头猫那一边，并没有立即站起来。在暗影中的大头猫，刚听见黑驴的叫声那一阵，他本能地伸手去摸了一把棚壁上挂着的火杆子，而不知怎么一来，他那只手又缩回去了。这时候，小冬哥跳起来，倏地打开了厂棚的竹门。他看见厂棚外几步之遥的空地上，一对黑驴微微一怔，便相跟着卷起蹄子，消逝在浓重的雾气里……

五

就像往日里去五十里外的河溪场买酒精一样，川胡子套着那件青布的汗褐，提着那只桐油打光的葫芦，走出了厂棚去。那样平常，那样显得通情达理……

“把那些剩余的料子挖了，不要磨工……”

他走到空地和树丛的边缘，又回过头来不放心地叮嘱几个徒弟，之后便走出了天花坪大森林。

那时候，师兄师弟三人都没有觉察出什么异样，也没有估计到在这收头结瓜的最后几个日子，川胡子会绝师徒之情，做出那样狠心的事情来。

那一天，川胡子离开了湖南洞厂棚以后，徒弟们没有怠慢，各自占着自家的马桩，就像运动员到达终点的那一阵冲刺，掏挖着最后剩下来的那些山料。那料子能抠水瓢的就抠水瓢，不能抠水瓢的就抠粪瓢，或者一把撮瓢一把汤瓢……不迟疑，不浪费。眼见着囫囵的山料一截截少下去，而一把把鲜亮的木瓢又在坑架上堆垛起来……

早饭大家也吃得很马虎。那是新近大头猫从家中背来的红薯，满满地焖了一锅在那里，你要是觉得该吃一点呢，那么就拍拍手上的木屑，下五爪拿起一个来就吃，嘴里还在上下地咀嚼，人便站到了骑马桩前。可是到了一天里歇憩的时候，那身子骨便散垮似的直往下坠，首先是小冬哥叫了起来，跟着骆驼也呻唤，大头猫瞥一眼两个师弟，便应允地坐下去歇了。

雾气已经散尽，森林里一道道的亮线拉开了。可是天空中看不见太阳，一块宽阔而稀薄的云霭遮罩在上面。树之上天之下，偶尔滑着一只寒鸟的影子，怯冷似的叫一声……

大头猫没有去林子察看野兽的足印，他那超乎常人的精力却不知怎么一来，变得有些懈怠。他在那里坐上一阵，即似乎也由于本性，厚厚的唇皮上夹着那一裹烟叶子，爬上铺架去清点那些杂七杂八的皮张，其实那早就已经是过目成捆的东西。

小冬哥先是坐在那里一动不动，眼睛瞅着对面的骆驼，仿佛等待什么似的。而骆驼那宽薄的身子靠在骑马桩上，正沉浸在一样事情里去，也看不出一点动静。最后，小冬哥自家站起来，去壁隅里捡起那根"六"字形的烟杆，向骆驼走过去：

"你咋了，忘了来两口烟子。"

这样说着，他就挨着骆驼坐了下去。骆驼向小冬哥笑笑，感到一种莫名的乐趣，即从怀中掏出那胶纸包，信赖地递给小师弟。小冬哥打开透明的胶纸，兀自掐皮去梗裹制起来。随后，骆驼从火塘里拿一块燎子的木屑点燃，师兄师弟两个便依傍着恬然自得地抽起来。

"我决定了。"抽两口，骆驼取出嘴来，向小冬哥美气地一晃脑袋，"回去我就结婚。"

小冬哥在心里由衷为师兄高兴，可总觉得这桩事情对于骆驼来说，仿佛有些唐突：

"师嫂呢？"

"没问题，坛子头捉乌龟。"骆驼又一晃脑袋，那么自信和那么深奥的样子。

小冬哥被师兄的情绪感染，也咧着嘴惬意地笑起来。

“这个事情……”骆驼向铺架那儿觑一眼，忽而神秘地凑到师弟身旁，“暂时向……大头猫保密，他这个人，没有墨水，会乱捅的……”

小冬哥接连地点着头。骆驼的信任使他有点激动不安，同时也莫名地觉得事情应当慎重从之。

可是等到天黑下来，师兄师弟三人围坐在火堆周围的时候，那骆驼却又鬼使神差般，当着大头猫在场，吐露了心中的秘密。

“趁着我们弟兄还没有散去，”他把一个红薯丢进火灰里，操着道地的江湖口吻，“我骆驼，在我们队上是孤名独姓，娶媳妇安一张桌子一根板凳都是要给人磕头的，我的事情，到时候师兄师弟晓得了，还是赶来给我骆驼凑一个人势……”

小冬哥剥着烧红薯的手停了下来，惑然地看着骆驼。而骆驼似乎忘记了白天里歇憩时候和小冬哥说过的话，直把那心中的得意往外倾吐：

“我想这一回是应该有结果了。我都翻过年那边就三十三的人，管他三七二十一，要娶一个妇人……我想办的事情没有不会成的，等着看，这一回有了经济，看吧！只要姑娘乖，我才不怕老变婆……”

大头猫坐在火边，用一根篾丝绞一根布条，正伸进火杆子里去擦拭。听骆驼这样说着，他那褐色的目光从枪上收回，并凝聚在骆驼那扇形的身坯上。他一言不发地审视着，那情形仿佛疑心这个师弟是想女人想得有些疯癫了。

这一天大家很疲累。可心里仿佛惦记着什么似的，都久久地围着火堆不散。也没有什么事情要赶急做完，就这样一直坐到夜深下去……

这是入秋以来少有的好天气。

太阳从森林的那一边升起来，给长空里片片飘忽的白云镀一层金色，辽阔的天幕即如深秋霜后的林子，重岭叠峰，明艳照眼。红光在那上面闪耀，斜斜地透过稀疏的树盖射下来，散开在草丛中，把一颗颗秋露水映得火焰般炽热，又水晶般莹洁……

而森林里仍然是寂静的，各种各样的鸟的嗓子还被阴湿的秋雾卡着，间或有一只斑鸠受惊似的咕咕叫两声……但是让人已经感觉到，一种灵动的力量就要鲜活地来临了。

早饭以前，所有剩下的山料都在马桩那儿完成了。这就意味着，躬腰曲背的挖瓢匠在这一年剩下的日子里应该伸直了脊梁吐一口气。阳光又这样媚好，身体又格外的轻松，挖瓢匠们把饭碗一撂，就闯到了空地上来享受温暖和明亮。在家中乡土，一年里总有那么几天，太阳是特别宝贵的。那正是十月小阳春过后，庄稼从田土里收回来，小春也都播种下去，这时候，寒气悄悄地来到了。可是在入冬以前都有那么几个灿烂的晴天，而又正值庄稼人闲空的时候，于是女子们拆下铺笼帐盖，拿到河边井旁，洗尽那一年的积垢。而男人们则大多是坐在阶沿坝，恬静地让温和的光线射着脱得半光的身子，抚摸那些坚硬的骨头。后来女子们的洗涤算是归结，就在男人们的旁边，端一个鞋篼在跟前坐着，操针理线，纳缝补缀……阖家都来到了阳光下，那么安谧充足，那么毫无挂牵的样子，那情那景恍若到了另外一个世界……那时候，"收太阳过冬。"骆驼嗫嚅着，就在厂棚门口一截废料上坐下去，并轻轻地哼起一段小调来。

幺姑当门一条河，
我跟幺姑脚对脚，
……

可是，从小冬哥那一根笛管里飞迸出来的声音，一下截断了骆驼的低哦浅唱。像是轻捷百灵终于飞到林子的上空，清脆的叫声在风中抖动着，惊落那枯枝黄叶，让阳光更多地照射下来，温暖那还在阴暗中瑟缩的小鸟，使之飞翔和鸣唱……小冬哥从未如此轻松地耍过这根笛管。秋天的明净的阳光，从高远的空中跌下来，铺开在那瘦小的身子上，小冬哥不再是颤抖的。阳光掉在了那笛管的孔里，小冬哥吹出来的声音不再是凄冷的。树盖下面没有一丝雾岚，响亮的笛声和阳光紧紧地抱在一起，在林子里滚动，那样肆无忌惮，那样一往无前……小冬哥整个身子倾斜着，脑袋粘在笛管上似的，随了那抑扬顿挫在低下昂起、左摇右摆，全身心沉浸在里边去了。但是不花哨、不华丽，而是自然质朴的，有如阳光下一张鲜亮的叶子……一向不以为然的大头猫，这一阵也停着手中正裹制的烟皮，在那里瞪着眼珠发愣了；骆驼则什么也没有做，样子活像一尊滑稽泥像，面带痴呆的笑意，半开着嘴巴，就那么看着小冬哥在笛管上跳跃的指头，魂魄就随着那美妙的声音飘去……

忽然，那笛管跳了一下，最后一缕声音飘走了。小冬哥惊喜地停了下来，他看见在空地和林子的边缘，有一对娇小的黑驴静静地站在那里，正晃着脑袋向这边看，寻找什么的样子。

“黑驴……黑驴又来听歌了……”小冬哥无比幸福地喃喃着。

这时候，大头猫那敦实的身子站了起来，慢慢地向厂棚里摸进去。小冬哥在这一瞬间醒悟了过来，明白大头猫又要干什么，那支挂在棚壁上的猎枪，是时刻装着火药和铁砂的……他扔下笛子，跳了起来，向那两只发傻的黑驴奔了过去，他要把它们赶开，赶得远远的，躲避大师兄那黑乌乌的枪口。黑驴一怔，扭过身子便奔跑起来，小冬哥在后面紧追不舍。大头猫在后面嚷着什么，他没有听见；骆驼在后面喊着什么，他没有停下来。小冬哥盯着那两只娇小的黑影，一直往前追……

啊，小冬哥好久不像这样跳跃，好久不像这样奔跑了。渐渐地，他忘记了大头猫的火杆子，也忘记了那两只娇小的黑驴……仿佛是回到了学校的操场上，正沿着那跑道和人竞赛，多么单纯轻松，又多么激动人心。森林的成熟的气息在他周围振荡，树罅里落下来的束束阳光，在他那瘦小的身上变幻着，相迎和相送着他。大大小小的叶钱，鲜红的和淡黄的，在他跳跃过的路上轻盈地旋转起舞……啊，多么清新自由的空气，多么明亮欢欣的林子。

他这样跑着，不觉来到了一堵悬崖上。他惊住了，脚下是断壑深涧，白花花的激流在那岩下咆哮和奔腾。头上是一片无垠的天空，巨大的太阳从这里看上去是那样渺小，片片红云仿佛伸手可触。就在前方不远，一只翅膀上闪着光的鹰，在寂静地盘旋……

他在一块山石上坐了下去，挖瓢匠的滞钝的目光看着远处，一种深沉的浪潮般的东西在撞击他那年轻的心扉……前方半空中的鹰苍凉地叫了一声，而深涧里的激流轰鸣着，很快将这苍凉的声音卷走了。他那瘦小的身子瑟缩了一下，泪水从凹陷的眼眶涌出来了。

“要回学校去读书……”心的深处有这样一个声音响起来。

他觉得身后有些异样。转过头去，他看见骆驼不知在什么时候来到那里了。

“我要读书去。”他站了起来，微微地颤抖着声音，“等师傅回来结完账分了钱，我就回学校读书去……”

骆驼怜爱地抚摸着小冬哥那小脑袋。

“小冬哥！你该回学堂去，年纪小，记性又好。我呢，我明年也不来挖瓢了，这活路真的太苦了，不是人干的，只有大头猫……”

骆驼说着就在那旁边坐了下去。

“你又在哪里得钱……娶师嫂呢？”小冬哥看着他，狐疑地问。

“我已经想好了。我全部抖给你听吧，小冬哥！”那自信的口吻中夹着阴沉，“我要找一个老变婆的女儿……我们那里有一个地主姑娘，年纪比我小不了多少，小伙子们都怕沾一个边角叫染黑了，我是一个真正的贫农，我啥都不怕了，就要去娶她……一个人没有婆娘是不行的，小冬哥，你多长几岁就会明白。哪怕今后我也要当地主，横竖是做泥巴，地主就地主，只要有一个家……”

这时候，平静地盘旋在前方的鹰，发现了它在地面上要攫取的食物，于是凶猛地几乎是垂直地俯冲，然而从深深的谷底掀起的风，把它那闪着光亮的翅膀吹得斜斜的……

那晚，师傅川胡子没有回来。所有的事情都干完了，只等他带着大家把最后一些瓢背去山阳溪结账。可是他却没有回来，这就叫人太失望了。

“一定是吃醉了，吃马尿醉在哪个垭口了。”大头猫带着一种怨愤，在那里粗鲁地叫着。喝醉了酒走不动，在半路糊糊涂涂倒一夜，第二天才回来，这样的事情在川胡子是有过的。

可是骆驼在一旁没有吭声。对于师傅川胡子没有按时回来这桩事情，他已经想到一个可怕的环节上去了。

这一夜，骆驼没有合眼，天刚放明他就爬下了铺架。

“川胡子是……出一点事情了。”他掩饰着内心的不安，对还在被窝里的师兄师弟说，“我去……路上看看。”

他于是就踩着晨雾，拐向往山阳溪分销店的路，去证实那可怕的设想。

傍晚的时候，骆驼气喘吁吁赶回来了。一进厂棚，他就瘫软地坐下去，铁青着脸说：

“川胡子……一个人悄悄去结了账……把我们的钱……全部卷起跑了……”

大头猫和小冬哥一下像掉进了冰窟，毫无反应地坐在那里。好久好久，才听见小冬哥那压抑着的啜泣声。接着大头猫站了起来，仿佛不相信自己的耳朵似的又问一句：

“老子们的副业钱……遭大嘴巴吞哪？”

骆驼失神地望着他。

“唉！”大头猫沉重地叹息一声，一躬腰，双手扣住了川胡子使用的马桩，牙齿咯咯打着，猛地，他那敦实的身子弹了起来，栽得深深的骑马桩便撬着一块巨大的泥土倒了下去……

六

时候已经是十月深秋，按庄稼人的习惯，最迟也要在腊月三十清账，不然过年都会不清静的。只有两个来月的时间，去哪里找这两百多块副业钱呢？去川胡子那里追要回来，这就得去四川东溪。那里是个什么地方呢？庄稼人没有出过远门，一时想起来渺茫。而且是要饭讨口去呢，还是坐车去？动辄又要拿钱来开销。能够找到川胡子当然好，要找不到呢？岂不雪上盖霜，这里的副业款就更无边际……别无他路，可是就这样回去，包括小冬哥在内，几个汉子都觉得是丢脸的事情。提着锄头把儿不安稳，拼着命要往外蹦，却原来一年到头两手空空。

这样做了多种权衡，挖瓢匠们压下各种念头，又回到了骑马桩上。一刻也不敢迟疑，各人拿着自家的啄斧走进林子，采来山料，操起挖刀急急地又掏挖起瓢来。

大头猫是拼上了性命。每抠挖出一个瓢，他就在心里核算着，距离那两百多块的副业钱还差多少。他照样想得到一些皮张食肉，照样地起早睡迟,但再不是为了安放那钢夹和炸弹,他的钢夹和炸弹安放在那儿,“白天里不要去林子里乱逛啊。”向两个师弟打一个招呼,从此他懒得管理,只等那林子里有了动静,他才去收拾。夜晚,两师弟都累得趴下了,他还在骑马桩上扑扑地掏挖。清早,又是他那扑扑的声音把两师弟唤醒。渐渐地,他那一大方脸更显得棱角分明,可在脸颊那儿有时还看得见一丝光亮了。

但骆驼那方面却似乎愈来愈绝望了。常常动着动着,他就停了下来,仿佛运转中的机器突然出了故障。眼睛就瞪着一个地方出神。终于到了有一天,他把几乎是在马骑桩上半死半活挣命的小冬哥拉到了一旁,诡秘地说:

“我拿定主意干别的去。”

小冬哥眼睛里闪过一道光,期冀地望着他。

“我不能带你去!”骆驼有些忧郁,“那里只有我一个人的活路……你还年轻,要顾惜自家的体子……”

小冬哥心里一下又黯淡下去,眼睛变得有些湿润了。

“如果事情顺当,我还会回来的。小冬哥!我还是一个挖瓢匠嘛。你等着我,时常劝着大师兄,你是有墨水的人,缴不起副业又咋呢,就是坐班房也要给碗饭吃。想开朗点,大师兄是有婆娘儿女的人,你呢,你还有两个妹妹,还想着上学堂……”

小冬哥含泪点了点头。

“记住,暂时给我保密。”骆驼做出那副小冬哥熟悉的神秘样子,“不要对大师兄说我另找事情去了。他这个人,不像你有墨水,会乱捅的……”

第二天早晨,等到小冬哥从铺架上下来,骆驼已经走了。他感到一阵的空落和恓惶,直到看见骆驼铺位上像往日一样胡乱地堆在一堆的被盖,那心里才略略安定了一些。

“他相亲去了。”大头猫停下手中扑扑抠着的挖刀,眼睛仍旧盯着固定在骑马桩上的坯子,“这种事情,要是我,根本不去,没有钱,决定是冤枉的……”

他显出颇为不屑的样子说完,便又扑扑地拉着那挖刀。

小冬哥听着大师兄的话,脸上泛起一层苦阴阴的笑。但他决计是要替骆驼保密的,一直等到他回来。

骆驼走了大约半个月的样子。一天，林场的护林员转到这里来了。按规定，挖瓢匠搭厂采料是要向林场交育林费的。可是这笔钱在山阳溪分销店付给挖瓢匠的钱里就扣除了。小冬哥觉得有些诧异，就格外留心起来。

看样子，那人和大师兄是相识的。大头猫拖散两头牯牛打架的事情，是远近闻名的。即便如此，大头猫给护林员扔过去一杆叶子烟，就不停地操起了自家的挖刀。

“咋还不回去？都这个时候了。”护林员正在火堆边烧着烟，和大头猫拉开了话。

“川胡子卷了老子们血汗，又得重做。”大头猫怨恨地说。

“哪个川胡子？”护林员从口中拿下烟杆来，“是不是四川来的那个人？”

“他还是我们师傅呐。”大头猫直起腰，一把水瓢的囟子又挖光亮了，“那个狗杂种！”

“古话就说尽了的，”护林员摇头感叹，“防人之心不可无啊，哪怕他是你的亲老子呢。”

小冬哥在一旁听着，那稚嫩的心从不曾想过人生的险恶，便禁不住阵阵悲凉。大头猫在那里只顾忙活路，不一会儿，护林员似乎看出了他那迫切的心情，便不愿耽搁他，起身准备告辞。

“前几天，在山阳溪那边，遭人偷了好几十根杉竿，顺水放跑了……场上叫腿转勤点，我不逗留了。”

“顺路走，我在林子里安的有夹子和炸弹。”大头猫叮嘱了一声。

护林员离开厂棚走了。可是他说的那几句话小冬哥却听进心里去了。想着骆驼临走时和他说的那些话，他那心里暗暗多了一层莫名的忧虑。

过了不几天，骆驼果然回到厂棚来了。半个多月不见，他那宽而薄的身子就更像一把扇子了。只是他那面容再不是先前那样的绝望，而是有了一层自得自喜的光彩，真仿佛是被姑娘相中似的，显得那样有兴致……但是所有这些，让人看上去，却始终感觉他是做出来的，而那心的深处则是阴暗凄凉的。

夜深了，骆驼和小冬哥爬上铺架去。大头猫还在骑马桩上扑扑地拉着挖刀。小冬哥累乏了，拉过被盖来就躺倒。可是骆驼并没有立刻睡去，他盘腿坐在暗中摸索着，一边压低声音和横着的小冬哥说：

“我这一回把事情搞成了，小冬哥！你不用拼命，人磨过头了是长不高的，副业钱的事情，到时候我来帮你抵扛……”

小冬哥没有吭声，他两只眼睛直盯着骆驼，仿佛不认识似的。他看见骆驼隐约在黑处的一双手在颤抖，那指尖上跳跃着一张张钞票。他感到一种莫名的惊骇，拉过被头捂着脑袋，不敢和骆驼搭腔。

“你累了，你就睡吧。”骆驼不安地嗫嚅着，“我睡不着，就是累死也睡不着哟！”

随后，骆驼越过小冬哥的铺位，爬下楼梯来，向躬腰曲背在骑马桩上的大头猫走过去：

“师兄呀，你这是何必呢，把一身肉熬趴了，家头婆娘儿女的嘴巴都拿针线缝起……”

大头猫抬起头来，褐色的目光扫他一眼，怀着几分诧异和几分警戒，接着又勾下脑袋操起挖刀伸进瓢凼子。

骆驼就站在他的身旁：

“人不要太死心眼，就守到一个甑子吃饭……我已经盘算过，那几百块副业款，你就是脑袋从挖刀眼里钻过去，这一月两月的时间也做不起……有困难，钱不够，到时候当师弟的帮忙想办法……”

大头猫搁下手中的活路，直起腰来逼视着骆驼：

“你没有回去相亲。”

原来大头猫心中已有盘算，他是那么直截了当地针对着骆驼。

骆驼先是一怔，随后便镇定下来。

“你说我没有回去相亲……告诉你，我过了年就要娶人进屋了。”他的口气还颇刚硬，“我不是相亲，又会去哪里呢？”

“相亲咋会要半个多月？你偷砍了山阳溪那边的木料。”大头猫出语刀子似的，把事情砍破了。

骆驼脸上一阵张皇，他怀疑地向铺架那儿小冬哥望望。小冬哥这一阵小脑袋探出铺架来，正像个陪审官似的盯着骆驼。

"半个多月的时间就多了不是。"骆驼晃了晃那扇子似的身躯,半个脸闪到了暗影里,"我搞的是……新式的,叫谈……恋爱呢。不然,咋会过了年就娶人呢。半个多月时间,我还嫌短了哩,要不是惦着你两个,那姑娘会迷住我一年半载不想做活路……"

大头猫噎住了,那盘问最初就有些顾头不顾尾的。

这一阵,骆驼却反守为攻了。

"师兄,你说得轻巧,我偷木料来做哪样呀！要立房子要做圈,我何苦远天远地跑到山阳溪去砍……"

"你砍来卖。"大头猫接上了话,但是口吻不似早先那样凌厉了。

"卖？"骆驼生硬地笑了笑,"我送一根木料给你,只送一根,你上街去试试？你想当资本主义不是？告诉你,就是卖到林业站那儿现在都要有公社的圆戳戳做证明……开玩笑不是。"

大头猫苦着一张脸,再也找不到地方下口。

"反正,我不要你帮助。"

大头猫砸了一句,便又埋下脑袋在骑马桩上,操起挖刀掏他的瓢了。

骆驼松了一口气,回到了铺架那儿。可是这一晚,他翻来覆去烙饼子似的,总是睡不安稳,心里有一块病在作怪。

第二天,小冬哥正在坑棚那里架湿木瓜炕瓢,骆驼拿着那根"六"字形烟杆走了过来。骆驼裹制好一杆叶子烟,向小冬哥凑近去。

"我不想抽,你一个人抽吧。"小冬哥说,心里不知从什么时候起,和骆驼犯一层隔膜了。

骆驼那"六"字形烟杆在半空中打住了。他看着小冬哥,苍凉地自语着:

"我这个人……真成了坏人啦……"小冬哥怀疑的目光打量着他。

"你不要这样看我,小冬哥！"骆驼哀求似的,"你不要听大头猫瞎猜说,你是有墨水的人,我是人是鬼,在这老林子里,我们都相处这么多日子了,你还不明白……"

小冬哥的目光收了回来,脑袋慢慢地低了下去。是啊,自从小冬哥上山来,师徒四人,只有骆驼和小冬哥才是那么亲近,才是那么彼此信任……

"我单身一人,日子随便咋过都行。我是一个好人,我要不是一个好人，我咋会想着帮助人呢。大头猫婆娘儿女一大群，缴不起副业钱，那拖累就够他受的……你呢，你有两个妹妹，况且你还应当到学堂里去多认几个字……”

小冬哥鼻子一酸，眼睛那儿潮乎乎的，就往师兄靠了过去。真的，一个人是为了别人着想，而不是为他自家盘算，他还会坏到哪里呢。

两个人合心地抽着一杆烟，骆驼又说：

“大头猫硬撑，怕我的钱染黑他了。明天你回去背吃的，多跑几步路，把这钱给他送到家里去，就说是大头猫带给师嫂缴副业，免得家里盼……”

他把一卷大票子交到了小冬哥手上。

小冬哥颤抖着收藏了钱，狠命地咬着烟杆嘴儿，吞云吐雾起来。

第二天，小冬哥就带着骆驼交给的任务下山去了。当一卷大票子交到大头猫女人的手中，“队上都催我们好多回了。”那女人挂着泪花，声颤颤地说，“我还当是出了啥事情……他咋不回来，都快落雪打凌了，家头的柴还等他回来去找……”小冬哥赶紧背过身子走了。那时候，他才真切地感觉到骆驼是一个多么好的人。

要不是后来发生了一桩更加残酷的事情，尽管这桩事情是那样具备着时代的高度，那么，大头猫或许要顶着雪凌待到腊月三十，才会离开骑马桩，回到女人和儿女的身旁。果真这样，那就太叫亲人们揪心了。

那时候，最先的一场大雪已经落下来了。铅灰色的天幕凝固似的板在那儿。整个森林白挂挂的，一下显出了它的苍老来。从厂棚和坑棚里上升的热气，融化了顶上的积雪，水珠就在檐口那儿顺着草茎落下来，击打出了雪粉下面的脏污……

大头猫和小冬哥挖的瓢，刚能够让自家背运一回，他们便忙着往山阳溪分销店送。骆驼因为耽搁那半个多月时间，至今还没有挖出几只来。他便留下了。

骆驼帮助师兄师弟收拾停当，临要上路了，便在一旁叮嘱说：

“你两个卖了瓢，还是绕路回家去看看，晚一天回来，少挖几个瓢又有啥关系。”他已经听小冬哥说女人想大头猫了，“你两个不比我，我单身骑马，走到哪里都一样，就是在这老林子过年，我也不会有牵挂……”

小冬哥听着，不禁怜悯起骆驼来。

“我们走了，你一个人怕不怕？”

骆驼苦笑着摇了摇头。

小冬哥一闪身跑进了厂棚。不一会儿，他从铺架上拿来了那张虎皮。

“做一个猫子给你把门，你就不会怕了。猫子是百兽之王，啥野物都不敢来。”

他这样说着，就把扁担花的皮子往厂棚门口一桠枯树枝搭上去，略一牵扯，远看去便活像一只黄斑猫子了。

“跟上我，雪把路埋了，你走错路踩上我的钢夹，就活该倒霉了。”大头猫背起那一大朵浅紫色的花，已经走到了空地和林子的边缘，在那里粗声莽气地催促。

小冬哥望着骆驼依依地一笑，便背起那一小朵淡紫色的花，嚓嚓地踩着大头猫留在雪地上的足印追上去了。

林子里静悄悄的，雪粉不仅掩没了黄黄绿绿的色彩，还掩没了森林的呼吸和森林里鸟的叫声。白光幽幽的地上，还隐约着小径的影子，两个人高一脚低一步地往前走。他们在一个地方靠弯角背杵歇下来。这时候，前面不远的林子里，一只灰黄色的山猫沿着一根松树，一下子爬到了树枝上，树上的积雪纷纷飘落下来。紧接着，一只深褐色的松鼠，从这根松树上飞快地跳到对面一根松树上，再跳到更前面的一根松树上去……小冬哥看着，心里暗暗为小松鼠抓急，小松鼠逃掉了，小冬哥也禁不住长吁了一口气。大头猫呢，不用说他在怪怨自己手中怎么不带猎枪，要不，一张山猫皮和一张松鼠皮，是要值好几块钱的。

大约是中午的时候，他们到了山阳溪分销店。路上虽然不好走，但是大头猫的肩梢拖得长，小冬哥就咬牙跟着跑，赶路的速度就和往日里拉平了。收购员似乎早就看见他们到来，便在门口等着。大头猫和小冬哥还没有放下背篼，收购员就连声叫起冤枉：

“半个月前上面就来了通知的，不收木瓢了，你看冤不冤枉。”

他苦着一张脸，颇有爱莫能助的样子。

两个人都感到眼前发黑，一时间如两尊泥塑似的呆在那里。

“咋不收了？”过多一会儿，小冬哥才亢声问道。

收购员抬起手往斜对面营业员的柜台一指，苦笑着说：

“你们去那边看看吧，亮晶晶的锑水瓢，固实的塑料粪瓢……新调来的，堆满了，那是机器压的……唉。”

“你就收了我们这几只吧！我们等着拿钱缴副业呢！”小冬哥央求说。

“除非拿我自家的工资买你们的瓢。”收购员摊开一双手，“有啥法子哟！你们各人处理吧！”

“走！”大头猫在一旁闷声蹦了一句，便一跳一跳地背起那一大朵淡紫色的花往溪边去了。

小冬哥歇在那里一动不动，愣怔怔地看着大头猫。

只见他到了溪边，肩一松，把一捆木瓢掼在了地上。然后，大头猫解开捎绳，腾出了背篼，两只粗壮的手猛力一推，那一大朵淡紫色的花便滚进了山阳溪里：

“老子卖脱了。全部卖在这水头。”

他癫头癫脑地吼着，叫小冬哥也把那一小朵淡紫色的花背了过去。

小冬哥呜呜地哭着，拿起那把把木瓢，掂着分量似的往溪水里扔。是啊，就因为这些木瓢，他小小年纪就进了深山老林，上了骑马桩，躬腰曲背，髀间蹭起了血痂，手上结了茧，脚上砍起疤，每一把木瓢，每一瓣紫色的花英，都凝结了他的血汗，吃辛吃苦干到了头，却原来一切都等于零……那木瓢在白花花的溪面上跳了跳，便漂浮着被冲走了，像一只只拖了尾炮的兵船……大头猫在一旁看不下去，便走上前去，运动员似的抓举起那瓢捆子。他那手背上的青筋一鼓，一捆小木瓢便砸进了溪流里。瓢捆子砸散了，铺满整个溪面，像无数只拖了尾炮的兵船，声势浩大地磕碰着冲了下去……

小冬哥失声痛号起来。

“你不要哭！”

他搡了小师弟一把，而他自己也禁不住哽咽了。

原本的盘算，两个人都是要绕路回家一趟的，可是谁料到是这样的结局呢。他们没有一刻迟疑，想着这一阵骆驼还拿着挖刀躬屈在骑马桩上，就火烧火燎地往湖南洞厂棚赶路。

七

他们到达厂棚的时候，天还没有黑下来。在林子和空地的边缘，他们一眼就看见那里经历了一场劫难。地上的积雪被大量地翻了起来，黑色的泥污一块块暴露着，野猪的双瓣蹄印和人的船形足印交错重叠，兽和人的搏斗曾在这片土地展开。而在厂棚那里，一堵竹和草编成的棚壁，出现了几个巨大的窟窿，棵棵残败的草茎当风抖着。厂棚旁边那小小的坑棚，则完全坍塌了，夷为一块黑魆魆的影子。那张扁担花的皮子，一点也不威风地堆在厂棚门口的地上，邋遢而又千疮百孔……

大头猫和小冬哥的心都冰冷了。

“骆驼！骆驼！”小冬哥凄凉地叫着。

从厂棚里传来微弱的呻吟。两个人从棚壁的窟窿蹿了进去。

小冬哥摸索着找到那墨水瓶油灯，点亮来，这才看见了骆驼。骆驼整个身子血糊糊的，仰躺在最后挖出的几只木瓢上；那只半握着的手的旁边，是一把血污的啄斧；僵硬的腿上，压着大头猫的那支火杆子，已经是空膛了的……

“骆驼！骆驼！”小冬哥战栗地呼唤着，惶惶地去抱那浸在血泊里的身躯。

“别动他。”大头猫低沉地命令着，摇了摇头，褐色的眼睛里闪着钢铁般的寒光。

小冬哥抱来干燥的木渣，在骆驼的旁边生起了一堆火。他和大头猫就蹲在骆驼两旁守护着。

明亮的光焰熠熠跳动，火堆旁的气流变得灼热起来。骆驼动了动，眼睛打开了一条缝，木然地望着棚顶上变幻着的火影，口里嗫嚅着：

“报应……我得的报应，野猪……踩夹子……受伤的……野猪……”

大头猫望着他，用力地点一下脑袋。

他的眼睛睁得更大，久久地望着他的铺位那儿。小冬哥站起来，爬上铺架，在那汗腻的枕头里找出了一叠大票子和一枚椭圆的印章。他把这些东西拿到了他的眼前，他的脸颊扯动了一下，气喘吁吁地说：

“假公章……假证明……我搞的……我偷山阳溪木料卖……野猪……来惩罚……要了我的命……现在我清白了……钱,小冬哥拿去上学堂……”

他的呼吸急促起来,声音也加大了。

“我是孤人……不牵累你们……弄我到洞头……那里走湖南……湖南有好生活……”

气息微弱下去,小冬哥把耳朵贴近他的唇皮。

“把你的……笛子……送我……过三十年……我又是一个骆驼……”

天还没有亮,他那扇子形的身子抽动两下咽了最后一口气。

两个人木然地坐守到天亮。小冬哥哽咽着收拾骆驼遗留下来的东西,大头猫便提着火杆子带着药角出厂棚去了。

踩着雪地上的两瓣蹄印,追不远,大头猫在一片洼地里发现了受伤的野猪。那野兽吭哧吭哧地喘着粗气,屁股半截拖不起似的卧坐在那里,黄色的刀子般锋利的牙齿顶着血污的嘴筒。大头猫躲在一根树干后面,瞄准那野兽的腹部放了一枪。那巨兽的身躯在雪地上滚了一转,便翻身腾起,狂怒地摇晃着向大头猫冲过来。大头猫闪身拐了一个急弯,那巨兽闷头撞过去,扑倒了一棵嫩树,随即又掉头狂奔过来。这时候大头猫已经爬到了一棵钵盂粗的树上。巨兽扑到树下,仇恨地啃着那树干。就在那树干被拱断的瞬间,大头猫的药砂又上了膛,并一纵身跳到了雪地上。他一个趔趄,跌倒在地上。不容他翻起来,狂怒的野猪已经扑到跟前,然而倒下的树桠砸了它一下,趁着那兽摇簸的瞬间,大头猫腾身站定,像骑马桩那样,并拉开了啄火。当那巨兽张开血盆大口冲到跟前,大头猫鼓圆了眼珠子,将那长长的火杆子戳进那罪恶的嘴巴,拼足力气死死戳进去,并扣下了扳机。轰!随着一声沉闷的爆炸,那巨兽顿然倒在了雪地上……大头猫就地坐下去,长吁了一口气,他从来没有像这样痛快地杀死一只野猪。

铅灰色的云雾在渐渐散去,天空开阔了一些,薄薄的阳光就从那里透下来,给雪后的森林蒙了一层暖晕。

大头猫在前,小冬哥在后,抬着骆驼往厂棚旁边的湖南洞走去。这时节的洞子,温暖的地气积留在里面,让人感到暖和。大头猫一只手举着亮槁照路,一只手抬着骆驼。他们一直往里走。到了一截平台似的地段,两个人才把骆驼放了下来。骆驼脸上显出了生前从未有过的安详,那身板也比生前更像一把扇子。

大头猫蹲在地上,为骆驼整整衣角,便站起来,拿出一枚枚炸弹向阴沉的洞壁上猛力掷过去。轰!轰……炸弹发出沉重的裂变的声音,久久地在洞子里回响,洞子里的气流也带了硫黄味剧烈地旋转起来,炮鸣烟弥,为骆驼送葬。

小冬哥抹着泪,把啄斧、挖刀、削刀、刮刀……那一套挖瓢匠的行头,摆在了骆驼的两旁,那样小心翼翼,仿佛是怕吵醒了师兄。然后,他又拿出了自己心爱的笛子,那根一直让骆驼迷醉的竹管,虔敬地搁在了骆驼宽阔的胸膛上。最后,他牵开了那张被猛兽践踏得有些破烂的扁担花皮子,罩盖了骆驼那扇子似的身躯。火光照耀着,那扁担花的纹路仍旧给人一种勇武之气,整个洞子显得肃穆而又悲壮。骆驼没有打过老虎,可是在小冬哥心里,他是一个英雄,配得上享用这一张百兽之王的皮子……

终于,两个挖瓢匠走出了厂棚,站在空地和林子的边缘上了。他们回过头来,向这一块他们曾经怀着希望的地方告别,作永久的告别。尽管这一块地方最终是叫他们失望了,可他们曾经在这里挣扎过,这里的一切浸透了他们的血汗,他们的辛酸和痛苦都留在这里了……这时候,小冬哥仿佛想起什么似的,又反身回去。不一会儿,他从厂棚里拿着两样东西出来了,那是一个“没奈何”和一根“六”字形的烟杆……

暖和的阳光透照下来,林子里显得格外明亮。积雪开始融化。畏缩了好多天的鸟也飞出窝来,在枝头喳喳跳着,抖落雪粉沙沙飘下……两个挖瓢匠心中感到一种莫名的冲动,抬着头向前走,默默地向前走。

突然,一团黑乎乎的东西在眼睛上蠕动了一下,他们在一棵巨大的水杉下面发现了川胡子。他已经变得不像一个人了,深蓝的胡子成了棕黑的,邋遢地耸在下巴上;头发像雀窝似的那样蓬乱;他身上穿一件开花开朵的棉衣,肩上还斜斜地挎着那只桐油打光的葫芦,眼睛里浑浊地跳着悲怆的微光……

看见大头猫和小冬哥,他抖动着手指,拉开胸前的衣襟从贴身里摸出一叠钞票来,远远地向着两个徒弟,舌根打不转似的:

“我是……来还钱的，你们原谅……我，我的……妇人遭人拐跑了……我不在……她熬不住……就跑了……”

他这样说着，两个拳头胡乱地往自家脑袋上砸。

可是大头猫似乎没有听进去。他那深褐色的眼睛闪着钢铁般的寒光，只是紧紧地盯着他。他想到山阳溪头扔瓢的情景，想到骆驼惨死的情景……要不是川胡子卷了副业款逃走，那么这一切都不会发生。

川胡子拿着钱走了两步，似乎想走过这边来。

“不要动！”大头猫阴沉地命令着。

川胡子浑身一阵战栗，倒退两步，靠在了那巨大的树干上。

大头猫从肩上拿下火杆子，把药角里的药砂使着性子全部灌了进去，压上了底火……

小冬哥在一旁看着，惊骇地嚅动着口唇：

“天啊，你要杀人……”

大头猫冷冷地瞥他一眼，坚定地拉起了啄火，慢慢地抬起枪口来，对准了川胡子。

川胡子面如泥土，眼睛绝望地闭着，颤颤地号叫着：

“你……打死我吧！我这个人有啥用！连一个妇人都养不住！打死我……我无用……连一个妇人都养不住……”

大头猫眼珠子瞪得滚圆，二拇指渐渐往扳机那儿滑去。可是就在这霎那间，一旁的小冬哥怪叫一声扑上来了。他那瘦小的身子斜斜地给他把枪杆顶了一下，轰！铁砂飞出枪筒，射进了川胡子头上的水杉躯干。巨树似乎抖了一下，树盖上的雪粉纷纷落下来，洒得川胡子一脸一身。而大头猫手中，只握着半截枪杆子，枪尖的半截由于装药过多，被巨大的冲力拉断，脱落到了几步之外的雪地上。

大头猫恼怒地把破枪砸向雪地，一巴掌打在小冬哥脸上。小冬哥跌了下去，趴在雪粉上，五根青紫的指印在脸颊那儿隆起，一丝淡血从嘴角那里流出来。可不知怎么的，小冬哥还是从心底里感到高兴。

川胡子已经瘫在树盖下，半跪在雪地上。那只桐油打光的葫芦滚在了一旁，一叠钞票从手中掉了下来。大头猫走过去，看也不看川胡子一眼，从地上拾起那一叠血汗钱过来了。

他眼睛里闪烁着泪光，伸出手把小冬哥拉了起来。沿着愈来愈清晰的林中小径，两个挖瓢匠又继续赶路。

他们走出森林的时候，阳光已经大片大片地落下来，一坝宽阔的田野就在脚下，田野上小麦和油菜的绿色连缀着，在那里诱惑人似的，闪着滋润的光泽。

两条小路，从岭岗上往两边落下去，他们就在这里分手了。两个人都不自觉地停住了脚步。大头猫望着坡脚那一片葱郁的绿色，褐色的目光久久地盯在那里。突然，他舒展似的举起了两只鼓实的臂膀，第一次感叹地叫了起来：

“天啊！要这一坝田土都归我来做，多好哇！”

这之后他转过了身躯来，把一卷钱塞到了小冬哥手心里。

“骆驼的那一份钱也归你，拿去上学。”他的声音微微地颤抖着，“好生记住骆驼……多认几个字……长大了不要像我这个莽夫……往后做了大事情回来，去湖南洞立一块挖瓢匠的碑，骆驼的碑……也来看看我……”

说完，他就转身下坡去，敦敦实实的身子在阳光下跳动着，渐渐地接近了那绿色的田坝。

小冬哥目送着他，眼睛里噙满了明净的泪花，心里既辛酸又激动。直到那敦敦实实的身影融进那滋润鲜绿的田坝，小冬哥那噙着的泪花才串珠似的跌落下来……日头当顶了，他开始赶自己的路。

峡谷人家

列缺霹雳，丘峦崩摧，洞天石扉，訇然中开……

——李白《梦游天姥吟留别》

一

早晨的漫长的阳光，透过薄薄的雾气落下来，落在了这一片岑寂的山林。峡谷口上，暖红的亮线似乎踌躇了一下，便从那儿开始绾结，成团地往山沟渗浸。热流打着旋静静地卷动了，从岩石缝里，从溪流和泥土中，缕缕潮湿的雾岚腾起来。这样，峡谷就仿佛满满地堆垛着燃烧了的湿柴似的，灰红的火燎子飘曳、上升，和天空的蔚蓝、树林的墨绿交织，融合为漠漠的一体……

经过好一阵艰难，鲜红的亮线终于拉直，通贯了整个峡谷。天地间倏地亮了许多，山野的本来的色貌明晰起来。这一阵，峡谷里响起一声鸡啼两声狗吠，才叫人想起这里原是有人生息着的。可是，你不一定就会那么直接地走进去，在山口那儿，一堵随岁月流逝而阴暗下来的石墙，会突兀地挡在你的跟前；先叫人一吓，以为那是一个草寇的山寨，当然，你接着就会释然而笑，明了那不过是旧时代的遗迹……假如你寻着路进入峡谷，并且要从峡谷里穿过去，那么，也有同样一堵冰冷古旧的石墙，在另一头等候着你……

然而，你断然不会只是过路而已；那里的景物虽不尽可入目，却有如游丝般韧长，少不了要缭绕你的心思，有如钢铁般坚硬，挤逼着，叫你想见这一隅人生的缤纷……峡谷低矮的地方，有一条明净的溪流轻悄地淌，溪畔是黑油油的泥土，庄稼在细微的山汛中跳动；在那毗连而平整的田地旁边，你会看见一截截生着绿苔的石棱坎，有规矩有条理，像是人工非同寻常的摆布，谜一般地沉睡在那里；稍往高处去，是这一片人家的祠堂——一幢花砖和翘檐的建筑，它显得有些孤零地伫立在一块肥沃的土中，墙上的抹灰已经斑驳，但整体看来依然是坚固的；从那里出来，一条小路连接着到了山崖下那一片人家；一幢幢的木屋，和泥土的颜色一样的古老，吊脚楼的，用宽大的杉树皮盖顶，楼脚敞开的空间堆放着柴草、脚碓、架磨等杂物……在顶头上那一幢木屋前面，有一根老核桃树，和艰难的人生相陪伴，躯干上布满了鹰嘴弯刀留下的裂口；老树先是在地上斜斜地长出一截，接着便挺直地向天伸展，仿佛要与那灰红的老岩比高矮似的，这之中有几根粗大的桠杈漫上崖壁，倚在那儿，也像是撑在那儿；山崖上有几个穹隆顶的岩矸，树桠便见缝插针般地戳了进去，那情形又像把整匹山石都挑了起来……

按照乡俗：七月半，鬼乱窜。这正是一个祭奠鬼神的日子，今年恰恰是轮到了大老子家。

早饭过后，茂林依爹的吩咐，身上捆着一束香把，带了几叠纸钱，要爬上那老核桃树。可是他走到树下却站住了，并蹲下去，有些迷乱的目光望着院坝上的人，陆续地从杉树皮顶的木屋里走出来膜拜祖先的族亲。他像等待什么似的，整个院坝上的人像在等待什么似的。

大老子站在屋檐下暗影里，睃了一眼人们，便慢拖拖地自言自语着：

“今年——就这些人哪……一年不如一年了……”

隔着大老子不远，是生产队长长庚的儿子顺福。小伙子愣里愣气，遇事生冷不忌。听大老子说完，他便懒懒地反问了一句：“茂森哥他回来了么？”这一问不要紧，却挖了大老子的痛处。大老子顿然哑了口，往核桃树下的茂林挥挥手，心慌气短地说：

“上……茂林……你上。”

他趸身消失在门洞里了。茂林张开五指，抠紧树身上一条条黑乎乎的口子，开始往上爬去。大老子再没有到院坝里来。他一个人躲避在屋里，把焦虑和担忧都深深地藏了起来。大儿子茂森已经三天三夜没有归屋了。不归屋，这不怎么要紧，可为什么偏偏在这个时候？有人说他在河溪场上和瘸腿王知青裹在一起，这就叫老人更加不安……皇帝爱长子，百姓爱幺儿，要是茂森在家，大老子是绝不会让茂林爬树攀高，去半岩矸那儿冒险的。人们都在猜测，茂森是有意躲着这一天。

树下稀疏地站着的男男女女，有的还端着半碗饭，口里咀嚼着；有的则捏着一只纳麻绳的鞋底；有的则拿的是几张扑克……众人都搭一个手棚在眼前，望着那在树上蠕动的茂林，有关注，有惊奇……

要从一根斜伸的树椏爬到岩矸那儿，是一件很不容易的事情。谁也不敢否认有神灵在那儿保佑，可悬空地爬在上面的时候，却又免不了要提心吊胆，暗暗地担出一把虚汗。老一辈的人记得，他们的弟兄似乎大意了一点，便从那里摔下来，葬身在崖下……

既然事情这样危险，那么不去那里行不行呢？不行的。亘古至今，这已经像铁板一样坚固了，没有人敢于推翻它。

那岩矸有冯家沟人一块"祖石"，因此被称为"神仙洞"。

相传一个姓冯的小伙子，为逃避官府的缉拿，远天远地来到了峡谷里开荒。他日出而作，日没而息，生活很是清苦。一天，他从地里回来，推门一看，屋子里缸满灶清，桌上摆着热腾腾香喷喷的饭菜。小伙子感到纳闷，可也为这现成的享受欢喜不尽。一连这样几天了，小伙子便假装出工的样子，而一到地里就折了回来。这样，从点破的窗子里，小伙子看见一个年轻貌美的女子，正一双手伶俐地搓米切菜。于是小伙子推门进去，捉住这个女子强作了夫妻。随着岁月流逝，小两口成了老两口，也已经儿孙满堂，家大业大，正是应当享福的时候。可不知怎样一来，老两口常为一些琐细的事情而产生口角。终于到这一天，老婆婆似乎再也不能忍受，即在堂屋里一滚，变成一只狐狸，跑出了家门。"你回来呀！"老公公喊着，一直紧追不舍。到了山崖下，狐狸又在地上一滚，化作一缕烟，袅袅地升起，钻进了半岩矸里。老公公找来一根绳从崖上吊下来，也追进了半岩矸，可是在洞里他只看见了一块石头，样子就像一只狐狸半卧在那儿……若干年以后，一根核桃树生长起来，将峡谷和岩矸奇异地连接在一起了……然而，这个家族没有谁愿意承认狐狸是自己的祖先，于是那只石狐狸便被冷落在孤独的岩洞里了。终于在一个无月无星的夜晚，人们在清楚地听见了半崖传来的狐狸的凄厉的叫声以后，山洪来了，冲毁了房屋，惩罚了整个家族。

“啧啧！天……”一些婆娘咂着嘴，将手中的鞋底旗帜般地举起，表现出一种不知是怯惧还是惊叹的心情。

“慢点啰……抓稳啰……”生产队长长庚心中着急，却又不敢大声喊叫，只在厚嘴唇上嗫嚅。

顺福几个年轻人，本是什么也不在乎，这会儿也一声不吭地仰着头，半张着嘴巴，像是迫不及待地要吞下什么一样。

茂林今天显得特别猴精，一忽儿躬身跳跃，一忽儿挺直攀援，灵便得像在草坪上翻筋斗。对于爹在这样一个日子，让他代替哥茂森爬树祭祖，他仿佛早就渴望似的，心中憋着一股力量。有一个青核桃挡在了眼前，他抬手摘下来，带着一种恨意，一种报复的心理，对准树脚的人扔下去。“哎哟——”核桃砸在哪一个人的肩上，他感到一种古怪的快意，又继续往上爬去……站在树下的人散开了，已经有人意识到，茂林今天并不仅仅上去烧香祭祖，他还有另外一种心情。

正是插秧上坎那一刻闲空，茂林感到无味得很，便对二胡有了兴趣。一把二胡要十多块钱，而且要城里才有卖的；茂林没有当家，虽然有一些手段找钱，可都叫母亲一手锁管着。他要派这样的用场，纵然母亲不会反对，爹那里则是断然不行的。于是，他在河溪乡场上买了两根弦线，山林里锯了一个斑竹筒，到走马岗一家喂马的偷了一束马尾……自己做起二胡来。拖子、琴杆、调节、松香……一切都齐备了，只差一张蛇皮绷上去做成共鸣箱。一天早晨，他从山上砍柴回来，正坐在核桃树下歇憩，长庚的娃儿春牛慌张跑来，惊骇地告诉他：山根岩矸里又出了一个精怪，有一对绿森森的眼睛闪动着……茂林心中一怔，随即便跟了这个放牛娃儿来到岩矸。洞里寒气凛冽，茂林壮着胆往那一对绿森森的眼睛走近，透过幽微的光亮，他终于看清那是一条蟒蛇。他想起传说中蟒蛇喷毒焰、缠脖子，就禁不住有些畏惧；然而那蟒蛇皮做二胡的共鸣箱是再好不过了，他舍不得，决心要打。最后，他从家里筑了雷管炸药对着那一对阴森的绿光扔过去，将蟒蛇炸成几段，他才隐约地感到自己做下了一件该受责罚的事情……

一声巨响，整个山崖都跳了一下。“山神菩萨哟！你要垮岩不成！”

大老子带着一群人赶来了。等到弄清事情是由他的幺儿惹起的，且是消灭的一条蟒蛇，大老子铁青了脸孔。他看一眼众人，可众人也看着他，那目光里的意味他是清楚不过的。于是，他终于操起了一副族中头人的面孔："去祠堂那里……"他沙哑嗓子严厉地说道……

茂林至今还记得，那事情是他在列祖列宗的牌位前跪了一天，家中又杀了一只替罪羊祭供操蛇之神才总算了结。

从下往上望，他那灵巧的身子消失在灰红的岩石里了。不一阵，缕缕青烟从那"神仙洞"中飘了出来，在核桃树的枝叶间缭绕，片片黑色的纸灰飞出岩矸，在长方形的天空下面，晃晃地坠下……于是，人们忙着去祠堂那儿了……

时间长了，当一种既新鲜又悠长的琴声在峡谷响起，人们似乎忘记那共鸣箱上的蛇皮是怎么来的。茂林终于能够在核桃树下，拿着二胡公开地扯几下了。他不会换把，也不会按半音，可是却急急地学揉弦，以为那是既轻易又中听的。

太阳照彻了整个峡谷，灰红色的老岩兀立着，闪烁着阴沉而悲壮的光芒，咿咿呜呜的琴声在又厚又重的核桃树阴影下颤抖，是那样稚拙和低弱，在黑圈里回旋，很久很久，才冲到阳光的边沿，随即便被温暖的日照化解……

有一种哧哧的声音，浑浊的，不绝如缕的，闯进稚拙而低弱的弦音里，茂林回过头去，看见在檐下暗影里，爹坐在一个有靠背的秧草墩上，右手拿一根红红的香棍，左手端举着一根黄光光的水烟杆，眼帘下耷，望着明亮的烟火，正悠闲地咂吧，那哧哧的声音就是从那水筒里发出来的。喷吐了两口烟雾，他把那香棍倒过来，用竹签挑出斗里的烟烬，便从烟盒里抠出一撮烟末又按在烟斗上，又转过香火往上面戳几下，哧哧的声音又响起……那水烟杆原本是两半截，丢在床头搁板上无人问津，直到大前年，大老子去掉了"地主"的帽子，才又重新拿到街上找锡匠接焊……

见了这情形，不知怎么的，茂林顿然失去了拉胡琴的兴致。他莫名地感到一种压抑，可是又不知道怎样地来喷发。他悻悻地挂好拖子，敬而远之似的回到屋里去。他的娘坐在灶前，正寂寂地翻着把火钳，从灶孔里把一个个明灭的火炭往一个坛子里夹放。他微微地叹息一声，轻手轻脚地收拾起二胡，走出门来。他顺着接到水缸上的竹笕，往山根摸过去。竹笕的尽头是一股清冽的岩滴水。可是小伙子并不是来喝凉水的。他将耳朵贴在一块巨大的岩石上听一阵，便踅回家去，拿了一本连环画册，顺着谷底溪流，走过古老的石墙，出了峡谷，往后山森林里爬去……

太阳渐渐地往中天移动，所有的阴影愈来愈短，溪畔的谷子打着黄闪，沉甸甸地一摇也不摇；祠堂在一片收过的苞谷地里，显得很耀眼，几家木屋，淡淡的青烟从杉皮顶盖上寂然地透出；一处吊脚楼下，几只老母鸡松展着翅膀卧在磨架上，黑狗在旁边懒散地走着……四下里静悄悄的，仿佛都在阳光下慵倦地睡过去了，就是大老子那水烟杆哧哧的声音也消失了。

大老子眯缝着眼，从黯淡的檐下凝望这一片狭长的世界。他一动也不动，像屋后灰红色的老岩……

峡谷，从一堵石墙开头，又是一堵石墙结尾。就是这个世界，西接四川的芭蕉坝，东连贵州的河溪场，在肩挑背驮的蒙昧时代，这里是来往客商的必经途径。也许是因为这个缘故，早先的冯氏家族在溪畔那儿，一场山洪洗劫了他们的居室后，他们并没有放弃这个峡谷，而往高处搬迁到了山崖下。这里自然也难保平安，时不时地崖上松垮的岩石滚下来，引起一阵惊骇，家家烧香许愿，可在以后确也似乎能够安定一阵了。日子是艰难的，可已然成了一种习惯，于是整个家族终究在这上面移动，极其沉重地发展……

冯家沟里，见过大老子手中那几页泛黄毛边纸的人都明白，那族谱上面，只简略地记载着先人们的结合、繁衍和姓字，说明这一沟人烟可以上溯到同一祖根的。族谱的作用既是如此，那么，在冯家沟这一隅小小的天地，哪一家有了生儿产女的事情，是必先到大老子那儿报告年庚生月诸项内容的，相形之下，这似乎比去国家那方面上户口还要显得紧迫……事情到了认真而且执着的地步，是实在叫人难以扭转的。所以迄今为止，这种情形在小小峡谷三十来户人家，即如屋后那冷峻的老岩，真切而古久地存在了。

大老子本名叫冯长云，是这个家族的长房长子，年幼时候在河溪场上读过一阵私馆。民国三十二年，父亲被“老二”“拉肥猪”受了惊骇，早早地把族谱传到他手上，便离开了人世。他成了这个家族的核心人物以后，领着众人垒石墙筑寨门，把一个小小的峡谷收拾得严严实实。“老二”来的时候，鸣锣为号，老弱妇幼就躲避进岩矸，青壮男子就爬上寨墙，以石块当武器，坚守在那里。这“老二”都是一些地方上的人，有的因为相识，脸上还糊了厚厚一层锅烟墨。打家劫舍的事情他们干得出来，可要杀人拼命却又怯惧，于是见了这样的防范便悄悄退走了。等到清静下去，四川上来的盐巴客洋布商要过路，那么得递上几个“大脑壳”，或者几砖盐巴。缴纳过“帮费”，那寨门才为之敞开。于是这里便又成了一个“卡子”，大老子也自然成了“卡子”的坐地王。不过，那收“帮费”的事情也是要论情形。有名的曾布客，每次下四川只给年轻的坐地王捎带上一点礼物，也就很便宜地过去了。那水烟杆就是曾布客送的，所以大老子在年轻那会儿就和水烟有了不解之缘。又有那么一次，几个“老二”追逐一个褴褛衣衫的人，到了他“卡子”前，他却打开寨门放进了那人，把“老二”堵在了峡谷外。“他是共产党……”“老二”在门外吼叫着。“老子不管他啥‘党’，就是要把你们‘挡’在外头……”那个人就这样从峡谷的另一头逃走了……

共产党解放了天下，为穷人闹土改，在这个小峡谷里，年轻的坐地王成了当然的地主。可是他看清了势头，主动把全部地契抱了出来：“这一沟都是肥田肥土，大家拿去种吧！一笔写不出两个‘冯’字，过来过去不在外处……”积极分子长庚的爹，和地主是叔侄关系，也是地主的长工，他在会上发言说：“大侄子！而今革命呢！你想不通也要想得通……独吃不肥，众人吃才有味儿……”让人听来软绵绵的，工作队长止住了他。年轻的地主似乎很想得通，根本没有转移财产的举动。就这样，没有进行多么复杂的斗争，更无那种拉锯似的较量，地主的财产分尽了。只是在拆除地界，把土地划到一家一户的时候，有人看见他流泪了。有一样东西没有动他的，也没有人想到要去动，就是那族谱——几张发黄的毛边纸。这没有“变天账”之嫌，且又必须是要长房长子来保存的。再就是他的两个老婆，虽然长庚的爹暗地里向工作队长提出过，要分地主的小老婆给长庚做媳妇，可工作队长是个懂政策的人，解释说那是旧社会的产物，小老婆不是财产等等。后来，那小老婆居然替地主生下了茂森和茂林两个儿子。

事情过去不久,又有了一个起伏。那个被他从“老二”的紧追下救出的“共产党”,到峡谷里看他来了。于是,当地政府根据他先先后后的表现,在名誉上把他重定为“开明士绅”。这样,大致有十年的光景,他也在政治上有了一个大致的安稳。可是,到了一九六四年的“四清”运动,又不知怎么一来,公社那里又那么确定无疑地把他“改正”成了一个“漏网地主”。

这么多年来,他深居简出,显得很老实。一九六二年夏天,一场山水把寨门冲毁了,他在峡谷口愣怔了一个早晨,睹物伤感,追忆风光年华,那就是他不见得那么老实的一次。以后,逢到“四类分子”尽义务,他就早早地带了两个儿子背柴送到公社,送到大队,那柴块是青㭎柴,而且是干透的,劈得很细。治保主任心里对他挺满意,每次训话结束的时候,还说他是可以改造的,有光明前途。庄稼做得不好那几年,他带一个篼篼和一个粪刮,整天地在峡谷里转,把那些野粪拾了见土就倒,仿佛那土地还是他自家的一样。田边地角碰上一个人,他还偶尔地叹息说:“这样肥的土哟!咋不出庄稼……”他生活里没有大的曲折和波澜,寡言少语而不做任何讨人嫌逗人咒的事情。不知从什么时候起,众人在心里对他都有了一种莫名的怯惧。且由于他在家族中有着掌握族谱的特别位置,这种微妙的虚怯在人们心中发展成了一种小心在意的敬意。不觉之中,晚辈们流行地称叫起他“大老子”来了。甚至不少人传言,生产队长长庚的一些主意,也是找他拿的……

摘除“地主分子”的帽子以后,他显得精神了,极讲究地在高粱色的无檐帽上缠一根青丝帕;衣裾宽大,拖齐膝盖,显出十分的稳当和镇定;黄锃锃的水烟杆时常端举在手上,抽也罢,不抽也罢;听人说话的时候,总是不断地用那香棍的一头去耳朵那儿搔痒;身后跟一条黑狗……那气派是不减当年坐地王的。实行包产到户以后,队长长庚似乎是多余的了,人们有什么事情都乐于听他一句话。小事情,他只要在核桃树下一坐,听一听,劝一劝,也就会得出一个结果。大事情呢,他拿好那几张毛边纸,说“去祠堂那里……”到了祠堂,他把那族谱在祖宗的牌位前轻轻放下去,即坐在一旁裁决,那情势没有人敢不听从,俨然成了一个“土法官”。等到真正闲空下来,再没有什么牵挂的事情,他就这样坐在屋檐下,看着眼前一沟肥田肥土,一片好庄稼,脸上静静地笑着,极满意的样子。那情景仿佛是一个母亲望着有作为的儿子,心里有着无边的享受……可是,他的两个儿子,在他眼中却不是那么争气。

二

那一坡晒柴五月里砍下,过去一个六月,才成为爆蔫;再过去一个六月,才能最后干定。这时候,只需要带一把弯刀上岩去,剔尽枝椏,极轻松地扛起那干柴棒,到一个放柴的槽口,从那里滑下来……

但是没有等到那一会儿,河溪场上那些小伙子小媳妇的,就执着柴马,背着唢呐背篼,进山偷柴来了。干柴自然好,烧起来上灶起火,而且可以多装一些。湿柴呢,那就要看是生长在岩石上的,还是生长在泥土中的:岩柴,即便是青枝绿叶,砍来烧柴灶也会燃得火火爆爆,并很熬火;而长在泥土中的就不行了,当地人把它叫作"水浸子";一般来说,豆食杆、马桑和香椿之类是不受欢迎的,乡街上的灶能容两三块柴,它们不接火,一点也燃不亮灶膛;水青栩和胡栗子青㭎最受人喜欢,质地铁实,只是劈开来要很费些力气。除此而外,数好柴要算带"岩"字的:岩刷子、岩豆瓣、岩栗……这几种柴生得伸直,很中看;猪脚杆烧起来并不亚于青㭎柴,可是弯来拐去,一点不好装背篼;二月花和大叶泡太容易劈了,敲进一块楔子,就可以一破到底……他们做得很诡秘,一走进柴山就分散开来,而且规定不准用斧子,砍鹰嘴的弯刀也要将那柴棒提悬,怕响声应山,招来看山林的主人,那么柴刀背篼就要留下来才能走得脱路。

但是,山里的事情是瞒不过山娃子的。茂林那警醒的耳朵贴着崖下山石听听,岩上大致是怎样一个情形,他便知道了。这茂林上过初中,"文化大革命"闹翻学校,他才辍学还乡。他从街上买一些去痛片碾成粉,拌上一些干菜叶面干豆荚末,小包小包地分装起来,也学几句口诀咒语的,常串西寨走东村,给人治肚痛头昏,收一种叫"羊子"的疮。乡下人不轻易吃药,吃一回药即灵验得很,常常抠空了腰包,对他还要千恩万谢。他不常在家,可在家的日子心就是向着那柴山林的……

一天早晨,凭着对山林的感觉,他越过大槽口,从一条曲折的山道攀上岩,在长岭的柴山林里逮住了两个偷柴的娃儿。原来他们怕发出声音,不敢在大槽口那儿滑柴，便从另一条山路绕上了柴林，殊不知还是叫茂林发现了。这是年龄悬殊不大的弟兄俩，茂林隐约记起在河溪场赶集见过他们。茂林以前当过几天护林员，得罪了不少找柴的娃儿，有一天上街赶场被挑惹起，糊糊涂涂地挨整了一顿。从此他就记恨在心里，总想借街上人来找柴的机会进行报复。这一回，他是无论如何也不会放过这两弟兄了。

“弯刀留下来，柴马不准动，走你们的路！”茂林说。

两弟兄加起来不过三十岁光景，个头也不高，看着高出他们一大截的茂林，心中虚怯得很，可是叫他们两手空空地离去，却又并不情愿。正是他们在那儿磨磨蹭蹭的时候，茂林火了，一脚便把支在地上的柴马掀翻在地，那收拾在柴上的弯刀和汗褟也一并滚了出来。衣裳一散，从里面露出了两本彩色封面的连环画册。下力的娃儿都有一个特点，半道上寻一个有凉水有树荫的地方歇憩，总要借助一副扑克或一本“小人书”，消解劳累，安神定心。

茂林一下被这两本彩色封面的小册子迷住了。他当即拾在手中，囫囵地翻了翻，那一个线条的世界吸引了他。他拿着画册不肯还人了。他看了看两弟兄，目光已不像先前那样的严厉了，而是含着一种恳求：

“我看一回这两本书，柴……也送你们吧！”

弟兄俩相视一会儿，显然茂林的这个转变，大出他们的预料。事情已经到这一步，一毛不拔是不行的了。弟兄俩勉强地笑笑，点点头，便相帮着扶起柴马，骑担在肩上，双手把稳两根脚把，开始下山……

过两天，茂林和弟兄俩又在柴林里相遇了。当他还过画册，弟兄俩　扛着柴马一跳一跳地远去。那一霎间，茂林倏地感到了一种空落，就像看见一样心爱之物从眼前飘走那样，还掺杂了几丝绝望。他不顾一切地追了上去，一种几近于贪婪的欲望从心底泛了起来，驱动着他：

“站住！喂——”

弟兄俩骇然地停下来，弄不清这个年轻的山林主人怎么了。

他似乎对自己的失态有一些觉察，笑了笑，缓过气来，便认真地说：

“我们订个合同……”

弟兄俩遂又诧异地看着他。

“你们俩隔天来找一回柴，给我带两本画书来，我看了隔天就还你们，交换新的……”

弟兄俩笑了。金口玉言，三个人从此就认真地实行起来。这之中，茂林破约一回，托弟兄俩借了一本学拉胡琴的书，细嚼慢咽，好久还没有还回去。弟兄俩也不和他认真。渐渐地，茂林对那一颗去痛片治百病不感兴趣了，对那几句口诀即收“羊子”也感到无味了。他显然沉着多了，安定多了，能够长久地坐在核桃树下，看看书，拉拉琴，或者一双闪烁着青春光亮的眼睛望着谷底涓细的清流，梦一般地思索着什么……

二十五岁的人，正是应当好生地来想一些事情的时候。茂林总觉着有一团雾一般飘忽的东西，可是看不透，抓不着，若即若离地萦绕在眼前；然而他又不甘心，一定要弄个清明，操握在手；这就必然苦累了他，叫那年轻的脑子不得安宁……所以深透地来看，沉静之下，掩盖的是青春的骚动、心灵的迷乱和热血的呼啸……媳妇是上半年谈定的，是走马岗舅家的姑娘。这叫“姊妹开亲”。已经请人看过年月，过了属甲子的今年，随在一个日子都是大吉大利，那么还得要等上半年……

可是他的心思似乎不是在这儿。

走过那堵石墙的缺口，就算出了峡谷。山势在这里抹斜着往下，一直连接着远方隐隐的田畴；山风愉快地吹拂着，足够扫荡整个人生的愁烦。在黑黄色的大槽口旁边，有一个弧形的岩矸，洞口垒着一道石墙，留有一个门洞，那里显然在匪乱年辰居住过人家……

换书的日子到了，茂林又走上那曲折的山道，往长岭的柴山林去。浅蓝色的林子浮着轻柔的沙沙声，一步一步地把他送上高处，仿佛要直达那天空的蔚蓝似的。他晃晃悠悠，像几个指头在弦线上捕捉音阶般地颠荡着，年轻的心便在温和的节拍下蒙眬入睡。远看去，他又像一个音符，在一曲纯粹的轻音乐中跳动，找寻着自己的位置。不知不觉中，他哼出两个乐句来：“咪咪唻咪索咪，咪唻索咪索啦……”鼻音很重，也明显地不准确，可是真挚朴实……

一阵女人的嬉笑，带着浓重的挑逗的意味，在左近的林中响起。他惊诧地收住脚，转过头拨开一枝柴椏几张叶子，便看见一幅这样的情景：那找柴的弟兄俩，正在一块不宽的草地上，忘形地追逐着一个小媳妇。他们很快抓住了她，并野气地把她按在草地上，解脱着她的衣裳……

他完全没有弄清是怎么回事，也没有来得及细想，便怒冲冲地扑了过去：

“你龟儿些，好大的胆子哟！”他咆哮着，“在老子的柴山林搞这种事！”

弟兄俩抬起头看见他，一怔，随即丢下小媳妇，拖起柴马弯刀钻进林子逃跑了。这两个找柴娃儿一定被茂林那副暴怒的样子吓坏了。茂林追了一程，没追上，便闷闷地转了回来。

小媳妇还坐在那儿，半开着衣襟，低着乱蓬蓬的头，嘤嘤地哭泣。

“人家要强奸你，你还要笑，这阵救了你，你又哭了……”

茂林没有好心绪地说。按地方上的风俗，碰上这类事情，要背三年的“烂蓑衣”，那意思倒霉日子会接连着来了。

小媳妇抬起了头，但双手捂着脸，却嗡嗡地哭得更加放肆。从那指缝间伴着泪水，又断续地流出几句话来：

“关你……哪样事哟，你要……把人家整个跛脚瞎眼的……这都怪我哦……”

茂林被这哭声搅得心里乱糟糟的，而听了小媳妇的话却又感到诧异，他便拿话冲撞小媳妇道：

“哪个人死了，你哭得这样伤心……给你把人追跑了，你反倒不好报……”

小媳妇的哭声渐渐地低弱下去了。

茂林站在那里，陡地感觉到拘束起来，不知如何是好。这时候柴林里很寂静，就连那叶子温柔的喧响也消逝了。突然，他发现小媳妇捂在脸上的手指放开了一条缝，那晶亮湿润的眼睛正向他觑。茂林浑身发热，心里突突地跳。

小媳妇的手放下来了，一张鸭蛋形的脸摆在茂林跟前，秀气妩媚，并隐隐地透着一股纯真……茂林眼睛一亮，这不是落雨山许家那个如仙如玉一般迷过他的姑娘么？

两年前，在那昏暗的香盒前，两支小烛一炷香火，伴着一盏高脚灯碗，他从口袋里摸出王母娘娘的牌位入了供，便开始替跪在神位前的一个十八岁的姑娘收“羊子”。

他挥舞师刀，绕着姑娘身旁走了一转，就念念有词起来：

天六羊，地六羊，王母老娘弟子提刀杀六羊，……

往下该怎样念，他记不得了，而两片嘴唇依旧动着，从那里发出的只是不绝于耳的呻吟，恍若阵阵含混的呓语。从外面看去，他的神情是那么入圣超凡了，可是他的心却被姑娘的面庞勾摄去了。

她静静地跪在那儿，显得很虔诚。左边脸腮微微肿起，但依旧是那么端丽；幽红的烛光投照着她的面颊，有如罩了一张红纱巾，飘然如幻；她那明净的眼睛里映着灯的光辉，悄然地闪烁着一种渴念……

杀了六羊绝六羊，杀了六羊绝羊生，吾奉太上老君急急如令，羊子散，羊子散，……

他恍兮惚兮，再也禁不住自己，忘乎所以地新编一个动作：走近前去，伸出手抚摸着姑娘微红的面颊…… “是在这边……”旁边有人见他摸到右颊，还以为他是误会了，提醒说。他心中一怔，即刻便清醒过来，感觉了一种犯罪的怯惧。收了手，他就又诌着唱念替自己开脱：

两边都一样，从右向左不慌忙哦喂——

尾音摇曳着，拖得长长的。

他高一脚低一脚，不知怎样地出了许家的门槛。王母娘娘的牌位也忘记收拾，还是许家的人拿了追上来还他的。好久好久，他感觉手上还残留着一种少女的温馨……

“你姓许，落雨山的……”茂林失了魂魄似的自语着。

小媳妇也认出了他，勉强地做了一个笑脸，随后便木然地讷讷着："我早嫁到河溪街上了……"

茂林心中莫名地感到了一种苍凉。

这一会，小媳妇在他对面又极其悲伤地唏嘘起来……

小媳妇叫许闰桃。茂林的那些咒语没有把她的"羊子"收服。最后，她还是趁一个赶场的机会，去河溪场医院打针吃药才完了事情。从那以后，那街上的好处在她思想里并不是虚设空泛的，而能够针头麻线地细细数举出来了。她是那么渴望上街去生活……

终于一天来了一个热心的媒婆："街上王豆腐干的儿，你认得么？"闰桃脸上泛起桃花晕，微微地摇了摇头。于是媒婆带她去街上看人。路上，媒婆絮叨地对她说："王豆腐干是早死了的……他的手艺绝得很，连县城那里都有名……现在这手艺由他女人掌着，嫁过去的话，是要传你的……那小伙儿是一个独丁丁，不会和哪一个争，一间大房子，银行存的三千块，都是在他的名下……还下过乡锻炼呢，晓得酸甜苦辣，晓得疼媳妇……"

说得闰桃一张脸无处躲闪，心头痒痒的，泛起一片幸福的涟漪。

到了街上，媒婆把她带到一个院子门口，眼睛向她一睃，嘴巴噘起往里一歪。闰桃明白那意思，即探头一望，见一个青年人，穿一件漂白的背心，脚踏在一块马板上，正锯着一根木料。她心里发跳，缩回头来。媒婆又向她使眼色努嘴巴，并咳嗽着做过场。她又探头进去，便看见那青年人直起身子，做累的样子，打哈欠，伸懒腰……她看在眼里了，端正的相貌，颀长的身材，连那洁白的牙齿也没有漏下。她感到说不出的欢悦，一眼便定了终身。她尽管克忍着，可言语之间，还是向媒人泄露了巴不得早一天嫁上街来的心思……

过了洞房之夜，她才发觉他是个瘸子。这时候，她才想起媒婆领她看人那会儿，他为什么正好脚踏在马板上拉锯，原来他们早先有约定，就这样轻易地蒙混了她。已经晚了，她是他的人了，身不由己，反抗是不如认命的。好在媒婆在别的方面并没有欺骗她。这么一来，她便安定自如了，仿佛这之间并没有发生意外似的。其实，即如先前，她亦不过只是想望来街上过日子罢了，并没有真正在人的本身上面精心过。那一场"看人"的把戏，实在也是一种形式和过场而已。那么,当初她若就知道真实的情景呢?其未必又一定会是取拒绝的态度……

失误能够有解释,磨难可以找到支撑,那么就能漠然处之,化丘壑为平地,变恶浪成静水。渐渐地,她一手拉着磨手儿,一手往磨眼里添泡胀的豆子。终于到这一天,她轻松地哼起了一支山歌——

一颗豆子圆又圆,推锅豆腐卖成钱。人人说我小生意,小小生意赚大钱。

她对自己的命运有了一种自豪感,对把握眼前的生活产生了自信心。

后来,她终于又觉察到自己在这个家庭中的地位,不是屈从和被动的,便开始有了一些枕头话,和男人进行温暖的交谈,想打听一些事情,操握一些事情……当了解到男人的腿是当知青时候崖上垮下石头给砸的,她伏在男人的胸膛上哭了,且竭尽了一个女子所有的柔情来安抚来慰藉……

生活里有这么多意外,将欢乐和痛苦、爱和恨……几对孪生姊妹带给了小媳妇。和所有的乡场一样,河溪街上大多数的居民,都是农民。自从公路通到这里以后,那些非农业人家有人缘的,就找汽车从遥远的地方捎带煤炭来烧。小媳妇婆家是吃定量的,没有人缘有钱,但是抠得紧,不敢放手拿出钱买一车半车煤来烧,却依旧在街上一块五一百斤买零柴烧。农民还相信"各人的钱不拿给人家找",当然地是自己去山中找柴烧。而且他们觉得烧柴有很多优点:催锅,随时燃和熄,可以闭糊炭过冬……

闰桃嫁上街一年多了,夫妻和睦,婆媳关系融洽,生活过得很愉快。

可是一天早晨,婆婆忽然阴沉着脸,生了嫌弃,要她去山里找柴来烧。闰桃怔住了,不明白自己在什么地方冲撞了婆婆。她看了看男人,男人像有什么苦衷似的,瘸着腿避到柜台那边去了。这家中的生意,收进付出的掌握虽是由婆婆,可是好是坏,闰桃心中是有底的,根本不至于要当媳妇的去找柴来烧……婆婆开始在那里絮叨了:

"这日子难过哟!点点末末都要过钱,不勒紧点不行啰!你吃的是黑市粮……"

闰桃听不下去，更不愿叫人看得不值价，便执了一个唢呐背篼，提一根带钻钉的背杵，和街上找柴的人一路进山了。乡下的姑娘，只要是下力活路，什么不能干呢？她并不觉得这是一种磨折，到了柴山林，风一吹，苦恼便消散了。只要婆婆高兴，男人满意，她是什么都可以做的……

找柴回来，身上有了浓烈的汗臭。她想擦洗一下身子，可是缸里没水。她又担了水桶去水井，肩膀多久不用，让背系勒得红肿，一挑水压上去，钻心地疼。她忍着，想起干净以后的清爽来，便什么都忘记了。缸满了，她烧热一锅水，婆婆却来舀去发豆子，并叫她去磨坊帮助拉磨。好不容易推完豆子，婆婆又叫她去火箱炕笼上翻豆腐干……月亮升起高高的，连街上的狗都睡了，她才打着哈欠，带着一身腻汗，倒在男人旁边。蒙眬中，她感到一种原始的压迫，但很快又睡死过去……

渐渐地，在拉磨磨豆子的时候，她凄清地哼起了一支歌儿——

推磨嘎押磨嘎，推粑粑，熬些菜，公一碗，婆一碗，幺儿媳妇没得吃，磨子旮旯还有碗，猫打倒，狗舔碗，……

生活一下在她眼前变得黯淡了。这一切是为了什么呢？乡街依旧，那毗连的屋瓦依旧，日子却在沉寂之中不停地往前推……

好久好久，小媳妇才明白，原来他们嫌她是一块下了种没有收获的土。是的，她已经嫁过来快两年了，可至今肚子那里还一粒芝麻的事也没有。既然是这样，那么她是实在感到委屈了。一个女人，起码的生儿育女的本事都没有，那是多么伤心的事情。而她许闰桃，却绝不是这种人。她坚定地相信着自己。这一来，那么差错是出在男人的身上了……

然而她不敢怪怨谁，担心这个小小家庭会因此而溃散，直至无可弥补的地步。她只把泪水往肚子里吞。但是事情总得要一个结局呀，这一家人就这一个儿子，是必须有一个后人来续香火的。不知不觉中，她在找柴的汉子中显得轻佻了。她想让一个外人上她的身，为她播下一颗能结果的种子。事情虽然是欺骗，可婆婆欢喜，男人乐意，且无后顾之忧，眼前日后的日子都会好过的……

那些汉子是什么样的玩笑都可以开出来的;可要白天光光的搂人家女人,却又显得十分害怕。只有懵头懵脑的弟兄俩,轻轻易易便伸脚动手起来,且在这柴山林里就要像小媳妇想念的那样了……

谁知又碰上了茂林呢!

见她这样伤心地哭,茂林终于不能弄清是怎么回事,但是在他的心底,却产生了对小媳妇的怜爱之情。他向她走近了两步,想说两句抚慰的话,可愣怔了半天,却不知该怎样开口。小媳妇停止了抽泣,泪汪汪地盯着他,目光里闪动着一种无可名状的期冀,直看得他心发急。突然,他紧走两步,绕过她的身旁;他感觉到她那浅花衣裳下面的身体在颤抖。他没有想想那是幸福还是恐惧,便从那唢呐背篼里拿出了鹰嘴弯刀,闷声不响地往那一片晒柴走去。

这是他去年五月栽秧上坎砍倒的,虽没有干透,却也成了大爆蔫。他拣了一根岩刷子,举起大弯刀,动作很小然而却有力,一阵麻利的唰唰声,剔尽了枝枝叶叶,他便扛在肩上,往槽口那儿走去。小媳妇理解他那意思,仿佛分中当该似的,背着唢呐背篼提着钻钉背杵,悄然地跟在他后边。到了山岩边上,年轻人将身子一倾,又粗又长的柴棒便不可阻挡地哗哗啦啦顺着槽口滑到了山脚。接着,小媳妇在前,他在后,相跟着顺了曲折的小径下山。

这时候,天空澄洁如水洗一般,太阳明亮的光辉照着山川,林中鸟清脆地鸣着,翠绿的树丛缀着点点红红黄黄,小风过处即呈现一片柔和的晃荡……茂林的心也在这融融的阳光中晃荡。

一根野猫刺从路旁斜伸过来,多情地抓住了小媳妇乌黑的发髻。小媳妇不得不停下来。她抬手去取刺,可是看不见头上的情形,便回眸向茂林一笑,温婉地说:

“你帮人家一把呀!”

茂林走上来,心上扑跳着,几个粗糙的指头在那柔软润滑的黑发上缠绵。打发走了痴情的野猫刺,小媳妇又闪眼一笑,钟情的样子,便又抬脚往山下走。茂林感到太阳穴那儿一鼓一鼓的,红血在跳跃。他已经心神出窍,想和小媳妇发生一点事情,不显山不露水的,但他又根本不知道该怎样地进行……

这种恍恍惚惚的冲动，一直伴随着他下到山脚。在那儿，他给她把柴棒裁断为几截，又借助楔子，替她把柴劈成小块，银灿灿的，匀净整齐，小媳妇抿嘴看着发呆了。用弯刀劈柴是很费力的，年轻人额角那儿沁满了汗珠。小媳妇从衣袋里掏出一张手巾递过去。就在伸手接过手绢的瞬间，他差不多受了一种本能的驱使，几个指头在她那掌心里停留下来。可是他立刻又像触电似的，一下缩了回去……

小媳妇脸上的红潮倏地消逝了，再也忍受不下去，凄清哀怨地说：

"你这个大哥，你真心怜悯我，就……让我怀一个娃吧……"

她的眼睛湿润了，期待地望着茂林。

年轻人一怔，便愣磕磕地拉起她来，向那个弧形的岩洞疯癫似的跑去……

三

太阳出来啰儿，喜洋洋嘞，郎啰，挑起扁担郎郎扯，哐扯，上山岗嘞，啰啰。手里拿把啰儿，开山斧嘞，郎啰，不怕虎豹郎郎扯，哐扯，和豺狼嘞，啰啰。……

太阳还没有出来，老岩黑魆魆地矗立在上面，峡谷里显得阴暗，可是年轻人的心却是晴朗的，禁不住要这样地歌唱。

最初，不过是一种本能的冲动，他和小媳妇之间发生了那件事情。这叫他很感到不安，特别是坐在核桃树下一个人拉着二胡，那一会，峡谷里是岑寂的，琴声是凄清的，他的心便孤零零地在悔痛之中浮泛，觉得对不住走马岗那个黄花老表……可是过了一些日子，他去山上弄柴的时候，却不知怎么一来，又禁不住在大槽口那儿蓄下几根干尽的水青㭎；并用一把斧头整齐地裁断，匀净地劈解，做得那样细致那样认真，像是在进行一件艺术品的制作。弄到一切都满意了，他便抱起这些灿亮的柴块，运到那个弧状的岩洞里去堆码好。岩洞里既干燥又隐蔽，就是藏一颗心在那里也是稳妥的。不知不觉之中，他开始盼望着她了……爱情悄悄地来到了他心间，幸福的光辉把他照亮了。

小媳妇的情形却有些不妙。她的愿望原本就是简单的，只要怀上一个小人，能够取悦婆婆，且继承那一家的事业，这样似乎就行了。那件事情以后，她的心里便充满了希望，脸上就红扑扑地显出了快乐，甚至在婆婆和男人跟前，也并不注意遮掩。结果婆婆和男人就更嫌弃她。一片空土，有什么可得意的呢？以为她不仅仅是缺了生育，且还是一种下贱作孽了。婆家对她没有怜悯，生活是冷冰冰的，她在阵阵战栗之后，便自然地想起了峡谷里的年轻人。这时候，她觉得自己这一辈子是做错了一桩事情。终于到这一天，她有意避开那些找柴的伙伴，单单地来到大槽口，走上那条曲折山道，眼睛越过那堵古旧的石墙，望着峡谷溪畔几缕青烟淡雾，长声吆吆地唱，要招引来那个好心的年轻人——

这山没得那山高，
那山顶上好葡萄。
一心想颗葡萄吃，
人又矮来树又高。
……

峡谷依然是那么阴沉着，那对列的老岩光秃而冷漠，年轻人的影子没有映在溪上跳石旁清水中，暗淡的石墙的缺口显得又空又静……她似乎绝望了，鹰嘴的弯刀砍在山道旁一棵粗大的华杉松上，晶亮的松油渗浸出来了，像从心上流出来的泪水。

可是，当下一回找柴走上这曲折山道，她的希望又会重新生起，对着寂静的峡谷，她又会顽强地唱下去——

这山没得那山高，
那山顶上好海椒。
一心想个海椒吃，
辣乎辣乎啷开交。
……

唱得心伤了，她便摘一张木叶在嘴上轻悄地吹，这还是做小姑娘那会儿跟放牛娃儿学的，声音恍如秋蝉鸣叫，人听不见，可心听得见，这就能够慰藉一颗失望的心了。山中仍然寂寥，只有风叹息似的吹动。她终于又将那鹰嘴的弯刀砍在了那棵华杉松上，树身轻轻地摇晃一下，从心底又流出了凄凉的泪。一次次的失望，使得她的希望更加强烈了。她终于无所顾忌，唱得更急切更直露——

胭脂梗儿节节多，
对门幺妹爱哥哥。
只要哥哥人品好，
不图哥哥银钱多。
……

她心里想，要是他还不来，她就要越过那堵古老的石墙，去峡谷里找他。可是她的歌声没有落音，她便看见峡谷口溪中水光一闪，那个年轻人走来了，真真切切地走来了——

远看情妹在上坡，
大喊三声等情哥。
有心等来坐下等，
要等情哥慢上坡。
……

这是美妙的呼应和幸福的和声，她就坐在道旁一蔸草上，等待着他。

“我以为你……忘了。”女的低低地说。

“我忘不了呀！”男的望一眼天空，乍苦还甜地说，“你去岩洞里看我为你劈的柴……”

女的脸一红，匆匆地瞥他一眼，抠着华杉松上的口子，楚楚地说：“你看这树流了多少泪……你以后不要我了，就不如掐死我，摔在哪个消坑里头，免得我受罪……”

“你受罪？”茂林有些惶惑。小媳妇最初不过就是想“怀一个娃”。

“我被他们街上的生活照花了眼，踩虚了脚，人家不把我当一个——爱人……来喜欢，拿气给我受……”

这时候，茂林就紧紧地抱住她，说：“我看过《梁山伯和祝英台》的书，生不在一起，死后会在一堆……”

于是，两个人都得到了某种安慰，手拉着手往岩洞里去……

这之后，他便从岩洞里抱出灿亮匀净的青㭎柴，钻钉的背杵倒过来，牛角样的木叉啃在土中，撑好那唢呐背篼，小媳妇随意搭一只手扶着，他便替她装柴。先是挑两块较长而匀称的做梢子，呈八字形插进背篼的前面；而后拣一块短柴做成尾子，与梢子鼎足地插在背篼的后面；接着便横着往唢呐口上放柴了；漂亮的搁在前头，背起从街上经过的时候让人称羡；差一点的放在后头，不，顶好是中间，在那些好柴块的遮盖下；为了背上身“起肩”，梢子上要多放一些，尾子那儿应尽量地少放，整个堆叠有如一个立放着的直角三角形……最后，他用力替她把一码柴端举起来，让她背上身。她背着走两步，抛两下，会觉得哪一头重哪一头轻。那么他再根据她的意思做一些调整，保持平衡……完了，她却把背杵往屁股底下一塞，沉重的一码柴就压在牛角弯木上，锥体形的钻钉就扎进了泥地里，稳稳地歇下来了。她望着他，目光里含着感激和依恋。他也在那儿不走，像要说什么的样子，却照例地什么也不说。而归终是有一别的，她背着一码柴在小路上摇曳着下坡了。他目送一阵，才带着一种轻淡的忧愁离开大槽口，走过石墙缺口的水跳磴回峡谷……

“喔嗬——喔嗬——”

这声音既悠长又单调，饱含着一种灵魂的颤抖。茂林在坡上当小放牛那会儿，对着深山旷野，也常常这样呐喊，听那雄壮的声浪，紧贴着大山的褶皱，远远地推到天际，从这之中感觉一种力量，得到一种快意。可是现在他听见这声音，特别是在这峡谷里听见这声音，却感到一种迷乱，一种深深的忧虑……这声音乍熟还生，久久地传响。终于细弱下去了，还余丝丝缕缕在苍老的岩缝里挣扎……顺着摇曳的声浪，他看见在谷底小溪的湾流里，有个人坐在一块露水石上。走近去，他才看清是哥哥茂森。

茂森和茂林相比，要更有心计和胆子，但有些时候却有一种无以言状的阴沉。他比茂林要矮一些也要瘦一些。经过一回“鬼剃头”之后，头发稀稀疏疏，过早地显出了老气。后来他戴了一顶草绿色军帽遮掩，并在那里面放进一根篾丝圈，于是帽檐就成了有棱角的，很出了几分英气。前几年，那个王知青因为一句话说错，成为这冯家沟人人愤恨的对象。他却要去亲近他，栽秧的时候和他并排，帮他栽一路翼头，把他从众人恶意布下的秧圈里救出来。王知青在岩脚淋粪，被一块垮下来的山石砸断了腿。有人说那是得了报应。他却对他充满了同情。王知青办了病退手续回到河溪场家中，也是他茂森一人替他背铺盖箱笼，以后还替他做一根三角杖……因为这些，王知青恨冯家沟的人，可是对他茂森却格外相待。赶场上街，茂森在王知青那里进出如家中，且要吃了一顿饭才打转身。也似乎是因为这样，长庚婶娘在四乡里给他说的几个姑娘，他最终都回绝了，气得他爹大老子胡子颤颤。他是在恋爱着哪一个姑娘么？不是，他只隐约地感到自己的媳妇是在街上，而他自己的家也不会是安定在这个峡谷里……王知青那方面给他的影响实在是太大，以致他常常不能认清自己而选择目标。最近，王知青又约他，要他在乡下找那种废牛，贱买，弄上街，加工成牛肉干，运到上海广州，八九块钱一斤卖。只要加工漂亮，这当然是能够赚很多钱的。而这一点，王知青家有着传统的豆腐干加工方法可以借鉴，是不会有多大问题的。既然称之为“合股”，那么他也要拿出一笔钱来。然而这笔钱去哪里弄呢？

他和冯家沟的人是太不相像了，可他毕竟又是冯家人。因为他和王知青瓜葛甚密，三天两头在外闲荡，族中的人都不拿正经眼光看待他，自然谈不上和他会有什么往来。更何况“人亲财不亲”，他又和人们是那么疏远。名声传远了，公社信用社那儿也知道他是一个靠不住的“二晃晃”，便也不愿贷款给他。

从街上回来，上完一重山坡，他感到发热，便来这溪边洗几把冷水脸。凉快了，他又觉得没有必要立马回去，就坐在那块露水石上，望着那灰红光秃的老岩发愣。渐渐地，他感到一种莫名的压抑，心口那儿堵得发慌，便对着山崖喊起来。一阵回肠荡气的呼叫，他觉得好受了一些。这时候，茂林碰上了他。

“是你回来了……”茂林平淡地说着，在哥的身旁坐了下去。“嗯。”茂森用鼻子应着，没有回过头来看一眼茂林，目光仍旧停留在前面灰红光秃的岩石上。一只娇小的鸟，头顶着一束彩色的羽毛，从山崖的阴影中飞出来，在溪面上点一下水，便向峡谷外飞去，消失在石墙那面……

“这老岩……危险得很……”茂森说着，自言自语似的。

茂林看一看他，便站起身来，伸一只脚在溪水中涮得哗哗响，一边低着头，意味颇深地说：

“长庚叔家的谷子都割了，我们还没有开镰……我劝你，有些人的话听不得……”

“你咋不先割着……”茂森说。

“这田土还有你的名字呢！”茂林有些生气了，“这岩要垮，你躲远点吧！”

他说着，就兀自离开小溪，上路走了。

他才不听茂森的话呢。从当放牛娃儿到现在，二十多年了，这山崖就一直是这样子。茂森要那样说，是他听了王知青的话。他这话也只能和茂林说，要在爹跟前说，是免不了受责骂的。可是茂林根本不会听进。王知青在这里下乡的时候，看了他们爬核桃树上神仙洞祭“祖石”的情景，后来和茂林开玩笑说：“你们都是毛狗菖屙的。”其实这句话茂林听了并不觉是辱没了祖宗，倒认为是踏损了自己，结果两个人打了一架。众人都站在茂林一边，一定要王知青认罪。王知青见阵势不对，只好承认倒霉。事后，王知青去公社那里告“地主子女翻天”，公社来人一调查，家族里的人都替茂林说话，结果王知青反倒惹了一身骚臭：“虚心一点，认真接受再教育……”王知青被砸瘸腿后，茂林心里虽有些同情，可也和大家一样认为这是报应，不然怎么单砸了他一人……另一方面，自从和小媳妇有了那件事情以后，只要谁提到瘸子，他心里就不自在得很，就像人家是对准他来的，要回避到一旁了。何况茂森和王知青的关系绞缠得那样紧，这就使两弟兄难免有些隔膜了……

茂森掉头看着茂林的背影，心中有一种难言的滋味……

秋天的阳光滑亮、柔和，从峡谷上一块长方形的天空照下来。苞谷收过了，剩下一片一片的秸秆没来得及收拾，干焦的叶子在黑色的土里轻盈地摇着。放牛娃儿把牛赶进空土，儿面把守好，那棕黄和灰黑的影子就在枯叶后面闪动，寻找那又长又老的铁线草和狗尾草。收了谷的田里，短短的谷桩上还带着鲜亮，弥散着清香，有些田埂那儿开了缺口，农民们排干水准备种小春了……

大老子家三爷子在田里收谷。挞斗是棱台形的，四角上各有一个耳子，热闹的时候可以四个劳力同时用。只有茂森和茂林，大老子就叫两个儿子用一张晒席围了一面，以防挞谷那一会儿把谷粒扬出来了。秆子是长庚叔帮忙割倒的，这会儿只剩下挞。大老子上年纪了，两个儿子叫他歇在家，他却一定要来。他在挞斗后面拾稻穗，眼睛不好，行动也缓慢，连续在一个“把子”旁边拾了三几吊穗，他就要说：

“这都是庄稼么？大抛小撒的……”口吻中那谷穗仿佛是弟兄俩故意扔下似的。茂森喊一声“起”，和茂林抓紧两个耳子，把挞斗拖着滑动了一截，就低低地顶一句爹：“胡子上的饭抹来吃不饱。”大老子听见了，就抬起头正眼看着他，那神情显得很诧异，终于极严厉地说：“你……等着，有好日子……”有什么好日子呢？他没有说。而正是这样，才叫人有些不安。茂林在一旁没有言语，拖着挞斗又在翼头上滑出一截，他抱起一个“把子”，在手中掂掂，才开口道：“要再多薅一遍，肯定还要饱米得多。”他说给茂森听，因为正是薅秧时节，茂森却在河溪场上和王知青绞缠，活路给他一个人扔下了。茂森看他一眼，却终于忍不住说：“这点田土，就是一个人做了，也要收早活路，你咋就死盯着我。说句不该说的话，就是做像一枝花，多打三几百斤谷，挑上街去又值几个钱！”茂林噎住了，往大老子那边看看，顾虑什么似的，没再和茂森争执下去。“这田多肥哟！”大老子不知受到什么触发，赞美起他的土地来。接着他向挞斗走近，将一把谷穗拍在斗沿上。直到手捏一把短短的谷草，他还抖了抖才扔到谷草堆里。捧一把亮晶晶的谷子从指缝里漏下去，他像是进入了一种享受，又像是进行一种估量，喜眯着眼睛对茂林说：

“开年给你娶媳妇，办酒席，饭里不掺苞谷面了……”

茂林听着，心中感到憋闷，便走向一旁拴谷草。他使的是“神仙套”，简直看不清一只手怎样地一绾，一抱散谷草就紧凑平稳地立在田里，像一顶有头须的尖尖帽。不一阵，在挞斗后面两道光滑的“拖印”旁边，一长排黄晶亮色的草个子阅兵似的摆开了……

长庚叔是幺房小子，不过五十来岁的人，而冯家沟叫他“幺公”“幺叔”的人却不少。但是他从不抖那份长辈的架势，有些时候还要和年轻人开开玩笑。就因为他在家族中的位置和他的性格，人们能够相信他亲近他。有人私下揣度：大老子要是没掌握那族谱，其威望是不会及长庚叔的。但他其实是个老实人。

“文化大革命”中期，不知怎么一来，都要求生产队正队长必须是共产党员。长庚叔在公社革委主任代填的表格上按一个手印，即也加入了组织。大约是过去了一月的时间，长庚叔到公社来了，找着革委主任要领一份工资，引得干部们捧腹大笑。“你们是党员，为啥就兴领钱，我……为啥不兴……”他心里很不服，以为谁克扣了他的。当然，那里是没有人愿意替他解释也难以向他解释的。干部们只是玩笑，就这样把他给“笑”走了。

就这样一个人，他的工作居然能够搞好。有人以为是他有参谋，便把他连到了大老子那里。其实，他完全是靠自己带头。别人挑粪两回，他要挑三回，这在活路方面，就叫人不由得不听他调派。至于大老子给他参谋的事情，也还是有过的。那年，上面号召破四旧，冯家沟的祠堂要拆掉。他不愿干，而又不敢违背，这才去找他那个长房上的大哥。他是黑夜里去的，那一阵他已经学得一些狡猾。就那样，大老子给他出了一个点子，祠堂暂时作为队里的保管室……认真想起来，他这也是不得已才去找地主的，因为祠堂关系到家族中的事情。

包产到户以后，生产队里没有什么事情可管可做了，可他在这一阵却犯起错误来，要不是念他搞集体化立过功劳，解放以来一直是上面在冯家沟可信任的中坚，那么他连党籍也会保不住的。

那一年的秋天刚刚过去，长庚叔卖了一盒棺木给落雨山的人家。棺木是在牛圈顶上放着的，买主看了看棺木，即交过钱回去了。一天，长庚叔领着一家大小去对门山坡上铲火灰，预备在刚刚收获的田土里再垫上一层黑肥，种好一季小春。这种积肥方法，实际上是把秋天里枯萎的杂草和灌木，连着薄薄的土皮一起燃烧。居在山乡的人，一挂镰刀，就执一把“二板锄”，铲刮得地上露出坚硬的石头才肯停住。接着，缕缕黑烟即满天里飘……就是在这个时候，落雨山抬棺木的人来了。买主并不是一个细致周到的人，见没有人在家，便自己动手从牛圈顶上弄下棺木来。等到长庚叔从山坡上回来，棺木已经抬走了。事出巧遇，当晚，圈里那条怀崽的母牛却流产了。经牛医多方面的抢救，大牛保住了，可损失了一只牛崽，花了三十多块医药钱。长庚叔去落雨山找到买主，说是圈顶上搬动棺木惊动了胎神。这一带有这种说法，买主心里暗自埋怨自己的莽撞，嘴上却很刚硬。官司打到了公社，书记坐在办公桌的后面，一字一板地诘难长庚叔道：“胎神？什么胎神？这就是你一个共产党员相信的么？……”外面看长庚叔老实，原来使了性也是够倔的。公社书记那里碰了鼻子，他又跑到区上。而区长还不等听完他的申诉，即拍案而起，声厉色严地呵斥：“简直是胡闹！你是个哪样人啦？混同于一个普通老百姓……”他讨了气怄，回到家中一整天没有吃饭。晚上，月亮升起来，他凄凄凉凉地又去核桃树脚找大老子拿主意。大老子嘴里衔着水烟杆，盘在火台上一个红红的树脑壳前面，冷静地听完长庚叔一切述说，他才悠悠地说道：“人家书记区长那些人是姓‘马’的，你那一套东西是姓‘神’，当然要吃亏。这事情么，也怪得很哟！一年到头都有人在家，为啥唯独那天，人家来抬棺木，你一家人都拖起上山了呢？你说巧不巧——我看也是活该你倒霉了。”经大老子这一说，长庚叔心中像点了一根烛，气顺神安，所有的疙瘩都解开了。等到大老子说过“蚀财免灾”一类的话，他简直有些幸灾乐祸了，回到家吃下两土钵子饭，便沉沉地睡到大天亮……

现在，茂林不知是怎么的，想把心里的事情和长庚叔说说。是想通过长庚叔去爹那里说话么？还是长庚叔是党员，是队长，大小是一个干部，能够处理事情？……

长庚叔嘴里衔一根烟杆，那烟杆是用竹根子做成的，在密列的竹节上包着一层铜皮。他正专心地绞着手中的青烟叶子，这是昨天才从地里割下来的。两根结牢固的草绳，拴挂在柱头一根钉上，每往前交叉一次，他即往上套三两张青烟叶子。然后又呈连环般地向前绞缠……他做得认真而且执着。长庚婶娘坐在那根高门槛上，手中端一个茶盘，脚下摊一个簸箕，正选择着豆子，两只手臂一高一低，斜斜地抛一个圆圈，嘴里念叨着：

好豆儿，圆豆儿，

顺着梭坡滚下去；

烂豆儿，扁豆儿，

滚不动，留下来；

……

簸箕里珠玉似的豆粒，已堆叠如两个小山包。可是长庚婶娘像没有察觉，仍然不停地从一只箩筐里撮起未经选择的豆子，依然不停地摇动着两臂……长庚婶娘本是个不错的女子，只因长了一双大脚，生了一双粗手，从嫁过来那会儿起，家族里上供祭祀一类的事情，是从不让她沾边的。可是，在当今靠劳动过日子的社会里，她和那些过早地丧失了劳动能力的小脚女人比起来，却是个里里外外都拿得起的好当家。就凭这一点，峡谷里的人就得敬她几分。

儿子顺福不在家。两个老人没有发现茂林来了。"我来帮你一手哟……"年轻人在长庚叔跟前蹲下去，从一堆青烟叶子中齐整了几张，递给站着的长庚叔。长庚叔看他一眼，静静地笑了笑："你娃儿有孝道。"茂林只是低着头齐那青烟叶子。"你哥茂森……"长庚叔嘴上还咬着那竹根子烟杆，却不停地往下噜苏着，"他回家了么……啊，看他会碰三尖石的……总有一天……到那一阵，晓得天亮了，殊不知尿都屙在铺上了……"一索青烟叶子绞缠完毕，长庚叔即从尾至头地裹起来，成为紧紧凑凑的一捆，便移到院坝阳光下，牵散晒在两根树干之间。然后又搓两根草绳，将那一堆青烟叶子继续绞缠下去…… "幺叔！我不想娶媳妇了。"茂林终于闷不住，冲口说了出来。长庚叔取下口中烟杆，乍惊还怪地看年轻人一眼，随后仿佛看透事情的底蕴似的，嘿嘿地笑笑，重又叼起竹根子烟杆，囫囵地说：

"你娃儿是说梦话，我不和你说……不娶媳妇？怕是嫌少了……当初，你爹两个媳妇，我爹闹土改，想把你妈分给我，都没有得行。幸好没有分，分了，你娘一双小脚，到现在，还不定能担得起这一摊子呢！你看你婶娘……”

年轻人原是郑郑重重的，经不起这玩笑，脸颊那儿都有些发红了。

又默默地绞缠了一阵青烟叶子，茂林再也没有兴味，也放弃了这最后的希望，站起身来离开了那里。他的身后依然平稳地响着长庚叔吸烟的嗞吧声和长庚婶娘选豆子的沙啦声……只是院坝上多了一索子青烟叶，簸箕里盛满了好豆子。

终于心慌意乱地到了吃晚饭的时候，茂林第一回主动走近令他惧怕的大老子，仿佛喘不过气似的说：

“爹！我——不娶走马岗……老表妹了。我这辈子不结婚……我在这里替你跪死都行……”

“啊……”大老子手中端举着的水烟杆险些抖落下地，惊恐的程度不亚于茂林炸蛇冲撞山神那桩事情。他愣呆呆地坐在秧草墩上，一时间不知道该怎么办才好……

四

骟匠黄吹客没有进峡谷，就把那一支弯弯的羊角吹得透亮：“呜嘟——呜嘟——”声音跳过石墙，刚在峡谷里传响，很快就被阴沉的岩缝吞噬了。贴着山根的那一排木屋，每一家的阶沿上都站了一条狗，颈项那里的毛耸立起来，带着一种仇恨和恐惧，捕风捉影地吠叫。“哐！哐！哐……”这是那儿只凶悍的公狗的响声。“汪！汪！汪！……”这又是几只怀春的母狗的响声。“呜……呜……”低沉而断续的，则是顶叫人提神的缩头狗……

黄吹客终于在峡谷里人家门前出现了，真是名副其实的，这会还把他那腮帮鼓得圆圆，就像是向人炫耀一样。那些狗在他身前身后不远不近地缠着。骟匠毫无惧惮地走自己的路。他把这些狗看得很透：那吠叫不过是壮胆而已，心底里却怕那刀儿划上肚子去……那不是，又一户人家提着一只满双月的狗等在那儿了。黄吹客不响角了，即刻又变成了骟匠。他叫人替他端一小木盆水，便从那扁长的刀筒里拉出骟刀来；那骟刀像雕刀一样的纤巧，且在尾上多绕出一个钩，用作骟母狗母猪。他一只脚卡压在狗颈脖那里，有一个人为他抓稳狗的四条腿。他熟练地用手指比了一下，随即那骟刀有如玩笑般地在狗肚皮上轻轻一划，两颗带血的睾蛋便蹦了出来。他割断了所有的牵连，就将那小木盆中水消毒一般抹一把在那伤口，最后放掉那从此绝育的狗儿。那狗儿也终于停止了惨叫，畏缩地夹起尾巴，逃进主人家屋里去。骟匠胜利地微笑，揩干刀上的血迹，洗手……

"这回看你骚不骚！"

"你看，少了两个卵子，它好轻松！"

"……"

围观的人七嘴八舌地为骟匠的功绩凑趣。

可是这之中，就有另外一个声音插进来：

"河溪场上来了马戏队，比这精彩得多！"

公开藐视骟匠。而骟匠只是笑笑，并不感到一种威胁，便又响着哨角从峡谷的另一头出去了。

人们还没有散去，似乎都想议论一下或打听一下那重新提起来的马戏。

"……哪个有工夫去看！"一个老气的声音反驳说。

"可以把他们请来嘛！"有人沉思般地提出一个大胆的想法。

"不错，这倒不错。"有个尖厉的声音，带着一点自作聪明，"可是……招待不起。人家睡的弹簧，盖的尼龙，吃的顿顿鸡鸭面蛋……"

正是在这时候，一个细娃从哪里钻出来，伸手把那一对睾蛋从小木盆的浮漾中捞起，用预备下的一张南瓜叶子包了，便不顾羞耻地从男人们的胯下溜走，要去找那一家的"子母灰"（红火灰）焐来吃。往常，这要引起人们一阵哄笑，并要逗弄这个细娃好久好久，才会失去兴味。而现在，所有的人都沉浸在马戏里去了……

正是在那一家门口热热闹闹骟狗那一会，茂森约起茂林坐在核桃树下，说有事情要告诉他。茂林心里不愿受哪一个人的摆布，可看茂森那神情，很认真的样子，又禁不住想知道些什么，便拿了那把二胡抱在怀里，坐在那里等茂森开口。那架势漫不经心的，仿佛专等对方说完，他要急急地拉一曲……

“人家说，打虎要靠亲弟兄……可你——茂林，你总和我隔着心……”茂森说着，十个指头交叉扣合在胸前。茂林整个身子轻微地战栗了一下，把二胡搂得更紧了。“你听了么，茂林！我现在正是打虎呢！一个好汉要三个帮，你不帮我谁帮我呀！”茂森望着茂林，情急地说完，急切地等待着响应。“打虎……”茂林喃喃着，神情也黯淡下去了，“再凶的猫子，我不怕……”

那一天，茂林的话差不多气死了大老子，可他随即跪下去缓和了情势。他望爹拿烟杆打，用脚踹……但是老人拿出的是族谱——几张发黄的毛边纸，搁在香盒前，大老子喘着气问他：

“你姓不姓冯？”面对族谱，茂林想着那上面有先人们留下的字迹，仿佛回到了以前替人“收羊子”时的情景，顿然感到周围弥漫了层层阴气……

“你要姓冯，就是我的儿，由不得你！就要娶走马岗你老表妹……你要不姓冯，去祠堂那里对祖先对全冯家沟人说一声……”

茂林再也压抑不住，巴不得茂森说的是真话，那老岩崩塌下来，把这一切都毁灭……他倏地跳了起来，号啕着，整个木屋都在震荡，一转身跑了出去。他跑出峡谷，来到了和小媳妇相会的地方。曲折的山道上，华杉松树有小媳妇留下的刀口，凝结着透明的松脂，就像一双带泪的眼睛悲伤地望着他。他把那松脂掰在了手中，黏乎乎的，产生了一种奇怪的感觉：多么需要一个人来抚慰来怜爱。这时候，他才深切地感到，他是多么需要她。后来，他在他们合欢的那个岩洞里愣怔怔地坐到下半夜，才踏着落月归来……从那以后，他的心像是睡死了，一切惊险都看得极淡，无所谓希望也无所谓绝望，在那僻静的一隅混沌着……

突然，静静地坐着的茂森跳了起来，一只脚狠命地踏在茂林旁边的地上，宽大的解放鞋用力在地上蹭着。等到茂林从惊骇中转过头去，便看见一条黑黄晶亮的雷公虫，近尺长的身子，蠕动着那无数的须爪瘫在那里……这样大的雷公虫，茂林还从来没见过，他禁不住后怕地打了个冷战，心里暗暗有些感激茂森……阶沿坎上一只雄鸡扑了过来，略一犹疑就啄起这根雷公虫跑向一边去了。

“这像是从核桃树那儿爬下来的……”茂森说着，倒吸了一口凉气。

“也可能是从岩上神仙洞……那些岩缝里爬下来的……”茂林抬头望一眼灰红光秃的山崖，阴郁地说。

一只蝉不知在哪个地方“嘶呀——嘶呀——”地叫，那单调的声音久久地拖长来，让人想起日子的闷沉和漫长……

“你——不要和王知青裹了吧！”茂林终于对哥这样说，显得情意真诚。

“一沟的人恨，我也要跟着恨？我搞不来……”茂森说。

“你和他亲密，还是和我亲密？我和他打过架，手道拐不能往外……”茂林口吻很有些逼人。

“你和我是弟兄，他和我是朋友。我们两个可以打虎，他和我……我们都有用得着的时候，山不转水转，水不转路转，人和人总要相逢，不能做得那样绝。何况你和他并不是有哪样利害冲突，你又还不了解他……”

茂森这一说，激恼了年轻的茂林，于是他就忘乎所以，滔滔地把从小媳妇那里听来的种种王家的事情，控诉般地数了出来：

“他是个哪样人哪？你去问问他吧！他那媳妇是用啥手段搞来的，哪里一个花一样的姑娘会嫁他……你看他豆腐干生意旺火是不是？那是磨的那媳妇，两母子打伙收拾人，赚了一百两百，却像石狮子一样夹得紧。不买一车半车煤来烧，就叫那媳妇上山找柴……”

他突然打住了话，吃惊地看着茂森。茂森的头埋得低低的，像是极其痛苦地深想一桩事情…… “我说……了什么啦…”茂林嗫嚅着，意识到自己泄露了内心的隐秘，禁不住有些恓惶……

这一阵来，茂森上街去，乡场上往日里熟识的人，虽照例地和他招呼应对，可那目光中却明显地少了几分热情，增加了几分戒备。他走过去了，可感觉两边屋檐下还有无数双怪异的目光盯着他，有如芒刺般地扎在背上，令他难受。后来，就是他的好友王知青脸上，也莫名地升起了一种疑惧，谜语般的，仿佛有一种苦不堪言的东西深深地压在心底。终于在那一个阴晦的日子，他坐在酒店几个嚼着王家豆腐干的酒鬼旁边，第一回听人把茂林和小媳妇的名字诡秘地连在一起……

渐渐地，茂森抬起头来，脸阴阴的如下雨前的天空，眼睛上像布了一层雾，望着茂林说："果真像街上那些人说的，你们出了那事情了……"茂林虽然有些慌乱，但没有做任何辩解，只是沉默地望着茂森。"王知青的媳妇生娃儿了，你晓得么？"茂森问着，带一种深深的忧虑。茂林点点头，怅惘地嗫嚅道："那……是我的……"茂森轻微地战栗了一下。"唉！你咋去和一个婆娘来，一个青头子弟，误了自己平生，还毁了人家家庭哟！"他叹息和怪怨着，略一停顿，便又自言自语似的往下说道："现在那一家人三天两头闹翻天，王知青不丢手，那妇人也横，两口子常常打得鼻青脸肿……那天两个人正扭在一起，冷不防婆婆娘来给那妇人一捶衣棒，打倒了，又抬到医院住起……"听到这里，茂林愣磕磕地撑了起来，眼睛里网着红血，牙齿咯咯地碰撞着冲茂森说："你既是和王瘸腿好，就请你转告他一声，娃儿算是我送他了，给我把闰桃还来……要坐班房，他去报告一声，我立马就走……"话没有说完，他折转身便往峡谷口飞跑去，茂森在后面喊叫着……

峡谷上一块长方形的天空压得低低，仿佛和那对峙的两匹老岩连接一体似的，黑魆魆的云块翻卷一阵，吞没了最后几丝白亮的云，沉浸和凝固了。峡谷里没有吹风，屋后岩上的山林无风而啸，这种情景叫身处寂静中的人感到心悸。刚刚太阳落下去的天边，闪动几束绿光，把昏黑的天幕照亮了瞬间，一切又闷沉而黯淡……哞——哪一家的牛叫了，犹疑着压抑着，拖得长长的。一群杂色的鸡在院坝啄寻食物，并不急于归窝。黑狗在屋檐下焦躁地走来走去，形单影只。木屋杉皮顶盖的脊上蹲着一只麻雀，畏缩缩的样子……

大老子坐在火台靠背的秧草墩上面。那秧草墩在六月阳光漫照的日子，是安放在核桃树那一片浓荫之下的，从那里几乎可以观看整个峡谷的情景。可是后来，就移到阶沿坎，从那里能够看见大部分肥沃的田土和谷底半条溪流。终于又不知在哪一个时候，又搬移到屋里火台上来了……那炉膛里没有生火，角落里透出一些阴冷，可是居高临下。他还端举着水烟杆，但没有点火。眼角上积留着一些似泪非泪的稠液，目光委顿。那一根别致地缠绕在高粱色无檐帽上的青丝帕，也已经有些脏污……大婆子是早些年去世的，而今已化作泥土。小婆子，也就是茂森和茂林的生母，这一阵坐在灶门口一根又宽又长的板凳上面，正小心翼翼地哀叹和抽泣……两个儿子在屋里站着，可并不十分恭敬。茂森倚在门框上，身子斜斜的；茂林两只手撑在灶台上，半靠着身子，显出一些不耐烦；他正坐在核桃树下拉胡琴，便被叫进屋来。那把二胡在大老子旁边的板壁上摇摆着……

“那四百块——”大老子举着水烟杆的手微微动了动，对两个儿子说，“是你们哪一个拿的？”两个青年人的身子都微微地战栗了一下，茂林还下意识地瞥了一眼倚着门框的茂森，可是两兄弟都没有答应。

屋子里的空气凝固一样，让人感到死一般的沉寂。

“我的钱！哪一个拿的？”大老子举着水烟杆的手终于抬起，在两个儿子间划了一划，也更严厉地诘问。门口的茂森抬起眼睛看了看爹，挺惊讶地应道：“钱！什么钱呀？我们不晓得……”这样说着的时候，他还做了一个总结性的动作：两只手无所谓地摊开来。他把“们”这个表示复数的词吐得很重，之后还向茂林那方面偷觑了一眼。

“那是我修坟的钱……你们打算随随便便土埋我们啊……”大老子心头感到一种苍凉。这些年来，日子稍微好过一些了，靠着卖一点粮食和鸡蛋，冯家沟里的人都有了一些积蓄。他所主持的这一个家呢，茂森除了季节上在家，别的日子只在外逍遥。茂林有一段时期也满乡乱窜，可是每晚必然回来，且要带回一块半块交给他母。家中没有媳妇，喂一头百十来斤的年猪，全靠为人母的撑持……日子凑凑合合，但省吃俭用的，居然也有了几百块钱压在箱底。既无饥寒之忧，那么大老子便考虑请几个匠人，开凿雕镂，为他营造一座有花棱和檐翘的石陵（当地人把这叫作“生栖”），千古长存，后人世世香火不断。石陵三个墓穴，大老子安中，左边迁放大婆子的灵柩，右边则以留置小婆子……谁知不等这工程动工，这天，晌午饭后，小婆子去打开箱子，却发现那四百块已不翼而飞了。除了有家贼，谁还有可能这样神不知鬼不觉地把钱偷走呢！于是大老子便盘问起两个儿子来了。最先，他怀疑茂森。可想到幺儿茂林去年秋天来在婚姻事情上一直和他别别扭扭像是另有所谋的样子，终于拿不定是哪一个偷了这钱。

茂林一直没有说话，但他心里却是清楚明白的。茂森准备和王知青做牛肉干生意的事情，以及手中经济的窘况，茂林是一点也不知道的；但这笔钱还有谁偷呢？他自己没有去沾一个边角，除了茂森决不会有别一个人了。茂森刚才那一句话，听去像是替自己辩解，而实际上是有意把茂林拉在一起，封他的口。茂林恨茂森偷钱，也讨厌他此时的用意。但这之中，有一种纤细而坚韧的东西，总牵连不断，阻挠着他下狠心揭穿茂森。他沉默着，连替自己开脱的话也懒得说一句……“你听了么？茂林！我现在正是打虎呢！”几天前茂森说的话，这会儿在他脑子里嗡嗡地响……

“你说，茂林！这钱是你拿了么？”大老子见他不吭声，便把话转到他身上。茂林欠了欠身子，拿眼睛往茂森那边一睃，随即咬紧口唇，定下心来一个字不吐。哐当！大老子居然忍受不了这沉默，绝望地把水烟杆往旁边板凳上一掼，烟丝筒盖蹦跳起来，发出金属的铿锵之声……

一阵隐隐的雷声，缓缓地在峡谷一块长方形的天空滚过。峡谷像一张巨大的嘴巴张在那里，寂静地等候着自然的赐予。对峙着的老岩上，山林的呼啸更加猛烈。深深的峡谷吞噬了这澎湃的声音，消解为丝缕般地钻进壁缝岩矸里……

紧随一阵愤激的喧嚣声，一股强烈的气浪冲到核桃树下院坝，将十几个强壮的汉子卷进了大老子的家门。小媳妇反剪着一双手，单单薄薄的身子被拥在这一群人的前面……

茂森被掀向了一旁。大老子被惊蒙了，痴痴地坐在草墩上。茂林一看见小媳妇那情景，便什么都明白了，但他竭力使自己保持镇静……

原来，小媳妇终归和王知青离婚了。坚强的女人回到娘家，没有为自己叫一分屈，且从容地把和茂林的一切都承认了。爹娘在那里抱怨悲叹命运的苛刻，房族里的弟兄叔侄则气愤不过，以为扫尽了他们那一族人的脸面，便反剪了小媳妇的手往冯家沟来……

“新社会啦！粉碎‘四人帮’啦！……兴讲道理……”随这一群人进来的长庚队长，一双手张开虚拦在前，嘶声地在中间解劝。

大老子到了这一阵，才面色铁青地回醒过来。他抖了抖略微佝偻的身子，声音颤颤地发话：

“我——在这里……是一家之主，有话说来我听……有事情找我……”

这样说着的时候，他把水烟杆抓在手中端举了，颇显得安详和镇定。

这一群汉子愣怔片刻，随即便抛开了大老子和长庚叔，转向了灶台那儿的茂林。一个黑脸膛的大汉打头站到了茂林跟前：

“你是不是冯茂林？”

年轻人镇定地点了点头，眼睛紧紧地盯着对方，下面拳头警惕地攥着。

“你认不认得许家妹子？”大汉紧追着问。

茂林心中泛涌起一股深沉的热流，往小媳妇那边看了一眼。小媳妇清亮的眼睛深情地望着他，态度从容而自信。他被她的坚强所感动，那么多的怜爱化作一股强硬的气势：

“认得，各人做事各人当。要犯法我是犯政府的法！要关我杀我有国家……”

气汹汹的大汉仿佛被这慷慨镇住似的，一时间哑在那里无语答对。

“他妈的！就是当轿夫也是要吃顿饭的……”一个鼓眼睛的人横着脸跟了上来，“我们跟你送人来，不要你的十块八块，你龟儿拿这副嘴脸来对付……”说着，他就伸手去抓茂林的领子。

不待茂林还手，茂森不知从哪里跳出来挡在中间，炸声炸气地说：

“要想打架不是？走进冯家沟，不要抬起出去。你看！哪家人都有三亲六戚……”

他往门口那里努了努嘴。这一阵，人们才发现门口外面，一直连到院坝核桃树下，已密麻麻地站满了冯家沟的男男女女。见到这情形，落雨山来的十几个汉子先就委顿了一截。原本来的时候意见就有分歧，这一会，那主和派的几个更是无心恋战。可是事情已经开了头，就此撒手会显得窝囊，于是鼓眼睛的后面又跳出了一个小眉小眼的人向茂森唬道：

“我们抓的是伤风败俗的人，他自己都承认裹了良家妇女……”

“君子动口，小人动手。”大老子把握时机插了进来，端举水烟杆的手比画着，“伤风败俗，冯家沟有冯家沟的规矩，只要他是家族中的人……”

那小眉眼转向大老子，冷凝着一张脸打量了片刻，便带着几丝阴笑问道：“你老人家的意思，是由你们来惩办？”

“嗯——”大老子在喉咙里应着，显得高傲而老成。

“那好呀！”小眉眼说着，进了一步，“既然冯家沟的人也是有规矩的家族，我们就可以不管了，这还省事些……不过么，这冯茂林是你的儿，咋个惩罚，我们想看看，好转落雨山去回话……”

小眉眼的话刚落音，所有的人目光都转到了大老子那里。冯家沟的人是同情茂林的。可事情来得突然，且又分明，便叫人不好圆场。何况现在事情的结果断然不是武斗，而是掌握在整个峡谷最有威望的大老子手里了。那么这与家族中的纷争一般无二了，只管拭目以待。

大老子仍旧靠在草墩那里，处之泰然的样子，两个指头打开烟丝盒盖，他抠起一撮烟丝按在烟嘴儿上。这一阵，一直在灶孔前惶恐着的女人为他递上了一根明香。他慢悠悠地把火头靠着烟嘴儿，吸一口，烟筒里嚯嚯嚯直响。又吸一口……峡谷顶上打了一个响雷，整个大地都晃动了一下，他这才像得了神启似的整整襟袖，缠好青丝帕，从灶台上摸下来，走进了里屋去。不一阵，他步履庄严地出来了。他那宽大的袖中隐隐地露着那一叠毛边纸，郑重地发布道：

“去祠堂那里……”

人们缓了一口气，可是没有动，好多双眼睛又转向了茂林那里，探询地注视着他。

茂林依旧半靠在灶台那里。大老子这样一宣布，他往门口那里望了一眼，随即便失了魂魄似的，愣怔着不动了。泪水从他眼眶里静静地往外淌，他眼前已迷蒙一片，好久以前看的一本连环画神异地在他眼前翻开了：妖雾腾腾的洞口，一堆白骨绿光一闪，变成了一个婷婷女子，身前身后簇拥着一群青面獠牙的鬼怪，吃人肉，喝人血……

“去祠堂那里……”大老子又在一旁厉声督促着。

茂林的脸上蒙着一层死灰色，有如一个刑前的死囚，充满了绝望和恐怖。可是他的瞳孔里也蓄藏着一朵火焰…… “你是个男子汉，要有一点骨气……”他仿佛听见一个熟悉的女人的声音对他耳语。他眨眨眼，在人群里找到了这个女人的脸……这时候，从那一张无所惧怕的脸上，他找到了自己要说的话：

“不！我不！”他奋声抗争着，“我——不——姓——冯……”

当人们还在惊愕的时候，谁也没有察觉，大老子是怎样取下板壁上那把胡琴，那样狠地向茂林劈了过去……嚓啦啦，胡琴拦腰折断成两截，茂林额上一股红血冒了出来……就在这一瞬间，大老子就像传说中一尊法力用尽的神，佝偻的身子摇晃了一下，便倒在火台那里。众人手忙脚乱地围上去掐他的脸，擂他的背，对他的耳朵喊……等到大老子回过气了，大家再看茂林，才发现年轻人不在了，小媳妇也不在了……

木屋外，噼啪一声炸雷，天仿佛被震漏了，瓢泼大雨在炽白的电光照耀下倾下来。又是一个惊雷，整个天宇都被抬起似的……

他记不清自己是怎样地从那里跑出来的，仿佛是出于一种本能，一种挣命的本能似的，向峡谷口奔去。雨流如注，哗哗啦啦砸下来。脑袋沉重麻木，急雨冲涤了额上的血痕。雷仿佛在后面追着他，一个比一个更剧烈。终于有一个险雷在峡谷里炸响了，地动山摇，他一个踉跄，在泥水里拨了一转。从地上翻身起来，他惊惧地回过头去，看见在一片炽亮晶莹之中，家屋前那棵老核桃树，正摇曳着沉重的躯干，飘然地往下倒……在这一幅恐怖的景象上，他看见小媳妇趔趄着，在逆雨急风中追着他来了。他不知是喜还是忧，呓语般地啊啊着，张臂把她拥在了怀中……一阵巨石崩垮的回响夹杂在雷雨中传来了……

雨过天晴，红日又像往日里一般照耀。纤长的雾气不断地向上缭绕，有如灰红的火舌子从深深的峡谷舔上来，一弓彩虹一头沉浸在峡谷里，一头不知落在哪一座山间……

白发的老人说过：那是一条美丽的龙，带着一只巨大的铜瓢，专等那一天大雨过后，在那一条河那一口井舀水喝。直到喝饱了肚子，它又腾空飞去，找地方行云布雨。要是谁得到那铜瓢，他就掌握了天晴落雨……可是，峡谷里雾气太浓重，看不见那条美丽的龙在哪里喝水，看不见那把巨大的铜瓢在哪里闪烁……

一列队伍，稀稀落落地，手中举着轻飘的纸人纸马，抬着一头整羊和两个白生生的猪头，往那一家屋后的岩脚去了。昨晚正是雨急的时候，崖上一块巨石垮下来，端端砸在大老子家牛圈上，把一头黄牯砸死了。这一会，人们就是去那里祭慰山神菩萨的。他们认为：茂林炸蟒蛇，裹女人，触怒了山神，于是神灵降石，砸死了他家的黄牯。如今，祸魁离开了峡谷，且又公开叛逆了冯氏家族，那么，正可以请山神息怒，而保障峡谷的平安了……

大老子一夜之间老迈了许多，拄着一根竹杖，仿佛随时都在防备被风吹倒似的。他站在一旁，看着七零八落的队伍从跟前走过，背心里感到凉浸浸的。“啊！世风日下……”他不敢在那里久留，直觉有一股无形的力量正向他冲击过来，以致他无法支撑就要倒下去。他匆匆地离开了那里。

在祠堂旁边的一块土角落，几个年轻人抬着黄牯在那里下葬。大老子和几个上年纪的人跟在后面监督着。他们生怕有人搞鬼把黄牯拿去吃了，觉得牛辛苦一生，死后还要碎刀零割，实在是天理不容的事情。

“昨晚你听见叫唤没有？”大老子问身旁的长庚。他指的是半岩矸那只石狐狸，但又不愿说出口来，怕污辱了祖先，污辱了自己。

长庚迷茫地摇了摇头。

“你听见了么？”大老子又向旁边一个老人打探。

照例是迷茫的摇头。

黄牯被抬到了土坑里，一锨一锨的土掩埋上去，渐渐地隐没了。大老子和长庚都在那里默默地落泪……

那天夜晚，月黑风高，鸡不叫，狗不咬，两个敏捷的黑影摸到葬着黄牯的地方，在那里忙碌了一阵，便拖着黄牯下到了溪流里。一阵熟练的砍剁之声响过，两个黑影各掮一担顺溪流而下，消失在峡谷外面。这一切进行得人不知、鬼不觉……

第二天早晨，大老子几个老人站在溪畔，面对着沙滩上一个牛脑壳一根牛尾巴，悲哀地咒骂那掘走黄牯的人……

最后，他们又叫人重新埋葬了那牛脑壳和牛尾巴，才算完事。

五

从大槽口到那弧状的岩矸，一条深藏在杂草中的小路，带着点点新泥，摇曳着露出了地面。洞口灰黑的山石，隙缝间倒插着枝枝松柏。一扇窄窄的门，是用竹枝带叶编成的，开闭在岩壁的缺口那里。洞内很宽敞干燥，顶是穹隆形的，有两人高的样子。在那高出平地的一块石板上，铺着厚厚的谷草，上面展开一张席，叠一床被。靠着洞口砌了一眼简易的灶，旁边有一堆细匀灿亮的柴块……茂林和小媳妇跑出峡谷，在这里安下了自己的家。

一场遽然而来的风暴，将这一对年轻人卷在一起，抛到了幽闭的岩洞里，好清静，好自在，好轻松。可是离开了土地，就像失去了根基似的，叫年轻的茂林感到飘浮，很是迷惘了一阵。好在小媳妇有着街上人生活的经历，土地亦不过一件身外物，既不是生存的希望，便不会叫人绝望。她从容镇定，且信心十足……开初，他们背柴上街卖，青桐岩栗，净是好烧的，市场上一放，立刻就有人来买走。这之中，他们又将柴块劈碎成引火棍，很轻松地背一回，便可以向那些烧煤的人家卖一个好价。仓库里有议价米议价油，市场上有菜蔬肉品，可以随意改善生活。当然这叫人很辛苦，可是能够花现钱……到了冬天里，茂林学会找天麻，小夫妻便和那樵夫生活告别了。他整天扛一把小巧的锄，在山林里转悠。尽管积雪深深，可是那地方有没有天麻，他一眼便看了出来。冬天里的天麻没有苗架，是梦麻，很值钱，有些时候一窝天麻就可以刨出十来斤，要值三四十块，那么一个月的生活就不用发愁。而年轻的茂林呢，差不多每天都有那么三几斤。没有过去多久，生活即大方地赐予这一对年轻人，他们开始从街上把整麻袋的大米白面买回来过日子。小媳妇早先想喂一头猪，可是想到那粪肥没有土地投放转变成粮食，盘算了一下，觉得划不来。那么养羊呢，她担忧敞放吃了人家的庄稼，必定会讨一些麻烦。她最终养了两只黄狗，觉得在这个冷僻角落，人和财物都要看护，这才是一个女子家的重大责任。但她闲暇的时候毕竟是太多了，常常因为无聊清冷而愁闷。这样，茂林那一会儿就没有去找天麻，砍了许多青桐柴，在大槽口打一个窑子，烧了一大堆炭，经人联络，街上就有人来背去卖。小媳妇每天坐在洞口那里，看见有人来了，就下去过秤，说几句话愉快愉快，俨然当起老板娘……

峡谷里的人原来就不是那么恨茂林，都知道事情不过是大老子逼急了，做儿子的才把话说得那样绝。而且看着茂林小两口住岩洞，孤苦伶仃的样子，禁不住都动了怜悯之心。这会儿，看见茂林开起了炭窑，心里并不计较，趁赶场日子，顺便就执一个稀眼背篼，或是一挑摆箩，出几块“头钱”，带一回上街卖出去，既照顾了茂林的生意，自己也可以有两块钱的进项。小媳妇闰桃在河溪场上尝够了生活的艰辛，也学会了街上人紧把细提的操持，所以，她不大认族亲，分分角角也要认真。要是茂林呢，峡谷里的人来称炭，他总要冒几斤秤，且在付"头钱"的时候也要让两角。不多久，人们便和他们亲近起来，并不时地去那岩矸里坐坐，喝几口热茶，摆一回闲话。渐渐地，这一对患难夫妻到底生活得怎样，总算被人们弄了个清楚。更有精明的人一算账，才又明白小两口从山林得来的利益，已远远超过了他们从土地上得来的收获。比较之下，叫人心痒痒的，早先对茂林和闰桃的那一份同情和怜悯也没有了。

首先是长庚的儿子顺福，接着又有好几个年轻人，先先后后在大槽口旁边打起了窑子，学着茂林的样子砍青㭎柴来烧炭。炭烧出来了，黑亮亮的，一堆挨一堆，一码靠一码，表面上风平浪静，而各家窑子都暗暗地斗起来了。要方便照料生意，各家窑都支了一个棚子，顺福还在自家棚子上高挂了一块木牌，上面歪歪斜斜地书着："顺福炭厂" ……

小媳妇闰桃不想惹是生非，可心里憋得难受。每到喂那两只黄狗的时候，她就站在岩矸门口狗食槽旁，扯南盖北地念叨：

"大米饭，来抢嘛！饿死鬼投胎的，天理良心都没得啦……"

顺福几个年轻人心亏，也不张理她。

茂林虽不像小媳妇那样咋呼，可是自从顺福几个年轻人开炭窑抢了他的生意，他每天上山下山从大槽口旁边经过，便阴沉一张脸，连一句过路话也不和顺福几个年轻人说。

这几家炭窑的销路主要是河溪场，而河溪场上又有多少人需要烧炭呀！况且冬天就要过去，春天就要来了。不久，各家炭窑的生意都相继清淡下去了，有时整天里也没有一个人来光顾。顺福几个年轻人闲得无事，便自己挑起箩筐运上街去卖。到傍晚，他们垂头丧气回来了。那卖价低得可怜，合算下来，也不过几个汗水钱。他们再无心撑持下去，收拾好炭窑，退回到峡谷里去。

这也算是一种倒闭吧！小媳妇从其中感受到了一种报复的快意，茂林却不知怎么的，感到了一种莫名的空虚。日子又回复到原来的样子了。与世无争，静静悄悄，以至有些孤独和清冷了。夜晚，他们听峡谷里的鸡鸣睡迟起早；白天，他们看太阳劳作歇息……

每当太阳西斜下坡，小媳妇从洞口那儿看见峡谷上空缕缕的炊烟升起，她便拨开火来，手脚伶俐地做好饭菜。然后，她便将饭菜摆好在一根骑在火炭上、让明火烘炙得有些烫手的条凳上，保持着温热——他们连一张桌子也是没有的。这并不是茂林不理事，他几次想按照一个家庭应有的样子，把这岩矸充实起来，可是小媳妇总是阻挡着。她觉得有一天这些东西都将成为多余。她已经托河溪场熟识的姊妹在街上找地皮，想着在那里造一幢房，开一个柜台盘一个店，过一种轻松热闹的生活——然后她坐在洞口一个木墩上，望着大槽口那边一条曲折山路，等待茂林的归来，且带一点甜甜的忧伤唱：

青枫叶子皮夹皮，
哥在山中套画眉；
套得画眉你开笑口，
妹在家头苦想你。
……

她唱得动听，清润悠长的声音缭绕在山间，如一泓明净的山溪汩汩流过。她唱得真切、入迷，脚边的黄狗也趴在那里，直愣愣地望着一片山林入了迷……直唱到茂林挎一个背篼，身后跟一只黄狗，在那山径上出现，她才住口，山燕一般轻盈地跑去为他接下背篼……这一切既像甘甜的乳汁哺育人，也像浓郁的诗趣一样令人迷醉……

春天来到了，一片一片的绿竹在南风拂动之下，晃荡着一根根翡翠的亮线，遥遥地召唤着她。她终于留下两只大黄狗守家，挎一个背篼跟着茂林进山了。竹林里的笋子生得茂盛，根根都那么喜人，她简直不知掰哪一根好。茂林说方竹笋好吃，于是他们便离开水竹林，一头又扎到了方竹林里。可是方竹笋不像水竹笋那样多，不一会，他们又折进了水竹林。竹林里露水大，茂林在前面执一柄宽镰敲打着竹枝，摇下露水，小媳妇就干爽地相跟在他后面。即便如此，两个人浑身里都免不了沾湿。可是一种近乎收获的喜悦，把这一切都冲淡了，湿漉漉的身影愉快地在修竹中闪动……小媳妇又轻轻地哼唱起来：

方竹林来水竹林，
一网麻雀闹沉沉；
问你麻雀闹哪样，
今年又是好收成。
……

从山上回来，茂林剥除笋壳，小媳妇就烧大火烧涨水。一根根脆嫩的笋子剥出来了，小媳妇便放进涨水里去煮一转；然后即用一个筲箕捞起，这一阵笋子已变得白净而柔软，更令人心喜；紧接下去，茂林撕下一丝纤长的棕叶子，小夫妻两个便凭手衡量，捆扎成均匀的小把；最后装进一个通风的稀眼背篼，一肩运上街，蛮有把握地销出去。街上人相信“要得不瘦也不俗，除非顿顿笋炒肉”，其必定会有一个好价钱。

四五月间，山中下起了太阳雨，满林子里又生长着蘑菇。刷把菌最好吃，只是难得洗整干净；除此要算大脚菇、青堂菇、油辣菇；而鬼蛋青是要提防的，混杂了吃下肚要屙肚子……小媳妇会捡菌，在落雨山那边做姑娘时，没有哪个姑娘敢和她比。她捡的菌又新鲜又纯粹……

可是她不能进山了，再好的菌子都留给峡谷里的媳妇姑娘去捡了。她身体那里正在进行亘古常新的跳动，将要生下一个纯洁的女儿或者儿子。这是真正的夫妻恩爱的结晶，一个小小家庭的希望。她感到了一种从未有过的恬静和安谧，就像追求了很久的一样东西终于到手一样，整天里微笑着打发一个圆的太阳，迎候一个弯的月亮……

一阵过路雨，来得急，去得也快。沉寂的大槽口被唤醒了，一股浑浊的山水哗哗啦啦冲下来。青绿的林子上空游弋着灰蒙蒙的雾霭，和漠漠的天体糅合成一片。太阳还躲在哪一块阴云后面。不远的一笼竹林里，斑鸠卡着湿润的嗓子，咕咕地唤雨……

茂森光着上身，怀里抱一个长长的东西，一步步地从大槽口那里上岩矸来了。

自从茂林跑出了峡谷，茂森虽然没有改正那脾性，不断地去外面逛荡，但是三天两头，他却是要回来的了。家中还有两个老人和一片田土，往日里有茂林撑着，而今却全压在茂森一人身上。不是活路太沉重，一年里的时间加起来还做不了两个月。那是一种忧虑和牵挂，总仿佛是家中随时都可能出点事情似的……每一回在峡谷口那里分路，即便是再困再累，他都要折上大槽口，来岩矸里看一看弟弟和弟媳。

“我在半路上碰到雨……”一进门口，他兴奋地说着，便往那木墩上一坐，“躲都没处躲，裤腰带都淋得焦湿……”茂林给他倒了一碗老鹰茶。“这回我给你带了一样东西回来……”茂森接过茶碗，将胸前拥着的湿衣裳一掀，一把漆抹得黄光光的胡琴呈现在眼前。茂林脸上倏然升起一片照人光彩，随即抢似的抓到手里，忘形地向一旁走去。但他立刻又回醒似的扭过头说；“你——哥哟！把我这一点爱好还……记挂着……”他走到岩洞的尽头，坐在铺展的席子上。他没有认真调弦试音，即拉一曲。淡淡的光线从洞口折射进来，照着他额上如草鞋虫状的疤痕，照着他那冷凝的脸。他搂着胡琴，幽梦般地在那里沉浸、浮泛……

前不久，母亲簸着一双尖尖脚，来到岩矸里，说大老子身体是一年不如一年，要他回峡谷去尽一尽自己的孝心。茂林去了，路上母亲又教他：说他们并不曾分家立业，两爷子不就是为了一句气话，那么认一认错，照例是可以回峡谷里住下的。茂林听着并不讲出一言半语。他已经学会凡事在心中绕上九曲十八弯，有了定准和把握再说。那被雷击的核桃树已让人清理走了。神仙洞那儿和峡谷人家似乎断了联系。听茂森说，今年的七月半，人们的香火要从崖顶吊一个人送进洞去。家屋横边那被垮岩砸毁的牛圈，依旧在那里破烂地一堆，粪池里填着那块要命的巨石。看着这一切，不知怎么的了，茂林心里有一种莫名的快意……大老子依然坐在阴暗的火台上，那靠背的秧草墩已让他那一身枯骨磨得光秃散垮。看见茂林回来，他受惊似的震颤了一下，便抓起那把仿佛永不褪色的水烟杆，嚯嚯嚯地，从容镇定地抽起来，维持着那一副凛然阴沉的神气。他的脚边还趴着那条黑狗，眼下正换毛，显得脏污丑陋……见到这一切，母亲在半路上教的那些话，茂林全不想说半句了。他在那里站一阵坐一阵，就像每一个地方都有针扎他一样，难受死了。不等太阳落坡，他便执意地对母亲说：“我要回去！”母亲的脸上是那样颓唐和恓惶：儿子已经不把这里当家了。临走之前，母亲要量几升苞谷给他带上。他心里暗自好笑：老人以为他们没有一分半亩田土，那日子过得便是猪狗一样的了。儿子说：“母！我们的生活过得很好，你放宽心来……”他和大老子一直没有说一句话，连正视一下也显得那样匆促。临出门了，茂林才感到一种深深的凄楚，不禁对草墩上凝固一般端坐的爹动了恻隐之情。他向老人弯下腰去，鞠了一躬，有些伤感地说：“我走了。”大老子在喉咙里“嗯”一声，放下水烟杆，悲叹地说：“你……劝告你还是做个规矩人！”茂林怔住了。“前些日子你开啥炭窑，把人心搞得乱糟糟……”茂林头也不回地走了，他再也不愿继续听下去。出了门来，他感到一阵说不出的轻快，虽然在他那心灵深处，依旧还缠绕着几丝惆怅的雾。他兴奋地仰望长天红云，又挑衅似的看着地下一片杉皮盖顶的木屋，最后把那厌恶的目光投在阴沉的石崖上……这一阵，他才骇异地发现，那山岩裂缝纵横、危石斜倚，随时都有崩垮的危险……事物的量上的细微变化，是需要时间的跨度来检验的。这正如母亲之于自己的孩子，天天在一起，是看不清孩子成长的……看来茂森的话并不是危言耸听。

“茂林！”茂森在那里喊道，“你过这边来，我们两弟兄摆摆龙门阵……”

他松下胡琴，向岩矸里那一片亮处走过去。

山中落雨当过冬，小媳妇拿了茂林一件衣裳，递给茂森披着，便从灶孔里拈两个火炭放在灶膛前，抓一把枞树毛，添上几块干青㭎，拿吹火筒鼓得旺旺的，就抓过茂森的湿衣裳牵开来烤……无意间，女人的敏感的手指触着了口袋里一个软软的小包，便好心地去掏了出来：

“啥东西哟！丁丁点点，不怕溻湿？也拿出来烤烤……”她忽然打住了话，眼睛一亮，一张漂亮的小照摊在手心，那上面一个端端正正的姑娘，正冲她含笑脉脉……

那茂森从始至终，在一旁把弟媳的举动看得清清楚楚，却像是有意要显露一样，并不进行阻止。到了这一阵，他却又是一副淡淡的羞态，将照片从弟媳那里拿过来：

"丑死人了……"

他假意说着,却甜甜地舔着口唇。

"茂林!"闰桃欣喜地叫起来,"你哥找了一个乖嫂子哟……"

茂林把照片拿了过去,认真地端详起来。

茂森坐在一旁,兴犹未尽地作注一般地说着:

"她可不是个姑娘哟!……"

茂林和闰桃诧异地望着他。

"她是县城蔬菜队的,嫁一个男人三个月就死了,婆家要她和她那男人的兄弟睡觉。她不愿意,就一个人跑出来做生意。我们是在火车上认得的,那一阵搭火车拥挤,我从窗口翻进去。她在下面求我给她接一把东西。我帮她忙,又给她占了个位置……就这样……"

茂森嘿嘿地笑了笑,一个大跳跃就进入了结尾:"这是她做姑娘时的照片……其实嘛,我以为还不如她现在那副样子逗人爱……""是哟!"闰桃那颗心又有了感慨,"你也是安家的时候了……"

"安家?"茂森截断了她,"在冯家沟安家?"他转过来向茂林苦笑了笑,接下去道:"去继承爹那一叠草纸?我不如打光棍的好……哪一天那老岩崩下来,要死就死我一个人……"

茂林脸阴阴的,糅杂着焦灼和愁苦。气氛顿然变得沉闷了。

"看你哥,净说一些倒霉话……"小媳妇轻轻地说,伶俐地调节着弟兄俩的情绪。"你们实际是因祸得福了。"茂森说。

"你现在说话可能爹还听,"茂林沉思地说,"做通人们思想,搬出峡谷。"

"你说得轻巧,吃根灯草哟——茂林!"茂森不以为然地说,"男男女女百多人,土改那一阵就划定在冯家沟,出了那两堵石墙就是人家的田土,吃的,住的,当叫花儿不成……"

"你就等那老岩垮下来,把全冯家沟人都活埋了吧!"茂林插断他的话头顶真地说。

"你真要那样去说,那些人会觉得你是异想天开,拿你当疯子,说不定还怪你背叛祖先,得罪了菩萨。真的,在他们看来,那土地就是命根,离开了咋能生存！”茂森一口气说下去，带着一种莫名的愤懑，“那岩，不是我今天才说要垮，早好多年就有人说要垮，可又一直没有垮，顶不过就是几次小规模的，滚几块石头下来……不过，认真说，那两百来人从峡谷里出来，眼下的情景是难有一个着落的，你不能全部拥到街上去吃大户……这样说来，他们不顾那老岩带来的种种威胁而去敬山神菩萨，又是有他们的想法的……”

“等那老岩垮下来，就晚了！”茂林叹息着。

“也只有到了那个地步，那些人才能够醒悟，这是没得办法的事情……”茂森一张脸扭了扭，痛切地说，“等着吧！睡瞌睡都拿一只眼来睁开，警醒地等着吧……”

灶膛里的火不知什么时候熄了。小媳妇抓一把枞树毛按在火炭上，又用吹火筒鼓燃，执火钳架起柴块烧亮了。

茂森站了起来，从闰桃手中接过烤干的衣裳穿上身：

“时候不早，我要下坡了。”

一边这样说着，一边又不知从哪里摸出一把钱来，交到茂林手里：

“爹想修陵墓的四百块，二一添作五，给你一半……那一阵我缺本钱，又不愿爹把钱那样来花……以后两个老人的后事，随便咋个都行……我在街上听说你在找地皮，想搬上街住，也许正缺着钱……”

停顿一会，茂森像想起什么似的，又问：

“你今年冷天还想烧炭不？”

茂林摇了摇头：

“顺福他们和我顶起了。”

“不要愁。”茂森安慰茂林，“我在外头碰上一个造纸的人……我们这里什么都是现成的，想办法找到销路，我看——还可以大干。”说着，他把拳头有力地攥紧来。

茂林受到茂森情绪的感染，也下意识握紧拳头。两弟兄会心地笑了笑，茂森便款款地走下坡去……

小夫妻俩在门口默默地目送着。在茂森走过的路上，又响起了长长的“喔嗬——喔嗬——”，这声音山山相应，壮怀激烈，把人心揪紧，送到山那面，天那边……

“八月瓜，九月炸。”小媳妇的肚子一天天地腆了出来，和这山间万木春华秋实一般，那生命在成长，要到九月秋天才“瓜熟蒂落”。茂林这一阵变得谨慎小心起来，再不敢抛下媳妇一人在岩矸，去那山里山外钻头觅缝地找钱了。于是，他便砍了几捆竹回来，在岩矸里做起篾匠活陪着媳妇。最初，他只能破破刷把，编编篼篼，拿上街随便卖一些钱。后来，他从街上买一个簸箕，自己琢磨着学。他人灵巧，不多久便学会了编织……他织出来的篾货，篾丝不是那么匀净，编织也不是那么熟稔，但敷得过眼睛，因此价钱稍便宜一点也就卖了出去……他破篾条编箐箕织簸筐，干的时间长了，腰酸腿软，有些发腻。这一阵，小媳妇想吃马奶子，那么他是极乐意走出洞外在就近的灌木林里走走的。回来的时候，他手中就摇曳着那么一枝两枝。马奶子正打红闪，是又酸又甜的时候，小媳妇吃着可口可乐……他看着那情景，牙根那里酸叽叽的，不停地吐着清口水，仿佛他自己也在嚼着那红闪的马奶子……

可是，突然在那一天，小媳妇眉眼不舒展，变得忧心忡忡的了。“要是——我在那一阵有个差错，你咋个办哟？”小媳妇向丈夫问道。“我送你去街上医院……”粗心的年轻人不假思索地说。“你是要背我么，半路上那娃儿就会从肚皮爆出来。你是抬滑竿么，这地方冷清清，独人不成杠。未必你会像驮柴马一样，把我驮上街……”“我用一个稀眼背篼……”小媳妇笑了，年轻人也笑了，都想起了那独一的也是幼稚的情景。可是他们的心里却都是凄凉的。这一阵，仿佛也只有在这一阵，他们才想了想人类聚族而居的意义，才对开炭窑抢生意的顺福几个年轻人从情感上有了一些宽容。

“到了那个季节，”小媳妇认真地说，“你提前找人抬我上街住医院吧！住在那里一切就都有保障了，我觉得这个小崽崽个头大得很，万一有个难产什么的，那是医生刀一划就可以从肚皮里抱出来，大人细娃都有救……”

茂林默默地点着头，眼下的情景，可靠的办法也不过如此了。

这一阵，太阳当顶照耀，远山近景沐浴在一片白光之下，四下里沉寂无声……茂森戴一个白净的草帽，手中提一个闪闪的东西，从大槽口那里上来了。他一边晃晃悠悠地上坡，一边得意忘形地哼着：

麦丝草帽圆又圆，重庆买来八百钱；
你要草帽你拿去，只谈仁义不谈钱。
……

茂森一直走到门口，茂林才看清他手里提的是一个收音机。这一阵茂森外出比较勤了，且时间也愈来愈长。每一次回来，他都要买一样两样金贵花哨的东西，缎子的铺盖面啦，丝光的垫单啦，带日历的闹钟啦……可他又不带回峡谷家中，就拿到岩矸这里寄托给茂林。你若问他怎么突然置起家当来了，他却笑而不答，很是深奥的样子。他是在准备办喜事了，可又像是在等候一个机会，并不那么确定无疑……

小媳妇为他端过一碗凉茶，就腼腆地挺着大肚子，走向一旁做她的针线去。

"这收音机是我送你的。"茂森喝过茶，摘下头上的草帽摇着，接下去便喜气地说：

"事情成了。造纸的事情成了。"

茂林愣怔怔地看着茂森，仿佛不相信自己的耳朵似的。每一回茂森出去，都为他捎卖一点山货。一百块八十块，茂森一句话，只要比地方上的高出，茂林似乎就满意了。这一回还要白送一个收音机……

"县城基建局搞建筑粉糊正缺纸筋。我们签了合同，年底以前，生产多少他们要多少……"

茂森有几分得意地说着，变戏法似的不知从哪里又摸出了一个黑白相间的小方块。小方块上面密布着键子。茂森两个指头就在键子上面跳跃。就在这小方块上方，亦跳跃着绿色的符号……茂林和小媳妇都看得傻了眼。

"你这豆腐干是啥高级东西？"小媳妇忍不住好奇地问。"豆腐干……啥哟——"茂森忍不住笑道，"这叫电子计算器，加减乘除的账目，灵便得很，只一按开关，得数就出来，不会错……"

茂森从衣袋里掏出一叠大团结，数了数，递给茂林："这是你那些天麻杜仲的钱，比你拿上街卖，多好几十块呢！不过，这当中要给你讲明，我从这些天麻当中，挑了一斤上好的，送给基建局局长了。你不晓得，现在办事情，就是这样子，还要抢先呢！”茂森压低了声音，“我是通过街上王知青的关系认识的，要不，端起猪头还找不到庙门哪！”

茂林点着头没有说什么，把一叠票子转交到小媳妇手里。账目交割清楚，茂森往茂林倾过身子去，胸有成竹地说：“造纸的事情说干就干，明天就动手。先从山里砍柴来烧一窑棡炭，我们这里的石头是石灰石，就用棡炭来烧一窑石灰。然后拿这石灰好生做几个沤坑。山中的钓鱼竹构树皮，这些都是做纸的原料，只管砍来，人手不够还可以雇人……”

茂林仔细地听着，不时地点点头。

“以后搞上路了，我们就分工。你管产，我负责销。你手下的人也要分细，原料，纸浆，舀纸，数张折叠等等，也要各负其责。我这里还包括运，包括信息……”

茂林听入了迷。小媳妇在门口阳光的边沿做针线，也不时地回过头来看看，听听，笑笑。那情景显得安谧和谐……事情商量妥当了。茂森拿起收音机，漫不经意地摆弄着。他拉出天线，拨动开关，调整了波段，收听了一支轻松的曲子，便对茂林说：

“有这东西，做活路累了，收收新闻，听听歌，就啥事儿都没得了……再难过的日子也有滋有味地消磨了……可在打雷那一阵，你就万万不要收……”

茂森离了岩矸，走下大槽口，跨过溪上的跳磴，消逝在峡谷口阴暗的石墙那边了。

“我看，你们是想剥削啦，要当地主不是？”小媳妇在门口阳光的边沿，以一种古怪的心理精明地说，“以后呀，不管他管产还是管卖，你弟兄俩还是明心见心，咋个分配，要先订一个字约，立一个账目。人亲财不亲，不能由他咋个算就咋个算——就像这收音机，明是送你的，哪个敢保证不是牛毛出在牛身上！那人情呢？他有了，你还欠着他。我这倒不是说你哥心歪，里里外外，处世为人都是这么回事儿。”

听过女人一番话，茂林心里泛起一种空落、烦乱。但是，就像凤凰涅槃一样，他在那一方木墩上怔坐一阵，即再生即脱胎换骨了。他站起来，微笑着那一张成熟的脸，把茂森留下的收音机，从容地放置在那固实笨重的柜子上面。回过头来，他看见女人那一双清亮的眼睛，充满希望地向着晴朗的天空扑闪，而后便低下头，凝望着怀中一件漂亮的小衣裳，欣喜地飞针走线，他为眼前的情景所打动，便也禁不住凑到门口阳光的边沿。女人左手执一个绷子，牵动白亮的丝线，往那小衣裳的左胸上绣一幅图案：两头细细的那么一勾，中间丰富实在，其状如带；下面还有那么淡淡的几缕，缥缈无踪的样子……茂林看不出个头尾，便咕噜着：

“你这花不花草不草的，像个哪样哟？”

“是天上的云。”小媳妇嘴上说着，眼睛却仍旧停留在绷子上。茂林又看了看，果然像极了。“你这是哪样意义呀？”他这一回是谦虚的请教。

“我喜欢云，自自由由，轻轻松松，悠闲得很……”小媳妇说着，抬起头来，脸上充满了自信。年轻人在心里笑着，便走到岩矸的宽敞处，默默地破那篾条去。不多一阵，似乎刺绣归一，且也十分的满意，小媳妇又轻盈地唱起来：

太阳出来红又红，
马桑树上挂灯笼；
风吹灯笼团团转，
火烧灯笼满天红。
……

净是一些闹热的词儿曲儿，就像她眼前那一片暖烘烘的阳光。

突然，在大槽口那面，越过古老的石墙，茂森那“喔嗬——喔嗬——”的声音又传了过来。茂林放下篾刀，悄悄地走到小媳妇身边。听着这声音，悠长的，深沉的，让人感到一种持久的冲撞，就像坚强的声浪在山谷里回荡。这声音虽然单调，可却像预言似的庄重、自信，也有一种莫可名状的悲壮……茂林搂住了小媳妇，紧紧搂着，眼睛却往峡谷上一块长方形的天空眺望……

“睡瞌睡都拿一只眼睛睁着，等着吧……”茂林惴惴不安地喃喃着。

六

“茂森弟兄造出纸来啦！”

这消息不胫而走，峡谷里的人有惊奇的，也有嫉妒的……其实这哪里称得上纸，蔡伦最初造出来的纸也要比这好。泥黄色的，又厚又粗糙，建筑工人把这叫作“纸筋”，小镇上卖糖果的营业员把这叫作“纸壳”。就是这东西，正规的造纸工厂是不屑于生产的，茂森弟兄就偷了这个空子。大老子听见人们议论纷纷，心里又气又急，立刻拄一根拐杖来到了峡谷口。

那一会弟兄俩正在溪畔沤坑边滤纸浆。大老子过不来跳磴，就斜斜地隔着溪流沙声沙气叫起来：“茂森！”他没有叫茂林，“你——众人心都乱了，在说哟！搞哪样花脚乌龟，没得事干，你去坡上捡粪也行……”

“我又没有犯法！”茂森听了沉不住气，硬硬地顶了爹一句。

“全是逆子啊！逆子……”大老子怔了一会儿，不清不楚地嘟哝着，蹒跚地回去了。

长庚的儿子顺福见茂森弟兄搞起了纸厂，心里火烧火燎的，也有事无事来到工场上逛。茂森知道他要打什么主意，却一点不露声色。

这纸筋纸壳的制造方法，实在是原始的，再简单不过了。顺福一看便会，就邀约起峡谷里几个年轻人，挨着茂森弟兄的工场，在溪对岸挖起沤坑来。他们也要搞一个造纸工场。

茂林隔着水吵了起来：“顺福！你是铁心作对不是？烧炭，我不烧，你不烧。搞纸，我不搞你不搞……”“烧炭造纸是你发明的呀？山林土地是你的呀？”顺福从土坑里爬起来，他心亏，可在嘴上却不示弱。

烧炭造纸谁发明的，茂林不知道。山是大家的山，上面有规定，用材林要经批准才能动以外，烧柴用竹是没有限制的。地呢，山根河边，从来就没有谁想过据为己有，也是公共的。茂林心里憋气，两眼圆睁瞪着溪水那边的顺福，脸涨得通红，那架势就像一头斗场上的公牛。

“吵起好耍是不是哦？！”茂森佯嗔带笑地过来把茂林劝住。随即涉过溪水，向顺福几个年轻人走去。

顺福几个人满身是泥，怔怔地看着茂森，不知道他要耍什么花样。

茂森走到他们跟前，从衣袋里掏出一盒带把子的烟卷，一支支拈在指尖上往顺福他们跟前送，一边说：

“事情各做各的，都不要搞生疏了，现在不是讲竞争么！这就是竞争……”

顺福几个人本来就心虚，不想把事情闹下去。这会儿见茂森过水来调和，也就顺势赔上笑脸，接过烟卷烧起来。茂森在他们工场上踱了两圈，便探过头和顺福搭话：

“你们生产出来的纸，是卖给哪一家呀？”

峡谷里人的交易，小到一个鸡蛋，大到一头猪，不是卖给私人，就是卖给国家，有产就有销，殊不知现代交易中有些产品是属于那种既是卖给私人又是卖给国家的，远比那种一个鸡蛋一头猪的交易复杂多了。

“纸都造出来了，还愁没有卖的地方么？”顺福听出了茂森口吻中的讥嘲味，也带刺地说。当然，那销售的地方，他这会首先想到的是国家收购门市部。“你们能卖出去，我们的就会搁起揩屁股？”

茂森没有立刻回答，他慢吞吞地从衣袋里摸出两页纸，展开递到顺福跟前，才凛然地说：

“我们是白纸黑字，签订合同的，产多少销多少。”估计顺福看清了那上面的内容，便将合同书一收，“街上收购门市部才不要你这东西！不信你试试看。”

顺福几个人被镇住了，愣在那里不知说什么好。

见这情景，火候已到，茂森便挑明了：

“我是怕你们到头来汗水钱都得不到一文。要找钱，路子多的是。有心的，你去我那边干，一天少不了你两块钱；无心的，劝你回去要，做活路还要多吃饭哩！”

说完，他就过水来了。

顺福几个人虽不尽信了茂森的，可是心里却开始不踏实起来。有气无力地撑到收工，回到峡谷里，都不得不从实处眼前来考虑这桩事情了。

第二天，除顺福以外，几个年轻人跑到溪这边来做工了。顺福不是不想来茂森这边做工，他是放不下脸，可他又没有勇气把开了头的工场撑下去。他待在家里，既无聊又苦恼，觉得自己做了一件丢人的事情。茂森算是把顺福看透了，晚间亲自去把他找了出来，说了句好听的话："请你帮忙……"为他下了台阶。这样，顺福也在第三天来到了茂森弟兄的工场。

收服了几根"拗杠"，茂森即给了顺福几个人一些"宽心钱"，把他们开了头的工场端了过来，人多心齐，不几天就竣工，扩大了生产。利用工场上的人，茂森在峡谷里做了口头广告：冯家沟纸厂收购钓鱼竹，每两百斤一块钱。

那一会儿苞谷已经收过，谷子还没有成熟，人们正闲着。很快地，峡谷里的男男女女拥了出来，登上山岗，钻进了丛林，野兔慌忙地逃窜，鸟儿惊惶地飞起，都不知道山林里发生了什么重大事情。愉快的歌声响起，沉寂的山林被唤醒了……

一捆捆的钓鱼竹从大槽口那儿滑下来了。哗啦哗啦的声音，一直延续到天黑。这之间，茂森蹲在棚子跟前，手拿电子计算器，茂林过秤唱数来，他就按动一颗颗神奇的键子，准确无误地计算出价钱，即刻就从挎包里掏钱支付。弟兄俩俨然是两个做大事业的人。有些姊妹媳妇的，拿了钱却并不就回去，绕在茂森旁边直往那电子计算器瞅。直到茂森结了账把计算器揣进口袋里，她们才嘻嘻哈哈地回到峡谷，那情景仿佛得了不少甜头。

那几天天气晴朗，纸浆铺开不一会，就能够揭起来了。很快地，几个工棚都满满地堆上了纸筋。茂森把工场上的事情做了交代，便进城联系车子去了。

乡间"月半"前两天，茂森回来了。双方约定在河溪场上交货，基建局的车按时从县城出发，而纸筋也要按时运到河溪场上。

可是这时候，家族里一年一度的商量有关祭祀事宜的会也要在祠堂里召开了。清早起来，大老子就给茂森打了招呼：首先是要把祖先的事情办了来。茂森没有吭声，他已经暗暗拿定了主意。

太阳宁静而温暖，长空里净无云翳。可是茂森已经在城里听了天气预报：未来二十四小时内将有暴雨。他想到时间往后推，大雨来了，或者发山洪，或者茅棚里进水，纸筋就会受很大损失；而且更重要的，基建局的车子来了，没有纸筋装运，这么就会失去信誉。信誉，这在当今商品世界中是何等重要！

照例是通过顺福几个人做口头广告，男人串媳妇，媳妇串姊妹……不一会，人们带了背篼箩筐，陆续地悄悄地来到了工场，就像那几年逃避“三改”——上街赶场似的情景，只是眼前规模更大了。

纸筋属于“加抛货”，茂森按照规定，每一百斤添了五角钱“加抛费”。人们根据自己的工具，装满了，用绳子收拾紧凑了，就在茂林那里过秤，称多少算多少，集体结队出发，到了河溪场再结账。

就在众人暗地欣喜，舒筋展臂，准备上路的时候，大老子气喘吁吁地赶来了。他的身后自然也有一群遗老遗少。有人把他扶过了跳磴。

他脸色发青，想不到有这么多人在这样一个如此重大的日子，跑出了峡谷，要为一回纸筋去河溪场那儿。他狠狠地瞪了茂森一眼。要是茂林还在身旁，他是绝不仅仅是瞪一眼的。就是这个人，既是他的儿子，又是他的对头。他站在工场的高处，略略喘过一口气，即喑哑地向那泥黄色纸筋旁边一张张压抑和怨艾的面容发话道：

“啥时候你们都变成这样了？”

那一张张脸不仅仅是压抑和怨艾了，还多了几分愤懑。

“你们既还叫我大老子，就还是听我一句话；不要为那几个钱，把起祖八代都忘了……”

他渴望得到以往讲话的效果，哪怕有一半的效果也好。可是工场上一片寂静，而且每个人都明显地预感到，这之中有一种威力巨大的东西就要炸响了。

大老子当然也不例外地预感到了。突然，他从高处走下来，很快占领了通往河溪场路旁的一块石头。他坐了下去，摇晃着痰音。“我是长房上的人哪，这沟里的事情我还有权力维护。今天，我就看哪个敢从我这里过去，我就拼了这条老命……”这些举动这些言语，是有失大老子身份的。人们感到格外诧异，以一种陌生的目光看着他。不知在什么时候，他又从什么地方掏出了那几页发黄毛边纸，拿在手上扬了扬：“只要哪个把这族谱拿过去，你们的事情就和我无关，你怕我是找事做……”“顺福！顺福！”似乎是被大老子的精神所打动，随同来的长庚招呼儿子，“你过来，不要去了，没事情干回去收拾镰刀，准备收谷。”可是顺福没有动，运纸的人没有哪一个动。“喂！哪一个——去屋头给我把水烟杆拿来。”本是不离手的东西，慌忙中也有了失误，“老子在这里奉陪。”运纸的人们有点着了慌，都把目光转向了茂森弟兄俩。茂森和茂林在工棚边上蹲着，正小声地商量着什么。不一会，茂森起身向大老子走了过去。到了近前，他一下跪了下去，并在地上响响地磕了三个头，说：“爹，把族谱传给我吧！”看见茂森跪下去，大老子条件反射似的把族谱攥紧来。听茂森这样一说，他又生怕抢去似的把那几页毛边纸收进了衣袋里：“畜生！滚开！你没有资格……”大老子知道茂森要族谱的意思，气咻咻地骂道。茂森从地上爬起，转向了随大老子来的一群人，不慌不忙地说：“各位亲戚！据我所知，我爹从我公那里继承族谱的时候，还没有我的年纪。既是这样，我也不想就要这族谱。”顿了顿，他更提高了声音，“今天，这主要是我们家庭纠纷，请你们相信，我作为他的儿子，会处理好这桩事情。请回吧！”

茂森下了矮，说的话也有情有理，随大老子来的大部分人在心里就宽宥了他。长庚出来打圆场说：“我看你们去公社调解，随我一同去，相信共产党……”他的话没有落音，只见茂森变了个人似的，一转身就把大老子抱了起来，掮在肩上，涉水往峡谷里跑去。大老子嘶声叫着，又是手抓又是脚蹬，然而不顶用。事情发生得突然，众人都傻了眼，不知道该怎么办才好。等到回醒过来，茂森掮着大老子已经跑进峡谷了。这时候，茂林站在工场的高处，向着惶惑的人群，高声宣布道：

“每一百斤加五角钱，两块钱一百斤，愿意的马上跟我走，不愿意的立刻可以回去……”

他的话没有完，顺福几个年轻人打头上路了。人们紧跟着，形成一股巨大的洪流，往河溪场那方向涌去……

大老子的嘶哑的叫声从峡谷里传来，然而愈来愈微弱，终于如游丝般飘散，消失了。

山雨哗啦哗啦，不停息地下了一天一夜。谷底那一条小溪，泛着浑浊的泡沫，涨溢上岸来，淹了几家人的谷子。水上的跳磴看不见了，不知是冲向哪里还是沉没在水底。从山林里带来的枯叶和腐木，在溪面上浮漾，随着奔腾的急流，向峡谷口冲去……土地饱吸了水分，足踏上去，便泥浆四溅。那刚刚蔫须的苞谷，籽粒还未成熟坚硬，大雨冲刷，青红的根爪露了出来，终于无可抓拿，沉甸甸的身子斜斜地倒在了土中……两匹对峙的老岩，灰红的光秃的容颜湿痕斑斑，那支撑更显得艰难……没有雾罩，整个峡谷都在山雨过后这一瞬明净中清晰可见。那木屋顶上的杉皮盖，阴暗霉黑，檐口上敛集着水分，成晶亮的珠子，不胜寂寞地滴打在檐沟里。吊脚楼下那一片干燥的空地，比往日里更加混乱。一只长抱不醒的鸡婆，被主人缚了两只脚在急雨中淋了不知多久，这会解脱了，羽翅湿漉漉地在阶沿上摇摆，不禁风寒的样子。空中没有一只鸟飞，地上没有一只虫叫，都不知躲到何处去了……

太阳从峡谷口那一边升起，蒙着一层轻薄的雾气，宁静而沉重。先是橘红的，而后是蛋黄的，长久地在一个地方凝滞不动……云层在不知不觉中重又布下了一个阵容，在天幕的前端静候那光明的球体。没有风吹，铅黑的天空显得凝固和无比的宽厚……大约在早饭那一阵，太阳钻进了云层里去，渐渐瘦小，细如一根亮线，最终被整个铅黑吞没，毫不费力地吞没……峡谷里沉闷和阴森……不久，仿佛是在大地的深处，传来一种持续而隐约的轰隆声。遥远的天际，山山相连接的地方，闪动着一种模糊的异光……中午时分，深广的云阵剧烈地蠕动起来，匆促之中，云隙里透出了一柄长长的光剑，一直插进了峡谷底，仿佛要将这一隅肥沃的土地割切成几截……这之后，整个峡谷就像打上锡封一样，云层低低地降下来，严实地笼罩了……人感到憋气，要愤然地吼叫。狗在檐下不安地走来走去，莫名地呜呜着。院坝上的公鸡奇怪地跳窜，像是追逐母鸡配种的样子……

突然一只黑鸟从哪一个岩缝里扑出来，迅疾地贴着云层飞出了峡谷……倏地整个峡谷里一片炽白，连环般的惊雷当顶炸响了。不容一刻犹疑，灰暗的雨点便牵连不断地打下来；不容一刻喘息，整个峡谷便在这重重雨幕中战栗；不容渗浸，急雨裹着泥沙，从四周往谷底漫下来……

早晨雨脚收住那一阵，茂森去工场察看，雨水灌满了沤坑，四下里一片泥涂，无处下脚。他便上大槽口茂林那里去坐一会，商量停工几天，他也借机去县城一趟，一是继续找销路，一是去蔬菜队会意中人。可是他在峡谷口那一堵黯淡的石墙边却站住了，犹疑半天，不知怎么又退回来了。雷雨到来后，茂森坐在屋檐下面，焦灼地望着苍茫的雨幕出神……

天黑了，雨比先前弱了些，可雷电没有半点减势，急遽的电光不停地闪射，炸雷连续地在长天里震响，夜如白昼…… “今夜晚……在叫唤了……在叫唤了，是不是要出点事情哟！”大老子在黑屋里呻吟般嘟哝着，忽地又害怕似的噤住了。自从发生两个儿子顶着他往街上运纸筋的那件事情，他的神志有些恍惚，老是说屋后半岩的石狐狸在叫唤。茂森在昏暗之中瞥了他一眼，就找一张胶纸披裹在身上，走出门去。他从一家屋檐下经过，奇异地发现人们都没有点灯，可又并不去睡，只在黑暗中坐着，惴惴不安地等候着什么。他的心倏地像一根绷紧的弦了，感到一阵阵发紧。当他走到西头长庚叔家门前，看见长庚叔坐在门口那儿抽闷烟，便想和他说几句话，长庚却先开了口：“是茂森呀！你也在家……你爹咋样了？好点了么？你那天做得过分了点……唉！这一场雨。好多肥土遭冲走了，肥土……”

茂森终于什么也没能说，苦意深重地叹一口长气，便离开了那里。电光在他头上闪射，雷霆在他耳畔炸响，雨簇又变得粗大起来，白亮亮的往下倾注。他往溪流那里摸去，深一脚浅一脚地在泥浆中走着，才走下两三台土棱，他便听见了一阵深沉的咆哮声。借着强烈的闪电，他看见平静的小溪已经成了凶猛的河流。而山水还在往上涨，那灌浆饱米的谷子已看不见一株一穗。他足下的土，苞谷已被拔起，投身到激流中去，地面已被冲刷得沟沟洼洼，一片泥涂。往上走，他来到了祠堂那儿，祠堂已经泡在水里，人进不去……又一个雷劈，剧烈的震荡差不多把他抛了起来。他感到有些胆怯，急忙地爬上土棱坎，往家里赶。这时候，他已经后悔早晨的犹疑，而没能够走出这个峡谷去……在遥远的县城那边，那个和他邂逅的女子正盼着他。他们已经商量好，既不能把家安在峡谷，那么他就“出嫁”去她那里。而他自己也已经想好，到了那一个日子，他就请茂林陪伴，带上一些好东西进县城……

又一个雷霆，并不尖厉，而是一阵沉重的轰鸣，整个峡谷明显地晃了一下。他跌倒在泥浆中……他抬起头来，强烈的光束照得他的脸一片惨白，眼睛充满了绝望和恐怖：在峡谷口那边，无数的巨石裹在一起，咆哮声震天动地，正顺着溪流的方向，往那一片委琐的木屋压过来……

“垮岩啦垮岩啦……”一种本能的撕肝裂胆的叫声，从他咽喉那里蹦了出来。“垮岩啦垮岩啦……”一直这样疯狂地叫着，他几个箭步就蹿上院坝冲进屋里，从火台草墩上抱起大老子扛在肩上转身就奔出屋……

“垮岩啦！垮岩啦！”他不敢放慢脚步，沿那一溜木屋嘶叫着。

霎那间，峡谷里响起了一片悲惨的和声。人的呼天抢地，狗的狺狺狂吠……但是老岩的摇晃着的阴影很快抑制了这一切。一种渴望生存的本能，鞭打着人们往前拥去。男男女女老老少少，推挤一起，有如一股肉体的河流，和一旁山水的河流并行奔腾……

“垮岩啦！垮岩啦！”

无数个声音盲目地喊着，当中又夹杂着那嗷嗷的怪叫，呜呜的悲号……人和自然在毁灭与挣扎的界限上，那矛盾的音响也在剧烈地碰撞。哗啦！惊雷砸下来，仿佛要把整个惶恐的家族击碎。轰隆！巨石劈下来，仿佛要把整个人流打成肉泥。山洪高高地跳起来，发出骇异的呼啸，仿佛要把所有的人卷进水底……

整个峡谷在摇晃着，老岩的阴影扑下来，吞没了一片被整个冯氏家族仓皇撇下的木屋，和那木屋旁边圈里的牛、猪、羊……吞没了那一片肥沃的田土，和田土上的庄稼，又紧追着人的脚步，贪婪地要吞没一切……

“冲啊！冲啊！”有一个年轻的洪亮的声音在人流中叫起来。于是奔突的人群又跟着这样狂呼，巨大的声势卷着一股腥臭的气流，急遽地向前运动……

长空里光剑挥斫，层层黑云被撕得血红，发出一声声尖厉的惨叫。血光射下来，照着一张张变形的脸，和那脸上一双双惊恐的眼睛。有人跌倒在泥地上，像球一样向前滚几转，弹起来又向前冲……

强劲的逆风从峡谷口那面闯了进来，把急雨打成斜斜的箭镞，迎脸刺过来，叫人喘不过气。可是没有人敢停下来，一种挣命的本能，无情地推着人们向前拥……急风扎进老岩的缝隙，撬动崖壁的胸脯，巨大的山石摇晃着阴影扑下来，发出了一种嗞嗞的尖啸，有如大自然的得意的笑声……

终于冲到了峡谷口，可是石墙缺口被巨大的山洪淹没了，整个人流被封死了逃路。老岩的恐怖的阴影迅速地追上来。然而只是一瞬间的迟疑，无数双青筋暴露的手臂就挨上了古老的石墙——“起！”这之中没有谁领头，众口同声高呼，所有的力量齐聚一点，“起——”冰冷的石墙摇晃一下，终于轰然坍塌。整个人流又呼地跃起，踏着断垣残壁往前拥，拼命地要摆脱那恐怖的阴影……

这是一个悲壮的夜晚，两匹老岩崩下来的巨石，击打着山根，接接连连，那不堪震动的危崖，就在无止境的轰隆的撕咬中，在一片雷电的威压下，在狂风急雨的裹挟之中，夷为一片乱石，一直到天亮时分才最后安静下来。

那熟悉的血红的太阳升起了。死里逃生的人们挤拥在大槽口那儿，回首眺望，峡谷已化为一片浑浊的湖泊。冯家沟消逝了，冯家祠堂，冯家“祖石”……都一统沉睡在地层深处去。

“族谱，啊，我的族谱……”大老子孤零地坐在一块石头上，迷茫地喃喃着。他感觉整个身躯都虚空了，就要倒下去了……

有一种如泣如诉的声音响了起来。人们抬起头，看见在那古岩矸门口，茂林抱一把二胡，低垂头拉扯着。在他旁边，小媳妇腆着一个大肚子沉默地坐着，凝视着大槽口……

茂林抬起头，如泣如诉的旋律高亢起来，摆脱了阵阵凄紧和伤愁，高亢下去……

逃离死亡的人们，开始用一种从未有过的目光看着大老子身旁的茂森，并自觉地向他靠拢过去。新的生活即将在这里开始。

是的，一切都将从容地开始，满怀希望地开始。开始吧！

养蚕人的故事

早些年，我母亲家乡青枫弯的柞蚕是出名的。每到采茧的季节，记者总要去采访，写成文章发表。当我读到文章的时候，总是高兴得跳起来，偎到母亲怀里："妈妈！快看，这上面有外公的名字，舅舅的名字。"说着，将几个字指着叫她看。

"可不！蚕花多旺啊。二十来个茧就有一斤。我在家的时候还没这样好的运气。"母亲嘴角挂着笑说。

"我又要去吃蚕蛹了！"我总是这样说，觉得这是一种骄傲。

"去吧！别忘了叫你外公给我们挑几斤好丝绵，这个冬天做床丝绵被子。"

舅舅是个厚道人，高小毕业就回乡搞生产了。他心不花哨，规规矩矩在外公手下学放蚕，年纪轻轻就学到了技术，报上登载了他的事迹，出了名，娶了个漂亮能干的媳妇，安了家。

我那时小，对这个世界的认识多半是从没出息的"吃"出发的。外公、舅舅养蚕，我就知道蚕蛹好吃，那香味儿是葵花籽儿远远不能比的。盖着丝绵被子，我可以把它当作是棉花的，仿佛这与我没什么关系，只是到后来大一点儿，才知道丝绵比棉花被暖和和轻巧得多。

外公是世界上最好的人。记得那年，正是养蚕时节，外公和舅舅都在柞蚕坡上，我也整天跟着他们在柞树林里玩。这可惹火了舅舅，骂我"跟屎狗儿"。还不等我耍脾气，外公就把舅舅吼了一顿，过后，挺慈祥地叫了我，说要给我捉个活丫鹊玩。

老鸹丫鹊是吃柞蚕的。每到柞蚕上树，外公、舅舅总要扎上许多稻草人，分散插在山上，吓唬老鸹丫鹊。日子一久，老鸹丫鹊识破了，它们还要跳到稻草人身上嬉弄，啄起草人来。外公戴了顶草帽，身披干稻草，远远看去就似一个草人。他站在那里一动不动，逗引老鸹丫鹊来上当，不大工夫就捉了一只活丫鹊。

天天巡蚕，是够苦的，转得头昏眼花，还保不定柞蚕不受损失。外公总算想出了个穷办法，他用绳子把整个柞蚕坡拉成了许多小块块，像牵大网似的，然后用一些烂锑铁，破瓷具，中间悬上铁坠儿，系在绳子上。这样，一动绳子，整个柞蚕坡就像放满了带铃的牛儿，叮叮当当响成一片。再胆大的老鸹丫鹊也不敢在柞树上落脚了。

这一年的茧特别好，到采茧的日子，天气又好。阳光照在柞蚕坡上，光洁发亮的茧儿像串着的珠子，逗得大家喜滋滋的，眼眯成了豆角。

茧的加工最有意思。区上派来了个师傅，掌管火候，将茧蒸好，然后分到人手。一个大木盆，里面盛满水，一块木板横在上面，中央钉着一个弓形的铁架或是烤弯了的金竹篾条，这便是“绷子”。拿到茧，撕破来，翻出蚕蛹倒进侧边的箩里，将茧壳洗净，两手使劲，均匀地绷到左右拇指和食指上，然后朝“绷子”上绷，如是几下，取下晾干便成了丝绵。我房份中的一个老表嫂，手脚干净利索，绷丝绵又快又匀净，只是嘴馋得慌，没时间不见她嘴里嚼着蚕蛹。那些日，她正挺个大肚子。小伙子们总爱打趣她：“胖嫂，蚕蛹是补物，吃多了，娃子大了生不下来哩！”

全队占半的劳力绷了十多天，五百多斤丝绵，卖了三千多元，这一年要算大丰收了。

可惜，那样的景象我再也看不见了。一九七六年，我有机会再到青杠弯，柞蚕坡上已经只有外公一人。我问起舅舅，外公有些气愤地告诉我：

“这几年你舅舅进步了，参加了党，公社培养他，弄他出去学习了几个月。回来后，说话也不同从前了，动辄就是‘阶级斗争’、‘道路’、‘主义’，给我上起课来了，倒好像我老汉没有他有见识。”

“几天前，来了个工作组，那组长是区上的老吴，人是个好人，挺和气、挺耐心的，从前在我们队常来常往，大人细娃都和得。只是现在像灌了黄汤似的，说起话来老和我们隔层肚皮了。他做工作要我别放蚕了，把这柞蚕坡变成田。见他的活鬼，亏他说得出来，第一年的蚕种还是他给我到外省去弄来的。现在他倒心狠，这青㭎弯一年放着几千元，要把它除脱，还说这是学大寨。我的天爷！当坝都没做好，争这坡上干哪样！这怎叫我想得通，我把他气走了。”

“更气人的是你舅舅。他让老吴支起来开通我，说我们农业只能生产粮食，养蚕那样的事是不务正业，多种经营本身就不对，只准经营社会主义，不这样，就是走了资本主义道路。我道公社不让他去学习怕还好点，竟说起了我的资本主义。七论八论，以前厚道合心的人，如今把个好心眼给理论反了。这不由我火起，把他骂下坡了。”

这天晚上，朦朦胧胧的，我被一阵低微的谈话声惊醒了，睁眼看外公，他还没睡，正摸黑靠在床上一明一暗地吸着烟。声音是从堂屋传来的。从门缝往外望，堂屋灯下坐着两个人。一个是我的舅舅。另一个衣着朴素，一手抓着个草帽，像要上路的样子。听他们谈话的内容，我估摸那便是工作组的老吴。

“把我这队长换掉吧，我实在不是那料子。”我舅舅说。

老吴和风细雨道：“这话不对啊！长林，要是工作不顺手一点，就都甩手不干，我们这个社会主义就无法搞了。其实嘛，工作就是斗争。柞蚕坡的事情，是个原则问题，你父亲一时想不通，那是必然的。放了十多年的蚕，一下要他老人家把眼光望出青㭎弯，这还得要有个过程嘛！我相信他是一定会想通的。不过早迟而已，慢慢做工作吧！”说完，老吴拍了拍舅舅的肩膀，表示鼓励，“我今晚还得赶回公社去。”说着走出屋子，消失在黑夜中了。

从那以后，舅舅有了心事，粗黑的眉毛拧成了疙瘩。他是个有孝道的人，怕伤了外公的心，做思想工作的事未便立马提出来，只是一个人在心里憋着。

几天以后的一个早晨，老吴组长在地头上又找着了舅舅。他还是那天夜晚我看见的那副打扮，双眼充了血，显然是熬了夜，面部却很精神，充满自信。脚穿一双解放鞋，沾满了泥浆，那是摸黑走路踩了水。

“这步工作做得怎样啊？”他说话还是那样叫人听了暖乎乎的，“农业往金钱上去发展,要陷进资本主义泥坑的。”

舅舅似乎有些自愧,望了望老吴,摆了摆头,不作声。

“这是做你自家人的工作啊,别忘了党是怎样培养你的。”老吴动了真情,血丝丝眼一眨一眨的,有些痛心地说。

舅舅的泪水流了出来,溢满了那显着几分憨厚的皱纹。他诚恳地接受了老吴的批评。

吃晌午饭的时候,舅舅不端碗,双手抱着蓬乱的头,闷坐在灶门前。外公知道他的心事。其实,他也是个疼儿子的人啊！为这事,他又怎不感到难受呢？我看这几天他也是个吃不香、睡不稳的人。他摆着筷子,目不正视地说:

“吃饭罢,不吃饭也罢,事情总是顺着理的,那样做算个哪样派头！”

“爹！你就别固执了吧！”舅舅一下抬起了头,“领导上这样真培养我,连自家爹的工作都没法做,还能做什么呀！我不知怎么会有脸！”

外公没再说什么,端上碗,夹上菜,出屋去了。

精神上的折磨不会比肉体上的折磨轻松,只几天工夫,舅舅眼睛陷了个大凹凹,两边颧骨高高地突了出来,仿佛要支破了脸皮,那几条不很明显的皱纹如今也像刀刻似的了,面容憔悴,颓丧极了。外公从来就是个细心人,看着舅舅成了这个样子,他心里也急,无奈“麦熟一晌,蚕老一时”,这几天正当蚕老结茧的时候,他整天扑在柞蚕坡上,心实在分不过来。

这天夜晚,月亮特别好,光线从那几片亮瓦照下来,落在床上。想到明天就要离开这里回城了,我心里有点疙疙瘩瘩的,翻来覆去不能入睡。外公像往天一样,斜靠在床头,摸黑吸着烟。他见我没睡,说:“回去告诉你妈,给我做个准备,不一定哪一天我来和你们吃在一锅……”正说着,堂屋门吱呀一声开了,舅舅和工作组长老吴一前一后进来了。舅舅说:“你坐着,我叫媳妇起来给你炒一下……”

“别惊动吧！冷饭热肚,吃的抵数,就这样吃了。”原来老吴还没有吃晚饭,说着,他去舀饭了,就像在自个儿家里一样。

吃着饭,老吴说:“全公社今年学大寨的规划已经搞出来了。青枫弯的事情,只要你爹一想通,社员们也不会有啥意见,我们就可定下来往上报了。”

“嗯！”舅舅在一旁应着。

这夜晚老吴宿在舅舅家。

第二天早晨，我醒得很早，看外公不在，我翻身下了床，发现床前一大堆烟灰。外公昨晚一宿没睡啊！

外公在门口拉住了老吴组长，显得有些激动：“……我老都老了，还图个啥？你总该了解我，我不承认我啥时候落过后。这青㭎弯是集体的，养柞蚕也是众人的利益，要改成田，你们就按你们的计划吧！不要为我费心了。只要众人有吃穿，日子过得高兴。我已是泥土埋到脖子的人了，能活多久！哪还能那么任着性子啊！”

回家没几天，我又到青㭎弯来了。这一次是收到了外公的信，来接他进城去住的。

茧子已经加工过了，但蚕蛹外公给我留了一大包。他叫我吃，我没吃。看着蚕蛹，我感觉心口被什么堵压上了。柞蚕在这个地方出名，又将在这地方绝种了。这以后再也见不到那黄茸茸肉嫩嫩的柞蚕，再也吃不上比葵花籽还香、营养又好的蚕蛹了。我抓了几颗蚕蛹放在衣包里，其余的我包好装进挂包去了。心想在以后的日子里，每年在这个时候吃上几颗，就会记起这柞蚕的故乡，记起养蚕人的生活，记起柞蚕灭绝的遭遇。

早饭后，众人就要上山砍伐柞树了。工作组长老吴和几个组员都高高兴兴地到这里来了，心情就像即将铲除大祸害，或者挖得一个宝贝似的。这天早晨，外公上青㭎坡去了。我知道他的心情，想最后看一眼那些和他一起生活了十多年，为柞蚕贡献出了绿叶的青枫㭎树，看一眼那些就要遭到厄运的青㭎树。最后，他一把火烧了他十多年来放蚕的窝棚，火苗舔着空气，蹿起多高，浓烟打着滚冲进天空，一个老人和他的一段生活在烟火中话别了。

我们起程上路了，柞蚕坡上传来叮叮的伐木声。外公低着头，急急往前走，没往坡上望一望。我闭上眼，停住脚，手插在衣包里，紧握着那几颗蚕蛹，像一个虔诚的天主教徒在对着上帝祈祷，那一棵棵柞树在我脑子里迅速地倒了下来，赶也赶不开。我痛苦，同时，又不知从哪里漏进一丝希望夹在痛苦中。这希望便是柞蚕坡的未来或许比它的过去更加美好，更能给众人带来福利，但这希望仿佛又很遥远……

这就是养蚕人的故事，如今已经成为过去。外公来城不到一年，接到舅舅的信，说青㭎坡的事情不容易办。他早已回到青㭎弯了，他是个闲不住的人。每年，母亲总要给他们寄上四五十元油盐钱。我也再没到过青㭎弯，那里也再没有什么令人神往的了。

六　月

我的流沙不见了。这只鸽子作了相当漂亮的飞行，可以说是我的骄傲。她一定是发生了什么意外，被人捉住关在某个地方了。我要找到它，找回这份骄傲。后来，我从一个山垭走去，来到了这样一片洼地。只是半天工夫，我和那里的一个铁匠就混得相当熟悉了。他答应帮我找到鸽子，但有一个条件，我得仔细地听他的故事。

——作者

传宗接代的事情，对于我来说已经厌倦。还是在三十岁的时候，我娶过一个女人。她是高山上生长的，脸颊被冷风打磨得又红又粗糙，个子很矮，但健壮如一个刚从地头翻弄出来的红薯。我永远忘不了那个第一眼的感觉。那是在炉子旁边，半片席棚底下，我依旧使用着祖上传下来的那个桶子，正前倾后仰地往里鼓风。这时候，媒婆领着她来了。媒婆手中用茅草拴着一块锄头，那锄头已经耗损得好像巴掌那么大，闪着木钝的光辉，说要安钢火。事情是先和媒婆说好的，看人看相，让人感到难堪，就做一个幌子遮掩。结果呢，铁在红火中烧化了，我还是一眼不眨地望着那个女人，仿佛想咬她一口，却又惧怕脏了嘴头……

后来，女人腆着个大肚子死了，娃儿没有生下来就死了。我的厌倦大约就是从那个时候开始的。在秦家洼这块宝地，有关我的先人的传说随处可以听见。那情形比较之下，仿佛他们流动的血液里灌满了钢铁，强毅而且坚韧。我则太单薄、太脆弱了。我家是几世单传，在漫长的岁月里，先人们捧着一颗火苗，战战兢兢而又满怀希望地延续至今。现在，终于轮到我了。这颗火苗就要熄灭了，整个秦氏家族的一支脉种将在我的手中结束了。一辈不管二辈事，但图一个痛快淋漓。我夜夜做着噩梦，红头发绿眼睛的幽灵咄咄逼人，那样熟悉，又那样凶险，常常弄得我身体下面大片汗湿，弄得我滚到床脚，像一只羸弱的猫崽那样咪呜咪呜地呻吟。我最后还是摆脱了先人们的阴魂的纠缠，没有依靠妥协和顺从，而是一如既往地按照旧有的方式，甚至那一份厌倦也保留了。这之中，仿佛没有任何因由，但所有的过去、现在和将来的一切，又似乎环环相扣，居然牵连其中。

住在我对面的灰包，是秦家洼很响的人物。我似乎还在混沌的母腹中，就对他心存妒意了。当然，这或许是我的父亲，抑且我的母亲，通过血气对我的影响的结果。由此上溯到哪年哪代，已无从考证，但灰包和我系同一祖根衍生的两个果，这是确凿无误的。只是枝丫发杈的时候，老天不公，他们那一支后裔就显得尤其发达，我们这一支子孙则衰微了。洼地里的偏刀岩，那是我们秦氏家族的坟山，据说是天下第一的风水宝地。当初，我们家族的先驱踏破铁鞋，跋涉三千里地，从秦岭追到大娄山，智慧的眼睛微察幽烛，终于抓住龙脉，枯萎的蒿枝草插入地下，立刻一片润绿，见风即呼呼长起来。于是，一副先驱者的棺木埋下去，便播种了整个秦氏家族发达的希望。可不知道在哪一个环节发生了误差，事情却未能尽如人意。偏刀岩上一个坟头，我知道我所承继的支脉上的先人们为这种家族中的不平一直努力着，但是他们的后人并没有繁荣和强盛，辈辈代代的期冀仅仅作为一个梦流传了下来，融合在血液中流传了下来。所以，从我落生的那一天起，我似乎就感到了心力不济，对这个古老梦的厌倦已经潜在了。我今天终于弄清楚，搞农业学大寨那一阵，我为什么敢在偏刀岩坟山炸响第一炮。那并不是无因的，实际上对于这个欺骗我们多少辈人的梦，我就克制不住地开始了诅咒。

还是来说灰包吧。我们秦家洼几百口人，排行次序从未有过混乱。既然如此，族中就是排论辈分，长者往往出于幺房或者发展缓慢的支系。灰包年纪比我大，但我却是他的叔公。我想这一点是不能够放弃的。在洼地里，我们辈分是最老最大的，小丁娃儿则有叫我“起祖”的了。那年我在偏刀岩坟山放炮，没有人敢于公然出来羁绊，可以说就是因为这个缘故。虽然那炮未给族人带来一丝损害，但也没有带来一点利益。只是从那以后，大家对这起死回生的山峁峁不恭敬起来，仿佛原有的沉默不过是神秘，而火药把这一层神秘爆破，就抑制不住地热闹起来了。六月里一个夜晚，雷电滚滚直劈偏刀岩坟山，大雨滂沱，洼地里水漫漫一片。天擦黑以后，偏刀岩重重大寨田没有了踪影，那些厮守于斯的大大小小的坟头，也倏地不见痕迹。整个偏刀岩白晃晃的，被大水冲刷得又干净又耀眼。秦氏家族的忤逆触怒了哪一位神灵，将一条龙脉迁移了。所有族中子孙，到了那时候，面对一望死冷的山石，仿佛有所悟，而又无可奈何了。我是感到揪心的痛快，族中辈辈代代先人之间的不平，在那一瞬间似乎全都得到了化解。后来，灰包就在那山峁下面开起了窑子，焚烧石灰卖钱。那时候，灰包不过半百，身子骨硬朗，肉头结实，开山炸石，背煤装窑，都可以自己干。我的这个侄孙就做这桩事情发财，成了堂堂正正的万元户，被人民推作代表进城举手选县长去了。他有三个儿子，两个送去部队，竟都提拔成了干部，回到地方安排在县城工作了。小儿子黑黑是个精灵人，看两哥兄去部队都奔得了好处，也想跳出秦家洼参军，但灰包抓得死，征兵小组审头关就把黑黑取消了。洼地刚刚通公路，灰包就买来一台手扶拖拉机，交给黑黑驾驶。年轻人图新鲜，觉得掌握胶皮轮子也是一种派头，天天开着拖拉机去煤厂装煤，供灰包烧石灰。父子二人在石灰窑子上统一起来，成了一对不可分割的搭档。

我不知道黑黑算不算误入歧途。总之，他当时的心境，我是很能够理解的，尽管我们之间论辈分或者年龄都相去甚远。还是早些时候，几股拇指粗的电线拉过我们洼地的上空，就给我们匀出几丝，使得我们家族向前跨越了一个时代。我买来了一台鼓风机，拧动电门，一阵嚯嚯啸叫，炉火就眼见得发蓝，叫人好快活。这样，我废弃了祖上传下来的那个风箱桶子。如果这也是一种厌倦，那么刚刚开始，我就从厌倦中得到了解脱。人在没有认识新生事物的时候，总是认真地恪守旧有的一切，是不会想到厌倦的。不久，我又置下一柄电钻，那更是一种神奇，其形状像大号的手枪，只要扣动扳机，呼呼飞速旋转的钻头，就能够如子弹般的穿透任何坚硬的东西。开初，这种新奇的感觉，使得我仿佛回到了孩童年代，那木钝的脑袋整天里竟然幻想出许多稀奇古怪的念头。一次，事情不知是怎么发生的，我在钻磴的侧部钻一个洞，不美观不实用，甚至错误也不是完全毫无意义。还有一次，我险些在某位铸镰刀的人的脑袋上，凿出了第八个窟窿，幸得人家远远地跑开了。我大约是知道这个东西的危险，以后就收拾起来了。但是，这柄电钻并没有从我心头消逝，它一直在呼呼飞速旋转，赶也赶不走。所有质地优良的东西，仿佛都有这样的属性，只要接近去，就难以离开来……

黑黑的醒悟，是两年以后的事情了。那时候，我的侄孙已经替后人修造起来一幢房子，砖木结构，既阔气又漂亮，洼地里简直没有第二幢房子与之媲美。我不知道别的地方对房子是怎么看法。在我们那里，房子是安宁和富足的象征，为人处事的根本。即使你的子孙发达，而倘若上无片瓦下无立锥之地，则只能被当作一群牛马。说得更加透彻，灰包把黑黑牢牢地钉在了洼地。我相信年轻人是厌倦了，就像我对传宗接代的厌倦一样。胶皮轮子永远作相同半径的圆周运动；耳畔永远响着单调枯燥的啸叫；身子永远颠簸动荡，仿佛骨架子都抖散开来……天刚近黑，我站在我的席棚的暗影里，看见灰包和黑黑从那幢阔气而漂亮的房子里走出来，那巨大的门洞也是昏昏沉沉的，父子俩则格外分明——灰包白扑扑的一团，黑黑犹如墨似的一簇。他们一前一后走着，肩膀微微地耸动，隐隐伴着呻吟似的哈欠，默默无语地转过房屋，下到那条日渐干涸的溪头。我看不见他们，但我知道他们已经褪去所有的穿戴，走进了日常牛们悠悠闲闲吃水滚泥的那个水塘。这是绝对不会错的。水响传来，夹杂着咕咕噜噜搓身体的声音，少顷工夫，便相伴牛粪便的温润的气味，尸臭尸臭地传来……直让人起鸡皮痱子。这时候，石灰与煤屑的粉尘，似乎都一洗干净。可是，我知道他们并没有得到轻松，仍旧沉浸在一种深深的忧郁之中。尤其那血气方刚的胴体，我甚至想到他明天就可能有意识地把那台手扶拖拉机开下悬崖，九牛不回，摔得粉碎……

我的那个侄孙是发了疯了。人心永远不会感到满足。他又在偏刀岩打了一眼窑子，仿佛不燃烧到世界末日，就绝不会休止。往日的风水宝地已经没有一丝绿意，只有烽火狼烟一般的灰红的燎子。站在洼地任何一处檐墙屋隅，稍稍抬头，就可以看见那股股烈焰，在红色的山岩的映照下，像神奇的天火一般。我感到一种深远的昭示，一种激荡心怀的辉煌和壮观。有时候，我看见我的那个侄孙往上走着，沿着一重燃烧过的褐色的渣滓的长坡，一步一个脚坑，紧随一阵震颤，褐色的灰烬往下滑，仿佛要把他整个地淹没。一些时候，我看见我的侄孙蹲在窑门那儿，不挪动半步，火焰一样发红的眼睛愣着，捕捉什么似的，阴沉而又疲惫地愣着，却又从不会瞌睡。我已经感觉到偏刀岩在迅速地往下跌落，并且很快会夷为平地……

那天早晨，我的炉子刚刚生起发燃。多少年以来，我一直是洼地里醒得最早的人。天空很低，一块铅板似的云一动不动地蒙在头上。偏刀岩的石灰窑子依旧腾着股股红烟，照例使人觉得一种喘不过气的炙热。没有鸟，更没有鸟的鸣唱。我对面的那幢房子寂无声响地打开，灰包和黑黑走了出来，这样，我以为烦躁和沉重的一天开始了。然而那天的情形证实我是错了。父子二人仿佛是在夜晚里翻到了一页倒霉的皇历，而刚刚起床又踩上了一只死耗子，老少两张脸都张皇着，阴沉着，忿忿然而又无可奈何的样子。有一下没一下地，灰包拿着柄竹桠扫帚打扫着陔沿。黑黑则提着一个桶子，急手忙脚地加油。打着摇手柄，拖拉机发动起来了，但突突地响了半天，灰包才挨不过似的扔下扫帚，半截木墩一样滚进车斗里，抱着膝盖蹲了下来。那时候，我已经感觉到了蹊跷，如果往常日子，灰包揉着眼睛，倒提一把跳锤，早就上了偏刀岩石灰窑子……我搁起一块红铁，踢着那块从脖子上挂下来一直垂到脚踝的硬牛皮，走出席棚来招呼。可是，等那四个胶轮子滚出去老远，我才听见灰包落下半句话来："进城！"那腔调哭哀哀的，仿佛有着许多说不清楚的委屈。

我知道灰包和黑黑要出点事情了。整个那一天，从太阳升起来在云雾中挣扎，直挣扎着坠入泥土，我都感到莫名的兴奋，不知是为自己，还是为灰包，或者黑黑。我想这种心情决不是歹意的，当然亦无所谓善意。而且，大约是在晌午时候，有人来取一柄锄。我不知道怎么一来，又找出了那把闲置已久的电钻。挥着这个家伙，我竟异想天开地在那宽阔的锄身上面打出了三个眼子。主顾自然不明白；而我自己虽也是懵懂的，但居然能够说得像一回事："这样轻巧，更好起土。"我说着，脸上的笑容一定非常怪诞。傍晚我吃的是大米苞谷两造饭，又滋润又喷香。刚刚端上碗，我就听见了那熟悉而又揪心的突突吼声。我不顾一切地往外奔，走出席棚三五步，看见了那台拖拉机，已摇头晃脑在洼地那条毛坯公路的尽头掉动着车身，半边屁股竟然撅了起来。接着，拖拉机换了挡位，屁股越耸越高，倒退着进了村庄，直抵那幢漂亮的房子……

我的那个侄孙艰难地从车斗上翻下来了。不到一会工夫，他竟然老了许多。现在，他向我靠拢过来，脸上带着苦笑，仿佛输了，却并不到坍塌的地步。“这都怪……黑黑……怪黑黑。”他哀怒地叹息着，并跺了跺脚。我知道他是要诉说，我这样高的辈分，时常地听人诉说，并做出裁断，已经是习以为常的事情了。尤其排队伍做活路那阵，人们过路上下，即便烈日炎炎，都要聚在我的席棚围着我的炉子展开诉说，叽叽喳喳的，既滑稽又庄严，牵连人论人，涉及事断事，俨如调解国际重大纠纷一般。现在我逾过灰包的肩膀，看见几个年轻人跃上车斗，掀去那撅着的纸壳，将一个铁盒子抬了下来。一台巨大的电视机，我的心里微微地跳了一下，不知道是轻蔑，还是别的一种情结。在洼地里，这种东西已经不算稀奇了。我都去了好几处人家看过，后来就懒得去了，眼睛难以忍受，看着看着就胀疼。总之，我不太喜欢那个东西。又有一个盒子搬了下来，黑黑抱在胸前，喔嗬——一头发情的小公马似的，欢实地叫着，往屋里小心翼翼地输送……

“玩格……龟子玩格……”灰包仍在气咻咻地诉说着，“玩格上天了……票子……只管拿票子来糟蹋……”我的侄孙的话没有分量，与其说是在抱怨黑黑，不如说是替他自己辩解。事情就像我预料的那样，年轻人终于厌倦了。而且，那种厌倦的程度远比我估计的要深沉很多，可以说是整个地背叛。我们对于传宗接代的厌倦是一种溃败，一种心灰意懒；那个年轻人对于为父规定的命运的厌倦，则是一种超越和进取。我很快就知道，在县城那边一个蔬菜队里，有位不错的姑娘和年轻人相好上了。黑黑超拔和进取的力量就是来自那里。事情非常简单，姑娘不愿意来洼地，年轻人就得舍弃四立三间的房子，舍弃手扶拖拉机，舍弃偏刀岩石灰窑子，甚至舍弃爹老子…… “你就成全人吧！”我裁断说，从心底里泛起一丝捉弄人的意味。我本来可以一语不发，但是，如前所述，我在混沌的母腹中就心存妒意，希望在这个人丁兴旺财源茂盛的侄孙身上发生点令人开心的事情。“哪个来成全我！”我的侄孙果然使上那股犟劲，只见下巴底下一撮灰的胡子根在微微地发颤。“我的石灰窑子……叔公！你说得轻巧，我已经是快六十的人，你不到我这把年纪，说得轻巧，娃儿走了，哪里拿煤炭来烧石灰！我的几眼窑子，我的拖拉机，还有起造的这幢房子，都不是便宜捡来，是花了血本……”我想我还从来没有像他这样感到过凄凉和孤独无援。属于每个人的本来只有一份日子，不要奢望，但将该当的一份盘算下去就行了。灰包不是这样，他们父子虽在血统上相因相袭，可是，在那时时刻刻浸泡着人的生活中，他们却是一对搭档，事物的平等的两个方面，有朝一日失去平衡，那生活亦即注定开始崩溃。人们的存在就是他们的实际生活过程，这有什么错呢！幸灾乐祸也行，我反正从心底里感到一种莫名的快意。“县城又好到哪里去……人家咋过，我们咋过……”灰包嘟嘟哝哝说着，转过身子往回走。他的肩背滚动着，仿佛拧在那里的螺丝帽已经松动，隐隐约约，我听见了那种衰老的骨头发生锉磨才可能有的吱吱呀呀的声音……

那天傍晚，我也许是自作聪明，根本没有弄清楚那父子二人从县城里置办了一些什么东西回来，以至夜深人静的时候，我听见一阵断续的嚓嚓的声音，还以为是哪一处人家打耍锣玩呢。直到第二天，灰包拿着一根亮晶晶的冰走来请我吃，我才做梦一样地知道他们买了一台电冰箱。我的侄孙说：“龟子进城去，就犟硬起性子，破了七百多块，才买了这个落雪打凌天……”我长着两颗火牙，遇冷发痛，凌冰刚刚进口，忙哆哆嗦嗦着又往外吐出。“城里人胆子大，冷天都有兴吃这个的……”灰包说着，做出一副很有见识的样子。我愣了一阵，猛地掀动电门，鼓风机嚯嚯长鸣，像是给人壮了胆气。紧随着，火舌头夹着烟尘高高地冲了起来，要把人舔进炉膛里熔铸一样。我闪开身子，突然望着我的侄孙，想起来什么似的问道：“你没有……上窑子烧石灰……”灰包哑笑着，出人意外地显得几分诡谲，“我也歇歇，只歇一天……龟子今天一早进了县城了，找他媳妇打商量，来我们秦家洼看看，看看是不是过日子的地方……狠痛了一刀，啥新鲜机器都办齐备了……城里人有的我也有，看她还弯酸个哪样名堂出来……”他顿了顿话头，忧心忡忡的，“只是……那个铁柜柜太吵人，像打锣一样，睡不着瞌睡……”说着，他怕我不明白似的，又在胸前补充了一个打锣的动作，我敢打赌，那个东西一定不是正宗货色。狐狸吃不到葡萄，就说葡萄发酸，我决不是这样。电冰箱是高级东西，我从来没有见过，可是，我进城买鼓风机买电钻，那阵就听人恳切地说过，现在，假的东西尤其多，特别是那些高级货色，明白的人太少，糊弄出来还以为是好东西，钱被人家掏空去了，你还要跷起大拇指夸夸其谈。道理是很实在的，如果一颗铁钉，那就无论如何也不能做假。我还没有来得及轻蔑，灰包那锣似的声音嚓嚓地响着，就从对面传了过来。这时候，我的侄孙不知怎么一来，一张焦黑的脸竟然变得苍白，凄惶地跑了回去。然而，他很快又从那门洞里走了出来，其实原本并没有一点事情发生。

对于这个铁柜发出的锣似的嚓嚓的声音，我已经记不起当时是如何反应的了。总之，灰包折转到席棚的时候，我又握着那柄遗忘已久的电钻了。而且，虽然电源还没有接上，但我的食指却紧扣扳机，仿佛立刻就要射出一串仇恨的子弹。我不知道是不是把我的侄孙惊吓住了。他犹疑了一会，才战战兢兢地挨了近来。“你看不看电视？”他突然这样发问道，小心翼翼的，我知道在那个年轻人的胁迫下，灰包也买了一台电视机，而且是带了彩色的电视机。可这又算得了什么呢，我丝毫没有兴趣。不过，我还是忍不住要搭话，“不喜欢，”我说，“眼睛遭炉子烤烂了，怕光。”这之后，我的侄孙就说得更加可怜，他昨天晚上是第一次看电视，从头至尾，连天气预报节目也没有放过去。“你看那个‘安乐牌’保险柜没有？”他怯怯地说，怕人听见了似的，“那个东西雷打火烧都不怕，电视上演过，牢靠得很呢。”那一瞬间，我感觉到我的食指渐渐卡紧，在电钻的扳机上卡得生疼。我看着这个土老财，不由自主地想到有一点事情就发生了。“我看过，天天电视上都要放火烧一回，”我说，“烧不烂，名牌货色。”于是，我的侄孙上下里外看了看，就更向我凑近来，几乎要咬上了一扇耳轮，悄声而又掩饰不住的激动，仿佛发现了新大陆，“那个柜柜……和我昨天从县城买回来的那个柜柜，简直一模一样……叔公，你是我的叔公，得保守这个秘密……”他说着，又看了看我的脸色，“你给我上一把锁……黑黑和他媳妇叫冰，我吃不成，就藏个箱箱图个保险……一个柜柜，派两样用场……”呜——电源不知哪时候接上了，钻头抽风似的叫起来，我和我的侄孙惊吓得直跳双脚……

那是一个绿色的柜柜,真正漂亮极了。我的电钻紧紧地握在手中,犹豫半天,始终没有勇气扎下去。后来,我向我的侄孙要了两口酒,慢慢地咂着就歇了下来。在这个东西面前,我那一点古老的手艺实在显得猥琐和笨拙。我审视自己,除了受人之请,那心底里肯定有着那些阴暗的东西:嫉妒,炫耀,报复,压制,毁灭……这个事情,我犹豫着不想干了。可是,大热天,酒力很快发作,我的脑袋发晕,有些身不由己了。而且,这个时候,我的侄孙竟然像一个妇人那样絮絮叨叨,又讲起了他从前被盗的那桩事情来,说的是席子底下破烂的棉絮里缝着两千块钱……

我其实至今不知道那次盗案的真相,只记得当时公安局来过,又很快走了,没有任何结论,事情过去很久,才传闻现场是灰包伪造出来的……我丝毫没有委过于人的意思。

我干得干净利落。那个柜柜本来沉默着,我的钻头贴上去的瞬间,它却剧烈地颤抖起来,并伴着锣似的嚓嚓的声音。这种对抗,只能招致弹压,我丝毫没有退缩,而且很及时地产生了一种敌视的情绪。我坚定地扣死扳机,那颗旋转的钻头子弹一般地射了进去……

我没有收受灰包一分一厘,那两颗铁扣儿,蝌蚪似的,那一把铁锁,经我的钳子把铁放进炉里烧软,然后经我的锤子锻制而成,都是坚固而耐用的货色,没有半点掺假。按照惯例,我应该狠狠敲我的侄孙一下,道理极为简单,这种手艺是世界上绝无仅有的。可是,我居然没有收受一分一厘的报酬,无偿捐献。

仿佛落扣上锁,我把那根鸡脚杆似的钥匙往我的侄孙手中一塞,就算完了。我不放心看一眼我的杰作,就逃似的回到了我的席棚里,居然连那柄大号手枪一样的电钻也忘记了。那天傍晚,在合围上来的暗影里,我的侄孙滚动着肩背,和往常这个时刻一样往溪头走去。其实,他今天没有到石灰窑子,身子应当很干净,只是出于习惯要洗洗。黑黑没有回来,从那干涸的牛滚泥垢里传来的水声,孤独而又枯燥。我那天一直处于一种莫名的不安,无时无刻不在窥视,不在谛听。后来,随着一种清凉回甜的水腐的气味,他从溪头上来,转过房屋,在自己高大的屋檐下面坐下了。我站在席棚的暗影里,炉火早已经熄灭。我们都一动不动,冥冥中,还有一种对峙降临到我们之间来……

我知道，他是在等待，等待山垭那边射来一束孤独而强烈的光芒，我甚至知道他还是带着一种自信在等待，等待黑黑和他媳妇走来，而且县城那边蔬菜队的那个妹子最后能够看上我们这样一片洼地，能够天长地久地住下去……

我呢，却不知道自己在等待着什么。

山中人

一

小小村漆匠山娃子，赶早从山上收漆回来，就把女儿响晴拜托给好心嫂，捏几个饭团，挑上二十斤漆就上路了。

山娃子不过二十六七的人，正是使力气的时候，不一阵就翻过山嘴儿，进入了走马谷。这个山谷有山娃儿的漆路。山里的风微微吹来，绿里翻红的漆树叶子沙沙响着，山娃子格外感觉一种亲切。漆路已经砍出来，绑架也在昨天捆好，就等着刮皮开刀。山娃子脚下生风，步子更急切。

年轻漆匠名叫余长福，据说老漆匠在生之时因为娶媳妇，媒人挖苦他只许娶不准碰，说那漆毒惹人生疮烂肉，老漆匠发誓与女人绝缘了。而他，有人说是老漆匠在山上捡来的，有人说是在很远的地方过继来的……他硬不起来，因为实实在在没有见过母亲。于是，人们乐意叫他山娃子，似乎是对他不明白出身的一种默契。日久天长，他自己也习惯起来。习惯起来，似乎也就自然起来。

已经走出走马谷，山娃子才把挑子歇下来。他提起衣襟揩揩额上小汗，回头往来路望去。长长的山谷，有和谐的天籁，可是没有一个人影。

太阳三竹竿高，他坐在一眼泉水边吃了两个饭团子，掬着水洗起脸来。他抹去挂在眼睛上的水花，突然发现清清亮亮的水中映着个姑娘。“金幺羔！”他又惊又喜，差一点喊出声音。

“噗哧！”金幺羔忍不住，站在山娃子对面笑着。她人才生得好，就像一朵怒放的鲜花。金幺羔早些年在区里上中学,学了文化知识,但她没有一点娇气,身体很结实,手脚也勤快。小小村年轻人小伙子,没哪个不想把金幺羔娶到手,可是又没哪个能征服她。

"公社通了路,你是来赶车……"山娃子说着站起来。他看见金幺羔的后面站着大花娥,便打住了话。金幺羔脸蓦地红了。她蹲在泉边,溻湿了手梳理乌黑的头发。她今天穿件浅花的衣裳,脚上是一双七成新的黄胶鞋,看去端庄、精神。滋润的辫子,在初夏的阳光里黑亮黑亮,给她平添几分水灵,变得更美丽,更迷人。

山娃子心里有点乱,就像开刀割漆"过河""洗脸"一样。他担起漆挑子。"我要……卖漆去。"他笨口笨舌对金幺羔说着,一边往收购店走。

"卖完漆,我们一路回去。"金幺羔对着他的背,说。

收购店王老七,三十开外年纪。他穿着齐整,油亮的头发一破为二。

"收漆——"随着一个低缓的声音,两个漆色的小木桶坐在柜上。

"哦——山娃子!三伏时节才割漆嘛,你咋就收刀了?"

"我的女儿病了。"

漆匠口吻哀怨,内心感到羞愧。这些年来,随着经济政策的开放,三五百块钱的积存,在他们小小村的人家,简直是个寻常事。唯有他山娃子,早几年漆路当作"尾巴"被破坏了,日子本来就不绰裕,前几年动用漆匠世家的底子重礼聘来的媳妇,又在月窝里害产褥热死了,给他留下个女儿响晴。他为人父还要做人母,竟然把响晴带病了。没有办法,生漆还在发酵泡就要卖。

"是这样……"王老七往远处看看,心不在焉地说,"我收漆的桶子还没整出来。"

山娃子两横黑眉皱起疙瘩。他想走,但心中又存着希望。王老七静静看着山娃子,过了一阵,才摆出一副扶危济困的样子,说:

"干脆!过了秤连漆桶留下,下一回再来拿。钱嘛,你先拿去……"

王老七把分头探过来,开始确定漆的等级。他看了看漆膜,又勾起指头弹了弹,然后把漆膜揭开,插进验漆板,提出一根线条,不容提高一点,粗短的线条便断了。他俯下身子,响着鼻子闻闻,便摇了摇脑袋,板起面孔。最

后,他搅动验漆板,泛小光的漆液从黄白色渐渐变成淡黄色,乳白色碎米状的颗粒清清楚楚翻了起来,他自言自语似的说:

“不大对呢!”

“这漆才下树。”山娃子说。

王老七坐了下来,脸上带着嘲弄的神情,说:“真神面前不烧假香哟!”这时候,金幺羔和大花娥来到了收购店。姑娘提一篼干椒子,傍山娃子站着。大花娥隔着柜台直向王老七使眼色。

王老七眼睛里闪着热切的光,忘形地抛下山娃子,把手伸向金幺羔,想讨一个好。原来,他去年同老婆离了婚,他请金幺羔的姨大花娥做媒,今天要和金幺羔相亲。

“先收了漆……”金幺羔抓住提篼,有些慌乱地说。金幺羔和王老七相亲?山娃子像中了漆毒又烤火,心里难受得很。“他这漆嘛——”王老七想赶快打发走山娃子,同时又想炫弄炫弄,“山娃子啊,哄别的人,行;哄我,难得说哟!真正的货色,有话说‘好漆清如油,宝光照人头,摇起虎斑色,提起钓鱼钩’。这……叫我咋跟你论等级呢!”他顿了顿,瞟一眼金幺羔,“这样好啰,算作等外级,我来为你担当……”

“才下树的漆就是这样子。”山娃子梗着脖子,不领王老七的情。“你不承认搞假?”王老七瞪着山娃子,口吻中带一种威吓。正在这时候,从县城开出来的车到了公社。山娃子怨恨地看一眼王老七,便担上漆挑子,朝停车点那边的区收购站走过去。当着金幺羔,王老七感觉有失观瞻。他把算盘啪地掼在柜台上,发作道:“鸳篼抬狗,不识抬举……难怪娶个婆娘活不长,原来天生和尚命!”年轻的漆匠半路放下挑子,踅回来了。他脖子上勃起一杠杠青筋,钝滞的眼睛闪射出令人畏怯的光芒,敞开的胸膛上,一点点紫红色的硬痂在颤动。他走近了柜台,拳头紧攥着。“你敢……打人不成!”王老七有点惶恐。“哟哟!”紧挨金幺羔的大花娥,看见事情不妙,出来劝阻,“山娃子!要搞个哪样?你和王老七是常有交道的人,都讲君子动口莫动手,话冷了是说得的,这打上去是抓不下来的哟!”山娃子狠狠瞪了一眼大花娥,“咚”一拳擂在柜台上,震得算盘珠哗啦响。王老七好半天没声张,直愣愣地看着发怒的漆匠。山娃子转过身,正和金幺羔那双惶惑哀怜的目光相碰，他心尖剧烈地跳了一下，抬开沉重的步子走了。

二

夜晚里，山娃子把响晴安顿睡，便烧起大火，加盐水煮蚌壳，盐水煮了就是桐油煮，这是明天要用的漆茧。有媳妇在，这些事情山娃子不用沾，现在，都得由他一脚一手来做，梦话里有爸没有妈，这叫山娃子不好受，难睡一个好觉。

地上刚看见路影，山娃子就整好漆篮，提了漆桶上山。山中露水大，雾气也浓，不一会儿，山娃子的裤子溻湿，头发和眉毛也结上水珠。但他搞惯了，不把黎明前这点冰凉在意。能够不误工夫，赶太阳出来前割完一路漆，作为一个漆匠就可心可意了。

荒工前几天就结束，放水漆给好心嫂糊黄桶，山娃子踩实绑架，手腕钩着漆篮，一步一步爬上树。天光逐渐开朗，借了朦胧的曙色，山娃子把漆篮挂在一根枝丫上，拣出月亮形漆刀，从树干上找见了放水口。他割的“画眉眼”，那头刀不过一条半倒的斜线，现在起要逐刀加宽加长。他握紧漆刀，刀柄稍向上偏，刀光一闪，手中漆刀利落提起，一条窄而匀的“丝路”掉下树。树上露出新的漆汁道，整齐而无木基茬。往后是下刀，他又重复刚才的动作。不多一阵，割口宽了一分，也长了一分，上切口成坡面，下切口成沟槽，漆汁像微微细汗，从那新开割口往外渗透。他在漆篮里拣出一个漆茧，找到割口下方一个浅浅的插缝，把它稳稳插了进去。这棵树大碗口粗，是前后开刀的，两侧留有营养带。他换过脚，转到漆树背面，探起漆刀，加宽加长割口，又插好漆茧。

山娃子一口气割下三十多个口，天已大亮。这时候，走马谷大路上来了金幺羔。她挎着稀背篼，翻了镰打露水，直朝山娃子这边走来。山娃子正从上往下割口，无意中抬起头，看见了她。因为金幺羔和王老七相亲的事情，这几天来，山娃子老回避金幺羔。

金幺羔来到树脚，稀背篼反扣地上，两条乌黑的辮子甩到身后，黑起脸朝着漆匠，差不多是一种命令的口吻喊：“你下来，我有话要跟你说。”

山娃子心里抗拒，身子却踩着绑架往下滑。他愣怔着，站在金幺羔面前好像受审。

“我有哪点得罪你！你是一个男儿……”找不到词把意思连贯下去，她脸都憋红了。山娃子站在那里，低垂脑袋，两只眼睛盯着脚上咧口布鞋，两个露天脚趾一弯一曲拱动。金幺羔心肠软了下去：

“王老七说你的漆掺了假，我不信。你弄到区收购站，人家到底跟你定几级？”

“二级，”山娃子脸上闪过一道自信的光彩，“煎盘脸的……整假，梦都没想过……”

说着说着，他脸上又带上怨恨的神情，支支吾吾起来：

“太阳要出来了，我还要开口了……去……”

一边说，他就转身子，踩着绑架上树。

“你听我说，山娃子……”金幺羔想留住他。

“我还要开口子，太阳要……照地山来了……”

山娃子没有回头，也没有下树，他掂量着王老七那些挖苦话：山上捡来的人没有妈，可到底是个人呀！死了媳妇，娶不上媳妇，这都是人不愿的事情呀！

“山娃子！听我说，那天，我的姨瞒着我……”

他一步一步登高，金幺羔的话他没有听，也不愿听。他埋怨姑娘不该去和王老七有那么点接触……

“我讨厌王老七！”仿佛撕破声音，金幺羔喊出了心中的痛苦。

山娃子震动了，抱紧漆树愣怔着，好长时间才醒悟。他回头看，金幺羔已转身走了。

“金幺羔！”他望着那结结实实的背影喊。

但是，金幺羔没有停下来。她用镰拨着草丛，默默往前走。她怨她的姨，恨王老七，怪山娃子，眼角噙着泪。

任山娃子怎样叫，她就是不听。她走进了山谷深处，在一个避风向阳的弯拐里停下了。眼前两分见方的地，看不见一根杂草，苫盖了一层干麦秸，那秸秆下面隐藏了她心中的秘密。她小心地撩开苫盖，一片绿油的苗出现在眼前。旁边就有一股细细的泉，她跳进去掬起水，浇起苗来。做完这一切，她看了看挺起来的苗架，便顺来路，走出弯拐割草去了。

山娃子无力地坐在树脚，眼睛又涩又胀，举手一抹，两颗泪水掉下来。这种情形，山娃子有两回，一是老漆匠死，一是媳妇死。哭媳妇比哭老漆匠还伤心，媳妇怀中有不满月的响晴。这一回落泪不是伤心，那滋味难说。

这一早，漆匠割出不少口子。但一收漆时候，他发现好多处上切口没有坡度，"过河""洗脸"了，糟蹋掉不少漆汁。

三

高温阴雾气，正是割漆的好时机。山娃子带着包饭，全天在山上割漆。响晴在好心嫂照料下吃了晌午饭，一个人在晒坝玩"黄丝蚂蚁"。

金幺羔拿一束金黄的绒线，悄悄走到响晴身边，一下把她抱了起来。"乖不乖？"她举着绒线逗响晴。响晴不转眼盯着绒线，伸过小手来，说："要。"

金幺羔亲亲响晴清瘦的脸蛋，心中充满凄楚和爱怜。她梳理着响晴的翘辫儿，两颊泛起淡淡的红晕。她结了一朵绒线花，扎在响晴头发上，把那种隐秘的情扎了进去。她心里有过许多回这样的波动，每一回波动，她的心情就更加激烈。她那一种懵懂的欲望，也就变得明朗了一些，热烈了一些。究竟从哪个时候开始，她自己也说不清楚。山娃子在走马谷割漆有多少时候，金幺羔不知道，只是她去那里割草，他就已经在那里。有一回，一条锄把粗的乌梢蛇受惊从草丛中蹿出，爬过金幺羔的脚背，她正专心割草，冷不防吓得惊叫起来。不一阵工夫，山娃子提着亮晃晃的漆刀，急匆匆跑来了。看看金幺羔没事情，他抹抹额角的汗水，又转身走了。大致是在那以后不久，金幺羔把自己割草的地方总选在山娃子的漆路上。上街那天，山娃子和王老七争执，听王老七挖苦山娃子"和尚命"，她就恼恨自己了。金幺羔正要往回走，王老七却一把抓过她的椒子篼，底朝天倒进一个大筐并抓死似的捏她手，嬉皮涎脸地挑逗："水灵的姑娘！跟了我，花钱，享福，由你。"仿佛是一场可怕的梦，金幺羔奋力挣脱出来，捂着脸跑了。跑回小小村，她把心中隐秘的情丝更紧地系在了山娃子身上。

天黑时分，山娃子从山坡上回来。吃过晚饭后，好心嫂拿着给山娃子补缀的衣服过来了。山娃子留好心嫂坐，好心嫂就坐在灶台前。她把响晴拉过来搂在怀里。山娃子把白天收的漆装进盛漆桶，便拿漆刀在磨石上磨起来。

"山娃子，"好心嫂抚弄着响晴头上的绒线花，不紧不慢地说，"你一天两头黑，是生是冷你不忌，多苦多累都忍在山上了。响晴，就是这独根苗，现今有病，过几年还要上学读书，不能总是这样……我晓得你牵挂响晴，当爸总不能就是牵挂呀！"

山娃子磨漆刀的手停下来，神情忧伤，无可奈何地望着好心嫂。

"你就不能给响晴找一个妈？"

山娃子目光里隐隐闪过一道希望的光亮，随即又沉思般地摇了摇头。

"十个男子九粗心，"好心嫂嗔怪着，"你以为难呀难呀，依我看，已有人点上了你……"

山娃子诧异地盯着好心嫂，眼神里包含热切的希望，也包含茫然的忧愁。

好心嫂不正眼看他，自言自语地说下去：

"现今的姑娘啊，你才摸不透心呢！有些时你说行的事情，后来又不行了，有些时你以为不行的事情呢，到头来偏又行。你只以为这不行，那不行，有一个黄花女愿嫁你也难说……人和人的想法不一样，细细说起来，精灵的姑娘图的是人的心肠、人的勤快、人的厚道。你看你好心哥，他的腿瘸一点，我……"

"好心嫂！你到底说哪个？"漆匠憋不住了。

"你当真不晓得？"

山娃子憨厚地摇着头。

"这人呀，远在天边，近在走马谷，在你的女儿头发上扎花，你们天天见……"

"你是说金幺羔？"漆匠像不相信自己的耳朵。

"对啰！"好心嫂急切地说，仿佛慢了会冷似的，"你以为一个姑娘，和一个没得媳妇的男子天天一堆，没一点儿意！四山坡上，光走马谷生草不成？平白无故的，她对响晴多好！梳头扎花，送吃拿穿，她不怕人说空话？”

“不，不行，这不会的，人家眼高……”

山娃子岔断好心嫂，头摇得像个拨浪鼓。

“是她眼高，才点中你呢！你一汉子，又勤快，又心好，有哪一门儿够不着！她有心你有意，宽宽敞敞的走马谷，就你们两个，你就不晓得追？要等人家来拉你？”

响晴睡着了。好心嫂把她放在床上，便回自己屋去。山娃子昏昏沉沉，磨着漆刀。漆刀磨好了，就裁一块压平的松皮，作收漆的刮片。灯里一点油燃尽，他才上铺睡觉。

山娃子睡不安稳，早早起来了。到了走马谷，还看不见割口，他便坐在树脚想事情。

小小村最好的姑娘点中了山娃子，这真让他不敢相信。一个割漆人，肤色粗糙干裂，而且和这样一种人接触，不用说，做他的媳妇是难免要中漆毒的，虽说不上致命，可那漆痱子却奇痒难受，严重的会全身肿痛化脓……一种可怕的罪恶感抓住了年轻漆匠的心，他的脸抽搐着，呼吸似乎也变得急促。“不能，不能，”他拍着后脑勺，自言自语，“我都乌七八糟想些啥哟！人家是黄花女，你山娃子是啥人呢？一个漆匠，一个‘过婚人’，要人一过门就当妈？”

太阳照过山嘴的时候，他快收完一路漆了。他觉得走马谷有些不同往常，便居高临下，站在漆树上四下望。看不见金幺羔，他心里却又有点儿空落落的。

年轻漆匠不安地往那最后两根漆树走去。突然，他眼前一亮，紧走几步，在漆树脚浅草地捡到一块小圆镜。他无意中从镜里看见自己，有些感觉卑怯和凄凉。他把镜子翻过来，心尖上蓦地跳了一下，他怔住了，圆镜里嵌着一张金幺羔的照片。是她割草掉的吧！山娃子想着，偏着头端详起金幺羔来。金幺羔穿了一件翻领的衬衫，头微侧着，口里隐约露出两排洁白的牙齿，眼睛笑眯眯的，样子既温柔又迷人。山娃子心热，咂着口唇，不知怎的，很想亲一下。他四下看了看，晨风轻拂，草茎微摇，树叶细响，仿佛有人暗暗地看着他。他打了个寒战，便把小圆镜放进衣袋去了。

收完漆，太阳光已经洒满山谷。他整理好漆篮要回村，却半天工夫挪不动步。照片就这样带在身上吧？不行，他禁受不了。放回原处呢？丢不下去，再说金幺羔不定正找。那么直接交到金幺羔手中？他似乎又缺乏勇气，心中感觉虚怯。

一块嵌照片的小圆镜，山娃子却如负重载。这时，一阵窸窸窣窣的声音，金幺羔拿着镰刀从草丛中走了出来。她一边朝惊疑不定的山娃子走过去，一边愉快地说。

“你……”她觉得有些拗口，“还没回去呀！太阳都快当顶了。”“你今早……也来割草了……”姑娘没有答应。她那明亮的眼睛柔情地看着山娃子，便低了头沉默着，像是在地上找寻什么，又像是在等待什么。

漆匠沉不住气了，从衣袋摸出那块小圆镜，支支吾吾说：“我得了……一块玻璃，不晓得是……哪一个的呢？”他把镜子递过去，那相片却翻在上面了。

金幺羔扑哧一声笑开口，将镜子抓了过去。“你呀！”她嗔怪地说，“是个地地道道的漆匠！”山娃子木然地看着金幺羔。“你不想要……它？”姑娘举着小圆镜，口吻中含着隐约的忧伤。漆匠窘红脸，好一阵才用只有自己能听得见的声音嘟哝着：“我……我的女儿……晌晴用得上……”

金幺羔拢拢额前的发丝，脸上带了满意的微笑，回到草丛中拖出一背草。山娃子提漆桶挎漆篮前头走，金幺羔背草跟在后面。不一阵，金幺羔在路边土坎歇下了。山娃子再看不过，便过去换下金幺羔来。

山娃子背着草直往前走，一口气背到村口才歇下。等金幺羔追上，他接过漆篮、漆桶，又径直朝村里走。金幺羔憋不下去，把他喊住了。“漆……真的很厉害？”金幺羔涨红脸，丰满的胸脯起伏着。山娃子四下瞟瞟，心中惶惑不安，一时间不知道说哪样好。“我试一试，行不行？”趁山娃子无防，金幺羔两个指头伸进漆桶。她蘸起漆汁，在自己双颊按了两个黑色的指印。漆匠惊愕了，慌乱之中，提起衣袖去擦姑娘的脸。这一阵工夫，村里有人出来了。姑娘背起草，神秘地朝漆匠眨眼，往前走了。山娃子气恼、悔恨、惶惑交织在一起。同时，在他心底，一种甜蜜而温暖的情丝在滋生，在蔓延。

四

别看小小村簸箕大的天地，十多户人家，要掀起点事情，却是眨眼间工夫。

小小村有了风言风语，说山娃子和金幺羔亲嘴了，最明显的事实就是金幺羔脸上生漆疮而且那疮很像两个指头。山娃子心里难过，觉得是自己害了金幺羔，金幺羔染上漆疮，貌相是一个姑娘顶顶重要的，他想象着她会多痛苦。

天渐渐黑了，山娃子不感觉饿，坐在草墩上苦恼着。不一阵，好心嫂煮面来了，山娃子有口味地吃着。不一会，好心哥牵着响晴，也一瘸一拐跟过来。

“怕个哪样哟！口水淹得死人不成！”好心哥给山娃子壮胆，“割漆的人就不许有婆娘？上头也没说死了媳妇不该娶姑娘填房。说起来国家还出口漆哩，割漆人就贵人一等……”

山娃子默默吃着面条，没有说一句话。

“只要没有强逼，”好心嫂从头上抽下一根针，拨着灶台上的油灯，平静地说，“就是……动一下又算哪样！双方面高兴，就是成婚，任哪个人都没办法……”

山娃子搁下碗，嗫嚅着想分辩，却又说不出口，仿佛一说清楚，许多珍贵的东西都会消失。他拾起地上一根柴棍，在手上折着，面容很冷静，让人感觉有些畏怯。“啪！”的一声，柴棍在他手中断作了两截。

好心哥和好心嫂走了，山娃子诓睡响晴，便带上电筒，反扣上门，往村外九道水走去。山娃子来到小溪边，他捋起裤脚，跳进水里。水凉浸骨。山娃子打了个冷战，便把电筒含在口里，开始动手翻水底的石块。山娃子捉了一包螃蟹，踏着淡淡月光，返回小小村。他知道，螃蟹是味特效药，到了金幺羔手中，连吃带敷，要不几天，脸上的漆疮就会烟消云散。

山娃子摸到金幺羔窗下，这窗扇还是山娃子的放水漆涂的。他耳朵贴在窗纸上听着，屋里除金幺羔轻微的鼾声，没有别的声音。山娃子壮壮胆，试着推了推窗户，窗户响了一下，开了一条缝。没等他推第二下，窗户却从里面打开了。金幺羔头探出来，山娃子吓了一跳。他想看姑娘的脸，可月光被屋檐挡住了，看不清楚。

“你……来了？……长福哥……”姑娘声音很低，但充满了柔情。

山娃子颤动了一下，一股暖流传遍全身。他想说一句动情的话，但话到嘴边却变成哀婉的声音溜出来：

“我拿螃蟹给你擦脸来……”

“你……还是没有……忘了我。”

“我……”山娃子语塞，心头有些苍凉，“都怪……我这个人！”

大路那边传来狗叫声，山娃子不敢久留，把螃蟹塞在姑娘手里，便心慌意乱走了。金幺羔还说哪样，他都没有听明白。

回到家后，山娃子又兴奋，又后怕。他不明白怎么会发生了刚才的事情，好像那是一个梦境，是过去了好久好久的事情。睡觉的时候，他发现那件漆衣也随螃蟹塞给了金幺羔，又禁不住把与姑娘窗下相会的情景回味了一遍。他隐约地感觉到，一种陌生而庄严的东西在他身上复苏着。女儿响晴又在说梦话，她又梦见了她的妈妈，她多么需要一个妈呀！即便只是丰富一下她梦的内容，也一定叫人高兴……

五

两根漆树长得一般高，挨得那样近。山娃子绑的是抬架，把它们紧紧连在一起。山娃子一只脚步站在抬架上，另一脚则从没有动过的，那情形不像是在割漆，倒像是在悉心雕刻着一件艺术品。好长时间，他收起勾腿，换了个姿势，两腿斜跨在抬架上。

云层铺得很低，太阳没有出来，蝉在吱呀吱呀地叫，空气湿润而凝重。山娃子感觉七窍都被堵塞，不好受得很。论割漆，这才是冲顶的好天气，但山娃子的心情不在割漆上。蝉叫，是叫晴还是叫雨？一直连续不断地叫，破坏了走马谷的宁静。山娃子心里冒起一股无名火，插好最后一个漆茧，便往一根老漆树奔过去。他认定那蝉是在老树上，仿佛那蝉鸣威胁了他和另一个人在走马谷的存在。不一会儿，那蝉鸣没有了，慑于一个活生生的人的力量，将走马谷的岑寂与平和让了出来。

他站在老漆树下。老漆树浑身布满割口，失去发育能力，枝桠已经开始枯萎了。山娃子挂好漆篮，拿出漆刀。一瞬间，他仿佛变成了另一个人，从漆树的三面下手，动作是又快又狠，切口又长又宽。别怪他割狠心漆，一根漆树在生命的最后阶段，从它身上把凝固的漆汁取尽，是一个漆匠的责任。设若漆树有知，它也是乐于奉献的。但是山娃子这一回不单单是要割漆，他心中装着一股郁闷需要发泄。他一口气把老漆树割得遍体鳞伤，心里好受了一些，“秋天里漆下山，找一根新苗来补在这里。”他一边收拾漆篮一边想着，离开了老漆树。

山谷里吹着小风，天空里落下来一阵雨点，山娃子感觉凉了许多。他抬头看看天空，云散到四角上，正顶是一块白亮白亮的云，白天里走马谷落不下来雨了。他放宽心回到漆路上去。

这一路漆剩下最后两根漆树了，他愣怔在树脚。几天前，山娃子正疑惑金幺羔没来割草，就在这儿拾到了那块迷人的小圆镜。今天，又不见了那割草的姑娘，年轻的漆匠又能在这儿发现什么呢？

他转回来收漆，已经是吃早饭的时候，可是他不感觉饿。女儿响晴有好心嫂照料，他也不急着下山。割漆是由上朝下，收漆则是从下往上。然而这时间的山娃子，却像林中的松鼠，一下踩着绑架，蹿上漆树。在最顶端一根绑架上，挂着一双崭新的布鞋。一双手工的布鞋，表示一个女子的温情，自从媳妇死了以后，山娃子再没领受过这样的温情。他把那双布鞋紧紧压在起伏的胸口上，泪水涌出了眼眶，顺着粗糙的面庞往下淌。他忘记是在走马谷，是在漆树上，心中只有金幺羔，他喊出了久抑压在心中的声音：

“金幺羔妹儿——”

走马谷的寂寥打破了。金幺羔从一蓬灌木后面走出来，仿佛早等在那里。她穿着一件山红衬衫，手里编着乌黑的辫子。看见年轻的漆匠太激动，她的热切的目光夹着担忧。她的声音压得很平静也很轻柔：

“你，你还在树上哟！小心……”

她的话还没有说完，山娃子霍地一下从漆树上滑了下来。他隐约地感觉到脚踝崴了一下，但他没有顾忌，一直朝金幺羔奔了过去。他的一切忧虑，一切设防，在这一瞬间，全消失得无踪无影。

姑娘像一团流火，朝山谷的深处飘去了。山娃子紧紧追在后面，仿佛被一根无形的绳牵扯着，不远不近，若即若离，在深绿的山谷中飘动……在那个避风而又向阳的弯拐里，那块二分见方孕育着希望的土地上，他们停下来了。

"金幺羔妹儿——"

眼前是一片生机蓬勃的漆树苗，漆匠恍惚而又惊奇，心欢而又疑惑。

姑娘羞嗔地看着他，水亮的目光执着而温情。

年轻的漆匠明白了。一股温暖的激情在心田泛开，荡涤了残留的浊雾。他真切地看见了幸福的景象，大胆地向姑娘走过去。

"我……不怕……我要娶你……"

可是，姑娘用一件漆汁斑驳的衣裳挡住了他，那是漆匠包螃蟹的衣裳。这工夫，他脚踝上的扭伤发作起来。他站不稳，感到一种钻心的疼痛，坐在了草地上。

金幺羔带着一点惊惶，在山娃子对面蹲下了。她拿过布鞋垫在山娃子脚踝下。受伤的地方已经肿了。金幺羔深情地揉起来。

山娃子清醒了许多。随着金幺羔有节奏的按摩，他心间溢满蜜一般的幸福。漆匠端详着姑娘，除在那面颊上增添了两点淡淡的印痕，一切都还是先前的样子。

"你漆疮……好了？"山娃子问。

"我本来就不厉害，"金幺羔停下手，说，"再加上你的螃蟹……"

山娃子脸热辣辣的。他现在想起来，那螃蟹尽可以白天送去。只要金幺羔喜欢他，他山娃子任谁不怕了。

一只黄鹂从草丛中蹿出来，扑地从他们身边飞向空中，嘹亮地叫着，融进湛湛的蓝天。远远近近的漆树、香椿、悬钩子、岩栎……无风自摇，仿佛有意炫耀它们绿色的衣裳。

"这……走马谷很安逸……"山娃子得了神启似的，微醺地说。

"真的？"金幺羔看着深深的山谷故意问。

"你是栽树人，我是割漆匠，"山娃子喜气地点了点头，"要不多少年，这满山满谷尽是漆树，有割不完的漆，这走马谷是我们的了……"他突然语塞起来，憋红脸说：“你……一辈子跟我？响晴也……喜欢你……”金幺羔露出洁白的牙齿，开朗地笑了笑。她把山娃子脚上那双破布鞋脱下来，拿过那双新布鞋换了上去，然后把手放在山娃子手心里，说：“这样……一辈子都像这样……”山娃子脸上挂起畅快的笑意，最后一丝阴影从他心中退走了。“你呀！”姑娘用指头戳一下漆匠的脸，说，“走马谷割草几年，我算把你看透了……”她哧地笑了起来，笑得那样开朗，那样甜美……

太阳已经西移了，白亮的云罅中射下一道光线，把走马谷置于明丽的照耀下。两个山中人已经站起来，离开了那个迷人的小苗圃，走出了那个避风的弯拐，开始用另外一种方式继续他们的恋爱。

风轻柔，草嫩绿，树叶鲜亮，整个山谷从没这样的美好，叫年轻人有使不尽的力气，梦不完的生活憧憬……

银水流

太阳落山，天色暗了下来。哑爹坐在檐口下，咂着烟杆，屋那边一股水琤琮清响，他眯缝着眼，静心听着，什么也不想。娃在一旁打扇，给他招风，赶蚊子。一九六零年，爹妈死后，哑爹收养了他。现在快要娶媳妇了，哑爹正用心给他计划。

“爹！”娃摇了摇他说，“人都说我们这地势风水好，有股银水流，吃穿不完。”

哑爹睁大眼。远处的景色迷迷离离，似有若无，他凝望着。“娃！”他说，木然地摇着头。

“现在准了！爹。你又去摆摊子吧！”娃又说。

他磕了烟灰，盯着娃，眼眶盈满了泪水。

过去了，可在哑爹的心间却留了下来。

那水，四季不断。拇指大一股，从石缝中挤出来，汪成一口井，井四周的白亮亮的石头，映得一汪水晃荡着银光，如镜一般。水凉似冰，暑热天，哑爹端到百步外的大马路上，拌醪糟，摆摊，给路人解渴。人人都说：“凉得骨酥！”人人都说“哑爹守着股银水，不愁不发财。”哑爹一手一块白石，合拢，平划一个圈，一点头，一微笑，那意思是说：怎么会不是银水呢？四面是银子包着的呀！

泪水溢出眼眶，顺着刀刻似的皱纹往下淌。

过去了，可在哑爹心间却留了下来。

他本来是怕那人的，到这里来摆摊都是趁那人不在队上的时候。谁知那天来得如此突然呢！哑爹慌了手脚，收摊却来不及了，只得生硬地笑着请那人喝醪糟水。那人接过碗，喝了。哑爹心里暗暗高兴：吃人嘴软嘛！谁知道，喝好了，那张脸上的肌肉却一下板了起来，比晴天响雷还来得突然。哑爹的摊子踢翻了，坛坛碗碗砸碎了。

“你这哑蛮子！已给你说多了。你是财迷心窍！不给你厉害，你不会低头……”那人号叫着，暴跳着。

他低头了。晚上，他来到泉水边，掬一捧水浇到脸上，哇哇地哭了，说不清是泉洗泪，还是泪洗泉……

“哑爹！”不是娃叫他，是公社万书记叫他。他早站在了他面前，身后跟着个戴眼镜的人。

哑爹慌了。他知道这个戴眼镜的，前两天老在他的泉边转来转去，最后把泉边上的白石头捡走了不少。现在他们来干什么？这些年来，哑爹怕见上面的人，哪怕他们对他满面笑容，总不免使他想起那个喝了醪糟水又砸他摊子的人。他觉得他们瞬息万变，难以捉摸。他提心吊胆地过着日子，压下了一切发财的念头，自以为本本分分。可他们来干什么呀！他早说没卖醪糟了，除此之外他也没有什么找钱的途径。莫不是要算他的老账？

万书记似乎看出了他的心思，说：“哑爹！我们来不是销摊子，是有大好事情哟！”

哑爹木然望着他，没有表情。

娃端了根凳子出来，他们坐下了。“这是地质队的同志，”万书记指着眼镜给哑爹介绍说，“经考察，你们这地下有矿，想请你们开采出来，淘干净，运到公路上，按五分钱一斤给你们收……”

“什么矿？”娃跳了起来。

“就是你们泉水周围那些白石头。”眼镜说。

他们什么时候走的，哑爹都不知道。石头也可以卖钱？他不敢相信。他虽哑巴，但耳朵特别灵。这是真的？挖出来。洗干净，就值五分钱一斤？一千斤就是五十块钱？他简直不敢想：天底下哪有这样的美事！还是安分的好。上面的话总是随时变，吃了醪糟不也可以砸摊子么！他如今才不会去上当哟！

他上床睡了，和往常一样。他没有为那五分钱一斤的石头动心，睡得很好。

翌日早晨，他来到泉水边。泉水清清，可泉周围那些白石却少了许多。是谁搬走了？他想着，折上小路，朝公路那边走去。

公路上，白净的石块，成堆堆着，太阳照上去，闪着光。这是什么宝贝石头！这时候，娃从路那边来了，手中拎着一捆麻袋。"娃！娃娃！"他叫着，手指那堆白石头。

"我昨晚搬来的。爹！"娃说。

他摇着头，怪娃过于轻信。

"是真的！爹。万书记说了，用麻袋装好，一百斤一袋，就要运出去。"娃扬了扬手中的麻袋，"这是我到公社领来的。石头装上车后就付钱。"

他没有赞同，也没有阻止，静静地等着将要发生的一切。

一天黄昏，他听见一阵汽车响后，看见娃从公路那边上来了。娃这几天来消瘦多了，但很精神，他光着被太阳烤得黝黑的上身，衣搭在肩上，手中捏着一大把钞票，对哑爹说："五分钱一斤，二千五百斤。这是一百二十五块钱，一分也不少。"

哑爹哇哇叫着，把钱抓在手里，很费力地比画着。娃大半天才弄清他的意思，说：

"爹！这白石头叫氟石，工业上可有大用途哟！"

哑爹怀疑地朝上指了指，摆摆头，摇摇手。

娃回答说："准许的！爹。万书记已经上城头订合同去了！政府是支持的。"

月如弯镰，钩挂在中天，"七姊妹"眨着眼，妩媚可爱。哑爹和娃还逗留在泉边。他掬了捧水洗洗脸，咧开厚实的嘴笑了。他打着手势给娃说：真流银水了，你娶媳妇快了。

"这是国家政策好嘛！爹。"娃说。

哑爹哇哇着，比画着，那意思是说：风水好不如政策好，政策不变才真正的好。不知怎的，他又想起了那个吃了他醪糟，一下翻脸砸了他摊子的人。

突然，他那多皱的脸惶悚起来。半天他才比画着说：明天把房子拆了，迁到别处去。叫全生产队的人都来开采，大家有益，一家流一点银水……

娃点点头，一手拿一块氟石互相敲着，碎了，落到地上。这种白石头，虽然不透明，但里里外外是一色的白净……